风光无限的是你
跌落尘埃的也是你
重点是"你"
而不是"怎样"的你

天官赐福

中

墨香铜臭 著

他心有好风景,便不怕旁人煞风景,借着这天边明灯的光芒,一路前行。

「对我来说，风光无限的是你，跌落尘埃的也是你。重点是「你」，而不是「怎样」的你。」

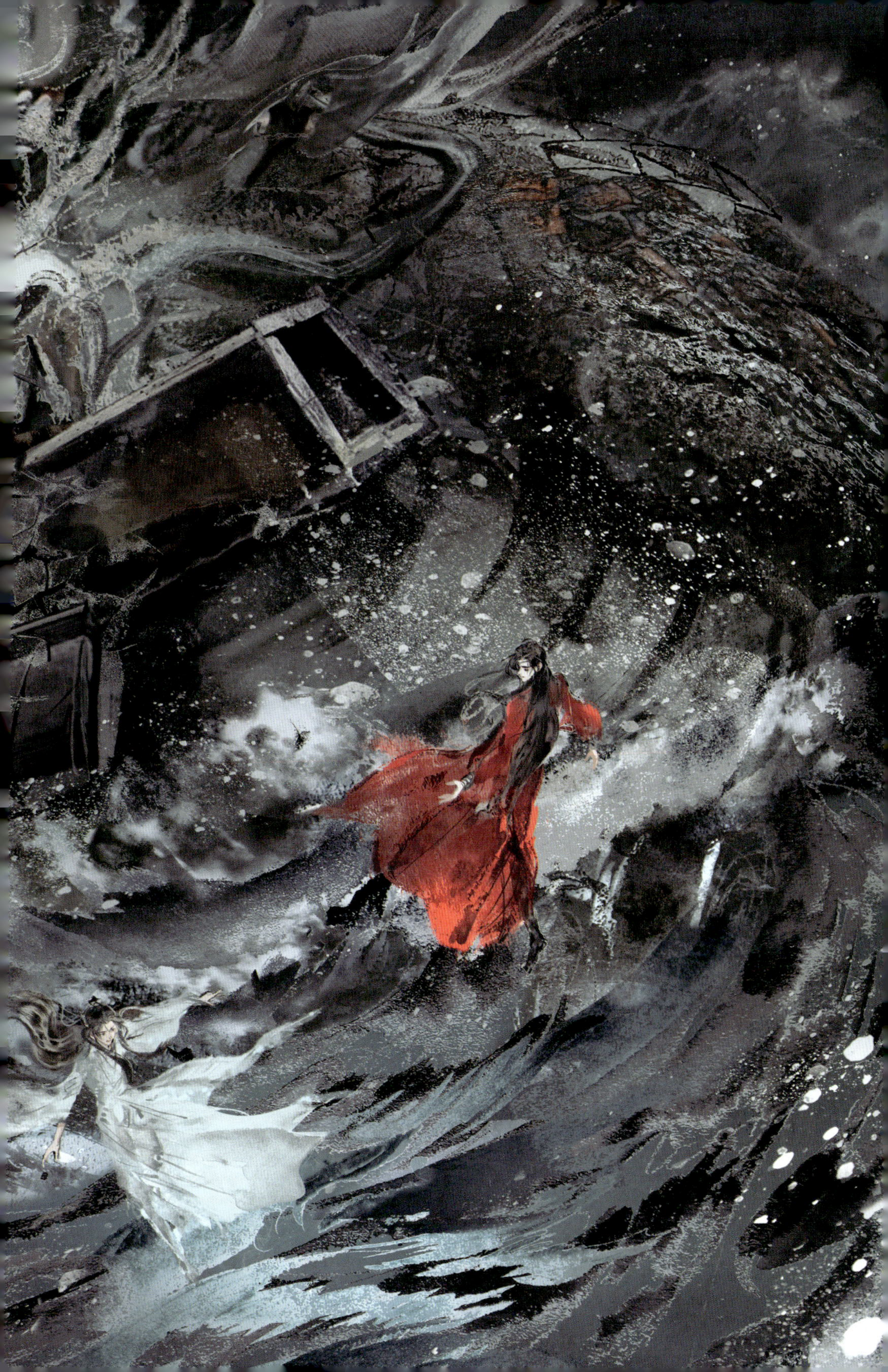

『我若是喜欢什么，心里就再容不下别的，一千遍，一万遍，多少年都不会变。』永远都会记着。

天官赐福

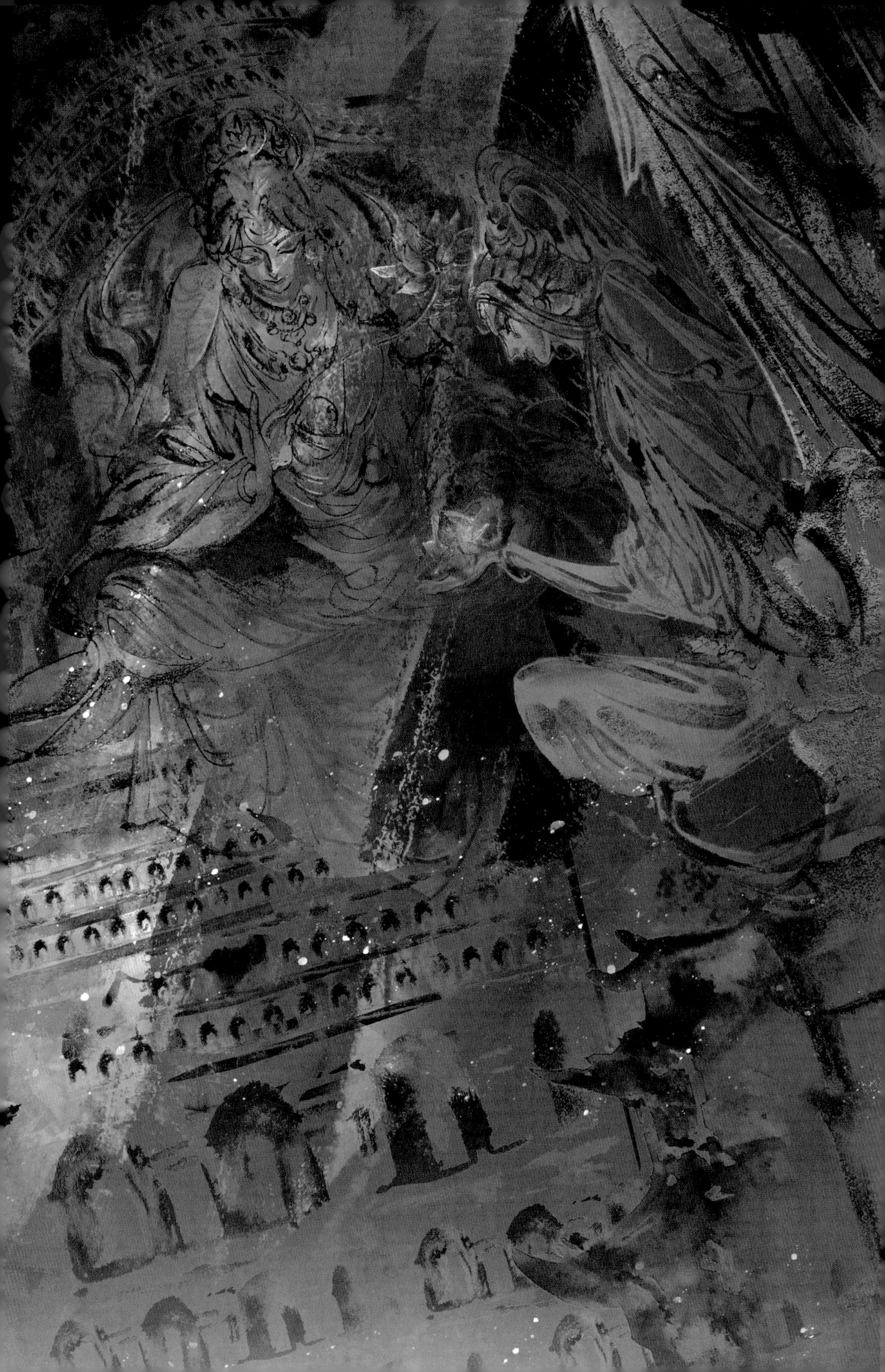

曾经沧海难为水，除却巫山不是云。

目录

第二卷 ❖ 百无禁忌

第一章 如梦临我三千明灯 /002/

第二章 兰夜题书红袖添香 /022/

第三章 怀鬼胎啼笑皆不当 /043/

第四章 白话仙人喜宴哭丧 /055/

第五章 风水庙夜话辨真假 /075/

第六章 移魂魄太子斗真仙 /093/

第七章 笑戏言乱我亦乱卿 /108/

第八章 船行鬼域入水即沉 /121/

第九章 合灵柩棺舟出鬼海 /141/

第十章 了死结水师斗玄鬼 /156/

第十一章 题离思心躁乱墨痕	/185/
第十二章 两分颜色大开染坊	/196/
第十三章 我菩荠观为之绝倒	/220/
第十四章 铜炉开山万鬼来朝	/237/
第十五章 本卖履人何不敬文	/260/
第十六章 锦衣梦蝶太子戏花	/273/
第十七章 傲灵文笑别凌波楼	/297/
第十八章 本玉质哪甘作砖抛	/313/
第十九章 将军折剑公主自刎	/348/
第二十章 万神窟万神真容见	/376/

第三卷

百无禁忌

第一章
如梦临我三千明灯

那夜与花城分别后，谢怜很是过了一段清幽日子。

半月的魂魄需要安养，可这菩荠观里，除了咸菜坛子也没有让她安养的地方，于是便把她拜托给了师青玄。师青玄自然拍胸保证绝对办好，绝不会有让裴茗找她麻烦的机会。

现今菩荠观的香火虽然不算旺盛，但比以前已是好一万倍。谢怜回仙京把所有事掰扯处理清楚后，君吾也给他批了一个不长不短的假，让他散散心。

这日，谢怜回菩荠观时，隐隐觉出一丝不对劲。

推门而入，一种莫名的直觉驱使他向上望去。一抬头，只见一个绿色的人影背部紧贴天花板，犹如一只巨大的绿蝙蝠。

谢怜反手就是一记芳心剑。那人一闪，掉了下来，被谢怜一脚踩牢。同时，谢怜听到一个小孩子的惊叫："爹！"

供桌下钻出一个幼童，向他扑来。谢怜先是一奇，再定睛看脚下，踩的是个陌生的年轻男子，可他嘎嘎狂笑的神态却无比熟悉："太子表哥！惊喜吗！"

一听就知道，这是戚容。谢怜一手拦下那只有八九岁的幼童，一手拎起他，道："你怎么回事？怎么附到凡人身上去了？"

戚容啐道："你还有脸问我怎么回事？不都要怪你的好徒弟，还有狗花城，还有你！"

原来，那日戚容被好一顿暴打差点魂飞魄散，急急忙忙溜了。他原本的老巢百多年前就被花城端掉了，现在竟是无家可归，只能找个肉体凡胎附身，一是寻找一个遮风避雨处养回元气，二也是为逃避郎千秋刨地三尺的追杀。

他虚弱状态之下不能突破活人阳气的护身屏障，只能靠骗，本想就算骗不到王公贵族也能骗个富得流油的，谁知找来找去竟是没一个人上当，因为这种非富即贵之人多半都只拜花城。最后，他只找到一个不想活了的酒鬼兼赌鬼肯同意他使用自己的肉身。

戚容的亲生父亲就是个酒鬼兼赌鬼，他对此类人深恶痛绝，几乎是捏着鼻子才勉强决定纡尊降贵，谁知凑合就凑合吧，这厮居然还送一个拖油瓶，戚容有了肉身后要吃要喝，不但要供自己，还要供一个原身附送的便宜儿子，每日气得跳脚。他越想越气愤，决定上门来给谢怜找点麻烦。

谢怜听完头都痛死了，道："你还真敢上门来找我。这是要我养你的意思？先不说我自己都经常养不活自己，你就不怕我把你扭送上天庭？"

戚容像条死狗一样赖在他手里，道："我既然来了，你以为我没做准备？我告诉你，这肉身可还有一口气在的，你要是把我送到上天庭，或者你要是不能从郎千秋手底下保我，我马上咬舌自尽！我让这便宜儿子他真老子死得透透的，到时候就是你害人性命！都是你造的孽！"

"你……"谢怜还没想好是该揍他还是怎么样，另一边手里那小孩子忙捏住他衣袖角，可怜巴巴地道："道长哥哥！你不要生气了，我们才进来坐了没一会儿，没弄脏你家，也没偷吃东西……"

谢怜回头，柔声道："小朋友你不要怕，我没生气。你叫什么？"

小孩道："我叫谷子。道长，刚才进门你地上有一点点香灰，我帮你捡起来了……你不要打我爹，他经常被打的。我们走就是了。"

这小孩子脸蛋圆圆，眼睛圆圆，衣服破破烂烂，气色也一般，看着就知道日子过得不怎么样，谢怜正心生怜悯，却听戚容摇头道："不行！不行不行，我们今儿个还非得在他这儿住下不可。他不收留咱们，咱们赖在他家门口！"活脱脱一副上门讹诈的极品恶毒穷亲戚做派，谢怜头又要痛死了："你给我闭嘴。"

戚容道："我又不怕你！你凭什么威胁我？君吾？你该不会又想抱着君吾的大腿求他给你做主吧？别做梦了，当年人家理你了吗？现在还觍着脸跟他混，你可真厚脸皮啊！"

谢怜道："那你怕不怕花城？"

戚容的笑终于卡住了。

谢怜轻声道："我现在的确拿你没办法，但不代表花城主拿你没办法。你要赖着我也行，但丑话说在前头，万一我哪天心情坏了，说不定就请他帮我想个法子治治你了。所以，你现在安静点，听到了吗？"

戚容彻底笑不出来了。他悚然道："你好恶毒！亏你想得出来！你还不如把我交给郎千秋呢！"

谢怜暂时还真不能把戚容交给上天庭。万一郎千秋不管不顾提剑就要杀他，让不让他杀？杀了下一步又如何？

这么看来，找花城帮忙，似乎是个不错的选择。但其实，他也只是吓吓戚容罢了。毕竟他已经打扰花城太多次了，每次一有什么事都先找他解决，总感觉有些太不把自己当外人了。光是现在搬出他来恐吓戚容，谢怜已经有些不好意思了。

戚容讪讪闭嘴，谢怜把他丢开。谷子很关心地过去扶他，道："爹，你没事吧？"

戚容仿佛很乐于享受这种父子游戏，阴阳怪气地道："儿子乖——爸爸没事，哈哈哈。爹没吹牛吧，你看，晚上咱们这不就有地方睡觉了？"

谢怜无言以对，开始边扫边想办法解决眼下局面。谷子也忙过来帮他一起扫。戚容叫道："喂！饿了，有没有吃的？"

谢怜从袖子里拿出两个包子，一个给了谷子，一个则粗暴地往戚容口里塞去。戚容喷了口包子大骂难吃，谢怜道："那送你去花城主那里吃饭好吗？"

不知不觉间，他竟是用花城恐吓用得很熟稔了。戚容冷笑道："你少拿他吓我，狗花城翻脸无情，从来不做亏本买卖，接近你肯定不怀好意，哪天你被他祸害了，到时候可别找我来哭！身为神官你居然跟这种绝勾勾搭搭，君吾怎么也不管管？上天庭真是世风日下，太不知廉耻！"

谢怜道："哦。"

戚容："什么叫'哦'？！"

谢怜头也不回，又塞了一个包子进他嘴里，淡然道："第一，从来只有你找我哭的份。第二，请你不要把话说得这般难听，我们没有勾勾搭搭。'哦'就是你的话能信才是有鬼了。我选择相信花城主，我决定在每一件事上都相信他。"

戚容气个半死，一阵大骂，仿佛上天入地就没有一个他不想咒死的。要不是亲耳听到，谢怜简直不能想象一个人怎么会有这么多怨气。他骂上天庭上梁不正下梁歪，三毒瘤狼狈为奸，没一个好东西。鬼界也好不到哪里去，重点中

◆ 004

的重点是痛骂狗花城和那位低调的黑水沉舟竟然敢看不起他,不就是区区两个绝,绝很了不起吗?!总有一天他要让他们对自己下跪。因为太不切实际了,本该生气的谢怜残忍地只觉得好笑,最后决定当什么都没听到就好。

几日后,上天庭终于传来了消息。

灵文殿通知谢怜:不日便是仙京一年一度的中秋宴,诚邀太子殿下于八月十五佳节当夜赴宴同乐。

每年中秋佳节,诸天仙神必设中秋宴庆祝,以俯瞰人间百户欢态为乐。除此之外,宴会上还有一项十分重要的"游戏",可以说,是中秋宴的压轴戏了——斗灯。

一盏祈福明灯,非寻常人可供。中秋宴百神斗灯,斗的就是中秋佳节当天,每位神官各自的主观之中,能收到多少盏信徒们供奉的祈福明灯。

虽说大家口上都说着"不过是游戏罢了""我就是玩玩而已,一点都不在意",实际上,大都是暗中铆着劲儿,盼望着今年信徒们给自己争一口气。如果说真有哪位不争的,那就只有君吾了,因为每一年斗灯都是神武殿完胜,并且一年比一年高,所以,他才是真正把这个游戏当作游戏的神官。至于其余神官,不争第一,只争第二,形势也是无比激烈了。

仙乐宫香火最盛之时,中秋宴上也是风头无两,和神武殿一齐遥遥领先,只是如今大概会很难看了。谢怜根本猜都不用猜就知道今年会有多少盏祈福灯了——肯定一盏都没有!

不过,即使难看最好也去一趟。他又不是雨师那样已经做了几百年的隐修派,也不像地师那样有秘密要务在身,更不像水师那般就是要为所欲为你能奈我何。若总成为特例,想不出席什么就不出席什么,长此以往旁人未免要议论,就算他自己不在乎,但君吾不好做。所以,他给的回复是:"好,届时我一定到场。"

几日间,谢怜怎么试验都无法让戚容离开这具肉身,戚容越发得意。幸好有个谷子一直不嫌弃地给他"爹"喂饭,不然谢怜真是不想往这张嘴里塞任何东西。中秋当日,谢怜在菩荠观外设了个阵,反锁了门,留下若邪捆好戚容,到仙京报到了。

诗云："天上白玉京，十二楼五城。仙人抚我顶，结发受长生。"这里的白玉京，说的便是仙京了。中秋佳节，仙京一派全新气象，那宴席设在露天月前，瑞气祥云，花如吹雪。人间赏月，拇指、食指捏个圈儿，月亮最多刚好框在这个圈儿里。但在仙京赏月，那圆月仿佛一张立在不远处的巨大白玉幕，一面行宴酬之乐，一面赏月观夜，实是人间无法见到的美景。除此之外，大街附近多了许多青铜卫兵，想是花城闯上来一次后，加强了警戒。

宴席之首自然是君吾不用说。但其余人怎么坐，学问就大了，次序和位置都有讲究，坐高了自然万万不可，坐低了神官本人也不愿意。谢怜对此倒是无所谓，不过，今年中秋宴规定了得正装出席，也就是说，最好你在人间的神像穿成什么样子，赴宴当天你就穿成什么样子。谢怜现在压根没有神像，所以还是一身白道袍背了个斗笠。不免寒酸，但确实是没有更好的衣服了。如此装束也挺引人注目的，所以，他觉得还是坐隐蔽点好。

谁知，他本已随便找个角落坐下了，一抬头，却见风信走过来。两人都向对方微一点头，算是招呼过了。风信问道："你干什么坐这里？"

谢怜以为自己坐错了，站起身来道："我以为坐哪里都行。"

风信正要开口，谢怜却远远地看见师青玄在前方冲他招手。师青玄此时乃是女相，风信回头一看，如见妖魔大惊失色，赶紧走了。师青玄又唤道："太子殿下，这儿！"

风师乃是上天庭的大红人，坐的位置自然绝好，离君吾很近。这一招一唤，许多神官都望了过来。君吾也看见了谢怜，对他微微点头，谢怜只得过去。一路上果然没看到郎千秋，据说他早早便推了中秋宴。师青玄按着谢怜坐下，二人附近坐的就是明仪，他正闷头把玩一只玉杯，那执杯的手竟然比玉杯还要白。谢怜道："地师大人，别来无恙。"

明仪头一点，似乎不大想说话。师青玄却跟他截然相反，谁都认识，跟前后左右甚至十万八千里外的也能说两句，谢怜十分佩服他居然能记住这么多大小神官的名字。他身边坐着的是一个十八九岁的少年，高鼻深目，黑发微卷。谢怜不认识他，他也不认识谢怜，两人对看了一阵，均是莫名其妙，最后以谢怜胡乱打了个招呼告终。再四下一望，风信和慕情两个人隔得无比地开，而坐在他正对面的，乃是三位神官。

左边是位黑衣文官，眉目端朗，落落大方，说话间五指轻轻在桌面上有规律地敲击，神情中一派镇定自若，莫名眼熟，想必就是灵文法力最强的男相形态了，果然仪表堂堂；中间当然是已经十分熟悉的裴茗；右边则是一位白衫公子，手中纸扇轻摇，扇上正面写着一个"水"，反面画着三道水波流线，眉眼与师青玄依稀有六分相似，只是睥睨间一派傲慢轻狂之态，瞧着斯文，眼睛里却分明写着他谁也看不起。除了那位"水横天"，还会是谁？

谢怜心中了然："'三毒瘤'。"

这时，他见宴席前方设有一座华丽的小楼阁，四面都以红幕帘子遮掩，问道："那是什么？"

师青玄笑道："哦，你有所不知，这是上天庭里很受欢迎的一个游戏。来，来，带你看看，现在已经开始了！"

话音刚落，天外传来几声闷雷。君吾望了望天，斟了一杯酒，递了下去。于是，雷声阵阵中，宴席上众位神官开始又笑又叫地传起了那杯酒，都道："别给我！别给我！""往他那边递！"

只看别人玩儿，谢怜也大致弄清了规则，心道："原来是击鼓传花。"众人相互传送君吾递下来的这杯酒，不可洒，传给谁都可以，但不能反传回去。雷声停止的时候，酒杯在谁的手里，就拿谁来取乐子。只是不知道是要取什么乐子。

这个游戏，对谢怜而言可谓不太友好。你把酒杯传给了谁，就是要戏耍谁，所以一般都会递给与自己关系好的人。可他和在座大多数神官都不熟，怎么好意思随便戏耍旁人？最多只能递给风师了，但谁知道风师会不会就是传酒给他的那个人？谢怜心想最好是没人传他，马上又觉得应该是他自作多情。第一轮不一会儿便结束了，那酒杯众望所归地停在了裴茗手里。看样子裴茗已经习惯了，在哄然叫好声中把那酒一饮而尽，众神官拍手起哄道："起！起！"

欢声中，那华丽的楼阁，缓缓拉起了四面的帘子。只见台上站着一个高大的将军，昂首阔步，好生威风。他似乎根本没看见底下这些神官，也没看见楼阁外奇异的天外美景，走了几步，开始唱词，激越高昂。

原来，酒杯传到了哪位神官手里，这楼阁就要把人间关于这位神官的戏文搬上来，演给大家看看。由于人们深爱胡编乱造，哪里知道他们会编出什么样天雷滚滚的戏码，又会不会刚好被抽到，这一游戏，可谓是十分羞耻且惊险了。但是，乐趣也就在于此。须知裴将军的戏文出出精彩，因为每次的女角儿都不同。有时是天仙，有时是女妖，有时是闺秀，女角儿是一个赛一个的貌美，故事是一个比一个精彩，众神官看得津津有味，专心盼着女角儿上场。果然，不多时，台上又来了一个黑衣的小姐，声如黄莺，二人对着唱了一阵，词曲都颇为挑逗大胆。大家越看这两人越觉得不对劲，纷纷问道："这戏叫什么名字？""这次裴将军勾搭的女子是谁？"

这时，台上的"裴将军"道："杰卿——"

台下，裴茗和灵文都喷了一口酒水。

杰卿还能是谁，灵文的本名就叫作南宫杰。众神官震惊了：怎么，这二位居然有一腿吗？！

灵文以布巾拭了拭唇角，道："编的。"

两个当事人虽然都有点郁闷，不过好在脸皮都够厚，台上咿咿呀呀地演，台下他们就当没看到。师无渡却不放过他们，摇扇笑道："这戏很精彩。你们有什么感想？"

灵文道："没什么感想。这戏很老了，那时候我还没化过男相。民间传说而已，你仔细想想，民间传说里，但凡是个女的，有几个老裴没勾搭过？"

众人深以为然。裴茗道："喂，话不能这么说，民间传说传的别的我的确差不多都勾搭过。这个我是真没。莫要冤枉好人。"

灵文道："照你这么说，民间传说我勾搭过的男神官更多，我还一个都没勾搭过呢，岂不是如坐针毡。"

灵文自从被点将点上来，民间一直传她是因为勾搭了某位神官才上来的，这也是灵文殿初期香火冷清、无人供奉的缘故之一，据说抗议激烈之时被骂得狗血淋头，经常有人往她功德箱里投肚兜和月事布。可男子神官若有此类传闻，得的却是风流之名，尚能乐在其中。可见，虽然境况相似，因男女之别，下场就大不一样了。

刚这么想，下一轮又开始了。师无渡方才还笑，这次就轮到了他。他眉头一皱，喝了酒，那帘子再次徐徐升起，还没升到最上面，里面就传来两声长呼——

"娘子——"

"郎君——"

含情脉脉，一波三折。于是，底下的谢怜亲眼看到了师无渡和师青玄活生生起了半边身子的鸡皮疙瘩。

师青玄弹起来道："哥！快掐掉！"

师无渡立刻喝道："放下！马上给我放下！"

不用看也知道，这次抽到的，肯定是水师大人和风师娘娘"夫妻"的民间传说了。爱欲和仇恨，永远是人们讲故事时的最爱。有是最好，没有更好，可以随便杜撰了。照理说，各位神官自己做的事，才是正宗的神话，但有时候看人们给他们安的，不得不佩服这才叫"真神话"。师无渡一发话，那帘子果然唰地掉了下来，众神官想笑又不敢笑，憋得辛苦，谢怜则笑问："风师大人，怎么原来还能叫放下帘子的吗？"

师青玄心有余悸，道："可以的，小意思，捐十万功德就行了！"

"……"

在谢怜的无言以对中，第三轮开始了。这一次，雷声没轰隆多久，那酒杯便传到了谢怜身边那位少年身上。

见此结果，众神官的反响有些奇怪。不是很热烈，但也不是很冷淡。仿佛有看戏的兴趣，但不太想表现得太明显。那少年似乎对这游戏没什么兴趣，但还是把酒喝了。他放下酒杯，帘子再次拉起。

只见台上站着两个人，一个是年轻的小将，顶着一头石狮子鬃一般的卷发，虽然极其夸张，但也算得气宇轩昂，应当扮的就是这少年神官了；另一个，则是个尖嘴猴腮、形容猥琐的丑角，在台上跳来跳去。当那少年面向他时，他便故作正经，然而十分油腻，令人更生厌恶；当那少年一转身，他就在背后龇牙咧嘴，以剑偷刺，无疑是个当面一套背后一套的卑鄙小人的角色。

那丑角演得十分卖力夸张，仿佛是一出滑稽戏，众神官见了，反应不一。谢怜注意到，位置偏下的神官们都哈哈大笑，位置偏上的神官，如师青玄、师无渡等人，则大多数凝眉不语，并不觉好笑。同时，他还发觉，身旁那少年的手背突然青筋暴起，心中顿生警惕。他虽然看不明白台上演的是什么，但也大概能猜到是在侮辱另外一个人。而且就算不知那是谁和谁，也觉得这种编排方式令人极不舒服。眼看这少年似乎要发作，于是，他取过桌上一根筷子，朝那挂帘子的绳子掷去。

并不尖锐的筷子擦着绳子飞过，居然划断了绳子。帘子哗哗落下，众神官一惊，都道："怎么能这样？""这是干什么！"纷纷望向谢怜，有的都站起来了。谢怜正欲开口，下一刻，耳边什么东西一炸，却是那少年捏碎了白玉酒杯。

他似乎被这出戏激得勃然大怒，把一手玉杯碎片一丢，一跃而起，跳上桌面，足底一蹬，身形如箭蹿上了那楼阁，进了帘子。几名神官冲上去掀开红幕，里面却已空无一人。众人惊道："不好了不好了，奇英殿下又下去打人了！"

谢怜心道："奇英？奇英殿？西方武神权一真？"忙问师青玄："风师大人，这怎么回事？奇英殿下打人又是怎么回事？"

师青玄回过神来，道："打人就是……打人。喀，说来也许你不信，不过，奇英他经常殴打自己的信徒。"

"……"

他真还是头一次听到有神官敢殴打自己的信徒，这可是会让神官在信徒心中一落千丈的事。他还想再问，却听下边有神官不悦道："怎么这样开不起玩笑？裴将军、灵文真君没被开玩笑吗，发作什么？好好的宴会，哪个是专程来看他脸色的？"

"好啦好啦，毛头小子就是毛头小子。他都走了，没了他玩儿得更尽兴。"

闻言，谢怜若有所思。宴席上只稍微乱了一阵，灵文马上就派人下去处理权一真的事了，宴会和游戏继续。于是，雷声阵阵中，第四轮击鼓传花开始了。

谢怜原本只是看着别人玩儿，乐得别人不找他，谁知却在此时，忽然伸过来一只手，将那只白玉酒杯递给了他。

谢怜万万没想到，竟然真有人会把酒杯递给他。

怪他反应太快，不假思索便接了，接了就愣住了。再看递酒那人，对方也是愣着的——居然是明仪。

原来，方才酒杯传到了师青玄手里，师青玄故意递给明仪，而明仪闷头吃饭，看都不看就随手乱传，传完才反应过来发生了什么，也是无语。与此同时，那雷声也戛然而止，只留下两人面面相觑。

虽然接了酒杯的是谢怜，众人目光却都往风信和慕情身上凑。不难理解，谢怜已经寂寂无闻八百多年了。八百前，自然是有不少他美谈佳话的本子，但到如今早就失传了，而且，根本不会有人在今天这个日子特地为他搭台表演。

所以如果非要找一出有"仙乐太子"这个人物的戏来看，那么就只有以风信或是慕情为主角的戏了。

因为，民间戏话在给这两位神官编故事的时候，偶尔会把谢怜拿来用用，一般是让他做个陪衬，跑个龙套，更有甚者为了让戏更精彩，直接把谢怜改成奸角，安排一些诸如欺负慕情孤苦无依，或是横刀夺风信所爱之类的段子。要是真在中秋宴里上演了这种戏码，不管故事的主角们开不开心，反正做看客的一定开心。谢怜拿着那小玉杯，有神官已经催开了："太子殿下，来来来，干了吧！"

催的人多了几个，风信远远地道："太子殿下不能喝酒的。"

众人都道："一杯而已嘛！不妨事的。"

君吾一直一手支额，一语不发，这时微微起身，似要发话。师青玄也在一旁问："你行不行啊？不行就算了，我帮你出十万功德拉帘子。"

"呃……"谢怜怕他真的一冲动十万功德就洒出去了，就算再豪爽也不是这么个豪爽法，而且不管什么戏他都看过，没什么讲究，忙道："不用不用，一杯应该无碍。"说完，便把这酒一饮而尽了。

琼酿入喉，滑过之处先凉后热，谢怜有点儿晕，但酝酿片刻便把这晕劲压了下去。小楼四面帘子缓缓拉起，众人转移了目光，准备专心看戏了。

一看便奇，只见那台上竟是站着两个人。一人白衣，面若敷粉，满身风尘，背一只斗笠，定是谢怜无疑了；另一人红衣，乌发如漆，俊美灵动，顾盼有神，一条长蛇盘在手上，被"谢怜"抢去，那红衣人立即将那蛇劈手夺了甩开，握住"谢怜"的手就不放了。那神态，真真好似他的心也被狠狠戳了一刀子。

这一出，把等着看好戏的众神官都看蒙了，当然，谢怜自己也是蒙的。宴席上首的君吾笑道："这是个什么本子？怎么像从没见过？"

灵文立刻便叫人去查了，道："这戏好像叫《花夜奇缘记》，是新编的，所以从前没见过，今晚是第一回在人间上演。"

师青玄对谢怜道："是你的新信徒写的吧？好像省功德了，不用拉帘子。"

谢怜不置可否。他现在除了菩荠村的一千穷村民，哪有什么新信徒？

另一边台下，虽然众神官没看到想象中的戏码，但是，眼前这一出戏当然更精彩。毕竟，若是传言属实，那这红衣人扮演的，可就是花城啊！

血雨探花的戏，人间是有不少的。不过，往往都是什么"红衣鬼火烧三十三神庙，烧完了天界屁都不敢放""血雨探花正手反手一只手吊打文武神"这种令天界人士看了默默流泪的戏码，不知这个本子会写成什么样？反正主角是谢怜，对于这位，大家总有种格格不入之感，并没把他划入天界"自己人"的范围，所以看看也无妨。而且这出戏舞台精致，制作精良，戏中人扮相极好，简直良心大作。于是，少不得心底大呼过瘾，边看边评头论足。

"真的吗？编的吧，花城哪里会这样跟人说话！"

"胡说八道，简直胡说八道！"

"这戏把花城编成什么样了？醒醒！这真敢编啊！"

毕竟是特地给他写的戏，谢怜也认真地看了。坦诚地说，这戏不错。扮相好，戏也好，只是，作为被演绎者，他有一个小小的意见。

扮演他自己的那位，身手是很不错的，不过，他每每开口喊"三郎"，虽然语气并不如何跌宕起伏，谢怜却觉得令人坐立难安。

可是，仔细想想，他喊花城，的确是这么喊的，当时觉得没毛病，现在看，照理说也应该觉得没毛病。再瞧瞧其他神官，虽然嘴上骂着胡说八道，但还是看得津津有味，目不转睛，热火朝天，也只好闭嘴了。看着看着，忽然，师无渡道："后面那两个小厮是干什么的？"

听到"小厮"二字，风信和慕情都不易觉察地僵了一下。

灵文道："那不是两个小厮。应该是两个中天庭的小侍神。当初，曾从南阳殿和玄真殿应征去给太子殿下救急。"

南阳殿和玄真殿居然会有人给谢怜救急，这真是奇闻一桩，听起来就仿佛裴茗义正词严地婉拒了向他投怀送抱的绝色美女一般不可思议，众神官齐刷刷望过去。灵文又补充了一句："他们自愿去的。"

谢怜笑笑，道："忘了问，南风和扶摇他们还好吗？怎么今天没见他们出来玩？"

风信道："南风……在……"

慕情淡淡地道："扶摇在关禁闭。"

风信立刻道："南风也在关禁闭。"

谢怜"哦"了一声，道："两个都关了？太遗憾了。"

说话间，那戏精彩落幕了。虽然被一致认为是无知信徒的臆想，但因为臆想花城实在很过瘾，竟也博了个满堂喝彩。然而，裴宿就是因为半月关被流放的，大家过足了瘾后，少不得要分点关注给裴茗。师无渡道："裴将军，你家小裴现在怎样了？"

裴茗自斟自饮，摇头道："还能怎样？我是管不了他了。"

师青玄哼道："裴将军要是早管管，也不会闹成后来这样。说起来这也不是第一次了，可别又给雨师大人一次帮忙管教的机会才好。"

裴茗脸色微变，师无渡目光扫了过来，道："青玄不准没礼貌。"

他一斥责，师青玄便讪讪地低了头。裴茗哈哈笑道："水师兄，你这个弟弟好生厉害，也就你能管管了。他现在惹我倒没什么，万一今后惹到不该惹的人，可不会像我这般看你面子。"

师无渡展扇，继续教训弟弟，道："裴将军的话你听见没有？还有，跟你说过多少次了，不要老是变成这样子在外面走来走去，成何体统。我不管你喜欢什么样子，出门在外必须用本相！"

虽然师青玄无比热爱女相，十分不服，但还是不敢顶撞他哥。谢怜心想："风师说他不怕他哥哥，倒也未必全是。"谁知，师无渡最后道："万一遇到裴将军这样法力高强又居心不良的人怎么办！"

裴茗险些再喷一口酒水，道："水师兄！你再这样，我们可就没法说话了。"

他们那边又聊起来，这边谢怜道："风师大人，方才你说的雨师大人，可是雨师篁？"

师青玄道："正是。雨师好几百年都没变动过了，一直是那一位。怎么，有旧识？"

谢怜道："虽未曾有幸见过，但这位雨师大人算是于我有恩，我十分感激。"

当年他为永安求雨，仙乐本国无水，是要远到他国去求的。而他国之水，不肯给你也不能硬抢，那时上天庭其他神官持袖手旁观之心的不在少数，谢怜选定了雨师国，一度担心雨师国的主神官会不同意，但最终证明那位主神官非但没有反对，还默默为他打开了方便之门，任他来去取水畅通无阻。

师青玄笑道："那是。虽然认识雨师大人的很少，但只要是认识的就从来没有说雨师大人不好的。哦，裴茗除外。"

谢怜："这二位之间，可有什么过节吗？"

师青玄："过节自然是有的。在上天庭混了这么多年的人，谁还没有点过节或是勾结。我跟你说，雨师大人可是裴茗心中的一道阴影。所以啊，我帮你把半月小妹妹送到雨师乡去了，在那里，她绝对安全，因为裴茗绝对不敢去那里找她麻烦！"

谢怜奇道："雨师大人不是个种田的吗？能做什么成为裴将军的阴影？"

师青玄摇头道："这你就有所不知了。雨师大人，是雨师国最后一代国主。而裴茗飞升之前，是须黎国的大将。"

这有什么问题吗？

很有问题！

因为，雨师国，就是被须黎国的铁骑踏平的！

原来双方竟有着源远流长的旧怨。师青玄道："裴茗你知道的，后人很多嘛，到处都是他的子子孙孙。在小裴之前，明光殿曾经有过另一任副神，也是他点将点上来的，很有希望飞升的一个副神。人才倒算得是人才，但也跟裴茗一个德行，本事大，毛病也大。他经常在别人的地盘上犯事儿，但仗着裴茗势大，谁都不敢多说什么。结果有一天，他犯到雨师大人的地盘上了。雨师大人平时几乎不出来，只在深山种地，谁知一出来就直接把裴茗那后人打了一顿拎上天去，最后丢到帝君面前，给判了个流放。

"原本裴茗想着，流放就流放，过个一百年再捞起来也没什么。但是，人间一百年能发生多少事？每一年，甚至每一天，都有新的奇人异士出现，像走马灯，眼花缭乱，浪打浪，一波接一波。才过了十年，原先的信徒便都纷纷改信了其他的神官；过了五十年，那副位神官就被忘得一干二净了；过了一百年，再也没起来，当初一个年纪轻轻前途无量的神官就这么给废了，没了。直到冒出来个小裴，裴茗才又重新找到合心意的副手，他对雨师大人能没有阴影吗？"

难怪之前在神武殿裴将军试图努力保住小裴了，原来是有前例，怕小裴废了。谢怜若有所思，轻叹道："人间。"

师青玄也道："是啊，在人间待久了，都是会被磨得失去灵气和斗志的。"

两人相对点头。吃了一轮，终于在觥筹交错中迎来了最后的斗灯。

仙京里，所有的烛火、明光全都熄灭了，除却月光，一片黯淡。临湖而宴，挥开湖面的烟云雾气，透过清澈流动的湖水，能看到下方漆黑如深渊的人间。

斗灯，斗的是中秋当日，一位神官最大、最著名的那座宫观里供奉的祈福长明灯的盏数。一盏祈福长明灯，千金难求，久久不灭。斗灯顺序是由少至多依次排列，轮到某一位神官时，他信徒供奉的灯盏便会从下方飘上天界，照亮漫漫黑夜，绮丽无比。

神武殿今年有九百六十一盏长明灯，数目近千，史无前例，众神官都觉得明年一定就会突破千数，然而这并不是重点。如果第一永远是第一，那么第一便失去了意义，所以大家在斗灯这一环节中已经自动剔除了神武殿。

令人哭笑不得的是，斗灯一开场，排在第一个的居然是雨师。当谢怜看到一盏小小的明灯慢悠悠、歪扭扭地升上天空，再听到"雨师殿，一盏"的时候，简直怀疑自己其实喝醉了还没酒醒，无论如何也不至于只有一盏。为了确认自己没醉，他问师青玄："没报错吗？"

师青玄道："没。真就一盏。就这一盏，还是雨师大人家里的牛为了撑个场面自己供的。"

自己供自己，这种行为可真是亲切。谢怜想了想，雨师管下雨，所以也是掌农之神，猜测道："莫非因为雨师大人信徒多农人，所以才无裕供奉？"

师青玄却道："殿下，你对农民有什么误解，很多农民都很有钱的，好吗？其实是因为雨师大人说过，有钱供灯，不如种田，所以信徒从来供的都是新鲜瓜果蔬菜。"

听了这话，谢怜真是羡慕至极，心想："还有这等美事。"

然而，师青玄又道："后来雨师大人又说不要浪费，所以供品一般放两天信徒就拿回去自己吃了。"

谢怜："……"

前面稀稀拉拉的，都是一些小神官，长明灯从几盏到几十盏不等，大家都没什么兴趣。但是，越到后来，每一次升起灯时光芒越盛，大家也越发专注。如果不是专门的神官报幕，一眼就能看出数目，那灯阵密密麻麻地一起飞上来根本数不完有多少盏。谢怜什么都不清楚，便什么评价都不发表，专心欣赏明灯照亮漆黑长夜的美景，顺便听一听其他人对于目前斗灯形势的分析。虽然他觉得这种事情并没什么好分析的。大约两炷香后，压轴戏终于陆续来临。中秋宴斗灯，开始了最后的十甲拼杀。

十甲的最后一名，谢怜听到报幕神官高声道："奇英殿，四百二十一盏！"

权一真早已离场了，其他神官听到这个数目后的啧啧之声也就不加掩饰了。这位西方武神年纪尚轻，却势头极猛，和他资历相同的神官，有两百盏长明灯已经算很多了，他却是翻了个倍还要多，可谓了得。但谢怜觉得，果然这少年在上天庭人缘不太好，因为除了他自己和师青玄，几乎没什么为这份了得真心惊叹。

下一位，地师殿，四百四十四盏。明仪除了多喝了两口汤，并没有任何别的表示，师青玄却是比他还激动，一迭声地道"低了低了"。由于大家对地师大人都不是很熟，章程化地拍了拍手，就当是祝贺了。紧接着就轮到师青玄自己了，风师殿，五百二十三盏。

一个人受不受欢迎，真是很容易看出来的一件事。报出风师殿的长明灯数目后，师青玄还没说话，宴席上的拊掌声便陡然大了起来，四处都是"恭喜恭喜""实至名归"。师青玄十分得意，起身到处拱手，又对师无渡嚷道："哥，我今年第八！"

他像被夫子夸了找爹妈讨赏似的，谢怜看着忍俊不禁，师无渡却斥道："不过是第八而已，有什么好高兴的！"

他这话其实是非常狂妄的。整个上天庭，有哪个是等闲之辈？五百多盏长明灯，高居第八，在他口里却被说成"不过是"，那排在第八名后面的神官，岂不是连"而已"都不如？他也并非不知此话不妥，但他就是要这么说，因为不惧。师青玄垮了脸，师无渡摇了摇扇子，又勉为其难地道："不过，灯比去年多了，下一年必须更多。"

闻言，师青玄又纵臂长笑起来。整个宴席上，竟然只有明仪一脸漠然地埋头吃饭，不给他喝彩，于是师青玄拍了他两下，要找他讨祝贺。明仪根本不想理他，继续专心猛吃，师青玄大怒，要求他必须给自己鼓掌，谢怜在一旁听得要笑岔气了。可又听附近有神官低声议论："哎，以往的话，泰华殿下差不多是这个位置前后。"

"是啊，不过今年肯定不行的。今年出了那档子事，他好是颓躁了一些日子没管殿里事务，所以灯就少了好些，不然也能坐稳十甲。"

谢怜便不笑了。

下一位，灵文殿，五百三十六盏。

在文神里，灵文算是夺魁了，不过，并没有多少文神捧场，反倒是武神们很给面子。谢怜远远向他道了恭喜，这头听到师无渡和裴茗叫他摆宴请客，那头又听到有神官嘀咕：灵文信徒多无非因为化了男相，灵文看准当今武神势大便一力巴结武神不理睬文神，灵文是上天庭最热衷于请客的神官，云云。谢怜摇了摇头，心中只有一个想法：女神官真不容易。

接下来，是南阳殿和玄真殿，分别是五百七十二盏和五百七十三盏。慕情眉目舒展，风信不喜不怒，似乎并不在意。谢怜心中纳闷，怎么会刚好数目这么接近？这也太巧了吧？低声问师青玄方知，原来这二人因为出身相近，领地相近，实力相近，加上彼此关系不好，两边信徒都憋着一口气要赢，不求第一，只求比对方高。每年竭尽全力，每年互有胜负。今年在最后关头，玄真殿终于多挤出了一盏灯，胜过了南阳殿，眼下仿佛打了一场胜仗，正大肆庆祝呢。听完谢怜忍不住心想："在外面为多对方一盏灯争得头破血流，这群人都不回家过节的吗？今天可是中秋啊。"

下一位，明光殿，五百八十盏。

这个数目，相当可观了。然而，裴茗却并无喜色，因为，比起去年，明光殿今年的长明灯，其实是减少了的。副神裴宿出了事，算是一个打击，今年少了将近一百盏灯，若不是裴茗底子厚，稳住了，只怕少得更多。师无渡和灵文都没对他道恭喜，只是拍了拍他的肩。

至此，谢怜发现，这好几位神官的长明灯盏，数目都很是密集，几十几十的，仿佛拉不开差距。也就是说，大家其实都半斤八两，没有哪一个是真正的绝对胜出。他刚这么想，就听报幕神官道："水师殿，七百一十八盏！"

宴席上，一阵骚动，惊叹四起。

众神官反应过来，便开始争先恐后地道贺。师无渡只是坐着，并不起身，神情也并不如何倨傲，只是一派理所当然。这恐怕是好几百年来，第二名神官和神武殿长明灯之数挨得最近的一次了。谢怜第一次飞升时距今太远，那时候的一盏祈福明灯，比如今的一盏要更为难求，自然不能一概而论。不过，所谓"人为财死，鸟为食亡"，人们对于财富的热爱，是永远不会减少的，不愧为财神！

师青玄比自己亮了七百盏灯还兴奋，大力拍掌，对谢怜连声道："我哥！是我哥！"

谢怜笑道："知道了，是你哥！"

整个宴席上，依旧只有明仪一个人在格格不入地卖力吃饭。事实上，谢怜觉得所有人里就他一个把"宴"当成宴在认真对待，为吃饭而来，仿佛多年来在鬼市卧底食不果腹今晚要一次吃个够本，想起鬼市街边摊子里卖的那些小吃，谢怜也十分能理解了，忍不住心想，花城平时会不会在鬼市街头悠悠踱步？

最激动人心的谜底既已揭晓，今夜，众位神官都看饱了戏，说够了话，心满意足，便也陆续准备起身离席了。谁知，师无渡忽然眉头一皱，扇子一收，道："慢着。"

别人说慢着，大概没这么强的震慑力。但师无渡此人，真真如他的外号"水横天"，仿佛天生发号施令惯了，一开口便让人不由自主地听从，大家又都坐了回去，问道："十甲已出，水师大人还有何事？"

谢怜心想："难不成也要散功德了？"

师无渡摇扇道："十甲已出？"

众人都不知他反问此句是何意，师青玄却惊道："不对。不对不对不对。十甲没出！算上神武殿，刚才报出来的，也只有九个而已！"

众位神官一下子惊了，纷纷道："只出来了九个？"

"真的，我数了，真的只有九个！"

"水师大人前面居然还有一个人？"

"什么？还能有谁啊？我没印象了啊？"

正在此时，黑夜之中，忽然爆发出一阵亮如白昼的光芒。

那光是灯。

如千万游鱼过江海，无数盏明灯缓缓升上来。

它们在黑夜之中闪闪发亮，熠熠生辉，如浮空的灵魂和瑰丽的梦，壮美至极，照亮了漆黑的人间。此般奇景，无可言喻，唯余凝固的呼吸和断层的言语。

谢怜怔怔望着那漫天的明灯，仿佛窒息，什么都听不见了，恍神了好一阵。过了这一阵，他才发现，有哪里不对。

宴席之上，所有神官的目光都投射了过来。原来，那报幕神官哆嗦着手，指向了他。

谢怜蒙然，道："怎么了？"

无人应答，谢怜又指了指自己，道："我？"

一旁的师青玄拍了一下他的肩，道："对。你。"

谢怜还是蒙然，道："我什么？我到底怎么了？"

那报幕神官艰难地咽了咽口水，终于再次开口。

于是，在场百位神官都听到了一个不可置信的颤抖声音。

"千灯观，太子殿，三……三……

"三千盏！"

三千盏！

半晌沉默，陡然，四起轩然大波。

哪怕是首席之位稳如泰山的神武殿，也从来没在中秋宴上一夜摘得三千明灯。甚至从来都没有谁想过这个数字。哪怕是一千，也还勉强好说了，三千，这才是真正的史无前例，比前几甲神官加起来还要多！

可想而知，此刻，众位神官心中有多不可置信，当即便有神官脱口而出："弄错了吧！"

"数错了吧……"

可是，且不说报幕神官数了这么多年的中秋宴斗灯，会不会恰好在今天出错，光是看一眼那组成了庞大光幕的灯流，即便是退一万步，真当是数目有误，那错误也只可能是数少了，不可能是数多了。于是，又有神官道："会不会那灯并不是真的祈福长明灯？也许只是普通的灯？"

这话其实就等于"造假了吧"，也有几人附和。师青玄却道："怎么会是普通的灯？普通的灯和祈福长明灯的规格完全不同，根本飘不上天来，怎么会不是真的？"

如果这句是谢怜辩的，众人大概还会继续质疑，但既然是师青玄说的，而且师无渡也在这里，旁人就不好说什么了。路被堵死，便转向了另一个方向："诸位，这个千灯观在哪里？什么时候建的？是谁建的？有哪位仙僚知道吗？"

报幕神官道："不知……但是那些灯上，写着的就是'千灯观'升上来的。"

"可我根本就没听过什么千灯观啊？！"

"对啊，我也从来没听过！"

谢怜总算是从一片震惊的空白中抽离出来了，听到这几句，诚恳地道："诸位，实不相瞒，岂止你们没听过，我也没听过啊！"

所有神官今晚都被这雷炸得晕头转向，根本不敢置信，七嘴八舌。谢怜真想说："不过一个游戏罢了，大家何必太较真呢。"然而，首先，很多人心里并没有把"游戏"当游戏，其次，他是这"游戏"的第一名，由他来说这话，不是欠揍吗？其他神官也不好说，因为其他神官名次都在他之后，说了仿佛在给自己开脱没拿第一也没什么大不了，便很尴尬。这时，裴茗笑道："我就说血雨探花带走太子殿下不是为了找他麻烦，之前诸位还不信，现在可信了？"

经他提醒，众人这才猛然醒悟。

如果是花城，那么，他摆摆手就升了三千盏祈福长明灯，也不是不可能！

谢怜和花城到底有没有关系，究竟是个什么关系，可谓扑朔迷离。此前，众人都觉"不怀好意说"更可信。因为没理由对天界一向极不友好的花城突然就对谢怜另眼相看了。但是，依花城那种无法无天的做派，同样也没理由突然就对某人虚与委蛇起来。今日中秋宴过后，这"不怀好意说"，恐怕就有点站不住脚了。毕竟，三千盏祈福长明灯！即便是执掌财运的水师，也不是说拿出手就拿得出手的。纷纷乱乱中，忽然，宴席上首传来一阵不紧不慢的拊掌之声。

众神官循声望去，只见君吾一边拊掌，一边对谢怜笑道："仙乐，恭喜。"

谢怜心知君吾有意解围，心中感激，对他俯首。君吾又叹道："你总是能创造奇迹。"

见此往来，宴席上渐渐安静下来。迟疑片刻，终是在君吾的带领下，参差不齐地拍起了手，道起了贺。

至此，纵使再震惊，诸神官也不得不承认了。这位太子殿下身上，历来都是奇迹倍出。从前如此，现在，也是如此！

中秋宴散了，一直轰隆轰隆的雷师也收了工。捧场最卖力的当然是师青玄，不管是谁的名次出来了，他都是第一个拍手捧场的。裴茗除外。谢怜原先还在想他横插一杠子，水师从屈居第二变成了屈居第三，会不会不悦，但看师无渡，似乎并无不快，裴茗和灵文都对他道了贺，接下来三人就商量着到谁家小山上的温泉去了。师青玄赶紧上去拖他哥哥。谢怜看看没有他的事了，便离开了仙京。

回到人间，谢怜先去了一座小树林。

那小树林里现在热闹得很，一个光着膀子的年轻男人被一条白绫倒挂在树上破口大骂，满嘴污言秽语，一个小孩蹲在下面给他驱蚊子。谢怜慢悠悠走过去，那年轻男人见了他，大怒道："谢怜！还不赶紧把我放下来！死了死了，我要死了！"

谢怜却温声道："你一定很多年没被蚊子叮过了，重新感受一下活着是什么滋味不好吗？"

此人正是戚容。谢怜料到他不会安分，肯定要唆使谷子帮他割断若邪，所以便早叮嘱了若邪，要是他逃跑，就把他拖到这树林里爽一把。戚容仗着用的是别人的肉身，谢怜虽不能频繁殴打他，但让他受点小小的皮肉之苦还是可以的。谢怜在这一带砍过柴，拾过荒，饱受蚊虫叮咬之苦，眼下，戚容果然也被一堆蚊子叮得满身是包，生不如死，骂道："你的雪莲之心呢？这时候怎么不做好人了？！"

谷子抱着谢怜的腿，"哇哇"哭道："大哥，放我爹下来吧！他被挂了好久了！"

谢怜摸摸他的头，戚容当即"哎哟"扑通两声，掉在了地上。

要回菩荠村，就要经过那座枫林。谢怜手里提着个光膀子骂骂咧咧的年轻汉子，对身后哭哭啼啼的小孩道："小心脚下。这里容易摔跤。"

是真话。谢怜有时候从镇上收破烂回来得晚了，黑夜里走这条路，摔过不知道多少回。戚容听了立即叫道："老天啊！求求你快让这个人赶紧摔死在这里吧！"

谢怜听了只觉得好笑："你一只鬼，求什么老天？"

这时，他忽觉天边隐隐有暖光透出，地上黑漆漆的路似乎也被那光照得清楚了些，明朗了些。抬头望去，发现果然不是他的错觉。天边真的有光。

是那三千盏长明灯的光。

浮灯在夜空中流动，浩浩荡荡，连星月的光辉都被它们盖了过去。谢怜怔怔看着，半响，小声叹道："谢谢。"

戚容不知那是什么东西，呵呵道："你谢什么？人家自己点着玩儿罢了，又不是专门给你点的，少自作多情了。"

谢怜莞尔不语，也不反驳，只道："美丽的东西存在于世上，这一点本身就值得感谢了。"

他心有好风景，便不怕旁人煞风景，借着这天边明灯的光芒，一路前行。

第二章
兰夜题书红袖添香

不到两日，谢怜便迎来了一个巨大的危机。

观里没东西吃了。

他一个人，一天几个馒头配一碟咸菜，地里摘点黄瓜啃啃，就能解决，菩荠村村民们的供品供给生活绰绰有余。而现在，观里多了两张嘴。迅速吃空了他的存粮。

谷子倒也罢了，戚容一只死鬼，附在个大男人身上不肯出来，一边破口大骂谢怜不把他当人看，喂他吃的都是些什么狗玩意儿，一边还比谁吃得要多，让谢怜实在很想塞他一嘴锅底灰。

彻底揭不开锅后，谢怜决定把谷子寄放在村长家，再去集市晃晃，看看能不能收到点东西。

可是，今日似乎行情不好，走了一圈，他竟然什么破烂都没收到，最后，他做出了一个决定——

重操旧业！

说干就干。于是，谢怜往人来人往的大街口一站，道："各位父老乡亲、街坊邻里！今日在下初到宝地，囊中羞涩，献丑几手，还望大家捧场，送个口粮，凑个路费……"

他两袖飘飘，一派仙风道骨，开口清越，中气十足，街上闲人纷纷围了过来，道："会什么，来看看？"

谢怜欣然道："转盘子看吗？"

众人摆手："没点难度，小把戏罢了！还会点什么？"

谢怜又道："胸口碎大石看吗？"

众人也道："太老了太老了！还会点什么？"

谢怜方知，原来连街头卖艺杂耍也是要与时俱进的，当年他的拿手绝活已成了明日黄花，无人再懂得欣赏。眼看着围过来的人群就要散了，迫不得已，使出了撒手锏，他从袖中取出一摞自己亲手扎的护身符，道："看卖艺送护身灵符，手工制作，各位走过路过不要错过。"

听说白送东西，散开的人群又欻的一下聚回来了："什么样的护身灵符？哪间道观开光的？神武大帝的吗？"

"有保财运的吗？给我财神的护身符谢谢！"

"我想要巨阳真君的，麻烦给我留个！"

谢怜道："没有。没有。送的是仙乐太子的，菩荠观开过光的，保证灵验。"当然灵验了。别的神官每日起码有几千人祈福，耳边都是嗡嗡嗡嗡的，稍微多点儿就下派给手下的小神官了。而他每日没几个人祈福，你说谁被听到的机会比较大？

众人都噓道："没听说过！"谢怜又道："没听过没关系，菩荠观就在七里外菩荠村，欢迎参观，参观不必备香火……"而不等他说完，人群已经轰的一下散了。一个个都走了不远便把方才抢的护身符随手丢掉，谢怜又跟上去一一捡起来拍干净收回袖子里。正在此时，大街那头一座大宅子突然大门两开，一人被扔了出来，随即传出一声暴喝："庸医！"

街上行人赶忙围过去看热闹，噼里啪啦几十只脚踩过，那些没来得及捡起的护身符瞬间被踩得又瘪又脏又烂，谢怜瞠目不语，不捡了，也跟着去看到底怎么回事。只见那座宅子门前一名富商模样的男子正和一名大夫模样的老伯理论不休。那富商怒道："昨天你来的时候怎么说的？不是说一切都好不用担心吗？今天这是怎么回事？！我夫人没摔也没吃坏，怎么突然就这样了？！"

大夫则喊冤道："昨天我来看您夫人，她确实是好好的！我看这事您应该找道士，不应该找大夫啊！"

那富商勃然大怒，叉腰指他道："我儿子还没死掉呢，你这庸医干什么咒他！当心我告得你倾家荡产！"

大夫抱起自己的医箱道："你告我也没用，这脉象我是真看不懂啊！我真是这辈子都没见过！"

众人都起哄："换个大夫吧！""还是找道士来看看吧！"

谢怜忙在人群中举手道："请看这里。道士在这里，我就是道士。"

众人齐刷刷转头，奇怪道："你不是个卖艺杂耍的吗？"

谢怜礼貌地道："那只是副业。谢谢。"说完走上前去，道，"能带我看看尊夫人吗？"

宅子里传来阵阵尖叫，显是一群妇人都慌了神，那富商新叫的大夫一时半会儿赶不来，病急乱投医，居然真的抓着他就往屋里跑，谢怜顺手把那大夫也抓了进去。几人进到里屋，满地是血，花帐子大床上躺着一个年轻妇人，痛得死去活来脸色惨白，几乎要抱着肚子打滚，幸好是被几个老妇和使女按住了。而谢怜一迈进门，背上便是一阵汗毛倒竖。

这屋子里阴气极重，而那阴气，是从一个地方传来的。

那妇人的肚子！

谢怜立即拦住身后人，喝道："别动！她肚子里的东西有问题！"

那富商惊恐道："我夫人是不是要生了？！"

大夫和那几个老妇都听不下去了，道："这才五个月，怎么可能就生了！"

那富商怒斥大夫："不是要生了那你又不知道是什么毛病，庸医！连脉象也看不懂！"

眼看那妇人快要昏过去，谢怜道："都住口！"翻手便祭出了芳心剑。见他突然取出一把几尺长、黑漆漆的凶器，几人都吓了一大跳，道："你想干什么？！"随即便看到谢怜放了手，而那剑居然悬空飘浮了起来！

这下，所有人都惊呆了。

芳心悬在上方，剑尖朝下，直指那妇人隆起的肚子。这剑杀气极重，众人看到那妇人的肚子忽然动了起来，一团肉隆起，时而挪到左腹，时而挪到右腹。挪来挪去，最后，那妇人猛地一阵剧烈咳嗽，口中突然喷出一道黑烟！

芳心等待多时，一剑斩散那黑烟。那妇人惨叫一声："我的儿子！"当场昏死过去。

谢怜这才召回了剑，重新插回背上，对那大夫道："可以了。"

大夫目瞪口呆，谢怜招了好几次手，他才又迟疑着凑上前去。那富商面露喜色："我儿子保住了吗？"

谁知，那大夫把了一会儿脉，却战战兢兢地道："没了……"

那富商愣了，半晌，大吼道："没了？这怎么就流了？！"

谢怜却转过身，道："您夫人这胎不是流了，是没了，没了您懂吗？"

那富商道："没了跟流了不是一回事吗？"

谢怜道："略有不同。流了只是流了。'没了'则是指这个意思：您夫人肚子里，原本是有个孩子的，但是现在，这孩子不见了。"

果然，这女子的腹部，方才还是隆起的，而现在，分明没有任何外伤，却已经明显瘦了下去，而且瘦得极不自然。那富商道："我儿子不是刚才还在她肚子里的吗？！"

谢怜道："刚才在里面的，并不是您的孩子。撑起了您夫人肚子的，只是那一团黑烟！"

确定那妇人只是晕过去，并无生命危险后，他们出了屋子。富商道："道长怎么称呼？您是打哪个观来的？供奉的是哪位真君？"

谢怜道了声"免贵姓谢"，原想接着说"菩荠观"，话到嘴边，不知怎的改了，道："千灯观。"

那三字出口之后，莫名有点儿不好意思。那富商"哦"道："没听过。很远吧？"

谢怜也不知道远不远，小声道："嗯……"

几句寒暄完了，富商才迫不及待地惊恐道："道长！刚才那到底是什么妖怪啊？我夫人肚子里一直怀的……就是那个东西吗？一团黑气？！"

转移了话题，谢怜也正了神色，道："未必是一直。您不是说，昨天请大夫来看的时候，您夫人还好好的吗？那时候脉象应该还平稳，今天就乱了，恐怕，胎儿就是昨天晚上出的事。您不妨想想，昨天晚上，您夫人有没有做什么事？或是发生了什么怪事？"

富商道："昨晚什么事都没发生，我夫人都没出门啊！自从她在巨阳殿烧香求得了这个孩子之后，就在家里专门设了一个巨阳真君的神龛，每日大门不出二门不迈地诵经烧香，虔诚得不得了！"

谢怜心想若是给风信知道有人这样供他，那才是不得了。想了想，他又道："那，有没有做什么怪梦？"

那富商一悚，道："有！"

谢怜来了精神，只听这富商道："道长你真是料事如神！我夫人昨晚真的做了一个怪梦，梦见一个小孩儿跟她玩，喊她娘。梦到半夜感觉有东西在踢她肚子就醒了，还喜滋滋地跟我说，说不定是肚子里的孩子迫不及待要跟爹娘见面，所以先来打个招呼。我当时还哄她来着！"

瞬间，谢怜便断定了，道："就是这个小孩有问题！"

顿了顿，谢怜又问："这小孩大约几岁？长什么样？您夫人有说过吗？"

富商惊出一身冷汗，道："她怕是记不起来了，当时跟我讲就说不准到底几岁，只隐约觉得应该很小，还要她抱，抱在手上挺轻的。"

沉吟片刻，谢怜道："我再问您一些话，您可要如实回答，否则这事就查不清了。第一，您府上可有姬妾争宠之事？第二，您这位夫人以前，可打过孩子？"

问是否有姬妾争宠，是看是否有可能是争风吃醋闹出来的诅咒，常年困于深宅后院的女子一旦嫉妒起来，那是什么事都做得出来的；问是否打过孩子，则是因为如果曾因为不正当理由打掉孩子，可能会有怨念残留在生母的体内，不让新的孩子好过。

在谢怜的反复确认下，这富商老实交代了，竟然全中。他府上非但有好几房姬妾，整日里叽叽歪歪，外面还养了外室，时刻巴望着给抬进来。随后，这位夫人身边的小丫鬟也交代了，她主人原先是妾，曾怀过一胎，听信一些江湖郎中的偏方断定那胎是女儿，但她想生儿子扶正，所以喝药将那孩子落掉了。

谢怜听完，头都大了。那富商惴惴不安道："道长，会不会是那没生出来的女娃的报复啊？"

谢怜道："这个是有可能的，不过不是全部可能。毕竟您夫人也说不清她梦里那孩子究竟几岁，是男是女。"

那富商道："那……那道长，既然这团黑气是昨天晚上才跑到我夫人肚子里来的，那……我自己的儿子又到哪里去了？"

谢怜道："可能，是被吃了。"

那富商一哆嗦："被、被吃了？！"

谢怜点头。那富商道："那、道长，现在该怎么办？我可还有一位如夫人也怀着肚子呢，那妖怪万一再来该如何是好？！"

这人家里居然还有一个孕妇！

谢怜举手道："少安毋躁，我再问问，您夫人还记得，她梦里遇到这个孩子的地方是在哪里吗？"

那富商道："她说模模糊糊记得是间大屋子，更多的肯定不记得了。一个梦而已，谁会记这么清楚？"又咬牙切齿道，"我……我四十多了才盼来一个儿子，我好苦哇！道长，你能把这妖怪抓住杀了吗？可不能再让它祸害我家里的人了！"

谢怜道："不要慌，不要慌。我尽力而为。"

那富商大喜，搓手道："好好好，道长需要些什么？酬劳不成问题！"

谢怜却道："酬劳不必，只要您帮忙办几件事。第一，麻烦您那位如夫人把她的一缕头发给我，用于作法。"

那富商吩咐仆人："记下记下！"

谢怜又道："第二，请叮嘱您那位怀孕的如夫人，换一间屋子睡觉。以及不管在任何地方，在任何时候，听到有陌生的小孩儿的声音喊她娘，都不要答应。千万不要答应，嘴巴都不要张开是最好。虽然人在做梦的时候往往不知道自己在做梦，迷蒙失智，但如果您在她耳边反复叮嘱，使她脑中深深记住这件事，也许会有效。"

那富商也应了。终于到最重要的最后一桩了，谢怜道："第三。"

他从袖中取出一枚菩荠观开光的护身符，双手递上，郑重其事地道："请您对着这个护身符，大声说一句：'太子殿下请保护我！'——这样，这一桩就可以记在我观名下了。"

"哦……"

是夜，谢怜一人躺上了床。

他塞了个枕头到自己肚子里，再将从孕妇处取来的一缕头发藏在枕头里，平心静气，放缓呼吸，不一会儿就昏昏沉沉地睡去了。

不知过了多久，一片死寂里，谢怜忽然听到了一串咯咯叽叽的笑声。

那是小儿的笑声，十分突兀，空旷四散，不知是从何处发出来的。谢怜不动声色睁开眼，起床。

他还在这间屋子里，但他知道此刻已置身于那童灵布下的幻境中。这声音有些耳熟，竟是仿佛在哪里听到过。究竟是在哪里？

走了几步，他脑中蓦地响起一串歌声："新嫁娘。新嫁娘，红花轿上新嫁娘。

"泪汪汪，过山岗，盖头下莫把笑扬……"

与君山，花轿上，他当时听到的那个童灵的声音！

谢怜倏然转身，不见任何踪影。那童灵的笑声也戛然而止，道："娘。"

这一声"娘"近在咫尺，却不知道到底是从哪里发出来的。谢怜侧耳细听。沉默许久，那声音又道："娘，抱抱我。"

这一回，谢怜终于发现了——那声音，是从他肚子里发出来的！

谢怜双手原本一直端着假肚子，此时才惊觉，不知何时，手中端着的枕头竟是变得沉甸甸的了。他一掌拍下，啪的一声，衣服里滚出了一团东西，隐约看见其似乎是个惨白惨白的小孩，从口中呸地吐出几团东西，滚进黑暗里，瞬间消失。谢怜抢上去一看，它吐出的东西是几团棉絮和一缕黑发。想来是他的障眼法起了效，这小鬼本想像吃掉上一个孕妇的孩子那般吃掉谢怜的"孩子"，却吃掉了谢怜放在腹前的棉花替身。紧接着，谢怜又听那东西凄厉地喊了一声："娘！"

不管它叫唤得如何凄厉，谢怜始终沉着气，连嘴也不张开。他断定，这童灵是个胎灵，因为它没有一个确切的形态。一般的童灵，在几岁时死去，作祟时就会以几岁的形态出现，但它大多数时候却是一团黑烟，或是一个模糊白影子，说明它也不确定自己应该是什么样子的。谢怜推断它的母亲应该是流产了，而她尚未出世的孩子已经成形，有了一点意识，化为胎灵后想回到母亲肚子里去，便找上了那富商的夫人。

它在那妇人梦中开口喊娘，那妇人坏就坏在开口答应了。须知，"母亲"和"孩子"这种纽带非同一般，这一答应，就是一个予取予求的"许可"。她一张嘴，这小鬼便从她的口里钻了进去，溜到她肚子里，把原本在腹中的胎儿吃掉，鸠占鹊巢。虽说谢怜是男子，但他也拿不准如果自己开口应了，这胎灵会不会也趁机钻到他肚子里去，以防万一还是闭嘴的好。

于是，他一面紧闭着口，一面拿着芳心到处乱捅。对于危险，谢怜一贯直觉极强，这是从无数次实战中千锤百炼出来的，所以他根本不用细看，随手乱捅十之八九都能捅对。那胎灵被谢怜扎中好几次，连声尖叫，没几下，谢怜忽觉足下一阵刺痛，像踩到了什么尖锐的东西，微微一顿。

那胎灵见他中招，发出了一声短促的奸笑。这声音虽然稚嫩，却根本不该是个小孩发出的，反而像是个恶毒的成年人，反差极大，令人毛骨悚然。谁知，谢怜却是面不改色，一步不停又是一剑。再次刺中！

那胎灵"嗷"的一声，吃了个大苦头，连忙躲开。谢怜这才低头看了一眼靴底，原来是踩到了一根倒着竖立的小尖针。看来，它的确很希望谢怜痛得叫出来。可惜谢怜极能忍痛，别说是踩到一根针了，就是给捕兽夹夹住一条腿他也能忍住一声不吭。那胎灵吃瘪逃窜，谢怜怕它趁机逃走残害他人，针都来不及拔就追了出去，疾步如飞。但找了一圈也没见到那胎灵，谢怜正心中纳闷："难道是给我打怕了？不会啊，我又没用多大力。"忽然，不远处的一扇窗子无风自开。

谢怜立即奔去，上前一看却愣住了。只见窗外是一片望不见底的深潭。深潭对面有一座屋子，屋子里坐着一家人，正围着一张桌子扒饭。可他们浑然不觉的是，在他们上方盘旋着一团浓郁的黑雾，正发出咯咯叽叽的嬉笑声，脆生生地喊道："娘！娘！"

隔得太远，谢怜不能确定那边的是幻境中的假人还是那胎灵拉进来的真人，不知是否该出声警示。这时，那一家里有个小孩子打了个呵欠，黑烟忽地聚拢，似乎就要从他口中溜进去了。

小孩子的防御力是很弱的，即便没有对邪祟给出许可，后果也不好说。当机立断，谢怜喝道："闭嘴！"

话一出口，那胎灵倏地消失。下一刻，一团黑烟便在谢怜面前爆炸开来！

虽然谢怜喝完便住了口，但已感觉到一股冷气往口里灌去，黑烟入腹，五脏六腑仿佛都要在瞬息之间被冻住。他咬紧牙关，迅速拆了几枚护身符，取出里面的香草和符纸用力嚼碎，咽了下去。不一会儿，喉咙一痒，这团黑烟又被他猛地吐了出来！

谢怜一袖掩口，咳嗽不止，呛出了泪花，飞速思考应对之策。那一团黑烟被他吐出后依旧笼罩着他上半身纠缠不休，于是，谢怜手在窗棂上一按，纵身一跃，跳进了窗外湖水之中。

咚的一声，谢怜深深扎入湖中。他屏了气，盘了双足，抱起双手，作冥想姿势，让身体在冰冷的湖水里缓缓下沉。心跳平复后，他抬头望去，隐约能看到那黑雾盘旋在上方，锁住了整个水面。只要他一出水，必然要猛吸一口气，而只要他吸了这口气，必定会把那胎灵整个吸进肚子里去。若是一个男人好端端地大了肚子，这可一点儿都不好看。

不过，跳下水只是为了寻求一段可以思考的空闲，不一会儿，谢怜便想出了对付它的法子，心想："吞它进去又如何，我再把芳心也吞进去就行了，一定能刺中它！"他在街头卖艺时也学过吞剑这门手艺，现在已十分娴熟，打定主意便放开了手，往一旁游去。却听上方一声沉闷的水响，忽然之间，眼前被大片大片炽热夺目的红色占据。

乌黑缭绕的发丝弥漫了他整个视线，水花和气泡咕咚咕咚密集起来，什么东西也看不清了。谢怜眨了眨眼，奋力拨开那缠绵的千丝万缕和水晶般的泡泡，便感觉到了一双有力的手。

猝然间，谢怜双眼大睁。

这人身如鬼魅，出现得太快，他完全没来得及防备，一下就被制住了，一时手忙脚乱，猛地要推开对方，却呛了几大口水，咕嘟咕嘟，水晶珠子般的水泡一串一串从他口中冒出。这在水下可是大忌。于是，对方采取了更强硬的动作制止他这种自杀式行为，谢怜那只乱推的手被牢牢压在自己胸前，动弹不得，一阵柔和冰冷的气流缓缓渡过来。茫然无措中，谢怜看清了这人的眉眼。是花城。

发现是花城的一刹那，他便停止了挣扎，心中不合时宜地冒出许多杂乱无章的零碎念头，比如：原来是花城，难怪这么冰冷。可是鬼难道不会沉下水去吗？

正在此时，花城忽然睁开了眼。

与那只近在咫尺的黑眼睛对视的瞬间，谢怜又僵硬了，一下子挣扎起来，扑腾扑腾，像一只笨拙到不幸溺水的鸭子。这点扑腾却被花城轻而易举化解，他搂着谢怜，迅速向上浮去。不久之后，二人猛地破水而出！

那虎视眈眈的黑烟依旧笼罩在水面上，一见有人出来，立即锁了过去。谢怜刚扭过一点头，又被花城一手扣着后脑扳了回去。若是别人，他早一剑捅过去了，可偏偏这人是花城，他完全不知道该怎么办，被逼得眼泪都要流出来了。这时，越过花城的脸，他看到二人身边，万千银蝶破水而出！

带着一阵尖锐的呼啸，那蝶雨如密集的钢弹一般从水面下射出，蝶翼反射着冷冷的刀锋般的光芒，瞬间削得那胎灵尖叫连连，黑烟溃散，四下逃窜。然而，蝶阵铺天盖地，将它锁在中央，横冲直撞也冲不破。而花城眼睛都没抬一下，护着谢怜再次潜入水中。

一分开，谢怜又吐出了一大串泡泡，而花城则腾出一只手，丢出了一枚骰子。那骰子在水中居然也能转得飞快，旋出一道激烈的水流，最后定住。须臾，二人再次浮出水面。

这一次，不远处就是岸，花城才带着谢怜游了过去。这岸也不知是哪里的岸，有灯火和人声，似近似远。身后水面，蝶阵挟着那一团黑烟冲天而起，朝那灯火隐隐处飞去，只留下那胎灵一路凄厉的长呼："娘——"

两人上了岸，重重坐在地上，这般面对面，谢怜这才看清了对面花城的模样。

每次见面，花城都有不一样的好看，几天未见，这次的他，似乎比上次又大了一两岁。他面容原本就俊美，出水更炫目。发丝极黑，肤色极白，面颊右侧一缕极细的发结成小辫，一道红线精心编结入理。这是谢怜第一次发现，他额心上方有一个小小的美人尖，衬得脸庞更精致好看。而那被黑色罩住的一只眼带来几丝杀气，冲淡了这份精致，使他的好看达到了一个近乎完美的平衡。

花城蹙着眉，仿佛在隐忍，一开口，声音明显比以往要低沉，道："殿下，我……"

从发梢到身体，谢怜整个人都在滴滴答答地滴着水。他呆滞了好一会儿，才嗫嚅道："我……我……我……"

"我"了不知多少个，他才突然蹦出莫名其妙的一句："我有点饿。"

闻言，花城一怔。

谢怜又稀里糊涂道："不是。我……我……我有点困……"

他翻了个身，背对花城，双手和膝盖落地，慢慢摸索，仿佛在找东西。花城在他身后道："你在找什么？"

谢怜语无伦次地道："我在找东西。我在找我的斗笠。我的斗笠呢？"

若是换个人来看，见了此情此景，必定要一声惨叫："完了，傻了！"其实，只是谢怜方才刚死里逃生，花城的出现又太突然，给他吓住，一时受了些刺激罢了。谢怜手膝并用，背对着花城在地上走了几步，喃喃道："我……我找不到。我要走了。我要回家吃饭……我要收破烂了……"

花城道："对不起。"

觉察背后传来的他的声音靠近了，谢怜一下子跳起来，喊道："我要走了！"

他这声喊得跟喊救命似的。花城道："不行！"

谢怜急急忙忙要跑，没跑几步，却是脚底一歪，再次摔回地上。回头一看，地上一路竟全都是血，那根扎在他足底的针，已经完全刺进去了。花城一把捉住他，声调都变了，道："你怎么了？"

谢怜连忙道："没事没事没事，我一点都不痛，没关系！"

花城微怒道："你怎么可能不痛！"说着手下动起来，竟是要去捉他脚踝，吓得谢怜直往前爬，边爬边喊道："不要不要不要，不要！"

他往前爬，花城便拉住他不让他爬。这里乱七八糟，终于惊动了岸上其他人，一阵敲锣打鼓鬼哭狼嚎，一大群不知道什么玩意儿的歪瓜裂枣纷纷围了过来，怪叫道："大胆！什么人！不知道这里什么地方吗？活得不耐烦了还是想再死一次？我……我的妈呀，这不是城主吗？！"

群鬼立即齐刷刷高声道："城主您老人家好！"

谢怜心中惨叫一声，恨不能双手掩面。这里竟然是鬼市！

群鬼中有不少都是他上次匆匆扫过一眼的，谢怜还看到了一个熟悉的猪头。无数人人鬼鬼围观，这极富冲击力的一幕终于让他略略清醒了些。谁知，群鬼看清了其中一人是花城后，更兴奋了，嚷嚷道："城主！要不要帮忙？"

花城道："滚！"

群鬼便忙不迭滚了。但即便他们是远远围观，不敢近看，谢怜也想一晕了事，因为花城已站起了身，弯腰轻轻一抄，便把他扶了起来，步履沉着地带着他朝岸边走去。

这一系列发展终于让谢怜彻底清醒了。他尝试着挣了几下，没挣开，轻咳一声，道："三郎，对不住。我刚刚有些失态，让你见笑了。"

回想方才一连串反应，谢怜微微汗颜，觉得有些过激了，心想三郎本也是好意，他却吓成这副德行，对帮忙的人而言，可真是不太有礼貌了。却听花城道："没有的事，是我乱来了。冒犯了哥哥，三郎当赔礼道歉才是。"

见他没介怀，谢怜暗暗松了口气，道："原也不是什么大不了的事。对了。"他还记着自己原本是在做什么，道，"三郎，你怎么又突然出现了？那胎灵呢？"

花城却语气不容置疑地道："先治伤。"

说话间，二人已来到一座华楼面前，谢怜抬头一望，这楼上竟是写着"极乐坊"三个字。

他大是惊异，那烧了的极乐坊难道这么快就修好了？而且还修得和原来并无二致。但又心虚，不好意思问。花城扶着他进去，上了那墨玉榻。谢怜坐在榻上，他则半跪在榻下，托起谢怜受伤的那只脚。

谢怜甚为不安，道："使不得！"也要下来，花城却把他按了回去，手又稳又快地把他的靴子和袜子都脱了。

这一足，刚好是谢怜锁着咒枷的那一只，深黑色的一道圈锁在白净的脚腕上，对比极为强烈。花城的目光在那踝骨上只停留了片刻，手心便贴住了谢怜受伤之处，道："可能有点疼，哥哥别忍，疼了就叫出来。"

谢怜道："我……"

话音未落，他只觉花城微一用力，一阵激痛倏地爬上，忍不住一缩。

虽然花城的动作已经极为克制，这点痛对他而言也根本不算什么，但不知为何，在花城面前，他似乎有点藏不住痛。也许是因为花城先和他说了一句，让他太想刻意憋住，反而没成功。觉察到谢怜的退缩，花城立即握紧了他的踝骨，低声道："没事。马上就好了。别怕。"

谢怜摇了摇头。那边花城动作更轻，下手神速，再举起手时，已取出了一枚小小的针，道："好了，没事了。"

谢怜定睛一看，那针尖闪烁着恶毒的光芒，花城五指微微一合，便将它捏碎为一缕黑气，消散于空气中。

这时，一名鬼面人俯首进来，双手捧着一只陶罐呈给花城。谢怜下意识观察这人手腕上是否戴了咒枷，这次他的袖子却是扎得严严实实的。花城接了，单手托着陶罐看了一眼，转身递给坐在墨玉榻上的谢怜。谢怜还没凑上去，便听里面传来一阵闷闷的孩童啼哭声，还似乎有什么东西在里面疯狂乱撞，撞得陶罐微微摇晃。他微微掀起陶罐封口的一个角落，只往里面看了一眼，背脊蹿上一阵寒意。

只见里面团着一个胚胎一样的东西，虽然手脚都长出来了，但软弱无力，那颗头则隐没在黑暗中。整个看上去，简直就是一团畸形的内脏。

这就是它的真身！

谢怜立即重新封住了罐子，道："原来如此。"

他曾听过，有人会寻找未足月的孕妇，将孕妇腹中的孩子生生剖出，做成小鬼来施行一些法术，驱使它害人或是镇宅招财。恐怕这个胎灵就是那种邪术的产物，所以才会怨气如此深重。

花城又递给他一个东西，道："它身上，还有这个。"

谢怜拿过来一看，大是奇怪。

怎能不奇怪？这竟然是一个"仙乐太子平安护身符"！

而且不是他现在走大街小巷时到处送的版本。而是八百年前他如鲜花着锦时发放的旧护身符，多少年的古董了。怎么会在这胎灵身上？难不成它还是自己的信徒？

　　谢怜越想越莫名其妙，沉吟片刻，对花城道："这胎灵是你抓住的，三郎可介意我拿它去调查一番？"

　　花城道："想拿走拿走便是了。即便我不出现，你也能一个人抓住它。"

　　谢怜笑道："话虽如此，但三郎抓它，可比我抓它要轻松多了。"

　　他本是随口一说，却听花城道："是吗？如果当时我没去，你打算用什么办法抓住它？把它吃进肚子里，再把剑也吞下去吗？"

　　还真给他说中了。

　　花城脸上并无不悦神色，谢怜却莫名觉得他有点儿生气了。而且直觉告诉他，若是回答得不对，花城会更生气。

　　正不知该如何应对，忽觉腹中微缩，谢怜不由自主地道："我有点饿。"

　　花城愣了一下。

　　话出口才反应过来的谢怜都不好意思看花城脸上究竟是什么表情了，只能诚实地解释道："这回是真饿了……"

　　半晌，花城终于"噗"的一声，笑了出来。

　　这一笑，谢怜面前仿如阴霾散去，顿时松了口气。花城则半是笑半是叹，点点头，道："行吧。"

　　原本花城是要留他在极乐坊设宴的，但谢怜一听"设宴"二字，便知必然要大为铺张，主动提出要出去走走，随便找点吃的，花城应了。谢怜便又向他借一套干净衣服。

　　说来也怪，虽然花城身量高于他，但谢怜借来的这套红衣穿着倒是恰好合身。出去时，花城也换好了衣服，一缕细细红线编入辫里，腰间、腕下亦有红苏流连。他本在大厅中负手不知沉思什么，一回头见谢怜扶帘而出，似乎微微一怔。谢怜见他表情，也是一愣，心想莫非自己穿得不得体，下意识把珠帘放低几分，从珠玉间隙中问他："怎么了？看起来很奇怪吗？"

　　花城神色很快恢复如常，笑道："没怎么。一点儿也不奇怪。很好。"

　　鬼市大街依旧热闹非凡，两边都是卖特色小食的摊子。虽然鬼还是那些鬼，但它们的态度跟谢怜上次来逛时可就大不一样了。花城和他并肩而行，那些长得十分奇幻的老板们都笑面相迎，争先恐后对二人招呼，几乎哈腰点头。谢怜忍不住扑哧一笑，这回，轮到花城问了："怎么？"

谢怜小声道："没怎么。只是莫名想到一个词。"

花城："什么词？"

谢怜："狐假虎威。"

花城半真半假地道："哥哥很过分，竟说我是狐。"

谢怜倒是又被他噎住了。除了对花城行注目礼，还有几百几千双眼睛对谢怜投以更为灼热的目光，似乎在审视和猜测，能和鬼市之主并肩而行的究竟是什么人，这让他又怀疑起自己是不是做了个错误的决定。

置身于妖魔鬼怪的滚滚浊流中，万众瞩目前，花城却是习以为常，问他道："想吃点什么？"

终于看到了一家卖的东西不是很奇怪的摊子，谢怜道："就这家吧。"

花城却道："这家不行。"

谢怜奇道："为什么？"

花城不说话，示意他看摊子里面。谢怜一瞧，那摊主见他们在此停留，激动得搓手，似乎在等待他们大驾光临，紧张得使劲儿猛擦桌椅板凳。然而，他用来擦桌椅板凳的东西，是他的舌头。

虽然被那宽大长舌舔过的锅碗瓢盆都挂着晶莹的水珠，反射着如新的光泽，但谢怜还是果断放弃了这家店，赶紧走了。走了几步，他又看到一家装饰得很是干净清新的鸡汤馆，门前牌子上写着"家养老土鸡，慢火老靓汤。现做现卖，保证干净"，停步道："啊，有鸡汤，不如来喝一碗？"

花城又道："这家也不行。"

谢怜了然，道："是盘子有问题还是鸡有问题？"

花城带他进到店里，拉开一道帘子，示意谢怜去看。谢怜好奇地探进个头看了，登时无言。只见厨房后面放着一口大锅，锅下生着大火，锅上热气腾腾，锅里有个头上生着大红鸡冠的汉子正在沸水中欢快地洗澡。大锅旁边还摆着许多桶，装的都是盐、椒、香草等调料。前堂有客人喊道："老板咸一点！口味淡了！"

那汉子便一边泡澡，一边抓了一大把调料往自己身上搓，毛巾用力擦一擦背，更加入味。最后，响亮地打个长鸣："喔喔喔——"

谢怜放下帘子，默然退出。

走了一大圈，二人终于找到一家店，打的招牌是"地道人间美食"。虽然谢怜觉得这个"地道"令人质疑，比如，据他所知，人间的厨师并不会用难以猎杀的大型妖兽的肉来做烤串，但相对而言，这家已经是最正常的了。

二人一坐下，跟在后面多时的群鬼都围了过来，殷勤万分地贡献加餐小菜。那猪屠夫肩上扛着一条白生生的腿，拍得啪啪作响，粗声道："城主！新鲜的大腿肉要吗！刚到的货！"

群鬼骂道："去去去！城主的朋友会吃那玩意儿吗？你当是青鬼？血腥味儿这么大别把人家恶心到了！把你大腿剁了说不定还能吃！"

那猪还真把一只猪蹄子扬了起来，道："城主和城主朋友要是看得起，这条腿算得了什么，剁就剁！我告诉你们，老子的腿肉，肯定筋道！"

谢怜忍俊不禁，低头喝粥。花城并不理会它们，群鬼一腔热血便都往谢怜面前送，纷纷道："本地特色小吃脑髓汁！精选上好妖脑，个个都是修了五十年以上的！您闻闻这香醇！"

"这个鸭血非常不错的嘎，你看看嘎，俺刚刚从自己身上割的嘎，尝尝吗嘎？"

"我们家的果子是正宗的坟头鲜果，不是死人身上长的我们根本不摘，童叟无欺……"

一堆一堆，送得谢怜目不暇接，不断道谢。不好拂了这般汹涌热情，但有些特色小吃又实在难以直视，手忙脚乱中见对面花城一手托腮，笑吟吟地望着他，谢怜左看右看，小声道："三郎……"

花城这才道："哥哥不必理会它们。人来疯罢了。"

有鬼立刻道："城主可千万不能这么说！咱们也不是什么人来了都疯的，要是城主是咱们爷爷，那城主的哥哥就是什么，是咱们大伯公……"

"是啊，大伯公来了，当然要疯！"

谢怜哭笑不得，心想这都什么乱七八糟的，花城也喝道："少胡说八道。闭嘴！"群鬼连忙道："是！城主您说得对。闭嘴了。不是大伯公！"

谁知，这时，有几个一直在嘻嘻嘿嘿的女鬼终于忍不住了，嘴快道："哎！你……不就是上次跟兰菖说自己不行的那个道长哥哥吗？"

谢怜当场一口粥差点没喷出来。

群鬼仿佛发现了什么惊天大秘密，炸道："哎哟，我的妈！真的！"

"是他是他就是他！兰菖到处跟人说了一圈呢！"

不少精明点的鬼都去捂那些嚷嚷起来的鬼的嘴了，然而，花城肯定听到了。谢怜则抬眼望去，只见花城挑起一边眉，正意味不明地看着他，似乎在思索"不行"二字和他联系起来是什么意思。那原本是谢怜上次遇到女鬼缠身时随口扯的一句托词，当时也是被群鬼围观嘲笑，但他就能泰然自若以对。现下给捅到花城面前来，他却是没法儿忍了，窘得恨不能一口粥把自己呛晕过去，道："我……"

花城似乎在很有耐心地等着他说下去。但这事能怎么说？难道还一脸认真地辩解？

谢怜只好道："我饱了。"

他也的确是饱了，说完便起了身，匆匆出了摊子。身后群鬼捧着一堆精心准备的特色小吃号叫不止："大、大人！您还吃吗！"

花城也追了上去，抽空回了个头，再次道："滚！"

群鬼连忙再次滚了。谢怜在前面胡乱走了一阵，见没鬼再跟上来，放缓了步子等花城。少顷，花城负手走上前来，一本正经地道："我竟不知哥哥还有这等隐疾。"

谢怜立刻道："没有！"

他又无奈道："三郎。"

花城点头，道："好。三郎明白了。不会再说了。"

他一副状似很乖很听话的模样，却假得十分明显，谢怜道："你真是好没诚意。"

花城笑道："我发誓，上天入地你再找不到一个比我更有诚意的了。"

听到这熟悉的对答，谢怜也笑了。

须臾，他认真地道："三郎，你知道千灯观在哪里吗？"

这个问题，他心中其实隐约已有答案。可花城的反应却和他预想的大不一样。默然片刻，花城忽然道："抱歉。"

谢怜不解："什么抱歉？"

他原本觉得，如果"千灯观"不是什么乌龙，那么最有可能和它有关系的，也只有花城一人了。但无论他的猜测对不对，花城都没有说抱歉的理由。花城不答，只示意他和自己一起往前走，谢怜依他而行。二人走了一阵，一转角，蓦地视线豁然开朗，一座灵光流转的宫观，静静呈现于谢怜眼前。

一瞬间，他的呼吸都凝滞了。

四面八方都是乌黑与赤红交错的鬼域风光，而在这包围之中，那宫观美轮美奂，千灯璨璨，宛如仙境。

这样一座以光明和辉煌为基的宫观，却是坐落在一个龙蛇混杂、群魔乱舞的鬼市里，如此格格不入，却又如此令人震撼。入眼的一刹那，就会在脑海中留下难以磨灭的深刻印象。好半响，谢怜才道："这是……"

二人站在这宫观之前，均是仰望。花城也微微扬首，道："前几日中秋节至，想着哥哥在上天庭大概也要参加他们每年那个无聊的游戏，就弄了这个地方，给哥哥赴宴之时找点乐子，解解闷。"

谢怜："……"

他"解闷"的方式，未免令人瞠目。为了给谢怜"找点乐子"，就弄了个观出来，还升了三千盏祈福长明灯！

花城微微低头，整了整袖口，又道："原不想教你知道的，因为是我擅自布置的，把哥哥的观建在我这一堆乱七八糟的地方里，哥哥莫要见怪才好。"

谢怜立即用力摇头。花城居然还觉得给他添了麻烦，所以不想让他知道，他简直不知该说什么好了。他道："我为何要见怪？这座宫观奇丽恢宏，巧夺天工，非数日之工可成，三郎不会是近日才建的吧？"

花城笑道："自然不是。哥哥看得不错，这地方是很早就建成了的，苦于没法派上用场，所以一直藏着，我也从没放别人进来过。可要多谢哥哥让它终于找到了用途，这才得见天日了。"

闻言，谢怜这才略松了一口气。既然是早就建成了，想来最初应该是要做别的用处的，眼下是顺手拿来用的。不然若花城真是特地给他建了一座宫观，他就要更加不安了。虽然谢怜十分好奇原本花城建这样一座与鬼市有天壤之别的建筑是打算做什么用的，但仍按捺住了询问的冲动。依他的性子，也很有可能纯粹只是为了建着好玩儿的。

花城道："进去看看？"

谢怜欣然道："当然！"

二人并肩，缓缓行入宫中，在玉石铺地上漫步。四下参观，这观内开阔明朗，却没有神像，也没有信徒用以跪拜的蒲团。花城道："匆匆落成，草率不周之处颇多，哥哥海涵。"

谢怜莞尔道："并不。我觉得很好。没有神像和蒲团正好，一直都不要有是最好。不过，为何连牌匾都没有？"

此问绝非责问，只是观内有几处玉石花卉铺地上都精心雕了"千灯观"字样的暗纹，担着门面的匾额却没有挂上，自然不会是因为仓促，所以他才好奇询问。花城笑道："没法子。我这里可没什么会写字的人，你看方才那群，能识字就不错了。哥哥可有什么喜欢的书法大家？我去给你请来写这牌子，或者，我以为最好的法子，哥哥自己来写一幅，挂在这千灯观上。那是再妙不过。"

说着，他一指大殿供台。那玉案极长极宽，其上井井有条地布置着些供物和一只香鼎，还设有笔墨纸砚，书香清逸。二人走上前去，谢怜道："那不如，就请三郎来帮我写吧。"

闻言，花城眼睛微微睁大，似乎没料到他会这么说，道："我？"

谢怜道："嗯。"

花城指指自己，道："真要我写？"

谢怜有所觉察，问道："三郎可有何为难之处？"

花城挑起一边眉，道："为难之处倒是没有，只不过……"

见谢怜一直等他回答，他负起了手，似乎有点无奈地道："好吧。只不过，我写得不好。"

这倒是奇了。谢怜当真没法想象，花城会有什么事做得不好，微笑道："哦？是吗，写一个来看看？"

花城又问了一遍："真要我写？"

谢怜取了几张白纸，整整齐齐铺在玉案上，悉心亲手抚平，又挑了一支合眼的紫毫，送到他手里，道："来。"

见他什么都准备好了，花城道："行吧。但是，不许笑。"

谢怜点头："那是自然。"

于是，花城便接了笔，一本正经地写了起来。谢怜在一旁瞧着，越是看，脸色越是变幻莫测。

他是真的很想忍住，但还是没能做到。花城一边在纸上狂涂瞎写，一边语气带点儿警告、带点儿玩笑地道："哥哥。"

谢怜立即正色，道："我的错。"

他也不想的，但是他有什么办法。花城的字，实在是太好笑了！

即便是谢怜见过的最癫的狂草，也没他半分狂野，这狂野中还夹杂着一股扑面而来的歪风邪气，恐怕要刮得书法大家们白眼直翻昏死过去。谢怜辛辛苦苦认了好半天才勉强辨出了"沧海""水""巫山""云"几个鬼画符，猜测他应当是写的"曾经沧海难为水，除却巫山不是云"。

想到花城身为鬼界一霸，如此神惧鬼怕，终于在某一件事上露出了这种表情，而且还是写字这种事，他更是忍笑忍得腹筋抽搐，双手拿起花城一挥而就完成的作品，强装镇定，道："嗯。很有个性，自成一家。有'风'。"

花城搁了笔，架势还挺有模有样的，睨着眼笑道："发疯的'疯'吗？"

谢怜假装没听见，一本正经地品评道："其实，写好不难，写出自己的'风'，才是难。若只是好看，却好看得千篇一律，那也是落了下乘。三郎路子很好，有大家之风，气吞山河……"后面还有八个字：山河破碎，兵荒马乱。没有办法，编夸奖人的话也是很辛苦的。花城一边听着，一边眉挑得更高了，怀疑道："真的吗？"

谢怜道："我何曾骗过三郎？"

花城慢条斯理地给一旁的小金鼎里添了几道新香，清烟暗香中，他状似漫不经心地道："我是很想写好的。就是无人教导，不知其中有什么诀窍。"

他这话可问对人了。谢怜沉吟道："倒也没什么诀窍，不过是……"想了想，终是觉得光说不能言尽，凑近前去，自己提了笔，在纸上花城写下的诗句旁落笔两行，一气呵成，端详片刻，笑着叹道："惭愧。我这许多年都没什么写字的机会，大不如前了。"

花城凝视着那四行有着天壤之别、风格迥异的字，尤其是谢怜接上的那后两句——"取次花丛懒回顾，半缘修道半缘君"，将诗句连起来反复看了几遍，目光流连忘返。半晌，他抬头道："求指教？"

谢怜道："指教不敢。"于是，便对花城讲起了入门要领，毫无保留，将自己年少时修习书法的心得倾囊相授。

浮香袅袅，明灯煌煌，谢怜讲得认真，花城听得专注。大殿之中，慢语轻言，画面和语音都甚为低柔。过了一阵，谢怜道："你再来试试？"

花城"哦"了一声，接了笔，又似乎颇为认真地写了几个字。谢怜在他身边看着，抱起双手，歪了歪头，道："有点意思。不过……"

不过，他总觉得花城下笔就哪里不对。蹙眉观察片刻，他忽然发现到底是哪里不对了——花城根本就没握对笔。

连握笔姿势都是乱七八糟的，当然不对了！

谢怜哭笑不得，站得更近了些，不假思索地伸手去纠正，道："你握的方式错了，要这样……"

这一伸手，他才忽觉可能略有不妥。二人并非长师和幼徒，这般手把手地教导，未免有些不妥。但既已出手，断没有贸然收回的道理，那样反而刻意。因此，犹豫片刻，他还是没有撤回。再想想，上次鬼赌坊，花城不也是这般手把手教他摇骰子的吗？虽然谢怜觉得那次什么都没学到，事后还隐约有种上当受骗的感觉，但这一回，他却是真心想教花城一点东西的。于是，谢怜温暖的手心安心贴住了花城冰冷的手背，轻轻握住，带动他的笔势游走起来，小声道："这样……"

感觉到手下花城握笔走势狂乱，他便微微用力控制，纠正回来。不消片刻，他又觉手下走势更加狂乱，不受控制，他便只好握得更紧。两个人合力写出的字弯弯扭扭，不堪入目，谢怜越写越觉得不对，忍不住道："这……"

花城仿佛使坏成功，发出低低的笑声。纸上乱墨横行，谢怜无奈道："三郎……不要这样。好好学，好好写。"

花城道："哦。"

一看就是假装认真。谢怜摇了摇头，啼笑皆非。

这时，谢怜眼角忽然扫到供台的边缘，凝住了。

他侧头望去，只见玉案的角落，孤零零地放着一朵小小的花。

在宫观中供花，倒也不少见。只是，一般都会供大红大紫的大捧鲜花，或者永不凋谢的手扎假花。谢怜微微一愣，拿起那一朵花。花城也搁了笔，在一旁缓缓研墨，道："怎么了？"

谢怜微笑道："没什么。这花很可爱。'血雨探花'，莫非探的便是这种花？"

花城笑道："哥哥真真料事如神。"

笑语间，二人终于合力完成了一幅字，写的还是那四句诗。花城拿起来欣赏片刻，似乎甚为满意，道："嗯，不错。裱起来。"

　　听他说"不错"，谢怜已经噎了一下，再听到"裱起来"，谢怜又噎了一下，道："你该不会是想挂到墙上吧？"若是给他逝去的老师们看到有谢怜参与的一幅字长成这样，恐怕都要气得活活诈尸。花城却笑道："不。我自己收着，谁也不给看。"

　　正在此时，二人突然听到外面隐隐一阵号叫——

　　"失火啦！"

　　"失火啦！"

　　"极乐坊失火了！"

第三章
怀鬼胎啼笑皆不当

千灯观内里安静至极，奈何二人五感皆超绝凡人，闻声迅速对视一眼，谢怜脱口道："又是极乐坊？"

话已出口，才觉得这个"又"有点滑稽。花城不慌不忙，收好了字，道："不必担心，哥哥坐在这里，我去去就回。"

谢怜怎么可能安心坐在这里，道："我跟你一起去！"匆匆跟上，心中纳闷：怎么他每次来，极乐坊都要失火一次？瘟神之名可又印证了。虽然这次不关他的事，可简直都要习惯性歉疚了。二人赶回极乐坊，整条大街上都浓烟滚滚，小鬼小怪们吵吵嚷嚷地拎着水桶来回奔走灭火，见到花城和谢怜来了，都道："城主！您老人家不用担心，火不大，已经灭啦！"

花城无甚表示，谢怜却松了一口气，道："太好了！真是辛苦各位了。"

小鬼们原本都没指望过会得到感谢，更何况还是城主朋友的"辛苦了"，一听便乐了，纷纷道："不辛苦！多大点事儿！""应该的！"

谢怜这才发现，他来说辛苦，似乎略为不妥，因为他并不是此间主人。不过，既然花城本人没说，他说一下应该也不会有坏处，便只暗道了声惭愧。二人进入极乐坊看了看起火之处，果然只是烧了个角落里的小屋，难怪很快就被扑灭了。

然而，谢怜却警惕了起来，对花城道："纵火者不是真的想烧掉什么，更像是要转移注意力，把大家的目光都吸引过来。"

转移什么注意力？

谢怜道："胎灵！"

他们又到极乐殿外的一间偏殿去查看。二人出来时，花城随手把装着胎灵的陶罐放在一张案上，眼下陶罐还在，但谢怜上去一拿起来就觉得重量不对，太轻了。再打开一看，果然，里面已经空无一物了！

谢怜立即道："胎灵被人放出来了。"

花城却无一丝乱色，道："是被人偷走了。那东西在蝶阵里过了一道，眼下元气大伤，自己跑不远的。"

谢怜道："那就好办。三郎，你这极乐坊可有监视出入往来的护卫？看看能不能找到可疑的人。"

花城却道："没有。"

谢怜眨了眨眼，道："没有吗？"

花城道："嗯。一向没有。"

难怪他上次在极乐坊里偷偷搞小动作，也是一个护卫都没见到。谢怜还想过是不是因为埋伏得太深他没发现，没想到是当真没有，微微一愣，道："你对极乐坊这么放心吗？"

花城道："哥哥，你注意过极乐坊里的门吗？"

谢怜道："不曾。莫非有什么特殊之处？"

花城道："不错。"

他指了指这间偏殿的门，道："如果不是此间主人，未经允许，带走了原本在里面的人，或是不属于自己的东西，哪怕只有一件，就会无法打开门，被困在那间屋子里。"

谢怜回忆上次来极乐坊，他当时似乎一直在用骰子开道，而最后离开也是靠郎千秋砸破墙，这都是一些较为暴力的画面，越想谢怜越汗颜。顿了顿又问："那假使三郎你从我这里抢走了一样法宝，收到极乐坊，我作为法宝的原主人，也带不走它吗？"

花城挑眉道："当然带不走。到手了就是我的。不过，哥哥不要冤枉我，我可不会抢你的法宝。"

谢怜轻咳一声，道："那是自然。而且……我也没有什么法宝可以让人抢的……"

花城开玩笑点到为止，笑了笑，继续道："所以，想从我这里偷东西不被发现，是不可能的。当然，也就不需要护卫。"

谢怜第一个反应就是，偷走胎灵的人不是从门离开的，是用了别的方法。但四下望望，这偏殿的屋顶好好的，地面好好的，墙壁也好好的，根本没有任何被破出的痕迹，忍不住生出了一个更诡异的猜测——

难道偷走胎灵的人，并没有离开，还在这间偏殿里？

虽然这间偏殿里并无可藏匿之处，但上天入地，各种隐身的法门可不少。也许那个人此刻就在他们附近，静静地观察他们的一举一动。谢怜凝目望四周，留神是否有某处空气异常扭曲。可无论是他的眼睛还是他的直觉，都在告诉他，这里没有第三个人或鬼了。恐怕他思路不对，要换一个方向想了。这时，花城笑道："哥哥不必担忧。我自有办法把偷走胎灵的人找出来。"

他竟是成竹在胸。谢怜转向他，思索片刻，蓦地也是豁然开朗。

二人静待。过了一阵，嘈杂之声渐渐靠近，一大群妖魔鬼怪拥了过来，乌泱泱聚在偏殿外，都道："城主，您老人家找我们是有什么吩咐啊！"

这一众少说也有近千，若不是极乐坊连房子带院子都够大，恐怕根本塞不下。带他们来的就是那面具人，对花城道："城主，今天在这条街上出现过的，应该全都在这里了。鬼市也已经锁了，谁都出不去。"

依旧是上次那年轻男子的声音，谢怜忍不住又看了他一眼。群鬼道："城主，是谁放的火您抓住没有啊？"

"听说还偷了东西！不是活得不耐烦了就是想再死一次！"

"真大胆子啊。又放火又偷东西的，敢在太岁头上动土，城主能放过？！"

虽然群鬼说的并不是他，但谢怜身为一个上次在极乐坊又烧房子，又偷偷劫人，又被花城放过了的人，听着感觉"中箭"无数，心中越发歉疚，偷看一眼花城，恰好撞上花城也意味不明地扫了他一眼，目光赶紧逃开。接下来，只听花城淡声道："男左女右，分列。"

群鬼虽然奇怪，但不敢对花城的话违逆分毫，立即照他所说的去做，欻欻地分成了两大堆。男鬼挤在左边，粗声粗气的；女鬼都在右边，几乎个个窈窕娇媚。花城和谢怜对视一眼，径直走到右边，在女鬼们中走马观花，几乎一眼扫过十只。数步之后，经过一个女鬼身前时，他足下微微一顿。这女鬼身穿长裙，脸上擦着厚厚一层白粉，白得吓人，几乎看不出本来面目，但这过分艳丽夸张的妆容却略为眼熟，谢怜道："兰菖姑娘？"

这女鬼一愣，仿佛她才是见了鬼一般。果然，便是上次在鬼市街头纠缠谢怜，和猪屠夫当街对骂，还嘲笑他的女鬼兰菖。

诧异过后，她又起腰，昂头道："怎么？那话可是你自己说的！我又没冤枉你！难不成还要城主给我点颜色看看来报仇？"

虽然四周女鬼女妖们都有些紧张，但听她这么说，还是吃吃低笑了起来。花城也走了过来，虽然看不出他什么表情，但那女鬼兰菖还是很怕他的，于是不敢造次了。谢怜温声道："那样的玩笑话，姑娘爱怎么说也无事。不过，那胎灵害人无数，甚为血腥，不能放任，还是请先还来吧。"

即便兰菖涂着极厚的粉，也能看出来她的脸色唰地更白了。她连连倒退，但她此时处在一群女鬼之中，没倒退几步就被旁的女鬼们七手八脚抓住，只好叫道："我不知道你在说什么！什么胎灵？"

谢怜道："请还来吧。"

兰菖道："我还什么？我没有啊！你说我从城主屋子里偷了东西，可是大家都知道，不能从城主的屋子里拿东西的，拿了什么都出不去的！"

群鬼都道"是啊没错都知道"，猪屠夫也在嚷。兰菖又道："极乐坊失火也就是刚才一会儿的事，我一直在这条街上根本没离开，那如果我偷了东西，肯定还没来得及藏起来吧？"边说边摊手，展示自己两手空空，还拉起裙子示意自己没有藏东西。谢怜却道："姑娘，上次我见你，寒风瑟瑟中，你也穿得极少。今日风和日丽，为何你却反而穿起了长裙？你是忽然想换件衣服，还是你想遮掩什么？"

听他一提，群鬼才发现，平日里，兰菖都是衣着暴露，谢怜说她"穿得极少"，已经是很客气的说法了。今天的她却穿着一条长裙，把腰、腿全都遮得严严实实，果然奇怪。而且之前花城带谢怜逛鬼市，群鬼起哄送小菜时，也没看到往日最爱在大街上嘲笑他的兰菖。群鬼微微骚动。谢怜缓缓地道："你是没有拿走不属于自己的东西，你只是拿走了自己身上的一部分而已。那胎灵，现在就在你腹中！"

既然，偷走胎灵的人没有用别的方法离开，也没有留在偏殿里，那么，就只剩下一种可能了：这个人，是光明正大地从正门离开的。

如果这胎灵已经生出来了，那么，他就是一个孩子，一个独立的人。但是，这胎灵是在未足月时，就被强行从母亲体内剖了出来，所以，如果它的母亲把它再塞回自己的肚子里去，那当然还是算她"自己的东西"。不，应该说，那胎灵根本就是她身上的一块肉，是她的一个部分。毕竟母子血浓于水，这种情况下，他们就是一体，那女鬼当然能安然无恙、光明正大地从极乐坊的所有门走出去。

所以，盗走胎灵的，一定是女鬼，就是这胎灵的生母。迅速封锁鬼市，把失火前后出现在这条大街上的女鬼都找来查一查，就一定能抓住。想来，这些花城在进偏殿后的一瞬间就都想了。

突然，兰菖大叫一声，猛地双手捂住了自己的肚子。

谢怜道："姑娘？！"

兰菖脸色煞白，一句话都说不出来。她肚子里仿佛什么东西爆炸了，原本还算平坦的小腹猛地膨胀成一个巨大的球形，几乎要把长裙撑裂，还有滚滚黑烟从衣缝间逸出！

众女鬼松手散开，兰菖双手勉强抱腹，惊恐道："听话！听话！你乖一点，你乖一点好不好！不要再闹了！"

竟是那胎灵在她肚子里闹腾了。花城从容地道："哥哥退后。"

谢怜道："无事！兰菖姑娘，你把它先放出来吧。"

兰菖忙疯狂摇头，道："不行！我一定会把他关在我肚子里好好养的，他再不会出去害人了！城主，我求求你们不要带走我儿子。我找了他几百年了！"

谢怜道："兰菖姑娘！你腹中胎儿的力量远比你强，而且它可以伤你但你舍不得伤它，你根本拿它毫无办法！你迟早会被它吸干破体而出的，快放它出来！"

兰菖尖叫一声，抱着肚子在地上打起滚来，肚子时而缩小时而胀大，上下左右挪动，黑烟越发浓烈，想来是这邪里邪气的胎灵回到母腹中养了一会儿，恢复了一点元气，又要作怪了。女鬼们散开了一会儿又上去压她，根本压不住，于是左边的妖魔鬼怪们纷纷嚷道："看我们的！"上前来按。场面无比混乱，若是兰菖不放，谢怜就不得不剖开她的腹部。虽然比看着她被自己的儿子撕成碎片好，但如果不是万不得已，他哪里愿意做这种事？他不想做的自然也绝不想花城代他去做。可这女鬼兰菖性子执拗至极，尖叫连连也不肯放那胎灵出来，这样下去不是办法，谢怜一咬牙，道："得罪了！"

谁知，他一把手放到芳心剑柄上，花城立即按住了他，沉声道："不用。"与此同时，兰菖腹间爆出一阵金光，刺得附近一堆妖魔鬼怪齐声大叫"哎哟"，逃了开来，都道："什么东西？！"

谢怜定睛一看，那金光淡下去之后，那急着往外冲的胎灵仿佛被什么东西锁住了一般，兰菖的腹部也平了回去。而锁住它的，是她腰间一根腰带。

那腰带看似平平无奇不惹眼，可谢怜再仔细看，愕然道："这东西为何会在你身上？"

即便被磨损得厉害，谢怜也能看出来，这条腰带，是天界的东西。是一条神官才能用的"金腰带"。它本质上是件法宝，所以在必要时才显出了护主应急之奇能。

看品阶，还是位上天庭的神官！

在天界，赠以金腰带，乃是一种颇为流行的风雅之举，是有特殊意义的。一位男性神官将自己的腰带赠予他人，这举动本身就带着暧昧含义，是什么特殊意义可想而知，腰带这种东西，自然不可能随随便便赠送，也没那么容易遗失。谢怜道："姑娘，莫非你这孩子……"

话到这里，他就觉察在大庭广众下问一个女子这种私密之事不太好，及时收住，改口道："你这七八百年，可就是靠这根金腰带撑过来的？"

闻言，一众女鬼瞠目结舌："我的妈哟，兰菖，你有这么大岁数了？！你之前不都说你只有两百岁吗？"

这胎灵有七八百年的修为，它的生母当然比它更大。可这女鬼兰菖又没那么深重的戾气，作为一只普通的女鬼，能留在这世上这么久，想来，这根带有法力的金腰带帮了她大忙。如果这胎灵的父亲是个神官，一切就都合理了。

谢怜立即转身，对花城道："三郎，这位姑娘……"

不消他多说，花城道："你该怎么做便怎么做。不必问我。"

谢怜轻声道："嗯。"

群鬼都在追问："兰菖兰菖，你这孩子的爹是谁？只管杀不管理，只管生不管养，气呀！"

"该上门找他算账！"

兰菖咬牙不说话，谢怜怎么想都觉得有个人嫌疑最大，道："姑娘，你跟我回上天庭吧。"

兰菖立刻道："不行！"

她说不行当然没用，行不行谢怜都是要带她走的。谢怜正色道："这胎灵极为凶残，它手上不知道沾了多少人血，事到如今你是护不住的，一定得到上天庭彻查。那神官若是个磊落的，或是你们之间有误会，便让你们母子二人上去和他相认，再处理这孩子的事；那神官若是负了你，或是做了更大的错事，更要去向他讨个公道，不是吗？"

这一番话，群鬼颇觉有理。而且，让兰菖上天界大闹一番，听听都刺激，他们只怕闹得不大不够热闹，都道："对啊兰菖，怕什么！找他算账去！""他敢不认账，咱们烧了他的庙！"

兰菖虽不愿，但也知没法阻拦，怔了怔，突然对花城拜了下去，道："城主，多谢你相救和收留的大恩大德。兰菖在极乐坊放火是不得已为之，坏了鬼市的规矩，真真对不住您！"

她一贯泼辣浪荡，这时开口却仿佛换了一个人，教许多素日面熟的妖魔鬼怪大惊。花城却是神色如常，对谢怜道："哥哥此番走得匆忙，我等你下来，再好好款待。"

谢怜点点头，告别后便带了兰菖直奔天界。

走在仙京大街街头，谢怜边走边在通灵阵道："诸位！劳烦神武殿上见，有事商议。"

由于兰菖是鬼身，进不了神武殿，谢怜先和她在殿外等了一会儿，等君吾亲自下了许可，兰菖才被放进来。不多时，风水二师先到了。一对相貌有六七分相似的兄弟，一人一把纸扇轻摇，白衣广袖飘飘，画面甚为好看。师青玄看到谢怜，先是眼睛一亮，然后边摇扇边道："哟！这身不错嘛！太子殿下果然是太子殿下。只是从不见你如此风骚，今日这是从哪儿回来了？"

这会儿谢怜要是在喝茶，就全喷出来了。他眉尖抽动，怀疑道："风、风……？"

他连这个词都没好意思再重复一次，低头反复确认，全身上下都遮得严严实实的，没半点儿不端呀？

见他脸都要红了，师青玄又哈哈道："开玩笑开玩笑！观主不要放在心上。"

谢怜莫名道："观主？什么观主？"菩荠观？

师青玄却哈哈不说破。谢怜再一想，他说的莫不是"千灯观主"！

连戳了谢怜心窝子两下，师青玄得意扬扬，四下招呼一圈，又道："咦？你怎么还带来位女鬼姐姐？这肚子里好像……"说着上去，似乎想摸摸。师无渡折扇一收，道："青玄！"

师青玄马上缩了手，辩解道："我只是感觉到很不好的邪气，想看看里面是不是有什么危险的东西……"师无渡斥道："你是男子，又是神官，这里还是神武殿，怎能做如此有失体统之事？也不准变女相！女相做这种事照样有失体统，给我变回来！"

其他神官也陆续赶到，一见谢怜纷纷瞠目。他这一身红衣，唇红齿白的，和以往冲淡清虚的白衣风格大不相同。而且莫名令人联想起某个危险的红衣人影，以至于都无人注意他身后绝不该在此出现的女鬼了。裴茗一进来就猛盯他，谢怜浑身不自在，开始认真反省应该先换回原来的朴素着装，面上还是客气地道："裴将军有何指教？"

裴茗道："没什么指教。就是想说，太子殿下你下次找人借衣服穿的时候，先确认一下这件衣服人家没在外面穿着把别人打得满地找牙过。"

谢怜"……"

谢怜强自镇定，心想裴茗肯定在骗他。花城身量比自己高，这件衣服定然是他做出来发现不合身就放着的，他怎会穿过。肯定胡说，乱讲罢了！

恰在这时，慕情和风信也来了，两人一看到他脸就黑了。谢怜真怕他们继续针对自己穿着花城的衣服这件事发表评论，看到灵文，忙道："灵文快来！"

灵文便夹着一胳膊的文书来了。她上来就把手放在兰菁腹上，顿了片刻，撒手沉吟道："好凶的胎灵。几百年了？"

谢怜如蒙大赦，道："七八百年了！"

他把胎灵如何残害孕妇、引出这女鬼的事说了，花城与鬼市一节隐了不提。末了，谢怜道："不知那位神官是否还在世或者在职，他又是否知道这件事，所以我便带这位姑娘上来了。"

风信皱眉道："如果知道还不闻不问七八百年，也太不负责任了。"

裴茗抱着手臂，闲闲地道："我同意，如此未免太不负责任。不知是哪位仙僚的遗果，要是在任的话，还是自己站出来吧。"

话音刚落，他便觉有无数道目光扎了过来。神武殿上，一片无语凝噎。

半晌，裴茗才道："诸位是不是对我有什么误解？"

"呃……"师青玄连扇子也不摇了，道，"我觉得没什么误解。应该说是对你太了解了。"

裴茗立刻道："跟我没关系！"

众人干笑一片，连师无渡和灵文看他的目光都不太信任。裴茗道："我是与一些鬼界女子交好过，但这位女郎我从未见过。"

说实在的，裴茗虽花心遭人诟病，但倒也不曾吃了不认账，反正也不是玩儿不起。所以他说没有这回事，大家心中隐隐还是信的。但也只是"隐隐"了，有机会看裴将军被将军，何乐不为？

兰菖忽然道："不是他。"

众神官一静。兰菖又重复了一遍，道："不是他。"

灵文冷漠地道："什么。原来不是吗。"

师无渡也很客气地道："居然不是吗。"

裴茗道："我早说了不是！你们能不能不要落井下石。"

谢怜道："那请问到底是……？"

兰菖定定地望着他，道："你。"

谢怜以为她没说完，道："我怎么了？"

兰菖道："我说，那个人，就是你！"

哪怕是兰菖这时候说"杀了我的人就是你"，都不会比这句的效果更晴天霹雳了。

谢怜简直当场就被她劈晕了，道："我？！"

君吾在上方宝座上抚额的手似乎也滑了一下。众神官静默了一瞬，立即齐刷刷望向他，君吾的手又摆正了。众神官再齐刷刷望向谢怜。

终于要来了吗，万众瞩目的第三次被贬！

谢怜拼尽全身力气才把那句即将冲破牙关的"我不举"咽了下去。

在四周窃窃私语中，他正了正神色，严肃地道："姑娘，此处是神武殿，请你不要信口开河。我虽非圣贤，但也知一心一意。若我不是真心爱一人，断不会与这人有何逾越之举。若是有了，即便我砸锅卖铁收破烂，卖艺街头养家糊口，也绝对不愿让这人受一点委屈。"

师青玄也道："不错！如果是太子殿下干的，他怎会主动带这位女鬼姐姐上来对质？想想也不合理。而且太子殿下这种类型，一看就是会在一棵树上吊死的，怎会做这种始乱终弃之事！"

"……"谢怜看他，心道我是什么类型？我怎的不知？

有神官瞎猜一气："会不会是这样，太子殿下失忆了，所以不记得自己干过的事了？"

"那我比较相信他胆子大到觉得过了八百年人家已经不认识他了。"

谢怜无言以对，道："为了证明一件不可思议的事编造出另一件更不可思议的事，诸君这个思路是不是有点危险啊？"

君吾忽然道："仙乐，你以前总共有几条金腰带？都是什么样子的？"

谢怜道："那可就太多了。十条？"

慕情淡淡地道："四十五条。每条都不一样，用来搭配每天不同的衣服。"

话一出口，他才觉不妥，果然立即有人想起慕情曾是谢怜的贴身近侍，专管谢怜起居日常，才会对这种细节了如指掌。众神官心道，光金腰带就有四十多条，这位太子殿下当年还真不是一般的铺张娇贵。不光别人，谢怜想起来也很是汗颜，他那时候哪像现在，一整年就三套衣服反复换洗反复穿，这三套衣服还都一模一样，光看肯定以为他穷到只有一件衣服可穿。君吾又道："放哪儿去了都还记得吗？"

谢怜和风信都是暗暗一噎。

谢怜道："咳，不大记得了。毕竟都是八百多年前的东西了，早不知道散哪里去了。"

不光有丢三落四的缘故，更主要的原因，是他和风信经常手头一紧张就拿东西去当。当了太多，真的不记得到底有没有腰带了。风信虽然也不太忍心讨论这个话题，但还是说了一句："能拿到这金腰带，未必是别人送的，也有可能是捡的。"

君吾似乎本来也不抱什么希望谢怜会记得，道："仙乐，我记得，你修的功法是要求必须保持童子之身的，否则便会法力大跌。"

谢怜道："是。"

师青玄随口道："嚯，我一看太子殿下，就觉得他修的肯定是这种道法，果然如此！别说生孩子了，他估计手都没跟人拉过吧。"

谢怜刚要脱口道"是"，脑海中忽然浮现一只苍白的手，在大红的喜帕掩映下，清冷如玉石，第三指系着一道细细的红线。这个"是"，就生生卡在了喉咙里，出不来了。

眼下殿上所有人可都紧盯着他呢，一看便知，这一卡，意思就是"不是"！

霎时干咳声一片。师青玄开始后悔了，扇子在自己脑袋上敲了一下，悄悄通灵对谢怜道："太子殿下，不好意思啊。我只是想说服大家你是真的清心寡欲而已，没想到你不是。看不出来啊！"

那句"没想到你不是"击碎了谢怜的坚强。他艰难地回道："不要说了，那是，意外。"

君吾手握成拳抵在嘴前，更加用力地咳了一声，道："那很好。这些年，你也没犯禁吧。"

谢怜终于有个问题能回答了，简直对君吾感激涕零，立刻大声道："是！从来不曾，过去不曾，现在不曾，以后也不会！"

君吾道："那就好办了。我这里有一把剑，名叫'艳贞'，有一奇法，童子血在上面流过，不沾痕迹。你取一滴血，滴了便知。"

虽然君吾收集各式稀奇古怪宝剑的嗜好大家也都知道很多年了，但众神官还是在心中暗道："您为什么有这么多乱七八糟的剑，收起来干啥？……"

谢怜觉得这状况真是莫名其妙，只想赶紧结束，灵文一取了那"窈窕"的"艳贞"剑来，他立刻举手在剑刃上刮了一下。无数双眼睛紧盯这边，师青玄拍手道："好了。破案了！"

血珠滑过剑刃，果然不留一丝痕迹。铁证如山，众人只得散了，道："啊，原来如此。""那到底是谁啊？"竟都是兴致缺缺，略感失望。

灵文客气地道："这位姑娘，麻烦你老实交代了，到底是哪位神官吧。你腹中的胎灵若一直这么不安生，你又法力不济，恐怕只有与他有血缘联系的父亲才能温和教化。我……"

谁知，话音未落，兰菖又指向了灵文，道："你！那个人就是你！"

众神官齐齐喷了。灵文大概是刚从庙里赶来参加集议的，此时是男相，突然被兰菖指认为孩子的父亲，一脸莫名，并谢绝了裴茗和师无渡要给"贤侄"发红包的慈爱之举。风信都看不下去了，没好气地道："我懂了。这女鬼根本疯了，在这儿胡搅蛮缠乱咬一气，存心来闹事的。"

兰菖嘿嘿一笑，又腰道："怎么，现在想撇清啦？晚了！没门儿！是你，是你，还是你！"

这架势，敢情压根是看都没看就在乱指一气，连默默站在角落，腮帮子里不知塞了什么正嚼得一脸漠然又专注的明仪也被强行认了一回爹，殿上一时鸡飞狗跳，纷纷推逃："拉下去，拉下去！别让她胡说八道了！""这位姐姐我喜欢的姑娘不是你这样的，你不要诬赖我！""真是不成体统！"

君吾挥挥手，兰菖被押下去了，殿内神官这才心有余悸地站回原位。原先大家是想着事不关己，只看热闹就好，可眼下不知会不会冷不防就一个屎盆子扣过来，没准下次人间上自己的新戏时就莫名其妙多了个浓妆艳抹的女鬼情人和杀人无数的鬼胎儿子了，顿感危机，都改了口风，道："其实，谁知道那根金腰带是不是她偷的？我也不能确定我到底有几条金腰带，也想不起来是不是都好好收着了。"

"不用查了，这女鬼疯了。不然就是鬼界故意派来搅浑水的……"

于是，一番争论，结论还是万年的"以后再说"。集议散了之后，谢怜走出神武殿，心中叹道果然参与集议的人越多，越商量不出什么事来，还不如他自己一个人去查，只可惜线索太少。摇了摇头，谢怜下了天庭。

他一下去便换回了白衣，直奔镇上。那富商一见他就紧紧握住他双手，激动地道："道长！高人啊，高人！你昨晚睡在我如夫人房里，我们门都锁了的，早上一打开，不敢相信，凭空消失！高，实在是太高了！怎么样？那妖怪抓住没有？"

谢怜道："抓住了，您请放心，已经没事了。"

富商如蒙大赦，大喜道："高人哪！道长你那千灯观在哪里？我要去捐款，还愿！从今天起，我要做您观中的挂名弟子，谁都不要跟我抢！"

谢怜哭笑不得。但怎么说也是发展了信徒，而且还是一个很有钱的信徒，十分欣慰，对这位富商神神道道一番传教，告诫他今后不可多沾女色，要一心一意，要爱护妻子和家人，最后让他改天到菩荠观去参观，这才飘然离去。

第四章
白话仙人喜宴哭丧

回了菩荠观,谢怜把"本观危房求捐款"的那个牌子摆到了更显眼的地方,暗暗期待那富商来时能一眼看到,再推门进去。谁知,推门的一刹那,便觉屋里有什么地方不一样了。

走进观里,果然,大不一样了。屋子的地都扫过了,供台桌椅也都擦过了,阳尘也卷走了,简直像被田螺姑娘光顾过一样,干净得过头了。

因为,连戚容都不见了!

他一消失,整个屋子一下子宽敞亮堂了,似乎连空气都清新了几分。而被他从村长家领回来的谷子一探头没看见人,急道:"大哥哥,我爹呢?"

谢怜道:"呃……"

这时,他忽觉一道危险的寒光袭来,反手芳心就是一剑。铛的一声,那寒光高高飞起,落在数十丈之外。他出剑如电收剑也如电,芳心瞬间归位,立刻又觉得纳闷:怎么就没下一招了?

再看那寒光,被他击飞后,歪歪插在地上。远远看着那一弧银光,谢怜越看越眼熟,带着谷子走过去一看,连忙蹲了下来:"这不是厄命吗,你怎么了?"

对着一把刀问你怎么了,真是无比诡异的画面。走过的几个农人也对谢怜报以奇怪的目光,偷偷互捅肘子:"快看,看这人,他在跟一把刀说话……""看到了,不要管了,快走……"

可谢怜非得这么问不可,因为厄命整个刀身,以及刀柄上那只银线勾勒成的眼睛都在颤抖不止。他情不自禁伸手道:"我刚才那下是不是打痛你了?"

那弯刀抖得越发凄苦了。谢怜有点手忙脚乱,顺着它的刀背轻轻抚弄下去,道:"对不起对不起,刚才没看清是你,再不会了。"

055

弄了几下，厄命眯起了眼，颤动也终于止住了。谢怜又问道："你主人呢？"

忽然，后方传来一个声音："不用理它。"

谢怜回头一看，一下子站起来，又惊又喜道："三郎？你怎么来了？"

身后那迤迤然而来的少年，正是花城。他又把黑发束成了一个歪马尾，上身白色轻衣，红衣扎在腰间，袖口挽起，露出苍白却结实的手臂，以及手臂上的刺青，一走路，靴子上的银链子叮叮清响，十分随意，仿若邻家二九少年郎，十分潇洒。他咬着根小野草，对谢怜笑道："哥哥。"

花城不紧不慢走到他身边，单手把插在地上的银色弯刀拔了出来，拿在手里看了看，将弯刀扛上肩头，道："哥哥，你忘了这个。"

他递过来的东西是一只斗笠。这是谢怜忘在那富商家的，他一怔，忙道："真是有劳了。"

说完就忽然想到，昨晚某件事发生后，他对花城说过"我在找斗笠，我的斗笠不见了"。那是稀里糊涂中说的胡话，花城却居然真的去帮他把斗笠找到了，猛地一阵难为情，好怕花城拿这个来开玩笑。幸好花城提都没提，笑着转移了话题，道："哥哥又往家里捡孩子了？"

谷子却仿佛很怕他似的，直往谢怜身后躲。谢怜道："没事的，这位哥哥是好人。"

花城却道："哪里哪里。我坏得很。"嘴上这么说着，袖后却飞出了一只小小银蝶，扑腾着翅膀悠悠飞到谷子面前。谷子黑溜溜的眼睛睁大了，目不转睛盯了那小银蝶一会儿，终于忍不住伸手去抓了。如此一来，他对花城的警惕也大大减淡了。

谢怜便觉得他果然很有爱心，笑道："你来就来，还把菩荠观扫一遍做什么？"

花城道："只是顺手清理一下屋子而已，不觉得把废物都清理出去之后神清气爽吗？"

谢怜终于记起了失踪的戚容，心想花城该不会是把他当垃圾丢了吧。这时，忽听菩荠观后传来一声惨叫："该下地狱滚油锅杀千刀的狗花城！杀人啦，花城杀人啦！"

谷子大叫道："爹！"迈着两条小短腿奔了过去。谢怜也赶紧跟上。菩荠观后有一条小溪，平日谢怜洗衣淘米都是在这里，此时戚容也被若邪捆住泡在水里，正极力把脸挣出水面，奋力吼道："我不出去，我就不出去！我就要在这个

◆ 056

身体里！有本事你们弄死我！我是不会屈服的！！！"

花城吐了那根野草，道："你当你是什么英勇战士吗？废物。"

谢怜头痛道："你也看到了，事情就是这样。他附到人家身上，怎么也不肯出来。三郎可有什么办法？"

花城道："嗯？你是问让他生不如死的办法吗，有的是。"

这话就是在威胁了，戚容骂道："狗花城！狗谢怜！你们两个真是破锅配烂盖！蛇蝎心肠！咕噜噜噜噜……"没说完便又被沉入溪水中。最后还是谢怜怕他给淹死，提他出来放到菩荠观门口。戚容一天一夜没吃东西又被花城一顿恶整，半死不活，谷子给他喂谢怜从镇上带回来的饼，他啃得狼吞虎咽直掉渣。谢怜摇了摇头，发现戚容已被花城施法定住，四肢僵硬，于是道："若邪回来。"

若邪绑了戚容好几天，早已委屈得不行，哧溜一下便下来，像条白蛇般一圈一圈地把谢怜整个人都缠住了。谢怜一边安抚它一边把它从自己身上解下来，道："好了，好了，待会儿给你洗澡，别难过。先到旁边玩儿去吧。"

若邪便没精打采地游到旁边去了。花城也随手把厄命一丢，厄命自己寻了个体面的姿势立住。面壁的若邪忽然发现，一旁倚着一把银光闪闪的弯刀，小心翼翼地靠近。厄命刀柄上的那只眼睛也骨碌碌地转到这边，打量起它来。芳心则死气沉沉地一动不动，没有任何表示。

谢怜拿出那套叠好的红衣，道："三郎，谢谢你借的衣服，我洗好了再还你。"

花城却笑眯眯地道："不用了。这衣裳我没穿过，但我瞧哥哥穿在身上挺合身的，不如就留下好了。"

谢怜却想起师青玄砸在他脸上那两个令人难以启齿的大字，不知该不该应，忽然看到自己从镇上回来时买的一大堆菜一股脑堆在供台上，忙道："说到这个，三郎今晚留下来吃饭吧！"

花城自然欣然应允。谢怜这段日子潜心研究厨艺，自觉颇有心得，正是信心倍增之时，一心想大展身手好好款待花城。他抄起菜刀，一阵叮叮咚咚，敲锅剁板。这供台既可作书桌也可作厨台，放得了碗筷坐得了小孩，可谓是一桌百用。花城倚靠在一边上，看了一会儿，终于还是看不下去了，道："要帮忙吗？"

谢怜正做得热火朝天，道："不必。若邪帮忙就行了。"说着，甩手丢了几捆还没劈细的粗柴过去。啪的一声，如眼镜王蛇突袭一般，那白绫在那木柴上一抽，小腿粗的木段登时被劈为一截一截细细的柴火。

若邪露了这一手后，在厄命和芳心面前凹成一个异常夸张的造型。还没美一会儿，谢怜又在地上放了一只盘子，然后丢了一颗大白菜过来。若邪正要迎上，厄命却忽然眼神一凛，飞起身来，在空中舞出道道炫目的银光。登时漫天菜色，待它落地时，那一颗大白菜便被它削成了又齐又碎的一盘。谢怜蹲身拿起盘子一看，夸道："真厉害，你切得比若邪还好呢。"

若邪一下子贴到了墙上，仿佛一个人踉踉跄跄倒退了好几步。厄命则狂转起了眼珠，尽显得意之态，仿佛已飘飘欲仙。一刀一绫中，芳心自岿然不动。谢怜全没注意法宝们之间的小小斗法，一边把七八种不同的配菜同时往锅里下，一边转头问道："对了，三郎你这次来，要来多久？"

花城全程注视着他的动作，似乎本来想提醒他什么，但还是收住了话头，微笑道："看情况。那边没什么事，就多玩儿几天，要是我赖在这里，哥哥莫要嫌弃才好。"

谢怜忙道："怎么会？你不嫌弃我这里地方破就行。"拉拉杂杂一通扯，把那女鬼到了神武殿瞎指一气、一番胡闹的事也说了，不过，自然隐去了自己被指控和"艳贞"滴血一事。但又想到君吾说花城在天界埋有眼线，不知他会不会早已知晓？但很快，咕嘟咕嘟翻腾起来的锅就夺走了他的注意力。

两炷香后，揭开了锅。

戚容往日里吃的都是村民给谢怜的供品，虽然只是些馒头咸菜、面饼鸡蛋、酸涩野果之类的，但好歹是人吃的。这锅一揭开，气味飘出菩荠观去，他在门外破口大骂道："天杀的谢怜！黑心的雪莲！你还不如给我一刀来个痛快的！假惺惺地把我捞起来，原来就是为了让我受这种折磨！我算是看清你了！"

开锅之前，谢怜原本是信心十足的。揭开锅盖之后，他再次自我怀疑起来。费尽心思却做出了这样一锅东西，花城还站在旁边看着呢，也不知道该怎么办，难道真要花城吃这种东西？听到戚容吼吼鬼叫，他更烦恼了。闻声，花城抱着手臂就要走出去，谢怜抬手止住他，道："算了。"

他叹了口气，从锅中盛了一碗东西，对花城道："这锅你别吃了。等我一会儿。"出门去，把谷子叫去打水调离现场，然后端着那碗东西蹲下来，和颜悦色地道："表弟，该吃饭了。"

戚容惊恐万状，道："你干什么？你干什么？你想干什么？！谢怜我警告你，我现在是一条人命，你考虑清楚！谁能吃得下你这玩意儿，谁就超脱了三界束缚，跳出了六道轮回，没有任何……"

话音未落，他便看到屋里的花城站在锅边，自己拿起勺盛了一碗，坐在供台边吃了一口，居然面不改色，稳如泰山，霎时被震慑了。一个从来没有过的念头闪过脑海——

不愧是绝！

谢怜把碗凑到他脸边，冷静地道："不想吃也行，你出来吧。"

那就更不可能了。戚容咬紧牙关，然而，谢怜咔的一下便捏开了他下颌，活活灌了进去。

下一刻，尖叫声响彻菩荠村上空。

谢怜手中的碗空了，而地上的戚容已然鼻歪眼斜，连声音都沙哑得像个风烛残年的老人，呻吟道："我……恨……"

谢怜见一碗给他塞进去他都不肯出来，不知心情是喜是悲。虽说他很希望赶紧把戚容逼出来，但既然没成功，这似乎也侧面证实了，他用心做出来的东西没有那么难以下咽，好像是一件还算值得高兴的事。一回头，见花城也端着一只碗，一边慢悠悠吃着，一边看这边，那碗也快空了，他目光一亮，站起身来，道："三郎，你吃完了？"

他原本觉得没做好，不好意思给花城吃的，谁知花城却自己吃了。花城笑道："是啊。"

谢怜小心翼翼地道："你觉得味道怎么样？"

花城把汤也喝了，微笑道："不错。比较浓，下次可以再淡一点。"

谢怜松了一口气，点头道："好，我记住了。多谢你的意见。"

戚容："哕哕哕哕哕哕哕——"

原本企图大展身手的谢怜，在这一晚，信心经历了一波三折。

花城倒是有提议过，不如让他来做饭，可谢怜怎好意思让他帮自己修过门、帮自己打扫屋子，再帮自己做饭？哪有叫客人这么做的道理，况且，这把堂堂绝境鬼王当成什么了？

好在他从镇上带回来的存货不少，虽然昨晚给谢怜下了一大半到锅里，却也还剩下一些馒头饼子、蔬菜瓜果，将就着啃啃得了。但是啃完之后，又该怎么办？

到了第二天，这个问题就不攻自破了。一大清早，菩荠观的门就被一群村女敲开，送了几大锅粥和一只烧好的鸡来。众村女皆含羞带怯，是冲着谁来的，显而易见。谢怜不禁暗暗慨叹：长得好看，真的能当饭吃。

那只烧鸡给谷子和戚容分着吃了，谢怜只喝了一点粥，花城什么也没动，道："哥哥在此地真是受欢迎。"

谢怜笑道："三郎不要取笑我。大家分明醉翁之意不在酒。"

昨天那一碗下去之后，戚容在观外挣扎了整整一个晚上，号啕不止，什么我宁可给郎千秋抓住，给他千刀万剐，也好过在你这里被你下毒！什么太子表哥我错了，求求你给我解药吧！并且似乎看到了许多幻觉，谷子简直被吓坏了。一大早起来戚容一派萎靡不振，一张脸已经青了，眼下低头呼噜呼噜就着谷子手捧的碗喝稀饭，终于缓过一口气，哑着嗓子道："狗花城你别得意，你也就能吸引这种山旮旯里的村姑了，还不都是你穿得那么有钱，她们才巴巴地贴上来！你要是穿得像个乞丐，我才不信她们还看得上你！"

谢怜心想："这话可就不对了，便是三郎穿得像个乞丐，也会有很多人爱他的。"但也没说话，只慢悠悠地忙活起来。过了一会儿，一阵气味飘了出去，戚容又号起来："你又在干什么？"

谢怜"哦"了一声，温柔地道："昨晚那锅'百年好合羹'，我正在热它。"

花城一听，立刻轻轻拍手，道："好名字，好名字。"

戚容道："这玩意儿给取了名字？住手！"

他终于不敢再说话，世界清静了。吃完了这顿，花城把碗筷都收了，谢怜忙道："不用了！你坐着就好。"

花城却已经拿去洗了。谢怜刚要上去，忽听门外吃饱喝足闲得没事干的戚容吹了两声口哨，流里流气地道："哟，小妞儿，盯着本大爷看做什么？是不是动春心了？"

这鬼方才还说他看不上这山旮旯里的乡野村姑，回头就撩上了，还撩得如此俗套。谢怜摇了摇头，心想还是把他拖进来吧，免得放在外面吓着人家。谁知，还没打开门，外面便传来阵阵村民们的惊呼："绝世美女啊！"

"这么漂亮的姑娘怎么会到我们村里来？"

"我这辈子还没见过这么标致的姑娘咧，还一来就来两个！"

紧接着，门外便传来一阵叩叩的敲门声，竟是在敲菩荠观的门。谢怜心中纳闷："绝世美女？还有两个？两个绝世美女怎么会来敲我的门？啊，莫非，是那富商带着新老婆来还愿了？"一想到这个可能，连忙取了那"本观危房求捐款"的牌子，准备摆出去。这时，又听一个女郎冷冷地道："这门口的是什么东西，真辣眼睛。"

紧接着，另一个女郎的声音纳闷儿道："难道是养来看门的？不会吧。不至于挑这么品味低下的灵兽啊？"

这两个虽是女声，谢怜却都是听过的。风师青玄和地师仪！

他本想立即推门出去，然而，猛地回头，看见身后在供台边慢悠悠收拾碗筷的花城，又止住了动作，谨慎地从门缝往外望去。

只见两名身材长挑的女郎立于门外。一名是个唇红齿白的白衣女冠，体态风流袅娜，甩着拂尘，双目炯炯；一个是名黑衣女郎，肤色雪白，眉目美而锐利，且脸色极差，负手而立，望向别处。那白衣女冠正满面笑容，四处拱手，道："哈哈，谢谢大家，谢谢大家，不用夸了，不要太高调。你们这样，我很困扰的。差不多可以了，谢谢。哈哈。"

谢怜："……"

四周黑压压围了一大群看美女的村民，看完美女又开始对戚容指指点点。戚容不乐意了，狂叫道："看什么看！老子喜欢躺地上怎么样！都滚开！有什么好看的！"村民瞧这人举止诡异，脸色凶恶还发青，吓得一窝蜂散了。师青玄对戚容道："这位……绿色的公子，请问太子殿下现在在观里吗？"

一听此人称谢怜为"太子殿下"，戚容瞬间对面前这两位美人儿失去了兴趣，啐道："我呸！原来是上天庭的狗！老子才不是给他看门的狗。听好了，我乃是……"话音未落，只见明仪闷头走了过来，然后就是一声惨叫，一顿乒乒乓乓。从谢怜这个位置看不清明仪上来干了什么，只能看到师青玄一甩拂尘，道："明兄，这样暴力不太好吧！"

明仪漠然道："怕什么。他都说不是家养的灵兽了。"

为了避免戚容被打死，谢怜只得开了门，举手阻止道："两位手下留情！打不得，这是个人啊！"

见谢怜开了门，明仪一掀黑衣下摆，把靴子从戚容背后移开了。师青玄则上来拱手道："太子殿下，你门口这怎么回事？哎，进去再说吧。这回我有重要的事要找你帮忙……"说着就要绕过地上的戚容迈进门去。花城可还在屋里呢，谢怜哪敢就这么放他们进去，忙道："等等！"

然而，已经迟了。菩荠观就这么巴掌大点地，根本都没个藏身处，两人一下子就看到了站在谢怜身后，正在洗碗的绝境鬼王。八目相撞，噼里啪啦，花城露齿一笑，露出一点点白牙，笑意森然，眼里却殊无笑意。

一刹那，明仪倒退三尺，师青玄一把甩出风师扇，拉开架势，警惕万分："血雨探花！"

门外灰头土脸的戚容大怒，道："我还是青灯夜游呢！怎么你们打了我半天都认不出我，一看就知道是他？！"

明仪曾混入鬼市，在花城手下卧底数年，前不久才露了马脚被花城逮住，关在迷宫地牢里一顿殴打，眼下是仇人见面，分外眼红，小小一座菩荠观，内外都是毒药味。花城把手里抹布一丢，眯眼道："地师大人还挺活蹦乱跳的嘛。"

明仪也冷声道："鬼王阁下也是清闲如旧。"

装模作样地打过招呼后，下一句，花城的语调和神情便都冷了。

他警告道："离开。我不管你们有什么重要的事，不要再靠近这里。"

虽是对花城十分忌惮，但气势上竟不肯退让示弱，明仪沉声答道："来到此处，非我本意！"

眼看着毒药味要变成火药味了，师青玄道："等等！听本风师一句，不要动武，暴力不能解决问题！"

戚容可就盼着这两拨人打起来呢，一直竖着耳朵听，这时忽然道："原来你就是风师那贱丫头？"

谢怜和师青玄都转头看他。师青玄一贯养尊处优，估计还是头一次听到别人这样骂她，眨了眨眼，对谢怜道："太子殿下，稍等片刻。"

说完，出了观去，把门一关。只听门外戚容再次狂声惨叫，一顿乒乒乓乓，须臾，师青玄这才开门进来，已然换了男相，道："好了。刚才说到哪儿了？我也饿了，我觉得不如大家先坐下来吃点东西吧，有什么事好好商量。没有什么东西是饭桌上不能解决的。"

虽说谢怜不大希望他们在菩荠观里打起来，但花城似乎对明仪卧底之事极为生气，不知其中有什么内情，让他们坐下来和和气气地吃饭，好像也不太可能。不过，花城居然没表示反对，对峙一阵，脸上冷色渐渐散了，继续洗碗。洗完了自己走到锅边，盛了一碗百年好合羹。

见他主动撤兵，一场大战及时收住，几人都松了一口气。下一步就是要立即转换话题活跃气氛了，于是，师青玄道："太子殿下，那锅里的是什么？好像还热着。"

谢怜道："哦，那是我做的。"

那羹煮了这么久，早已入味，气味也散去了许多。颜色虽然匪夷所思，但形状都熬得消失了，比昨晚看起来好太多太多。师青玄一听兴致勃勃："是吗？我还从没吃过神官亲手做的东西呢！来来来，让我们尝尝。"

说着，他便也拿了碗筷盛了两碗。说实话，谢怜本来是想阻止的。但因为花城的再三肯定，给他隐隐埋下了信心的种子，再加上他今早重新加热时又根据昨晚花城的意见做了调配，产生了一种"也许我把它救回来了"的念头，犹豫片刻，还是没有出声，暗暗期待地看着师青玄把其中一碗递给明仪，道："来，明兄，你的份。"

明仪往碗里看了一眼，不情不愿地挪开了脸。

这就有点失礼了。师青玄大怒，又递上去，不依不饶道："来吃！刚才路上不是你说肚子饿了吗？"

花城在那边慢条斯理地舀起一勺，吹了吹，送到口中，咽下去，对谢怜笑道："今天的确淡了点，味道刚刚好。"

谢怜也笑道："是吗？我今天多加了水。"

花城又吃了一口，笑眯眯地道："哥哥有心了。"

看花城的模样，要说他在品尝什么美味佳肴，是很有说服力的。半晌，明仪还是接过了碗。师青玄笑道："这就对了！"二人同时舀了一勺，送进嘴里。

谢怜道："如何？"

啪的一声，明仪脸面朝下，倒在供台上，似乎失去了知觉。

另一边，师青玄流下了两行清泪。

谢怜："你们怎么了？？？"

师青玄回过神来，抹了一把眼泪，抓住他的手，用力握了握："太子殿下……"

谢怜反手握住他："什么？"

师青玄大着舌头，说不出话，半晌，去推明仪，道："明兄！明兄你怎么了？振作一点，你醒醒！"

明仪一动不动。师青玄一贯是不能忍受别人不给自己回应的，越推越狠，最后终于掐住对方摇晃起来。谢怜看不下去了，道："风师大人，要不然你先放下扫帚，有话好说。"

师青玄掐着扫帚，回头大声道："啊？太子殿下你说什么？我听不清！"

谢怜对着他耳朵喊道："风师大人！你手里的不是地师大人，地师大人在这边，这边！"

这时，明仪猛地坐起身来。他居然瞬间恢复了男相，脸色铁青，劈头盖脸就是一句："我有心魔了。麻烦助我祛除下。"

一勺羹居然能吃出心魔来，谢怜被震慑了："不至于吧……"

师青玄却指着明仪，怒道："你！你是什么妖孽？明兄呢，快我掩护你，我们先一起拿下他。"说着一手抓那扫帚，一手便祭出了风师扇。这一扇子下去整个屋顶肯定马上就飞了，谢怜忙上去抱住他："两位大人！你们都醒醒好吗！"

"哈哈哈嘿嘿嘿嚯嚯嚯……"

戚容在门外捶地大笑，骂道："活该！痛快！"

屋内两位神官东倒西歪呻吟不止。花城抱着手臂倚在墙上，谢怜看看他，再看看地上抱头蜷缩的风师与地师，小声道："是不是水加得还是少了……怎么会反应这么大？"

花城挑眉道："我觉得挺好的。是他们口味的问题吧。常有的事。"

谢怜想了想，接受了这个说法。当然，他就没想过，那锅东西过了花城的手之后，有没有多点什么东西了。

郁闷和内疚之下，他给师青玄和明仪各自灌了足足七八碗清水，二位神官才悠悠转醒。虽然仍是如戚容一般面色发青、两眼发直，但好歹神志已清醒，口齿也清晰了。唯一的一点小问题就是师青玄还是止不住地流眼泪，说话时不时咬一下舌头，但也没什么大碍。

一番鸡飞狗跳，一个时辰后，四人终于围着供台整整齐齐地坐了下来。

明仪依旧脸朝下趴在桌上，一动不动，状如死尸。谢怜正色道："风师大人，你方才说有很重要的事想请我帮忙，究竟是什么事？"

面色憔悴的师青玄往门上丢了个隔音法术，确保外面的人听不见了，才哑着嗓子道："是这样的。喀喀，喀喀。太子殿下你大隐隐于市，在人间修行了八百年，走得多见得多，应该遇到过不少妖魔鬼怪吧？"

谢怜抱着双手，道："是遇到过一些。"

师青玄道："那我想请问，你……有没有遇到过白话仙人？"

谢怜蹙眉想了一会儿，道："白话仙人，喜宴哭丧？"

师青玄："正是！"

谢怜："你早说烂嘴怪便是了，一说白话仙人，我还没反应过来是什么呢。"

师青玄大惊："你胆子真大啊，这么叫它不太好吧！"

白话仙人，虽说被称为"仙人"，但大家叫它"仙人"不过是意思意思留个面子，怕叫得难听了，万一被它知道了记仇。其实大家都恨不得大骂它烂嘴巴妖怪。因为它实在是可恶至极。

不错，寻常的妖魔鬼怪，至多是可怕，但它却是可恶。因为，它最喜欢在一个人高兴的时候突然出来泼一盆冷水。试想，有一对新人成亲，有这样一个东西在人家婚宴上出现，喝了人家的喜酒，突然说："要不了多久，你们就会分开了！"那该有多可恶。

它若缠上一人，便会如影随形，不断在那人喜事到来时发出诅咒，而且诅咒往往会成真。看样子师青玄就很忌惮这东西，谢怜却不以为意，道："无事。这东西没什么好怕的呀。"

师青玄来了精神，道："看来太子殿下你是遇到过的了？这种东西有没有可能被彻底抹杀？"

谢怜道："很多年前我确实遇到过两只，后来它们都没再出现了，不知是不是彻底抹杀了，但以我的经验来看，真要对付也不是太难。"

师青玄大喜："两只？两只都被你对付了？！那我可真是找对人了！都是怎么个情况？"

谢怜便告诉他了。第一只是这样的：许多年前，谢怜路过一个小镇，有个富商的女儿在书画比赛中夺魁了。因他觉得女儿争气，设宴大张旗鼓庆祝了一番，喜气洋洋。谁知，乐极生悲，宴上突然有个声音高声说："你女儿今晚就会摔断手腕！"

那富商当场暴跳如雷，要揪住说话那人，但那人说完后便钻进桌子底下，居然就这么凭空消失了。

在场的人当时便都有些害怕了。而当天晚上,这富商的女儿果然一个脚滑,摔断了右手手腕。一片慌乱中,有个白影在窗外嘎嘎怪笑,吓得整个宅子人仰马翻。

刚好,次日谢怜上门到这户人家收破烂,在蹭点剩饭时听说了这件事,知道招来了什么东西,便对那富商说不用担心,他有办法。

他守在那小姐身边等了一阵。一个月后,那位小姐又在一次诗作比赛中得了第一,白话仙人终于又来了。

当晚,富商家再次为小姐设宴庆祝。果然,又有个声音在人群里说:"你女儿今晚会……"

它没说完,藏匿多时的谢怜就跳了出来,一把掐住它喉咙不让它说出那句话,同时哐哐哐一顿暴打,打得它嗷嗷只能鬼叫,然后把它塞进一个咸菜坛子里封住,寻了一个隐蔽之处埋了。

师青玄道:"就这样?"

谢怜道:"就这样。对付烂……好吧,白话仙人。对付白话仙人,有三个办法:第一,不要让它开口,在它开口之前就掐掉。这个防得了一时,防不了一世,防不胜防。

"第二,如果没法让它不开口,你就让自己不去听。任何人听到别人诅咒自己,都难免会生出一丝恐惧,白话仙人便是以此为食为乐。你越害怕它越高兴,而若你真的被它吓得心神恍惚搞砸了手里的事,它的法力更是突飞猛进。但除非是聋子,否则你总会听到的。事实上,就算是聋子也未必能躲过它的诅咒,因为有人为了逃避这东西把自己两只耳朵扎穿了,但还是没用。

"所以,最有效的,是第三个办法:心志坚定,让自己强大起来。不管它怎么诅咒泼冷水,你都不放在心上,听过就忘,而不是一激便中招,它就拿你无可奈何。从你这里获取不到快感,这东西多半就灰溜溜地走了。当然,也有可能只是暂时潜伏,等待下一次乘虚而入的机会。"

师青玄越听脸越苦,道:"虽说这第三个办法最有效,但也最难做到啊,这世上有几个人能说是真正的心志坚定?那第二次呢?第二次太子殿下是怎么解决的?"

谢怜为难道:"第二次比较特殊,我觉得这情况不适用于别人啊。"

"怎么个特殊法？"

谢怜："第二次它找上的是我……"

也是在很多年以前，谢怜遇到了一只白话仙人。

那次，他刚盖好了一座小茅屋。正当他站在下面欣赏新房子时，突然，角落里有一个细小的声音说道："你这房子过两个月就要塌啰。"

师青玄道："你怎么办？"

谢怜道："没怎么办。我说，'过两个月？七天之内它还能立着，那才是怪事'。"

师青玄"……"

花城微微一笑，随即，这笑容便淡去了。

那白话仙人躲在暗处，等着吸谢怜的恐惧、烦躁、不安之情。然而，它巴巴地吸了半天空气，等谢怜都洗洗睡在新屋子里了，什么也没吸到。

虽然谢怜没看见它的真身，但也能感觉出，它大概很生气。

没过几天，夜里一道苍雷劈下，整个房子都焦了。

那只白话仙人颇为高兴，大概是觉得焦了和塌了差不多，它的诅咒算是应验了，这下谢怜总该害怕了。然而并没有。它还是没吸到任何可以果腹的东西。它当然不甘心，于是，它便跟在了谢怜身边，等待下一次喜事到来。

谁知，这一等就是大半年。这大半年间，谢怜身上居然一件喜事都没有！

要是一般人，也就放弃了。但白话仙人还有个特点，就是爱死磕，盯上了一个人就要死死跟着，所以也跟着苦苦饿了大半年。皇天不负有心"怪"，机会终于又到来。

某日，谢怜收到了一大堆破烂，跟以前比勉强也算是喜事吧。憋了这么久的白话仙人立即使出浑身解数爆出长长一串诅咒，诸如谢怜吃喝嫖赌倒欠一屁股债之类的。谢怜一边整理破烂堆一边听得津津有味，听完依旧是洗洗就睡了，那白话仙人也依旧什么都没吸到。

当天夜里，谢怜的破烂堆就失火了。

火扑灭之后，满脸黑灰的谢怜对那白话仙人慨叹道："可惜了。全都烧光了。昨晚你说的那些醉生梦死、浮世流金我还一件都没有体验过呢。我觉得你讲得挺有意思的，要不然你再说一遍吧。"

如此下来三四次，到后来，谢怜甚至会主动上去问它，你有没有什么想讲的？你要不要讲几句？那白话仙人终于再也受不了了。它逃跑了。

对白话仙人而言，谢怜这种瘟神，真是极不友好。要么他就没有喜事，空等数年；要么他就对一切厄运习以为常，没有任何恐惧不安；最重要的是，他运道之差超乎白话仙人的想象，所以它们眼里的"诅咒"对谢怜而言不痛不痒，不，应该说根本就是一种祝福。因为现实往往比它们的"诅咒"残酷一百倍！

总之，从此以后，谢怜便与白话仙人绝缘了。他甚至有点怀疑是不是那只白话仙人逃跑后到自己族群内部大肆宣扬过他有多恶劣了，不然怎么会这么多年再也没遇到过一只？

听到这里，师青玄没绷住，"噗"了一下。花城淡声道："很好笑吗。"

师青玄也知不妥，立即正色了，肃然道："对不住了，太子殿下。"谢怜笑道："无事，是很好笑啊！总之，白话仙人是从人的恐惧之心中吸取法力，再借此法力，促使预言成真，然后再作出新的预言。如此循环往复，直到一个人被彻底打垮为止。所以，越是心志不坚，越是吃亏；而拥有的越多，害怕失去的就越多。是有风师大人的信徒接到了此类祈愿，向您求助吗？其实这东西不在您的管辖范围内，接到的话，可以移交武神。"

师青玄却道："不是信徒遇到了，是我自己遇到的。"

这下，谢怜更奇了："您自己遇到的？白话仙人一般应该不太敢惹神官。就算惹了，以神官之尊，也用不着怕它们的。"

师青玄叹道："若是在我飞升后遇到的，自然不足为虑，但……此事说来话长。"

话说数百年前，风水二师在为人时，生于豪门商贾之家。

师青玄为次子，乳名为"玄"，出生之时，举家欢喜，广施粥点。当时，有一位算命先生喝了粥，看到了襁褓里的婴儿，问了生辰八字，说了这么一番话："吃了你们家的粥，我说句话。你们家这个儿子，命格虽好，但一言难尽。要是想救，必须得尽量低调，别让他从小养成张扬的性子，不许他出风头，记住闷声发大财，如此方可平安度过一生。绝对不要给他办喜事，会招来不好的东西。"

这话可太不好听了。师家是商贾人家，格外忌讳这些，当场拉下脸把人撵走了，他的话自然也没放心上，几日后，便又为师青玄开设宴席，张灯结彩，锣鼓齐鸣。

然而，宴席上，正当众人喝得高兴时，蓦地传来一个声音，唱道："不得善始，不得善终！"

这声音竟是从地底下传来的，盖过了其他所有声音，把众人都吓呆了。

宴席惶惶而散，当天夜里，还是婴儿的师青玄便发起了热，啼哭不止，怎么都退不下去，还直吐苦水，全家魂飞魄散。师家想起前不久那个说怪话被赶走的算命先生，忙到处找，又把人请了回来。那算命先生道："让你们别张扬，你们非不听。这下这孩子撞了真仙，这辈子都要后患无穷了。这一场高热还不算什么，不久就会退了。但这个，只不过是它的见面礼！"

那撞上的东西，自然是白话仙人了。只是，这可不是随随便便就能赶跑的普通白话仙人，而是一只岁数最大、道行最高的白话仙人。不逢喜宴，也能哭丧。所以，被叫作白话真仙。

这"真仙"可谓是三年不开张，开张吃三年。眼光毒辣，缠上的人，无一不是一生传奇的大人物，千百年积攒下来，根基深厚。如今，它已休息了一百多年，算算日子，也该出来走动了，这次开口，肯定要吃一口大的。恰好在此时出生的师青玄命格很对它胃口，便被这真仙"定"下了。虽然眼下的小小婴儿即便听见了它的预言也听不懂，但小婴儿总归会长大的，总有一天能听懂，总有一天会知道害怕。并且，从幼时埋下的这份恐惧，将深深根植于心，挥之不去。

好在，这种精怪往往脑子一根筋，于是，算命先生想了个办法骗它：先让师家把青玄送出去，假意送人，再把儿子伪装成女婴送回来，说是从外面接回来的养女，让全家都管这位公子叫小姐，将他从小扮成姑娘养。只要那白话真仙一直找不到当初定下的男婴，时间一久，没准就不记得当初他挑中的是谁了。

如此，师青玄果然平安无事长到了十岁。

十年间，当初的豪门大富之家渐渐衰颓。二师父母去世，家中钩心斗角，争夺财产。师无渡不胜其烦，于是，在他十六岁那年，带着比他小好几岁的师青玄离家了。

兄弟二人相依为命，师无渡先一步上山拜师修行，把弟弟寄养在山下小镇。他每日修行练功到很晚，大傍晚才下山。山上没有吃的，夜里才能回家吃上饭。有一天晚上，师无渡与人切磋入了迷，忘了时辰。师青玄等了好久都没等到哥哥回来，担心他没饭吃肚饿，便决定送饭上山。

那时师青玄尚且是个孩子，不会走山路，夜里又漆黑一片，拎着饭盒子走了许久，走得内急。一急，便在山路边脱了裙子。这时，山路前方远远走来一个黑影，问道："前方的可是玄儿？"

师青玄一听有人叫他乳名，以为是哥哥叫来接自己的人，连忙把裙子又放下了，应道："是我！"

那陌生的声音又问："你的生辰八字，可是某年某月某日某时？"

师青玄更奇。一奇为什么突然问生辰八字，二奇这人说得竟是分毫不差，也应了："没错！你怎么知道的？你是谁？"

那声音不答，最后说了一句："你过来，让我看清你的脸。"

这是命令的语气。到这里，师青玄终于觉得不对劲了。

他抱着送饭的盒子，拔腿就跑。跑着跑着，听得身后上方呼呼狂风、哈哈狂笑，竟是那东西紧紧追在后面，喝道："你马上就要摔倒了！"

师青玄魂飞魄散，说到"倒"字时，他果然摔倒，摔破了饭盒子，饭撒了一地。那东西就要扑上去时，师无渡赶到了。

师无渡虽修仙，但性格强横，身上煞气颇重，各种邪祟都经常见之则避，见他一来，那白话真仙便消失不见。师无渡抱起了摔得满脸是血和饭的弟弟，兄弟二人都是心惊不已。

还是给它发现了！

被躲了这么多年，白话真仙尝到了第一份甜头，从此开始定时出没，一次比一次神出鬼没。师无渡尽力守在弟弟身边，但总有防不胜防之时。这东西道行厉害，师家家业已垮，他也无力怒砸百万功德向上天直接传达自己的声音。虽然它一直没要师青玄的命，但兄弟二人皆知，这东西不过是在享受吸食恐惧的过程，想养肥了再杀！

好在，转机终于来了。苦修狠冲数年后，师无渡飞升了。

他一飞升，立刻把师青玄提到中天庭，猛砸天材地宝，没过几年，师青玄也顺利飞升。那白话真仙，从此便销声匿迹了。

师青玄理所当然地以为它终于放弃，知难而退了。可这似乎只是他想得美。

前几日，他找了一大帮朋友喝酒，醉醺醺之时，忽然听到耳边有个声音恶狠狠地道："你永远也别想再见到你哥哥！"

那声音熟悉至极，在他十岁以后到飞升的日子里，他几乎年年都能听到一两次这个声音，对它的恐惧早已刻入骨髓，简直是一个炸雷响在耳边。师青玄瞬间就酒醒了，吓得连夜跑去裴茗的地盘，亲眼看到了师无渡正好好地和灵文他们聚会，这才定了心神。事后他也怀疑那声会会不会是自己幻听，但前思后想还是放心不下，便拉了明仪来找谢怜问问，岂料冤家路窄，在菩荠观撞上了花城。

听完，谢怜问花城："三郎，你可亲眼见过那白话真仙？"

花城手里把玩儿着一支筷子，道："嗯？未曾亲眼见过。不过，我有认识的人见过。"

这个"认识的人"是谁，谢怜虽好奇，但也没多问，只道："它道行究竟有多高？当真厉害？"

花城把筷子丢了，缓缓地道："很高。"

闻言，师青玄和明仪的神色都越发凝重了。花城又道："它跟一般的小喽啰可不同，的确难对付。"

虽然说着"难对付"，但他依旧神色如常，仿佛只是客套一下。不过，能得到花城这般评价，也是极不容易了。谢怜道："风师大人，看来问题不小。这事你何不告诉水师大人？"

师青玄摆手道："不行不行。你知道的，我哥眼下又要渡劫了，万一他在这个节骨眼去斗那白话真仙，分心了怎么办？这事我得保密，不能让别人知道。跟我哥交好的神官，我也一个都没告诉。"

一位神官并非一生只能渡一次劫。渡过的天劫越多，境界越高，地位越稳，法力越强。师无渡乃是有二道天劫加身的神官，谢怜早先也在通灵阵的闲聊中隐约听过，他现在正在等第三道。如若分心，确实不利。渡劫失败，怎么说也是要掉境界的。

师青玄道："我想试试看能不能自己把那东西解决了。不管怎么说太子殿下你也比较有经验，有空没有？如果没有就不勉强。"

此前师青玄帮了谢怜不少忙，眼下他需救急，谢怜肯定不会推辞。但花城远来是客，还没在这里玩几天呢，他走了谁来招呼花城？虽说他招呼得也不怎么样。却见花城一手支腮，笑道："哥哥可是要去瞧瞧那白话真仙？不嫌弃的话，捎我一个可好？毕竟是个稀罕怪，我也没亲眼见过。"

谢怜好生感激他体贴，连连点头。师青玄也没什么话说，他自然清楚花城不是来帮他忙的，但花城至少不会捣乱，来不来对他没差。谢怜又道："但那白话真仙神出鬼没，什么时候才会出现？"

师青玄道："我也不知，实在不行，我打算到皇城最好的酒楼去包酒席，喝他个百八十天的，天天放鞭炮唱大戏，它总会出来的。"

谢怜道："这也是个办法。知己知彼，百战不殆，风师大人是否查过以前它的猎物都有些什么人？看看有无规律可循。"

师青玄道："这个我哥自然是早就查过的。"说着从袖中摸出一份卷轴，铺展开来。谢怜凑上去一看，不禁道："厉害，厉害。"

好家伙！这东西真是不大的鱼都懒得下钩，卷轴上一溜儿的名字，几乎全是在人间大名鼎鼎的风云人物，而且无一不是下场凄惨。每一个的结局，都是崩溃自绝。兵败如山倒，横剑自刎的；万千家财一朝散尽，三尺白绫了了的……不过，名册上倒是没有帝王。真帝王自有天子之气护体，不易为邪祟入侵。其实一般而言，有飞升潜质的人，也会天生一层灵气罩体，令这些鬼怪退避三舍，所以，谢怜隐隐觉得师青玄被缠上不是那么简单，许是有人暗中动了手脚刻意针对他。但师青玄被盯上时尚且是个婴儿，又缘何会招惹到这种了不得的角色呢？

这时，花城道："哥哥可否借与我看看？"

谢怜便把卷轴递给他，道："看。"

花城只粗略扫了一眼，道："谁写的卷轴？"

师青玄道："我哥。怎么了？"

花城把那卷轴往桌上一丢，道："不怎么样。错得离谱。建议你哥重编。"

师青玄一听就要拍板了："血雨探花！"

谢怜拉住他道："风师大人坐下吧。你不要在意，三郎说话一贯是这样的。"

师青玄坐下来了，怀疑道："'一贯是这样的'？"

谢怜转向花城，问道："三郎，你说错得离谱，是错在哪里？"

花城也向他靠过去，两人坐得近了许多。花城指了几个名字，道："这几个，错了。"

谢怜认真看了，那几个都是恶贯满盈的一方霸主，道："你怎么知道的？"

花城道："因为这几个是我杀的。"

谢怜道："这上面不都是自杀吗？"

花城道："我动手之前，叫人去跟他们先打了个招呼，他们就自己了断了。不知道这算不算我杀的？"

不知道这算不算他杀的，但大概可以算很诚实。师青玄不自在地咳嗽了几声，嘴皮子微动，道："鬼不要在神官面前坦白地描述自己是怎么杀人的行不行。鬼不要和神官在其他神官面前光明正大地讨论这种问题行不行。"

花城又指了几个名字，道："这几个，也错了。"

谢怜道："这又是谁杀的？"

花城道："黑水杀的。"

谢怜道："那位黑水玄鬼不是一向很低调吗？"

花城道："不代表他不会杀人。"

随即，他对师青玄道："尊兄给你的这份卷轴错漏百出，根本没用心查证，反而很有搅乱视野的嫌疑。请他就算编，也编得认真一点。"

师青玄夺回那份卷轴，道："我哥才不会这样！"语气倒是很笃定。亲弟弟的事师无渡肯定不会不用心，那么还有一种可能，谢怜问道："术业有专攻，水师大人在查证过程中应该也借助了他人之力。敢问整理卷轴的人是谁？"

师青玄道："灵文。"

谢怜不说话了。灵文殿虽然总被骂效率低下，但其实每次很少出错。要说是在敷衍师无渡，可"毒瘤"们的关系看上去还挺好的。至少表面上是挺好的，不至于这样乱搅。

花城靠了回去，继续道："怎么辨别真假，我再告诉你一条——白话真仙一旦盯上一个猎物，会斩草除根。不光它的猎物要崩溃而死，猎物的亲族友人，也全都要受波及。所以，上面这些只死了自己一个，亲朋好友都还活得好好的，也全是错的。"

闻言，师青玄面色白了一下，随即他便又打起精神，对明仪干笑道："那岂不是明兄你也有危险？你可是我最好的朋友啊！"

明仪离他坐得远了点，满脸都写着"我能不要你这个最好的朋友吗"。这么一挪，离谢怜坐得近了点，花城一眼扫过他，目光如刀。见师青玄这时候还不忘开玩笑，谢怜忍俊不禁，但也看出了风师的不安。不如说，正是因为不安，所以才要用加倍亢奋来克制。师青玄一展风师扇，扇得残影都出来了，黑发在狂风中凌乱，道："那我们现在就走吧！到最华丽的高楼上纸醉金迷去也，我倒要看看，我们这么多人，它还敢不敢出来。我们人多，哈哈哈哈哈哈……"

几句话间，明仪就画完了一个缩地千里阵。上次南风画了老半天也粗糙得很，他则完全相反，画得极快，却毫不潦草，一笔到底，那徒手画的圆圈直比拿尺子画出来的还工整，字也是整整齐齐如版刻，谢怜不由暗暗惊叹。

阵法完工，明仪道："走了。"

谢怜早交代过村长如他不在家就帮忙照看谷子，倒不担心离开几天他们饿着，率先起身。花城最后起身，却轻飘飘地闪到了最前，第一个去推门开道。师青玄吹熄蜡烛，屋里黑了，小门吱呀一声打开，门外也是黑的，似乎连通到了一座废弃多年的老屋，空气中满是霉味和尘气。

跟在花城身后的是谢怜，随即是师青玄，最后是明仪。他出来后，反手关上了门。

那门即将合拢的一瞬，黑暗之中，突然有个声音从门后传来，森然道："你要去的地方，将会变成你的噩梦！"

第五章
风水庙夜话辨真假

谢怜一脚踹了出去。

那门当场被他踹垮了。剧烈的动作激起剧烈的尘土飞扬，谢怜挥袖散尘，道："刚才那个就是白话真仙？"

师青玄握紧了拂尘和风师扇，道："是它的声音！它一直跟在我身边？！"

谢怜道："不会。若有东西一直跟着你，我们能不发现吗？必然是刚才来的。"

明仪也道："冷静。"

师青玄道："冷静了。我很冷静。早就冷静了！"

花城却在前方悠悠地道："有没有人知道这是哪里。你们不是要去皇城最好的酒楼吗？"

怎么看，这里也不像是他们本该到达的目的地。四人转了一通，摸到大门，竟被几把大锁锁住了。谢怜再次一脚踹过去，锁断，门开。打开门后，呈现在四人面前的，不是什么刀山火海，也不是什么诡秘邪景，而是一座普普通通的小镇。

花城挑眉道："皇城应该不长这样。"

谢怜深有同感，道："地师大人，您是不是画错阵了？"

明仪却道："没画错。原定连接地不是这里。"

也就是说，那东西动了手脚。这地方，是它送他们来的！

师青玄道："它在我们离开菩荠观后闪进去篡改了阵法？"随即便自己推翻了，"不不。不会这样。"

谢怜也道："不可能。刚才我们已经推门出来了，就算在这之后它闪进去动了手脚，我们也应该是到达原定地点才是，因为阵法已经启动，再改也无效了。所以，它能动手的时间，只有一瞬间。"

075

也就是在明仪画完阵法、师青玄吹熄蜡烛后、整个菩荠观陷入黑暗的那短短一瞬间!

可是,这就跟谢怜刚才的说法矛盾了。师青玄道:"但方才屋子里,分明只有我们四个。"

小小一座菩荠观中,三个神官,一位鬼王,要是中途多了什么东西,他们还能都不知道?而如果是他们中的某一个人趁黑暗动的手脚,最有可能的,会是谁?

师青玄忍不住看了一眼花城。虽然立即收住,但花城也没漏过这一眼,笑道:"看我做什么?照我说,你不觉得地师大人更有嫌疑吗?"

明仪也扫了他一眼。花城道:"别只顾着猜后来是谁动了手脚,如果他一开始画的阵法就是错的呢?"

明仪不反驳,师青玄道:"花城主,稍等一下哈,我知道你们之前有过节,不过呢,明兄没理由这么干,他这次就是临时给我拉来帮忙的。"

花城道:"你怎知他没理由?话说回来,其实风师大人你自己也很可疑。"

"啊?"师青玄万万没想到,指自己,"谁?我?!"

花城道:"嗯。贼喊捉贼,岂非常见得很?你究竟是为何而来?若你与尊兄当真如此忌惮白话真仙,怎至于整理出那么一堆破布?要说是你们二位串通起来设局,故弄玄虚把我们引到这里,也不是没可能。"

看他神情便知根本是在信口胡扯,但竟也有模有样,扯得似乎谁都值得怀疑起来。师青玄都快没底气了:"我……我有那么无聊吗?!"

花城笑道:"同理。我也没那么无聊。"

谢怜道:"好啦,你们别闹了。其实还有一种可能,就是在屋里的地师大人画阵法的时候,屋外还有一个人,在门上画了一个更强劲的阵法。"

同类阵法两两相撞,强者胜。师青玄立刻接受了这种可能,道:"屋外?会不会是青鬼?"

谢怜道:"呃,我觉得他算不上强……"

话音未落,忽见明仪目光一凛,一掌劈出,正是劈向师青玄后脑。谢怜喝道:"风师大人当心背后!"

却见明仪那一掌砰的一声,劈裂了一样宽大的四方形事物。那东西从天而降,直冲师青玄脑门砸来,他跳开几尺远,拍心口道:"好险好险!"再低头一看，瞳孔骤然缩小。谢怜上去一瞧，也微微心惊。那东西居然是一块匾额，蓝底金字，写着"风水殿"三个大字。

把一位神官神殿的匾额劈为两半，这可是大大的忌讳。明仪收掌，面色冷峻，师青玄怔了片刻，立即一挥衣袖，把那裂为两半的牌匾扫没了，低声道："都保密，保密！千万不要说出去。让我哥知道他牌匾让人砸了，非得气疯了不可！"

谢怜转身，道："这……竟然是一间风水殿？"

不错，他们出来的这间破屋，正是一座风水殿。

庙里到处都是蛛网、老尘，一派无人问津的凄凉。水师乃是财神，没有人不爱财，有他坐镇的宫观向来香火旺盛，居然会有如此破败的光景，简直不可思议。几人翻了半天，终于在屋后废物堆里翻出了两尊惨不忍睹的神像。

风师的女神像缺胳膊少腿，水师的男神像则直接掉了头，而且不是年久老化，而是被人为损毁，仿佛什么人把无穷无尽的怨毒发泄到了他们身上。偏生这两尊神像还雕得栩栩如生，这样面带微笑地横躺在破败古庙中，令人极不舒服。

师青玄左右手各搂一尊神像，道："这什么仇什么怨？"

谢怜也觉这幅景象一股满满恶意扑面而来，但为了稳住师青玄心神，道："有人拜就有人砸，世间常理罢了，不必在意。必定是那东西故意布置给你看的，为的就是增加你心里的恐惧。"

明仪则言简意赅地道："你行不行？不行就走。"

师青玄一咬牙，抓紧了风师扇，霍然起身道："我行！我倒要看看究竟它葫芦里卖的什么药。"

四人出了那破风水庙，在这小镇上转了一圈。这镇子很宁静安定，不繁华也不破落，并无异常。不如说，最异常的就是他们了。丢在凡人堆里，这一行人的容貌风姿、衣着打扮都过于惹眼了。因此，他们还是闪进一条小巷，换了一身行头。

谢怜原先那一身就是云游道人的装束，其余三人则都从头到脚变了个彻底。花城换了一身清爽的黑衣，长发也难得整整齐齐地束了起来，少了三分慵懒，多了三分飒爽，仿佛哪家名门正派里俊美过人、天资聪颖的小师弟。真是逼皇帝穿成乞丐也不像要饭的，依旧惹眼得很。看着他，谢怜就忍不住想到一句老话："男要俏，一身皂"，暗道果真如此。

那边，师青玄在对明仪的装扮发表意见；这边，谢怜想了想，道："三郎，有件事，我一直忘了问你。"

花城整了整袖口，道："什么事？"

谢怜手握成拳，抵在嘴前轻咳一声，尽量随意地问了一句："你的通灵口令是什么？"

若想与另一个人能随时通灵传音，首先，得拿到对方的口令。比如，要找师青玄，须得先在心里大声默念以下四句打油诗："风师大人天纵奇才""风师大人风趣潇洒""风师大人善良正直""风师大人年方二八"。当然，一般神官口令不会设得这般令人难以启齿，还是比较正常的。

上位神官的通灵口令都是不轻易告知旁人的。身为绝境鬼王，花城自然也如此。二人结识日子虽不长，但关系应当可以说相当不错了，居然还没拿到对方的口令，也是有点奇怪。不过想想，每次有点什么事，他们都直接见面了，交不交换，似乎都没什么。

谢怜从不曾问过哪位神官的口令，因为有事直接到通灵阵里喊一声就行了，这也是第一次主动找别人讨口令，有点担心会不会唐突。见花城目光闪烁，他微觉尴尬，忙道："不方便吗？没事没事，你不用管我，我就是随口问一句。因为待会儿有点事想私底下讲，所以才冒昧问了，我想办法悄悄问你也行……"

花城打断他道："没有不方便。我很高兴。"

谢怜一怔："啊？"

花城叹了口气，道："好高兴，哥哥终于问我了。因你一直不提，我还道是否有不便之处，不想和旁人交换口令，所以也不曾主动说起。现在好不容易等到哥哥问了，怎能又说只是'随口问一句'呢？"

谢怜心情立即明朗起来，握住他的手，道："原来我们都是一般的顾虑！方才是我错了，那句才是随口说的，给三郎道歉。所以，你的口令是？"

花城目光微亮，微倾上身，道："我的口令，哥哥可听好了，我只说一次。"说完，低声念了一句话。

谢怜听完，睁大了眼，道："这？真是这个？三郎，你没弄错？"

花城泰然自若，道："嗯。就是这个。不信，哥哥现在试试？"

谢怜哪里敢试，道："那……那岂不是每次别人找你，都要对你默念三遍这句话？这……这难道不会很不好意思吗？"

花城嘻嘻地道："就是因为不想别人找我，我才故意设成这句话的。叫他们知难而退。不过，如果是哥哥要找我，随时奉陪。"

谢怜总觉得有点不相信，心道："这也太坏了……"

他犹豫着，想启用通灵，却又怎么也没法子念出那句口令。就算是默念也不行。见谢怜捂住了半张脸，转过头去，始终没能下定决心，花城终于笑够了，才道："好吧，好吧。哥哥要是不敢念，我找你便是了。你的口令呢？"

谢怜回过头来，道："背诵一千遍道德经就是了。"

花城挑起一边眉。不一会儿，谢怜便在耳畔听到了他的声音："'背诵一千遍道德经就是了'，这十一个字，对吗？"

两人分明面对面站着，却闭口不言，以眼神交流，用旁人听不到的声音说着悄悄话，颇为有趣。谢怜也以通灵术回应道："对的。你居然没上当。"

花城眨了眨眼，继续回道："差点上当，真是太有趣了。"

谢怜也眨了眨眼，笑意流露。这个口令，可是他八百年前很认真地想出来的，自认为非常有趣，所以一直在用。只是，许多别的神官似乎并不觉得有趣，即便上当过后也是一阵无言。慕情直接说过殿下你这点子也太冷了吧，恕我笑不出来，风信虽然笑得滚倒在地声嘶力竭，但风信这个人笑点非常低且莫名其妙，他笑了，谢怜并没有什么成就感。既然现在花城也笑了，大概说明真的有点趣味吧。

原定计划是去皇城最贵的酒楼喝酒，但既然没去成皇城，在哪里喝都差不多，于是一行人到镇上最大的酒楼要了个包厢，百无聊赖地坐了一会儿，伙计送上酒来，谢怜道："劳驾问一句，这里是什么地方？"

那伙计奇道："几位贵客居然不是慕名而来的？这里是博古镇。"

谢怜道："慕名？慕什么名？"

那伙计竖起大拇指道："咱们镇的社火呀！在这附近鼎鼎有名的，每年这个时候，都有不少外地人想赶来看个稀奇咧。"

师青玄好奇道："社火是什么？"

谢怜道："就是民间在节日时用以庆祝的游艺，会有些杂耍，地方戏什么的。"有点类似仙乐国当年的上元祭天游。但祭天游是皇家操办官方把持，社火则是民间的游乐。师青玄道:"可今天也不是什么节日啊?顶多明天就是寒露了。"

谢怜道:"不一定非得是大节,有时候是为了纪念某人。"

这时,酒楼下的大街上传来一阵人群骚动,有人嚷道:"让开让开,小孩儿、女人别站前面!都退后,班子要来啦!"

四人朝楼下望去。这一望不得了,谢怜一下子睁大了眼。只见一列长长的游行队伍走到了大街上。队伍里,每一个人都化着鲜艳的红色妆面,身穿各式奇装异服,并且,脑门上插着一把利器。

那些或锋利或钝锈的斧头、菜刀、铁钳、剪子,无一不深深扎进了他们的头颅,血淋淋挂在脸颊上,血腥至极。游行的人,个个眉头紧锁,神情痛苦,满脸鲜血,然而,却依然在吹吹打打的乐声中缓步前行,如同一队幽灵。

谢怜一下子站了起来。师青玄也一脚踩上桌子,撸起袖子似乎就要冲下去。谢怜却连忙拉住他道:"没事没事!风师大人冷静。"

师青玄道:"眼珠子这样了也没事吗???"

谢怜道:"没事。此地竟然可以看到血社火,当真是难得。"

师青玄连忙把脚从桌子上拿下来了,道:"血社火?那是什么?"

二人重新坐下,谢怜道:"不同地方的社火有不同的流派,血社火就是一种特殊流派,极其少见,我也只是听说过,从没见过,因为它的表演血腥猎奇,而且妆术绝密,不传外人,现在是越来越少了。"

师青玄愕然:"妆术?这些都是假的?这这这……这也太逼真了,我还以为是什么邪法变出来的!"

他所言绝不夸张,谢怜也叹道:"民间多异士啊。"

看那些游行的表演者们,非但脑门上的利器"入木三分",有的缺胳膊少腿,在地上爬行,哭天抢地;有的悬梁自尽,长发飘飘。又来两个人,拖着一个女郎的两条腿,地上留下一条长长的血痕,真真如地狱光景。分明都是人在表演,却比到处都是鬼的鬼市恐怖多了。跟这里比起来,鬼市简直就是个热热闹闹的人间集市。那妆真不知道是如何化出来的,就算是谢怜有所耳闻,第一眼见到也险些以为是妖魔来临。

不少女人和孩童按捺不住好奇要挤到人群前看,真看见了却又被吓得尖叫后退。师青玄道:"太子殿下,你不是说社火旨在庆祝吗?哪有这样庆祝的,人都要吓跑了,小姑娘们要做噩梦的,这种表演看了人心里真的会高兴吗?"

❖ 080

人看了这种表演会不会高兴，那还真说不准。血社火方言里似乎还有个名字叫"扎快活"，谢怜的理解是：一刀子狠狠扎下去了，扎死人了，心里就快活了。

谢怜凝神看了一阵。浩浩荡荡的游行队伍中，有一名黑衣男子，身形高挑，骨瘦如柴，手持利器，猛地向一个衣着华丽的表演者头上砸去，那刀子登时插入对方头颅，他再用一柄长枪，将对方挑起，挂在空中，残忍血腥至极，跟真的当场行凶一模一样，吓得人群一波惊叫，一波叫好。

谢怜道："我猜他们在表演一个故事，这个黑衣男子应该是主角，他杀的这些人，应该都是反角，是恶者。整个故事，是想表达'惩恶扬善'。"

说到这里，他心中忽然一动，道："风师大人，仔细看。"

师青玄道："在看呢？"

谢怜道："我是让你看故事。看他们演的是什么人，什么样的一个故事。那白话真仙把你送到这里来，肯定有原因的，它刚好挑在今天，也许就是为了让你来看这一出血社火。"

那黑衣男子双眉紧锁，神情痛苦，一人"杀"了队伍里上百名"恶人"，自己也被乱七八糟的利器刺了一身，最后，搂着好几个皮开肉绽、喉悬白绫的"尸体"，垂头不动，竟是个同归于尽的下场。一列队伍过去，下一列队伍继续演，如此循环。谢怜道："你们看出来是什么故事了吗？"

师青玄双眉紧锁，道："没有。感觉没怎么看懂，他尽在杀人了。"

花城在谢怜身旁，悠悠地道："想来并不是家喻户晓的故事。问问本地人，是不是选自地方人物志吧。"

恰好酒楼伙计又上来送菜，问道："几位贵客，好看不？刺激不？"

谢怜道："好看，刺激。这位小二哥，问一声，你们镇上的血社火，演的是什么人？"

果然，那伙计道："这个嘛，外地人一般是不知道的，都要问一声。我们博古镇的社火，演的是本地一个传说人物的故事。相传几百年前，此地有个书生，姓贺。

"这个贺生啊，虽然家里很穷很穷，但他很有本事，从小就聪明得吓人，学什么都又精又快，还是远近闻名的孝子，做什么都没话说。偏生他这个人啊，就是倒霉得很，有什么好事呢，都不长久。

"他读书考试，明明考得最好，却因为没给考官送礼，得罪了上面的人，被故意藏了他的卷子，换了张白卷，好几年都榜上无名；他定亲，未婚妻青梅竹马，如花似玉，温柔贤惠，偏偏老婆和妹子都给大户人家抢去做了侍妾，一个不从，生生给打死，一个不堪凌辱，自尽了；他去理论，反给人家诬陷通奸偷窃，关进大牢不给饭吃差点饿死，七十多岁老爹老母为了给他求情，磕了一晚上的头，没用，关了两年才放出来，娘没人照顾，早病死了，爹一大把年纪还要干苦力养家，也只剩一口气；他不读书了，去做生意，因为做得太好，被其他大商户联合起来打压，赚的一点钱都被搜刮干净了，还倒欠一屁股债。"

伙计唏嘘道："各位说说，这人怎么能倒霉成这样呢？"

谢怜由衷地道："是啊！"

除了他以外，怎么能还有人倒霉成这样？！

伙计唏嘘完了，眉飞色舞道："后来这人就疯了，发了性子，有一天晚上，就是像今天这样寒露的前一天，他带了一大把凶器，把所有害过他的人，全都砍死了！那杀得叫一个血肉横飞，痛快淋漓！因为他杀的那些人鱼肉乡里百姓已久，大家都拍手叫好，所以后来啊，每逢寒露的前一天，镇上都会用血社火来纪念他，希望贺生大人保佑我们，打死恶人。"

说是惩恶扬善，到头来，善恶都没有好下场。那伙计下去了，一桌人都若有所思。

谢怜道："诸位，我在想……这个贺生，会不会就是白话真仙的前身？"

师青玄道："前身？"

谢怜道："对。这种类人的精怪，形成的源头，往往和某个人特别强烈的怨念或执念有关。比如东瀛有一种鬼怪，叫作'桥姬'，就是由女子的怨念凝结而成。传闻有说是因等待丈夫不归的女子的悲伤，也有说因善妒女子的疯狂。如果白话仙人的形成最初是来源于不幸缠身的某人，对于不幸命运的痛恨，或对好运之人的嫉妒，也不是不可能？"

明仪道："查地方志。要确切时间。"

谢怜道："嗯。查这个'贺生'是几百年前出现的人物。如果出现时间晚于白话真仙的最早记载，这种可能便不成立……"

正在此时，下方忽然传来一个声音，哈哈大笑道："你的至亲、你的好友，全都会因你，死无葬身之地！"

那声音，是从游行的人群里传出来的！

师青玄勃然色变，左手在桌上一按，飞下酒楼。谢怜在楼上喊道："风师大人回来！"

师青玄落在一众鲜血淋漓的活死人中，怒道："滚出来！滚出来！！！"

然而，那些表演者神色木然，全然不理会他，继续梦游一般地向前走去。师青玄在队伍中被人流带得团团转，根本辨不出究竟谁有问题。花城把他盘中没动一根的青菜摆成一个笑脸的模样，头也不抬，道："赶紧把他提出去吧。这游行队伍里要混进什么非人的东西太容易了。更何况白话真仙的形态本来就像人。"

明仪跳下楼去，把师青玄拽了出来。一行人离开大街，往风水庙那边走，师青玄握扇子的手还在发抖，一开始是被吓的，现在却是被气的。他道："明兄，你暂时还是不要做我最好的朋友了。等我打死这鬼东西你再做回来吧！"

明仪却毫不客气地道："那是谁。我本来就不是。"

师青玄大怒："你这就很没意思了，不能看情况危急就马上翻脸不认人啊！"

他们在那边吵吵嚷嚷互掐了一阵，谢怜摇摇头，从袖中摸出两个东西，道："我看，风师大人你还是用这个吧。"

师青玄接了，道："耳塞？"

谢怜点点头，道："这笨法子搪塞一时还算是有效的。只要你听不到，那东西就拿你没奈何。我组了个通灵阵，入阵口令是'天官赐福，百无禁忌'，接下来咱们跟你说话，就都先在阵里吧。"

师青玄塞了耳朵，果然什么也听不见了，四人陆陆续续入阵。这时，谢怜忽然听到花城的声音在耳边轻轻地道："哥哥，哥哥。"

谢怜抬眼望去，只见花城冲他眨眨眼，没开口，他的声音却还回响在耳边咫尺之处："你不是有话跟我说吗？你不来找我，只好我来找你了。"

谢怜莞尔，回道："谁让你把口令设成那样。"

花城道："好吧，好吧。我的错。"

师青玄调了调耳塞的位置，看他们两个分明一语不发，却相视而笑，在通灵阵里纳闷儿道："太子殿下和血雨探花你们两位在干什么啊？莫不是交换了口令正在偷偷说什么？"

谢怜在阵里严肃地道："没有的事。"

花城微微挑眉，传音道："撒谎咯。"

谢怜一边目不斜视地朝前走,一边回道:"三郎,有件事想请你帮忙。"

两人并肩而行,目光不交接,花城道:"何事?"

谢怜回道:"配合我试探一下,某个人是不是白话真仙。"

闻言,花城转头,目光落在后面兀自掐来掐去的师青玄和明仪身上,示意一人,道:"他?"

谢怜点头。

花城道:"你想怎么试探?"

谢怜道:"多年以前,我对付过两只白话仙人,还被一只纠缠了大半年。那时候我套过它们的话,我发现它们都有一个共同点,或者说,一个特性吧。或许可以这样……"

二人商议完毕时,刚好又回到了那破风水庙。入秋微寒,天色微暗。师青玄到处找他哥哥水师神像的头,给它粘了回去,把那两尊神像扶正了重新摆在神台上。谢怜则在破庙殿中生了一堆火,捡些破烂木头烧了,四人围着火坐。

师青玄堵了耳朵,闷闷地喝了几壶,终于按捺不住了,在通灵阵里道:"咱们也不能就这样坐着干等那东西吧?有没有什么节目可以助兴的?"

他主动提出,正合谢怜意。明仪却拨了拨火道:"这时候了,你还要什么节目助兴。"

师青玄呸道:"要的。那东西不是想让我害怕吗?老子偏不害怕,本风师怎么高兴就怎么玩儿,比平时还高兴,我就当过大年,气死它。"

谢怜道:"不如来玩儿骰子吧。"

师青玄愁眉苦脸道:"又是骰子?又是比大小?太子殿下,你不是上瘾了吧。唉算了,反正手头也没别的东西了,骰子就骰子。咱们有四个人,怎么玩儿。"

谢怜道:"这样。"

他摊开掌心,赫然是两枚小巧玲珑的骰子。谢怜道:"我们四人,分为两组。我和三郎一组,二位大人一组,一人掷一次,比哪组掷出来的总点数大。胜者可以要求点数小的另一组如实回答他们提出的问题,或者做一件事。"

师青玄抖着腿道:"我有一个问题。"

谢怜道:"请问。"

师青玄道:"为什么理所当然地就是太子殿下你们两个人一组?你们分组之

前，考虑过我们的感受没有？"

谢怜道："你们要是想换一换分组也是可以的。没差别。"

师青玄把拂尘插进后领，道："罢了。其实我对这个分组也没意见。不过血雨探花运气那么好，我们这一组岂不是很吃亏？"

谢怜笑眯眯地道："话不能这么说。虽然三郎运气极好，但我运气极差啊。一上一下，岂不是扯平了？"

师青玄一想，也有道理，一拍大腿道："好！就这个了。"转头用胳膊肘捅了捅明仪，道，"听到规则没有，你不要拖我后腿。"

明仪看他一眼，通灵阵里响起他冷酷的声音："我走了。"

师青玄忙把他捎了回来："拖拖后腿也行！你快来，不然我一个人一组多凄凉！"

于是，四人简单立誓遵守游戏规则，这便开始玩儿了。第一轮，师青玄掷出一个"五"，明仪掷出一个"四"；花城掷出一个"六"，谢怜掷出一个"一"。

师青玄大乐："太子殿下，你真是运气太差了，连血雨探花都带不动你啊！好，我们这一组赢了，本风师要求你们两个做一件事。那什么……好吧。我命令你们，立刻脱掉对方的衣服！"

谢怜："？"

谢怜万万没想到是这个展开，道："风师大人？"

明仪冷漠地转过了身，似乎不想看到这种恶趣味的场面。师青玄折扇啪地合上，正色道："愿赌服输，不要耍赖。马上开始！"

谢怜望向花城。花城一摊手，无声地道："哥哥，不是我的错。"

谢怜无奈，只得道："脱多少啊？"

师青玄当然不会真要他们难堪，笑道："脱一件就够了，不然后面你们输了做什么呢？"

他居然还想继续……谢怜踌躇。花城面上无甚波动，语音却在他耳边一本正经地安慰道："无事。哥哥不是说好了，要先让他们赢几回吗，后面有他们输的时候。"

这的确是他们事先说好的，只是谢怜没想到师青玄会这么玩儿，颇有种搬起石头砸自己脚的感觉。他磨磨蹭蹭去解花城的衣带，好半天才帮花城把那件黑衣除了，露出里面雪白的中衣。花城也神色如常地帮他把外衣脱了，动作轻柔缓慢。

两人其实都只脱了一件外套而已，完全无伤大雅，但谢怜还是觉得这件事无比诡异，正襟危坐道："再……再来。"

第二轮，师青玄一个"三"，明仪一个"六"；花城还是掷出一个"六"，谢怜还是掷出一个"一"。

师青玄撸起袖子："好，这一轮，我命令你们……"

谢怜忙道："且住！上一轮我们脱过了。这一轮该换问问题了。"

师青玄道："问问题？也好。那，我的第一个问题，血雨探花，在你心中，世界上最痛苦的事情是什么？"

花城的笑意忽然淡去了，风水庙中微微一默。

师青玄道："不要误会，我没别的意思，只是当真好奇，做到血雨探花你这样的鬼王之位，世上到底还有没有什么能让你觉得痛苦。"

花城反问道："你觉得呢？"

师青玄想了想，猜测道："铜炉山历练？"

花城却微微一笑，道："不足为惧。"

师青玄道："不足为惧？好吧，也许，并不存在能让你痛苦的事情吧。"

花城一牵嘴角，那弧度很快消失，道："我告诉你是什么。"

他轻声道："亲眼看着最重要的人被践踏凌辱，自己却无能为力。你明白自己什么也不是，什么也做不了，这才是世界上最痛苦的事。"

闻言，谢怜连呼吸都凝住了。残破的风水庙中，无一人应语。师青玄好一会儿说不出一句话来，半天才道："哦。"

他抓抓头发，道："我问完了。明兄你来吧。"

明仪想了想，微微抬头，盯着谢怜，道："太子殿下。"

谢怜这才回过神来，道："嗯？"

明仪道："你生平最后悔的事情是什么？"

未料到明仪平日不声不响，一开口却是这样沉重的问题，谢怜一时怔住了。

半响，他才道："第二次飞升。"

庙中其他三人望着他。谢怜道："怎么了？诸位，我答完了。"笑笑道，"继续吧。"

第三轮，师青玄"二"，明仪"二"；花城"六"，谢怜"一"。

见状，谢怜大大地松了一口气：终于赢了！

轮到师青玄这一组受罚了，他却跃跃欲试，仿佛什么也不怕，道："来吧来吧。随意随意！"

谢怜笑道："那么，我就随意了。地师大人，您先请。"

他转向明仪，道："大人，接下来我问的问题，您可要好好回答了，切勿撒谎。"

明仪没说话，师青玄摆手道："放心吧，明兄这个人，根本不会撒谎。"

谢怜莞尔，道："好。第一个问题：我是谁？"

师青玄一愣，道："太子殿下，这是什么问题，你不就是你吗，你不是你还能是谁？"

闻言，明仪缓缓抬起头，与谢怜对视，须臾，答道："仙乐国太子，谢怜。"

谢怜点头，道："第二个问题，坐在我旁边的这位，是谁？"

顿了片刻，明仪又答道："鬼市之主，血雨探花。"

谢怜道："那么，最后一个问题——坐在你旁边的那位，是谁？"

师青玄越发莫名其妙："你们玩儿什么？我是谁？我风师啊！"

谢怜道："地师大人，请回答。"

这一次，明仪却没有那么快回答了。

多次和白话仙人打交道后，谢怜在它们身上发现的那个奇妙规律就是：白话仙人一旦开口，三句话内，一定至少会有一句在撒谎。

这个特性，就好比一个人再怎么身强体健也得喝水，不会随着能力的高低而改变。

千里缩地阵是明仪画的，门也是走在最后的明仪关的，他最有机会动手脚，谢怜第一个怀疑的自然就是他。只是他考虑到当时的师青玄心神不宁，只能先安慰着，避免白话真仙从他身上吸食更多负面情绪化为法力源泉。

所以他才想让花城配合他套明仪的话，看看地师是不是假货。花城则提出，他们两个和明仪不熟，套话不自然，容易让他起戒心，不如假借游戏之名让明仪多说几句，看是否能在不被风师和地师觉察的情况下探出虚实。

然而，明仪说话极少，游戏气氛再热烈也惜字如金，一开口大多模棱两可，根本无法判断他有没有撒谎。最后，谢怜只好使出大招，借花城的本事暗中操控骰子的点数，让明仪输掉，再突然抛出三个问题，逼他当场回答。

因为是在游戏中，师青玄一时半会儿还反应不过来，仍会以为他们在开玩笑，因此不会被那白话真仙乘虚而入吸食恐惧。而明仪只要回答不对，谢怜便会立刻将他制住。

已知白话仙人三句话内至少有一句是假话，现在谢怜问了两个问题，明仪的两句回答都是真话。那么，如果明仪是白话真仙假扮的，这最后一个问题，他就一定会答假话！

谢怜与明仪平静地对视着。良久，明仪终于开口了。

他用和前两句没有任何区别的语气答道："五师之一，水师无渡之弟，风师青玄。"

师青玄摇头道："唉，你干什么不说'我最好的朋友'？"

明仪看他："那是谁？"

谢怜暗暗吐出一口气。

白话真仙虽然称"仙"，但毕竟不是真正的"仙"。只要它还属于妖精鬼怪一类，就无法摆脱这种族群的特性。三句已足，三句无疑都是真话，看来，明仪没问题了。除非师无渡和师青玄不是亲生兄弟。

谁知，他一口气还没松到底，明仪突然出手，直取他咽喉！

谢怜和花城同时去截他那只手，三只手如三道闪电，炫得师青玄一跃而起，道："明兄！你干什么？"

明仪紧盯着谢怜，沉声道："你问过了三个问题，而上一轮，我只问了一个问题。"

谢怜微笑道："地师大人，你仔细回忆一下规则，我又没说过一轮只能问一个问题呀。"

明仪道："那好。我现在补问。你是谁？"

谢怜道："这个问题，方才你自己不是已经答过了吗？"

他们看明仪可疑，明仪看他们也同样可疑。明仪道："也许我答错了。否则便请太子殿下说明一下，为何突然要设计这游戏，为何要问这三个古怪的问题。鬼王阁下纵运之法了得，用在这种玩乐上，未免大材小用。"

花城微笑着把他那只手扭向另一个方向，道："我、乐、意。我爱怎么用怎么用。"

◆ 088

从明仪突然出手后，他们便是开口说话，没在通灵阵里传音了，师青玄不知道他们在争论什么，却也不敢贸然把耳塞取下来，只好道："停停停，我命令你们，即刻停手，告诉我发生了什么，否则……否则就加我一个！"说着他也展开了风师扇。明仪一把推开他道："让开少添乱！"

正在此时，蓦地一阵阴风吹过，四人围着的那堆篝火被这阵阴风带得忽高忽低，火影凌乱，映得破庙供台上那一男一女两尊神像的脸也似笑非笑、似哭非哭。明仪又一把将师青玄抓起来，警惕地道："有东西来了。"

师青玄刚被他推得大头朝下倒地不起，现在又被他抓起来，眼冒金星地道："明兄你对我善良点行不行？！"

明仪道："没空！"

谢怜一直在留神那两尊神像，忽然道："眼睛！"

四人回头望去，只见那两尊微笑的风水神官像脸上赫然挂着四道血痕。竟是从泥塑的神像眼睛里流下了血泪。

开光作法、受过香火参拜的神像，对妖魔鬼怪是有一定的震慑之力的，一般不能被非人之物损毁或污化。那白话真仙果然道行了得，师青玄还在这儿呢，它就让风师像当着风师本尊流血泪！那血泪越流越多，落到地上汇成一个扭曲复杂的形状，师青玄纳闷道："它这是……在画图？什么图？看不懂啊？"

谢怜猛地惊醒，喝道："别看！这不是图，这是一个倒过来的字！它就是写给你看的！"

明仪一掌劈出，轰的一声，把那地上血迹连带两尊神像都轰了个稀巴烂。师青玄目瞪口呆："明兄！你……你你你，你不要让我哥知道，不然他饶不了你！"

损毁神像是对那位神官极大的不敬。今日明仪先劈匾额再劈像，无异于上门踢馆把人家招牌砸了还啪啪送人家两记老大耳刮子，给水师知道了定不能善罢甘休。这时，谢怜无意间一回头，忽见一旁白天他们打烂后规规矩矩放到一边的匾额上的字样不对。那匾额分明是蓝底正金字，写的是"风水殿"，眼下却变成了血红血红的扭曲大字，依稀是个"死"的半边。

他眼疾手快地捂住师青玄的眼睛，在通灵阵里喝道："闭眼！"

师青玄道："又怎么了？！"

谢怜道："没怎么，就是你们庙牌匾上面的字样也变了。那东西知道你现在听不见了，改用写的了。"

师青玄道："死了！那我现在听也不能听看也不能看，岂不是又聋又瞎？！"

谢怜放开了手，道："没事，冷静，有我们呢。"

明仪抓住师青玄的后领把他拖到一边。师青玄闭着眼双手合十道："真是让人安心啊！"

话音刚落，破庙外突然传来阵阵嘈杂，谢怜眼睛一花，下一刻，一大群人嗷嗷鬼叫着，如同漆黑的潮水涌了进来。

这群人真是千奇百怪，奇形怪状。被砍了头的，被吊死的……五花八门。师青玄虽听不见也看不见，却直觉四周脚步杂乱，混乱中还被人揉了几把，在通灵阵内愕然道："怎么回事？什么东西来了？怎么突然这么多人？"

谢怜道："没什么大不了，是血社火夜游行，我们赶紧离开便是。"

有些地方的血社火除了白日的游行，晚上还有余兴节目。许多人会模仿着画了血社火里的阴妆，趁晚上出来乱窜吓人，恐怕眼下他们四人就是刚好撞上这一回夜游了。

这群普通百姓化的阴妆固然没有白日里正统的游行者们精致逼真，但胜在人多壮观，目不暇接，而且天黑视物不清，也甚为骇人。所以，有这样余兴传统的镇子，到了表演血社火的当天晚上，本地人都会紧闭家门不出去。这些在外面乱晃的夜游者好不容易见到破庙里有人，兴奋得一下子冲进来五十多个。四人瞬间被淹没在群魔乱舞潮中，谢怜频频回头，只看得见花城还在身边，永远离他不超过两步距离，而另外两人却被冲到七八步外去了。明仪道："都出去！"

这些夜游者有的是纯粹闹着好玩儿，有的则是泼皮无赖，专门找那些远道而来看血社火的外地旅客榨点小钱，拦着他们不放，纠缠起哄道："咱们装扮这么费心，好玩儿就赏点呗！""哥几个也不容易，一年就这么一次！""不打赏点，当心鬼老爷来找！"

花城原本袖手旁观，听了"哈哈"笑了一声，道："我倒是想看看，有什么鬼敢来找我？"

这时，谢怜忽见人群边缘有个面色惨白的吊颈鬼，正诡笑着把一个麻绳圈子往一个人脖子上套。虽然四周闹哄哄的，每个人都鲜血淋漓、鼻歪眼斜，并不断佯作你杀我、我杀你、你死了、我死了，时不时就有人怪叫着倒下，但谢怜本能地觉得那"人"不对劲，一扬手，一道符打在那吊颈鬼脸上。

果然，那吊颈鬼一声惨叫，化作一溜黑烟，钻进了地缝里。谢怜看得清楚，在通灵阵中道："小心！有东西在浑水摸鱼！"

跟方才比，这风水庙中多了一缕若有若无的鬼气，应该是不知哪里混进来的小喽啰。整日扮鬼终有一天会招来真鬼，在这关头出现真是雪上加霜。这庙里人实在太多太乱，根本分不清鬼气是从谁身上传来的。谢怜拉着花城冲出风水庙，待问风师如何，却发现法力用完不能通灵了。情急之下，他对花城道："三郎借我一点法力，回头还你！"

当然，这句"回头还你"是不能兑现的，他此前借过的法力就从没有能还上的。花城道："好。"便握住了他的手。恰好庙中又奔出几个血淋淋的人朝他们追来，最后那个满脸尸斑，谢怜抬手冲他就是一掌。只听一声爆炸巨响，一道炫目白光亮起。

过了好一阵，谢怜才反应过来。

那个剖腹鬼原先站的地方，只剩一堆焦炭般的残渣。而那座风水庙，整个屋顶都已经被轰飞了。

庙里那些闹哄哄的夜游者，早就被那声巨响和那道白光惊呆了。

谢怜抬头看看那失去了屋顶的风水庙，又低头看看自己的手，最后，慢慢地回头，看向他身后的花城。花城对他微笑道："这一点够吗？"

谢怜道："够了。其实……真的，一点，就好。"

花城道："是一点啊。还要吗？要多少有多少。"

谢怜疯狂摇头。此前，他也找师青玄、南风等人借过法力，他们借得也很慷慨，可是，他还从未体验过这种仿佛全身血液都化为沸腾江海的感觉。花城渡过来的法力太过强劲，充实了他整个身体，以至于谢怜几乎不敢乱动，生怕一挥手旁边又有个什么东西要炸了！

趁这短暂的安静，他赶紧在通灵阵里喊："风师大人你在哪里？我出庙了没看见你。"

师青玄在阵里道："哎哟，我的妈……太子殿下你说话声音为什么突然那么大，差点给你吓死！我也离开风水庙了。"

谢怜已经压制大半法力了，闻言只好再狠狠往下压了大半，道："不好意思。你怎么离开的？还好吧？"师青玄现在可是堵了耳朵又闭着眼睛呢。师青玄回道："嗨，还能怎么离开的，明兄拉着我出来的。万幸没给那群人踩死。"

紧接着，明仪的声音也在通灵阵里响了起来。可是，他说的话却让谢怜的脸凝住了。他道："不是我！"

不是他？！

糟了！谢怜猛地回头，道："风师大人！拉走你的到底是谁？！"

第六章
移魂魄太子斗真仙

师青玄却没再出声了。

谢怜心下不妙，道："风师大人？你怎么了？你还在吗？发生什么事了，为何不说话？"

如果是在混乱中被玩闹的夜游者带走了，不会突然沉默，难道他已经遇害了？可再着急也没用，他连风师此刻身在何处都不知！

明仪终于从风水庙里脱身出来。众人好容易才回魂，哇哇乱叫："出、出现了！真的出现了！""妖怪来了！"一哄散了。谢怜道："地师大人！方才你怎么没拉住风师大人？你们什么时候失散的？"

明仪道："方才人群中有鬼趁乱袭人。"

想来是他见有人性命危急，分心去救，打了鬼却丢了朋友。谢怜道："我们赶紧分头去找！应该还没走远。"

忽然，通灵阵里重新响起师青玄的声音。他大笑道："哈哈哈哈哈哈哈……"

虽然这笑声十分突兀，但总归是有个回音了，谢怜忙道："风师大人！刚才你怎么了，突然不说话，我还以为你出事了。"

师青玄道："哈哈哈哈哈哈哈，怎么可能，本风师是那么容易出事的吗？我不过故意开玩笑吓你们罢了，哈哈哈哈哈哈，明兄你这个王八蛋，你居然不拉住我，我要死了一定化为绝来找你，哈哈哈哈哈哈……"

明仪道："少哈哈。说人话！"

谢怜已经知道这人越紧张越亢奋越害怕越要哈哈哈了，这不，已经连停顿都忘记了，打断他道："你没开口说话吧？神情有没有明显变化？有没有动手反抗？"

师青玄道:"我没说话。神情没变。没有反抗。"

谢怜心想:"坏了。这是吓傻了。"

他用最柔和的语气道:"很好。听我说,风师大人,没关系的。你不要怕,就这么维持原样,装作什么都没觉察的样子,有什么话就悄悄在通灵阵跟我们说,随时说。但不要被那东西发现你已经知道它是什么了。把你的灵光悄悄散开,形成一层法场,护在你身周,这样可以确保你至少不会摔倒或者掉进陷阱里。万一有什么兵刃袭来你也可以有所觉察。"

师青玄的声音欲哭无泪:"哦。然后呢?"

谢怜道:"然后深呼吸。有没有好一点?"

师青玄道:"好像好了一点,谢谢太子殿下。"

谢怜便试探着道:"那……你觉得,如果你现在睁开眼睛,悄悄看看拉着你的那个东西,会怎么样?"能不能撑得住?

师青玄道:"会死吧。"

"好,我明白了……"

看来,师青玄若是睁了眼,他的恐惧便会在睁眼的一瞬间达到顶峰,成为那白话真仙绝佳的美味养料了。没准堂堂风师当场就要口吐白沫,如星陨落了。谢怜道:"那你还是闭着眼吧。它带你离开风水庙后,朝什么方向走的?"

师青玄道:"不知道。"

明仪:"这都不知道!"

师青玄大怒:"谁会去注意这种东西?!而且我不是以为那是你嘛!"

一旁花城作壁上观。他本身就是来看戏玩耍的,和师青玄非亲非故,还是鬼界人士,没有理由出手帮忙,已经无聊到又换回了那身红衣,然后换回黑衣,再换成白衣。几乎谢怜每次一回头,他就瞬间变了一副模样,每一身的束发方式、配饰和靴子等都不尽相同,时而俏皮,时而飘逸,时而肃杀,时而华丽。看得谢怜眼花缭乱,频频回头无法自拔。发觉不可以这样之后猛地眨眨眼,双手强行把自己的脑袋扳转回来,道:"别吵了。风师大人你大概走了多少步?"

师青玄痛苦地道:"也就五六十步的样子啊……绝对绝对不超过一百步,还走得老慢老慢,难道你们真的看不到我吗?!"

不到一百步?明仪迅速冲出去消失在街道尽头。须臾又风驰电掣地回来,道:"没有!"

坏了。谢怜道:"缩地千里!"

那白话真仙趁乱把风师带出风水庙后,恐怕立即施展了缩地千里之法到了别处,否则不到一百步的距离,早就找到了。这法术一开,天南地北,谁知道会被送到哪里?

谢怜立即道:"我去上天庭的通灵阵通报一声。"

师青玄却忙道:"别去!太子殿下你答应过我要保密的,我哥就快渡第三道天劫了,三道一大坎儿,绝对不能坏在这一步!"

明仪道:"再拖下去,现在就让你渡劫!"

师青玄怒道:"我说不行就是不行,多少双眼睛都盯着我哥呢。这个东西就是故意盯着这个时机找来的,它休想得逞,别想!我就是死了尸骨烂了,也要在我哥渡完劫之后再被挖出来!"

半响,明仪道:"好。好!"竟是要怒了。谢怜道:"风师大人,那东西在牵着你走吗?"

师青玄道:"是。它正抓着我的胳膊。"

谢怜道:"它身上有没有什么特殊之处?比如特别的气味、触感之类的。"

"没有。什么都没有。"

"那四周环境呢?比如,你脚下路面崎岖还是平坦?有没有踩到什么或踢到什么?"谢怜想看看能不能根据周边环境,尽快确认大致范围。师青玄道:"路面很奇怪!很软很飘,好像在云上。"

谢怜心道:"你这是吓得腿软了吧……"

师青玄五感已经封了两感,很难给出什么线索了。谢怜想了想,道:"风师大人,我有一个办法可以让你马上从那东西身边脱离,不过,我需要你的许可。"

师青玄马上道:"好的,我许可!"

花城却忽然定住身形,道:"移魂大法?"

谢怜道:"不错。正是移魂大法!"

移魂大法,顾名思义,是一种换魂法术。以我之眼,见你所见。这种法术并不常用,一者燃烧法力极为凶残,二者极少有谁愿意把最重要的身体控制权交出去。花城凝了神色,道:"哥哥,慎重。"

师青玄道:"你要换过来?那你对上它怎么办?"

谢怜道:"我又不怕它啊,无所谓。"

明仪道："换。"

花城则道："哥哥，再考虑清楚。"

忽然，师青玄颤声道："等等……它停步了。它是不是要动手了？"

没空犹豫了。谢怜在通灵阵内喝道："换，现在！"

师青玄一咬牙，道："拜托你了，太子殿下！"

谢怜道："好！"

一字掷地，他闭上双眼，一阵地转天旋，身体仿佛被拽出水面，又被摁进深海，四周忽然安静。他仍闭着眼，耳朵里听不到一丝声音。

一只手，正抓着他的胳膊。两人都立定不动。

谢怜猛地睁眼，一手取了耳塞，另一手一翻，反客为主擒住了那白话真仙，笑道："你好啊？"

师青玄闭目许久，四周又是一片漆黑，因此，谢怜在他身体里刚睁眼的一瞬，无法适应黑暗，什么也看不见。但那抓着他的东西已经变成了他抓着的东西。通灵阵内，师青玄的声音道："太子殿下！你还好吗？"

看来，师青玄也已经安全地换到他身体里去了。谢怜一手如精钢镣铐一般钳着白话真仙，一脚在瞬息之间踢出了三十多记重踢，道："挺好的！"

师青玄道："殿下，我告诉你我法宝的法诀，法力什么的你随便用不要客气！"

谢怜欷地展开风师扇，道："好！"

师青玄又道："化女相的法诀我也告诉你吧，我的女相法力更强！"

谢怜断然拒绝："不。这个就不必了！"

花城沉声道："哥哥，你快看四周，告诉我是什么样的地方。"

明仪道："不，还是先说，正跟你斗的是什么东西吧。"

几句下来，谢怜也渐渐适应了黑暗，他眯了眯眼，望向对面。

然而，分明都已经能看清四周树枝和树叶的轮廓了，那黑影的脸却无论如何也瞧不真切，似有一团妖风黑雾盘旋在那东西周身。风师扇乃绝品法宝，可吹散妖雾、清明世界，谢怜得了法诀，心中默念，展扇一飞。平地一阵狂风顿起，呼啦啦地带得四野树叶狂颤，甚至还有数棵弱小的树苗被拔地而起，威力不可谓不强劲。只可惜，这一阵风吹得有些歪了，没对准目标。

法宝认主，他毕竟不是风师扇的真正主人，用起来自然不能如师青玄那般得心应手，角度和力度都不好把握。发觉这一点后，谢怜果断放弃，改变策略，扇子啪地一收，直接将它当成击打武器，开始狂点对方身上要害；再欻地一展，罩了一层灵光在扇缘上，生生将一柄纸扇使成了削骨钢刀，割风阵阵，寒光闪闪。师青玄大概猜出来怎么回事了，崩溃道："太子殿下你有没有搞错，我那是法器，你居然把它当兵器来用，暴殄天物啊！"

这是武神的通病了。谢怜百忙之中抽空道："差不多，差不多！放心我有分寸，不会打坏的！"

师青玄道："打坏也没关系。但是你们这些武神啊，真的是糟蹋东西啊！"

花城语气又加重了："哥哥！"

谢怜知他是在催什么，一边打一边扫视四周环境。山清水秀有之，亭台楼阁有之，简而言之美得千篇一律，实在无法判断身在何方。那白话真仙觉察他的动作，大概猜到了他的目的，忽然道："你不是师青玄。"

谢怜心念电转："一般情况下应该不会这么快就想到移魂大法，为何它立即就发现我不是师青玄了？哎，不管了，继续打！"

他打人毫无人性，那白话真仙大约有些招架不住了，道："即刻倒下！"

果然，它开始诅咒谢怜了。谢怜却没听到一样揍得更狠。那白话真仙又道："倒下！"

谢怜笑道："死心吧，你对我说什么都是没用的。"

花城道："哥哥，若你无法判断身在何处，只消用那风师扇起一道飓风刮上天去，我就能知道你在哪里！"

谢怜也想到了这个法子，道："好！"方欲动手，忽然，那白话真仙诡笑一声，道："有人要来了？"

谢怜莫名警惕起来，果然，那东西道："来寻你的那个人，你一定会眼睁睁地看着他死在你面前！"

闻言，谢怜一下笑不出来了。

他连呼吸都卡住了一瞬，下一刻，竟是骂出了声："闭嘴！"

那白话真仙又在一刹那挨了他五十多记重踢，却深深叹了一口气。那是满足的叹气，似乎吸食到了什么至圣美味，并发出冷笑。

一不留神，谢怜竟然给他钻了空子。只因为方才那句让他一颗心突遭重击，即便明知花城没可能中它的诅咒，确切来说花城早就已经死了，可他仍是无法自控地一阵胆战心惊。

花城仿佛心有灵犀一般，声音微愠："哥哥？他是不是在对你说什么？"

谢怜道："它胡说八道……不是！它什么也没说。"

花城立刻明白了，骂道："他找死！你马上告诉我，我现在过去。"

谢怜忙道："不用，你先不要过来。绝对不要过来！"

花城道："告诉我！"

师青玄道："不好意思我打扰一下，我说你们是真的偷偷交换了通灵口令吧，太子殿下你没发现吗你错阵了，错阵了啊！"

谢怜这才发现，原来自从他用了移魂大法之后，花城说的每一句话都是在单独对他通灵，他却因打斗激烈加上心神微乱没注意到这一点，直接在通灵阵里回应了，这下他们私底通灵的事可算是暴露无遗了。但眼下也顾不得窘迫了，谢怜道："没事，我马上就解决它！"说完重新堵了耳朵，攻势更猛，全神贯注对付那白话真仙。他却不知，博古镇那边，花城听完他的话，抬手就是一掌，打得明仪陷地三尺，随即便对谢怜壳子里的师青玄道："换回来。"

师青玄原本已经打算立刻换回来了，见状忙道："血雨探花你干什么！我现在就换了，太子殿下是在帮我，你打我还说得过去，打明兄做什么！"说完就想起来，这是谢怜的身体，花城当然不会打，如果一定要打什么，那也只能是原本就有旧怨的明仪了。那边，谢怜斗得正酣，忽听师青玄在通灵阵内呼道："太子殿下，麻烦你堵了耳朵逃远一点，我要换回来了！"

谢怜道："风师大人你能行吗？"

师青玄道："跟它打不行，逃跑我还是可以的！"

于是，谢怜一脚把那白话真仙踹飞到数丈之外，转身一阵夺命狂奔，又道："等等，你不用逃！等我在这里给你设个护法阵！风师大人你身上有没有什么护体的法器？没有法器的话，珍贵的宝物也行！"

师青玄一听，忙道："宝物？有的有的，你摸摸看我脖子，有个长命锁，那个行不行？"

谢怜一摸，师青玄果然戴着一枚沉甸甸的长命金锁，金光璀璨富丽精致，喜道："有。这是不可多得的宝物，太好了！"

师青玄道："是吗？还有还有，我腰上玉腰带，手上玛瑙扳指，靴子帮上镶了几颗珠子，拂尘柄那段檀木比你还大……哦对了，据说那拂尘的毛也很珍稀，不知道从什么灵兽身上薅下来的……"一口气说了七八件，道，"总之我身上所有的东西太子殿下你都看看能不能用！"

能用。全都是不可多得的宝物！

谢怜大为震撼：师无渡不愧为财神，师青玄不愧为财神之弟！他道："能用。我在这给你找个屋子设个阵，你换回来之后还是堵着耳朵，别往外看，待在屋子里别出去，等我们来！"

师青玄简直要痛哭流涕了："太子殿下你真是太可靠了！谢谢你！从今天起你就是我第二好的朋友。今后有什么好事，本风师一定不会忘了你！"

谢怜也不知道该说什么，只好礼貌性地道："谢谢！"

说话间，那白话真仙被他远远甩开，谢怜瞅准一间楼阁，冲进去一挥手，所有门窗都自动关得严严实实。他先闩门挂金锁，咬破手指画了符，再将那些宝物一一置好，以血布阵，一连串动作压缩在最短时间内完成，最后才在屋子的中央坐下，闭上双眼，道："一、二、三。移魂大法——归位！"

仿佛又被猛地抛高再坠地，一阵地转天旋后，谢怜再次感觉双足触地，身形微微不稳，将倾未倾时，被一双手稳稳扶住。他一睁眼，便听花城的声音在上方沉沉地道："哥哥，我觉得你最好解释一下。"

谢怜抓着他的胳膊站直了，正要说话，忽然发现少了个人，道："地师大人呢？"

花城道："不知道。"

谢怜愕然："不知道？"一看旁边，地上有一个人形坑，明仪正从那个坑中缓缓爬出来。

他也没话说了，无言片刻，通灵阵内师青玄的声音响起来："咦？"

谢怜心一紧，道："它来了吗？"

有师青玄身上那么多宝物压阵，他把那屋子的防御做得固若金汤，那白话真仙应当没可能侵入才是，就算它道行再高，也要花不少时间。师青玄却道："没有没有没有。太子殿下你这阵当真了得，稳如泰山，让人很有安全感啊，我看没个三天三夜别想有东西破进来，只是……竟然是这里。"

谢怜奇道："哪里？这地方你认识？"

师青玄道："当然认识。这里是倾酒台啊！我飞升的地方。"

谢怜一怔，心道："倾酒台？"

师青玄似乎又在屋里转了一圈，再次肯定道："没错，这地方我每隔十几年都会回来看看，不会有错。"

难怪方才那白话真仙一下就看出壳子里的不是真正的师青玄了。如果是本尊，一看这里，就知道是倾酒台，根本用不着四下打量确认。

明仪从坑里爬出来就画起了阵。几笔画完，却忽然一掌轰出，把画好的阵法毁去了。花城目光冷冷，谢怜错愕道："地师大人，你这是做什么？"

明仪站起身来，道："缩地千里不能用了。必须得走过去。"

谢怜道："什么叫不能用了？"

明仪道："就在刚才，有人把倾酒台附近，不，是把那整整一带的缩地千里连接点，全都毁了。"

不久之前，师青玄分明就是被缩地千里带到倾酒台的，看来，师青玄躲进那屋子之后，那白话真仙迅速反应过来，动了手脚，意图绊住他们的脚步。

谢怜道："现在出发最快多久能到？"

明仪已经转身出发了，道："半个时辰！"

谢怜在通灵阵内道："风师大人，我们现在朝你那边去了，半个时辰之内赶到，你就在那儿等着我们来找你。要是有东西敲门，你绝对不要打开门。"

师青玄道："好的好的好的。那是当然，不用你说我也知道，我又不是三岁小孩子，不会乱开门的。那什么……你们千万快一点啊！"

三人即刻出发。路上，谢怜随意运转了一下，发现那移魂大法果真烧法力烧得凶，方才花城给他灌了那般强劲的一波，现在就被用掉了大半。花城注意到他的动作，道："哥哥还要吗？"

谢怜连忙摇头，道："不要了。方才真是多谢三郎慷慨解囊了。"

花城道："别客气，我说了，要多少有多少。"顿了顿，他又半开玩笑地道，"不过，哥哥还法力的时候，我能不能收点利息？"

谢怜心想还不得起还是个问题，但嘴上还是硬着头皮道："嗯……好的呀。"

原定半个时辰，但三人均非凡人，又是十万火急，两炷香的时间就到了。倾酒台四下都被谢怜用风师扇刮得一片狼藉，他难免汗颜。找了一阵，他目光一亮，举手指道："就是那座小楼。风师大人就在那里。"

三人向那小楼行去。越是走近，越是放心，似乎就要见到希望的曙光了，然而，等到他们转过去一看，谢怜一颗心一下子收紧了。

那座小楼的门，居然是打开的。两扇门扉吱呀吱呀，正在凄冷的夜风中来回开合。

谢怜道："人呢？"

三人进入小楼中去，屋内空无一人，各式法宝还按原先模样布置着，只是门一打开，就全都作废了。谢怜在通灵阵中喊道："风师大人？你在哪儿？"

来时路上，因为紧着赶路，加上师青玄过于亢奋，谢怜主动建议他先打坐冥想冷静一下，不要瞎想瞎说，自己吓自己，师青玄觉得很有道理，说话便渐渐少了，并不是突然没有回音的，所以几人并不觉异常。眼下却是怎么喊也没人应，他大感不妙。

这个情况只有两种可能：师青玄故意不回应，或是他已不能回应。

风师身上十余件法宝，件件珍稀，全都被谢怜用来压阵了，没有任何东西能从外界轻易突破。即便可以突破，就像师青玄说的，起码得三天三夜，而且不可能毫无暴力破开的痕迹，而现在，这座小楼门窗都是完好的。

谢怜退回门口，捡起地上金锁，仔细看了后道："真是他自己主动把门打开的。"

分明援兵一会儿就到，有什么原因非要在这最后关头自寻死路？谢怜百思不得其解。明仪沉声道："也许，他以为来的人是我们。"

闻言，谢怜脑海中忽然浮现一个昏暗的画面：小楼外来了三个人，分别是自己、花城、明仪的模样，站在门外敲了敲门。楼阁内的师青玄欣喜若狂，冲出来就打开了门，而门外的三"人"却将他包围了起来，缓缓地冲他露出了诡异的微笑。师青玄手里的金锁一下摔在了脚边，再也没捡起来。

谢怜想了想，否决了："我们不是和风师大人说过，来的时候会在通灵阵内通知他吗？门外来人是真是伪，一问便知，又怎么会轻易上当？"

说到这里，他忽然一怔，道："除非……除非是他熟悉的人，叫他把门打开的。"

明仪道："熟悉的人？何以见得？"

花城只说了一句："他堵着耳朵，听不到东西。"

谢怜道："对！就是因为这个，所以才说，一定是熟悉的人。因为风师大人堵着耳朵，根本听不到外界的声音！除非他把耳塞取下来了。但他会吗？他怕得要死根本不会。所以，要想哄骗他开门，只能通过一种方式。"

通灵术！

谢怜走快了几步，道："即是说，在我们来的这段时间里，有一个人，私底下偷偷和风师大人通灵，对他说了什么，让他主动打开了门。如果不是熟悉的人，根本不会知道风师大人的通灵口令，因为上位神官的口令不会轻易为人所知，更不会为白话真仙这种妖魔鬼怪所知。甚至这个人他应该很信赖，否则不会没多想就打开门出去了。"

花城道："又或者，他并不熟悉这个人，这个人却很熟悉他，并且说出了让他不得不开门的理由。"

谢怜认真考虑了这种可能性，道："理论上，只要知道通灵口令，就可以对风师大人传达信息，但忽然听到一个陌生的声音对自己说话，风师大人难道不会觉得奇怪？他一听到，第一反应应该是马上在通灵阵里告诉我们寻求帮助。除非，那个人开口的第一句话，就震住了他！但这会是什么话？"

明仪道："威胁？"

谢怜道："能怎么威胁？'你不出来？我就告诉你哥我回来纠缠你了？'"立即否决，"不太像。"

那白话真仙未必清楚师青玄的顾虑。而且援兵半个时辰就到了，师青玄不至于半个时辰都等不得。而且别忘了，它可是一直没纠缠过师无渡，只盯死了师青玄，专挑软柿子捏，没准它自己也对水师十分忌惮，未必敢主动挑衅。

明仪道："再找半个时辰。"

谢怜明白他的意思，点头道："好，半个时辰之后若是还找不到他，不管风师大人怎么反对，也一定要通知水师大人了。分头吧！我们走这边，那边就麻烦地师大人你了。"

明仪转身就走。谢怜一面奔走寻人，一面仍不放弃地在通灵阵内呼喊师青玄，那边却一直死寂。

不多时，二人找到了这一带最高的一座楼台。这楼台明显是这一片的主角，中心建筑，翻修过无数次，华丽气派，许多墙壁上还题着诗句，谢怜仰头一看匾额——倾酒台，道："'少君倾酒'吗？"

花城道："不错，此地正是'少君倾酒'原址。"

传说师青玄为人时常在此饮酒，醉卧高台，好不快乐自在。有一天，高楼下有个经常鱼肉乡里的恶霸欺辱良民，师青玄在楼上看见了，就随手把杯中美酒倒了下去，酒水倒在那恶霸脑袋上，竟把他打晕。然后师青玄便飞升了。

谢怜："就这样？"

花城："就这样。"

这"少君倾酒"一景原来如此简单，谢怜略感意外。不过有时机缘就是这么莫名其妙。总之，文人墨客，历来最喜欢这种有传说、有故事的地方，在此往往能诗兴大发，提笔挥毫表达他们对神仙风采的向往。谢怜明白了，这里就是一个风景名胜区。大晚上的没游人，到明天，就会有许多游客惊恐地发现许多房子和树木都被刮飞，大呼风师显灵了。

这时，花城忽然定住，道："哥哥。"

谢怜回头："怎么了？"

花城道："我这边有一点小事，要先去处理一下。"

谢怜一怔，忙道："你原就是来玩儿的，眼下有事去便是了。"

花城道："嗯。哥哥这边小心一点，我去去就回。"

他很快消失了。

半个时辰后，谢怜在通灵阵内道："地师大人，你那边如何？我这边没找到，正往回赶了。"

明仪也道："没有！"

谢怜道："我现在就告诉水师大人。"

说完，他立即发起通灵，道："灵文可在？你可能找到水师大人？烦请转告他十万火急，请到倾酒台来一见！"

一个清朗的男声在耳边响起，看来此刻的灵文是男相。他道："太子殿下，水师大人在我这儿呢。他这个人一贯不爱出去走动的，大概是下不来，您找他有什么事儿吗？我可以转告。"

这时，谢怜已经快回到倾酒台的主楼了，远远看见那倾酒台外挂了个什么东西，似乎是一块白色的布，在夜风中飘荡不止。谢怜愕然，心道："原先那里有这个东西吗？"

再走近些，他终于看清了——那不是师青玄的外袍吗？

这时，明仪在通灵阵内吼道："太子殿下！马上到倾酒台主楼，快！"

谢怜一个激灵，灵文在另一边道："太子殿下？"

谢怜道："让他赶紧下来吧！风师大人出事了！"

吼完这一句，他便冲上了楼。高楼上，地中央，躺着一人，正是师青玄。

师青玄双目紧闭，身上没有外伤，也没有血迹，另一人将他扶起，正是明仪。他毫无知觉地坐了起来，一样东西从他怀里跌落，谢怜定睛一看，那竟是被一分为两半的风师扇。

这等绝品法宝，几百年也不一定炼得出来，而且还是风师的第一法器，居然就这么被毁坏了！

谢怜道："刚才我们来过这里，分明没人的！"

话音刚落，他又发现了新的不对劲之处。之前他和花城来的时候，墙壁上题了不少文人墨客的诗句，娟秀有之，轻狂有之，端凝有之，现在却全都消失不见了，只留下一墙血红，八个大字鲜血淋漓——"不得善始、不得善终"！

正是师青玄出世那日，白话真仙对他的判词！

明仪冷不丁问："太子殿下，和你在一起的那位呢？"

谢怜心道："糟糕！三郎竟是在这种时候离开了。恰好风师大人也在这时出事了，这真是有嘴说不清。"脸上却不动声色："哦，我拜托他帮我去搜寻那白话真仙的下落了。"

明仪道："他什么时候走的？"

早走了。谢怜仍是面不改色，道："就在方才，没走多久。"

这时，天外隐隐传来奔雷之声，竟是有一辆八骑金车在夜空之上，穿破云层，气势汹汹地朝这边驶来。

没法用缩地千里到倾酒台，师无渡竟是直接驾了金车来。须知，这铜马金车一跑，大张旗鼓得很，万一被哪个深夜想不开仰望星空的凡人看见了，少不得要在人间闹得沸沸扬扬，这水横天果真是不怕事。谢怜看那金车来势汹汹，抢着恳求道："地师大人，求你一事！待会儿请你不要提起花城主好吗？我保证这件事绝对和他没关系，他不会害风师大人的，可上天庭许多神官一听有他就喜欢添油加醋胡编乱造，不要让复杂的事情变简单，又变成他是幕后黑手了。"

明仪看他一眼，道："好。"竟是干脆利落地答应了。两人继续低头查看师青玄的情况。那金车轰隆轰隆，拖着道道烟霞瑞气落了地，车外侍候着一众小神官，车上下来三位大神官，竟是师无渡、裴茗、灵文，中秋宴十甲一次来了三个。当然，谢怜早就忘记自己是十甲之首了。

师无渡双眉紧蹙，一掀衣摆下了车，执着水师扇来到楼上，裴茗和灵文跟在他身后。师无渡一看到死人一般躺在地上的弟弟，脸色骤变，抢上前道："青玄？青玄！这怎么回事？"

谢怜言简意赅："风师大人撞上白话真仙了。"

师无渡不可置信："你说什么？白话真仙？"

听到这四个字，不光师无渡，裴茗和灵文的脸色也变了。看来师无渡的这个心腹大患他们也早有耳闻。裴茗道："太子殿下，又是你啊。"

谢怜道："没办法，上天庭来来回回不就那么几个人。"

裴茗道："好像每次看到你，都能牵扯到另一位。这次不会也是吧。"

谢怜淡然道："不知道裴将军在说谁。"

他睁着眼睛说瞎话，而明仪果然信守诺言没出声。裴茗不再说话，挥了挥手，派手下神官去四周盘查。师无渡唤不醒师青玄，却扫到了墙壁上那八个血红大字，脸一下子扭曲了。他像是气得浑身发抖，喝道："这是谁写的？谁写的！"

正在此时，灵文道："风师大人醒了！"

谢怜立即蹲下身去。果然，师青玄缓缓睁开了眼睛。师无渡一把将其他人都推开，道："青玄！你怎么样？有没有不对劲的地方？是谁害你！"

师青玄蒙了好一会儿，才渐渐回过神来。一回过神，第一眼看到的就是师无渡的脸。下一刻，所有人都没料到的事发生了。

他一把推开师无渡，抱头狂叫起来："啊啊啊啊啊！"

师无渡猛地被他一推，愕然不已，半晌才道："青玄，是哥哥。"

师青玄吼道："我知道是你！"

既然知道是师无渡，那为何还这副反应？

师无渡又伸手："没事了……"师青玄一把打开，道："怎么可能没事！你别说话了，啊！我受不了！"

裴茗道："青玄，做什么这样跟你哥说话？"

平素师青玄听到裴茗开口，非呛他两句不可，眼下却根本不理，鬼上身一般自顾自喃喃道："我什么都不想听。你也别说了。你让我冷静一下。你走吧。你赶紧走吧！"

师无渡终于忍不了了。他喝道："你胡说八道些什么！"

灵文也道："风师大人，有事你就说出来，说出来你兄长也好解决……"

师青玄怒道:"你们听不懂我说什么吗?!你们都滚,都滚行不行!啊!啊!"他疯了一样,喊着喊着,竟是吐出了一口鲜血,谢怜道:"风师大人!"

师无渡一把握住他的脉,探了片刻,霎时神色变得比鬼还恐怖,似乎当场也要吐一口血出来了。谢怜道:"水师大人,风师大人怎么了?"说着就要伸手去探,师无渡却猛地把他的手打开,怒目而视,似乎绝不能让谢怜靠近师青玄。随即,他对弟弟道:"你病了,你被吓坏了,我带你回去治病。一定可以给你治好的。"

师青玄盯着他的眼睛,一字一句地道:"我没病。我是不是病了,你应该最清楚!你不要以为我疯了,我清醒得很,我从来没有这么清醒过!"

师无渡抓着他就往车上拖,喝道:"你不懂,不要瞎说。"

师青玄狂叫起来:"明兄,明兄救我,太子殿下救我!"

他伸出双手,一手抓一个,谢怜和明仪都握住了他伸来的手,师无渡却又将他蛮横地拖走了,道:"走吧,没事了,哥哥在这儿。"

师青玄仍在大喊大叫,裴茗和灵文帮着师无渡按住他。明仪道:"你弟弟不想跟你回去!"

谢怜也道:"那白话真仙还没解决,水师大人您打算……"

师无渡厉声道:"什么白话真仙,压根不知道你们在说什么。他病了,脑子糊涂了,仅此而已!"

谢怜道:"可是风师大人……"

师无渡打断他们,道:"这是我弟弟,难道我不会为他好?我家里的事,不劳二位外人费心!烦请二位大人也别在外乱说,管好你们自己就行了!"

他话虽然难听,却听得谢怜一怔,是这个理,毕竟,师无渡才是师青玄的亲哥哥,他难道还会害师青玄?况且还有另外两个大神官陪着,跟他们回去才是最安全的。人家家里人都出面了,外人又怎好再继续插手?

那裂为两半的风师扇落在地上无人问津,灵文将它拾起,对谢怜二人道:"太子殿下,地师大人,莫要见怪,水师大人也是关心则乱,这事属家事,家丑不可外扬,还望二位守口如瓶。他日定当给二位大人赔罪。"几句寒暄后,也匆匆上了车。那金车轰隆轰隆,平地起飞。望着那一道烟霞渐渐消失在夜空中,谢怜这才确定,他们折腾了这许久后,这件事,居然就以如此诡异的方式收场了。

明仪转身要走，谢怜回过神来，道："地师大人！"

明仪顿足，回头意味深长地看了他一眼，道："你放心，花城的事，我不会说。"

谢怜对他欠首，道："多谢！"

明仪一点头，转身走了。

虽然谢怜很担心师青玄，但上天庭医仙大能都比他有用，且师无渡必定不愿让外人见到弟弟的狂态，怎么想现在也不是探望的好时机。他只好离开倾酒台，慢慢往回走。

走了不到一炷香时间，谢怜忽觉前路妖气弥漫，不由放缓了脚步，心道："不会吧，一刻都不停，又遇到什么东西了？"

第七章
笑戏言乱我亦乱卿

他站在路边，静观其变，不一会儿，前方妖气中传来了一阵奇异的号子声。

"嘿吁嚯、嘿吁嚯。"

"嘿吁嚯、嘿吁嚯。"

道路尽头，影影绰绰地显出了一个极为高大的黑影。

黑影四周似还有虚影浮动，谢怜看不懂这个形状，但的确是个庞然大物，不由得退后一步。须臾，那物从迷雾中缓缓现出了真形。谢怜微微睁大了眼。

原来，竟是一抬华丽的步辇。

那步辇甚为瑰丽，华盖垂下飘逸的纱幔和精致的流苏，乘步辇之人会坐在一片旖旎的红幕之中，只映出一个引人遐想的影子。抬辇的不是人，竟是四具骨架异常高大的黄金骷髅，它们"嘿吁嚯""嘿吁嚯"地喊着号子，正在赶路。每一具骷髅头骨边都浮着几团悠悠的鬼火，转来转去，似乎是用于照明的，因为每当到了太黑的地方，那鬼火就忽然烧得极旺。

这景象太过古怪，妖里妖气的，谢怜不由瞠目，心道这莫非遇上哪家的鬼小姐出去和情人幽会了？连忙退到路边，让开了道。谁知，那四具黄金骷髅却抬着那华丽的步辇停在了他面前，齐刷刷转过了头骨。

一具黄金骷髅下颌骨咔咔作响，不知从哪儿发出了人声，哆哆嗦嗦地道："城主大人让我们来接仙乐国的太子殿下。那位殿下是您吗？"

城主大人，应当是花城了。谢怜道："是我？"

咔咔咔。骷髅们似乎极为欢欣，放低了步辇，道："上来吧，出发啦！"

难道要让这四具黄金骷髅抬着他去见花城？谢怜硬着头皮道："这……不太方便吧？"

"没有呀。哪里不方便，咱不就是干这个的。"

"殿下，请上来吧！城主大人等着您，有事情要跟您说呢。"

谢怜想不到拒绝的理由，最后只好小心翼翼地上了那步辇，撩起纱幔，坐了上去，道："有劳了。"

黄金骷髅们乐了，咔咔地不知在说什么，抬高步辇，这便在山路上颠了起来。

那步辇上设了红缎软座，软绵绵的，谢怜正襟危坐于中央，总觉得一个人坐略宽。那些黄金骷髅们抬着步辇看起来颠来倒去摇摇晃晃，实际上却是很稳，行得极快，比御剑飞行还快，且除了喜欢喊些奇怪的号子几乎毫无声息，比那轰隆轰隆的铜马金车安静多了。

跑了一阵，忽觉一群幽绿色的鬼火透过纱幔映了进来，前方传来阵阵窃窃私语，道："来者何人？要从这片坟地过，不得留下点什么吗？"

竟是遇到了拦道的野鬼。骷髅们咯咯地笑道："你们想留下点什么？"

谢怜正想着要不要出去解决一下，却听那些细细的声音尖叫起来："啊哟哟哟，对不住！瞎了咱们的狗眼，不知道是花城主他老人家的辇！回坟里去，都回坟里去！几位大人随便过，大人有大量，请踩着咱的骨头随便过！"

黄金骷髅们道："晚了晚了，城主大人交代过，坐在辇上的这位殿下是他老人家的贵人，一点儿也冲撞不得。眼下耽搁这位殿下赶路了，你们自己说说该怎么办吧？"

听四周一片鬼哭狼嚎，谢怜实在忍不住了，出声道："那个，算了吧。既然赶路，就别管这些了。"

黄金骷髅们道："既然殿下这么说，那便放过它们好啦。便宜你们了。"

谢怜又道："不过，你们不可拦路加害行人。"

野鬼们喜道："没有没有，保证绝对从来没有！谢谢这位殿下！"

骷髅们喝道："走啰！"

过去时，谢怜隐隐听到从地下传来女鬼们嘀嘀咕咕的好奇声："哎，你们说，辇上坐的究竟是哪位殿下？我还从没听说花城主这抬黄金辇载过别的人呢。"

"若是女子，倒好想了。偏生是男子，真叫人奇怪。"

谢怜心想："有什么奇怪的？"

下一刻，便听那些女鬼道："是啦。我以前就说，这辇肯定是要给城主夫人坐的嘛！"

谢怜:"……"

黄金骷髅们道:"殿下怎么啦?"

"嗯……"想想应该是女鬼们随口调笑,谢怜道,"没事……你们城主在哪里?"

骷髅道:"不远啦,殿下先休息一下,他马上就来啦!"

连日奔波,谢怜坐在辇上还真微觉困意,本想以手支额小憩片刻,但可能因为一种莫名的安全感,不知不觉就越滑越下,整个人都窝在红缎里了。不知过了多久,步辇好像停了,谢怜迷迷糊糊地道:"怎么了?"

他以为又遇到拦道的野鬼了,话音刚落,步辇微微一沉,却是一人上来了,挑起纱幔,轻声道:"哥哥?"

谢怜好容易爬起来,揉了揉眼睛,向外望去,道:"三郎?"

来人自然是花城。他见了谢怜这方醒未醒、不清不明的模样,微微一怔。谢怜有点不好意思地坐起来,道:"一不小心睡着了。"

随即,花城笑了,也坐了上来,道:"哥哥是太累了。挤一下可以吗?"

谢怜点头,努力往右边坐,想给花城多挪出一点位置,花城却道:"不必了。够宽了。"

事实上,不够的。这步辇也是巧,一人坐宽了,两人坐却又有点挤了,除非一人坐另一人身上,那是刚好。黄金骷髅们又跑动起来,奇怪的是,它们明明一路都跑得很稳,这时却摇晃起来,谢怜一下子没坐稳,整个人重重撞在花城身上,两个人歪倒在一起,他人都吓醒了,道:"对不起!"

花城低声道:"有什么……"

谢怜赶紧坐起来,胡乱道:"对了!三郎,它们说你有事要跟我说,是什么事?刚好我也有些疑虑和猜测想对你讲。我总觉得这件事还没解决。应该说……我觉得,这只是一个开始而已。"

不经意间,二人对上了视线。红幕之外,只能看到纱幔内两个交叠的人影。而红幕之内,花城笑了笑。

师青玄一向对其兄敬爱有加,方才脱险,一见其颜,却是这个反应,不由让他生出一个可怕的想法——那个哄骗师青玄打开门的人,会不会就是师无渡?

花城却道:"不。这事已经结束了。"

他语气笃定,谢怜不由一怔:"三郎?"

花城凝视着他，道："哥哥，你信我吗？"

谢怜也凝视着他，道："我信。"

花城缓缓地道："那么，相信我，这就是我要对你说的事——风师和水师，你离他们越远越好。"

后来一路上，谢怜都心事重重的，不知道到底是因为什么。

不过，近日总算有了一件好事：菩荠观迎来大批祈愿！

菩荠观接到的祈愿从来没有这么多过，他也不觉得是那富商帮他宣传过美名的功劳——是的，镇上的那富商终于履行承诺，来过了。

不过，他来是来了，却并没注意到谢怜摆在显眼处的牌子，或者他故意视而不见了。也并没如他所承诺的那般捐多少多少香火。此次前来，最主要的目的是送一面锦旗过来，当着菩荠村各位乡亲父老的面，热情洋溢地交到了谢怜手里。谢怜毫无防备地打开一看，立刻合起来，然而锦旗上面斗大的四个字还是深深刻进了他的脑海——"妙手回胎"。

谢怜大受震撼。

送走那富商，他叹了一口气，心想天天担心这屋子什么时候就塌了，真不知什么时候才能修好。一旁靠在门上的花城仿佛看出了他在叹什么，道："有句话我早就想说了，哥哥要是在这屋子住得不踏实，不如换个地方算了。"

谢怜摇头道："说得轻巧呀三郎，换哪里呢？"

花城笑道："要不然，搬我那里去算了？"

谢怜看看他，欲言又止。花城道："怎么了？"

谢怜赶紧转身："没什么，没什么。"

他知道花城这话不只是说说而已。

至于接到的祈愿，虽然都是些家里老黄牛腿伤了没法下地干活田里缺人手云云，但好歹是祈愿！对于信徒们的祈愿，要一视同仁。过了两天，谢怜就应了祈愿，去村里帮忙插秧了。

花城住在这里，自然也跟着他一道去玩儿了。因为是粗活，谢怜真的不想让他一起去，但拗不过去，于是二人都换了粗布衣裳，卷起袖口和裤腿，下了水稻田。

两人都白，手臂漂亮，小腿又长又直，在大片碧青的水田里堪比一道风景，惹得村女们不住偷瞅，插着插着手下秧就歪成了一条弧线，变成笑料。

虽然两人都白，但花城是几乎没有血色的白皙。谢怜则是白皙中透着红润，而且由于他天生体质缘故，越是出汗，皮肤越是莹白如玉。烈日当头，他这边晒了一会儿就整个人白得发粉，燥热难忍，不住拭去滑落的汗珠，但想到鬼都不喜欢太阳，花城肯定更不开心，转头望去，果然花城也悠悠起了身，以手遮阳，在眉间投下的阴影中，双目定定地望着这边。

谢怜走过去就把斗笠扣他头上，道："戴好。"

花城先是一怔，随即眯起了眼，笑道："好。"

虽然花城说下地是为了好玩儿，可没一会儿的工夫，谢怜只是直起身来捶捶腰，那边花城就过来帮他的忙了。谢怜一瞧，他居然无声无息地一个人就干掉了一大片，一排排的青翠欲滴的稻苗整整齐齐，很是招人爱。他由衷叹道："你好厉害……"竟然一点儿也不像个生手。

"这算什么？"花城不知什么时候用水田里捡的杂草编了一堆乱七八糟的犄角，放到一头牛身上，道，"哥哥，你看，妖怪。"

谢怜笑得差点把自己当苗插进田里。

两人到一边休息喝水。村长在一旁看了半天，这时凑过来道："小谢道长，这是谁家的小伙子，这么勤快这么厉害！"

谢怜"噗"地笑了出来，对花城道："你等着吧，很快会有人来问你，娶……亲没有。"

花城挑挑眉。不一会儿，果真有几人来问了："小谢道长，这位少年郎是打哪来的？娶亲没有？肯定没有吧，这么年轻！"

谢怜道："是很年轻呢。所以还没考虑。"

几人道："那怎么行呢！就是年轻所以才要赶紧定下来嘛，男人要成亲了才会开始长大！"

谢怜正在思考该如何合理打消这几位热心人士给鬼王牵红线的念头，花城却拿着一只竹筒走了过来，说了一句："娶了。家中已有妻室。"

几人一听，大失所望，却还不死心，道："娶的是哪家的姑娘？"

花城慢条斯理地道："我妻啊……美貌贤良，我从小就喜欢的，喜欢了很多年，费尽千辛万苦才追上去的。"

他说得一本正经，分毫不似作伪，几人觉得没戏了，只好遗憾万分地散了。谢怜听得微微出神，花城把水递给他，道："哥哥？"

谢怜胡乱喝了几口，递回去。花城接回竹筒，自己喝了一口，喉结上下滚了一下。

谢怜终于憋不住了，道："真的吗？"

花城侧首道："嗯？什么？"

谢怜举起袖子，挡住过分热烈、晒得他头晕目眩、面颊发烫的太阳，道："你妻？美貌贤良，从小就喜欢的，喜欢了很多年，费尽千辛万苦才追上去的？"

花城道："哦，假的。"

谢怜轻出一口气。

谁知，花城又道："不过，也不全是假的。我还没追上罢了。"

谢怜："……"

花城的手在他面前晃了晃，道："哥哥？"

谢怜一下子回过魂，忙道："喀！干活了！干活了。你休息吧，不多了，我去就好了！"

他几乎是冲进了田里。不一会儿就发现自己不小心插歪了一小排，啼笑皆非。

收了工，花城帮村长修他家的犁去了，谢怜则先回了菩荠观。一进去就发现功德箱不太对劲，居然沉甸甸的，仿佛在地上生了根。谢怜莫名，打开盖子就被灿灿的金光闪瞎了眼。

那功德箱里，居然密密麻麻堆满了金条，少说也能给他化个千万功德！

谢怜啪地把盖子摔上了。

过了一会儿他又打开。拿起金条上的一张雪笺，上书一行小字："感君相助，薄礼聊表心意。"下面印着三道流水纹，是水师的纹章。

水师为什么送他这么多金条？封口费？谢怜怎么想都莫名其妙。不愧是财神。不过这么大一箱，非得给他送回去不可了。恰好他本也打算去一趟上天庭看看风师，于是给花城留了个字条，把那压死人的功德箱背起来就出发了。

谁知，一到仙京风水二师府，却听说风师生病未愈不见客，他不熟也进不去，谢怜便把那功德箱整个丢到了灵文殿，让灵文头疼去，然后转头他就攀上了风师府的屋顶。

虽说这仙府里三层外三层都有把守,但还难不倒他。翻墙越瓦再一个倒挂金钩,挂在风师寝殿屋檐上,这一望他就惊了。

师青玄居然被五花大绑绑在榻上,挣扎不止,而一旁师无渡手里拿着一碗黑漆漆的东西,走过去就往他口里灌。师青玄被捏住下颌灌了几口,用力猛呛,呸呸呸吐出了大半。他大叫起来,头往上一撞,撞翻了碗。师无渡脸现黑气,道:"摔!你继续摔!怕什么,你摔一碗,我给你再送二十碗!灌到你喝下去为止!"

师青玄咆哮道:"你能不能别管我,让我自生自灭算了!"

师无渡厉声道:"我是你哥,我都不能管你谁还能管你?!"

师青玄不说话了。半晌,师无渡在榻边坐了下来,缓和了语气,道:"我去给你把扇子修好。"

师青玄道:"我不要那扇子了。"

风师甚为喜爱他那绝品法宝风师扇,有事没事都要拿出来把玩一番,大冬天的飞雪漫天也纸扇轻摇雷打不动,眼下居然说他不要风师扇了,谢怜越听越奇。师无渡道:"不要了也行,正好给你炼个新的法宝。"

师青玄道:"新的我也不要!我要下去。"

师无渡道:"下去?下哪里去?"

师青玄道:"下人间去。我不想再待在这里了,我不想做神仙了!"

师无渡额角青筋突起,道:"笑话!不做神仙去人间?你当人间是什么好地方?少丢人现眼了!多少人等了多少年想飞升,中天庭有多少神官挤破了脑袋想进上天庭,我看你是做梦!你……"

这时,他脸色一变,似乎有通灵至达。师无渡一下子站起来,二指抵在太阳穴上听了一会儿,面色越来越凝重,须臾,对师青玄道:"你少添乱!我近日忙没空理你,等我渡过第三道天劫,再也由不得你这样跟我胡闹!"说完,甩手火速出了寝殿。

待他走远,谢怜悄无声息地翻了下来,推窗欲进,却怎么也推不动,想来是设了禁制。他不敢硬开,压低声音道:"风师大人?"

师青玄在榻上一动,转头,大喜道:"太子殿下?!"

谢怜道:"是我。你这是怎么回事?我没法打开门窗,能换个方式进来吗?"

当以正常方式打不开门窗的时候,武神会换什么方式进入一间屋子,可想而知。师青玄忙道:"别别别!千万别打烂啊,我这里门窗都覆盖了术法的,一硬闯,整个风水府都会知道有人来了,除了我和我哥,都非得从里面打开。"

谢怜道:"可你又被绑成那样?"

师青玄疯狂挣扎起来,道:"殿下你等等!看我崩开这绳子……"

谢怜看他整个人在榻上滚来滚去,时而弯成虾米,时而挺成铁板,艰难无比,不由纳闷:那绑住师青玄的绳子也不像什么法宝灵器,以风师法力之强,勾勾手指就裂了,何至于这样了还没断?莫非师青玄当真伤得很重,这种程度也挣不开?

这时,师青玄榻下突然伸出一只手。谢怜吃了一惊,头皮炸道:"风师大人!你床下有一个人!"

师青玄吓死:"什么?!"

话音未落,一个黑影便从床下闪出,站在了他床前。

谢怜正欲破窗而入,却听那人压低声音道:"闭嘴!"

师青玄瞪大了眼睛,道:"明兄?明兄!明兄我的妈,我的好兄弟,快帮我松绑!"

明仪一只手就扯断了他身上绳子,师青玄活了活手脚,爬起来冲去开了窗,抓起谢怜双手猛摇:"太子殿下!谢谢你还记得我!"

谢怜拍拍他肩,轻巧地翻进了寝殿,道:"这寝殿不是有禁制?地师大人怎么能进来的?"

明仪道:"本行罢了。"他又捡起地上那绳子看了看,抬头问师青玄道:"你怎么连这点东西都挣不开?"

师青玄面色一僵,明仪一把握住他左手手腕,神色冷峻起来,道:"怎么回事?"

谢怜也握住了师青玄的右手手腕,探了片刻,愕然道:"风师大人,怎会如此?"

师青玄的体内,居然一点法力都没有!

谢怜道:"是那碗药?"

想起师无渡方才给他强灌的药水,还有师青玄抵抗的举动,谢怜立即蹲身去查看地上药水。师青玄却道:"不是。"

的确不是药的问题。谢怜略通医理,这气味应当是安神汤药,可能还有一点致眠之效。想来，在倾酒台时师无渡一抓弟弟的手，必定是当时就发现了。他给师青玄灌这药应当是为了他好，却不知为何师青玄并不领情。

难怪这些日子师青玄不回应他的通灵，只是因为现在他怎么看也跟一个凡人毫无区别。谢怜道："风师大人，你这是……被贬了？"

可谁要是被贬，哪里瞒得住，瞬间就传遍上天庭和中天庭了。师青玄似乎有点站不住了，谢怜用力一挽他，又猜测道："白话真仙所为？"

可这东西能有这么大能耐？

这么严重的事，师青玄沉默片刻，却道："不管是谁干的，这件事到此为止了。"

太奇怪了。无论如何都不应该是这种态度，尤其师青玄这人并不是一个闷头吃亏的冤大头。谢怜忽然有了一个不好的猜测。虽然不好，却能解释所有的事。

师青玄道："唉，先别说了。趁我哥不在，赶紧走！"

说完就往床底下钻去。谢怜蹲下来一看，床下居然有个洞，不知通向何方，师青玄钻进去就不见了。明仪也低头准备进去，谢怜决定跟上，明仪却又退了出来，道："太子殿下，你别插手了。"

谢怜被他一拦，道："蒙风师大人多次仗义执言，这次他有难，我虽不济，但总有能帮得上忙的地方。"

明仪道："他平日仗义执言的人多了去了，出了事置身事外的人才是大部分。"

床下师青玄的声音传来："你们还不跟上？洞要关了！"

果然，那床下的洞居然在渐渐缩小。见状，明仪迅速进去，谢怜也跟上。三人在明仪开出的通道里爬了一阵，谢怜回头一看，那洞口居然已经合上了，当真神奇至极。他问道："地师大人，这地道是怎么开出来的？仙京下面，居然也能开洞。"须知，仙京的地基，可不是凡间的土地。

问了才知，原来，地师明仪，原先是一位民间的能工巧匠，一生之中，修桥修路、开山筑屋，造福无数，故得飞升。现在，人间有什么大工事，动土之前都要拜拜地师，祈求工事顺利。他飞升后炼了一样法宝，是一柄月牙铲。传闻，天底下没有这一神铲移不平的山、开不了的洞、进不了的屋。他去鬼市卧底，这一点极有优势，遇到什么密室就挖一铲子，之后还能原样合上。上次若非被花城打得吐血三升，法力大损，说不定也能用那宝铲从地牢逃脱。

此前地师没怎么拿这法宝显摆过，都是收着的。不显摆好，上天庭里列位神官的法宝大都还算风雅潇洒，什么宝剑折扇、古琴短笛，要是这里面就你一个整天扛着一柄铲子进进出出，那可挺煞风景的。听完谢怜忍不住心想我菩荠观的危房想早日修好，是不是也该拜拜地师？

这时，明仪突然道："噤声。上面有人！"

谢怜和师青玄不约而同抬头向上望去。

凝神细听，果然有一个沉稳的脚步声，正在缓缓走着，似乎在室内踱步。听这脚步声，谢怜判断这应该是个武神。武神大多五感灵敏，若是发出一点可疑的声息，弄不好就真的被抓个正着了。于是，三人一声不吭，化成了三块呆滞的石头。等了半晌。师青玄以口型道："走了没？"

明仪摇头。师青玄额头青筋暴起，跟他哥方才生气的模样竟有七分相似，无声地道："是谁这么磨叽，这又不是睡觉的时辰，何况有哪个神官还睡觉的？"

他口型做到后一个"睡觉"时，谢怜忽觉一阵汗毛倒竖，猛地一推前方两人，同时足下一蹬，主动向后跌去。

一柄利剑从地道上方倏地刺下，杀气腾腾，刚好插进他双腿中间的地面。

他霎时惊出了一层薄薄的冷汗，喝道："躲开！"

那剑倏地抽离，谢怜又猛地一拉师青玄："当心！"

师青玄前方又落下一剑，要不是谢怜这一拉他当场就被钉在这里了。他骇道："好险好险，你怎么知道他要往哪儿下？"

谢怜道："不知道，猜的！"对于杀气，他根本不用脑子单凭直觉就能作出反应。紧接着，第二把、第三把、第四把剑也插了下来。三人被拦在利剑组成的樊笼中，明仪不知从哪摸出一把月牙铲，艰难地向另一侧挖起了洞。师青玄在一旁快要口吐魂烟了："明兄你到底行不行，明兄你快点好吗，都怪你这么久都不用这法宝，没事多用用亲近亲近知道吗，你看看都生疏成什么样了！"

其实生疏也是可以原谅的，没办法，毕竟整个上天庭除了谢怜能面不改色背着一柄铲子整天走进走出，真没别的神官干得了这种事了。明仪额头青筋暴起，道："闭嘴！"

谢怜忙道："别生气别生气，通了通了！"

果然，明仪手上一用力，洞就打开了。他抄着一把铲子在前方疯狂开道，师青玄在中间疯狂鼓劲，谢怜作为唯一一个还没疯狂的人负责断后。地师那宝铲果然神奇，就这么几下已经挖出了十几丈的地道，忽然他方向一改，向上挖去。师青玄道："你确定这个地方挖上去没人吗？"

明仪道："没听到声音。除非在睡觉！"

当然，一般神官不用睡觉，更不会大白天的在自己殿里睡觉，所以应该不存在这种可能性。谁知，明仪一铲子上去，三颗头一破土探出来，刚吸了一口新鲜空气，还没吐出来呢，就看到对面摆着一张榻，榻上躺着一个四肢大开的少年，正在睡觉。

还真有神官大白天的在自己殿里睡觉啊？

听到动静，那少年翻身坐起，满头卷发睡得乱七八糟，眉头紧蹙，抓了抓头发，睡眼惺忪地看着床榻对面的三颗脑袋，似乎不明白为什么自己殿里会出现这样的东西。三人都装作无事发生的样子，赶紧从地洞里爬出，谁知，师青玄就快爬上来时，突然大叫出声，谢怜回头一看，竟有一只手抓住了他的脚踝。

那手的主人正是打穿地面下来查看的裴茗。即便是在地道里他也极有风度，道："我说是哪里来的小老鼠在我殿底下钻洞，青玄你怎么跑出来了？这是要到哪里去？你哥生起气来你知道的，趁他没发现赶紧回去。"

若邪飞出，击退了他的手。裴茗一跃而出，道："太子殿下、地师大人，你们二位没事做吗，干什么无故撺掇风师离家？"

谢怜道："裴将军你别说得风师大人像个三岁小儿一般无权自主。你该问的难道不是水师大人为何无故囚禁上天庭的仙僚吗？"

如果他的猜测没错，那风师还真不能留在上天庭了。权一真在榻上目光呆滞地看着这边，似乎还搞不清楚情况。裴茗提剑凝神道："奇英别看了，先过来帮把手，拿下再说。"

思考片刻后，权一真果然来帮把手了。

他跳下榻来，抢起自己方才躺的榻就砸向裴茗。果然是帮了把手，只不过，是帮了谢怜他们一把手。裴茗冷不防被一张榻砸个正着，整个人都惊呆了，道："奇英！你打我干什么？"

权一真对谢怜摆摆手，大概是示意他们快走。三人蒙了片刻，赶紧走了。师青玄跑了几面面色发青，谢怜扶他一把，明仪则把他直接抓过背了起来。谢怜把手放在门上，掏出两枚骰子，回头对那少年道："多谢了！"

权一真还在狂砸裴茗，出手凶猛且毫无章法，要不是裴茗本事不小，换个人早给他这乱打一气的打法砸得满头是血了。裴茗给他砸得青筋直起，喝道："卫兵！拦人！"

在他喊来人之前，谢怜一丢骰子，开门冲出门去，再关门，这便从上天庭溜之大吉了。然而，他万万没料到的是，关门之后，再一转身，呈现在他眼前的，就是一脚踩在一只新功德箱上，赤着上身、正在擦汗的花城。

一间破烂小道观，哪里容得下这几尊大神，谢怜感觉就要窒息了。而屋子外面还有个鬼附身的在浑然不觉地号叫："谷子——过来给爹捶捶腿——"

半晌，花城才把正在削木头的厄命随手一丢，微微挑起一边的眉。

他那赤裸的上半身夺目至极，晃得谢怜眼睛都要花了，分明什么都没看清，却止不住地两眼发黑。谢怜连滚带爬拦到他身前，张开双臂挡住明仪和师青玄的视线："闭眼，闭眼！快闭眼！"

那两人的脸都凝固了，神情诡异地看着他们。花城把手放到谢怜肩上，好笑一般地道："哥哥，你紧张什么？"

谢怜这才反应过来，是啊，他紧张什么？花城又不是大姑娘，干活赤个上身怎么了？

但他还是没把手放下来，尽量把花城遮得严严实实，道："总之……你先把衣服穿上！"

花城耸了耸肩，道："嗯，听哥哥的。"说完便从容地拿了件衣服，慢条斯理地穿上了。

看他那一派泰然自若行云流水，师青玄讪讪地道："那啥，打扰了，没想到……哈哈哈，还挺，哈哈哈。总之就是，哈哈哈。"

谢怜道："大人，你要说什么就直说，不要用哈哈哈来代替好吗？"

师青玄道："没什么，没什么。太子殿下，时间紧迫，恐怕我哥马上就会发现我跑了，你这里我留不了，明兄，你帮我画个缩地千里吧。"

谢怜正待问他们要去哪里，忽听花城在他身后叹了口气。

听他叹气，谢怜忍不住转过身，道："三郎……抱歉了。"

花城已经把衣服穿好了，道："哥哥为何要对我道歉？"

因为他之前告诫过自己，不要靠近水师、风师了。可因为担心，谢怜还是去看望了风师。花城道："我早知哥哥不会袖手旁观了。"

顿了顿，他又微笑道："况且，你只记得前几天我说的话，难道你忘了，我还对你说过另一句话吗？"

哪句？

谢怜想起来了。

是在太苍皇陵的那一夜，花城说的那句："你只管做就是了。"

记起来之后，谢怜眨了眨眼。他不知道该再说些什么，只是，突然很想为花城做些什么。但一时半会儿怎么也找不到他能做的事，憋了半天，忽然瞥见花城红衣的领口，道："等等！"

说完冲上去帮花城整了整衣领。方才他随手穿的衣服，没把衣领翻好。整理完毕，谢怜端详片刻，笑道："好了。"

花城也笑道："谢谢哥哥。"

谢怜心中小声道："我才是。"

那边。明仪道："开门！"

再打开连接着缩地千里阵的木门，门外竟是大片农田。远处是幽幽的青山和绿竹，一群农夫零零星星在田地里劳作，还有一头油光水滑的壮硕黑牛正在犁地。

明仪已经架着师青玄走了出去。谢怜想了想，跟上，花城自然也没落下。

四人行于田埂之上，不知是不是错觉，那头黑牛似乎一直在盯着他们。行了一阵，找到一间小茅屋，四人进去坐了，师青玄这才吐出了一口气，道："好了，不用跑了。就算我哥追来，也不用怕了！"

花城看了一阵外面，尤其是那黑牛，关了门。师青玄道："太子殿下，谢谢你们一路护送，我就关这里不出去了，各位朋友不用再帮我了，快快各自回去吧。"

谢怜却缓缓地道："可是风师大人，难道你躲在这里，这件事就会解决？"

师青玄脸色一僵。谢怜又道："大人，我问一个问题，你莫要见怪。"

"什么问题？"

谢怜道："你和水师大人，是否有什么把柄被那白话真仙抓住了？"

第八章

船行鬼域入水即沉

师青玄面上发白。

倾酒台那夜,谢怜已经设好了极为牢固的防护阵,只要师青玄不开门出去,他就不会受害。那么,为何他要主动开门?

除非,某人在对他通灵时,一开口就抛出了一个把柄,使他没有反抗的余地,也不敢声张,不得不照对方的指示去做。

谢怜在桌边坐了,道:"我更偏向于是水师大人的把柄。因为,我相信,无论原先发生了什么,您本来是并不知情的。"

所以,师青玄知情后的反应才如此激烈。明仪皱眉道:"什么把柄?"

师青玄又不是冤大头,如果是被害被阴失去了法力,正常的反应,应该是愤怒至极、追查真相、暴打真凶。可这些他统统没有。愤怒是有了,却不是对白话真仙,而是对自己的哥哥。对这件事的态度,则是"到此为止"。

这当然是完全不正常的,除非——

师青玄的飞升,原本就不正常!他本来是没有飞升命格的,只是有人为他逆天改命,把他强行捧上了神坛!

这简直胆大包天。一旦捅出来,必将掀起轩然大波。试想,人人都想飞升,人人都可以使用这种手段,天地间秩序岂非荡然无存,一塌糊涂?

这个猜测虽然匪夷所思,却越想越合理。师青玄从出生起就被白话真仙纠缠多年,唯一摆脱的方式就是飞升,而他恰好真的飞升了。短短几年之内一对亲兄弟接连飞升,有这么美这么巧的事吗?

如果风师是自然飞升的,怎会如此轻易便被剥夺法力?若妖魔想把一个神官变成凡人这么容易,早不知道有多少神官被这么报复了。

除非，他原本就是凡人。除非，当初风师飞升时，水师动了什么不干净的手脚。

谢怜低声问道："风师大人，你飞升那一晚，是不是一个寒露前夜？"

半响，师青玄深吸了一口气，道："是。"

"那天在博古镇，我就隐隐觉得哪里不对劲，但是后来一个人时才想起来。寒露前夜，那不跟我飞升是同一天吗？本来想问问你们，这会不会有什么关系？现在你知道，有没有关系了。"

有关系。当然大有关系。

为什么白话真仙要选在这个日子，先把师青玄传送到博古镇，让他看一出血社火的精彩大戏，再带到倾酒台对他下手？

试着把这个时间和两个地点联系起来：许多年以前，博古镇上的一个寒露前夜，一个名叫贺生的凡人崩溃了，杀人无数，自己也死了。而在倾酒台上的一个寒露前夜，师青玄飞升了。

这样一来，白话真仙想表达的东西就再清晰不过了。

你师青玄的飞升，和这血社火主角的死脱不了干系！

谢怜那个很不好，却很合理的猜测，就是这样的——

师无渡飞升之后，为了使师青玄摆脱白话真仙，他暗中找到了一个符合条件的人，使了某种邪法，让那个人替师青玄挡了灾。这个人，无疑就是家贫、聪慧异常，却突然厄运连连，终至家破人亡的贺生。

贺生顶替了师青玄的名头，骗过了白话真仙，那么，他本身的运道，就被师青玄占据了。同在寒露前夜，一个人体会了人间炼狱的滋味；另一个人，却在强有力的保驾护航中，成功渡劫飞升了。

而这两个人，他们原本的命格，是相反的！

谢怜继续道："我斗胆猜测，那位贺生，单名一个玄字。并且，他的生辰八字，和风师大人是一样的。"

偷天换日，瞒天过海，可不是随便找一个都能成的，必然得符合某些特定条件。

从那白话真仙第一次抓到师青玄时问的三个问题来看，它牢牢记住了两件事：第一，猎物名字里有个"玄"字；第二，猎物的生辰八字。

但它不认得猎物的脸，还要师青玄自己走上去给它看。因为师家补救得早，除此以外，大约也一概不知。

所以，若要找一个人给师青玄挡灾，必须是一个和师青玄同年同月同日同时出生，并且名字里带有"玄"的男子。

这样的替死鬼，太难找了。但天下何其之大，仗着他大水师的势，撒网下去，还真找到了这样一个人，而且，居然还是个有飞升潜质即将渡劫的！

这等好事，怎能放过？机不可失，时不再来！

说到这里，一旁明仪似也反应过来了，神色渐渐凝肃。师青玄先是点了点头，忽然想起什么，望向靠在门边的花城。毕竟这种事儿可不能当着一只鬼的面讨论。花城却抱着手臂，笑道："风师阁下不必看我，这事可与我无关。你不如担心一下，上天庭有没有其他人抓到尊兄这个把柄了。"

明仪沉声道："你果真在上天庭有眼线。"

花城无所谓地道："你不是早就知道了吗？"

谢怜道："那么，风师大人，那夜在倾酒台，你为何把护法阵的门打开？是不是有人叫你出去的？那人是谁？"

师青玄道："有。就是白话真仙。如你所料，它一开口就用换命这件事威胁我。"

谢怜道："但它怎么会知道你的通灵口令？"

明仪黑着脸道："还不是这个人自己，整天到处要跟人交朋友，有空没空都要聊几句！话多！"

师青玄冤枉道："明兄你话不能这么说，找我聊的都是上天庭的神官，我可没跟这东西自报过家门！"

谢怜道："一定是有谁把你的通灵口令泄露出去了。你看清它是个什么样的东西了吗？"

师青玄似乎头痛起来，道："我不知道它长什么样……我的确看到了一些东西，但它施了咒术，我看不清……脸。"

他说得含混，谢怜猜测，大抵是一些血社火原型的血腥画面，确实也不好描述。半晌，师青玄叹了一口气，道："是我没用。我要是能自己飞升了，就不会发生这些事了。"

师青玄原本的命数，在凡人里来说，大概算是很好的了，否则那白话真仙也不会盯上他。但恐怕还远远达不到能飞升的程度，这种人都是有一层灵气罩着的，非人之物难以下手，哪个妖魔鬼怪愿意主动招惹未来的神官？

一个人能不能飞升，很奇怪。有时就是那么可气。十年寒窗，不及他人天生才思敏捷出口成章；百年呕心沥血，比不过人弹指一挥间的一缕悟念。

没那个命就是没有。哪怕水师花再大血本往弟弟身上砸，如果没换命格，很可能就止步于中天庭了。能到如今这一步无限风光，全是因为兄长偷了本属于别人的东西给他。但凡有一点儿良知和自尊，得知真相的滋味可想而知。

如果没有这一出，那原本真正拥有飞升命数之人，今天又会是何等风光？

想到这里，谢怜脑中忽然闪过一道灵光。

他道："不。风师大人，叫你出去的，不是白话真仙！"

师青玄把脸抬起来，道："啊？那声音肯定是它，我不会记错的。"

谢怜道："不不，声音是它，不代表本体还是它。各位，还记得吗？白话真仙盯上的猎物，最后都是自杀身亡的。但是，有一个人例外。"

顿了顿，他道："贺生是怎么死的？血社火里是怎么演的？是自杀吗？"

师青玄睁大了眼睛，道："不是自杀。是……"

明仪道："力竭身亡。"

谢怜道："没错！即便厄运缠身，直到最后一刻，贺生也没动过要自杀的念头！"

他凝神道："仔细想想，这个人心志异常坚定，接连遭遇不公不平各种打击，若是寻常人，恐怕早就自暴自弃或是一了百了了，但他一直在对抗，没有哪一件事屈服了。我猜，也许白话真仙找上他之后，一直都没吸到它想要的东西——恐惧。他的死，也不是因为恐惧绝望而崩溃自杀。白话真仙缠上他，其实根本没吃到好果子，一口下去，咬到个钢板，崩了牙，最后输得彻底。"

师青玄听着，缓缓摇头，由衷地叹道："我的确不如此人。"

谢怜继续道："他带着一身杀气和怨气死去，我不觉得，这样被锤炼过的魂魄会就此安息，必然不得安宁，渴望复仇。

"所以，风师大人，我认为，现在的白话真仙，很有可能，并不是在你刚出生时找上你的那个。而是顽强对抗到死之后，把白话真仙反噬了的贺生，或者说，贺玄！"

此言一出，师青玄和明仪都怔了。花城则淡淡地接了句："鬼吃鬼。吃对了的话，可以把对方的能力和法力消化为己用。"

谢怜道："这也能解释，为什么白话真仙了解这件事的许多细节了。原本这种精怪不会这么聪明的。但现在回来找你们的，是一个……"

他本想用"结合体"，但又觉得不太准确。这时，花城道："强化体。"

谢怜道："对。吞噬掉白话真仙后，贺生的意识完全掌控主导地位。现在的他，不光有诅咒的能力，还很聪明，并且，有着对你们无穷无尽的怨恨。"

所以，虽然它明明早就知道了师青玄的通灵口令，却没有一开始就以通灵术对他下死咒，非要一步一步，收紧圈套，逼得他自堵双耳、自闭双眼、自锁空屋。仿佛猫捉到一只老鼠，不马上杀了，玩儿到它自己吓死。

半晌，明仪道："事已至此，你打算怎么办。"

众人都望向师青玄。师青玄已在不知不觉间把自己头发抓得乱糟糟，茫然道："你们别看我啊，我……也不知道该怎么办！我只是……暂时，不知道怎么看我哥了……"

突然得知亲兄为自己犯下这种滔天大罪，一时不知该怎么办也情有可原。师青玄又道："我在这里先拜托各位，先，千万不要说出去！暂时的，只是暂时，让我好好想想……到底该怎么办。虽然我想了好几天，也没想到，总之，我先自己冷静一下……"说到最后，他已经语无伦次，两眼发直了。

师无渡口口声声说要给师青玄"治病"，有什么病可以治？无非跌落神坛，变回凡人罢了。再给他换一次命，再次飞升，这"病"才能好。虽然很难再找到一个那么合适的人选了，但谁知道师无渡还会用什么邪法？也难怪师青玄嚷嚷着要做凡人不做神仙，忙不迭跑了。

还有那份关于白话真仙错漏百出的卷轴，必然是为了不让师青玄查到正确的方向而做的误导，不知究竟是出自师无渡之手还是灵文之手。但当初师无渡要找那样一个符合条件的人，必然需要灵文殿帮忙撒网。灵文本尊当真对这件事一无所知吗？既然有师青玄一个神官是这样飞升上来的，那会不会，还有第二个、第三个甚至更多的神官也是这样飞升上来的？

若果真如此，那就太可怕了。除了花城置身事外，优哉游哉，小茅屋内其他人都是一脸心事重重。正在此时，茅屋外忽然传来一阵喧哗之声，有牛在"哞哞"怒叫，更有许多农人嚷道："拦住！拦住！"

"杀气腾腾的想干什么！"

谢怜到门缝边一看，道："是裴将军。"

裴茗站在一块歪碑前，以碑为界，似乎有所忌惮，不敢贸然进犯，只扶剑立于原地。众农人手握锄头镰刀，写了满脸的不欢迎。农田里那黑牛鼻子出了几道粗气，突然"哞哞"几声长叫，人立起来，两只前蹄伸长，自己给自己取下了犁。壮硕的身子越收越窄，长长的牛鼻越收越短。转眼之间，竟是从一头油光水滑的黑牛，化成了一个赤着膀子的农夫。

那农夫高大健壮，身上肌肉分明，面容颇为英俊，鼻子上还穿着一枚锃亮的铁鼻环，口里叼着一根草，笑道："哟喂，这不是裴将军吗？稀客。什么风把您给吹来了？"

师青玄也挤到了门缝边，对谢怜道："雨师家的牛。牛不错的。"

看来就是中秋斗灯夜非要给自家雨师供一盏长明灯"撑个场面"的那头牛了。谢怜看着他，心道："怎感觉这牛化形后，哪里有些面熟？"

裴茗客客气气，不卑不亢，颇为有礼地道："不敢当。请问风师大人有没有来到贵乡？"

那牛道："嘿，我又没夸你，有什么不敢当的？这边忙着种地，没看见什么人来。"

裴茗道："既然如此。"说着，往前迈了一步，众农人立即齐刷刷举起了锄头，道："踩死了！他踩死了！"

裴茗微一皱眉，道："什么踩死了？"

那牛道："你把他们辛辛苦苦种的庄稼踩死了。道歉吧。"

裴茗低头看了看，耐着性子道："没看错的话，这只是野草吧。"

那牛奇怪地道："你一个打打杀杀的将军，你懂什么？是草是庄稼，我们种地的难道不比你清楚？"

谢怜已经看出，雨师乡的人只是在故意刁难裴茗。裴茗自然也明白，他直接无视了，又向前几步，提气喝道："青玄出来！我知道你在这里！你哥现在渡劫，势头不好，要出事了！"

师青玄原本是打定主意躲屋子里不出去的，反正裴茗不敢硬闯，但一听这句，道："什么？！"这便开门冲了出去。

裴茗扫了那牛一眼，道："你果然又跑这里来了！"

师青玄一脸愕然，须臾便反应过来，又往回一跳，道："你、你、你别唬我，哪有这么快？这也太突然了，我以为至少还得几个月。"但方才在仙京，水师又的确是匆匆离开的，仿佛是去应对什么要紧的事，他立即并起二指去触太阳穴。这是通灵术的手印，然而，举起手他才记起自己已尽失法力了，连帷帐都顾不上，连忙抓住谢怜道："太子殿下，帮我问问，这是真的吗？"

谢怜和明仪都进入了通灵阵，果不其然，里面已经乱成一锅粥，糟心极了。各位神官似乎有不少都在即时围观东海那边，都喃喃道："我的天……这阵仗……不愧是水横天！"

"这这这，这能挺过去吗……"

法力越高强、渡劫次数越多的神官，面对的下一道天劫就越凶险。师无渡垄断水路、称霸财路，这又是他的第三道天劫，此劫如何，可想而知。谢怜道："是真的。"

那牛还拦在路上，裴茗不好硬闯，远远地道："你又不是小孩儿了，谁拿这种事骗你？渡天劫又不是约吃饭，还能算好日子换身新衣服再去？说来就来！他现在在东海海上，东海翻起了大浪，谁都进不去也出不来，正斗着浪突然有人报告你跑了，你让他怎么安心渡劫！"

师青玄道："那你赶紧告诉他我在雨师乡啊？！"

谢怜听了通灵阵里即时转述的情况，道："不行了。现在水师大人渡劫的那整片海域都放开了一层狂乱的法力场，他恐怕正乱着，没人能跟他说得上话！"

师青玄冲了出去道："带我去看！"

裴茗伸手道："走！"

明仪却忽然闪身，拦在师青玄面前。师青玄道："明兄怎么了？"

明仪凝眉不语，谢怜却猜得到他在想什么，又为何要拦住师青玄。

现在去助水师渡劫，当真是正确的吗？

若换命格一事属实，水师必然要接受相应的惩罚。理想的结局是师无渡自行认罪领罚，明仪大概也是这么希望的。但以水师之心高气傲、骄纵霸道，这几乎不可能。在那么高的位置上坐了那么多年，没有谁会愿意自己下来。

那么，现在还未追究他的责任，却要先去帮他更上一层楼，这当真没问题？

师青玄犹豫片刻，终是一声长叹，道："明兄，我……多谢你。但不管怎么说，那毕竟是……我还是放心不下，先把眼前这关过了再说！"

说完，他冲到裴茗身边，回头道："多谢太子殿下！多谢雨师大人！多谢牛！多谢各位！来日再报！"两人先匆匆走了。明仪留在原地须臾，也跟了上去。谢怜还没决定下一步怎么做，却听通灵阵内灵文道："什么？几百个渔民的船都被搅和进去了？在这个当口上？！"

谢怜道："渔民？搅和进哪里了？东海吗？"

如果说方才通灵阵内是乱成一锅粥，那现在就是这粥打翻到地上喂了狗了。灵文连回应都无暇，声音却还算冷静："劳驾，有哪位武神正当值？老裴？"

裴茗在阵里道："别急，我带着青玄往那边赶了，地师大人也在。你先给个确切人数，我们好全都带回来，尽量不漏一个。"

灵文道："那辛苦你了。水师大人现在法力失控，不允许别人进入他渡劫范围内，中天庭的神官一进去肯定被打成残羹剩菜，上天庭的神官还能试试冲破他的屏障。被波及的人超过两百，光你们两个恐怕人手不够，还需要一个武神。我看看……不行，都已经派去别的地方了。只有一个奇英空着。奇英在吗？"

"谁晓得他跑哪儿去了，这人常年屏蔽所有通灵谁的话都不听，您又不是不知道！"

谢怜不禁有点郁闷，难道他破烂神的光环真的强大到大家都忘记他是武神出身了吗？忙道："我！我在。我去吧。去东海捞渔民是吗？"

灵文道："太子殿下，现在东海风浪凶险得很，您的法力时灵时不灵的，万一……"

谢怜道："没事。我在四海都打过渔，没有一次出海不遇到大风大浪的，经常在海上漂十天半月，已经很习惯了。"

众神官忍不住心想："你到底还干过些啥？？？"

形势危急，也来不及多想了，灵文道："好。那麻烦您了！"

谢怜断开通灵，他还没说话，一回头就看到花城已换了一副清爽的渔夫装扮，丢了个骰子，落下一手抓住，另一手放在门上，干脆地道："走吧！"

谢怜道："你……"

花城却异常坚定地道："走吧。这一趟，我非陪着你走不可。"

一打开门，二人来到一片灰色海滩。海滩之外，便是无边无际的大海。之所以海滩是灰色的，是因为天是灰的，海也是灰的。沉沉的甚是压抑，令人喘不过气。

远远的海面上，时不时一个滔天巨浪，犹如平地起了一座巍峨高墙，随即崩溃倾塌。还有水龙一般的道道水柱，冲天而起，如龙卷风一般肆虐，起来又倒下。天边爬过狰狞扭曲的苍雷。

海滩边泊着一艘崭新的大船。海上无处落足，若是只在空中飞，指不定就被一道雷劈下来了，所以非得有船不可，这船自然不是普通的船。师青玄、裴茗、明仪三人已在船上，一看到花谢二人走来，裴茗盯着他身后抱着双臂、甚为闲适的花城，警惕道："闲杂人等退避。"

此时的花城俨然一个俊俏的小渔夫，笑道："我可不是闲杂人等，跟着我家殿下罢了。"

谢怜也道："他是我殿中人。"

两边僵持不过片刻，师青玄却是度须臾如度四季，道："裴将军，这人绝对没问题，赶紧开船吧！"

说话间，天边猛地一道惊雷劈下，击在海面。一整片海水通了闪电，滋滋发亮，变成了荧碧色，仿佛一个巨大的心脏忽然跳动起来，海波犹如起伏的呼吸。那景象甚为壮观，也极是骇人，裴茗也不想再等了，喝道："开！"

船身猛地一震，轱辘轱辘，一阵圆轴转动之声，无人操作，那大船居然自行驶离了海滩，飞速向大海深处驶去，在电闪雷鸣、惊涛骇浪中开辟了一条道路。

风浪虽大，谢怜、花城、明仪，裴茗却都站得极稳，只有师青玄被明仪抓着才没歪倒。船已经开得极快了，两侧海水哗啦啦地溅起高花，师青玄却道："能再快一点吗？"

裴茗道："你以为这船不烧法力，已经是最快了！"

师青玄握紧了右手，那手原本是持着风师扇的，一扇大风平地起，有好风相送，这船起码还能再快个三成，眼下却是空空如也，不由又是一声长叹。这时，花城拍了一下谢怜，低声道："哥哥。"

谢怜一扭头，只见七八丈外的海面上，有一艘小渔船正在狂浪中打转，船上隐约有几个人影，似在呼救。

落难的渔民！

若邪飞出，卷起那几个渔民的腰提了上来。渔夫们双足踩在大船甲板上，险些瘫软，裴茗打开一间船舱的门就把他们都扔了进去。那些渔民再打开门时，就会发现自己已经在岸上了。

花城和谢怜捞上来三四十个渔民后,大船也在颠簸中越来越靠近风暴和巨浪的中心。此时此刻,必然有不少神官都在远远围观这可怕的景象,也一定有不少凡人在惊叹和恐惧着天威。劈向这艘船的闪电也越来越多,这闪电会被法力之源吸引,追着法力高强的人劈,这就是为什么当别人渡劫时最好躲得远远的缘故,因为会殃及池鱼。

眼下师青玄是凡人,谢怜的法力就够他在通灵阵问个话,花城不知用什么法子把法力收得好好的,于是那闪电就专往裴茗一个人身上招呼。好几次他都是用剑生生把闪电击回去的,此等身手谢怜还是颇为佩服的。穿过这层屏障后,不久,师青玄忽然喊道:"哥!"

谢怜一抬头,果然在七八道冲天的水龙中,看到了白衣猎猎、悬在空中、结着斗字手印的师无渡。

他的身形虽然还压在大浪之上,却似乎有些心神不宁,压得并不稳。那些猖狂的水龙时不时便瞅准机会靠近,伺机要将他吞噬入腹,好几次都是险险避过。大船距离他尚有数十丈,如果风师扇还在,师青玄可以把风浪压下去一节,但眼下他是凡人之躯,连声音都传不了多远,也只能干着急。裴茗一开口,传得极强极远:"水师兄!青玄找到了!"

话音刚落,师无渡睁开了双眼。

与此同时,一个巨浪托天,又猛地跌落,大船被托到了高高的半空中,又没跟上大浪跌落的速度,整个悬在了空中,急速下落。谢怜用千斤坠定住了身形,牢牢抓住花城的手,道:"小心!"

说来也奇怪,明明花城比他还高,单手抱起他也毫不费力,但谢怜却总觉得他这个人轻飘飘的,仿佛一不留神就要不见了,所以抓得很紧。而花城也在同时反手握住了他。那边,裴茗道:"水师兄,收神!你不把浪压下去,你这弟弟非给你淹死不可!"

师无渡看到了这边的船,也听到了他的话,脸上青气闪过,手印突变,周身仿佛震出一层法场,一直绕着他打转的七八条水龙卷瞬间被击溃,化为漫天大雨,噼里啪啦落下来。

落雨如落石,打得甲板啪啪作响,打得人身隐隐作痛。但这之后,那风浪也稍稍收敛了一些。师无渡则缓缓下降,落到这艘船上。众人都被打成了湿淋淋的落汤鸡,师青玄抹了把脸,讷讷地道:"哥……"

师无渡的脸还是青的，大步迈来，道："我叫你好好待着，你干什么瞎跑！你是不是想气死我你就高兴了？！"

师青玄也实在不知道该说什么。没见着的时候担心，见着了又想起那档子事，心里过不去那道坎儿，道："唉，我就是……我……"

末了，他抓了抓头发，叹气道："你渡完劫就好。我想，我还是觉得……"

师无渡却打断他道："谁说我渡完劫了？"

师青玄一愣，道："刚才那不是吗？"

裴茗双手就着水把头发抹了上去，道："别高兴得太早了，你哥这是第三道天劫，哪有那么简单，起码得七天七夜。方才那个，只不过是个开场罢了。"

事实上，就算是第一道天劫，也没这么简单。想来，当初师青玄所迎的"天劫"，和别人相比，是大打折扣了的。他也一定想到了此节，脸色又是黯然。谢怜惦记的是此行目的，在通灵阵里问道："灵文，我们现在进到水师大人渡劫的海域了，能指示一下，被卷入风波的渔民在哪边吗？"

灵文道："稍等。"过了一阵，她道，"麻烦了。今天有二百六十一个渔民被卷进他渡劫范围去了，而且散布得也太开了，零零星星的……"

没说几句，她声音就开始断断续续，谢怜听不清了，道："怎么了？灵文？"

他以为是自己法力又用完了，可抬头看裴茗神色，明显他那边也是这样。

谢怜道："大概水师大人法力太强，余波太大，通灵不畅，等等再看吧。"

裴茗道："水师兄，你先进去稍作歇息吧。你这才熬了个开场，不知道什么时候又会来。你这次也是倒霉，居然波及了这么多凡人。"

师无渡似乎的确有些疲倦，微一点头，打坐起来。师青玄似乎想对他说点什么，但在这个关头又说不出口，只好咽下，闷闷不乐地准备和明仪走到一边，师无渡却又睁开眼，厉声道："你别瞎跑，过来，就坐这边。"

师青玄只好在他旁边蹲下了。

夜深后，大船漂向了东海更深处。

通灵还是断断续续。不知要漂几天几夜才能救回所有渔民，师无渡第三道天劫也不知何时正式开始，随时都会有危险。在这样的情况下，裴茗却依然不改其作风，救上来几个吓哭的渔家姐妹，他把人家搂进怀里柔声安慰，好一派柔情蜜意，几个姑娘被送走时还恋恋不舍咧。师无渡打坐修养了这许久，气色

131

也好了不少,睁眼道:"你不是一贯要求很高的吗?"

那几个渔女虽然正当青春,却不过中人之姿,的确远不如裴茗以往猎艳的标准,但他搂过女人之后容光焕发,笑道:"一连救上来七八十个胡子拉碴的渔夫老大爷了,看到女人就觉得国色天香,哈哈哈哈。"

闻言,师青玄和明仪都不想看他了。谢怜摇了摇头,和花城并排坐到一边,坐了一会儿,忽然感觉腹中一阵空虚。

这船上其他人都是不用吃饭的,师青玄虽然现在也是凡人,但谢怜怀疑师无渡应该给他灌了什么仙丹,到现在也不显饥态。这船又不是凡间造来出海的船,肯定不会备有食物,起身正想下海捉几条鱼,身旁花城却递了个东西过来。谢怜低头一看,是一个雪白柔软的馒头。

花城轻声道:"哥哥先暂时用这个顶着吧,待会儿就好了。"

谢怜又坐了回去,小声道:"谢谢三郎。"

还是一个馒头分了两半,两人坐在一排慢慢啃。裴茗在船的另一边听到他们低声说话,把头发抹上去道:"二位可是有什么发现?不如离开你们的小世界,也和我们说说看?"

谢怜正要敷衍他几句,却忽然蹙眉,道:"你们觉不觉得,有什么地方不对。"

明仪也抬头道:"有。"

谢怜站起身来,道:"这船好像走得慢了许多。是不是法力不够了?"

裴茗道:"怎么可能。这船出发前灌的法力,可以在海上再跑五六天。"

谢怜走到船边,手扶上船舷,道:"可我总感觉,这船忽然变得很沉……"一句未完,语音戛然而止。师无渡以外的几人都聚到船舷边,道:"怎么了?"

不用问,光是看也知道怎么了。尽管天色已暗,却仍能看见,这艘大船的吃水突然异常,深了许多。并且,还在不断地加深!

谢怜立即道:"船底下漏水了吗?触礁了?还是有什么东西潜在水下凿了个洞?"

裴茗道:"不可能!触礁我们怎会觉察不到?这船又不是普通的船,一般的东西也凿不穿,除非……"

他仿佛想到什么,一下噎住了,明仪道:"除非什么?"

裴茗道:"坏了。"

师青玄道:"什么坏了?"

裴茗猛地转身，道："船行鬼域，入水即沉。漂到黑水鬼域来了。"

谢怜道："四绝之一，黑水沉舟？"

明仪道："四害。不是四绝。"

谢怜这才发现他居然下意识直接把戚容从这四个人里排除掉了。大概是因为他真的没办法把青灯夜游和其他三位放到一个等级上。

恶补过卷轴的谢怜，对这位黑水沉舟也有些粗浅的了解。传说，这是一只隐居海外的大水鬼，和血雨探花一样，都是从铜炉山里厮杀出来的，虽说一贯低调，但也只是在人间和天界低调，据不完全计算，他少说也吞噬了五百多只各地著名的妖魔鬼怪，其中，有四百多只都是修为高强的水鬼。黑水鬼域，就是它栖息的地盘。

正如鬼市是花城的地盘，"一过此界，无法无天"。到了他们的地界，他们说了算。鬼界有一流传甚广的句子："陆上赤为王，水里黑做主"，便是据此而来。"赤"，自然是指一身红衣的血雨探花；"黑"，便是这黑水玄鬼了。

裴茗道："水师兄你这次可是真倒霉。玄鬼不像青鬼，一向不怎么爱惹事，幸好还没漂多远，趁没被发现赶紧掉转船头吧。"

其余人都看他："你掉啊？这船不是你在管吗？"

裴茗也奇怪："没掉吗？这船应该自己会掉，用不着动手的。"

然而，那船舵的确纹丝未动。无法，裴茗只得自己上去手动把舵，手一放上去，他眉就皱了，谢怜也过去道："推不动？"

绝不可能是因为裴茗力气不够，谢怜对自己的力气还是很有信心的，但他也推不动。明仪上来查看片刻，道："可能被什么东西卡住了，我去底下看看。"

师青玄道："明兄我跟你一起下去。"

师无渡道："回来！不许再乱跑。"

因他还在渡劫，不可让他动怒或分神，影响心情，师青玄不敢违逆，讪讪回来，明仪便自己一个人下甲板底下去检查了。谢怜本也想去帮忙，但他自知不如地师能修会造，去了也帮不上忙，再加上眺望四周黑漆漆的海面，想起了更重要的事，凝神道："会有渔民也漂流到这一带了吗？"

花城目力极佳，方才一直配合谢怜搜救，许多渔民就是他先发现的，眼下望了一圈，道："应该没有。黑水鬼域在南海，渔民漂不了这么远。而且这一带海域设有屏障，没有特殊情况，普通人进不来。万一进来了，也没救了。基本上没有东西漂进来还能不沉的。"

这里居然已经是南海了，没承想不知不觉间漂了这么远。谢怜试了一下，通灵术果然已经完全被阻隔了。之前虽然断断续续，但好歹能通，现在却是一片死寂。虽说眼下的海面还算平静，但不知有什么凶险暗流潜伏在海面下，天又越来越暗，他直觉不妙，道："既然没有渔民流落到这一带，如果待会儿地师大人修不好船，我们不如弃船先上岸，水师大人重新回到东海的渡劫处，我们也好继续搜救。"

裴茗道："也行。"随即打开了船舱的门。

谁知，打开门后，里面却是空空如也的船舱内部，而非陆上景象，他脸色登时变了，道："缩地千里失灵了？！"

花城哈哈道："这不是理所当然吗，既然通灵术都失灵了，缩地千里为什么还能用？"

裴茗回头，望向这边，道："这位小兄弟，我看你小小年纪，好像镇定得很，一点也不担心啊？"

谢怜道："现在船已经漂进鬼域了，还在下沉，走也走不了，先想办法解决难关吧。"

师青玄朝甲板底下喊道："明兄，你看得怎么样了？能修好吗？"

明仪在底下道："没坏！也没东西卡住。是别的东西让它失灵了。"

裴茗沉声道："是玄鬼的法力场。"

说话间，整个甲板又是猛地一沉，谢怜再一看，居然已经有大半船身都陷入了水中。若是普通的船只，早就扛不住了，因为是仙家所造，还在负隅顽抗，拼命上挣。他道："凡事必有例外，没可能这带水域什么东西都浮不起来！肯定有东西不会沉下去的。"

花城道："有。"

众人都望向他。花城抱着手臂，闲闲地道："有一种木头，能漂在黑水鬼域的水上而不沉下去。"

谢怜推测了几种常见的特殊木料，道："檀木？沉香木？槐木？"

花城却道："棺材木。"

"棺材木？！"

花城道："嗯。向来没有误闯黑水鬼域的人能活着回去，只有一次例外，就是因为那艘船上，有个运亲人尸体过海回家乡的人，沉船后，他骑着一口棺材漂回了岸边。"

裴茗挑眉道："这位小兄弟知道得还挺多的。"

花城也挑眉，道："哪里。你知道得太少罢了。"

师无渡虽仍持着手印在打坐，目光却移了过来，微微眯眼，道："裴兄，之前我就想问了，此人到底是何人？什么来头？为何与你们一道？"

裴茗道："这个嘛，恐怕你就要问太子殿下了。毕竟是他殿中的人嘛。"

师青玄道："好了好了，别说知道得多还是少了，现在什么法术都失灵了，上哪儿去找一口棺材来？"

裴茗道："简单。来，哥哥给你现场造一口，让你知道什么叫自己动手丰衣足食。"

花城却道："没用。一定得是装过死人的棺材。"

那就没办法了，总不能立刻打一具棺材，然后把他们其中一个人杀了装进去。说话间，大船又往水里沉了一截，众人所立的甲板微微倾斜，都要与海面齐平了。师无渡原本在端端正正地打坐，也险些歪了，冷冷地道："罢了！还是我来。"

他翻出一柄纸扇，扇首轻点额心，一展开，扇上正面一个"水"字，反面三道水波流线。师无渡扇随手一起，喝道："水来！"

话音刚落，谢怜又觉船身猛地往上一蹿，脚下登时又比海平面高出了几尺，颇有安全感。他奇道："水师扇连黑水鬼域的水也能操控？"

花城道："不是鬼域的水，他把别处的水调来了。"

原来，他们漂进黑水鬼域还不算久，只是刚刚过界一刻，师无渡便把不远处的南海海水召了过来，涌到底下，将这艘船生生托起。裴茗道："水师兄干得好！舵没用了，这船掉不了头，你赶紧用水把它托回去。"

师无渡还未应答，船身又是一沉，竟是那鬼域海水不服输，和外来的洋流杠上了。这一次沉得更狠，整个甲板歪得更厉害，头重脚轻，众人都向船头滑去，纷纷稳住。师无渡虽然生得一张斯文俊秀的脸，性子却是十分强横，绝不认输，觉察到有东西在和他作对，脸上青气闪过，一合水师扇，再打开时，那三道流线波动的幅度更大了，海中水流威力也更强，船身又是猛地一抬！

一股力量在叫嚣着要船沉，另一股力量则死犟着要船升，起起落落，仿佛一场双方都僵持不下的拉锯战。大船在海上走走停停，忽沉忽浮，浪花狂溅，不时阵阵海水倒灌，糟心极了，若船上的都是普通人，只怕这会儿早就吓疯了。谢怜一手牢牢抓船舷，一手紧紧抓住花城，道："怎么回事？船开始打转了！"

千真万确，大船已经开始顺着一个方向缓缓旋转起来，并且越转越快，越转越沉。谢怜猛地发现，船身已经陷进了一个巨大的漩涡，正被漩涡中心深处吸去！

他喊道："大家当心！两边水打架了！"

此处毕竟不是师无渡的主场，他从别处调来的海水虽然威力强横，但越了界，打了折扣，和鬼域洋流相斗，略处下风。谢怜喊出那一句后，大船果然被吸进了漩涡中心，而谢怜在最后一刻掷出了芳心，一拉花城，两人便踏着那剑，飞了起来！

他原先极为担心芳心会不会飞不动了，一离甲板，终于松了口气。虽然飞得歪歪扭扭，但好歹还是能飞的。从上方俯瞰，这整片海域都是深沉可怖的漆黑颜色，下方明显能看出来有两股颜色不同的巨流正在缠斗，正是它们的追逐撕咬形成了这个庞大的漩涡，漩涡的中心将那大船吞没后，那两股巨流也一下子散开。但它们还未放弃相斗，犹如两条毒蛇，仍在不断向对方发起攻击。每一次相撞都激起一阵惊涛骇浪，谢怜望望四周，道："风师大人？地师大人？裴将军？都在吗？"

身后十几丈外，师青玄的声音传来："太子殿下！我们在这边！"

谢怜道："你们也御剑……"回头一看，无言以对。只见明仪站在一柄月牙铲的把手上，师青玄则坐在那铲子的头上，正向他招手。

这不是御剑，这是御……铲。这画面，当真无法直视！

那边，裴茗的声音也道："水师兄呢？"

他一人御剑，不见水师，师青玄也喊道："哥？哥？！"

谢怜道："莫急，水师是水神，应当不会沉下去的。"但想到那漩涡斗海的威力，也不敢小觑，还是回头道："三郎，你抓紧我，千万别松手掉下去了。"

花城状似很乖地道："嗯，好。不过，哥哥，有件事，我一定得说。"

谢怜道："什么事？"

花城道："黑水鬼域的上空，是不能飞的。会有东西出来。"

话音刚落，只听一声尖锐的长啸，一条白色的庞然巨物破水而出，袭向裴茗。

裴茗是用剑的高手，一见怪物来袭，下意识便去拔剑。然而此时他的剑正踩在脚底，拔了个空。好在他反应神速，一跃而下，握了剑在空中一斩，将那东西斩为两截，再在身体急速落下之前重新翻身上剑，稳稳地升了上来，发型不乱，颇为镇定地道："什么东西？"

那东西被他斩断之后一声哀鸣，跌落海面，隐约可见。谢怜眯眼细看，道："鱼？"

的确是鱼，不过，不是普通的鱼，而是一条五丈长、两丈宽的骨鱼！

那鱼无肉无鳞，通体森森白骨，生得一口牙尖嘴利，还不知有没有毒，若是给它咬中了，定然够呛。裴茗飞得更高，道："都当心，这东西肯定不止一条！"

果然，他说到"一条"时，第二条也猛地跃起。这一次，是袭向明仪和师青玄！

很不幸，地师不是武神，攻击力不强，风师也已是凡人之身，加上明仪御……铲并不熟练，二人虽没被咬中，却是一下子就被撞了下去，跌进海里。下落空中，师青玄绝望地道："明兄！今后记得多用用你这法宝啊——"

明仪则道："滚——"

裴茗"唉"了一声，冲过去救人了。谢怜观他身手，知他一人足以应付，心道："这真不能怪地师大人，铲子这种法宝，脸皮薄的神官真的不会想拿出来的……"

这时，一道寒气蹿上他背心。

谢怜即刻收了神，温声道："三郎抓紧。当心，有东西过来了。"

花城道："好。"果真收紧了双臂。

不多时，四面忽然冲起四道水墙，四条骨鱼，腾空而起！

这四具庞大的森森骨架，与其说是鱼，倒不如说是龙。颅骨嶙峋，犄角尖锐，两团不熄的鬼火燃烧在空洞的眼眶里，仿佛一对大灯笼，四爪齐全，上身探出海面，水缸粗细，少说也有六七丈；下身埋在海里，还不知有多长。这样的四条东西，把谢怜和花城团团包围在中间，锁住了所有方向。二人悬于空中，往上，芳心已经不能再飞更高；往下，就是一片寂寂死海。

谢怜叹了口气，道："那……从谁先开始呢？"

想了想，他合掌道："还是一起吧。"

话音刚落，东面那条骨龙尖啸一声，率先冲来。谢怜举起手，一指点出！

那条骨龙，登时被定住了。

它也算得一个庞然大物，居然就这么被一剑、一人、一指牢牢定死了，僵持在原地，无论如何也不能再往前冲出一步，鱼尾和后爪狂躁地摆动起来，在海中掀起巨浪。另外三条也一拥而上，谢怜改指为爪，一把抓住那骨龙头上的犄角，将它当作武器，抡了一圈。呼呼几声破空巨响后，三条骨龙登时被这一条打成一个狼狈不堪的"卅"字！

四条骨龙尖啸着摔进海里，骨头都被撞得七零八落。完事，谢怜俯瞰着下方漂满了碎骨的海面，拍了拍手，松了口气，这才回头道："三郎没事吧？"

花城笑眯眯地道："有哥哥保护，我怎会有事？"

他这么一说，谢怜反倒不好意思了。想来，花城要对付这东西也是易如反掌，自己问他有没有事，倒有点像是刻意邀功献殷勤了。正在此时，剑身突然一沉，谢怜还没反应过来，二人便急速下坠，一头栽进了冰冷的海水里。

不是被什么东西拉下去了，而是芳心实在年纪太大，撑不住了，用了这么久，要休息了！

冰冷刺骨的海水从四面八方灌来，谢怜呛了两口水便闭紧了嘴，努力往上游去。然而，这黑水鬼域的水的确邪乎得很，谢怜游水也算一把好手，在这水中，身体却是沉如铅块，无论如何也浮不起来。他睁眼看了一下，水里也是乌压压的，看不清花城在哪里。在海中四处扫动手臂，除了抓住了坠落的芳心，却没抓住人，谢怜不由略感焦急。可越焦急，越是游不上去，身体下沉也越快。好在，过了不久，仿佛忽然有一只手拨开了迷雾，谢怜眼前一亮，下一刻，有人握住了他的手，揽住他的腰，迅速向上浮去，很快便破出了水面。谢怜吸了几口气，抹了把脸一看，带他上来的人正是花城。

说来也奇怪，照理说，花城是个死人，所谓"死沉死沉"，死人会比较沉，他应该沉得比谢怜更快，然而，他在这水中却是轻飘飘的，浮得轻而易举。他低头看谢怜："没事吧？"

谢怜点点头。不过，此情此景，甚为熟悉，难免让他忽然记起了上一次同样的画面。花城一手将他揽在臂弯中，另一手悠悠拨水前行，道："哥哥抓紧我，一放开就会沉下去了。"

谢怜也不知道该说什么，胡乱点头。这时，不远处水波动荡，海面上露出几道尖锐的骨角，仿佛鲨鱼的鱼鳍，迅速向二人逼近。竟是那四条被谢怜抡晕过去的骨龙又围了过来，想报仇了。

它们虎视眈眈，绕着二人打转了一阵，须臾，终于按捺不住，猛地冲了过来。谢怜握紧了芳心，正待回击，却听花城在他上方不耐烦地"啧"了一声。

那骨龙已经冲到了二人面前，结果听到这一声，杀气突然间消失得无影无踪，一口尖牙原本似是要来咬断谢怜喉咙的，冲过来后却在芳心剑尖上蹭了蹭，亲了它两下。

谢怜还一脸蒙，那四条骨龙便怂了一般，摆着尾巴急急游跑了。他一阵无语，花城继续带着他凫水，边游边道："哥哥看到了吗，日后若是养宠物，不能养这种。废物。"

宠物？

谢怜道："不了，没这个需要……"

突然，一道水龙从海下破出，冲天而起。谢怜抬头望去，只见师无渡坐在那水龙首顶，双手结着一个攻击力极强的印，脸现戾气，似乎和什么东西斗得正凶。原本就不平静的海面越发激荡，谢怜喊道："风师大人，地师大人，裴将军？你们在哪儿？"

借着月光，他勉强扫视四周，没发现其他人，却发现自身陷入了一片巨大的阴影之中。他回头一看，登时睁大了眼。只见一面巨浪筑成的高墙，铺天盖地，扑了过来。随即，他便什么也看不见了。

不知在海中浮浮沉沉了多久，谢怜终于睁开了双眼。

他没坐起身来，却能从身下触感判断已经着陆。躺了一会儿，蓄了点儿力气，他抬起一只手看了看，掌纹已经被泡得发皱了。

腰下略硌，谢怜扭头一看，发现那硌着他的东西，是花城的手臂。而花城就躺在他身边，看样子，是一直抓着他未曾松手。

他已经醒了，花城居然还没醒，双目紧闭。谢怜一下子坐了起来，轻轻推他："三郎？三郎？"

花城不应，谢怜一边推他，一边打量了一下四周。此地虽然已是岸上，却没有码头、人烟、房屋，只有密密的森林，不像是大陆，而像是一座孤岛。而且，居然已经是白天了，莫不是漂了整整一个晚上？这会漂到哪里去？

推了好一阵，花城还沉沉睡着，没动静。鬼又不会淹死，所以谢怜相信，花城肯定不会溺水，但是，不能保证海里没有别的东西，比如带毒带刺的骨鱼暗暗偷袭他了。于是，谢怜把花城的胸口、手臂、腿都摸了一遍，想检查他身上有没有伤口。然而，除了检查出花城身材真不错的结论之外，并没有其他发现。谢怜发了一下呆，有点慌了起来，喃喃道："三郎，你别是跟我开玩笑啊。"

没有反应。

情急之下，谢怜居然把头贴在他胸口，去听花城的心跳了。贴上去才记起来，鬼怎么会有心跳？没想到，这一听，居然还真听到了。谢怜一愣，立即反应过来，不禁有了一个猜测。

花城的本相当然不会溺水，但他现在化成了十七八岁的人类少年，那还会不会溺水呢？

虽然，他还是觉得，花城不太可能犯这种错，但眼下实在没有别的办法了，他按了好几下花城的胸口，始终叫不醒。犹豫片刻，谢怜还是慢慢探出双手，轻轻捧住了花城的脸。

这张脸的眉眼过分好看了，此时闭目，少了锋芒，多了柔和。这么捧着、看着，想着接下来要做什么，谢怜纠结许久，看看四周，没人，再看看花城，没醒。末了，终是把心一横，咬了咬牙，小声道："得罪了……"

他说这话时，嗓音都在发颤。说完，双手合掌，默默祷念一阵，这才低下头，闭上眼。

与此同时，花城也猝然睁开了双眼。

第九章

合灵柩棺舟出鬼海

一时之间，两人皆是化成了石像，仿佛一阵风吹过，就都碎了。谢怜固然已经惊得呆了，一贯泰山崩于前而色不变的花城又何尝不是惊呆了？

谢怜简直不知道自己为什么没有当场脑部溢血身亡，好半晌才道："三郎，你醒了。"

花城没说话。

谢怜一下子放开双手，向后跃出数丈："不不不不！不是不是不是！我只是想给你……"

给他什么？给他渡气？

鬼会需要渡气吗？这话他自己说的人都不信！

谢怜卡住了，花城也一下子坐了起来，朝他伸出一只手，似在强作镇定，道："殿下，你，先冷静。"

谢怜双手抱着自己脑袋，整个人都稀里哗啦的，最终，双手合掌，对花城猛一鞠躬，道："对不起对不起对不起！"

喊完转身，拔腿就跑，落荒而逃。花城终于回过了神，起身追上来，在他身后喊道："殿下！"

谢怜捂着双耳，跑得飞快，冲进密林深处。跑着跑着，突然迎面飞来一只利箭似的东西，谢怜眼下虽然大受刺激，身手反应却是半点不差，甩手一抓便抓住了一根骨刺，他猛地刹步，向来袭方向望去，却什么都没望见，只看到簇簇簌簌而动的灌木。有危机四伏，他一下子冷静下来，转身往回跑去。道："三郎！"

花城原本就紧跟着他，这一转身险些撞进花城怀里。谢怜抓过他的手就往丛林外奔，道："快跑，森林里有东西！"

原本追着他跑的花城又被他拖着跑了回去，回到海滩，谢怜才松了口气，道："还好，还好，没跟过来。"

花城也道："嗯，岛上是有些小东西，不过没事，不会跟过来的。"

听了这话，谢怜一下子想起，花城怎么会怕这种东西？

二人中间隔着几尺，默默无言了一阵，花城叹了一声，扯了扯衣裳的领子，道："方才真是多谢哥哥救我了。人身实在是有诸多不便，下个海还喝了几口水，咸死了。"

谢怜可没那么傻，知道这是花城在给自己找台阶下，当然也只好顺着下了，低头含混地道："没有，没有。"

顿了顿，花城又道："不过，哥哥救人的方式，有点不对。"

谢怜一怔，讪讪地道："不对吗？"

花城道："嗯。不对。今后可不要随便对别人这么做，不然可能……"

不然，可能不但没救成人性命，反而害了人性命。他说得一本正经，谢怜一阵羞惭，暗幸以往没做过这事，不然就真的罪过罪过了，忙保证道："不会了，不会了。"

花城点头。虽然谢怜内心是很想请教究竟怎样才是正确的方式，但他哪里还敢在这个问题上多纠结，望望四周道："这岛竟果真是个荒岛，没有半点人烟？"

花城道："当然。这里是黑水鬼域的中心，黑水岛。"

他很笃定。血雨探花和黑水沉舟，这两位绝境鬼王是认识的，谢怜道："三郎以往来过这里？"

花城摇头，道："没来过。不过我知道有这么一座岛。"

谢怜蹙眉道："不知风师大人他们漂到哪里去了，在不在岛上？"

此地是南海黑水鬼域，是人家的地盘。裴茗主场在北方，地师不是武神，风师什么状况更不用说了，万一出了什么事，惹上了黑水玄鬼，能与之抗衡的也就只有水师了。但师无渡的天劫还不知何时到来，形势实在不乐观。谢怜问道："三郎，那位黑水玄鬼，脾气大吗？如果有神官误闯他的领域，进了他的家门，他会怎么样？"

花城道："难说。不过，哥哥也应该听过那句话。陆上我为王，水里他做主。在黑水鬼域，我也是要忌惮三分的。"

非但有非主场的因素，同为当世之绝，怎么说也得给另外留一点薄面，日后好相见。谢怜道："那我们得赶快离开了。"

绕着这岛粗略走了一圈，未见风师等人，花城道："大概他们并没漂到黑水岛来。"

两人又来到海滩边。海面上死气沉沉的，谢怜路上捡了一块木头远远抛出去。这样一截木头，照理说是可以浮在水面上的，可落在数丈之外的水面上瞬间就沉没了。谢怜回头望着密林，道："看来伐木成舟是不行的了。缩地千里也没法用，咱们要怎么离开这个岛？"

花城却道："谁说不行？"

谢怜道："可是，只有收殓过死者的棺材木，才能在黑水鬼域浮起……"未完，立即想起，棺材，这里到处都是树木，死者，眼前不就有吗？

果然，花城笑道："我躺进去不就行了？"

虽然他是笑着的，谢怜心口却微微一酸。

说做就做，二人开始挑起了木材。他们不深入森林，只在外围砍了好几棵树。二人分工合作，有什么活都抢着干，效率奇高，晚间，棺材差不多就造好了。

谢怜一路上只吃了半个馒头，早已饥肠辘辘，但想着尽早做好棺材尽早走，看棺材成型了才找了个借口去抓鱼。但黑水鬼域的水里，怎会有鱼？无功而返，转去森林边缘摘了些野果。谁知，回来的时候，花城已经生起了一堆篝火，坐在火边，一手托腮，一手拿着一根树枝，叉着一只野兔正在烤着。

那野兔已经处理干净了，烤得表皮微焦直流油，香脆金黄的，肉香四溢，诱人至极。见谢怜回来了，花城微微一笑，挪开了手，递给他。谢怜接了，把果子递给他。

那野兔肉果然外焦里嫩，轻轻一咬，牙齿发烫，却唇齿留香。谢怜还是分了一人一半，道："三郎手艺很好。"

花城笑道："是吗？那可谢谢哥哥夸奖了。"

谢怜道："是的。我没见过比你更好的。其实我很早就想问了，为什么你做什么都这么厉害？"

若是换个人来问这句话，必定多少有些虚伪，可谢怜却是发自内心，问出来也是真诚无比。花城看看他，道："我小时候，遇上过一位金枝玉叶的贵人。"

"嗯？"

花城道："我想追上他，成为他会认可的人，也想成为有能力保护他的人。"

谢怜明白了，道："所以，你是因为这个，才会这么厉害！那位贵人能有你这样的追随者，真是百世修来的福缘。"

他说这话时，在努力专心地吃兔，却没听到花城那边的声音了。半晌，才听花城淡声道："我能遇上他，才是我百世求来的。"

谢怜不知道说什么，努力啃得更专心致志。好一会儿，才发现花城在叫他："哥哥，哥哥。"

谢怜茫然道："什么？"

花城递了一方帕子过来，谢怜这才发现，他啃得用力过猛，脸颊沾了一点油，登时微窘，接过帕子擦掉。花城把另一半野兔也递过去，道："哥哥想是饿得狠了，别急。"

谢怜接过，想了又想，到底还是没忍住，道："三郎，你那位贵人究竟是什么样的人物，你应该已经达到你的目标了吧，他怎么说啊？认可你了吗？"

花城却摇摇头："没有。"

谢怜不可置信。他是真心震惊，世上怎么会有不认可花城的人？不禁大感郁闷，对那位金枝玉叶的贵人也生出一种异样的情绪，大概是觉得对方非常没有眼光。花城叹道："他都不知道世上有我这么个人啊。"

谢怜："你为什么不和他说呀？"

花城："说来不怕哥哥笑话。我不敢。"

不知是出于打抱不平，还是怕花城妄自菲薄，谢怜认真地道："你有什么不敢的？你可是绝境鬼王，血雨探花。"

花城笑道："什么鬼王，我要真这么厉害，早几百年就不会给人吊起来打还什么都做不了了，哈哈哈哈……"

谢怜看着他。花城从不曾提及过往，但谢怜能感觉到，他也一定经历过和自己一样，连提都不愿意和别人提，仅仅是想起来都无法呼吸的日子。

花城叹道："他见过我最狼狈不堪的样子。"

谢怜却道："那我很羡慕啊。"

这回，轮到花城望过来了。谢怜对他眨眨眼，道："你这种想法……我算是能理解吧。"

他抱起双膝，道："我也有段日子过得不顺心，那时候就常想，如果有人见到我这样在烂泥地里打滚、爬都爬不起来的模样，还能喜欢着我就好了。但我也不知道会不会有这样的人，我也不敢给别人看。

"不过，既然是你向往之人，我想，即便他见过你最狼狈不堪的样子，也不会说，'这人也不怎么样嘛'，这种话。"

他微笑道："对我来说，风光无限的是你，跌落尘埃的也是你。重点是'你'，而不是'怎样'的你。

"我很……欣赏你，所以想了解你的一切。所以我觉得很羡慕，有人在那么早就看到过那样的你，这是可遇而不可求的缘啊。"

篝火烧得噼啪作响，好半天，两人都没再说话。

在长久的对视中，谢怜忽然惊醒，越缩越小，道："我是不是说太多了，不好意思。"

花城道："没有。你说得很好，很对。"

谢怜松了口气。花城又道："不光如此，还有很多缘故。"

谢怜现在只想赶紧结束这个话题。他搞不明白刚才自己为什么会讲这么多有的没的？只好道："哦……"

匆匆吃完，继续干活。好在不多时，棺材就正式完工了。

花城把崭新的棺材推下水，随即轻巧地翻了进去，这么长这么重的一块木头，果真浮在水面上没沉下去。那棺材打得不算宽，谢怜提着道袍下摆迈了进去，只觉无处可坐。这时，天边闷雷阵阵，乌云滚滚，紫色的闪电时隐时现，不知何时就会一个霹雳炸响耳边，空中飘下了细细的雨丝，越来越绵密，眼看着一场暴雨将至。幸好他们没偷懒，把棺盖也打了，不然这棺材推上海，不一会儿就灌满雨水了。

两人对视一眼，谢怜低声道："得罪了。"

花城也不多说了，棺内躺下，谢怜也躺了进去，带上棺盖。仿佛吹熄了灯，两人陷入一片漆黑。

棺舟出海，浮浮沉沉地漂了一段路。棺外，暴雨狂敲棺盖，棺内，二人一语不发。随波逐流，翻来覆去，两个大男人挤在一个狭小的空间内难免紧贴肢体。谢怜一手撑着棺材边缘，想尽量多给花城一点空间，导致脑袋在木头上轻轻撞了几下，花城一手伸出护住他的头。

谢怜连喘气都不敢太急促，道："三郎……要不然，我们换一换？"

花城道："换什么？"

谢怜道："咱们这一路少说也得漂一天，你这身体只有十七八岁吧，我怎么说也是个武神，我怕压着你……"

还没说完，他就卡住了，颇为难以启齿地道："三郎，你……别突然变大啊。"

虽然在黑暗中看不清，但他敏锐地感觉到，贴着他的花城起了极其微妙的变化。谢怜猜测花城大概是变回了本相。果然，花城开口，那笑低低的，的确是他本相的声音。谢怜轻轻抬腿，想挪一下，花城却忽然不笑了，沉声道："别动。"

谢怜定住，正在此时，一声巨响，二人所乘的棺舟突然猛地一沉。谢怜愕然道："怎么了？"

紧接着又是一声巨响，二人在棺内滚了一圈。

竟是那棺舟，整个儿翻转了一轮！

花城按着谢怜，道："有东西盯上这棺舟了。"

话音刚落，二人一阵脚重头轻。那棺舟居然翻起了跟头！

花城一手紧紧搂着谢怜，一手垫在他头上护住，道："抓紧我！"

谢怜不知外面究竟有什么东西，手脚又被困住施展不开，心焦道："万一棺舟裂了？！"

花城道："没事。裂了也不怕。有我，你沉不了！"

这舟仿佛变成孩童的玩具，被一三岁小儿拿在手里狂甩不止。万不得已，谢怜一手搂紧花城，一手扶紧棺木。

混乱之中，两人上上下下、翻来覆去不知换了几轮，把对方身上什么乱七八糟的地方都撞了个狠撞了个遍。谢怜被折腾得眼冒金星，好容易感觉消停会儿了，发现他已被花城压在身下，身上沉沉的简直叫他喘不过气。谢怜勉强举起一手，抓住花城撑在他身侧的坚实小臂，轻吟一声，头昏眼花地道："可以出去了没有啊……"

沉默须臾，花城沉声道："好。我们出去。"

谢怜如蒙大赦，道："嗯！"

一阵强烈的失重感来袭，棺舟带着两人腾空而起！

与此同时，花城和谢怜各自在棺木内壁上拍了一掌，那棺舟登时四分五裂，二人从舟中脱身，双双跃出。月光之下，只见一条巨型水龙衔着那口支离破碎的棺材，正在大雨中咆哮，仿佛一口獠牙咬碎了食物，发现是个空盒子，大为恼怒。方才，必然就是这条水龙在咬着棺舟狂甩不止。

棺舟本已出海，漂了一阵，却被水龙游过去叼回，二人落地，又回到黑水岛。海岸边上多了两道身影，正是水师无渡和裴茗。师无渡法印未收，迎着风雨，似乎还想召那水龙，裴茗拍他肩膀，道："水师兄，你悠着点！这一轮过去了下一轮不知道又什么时候来，攒着点力气。"

原来方才那阵突如其来的大雨是师无渡天劫的伴音。雨渐渐小了，师无渡甩手转向花城和谢怜，质问道："你们怎么回事？"

裴茗也道："是啊太子殿下，你们解释下吧，你们这是干什么？"

谢怜正想敷衍他几句。

花城走了一步，挡在他身前，谢怜道："没怎么回事，就是……棺材太小了。"

师无渡莫名其妙："我又没问这个。"

裴茗则指指他们之前在海滩上留下的一堆废木料，道："那棺材是你们现做的吧。你们不会把它做大点吗？"

这棺舟的型是花城和谢怜一起定的，当时似乎真的谁都没想过要做大点。谢怜只好道："说的也是，哈哈，哈哈。二位大人是刚刚才漂到这岛附近的吗？"

裴茗道："不错。水师兄和那黑水鬼域的洋流斗了一路，刚刚才到了这岛上，居然就看到一具棺木漂浮在黑水鬼域的海面上，真是神奇。"

谢怜一颗心悬起，微笑道："是啊，真是神奇。"

师无渡道："你。"

他转向花城，眯眼道："在大船上不是说，在黑水鬼域能不沉下去的，只有装过死者的棺材木吗？"

裴茗拔出了剑，悠悠地道："是啊。棺木有了；那死者，又在哪里？"

花城也微笑道："这么惦记着谁死了的话，我建议你自杀。"

裴茗举剑向他，道："好嚣张。不愧是血雨探花！"

他果然已经猜到了。花城哈哈一笑，眼看着要兵刃相见，谢怜拦在花城身前，道："二位大人少安毋躁！此行三郎是好心。"

裴茗道："三郎？我从没听说过血雨探花阁下是哪家的儿郎排行第几。好心?太子殿下,你确定你这个词能用在他身上?"

师无渡一定要站在最显眼的位置,于是他一把推开裴茗,厉声道:"这一路上是不是你搞的鬼?你把我们诱到黑水鬼域有什么目的?青玄呢?"

花城道:"这里是别人的地盘,你道我想来?"

谢怜已经习惯这种场面了,娴熟地转移话题,道:"风师大人还没找到?裴将军不是去捞他们了吗?"

裴茗摊手道:"本来要捞着了,水师兄一个大浪打来,冲散了。"

师无渡道:"裴兄你不要搞错了。我不起浪,海里的东西一个一个接着出来,你根本捞不到他们!"

谢怜忙道:"别激动……那个,风师大人和地师大人在一起,应该不会有太大的事。"

师无渡哼道:"地师?地师有什么用!高不成低不就,他又不是武神,法力还不如青玄。"说到这里,他似乎才想起,师青玄已经一丝法力都没有了,面色微凝,缄口不言。谢怜心想,术业有专攻,明仪虽不是武神,法力也不算极强,但也没水师说得这么差。何况在半月关时,地师展露出来的身手还算不错。

裴茗也道:"先别太担心。只要没对上玄鬼,地师大人应该也能应付。"

花城笑道:"天劫都追着你打到黑水鬼域境内了,你们把他的水域搅得乱七八糟,还指望这一带的主人没发现?"

忽然,师无渡脸色微变,从衣领里掏出一枚长命金锁。裴茗道:"水师兄,有什么情况?"

那长命金锁似在他手心里微微震动,师无渡道:"青玄在这附近……而且受伤了!"

谢怜看那枚金锁,竟和那日师青玄戴在身上,取下来压阵,又被遗落的一模一样,道:"风师大人身上还配着那枚长命金锁吗?我记得他取下过。"

师无渡道:"我收起来给他戴上了。"

原来,这两块长命锁是由两块兄弟金精打造而成的。当它们离得不远,而其中一方的主人流血受伤时,会相互呼应,离得越近共鸣越强。这并非法术所致,而是天然奇性,故不受鬼域法场的影响。师无渡把那长命锁从脖子上取下,握着链子悬在手中,平举于前方,缓缓转了一圈。当他迎着某个方向的时候,金锁的震动陡然增强。

那是森林的方向，对着孤岛深不可测的中心地带。师无渡凝神道："青玄眼下就在这岛上。"

说完，他便大步流星地朝森林走去。裴茗自然随行。谢怜想了想，既然风师、地师在这岛上，并且风师疑似受伤流血了，还是先找到他们再说，道："二位大人，森林里有小鬼潜伏，留神暗箭偷袭。"

花城也跟了上来。裴茗却频频回头，看得很起劲，道："血雨探花，你一个鬼王就这么光明正大地跟我们走，也不避嫌？"

谢怜从容地道："裴将军说的什么话？这种情况下，他跟上来才是避嫌。否则要是二位大人遇到危险，又怀疑是他背地做了什么，他怎么说得清？"

裴茗道："做到绝这个份上了，他在不在我们眼前有什么区别？使个分身术不是轻而易举吗？"

话音刚落，一声尖锐的破风之响，裴茗一举手，握住一支暗箭，道："果然有东西，好险！水师兄，小心……"

一句未完，又是嗖嗖嗖，七八只暗箭朝他飞来，丁零当啷，裴茗举剑扫落一圈，纳闷儿道："这是干什么？"

师无渡哈哈道："裴兄，你还是自己小心吧！"说罢，加快了步伐。

若只是潜伏在暗处放放冷箭，倒也不足为惧，只是烦人得很，裴茗不耐之下，踏平了灌木丛，不多时，拎出了几个小鬼，道："你们胆子大得很啊？"

那几只小鬼长得面黄肌瘦，只是最低等的小喽啰，给他拎在手里，被这将军吓得缩成几个球，不住求饶。毕竟是别人家里看门的，抵御外来者入侵也无可厚非，裴茗恐吓了几句便放走了。但后来又遇到格外歹毒狡猾的，他就索性抓了捏成球，在手里拍着走。四人在密密的森林中分林拂叶，行了不知多久，师无渡手中金锁的共鸣越来越强烈，最后，他们终于来到森林中央的一片空旷地带。

森林的中心是一片湖泊，四人朝那处走去，忽然，裴茗道："血雨探花，你再开玩笑，我可没法忍了。"

花城和谢怜都望他，然后对望。裴茗皱眉道："要打就堂堂正正约战，裴某可与那三十三神官不是一路，未必怕你，时不时推两把可没意思。"

花城挑眉道："哥哥，你要相信，与我无关。"

谢怜道："裴将军，他不会开这种无聊的玩笑的。"

裴茗怀疑道："是吗？"

谢怜警惕起来了，道："当心是这岛上其他东西在作祟。"

裴茗不说话了。这时，师无渡放慢了脚步，道："在这里。"

那长命金锁在此地的共鸣是最强的，说明师青玄就在这里，近在咫尺之处。但是，这里看得清清楚楚，除了一个湖，没有别的东西了。裴茗道："莫不是地下有地宫？"

师无渡凝望水面，谢怜道："也有可能，在水底。"

然而，这黑水岛上的湖，可不能随便乱下，下去了说不定就上不来。那湖面平静不起一丝波澜，犹如一面巨大的镜子，倒映着高悬于夜空的惨白月亮，无星无云。四人沿着湖岸边缘走了一圈。谢怜正在思索，该如何一探湖底究竟，猝不及防，一声惨叫划破夜空。

走在最前的是师无渡，走在最后的是裴茗，前方三人齐齐回头一看，惨叫的是裴茗路上抓来的那只小鬼。它瘦骨嶙峋的身体立在地上，脑袋飞到了空中，正在尖声大叫。谢怜道："裴将军，你干什么突然杀它？"

裴茗却道："不！"话音未落，他身形一沉，单膝落地。花城笑道："也不必行此大礼。"

然而，裴茗的神情却是愕然至极，喝道："水师兄，当心！！！"

可是，要当心什么？湖边除了他们四个人，什么都没有！

裴茗似被什么无形的东西困住了一般，师无渡抢过去要帮手，空中却迎面闪过一道寒光。他避得及时，然而，半边脸颊上还是多了一道血痕，用手一抹，脸色陡变。

谢怜把花城护在身后，道："隐身术？！"

裴茗终于挣开了那无形中压制着他的东西，喝道："聚拢！不要散开！"

师无渡才不管那么多，一感应那长命锁又起共鸣，拿着它一边绕湖奔走，一边高声喊道："青玄！青玄！"

场面混乱至极，然而，就是在这混乱之中，谢怜忽然发现了一件极为诡异的事。

湖岸边缘，空旷平坦，什么都没有。然而，在湖面倒映出来的岸边，却不是这样的。

倒影里，对岸的湖边，立着一座黑漆漆的建筑。那屋子阴森森的，不像是给人住的，倒像是一座牢房。没有门，只有一扇高窗，被一道道铁栏无情封牢。而铁栏里探出了一只苍白的手，正在拼命地挥动着，似乎在求救。

谢怜猛地抬头，望向对岸，的确空无一物，师无渡正在那里举着长命锁。再低头，湖里的倒影，又的的确确映出了一座森然铁牢，师无渡眼下就在这座铁牢前环望四顾，却根本看不到它。

他脱口道："二位大人！找到了！看……"

正在此时，他一双瞳孔一下子收缩起来。黑水湖里，映出了新的东西。

一个漆黑的人影，悄无声息地出现在了他和花城的身后。

而在岸上，他们的身后，却还是空无一人！

谢怜一路上都提着芳心，一见此景，反手回刺。那黑影分明被他刺中，却如刺中一团水波，散开一阵涟漪，原地消失。花城也微微侧首，望着那黑影消失的方向皱起了眉。随即，水中倒映出现了更多影影绰绰的人形，一张张惨白的脸和一双双惨白的手是他们在黑夜中唯一的醒目之处。谢怜一剑扫出，喝道："裴将军！到水边去，看倒影！水中倒影能映出那些东西！"

若非在鬼域之中，这些小鬼根本近不了神官的身，裴茗方才是看不见敌人，眼下觉察端倪，盯着水面，唰唰两剑便把围向他的一群鬼影尽数解决。而师无渡也终于注意到了倒影的异样，跪在水边，低头道："青玄？你在那儿吗？！"

那水是黑漆漆的，铁牢也是黑漆漆的，融为一体，难以觉察，只有那只手是白的。须臾，一张脸忽然探到铁栏中间，正是师青玄！

他似乎也看不到铁牢外的师无渡，一副令人毛骨悚然的神情，双手抓铁栏，拼命把头往外挤，似乎正在大喊呼救，却一点儿声音也传不上来。喊了没一会儿，突然有五六只干瘪的枯手，扒满他的头、脸、脖颈、肩，生生把他拖了下去！

见状，师无渡骂了一声就要往水里跳，裴茗一把拉住他，道："水师兄不可！焉知这不是陷阱？南海的水调不过来了，你身为水神官进到别人的水域里，岂非人为刀俎，你为鱼肉？"

师无渡拍上他的肩，只说了一句："那麻烦你帮我在外面照看着。"说完就推开了他，纵身一跃，跳入了黑水湖中！

他一入水就再没浮起来，裴茗道："水师兄！"却没法跟着下去，只因他清楚，这湖下大约有个"界"。就像一些古墓里设置的机关，外人闯入，可以从外面打开墓门，但一旦进去了，墓门自动关上，从里面就打不开了，盗墓贼就这样被困死在里面，难保这个"界"没有类似的设置。谢怜道："裴将军！你别下去，你现在脚边就有尸体，快回海滩去做棺材准备离开，我下去！"

裴茗道："太子殿下？你行吗！"

谢怜道："你的法力到了这儿也被打折扣打得差不多了，咱们差不多，干打我比你有经验！"

裴茗再看他身边的花城，想起他能浮于水面，这两人在这里用处只比他大，不比他小，不多一句废话，拎了地上那小鬼尸体奔出林去。谢怜回头道："三郎，还是借我一点法力……一点，一点就够了！"

花城一语不发，在他后腰轻轻一拍。芳心剑端登时扫出一道巨柱一般的白光，包抄而来的众小鬼一击毙命。谢怜无言片刻，随即收了剑，道："我走了！"

二人一齐跃入水中。然而，黑水湖底，除了湖水异常冰冷，居然并无异常。而且和黑水鬼域的"入水即沉"不同，这水明显能浮人，和寻常的湖水无异。谢怜心觉怪异，主动往下游去，不一会儿便游到了湖底。水下没见到什么奇异的机关，也没见到风师和水师。他蹙眉思索片刻，向上游回。片刻过后，谢怜破水而出，吸了几口气，抹去脸上湖水，这才发现，岸边景象，已经不一样了！

黑水湖边，已然多出了一座铁牢，正是方才倒映在水中的那座。

但除此之外，湖边其余的景象，都还是一模一样的，而且过分静谧，反倒显得十分诡异。师无渡已经上了岸，正抄着一块大石，怒砸那铁牢的大锁。他乃是水神官，眼下进入了其他水法大能的地界，调不来自己域内的水，正如拔了牙、去了爪的猛兽。谢怜和花城上得岸来，师无渡一见谢怜便双眼一亮，举手道："武神！来得好！快，用你们武神的方式解决掉它！"

谢怜心想，这下大家都知道武神的好了吧，默默上前就是一脚，那大锁应声断裂。再一脚，牢门大开。师无渡冲进去道："青……"

谁知，他还没冲进去，里面先冲了一堆人出来，鬼哭狼嚎："嗷嗷嗷嗷啊啊啊啊呜呜呜哇哇哇……"

这群人个个蓬头垢面、瘦骨嶙峋，双眼无神、衣不遮体，肮脏得仿佛十年没有洗澡，胸前肋骨一排排凸出来，双手乱抓，捶胸顿足，甚为可怖，嘴里还鬼吼鬼叫，如同一股奔涌的浊流泄出，师无渡简直被惊呆了。

不过，这些人只是逃了出来，并没纠缠，因此他呆了片刻也不管了，继续往里冲："青……"

没冲几步，脚下猛地一个趔趄，那地竟是极滑，险些摔倒。而且铁牢内还散发着一股难以形容的恶臭，谢怜在外面尚未进去都闻到了，屏住了呼吸，师无渡则以袖掩口鼻，继续往里冲，终于喊出来了："青玄？！"

牢内黑漆漆的，四下都是呜咽的哭声和奇怪的窃窃私语。半晌，一个声音道："哥……"

果然，师青玄就跌坐在铁牢最深处，倚靠着一面墙。墙上是铁牢里唯一一面高窗，窗外漏入的月光映得他整个人都惨白惨白的。而他身旁，围满了一群肮脏不堪的怪人。有的浑身生满烂疮，有的在学猪叫，有的当自己是只鸡正在啄米，有的正抱着师青玄，一边痛哭一边叫他宝宝，竟都是疯疯癫癫的。

师青玄好歹当初也是神官之尊，这辈子还没落入过这样的境地。师无渡上去就是一轰，道："滚开！这都是群什么鬼！"

他和师青玄容貌虽似，气势却截然不同。眼下法力大折，强势却更盛，那些疯人吓得抱头鼠窜，谢怜不禁心生怜悯，师青玄也道："哥，别打，这些不是小鬼。这些……都是活人！"

千真万确，这些人虽然个个比鬼还像鬼，但仔细一看，还真都是活人。谢怜不禁微怔，心道："黑水玄鬼为什么要关这么一堆人在这里？"

师无渡却不关心这些，一手举起那长命金锁，一手抓师青玄胳膊，道："你怎么到了这里来的？你哪儿受伤了？"

师青玄身上的确是脏兮兮的，腿上流了点血，但似乎也没什么了，道："我们都不知道怎么来的，一个浪打来晕过去了，醒了的时候就到这里了。我这是一点小伤，不碍事！明兄伤得比较重。"

几人这才发现，明仪就躺在一旁地上，脸色极差，却不是不高兴的差，又青又紫的，交替变幻。谢怜道："地师大人这是怎么了？"

师青玄道："好像给海里的东西咬中了，那些骨鱼的牙和刺生着绿藓，都是有毒的！我把身上带的药都给他用了，但是……唉。"

谢怜蹲下来，本想细细查看，却险些被这里的恶臭熏得晕过去。望望四周，放着一些木桶，桶里都是泔水，一股馊味儿霉味儿，还有烂疮脓血的腐臭味，甚至还有疑似几个月夜壶没倒的可怕味道。

师无渡再也不能忍了，道："如此令人作呕的恶趣味，这黑水沉舟的品味也不怎么样。青玄，我们走！"

他抓起师青玄就往外拖，师青玄却道："我还好，不用扶。"他架起了明仪，这才缓缓出了铁牢。

可是，来时容易去时难。黑水湖的过界通道却已封闭起来。下了几趟水，再出湖面，景色没有任何变化，证明他们果真被留在黑水湖界内，没法出去了。

师青玄道："裴将军呢？"

师无渡道："我让裴兄留在外面了，他应该也会想想办法。"

谢怜道："我让裴将军先去造棺舟了，等你们出去好立刻动身。"

师无渡道："若是他造好了棺舟，先回去报信再来找我们也可。"

但是，明仪已负伤，虽不知毒性有多厉害，还是越早离开越好，恐怕等不了那么久。思忖片刻，谢怜道："这位黑水玄鬼虽然隐居海外，但他自己应该不会永远不出去吧？难道他想要出去时，都必须得渡过一整片黑水鬼域才行吗？"

师无渡道："嗯，你说得很对。这岛上一定有一个地方，可以使用缩地千里。"

他原本对谢怜并无区别对待，但眼下共历劫难，谢怜又几次三番救了师青玄，自然也另眼相看起来，是以毫不吝啬地予以赞同。这时，明仪微微举起一手，师青玄道："明兄？你想说什么？"

似是为了节省力气，明仪并未开口，只把手举得更高了。众人顺着他举手的方向望去，只见森林深处，耸立着一座黑沉沉的建筑。

明仪放下手，哑声道："那个地方……是干什么的，你们知道吗？"

谢怜道："不知道。原先我们过来的时候，并没有看到这个东西。"

师无渡眯眼，道："那就是那黑水玄鬼的幽冥水府了吧。"

传闻中，黑水玄鬼所居之宅，就叫作"幽冥水府"。断定完，师无渡道："走吧。"

他竟是毫不避讳，直接朝那里出发了。虽然看似莽撞，但眼下这个情况，除了走还能怎样呢？

如果说方才他们是一直在人家院子里打转，那眼下就是要去闯人家大门了。谢怜低声对花城道："三郎，你若不便，不要跟来。"

花城却也是凝了神色，道："快走吧，哥哥，早些离开。"

谢怜点头，不说了。但他隐隐看出，花城似乎有所顾忌。而且，并不是顾忌此地的主人，而是别的东西。

他心里总觉得有什么地方不对,想到了许多长久以来积攒下来的细小疑问,略感不安。不多时,一行人无视那群疯疯癫癫四处逃窜狂奔的怪人,穿过森林,来到了那森森黑筑前。

来到了才发现,这"幽冥水府",竟是一座巍峨大殿,规格和那些首屈一指的风师殿、水师殿差不多。大殿殿门紧闭,几人迈上数级台阶,谢怜站在门外,敲了敲门,朗声道:"打扰了。我等冒昧来犯,实属意外,当真过意不去。"

无人应答。他定定心神,缓缓推开大殿的门。

原本,以谢怜多年经验和以往惯例而言,就算里面有什么东西,也不会一开门就出来打招呼的。谁知却是开门打脸。第一眼就看到了一件令人悚然的事物。

空旷的大殿中央,竟然端坐着一个人。而这个人,一身黑衣,面目雪白——

竟是一具尸骨!

第十章
了死结水师斗玄鬼

谢怜马上啪的一声把门关上了。

他心道:"我是不是打开门的方式不太对,一般不至于一上来就给你看这种东西的啊?"

本想重新打个招呼,再来一遍,师无渡却越过他,上来就把两扇门推开了,哼道:"来都来了,还怕他招待不周不成?"

众人缓缓步入殿中,稍稍靠近那黑衣白骨。谢怜一面细细打量着它,一面道:"这是什么人的尸骨?为何会被供在这里?"

明仪皱眉,道:"裴将军不是落单了吗?不会是他吧。"

还真不是没这个可能,师无渡微微一惊,看了几眼,随即道:"应该不是。这尸骨身形比裴将军扁。"

忽然,师青玄道:"等等。"

众人望他,师青玄道:"这问题不是很简单吗?这里可是幽冥水府啊。能供在幽冥水府里的,当然只有……"

谢怜明白他的意思了,道:"黑水玄鬼?"

随即,他便否决道:"不会的。"

谢怜望向花城,道:"骨灰乃是鬼界中人的命门,是他们致命的弱点。试想,这么重要的事物,怎么会就这样摆出来?"

这一点,还是他与花城初见时,花城亲口告诉他的。不知为何,他说得一本正经,脑中却不由自主想到了花城另外几句。而花城也凝视着他,谢怜不禁失神片刻,随即转过头,轻咳一声。师青玄道:"那……这究竟会是何人尸骨?"

众人围着那森森骨架研究起来。谢怜道:"首先,这是一个男人。"

众人都道:"看出来了。"

谢怜又道:"其次,这人双手双脚应该都很灵巧,尤其是十指。他应该练过一点武,但武艺不一定很高强。优秀的武人多半是童子功,骨架不是这样的。"

师无渡却扫了两眼就走开了,道:"只要这东西不会站起来挡我们的路,他是什么人都不重要。地师大人,你看这里可能缩地千里……"

谁知,话音未落,那具尸骨却突然扬起了头,猝不及防,向他扑去!

多亏谢怜眼疾手快,一掌劈下,那尸骨被他手刀砍倒在地,散为一堆凌乱的骨架。师青玄道:"哥!"

在场五人里,花城是不会出手去护旁人的,只有谢怜一个武神,一下子显得尤为重要。师无渡虽被突袭,却还算镇定,方才也只退了一步,道:"这尸骨怎么回事?还有魂魄未散,附在上面吗?"

谢怜蹲下,在骨头堆里翻找查看一阵,摇了摇头,道:"奇怪。"

师无渡道:"何处奇怪?"

谢怜站起身来,道:"这尸骨分明已经一丝魂魄都没有了,否则,方才我们靠近的时候也不会觉察不到异样的波动。"

师无渡道:"既是如此,为何它还能突然暴起伤人?"

沉吟片刻,谢怜道:"我想,是回光返照。"

师青玄奇道:"回光返照?那不是用在活人身上的吗?将死之人……还算是活人。"

谢怜道:"死人也是一样的。比如头七,也是一种回光返照,亡者逝世后七日回魂来见亲人。其实,什么东西都是一样的。我想,方才水师大人一定是刺激到了它,才使得它突然之间凝聚了所有残余的力量,来了这么最后一下。"

因言之有理,师无渡对他的话越发重视,道:"那依太子殿下所见,会是什么刺激?"

谢怜道:"要么就是你说的什么话,要么,就是你身上有什么东西。"

师无渡道:"方才我说什么了?"

明仪喘了口气,道:"'只要这东西不会站起来挡我们的路,他是什么人都不重要'。"

师青玄挠了挠头发,莫名其妙地道:"这句话有什么问题吗?难不成这位仁兄还是个暴脾气?"

讨论不出个所以然来，谢怜道："魂魄既已散尽，罢了吧。"将那尸骨殓好，重新摆上神台，双手合十，拜了几下，师青玄也过来跟着他胡乱拜了两把。五人在这幽冥水府中乱转了一阵，此地空无一人，那传说中的黑水玄鬼并不在家。水府结构复杂，设有许多大大小小的偏殿，其中一间尤为隐蔽，尤为狭窄，门扇外描绘着奇异的咒文，正是使用过缩地千里后残留下来的痕迹。

看来，整座黑水岛上，的确有一个地方可以使用缩地千里。而那个地方，就是这间小小的偏殿。使用一间屋子作为特定的连接点，消耗的法力比完整重新画一个阵法要小多了。而他们眼下也没什么法力可以挥霍，真是刚好。明仪是行家，看了一眼便道："这是个单向阵法。"

谢怜了然，道："即是说，只能从这里传出去，不能从别处传回来，是吗？"

明仪点头，道："耗的法力又可以折一折。"

师青玄道："那不就是我们需要的吗，我们就是只需要出去，太好了！赶紧走吧，别给那黑水主人发现了。"他一手架着明仪，另一手刚要打开门，明仪却又厉声道："住手！有陷阱！"

师青玄一听，蹬蹬蹬就倒退了三尺，道："什么陷阱？"

明仪也活活被他往后拖了三尺，无语片刻，示意他再把自己架上去，对着那门上的咒文看了半天，笃定地道："是陷阱。在这间殿里画阵，一次最多只能送走一个人。"

师青玄道："有这种事？那如果传了两个人会变成什么样？？？"

明仪冷冷地道："等这两个人到达目的地的时候，你会发现他们被压成了一个人。"

"……"

在场几人，只有明仪是行家，其余一个水神官，一个风神官，一个武神，这方面都不大拿手。谢怜第一反应就是去看花城，见他凝眉望着那阵，并未提出反对，想来明仪所言不虚，沉吟道："若果真如此，不明就里的闯入者们想启用此阵逃出生天，却反而会……惨不忍睹。难怪说是陷阱。"

恰在此时，天外一个霹雳。弯弯曲曲的闪电爬过苍穹，幽冥水府内众人的脸被映得白中带蓝，宛如五只厉鬼。众人面面相觑，师青玄道："哥，又……"

师无渡脸色微沉，不答，但众人皆知，这是他的天劫又追来了。谢怜耳边隐约又响起裴茗无意间的一句话："水师兄，这次你可真够倒霉的……"

师青玄道："既然这里能用缩地千里，咱们就赶紧走吧。若是一道天雷劈到这里，把这水府劈塌了，那……"那梁子就结大了。拆一位神官的神殿就是砸了人家招牌，是深仇大恨，虽然不知鬼界是否也有此忌讳，但想来谁都不愿意莫名其妙就被拆了房子。明仪手指蘸了蘸他伤口的血，勉强立住，准备画阵了，道："去哪里？哪个先来？"

谢怜道："那肯定是地师大人你先来啊。你有伤在身。"

明仪却摇了摇头，道："这阵每用一次就得重新补过，你们都不会画，我得留下来补阵。"

师青玄道："那明兄我陪你到倒数第二个好了。"

师无渡道："你陪什么，你现在……你留下来陪也没用，赶紧先走，去东海边！"

师青玄却道："现在大家都差不多的没用，无所谓。这次并不关明兄的事，却累得他如此受苦，我……"他叹了口气，道，"我实在过意不去。"

师无渡道："反正也是传到同一个地方，一会儿就好了，你怕什么？"

若是以往，师无渡最多说两句，师青玄就听了，如今却不同了，师青玄竟是不听他的，问了别的，道："我们要是先走了，裴将军怎么办？他不就留在这里了吗？"

师无渡也觉察到弟弟不是那么听自己的话了，神色有些复杂，须臾，道："没关系，裴兄生命力顽强，他可以在这里坚持到我们回上天庭搬救兵的。"

谢怜哭笑不得，虽然直觉水师说的应当不错，也并不带恶意，但还是忽然同情起了裴茗。顿了顿，他道："且慢。"

众人望回谢怜，他道："地师大人，你确定这屋子真的能启动缩地千里？会不会有什么问题？我觉得，不太好贸然就上，要不要先试一试？"

明仪果真停了手，道："怎么试？要试也得有人上。"

师青玄举手道："那我来试好了。"

花城半天没说话，这时却抱起了手臂，道："不好意思，打扰一下。你们有没有想过一个问题？"

明仪道："阁下有何高见？"

花城道："如何得知，去试的人有没有到达目的地？"

谢怜怔了怔，道："是啊，地师大人说了，这是一个单向阵法。"

也就是说，人一旦被传送出去，就没办法再传回来，告知其他人方才自己是否平安抵达目的地了。而这里与外界隔绝，又不能以通灵术沟通，似乎是个死局。而他们方才都忘了这一点。

花城下了结论，道："所以，在这里讨论这个问题，是完全没意义的。一句话，走还是不走，迅速了结。不敢吗？那就留这儿吧。"

虽然他是在微笑着的，但谢怜觉察到，花城微微有些焦躁，似乎想尽快离开这里。这份焦躁应该是从棺舟被师无渡召水龙叼回来后就一直存在的，眼下恐怕愈演愈烈了。

师无渡也不想再等了，那天雷如同炸响在耳边，再不走迟早劈下来，大家都别想好过。于是，他冲进那偏殿摔上了门，明仪迅速圆阵。再打开时，屋里飘出阵阵轻烟，却已空无一人。

明仪道："好了。下一个。"

师青玄道："那就太子殿下吧……"话音未落，明仪已经把他扯过去，塞进了屋里，关上门，迅速圆阵。第二次打开门，明仪望向剩下的两人。谢怜道："三郎，你先走？"

花城却拉上他，沉声道："哥哥，一起走。"

谢怜一怔，道："可是这阵法不是一次只能……"

花城道："我不是活人，放心吧。"

谢怜总觉得有哪里不放心，但也说不出所以然。花城带着他进了门，对门外明仪道："菩荠观。"

明仪默默点头。那扇门扉在谢怜面前缓缓合上，透过门缝，望着明仪那张青气缭绕的面容，谢怜情不自禁心想："地师大人当真还撑得住吗？"

花城亲手关上门，定定须臾，再次打开，而呈现在二人眼前的，已经是菩荠观内的景象。此时正是夜间，戚容在地上睡得四仰八叉仿佛暴毙身亡，并且抢走了全部的被子，呼噜打得震天响。谷子原本睡相很好的，不知道是不是给这个便宜爹带坏了，眼下也一条死鱼般地横在戚容肚子上。谢怜拿起戚容身上的被子和谷子，按捺住了想直接摁在戚容脸上的冲动，给他们规规矩矩盖上，轻声道："我们这是……回来了？"

花城在他身后关上门，道："嗯，结束了。"

谢怜道："还没吧。不知道风师大人他们回来没有？"

他轻手轻脚推开门，来到菩荠观外才敢大声，在之前临时建立的通灵阵里唤道："地师大人？你们回来了吗？"

没有回音。想来明仪动作没有那么快，谢怜又进了上天庭的通灵阵。不进不知道，一进吓一跳，里面已经疯了。所有神官都在喊，灵文居然发了脾气，道："不要什么没用的消息都塞给我，我一天要看多少？！不会先自己动动脑子想想再问我吗？！"

谢怜忙道："灵文！水师大人他们没回来吗？！"

灵文瞬间换了个人一般，抓住他道："太子殿下！您说话的声音怎么突然这么大……您是从东海回来了吗？水师大人和裴将军他们都去哪儿了？怎么什么音信都没了？"

谢怜道："我是从南海回来的。"

"南海？"

"南海，黑水鬼域。"

灵文愕然："这……怎么会到那里去了？！那地方咱们可从来不沾。老裴他们也在那儿？"

谢怜道："说来话长，水师大人渡劫途中误入黑水鬼域，好容易才从那里逃脱，他和风师大人比我先回来的，眼下应该到东海边了，您没瞧见吗？"

灵文道："没有！东海那边早就平静下来了，两百多个渔民也全都搜救上来了，但是海岸海面，都没有他们的踪迹！"

谢怜道："怎么可能？除非……"

除非什么？

灵文道："除非什么？太子殿下？太子殿下您还有什么要说的吗？我们现在就派神官去南海？"

谢怜喃喃道："来不及了。"

他闭了通灵阵，猛地转身，道："三郎。"

花城似乎已经预料到他会问什么，负手不语，凝神望他。谢怜道："你，是不是在很早以前，就和那位达成了什么协议？"

花城没有立即回答，而等他一启唇，谢怜忙道："不不不，你不要告诉我！你不用回答我。如果你早与旁人达成了协议，我肯定不希望你因为我做背信毁诺之人。突然问你是我不对，你别为难。"

花城道:"殿下,抱歉。"

谢怜摇头,道:"你不要道歉。我早该想到,必然是因为某种协议,你才不能插手,也不能直接告诉我真相。"

花城也不是没有劝阻过,但也未干涉他的意愿,只是一路相随,一路相护,并且已经想方设法地要带他抽身了,只是,谢怜每每都因为各种缘由更深入事件中心。谢怜道:"我反而要多谢你。"

花城道:"你都猜到了?"

谢怜点头,道:"大概猜到了。其实,也早该猜到了,只是他实在太厉害了。我又时常想得太多,怀疑了又反复推翻,往往忽略了最直接的可能。"

顿了顿,他道:"而且,那位真的很给你面子。为了和平地把我调开,花了一番苦功,废了不少弯弯绕绕。"

"殿下。"花城道,"这件事,到此为止了。"

谢怜叹了口气,道:"我也希望如此。但,他恐怕做得有些过火了。"

沉默片刻,花城柔声道:"但你已经回来了,也没法再回鬼域去。这件事,就留给他们自己解决吧。"

谢怜却道:"不一定。"

闻言,花城身形微滞。

谢怜道:"就在刚才,我忽然想起来了。有一个办法,是可以联系上风师大人的。"

他双手起了手印,道:"所以,三郎,抱歉了,我得先回去一下。"

看到那个起手式,花城登时明白了,但他显然没料到还有这么一招,微微眯眼,道:"哥哥?"

谢怜一字一句道:"移——魂——大——法!"

闭上双眼后,那阵熟悉的失重感袭来,仿佛魂魄被拉拽出来,猛地被抛高又坠落,再睁开眼时,面前不再是花城的面容,而是一望无际的黑夜和急速向两边退后的山林。谢怜还能听到从自己口中发出的急促呼吸声和剧烈的心跳。

成功了!

移魂大法,并不常用,而且极烧法力,比通灵术强,也比通灵术邪,更比通灵术稀奇,所以,一般的法场屏障不会想到要阻隔这种法术。

当日,他和师青玄施展过一次移魂大法后,师青玄并没来得及对他封闭灵识就失去了法力，变成了凡人。这就好比他二人交换了对方屋子的钥匙，使用过对方的屋子。换回来后，师青玄应该立刻给屋子换一把锁的，这样谢怜就不能再进去了，但是他没有。所以，谢怜还是可以用之前那把钥匙，打开师青玄的屋子，只是，师青玄却无法打开谢怜的屋子了。所以，眼下两人正共用一具躯体，而谢怜的身体，应该是原地瘫软，倒了下来，不知有没有被花城接住？

师青玄跑得气喘吁吁，肝胆俱裂，似乎正在什么东西的追逐下逃跑。谢怜侧耳一听，身后逆风传来阵阵鬼哭狼嚎，竟是黑水岛上被关在铁牢里的那群疯怪人。他们似乎十分喜爱师青玄，甚至应该说是"渴望"，一个个翻着白眼吐着舌头穷追不舍，师青玄肋骨和肺部都隐隐作痛，欲哭无泪，欲喊无声。谢怜感觉他跑起来气息杂乱无章，如此下去根本撑不了多久，主动掌控身体节奏，道："风师大人！"

他是用师青玄的嘴在说话，惊得师青玄差点咬了舌头，道："谁？！谁在我身体里面？！"

谢怜道："冷静啊大人，是我用移魂大法回来找你了！把身体交给我，我帮你跑。"

谢怜感觉师青玄的眼角顿时飙出了两行热泪："太子殿下？真是让人安心啊！你真是太可靠了！谢谢你啊！"

谢怜道："别谢了！你听我说，风师大人，快跑！"

师青玄道："不是那啥，我现在就在跑啊？"

谢怜道："不是这个跑，我的意思是让你快逃跑……"说话间，一旁树林里蹦出七八个疯疯癫癫的肮脏怪人，一齐朝师青玄扑来。谢怜双手骨节咔咔作响，连环三十脚飞起，踹得众怪人哇哇倒地爬不起。师青玄目瞪口呆，道："这是我踢的？这么厉害。武神真好啊！我也想做武神了。"

谢怜则真诚地泼出了一盆好心的冷水，道："不行啊大人，你这身体资质，不适合做武神……"

二人用同一具身体说话，仿佛自问自答分裂现场，教旁人看来，当真是古怪至极。谢怜道："风师大人，水师大人呢？"

师青玄望望四周，道："我哥和明兄都不知道去哪里了。刚才我一打开门，发现还是在幽冥水府，只不过是从另一间屋子里出来罢了，不知道是哪里出了问题……"

突然，谢怜足底一点，一跃而起，飞身上树。师青玄不明所以，但身体忽然无师自通飞檐走壁任我行的感觉还挺奇妙，便任由他操纵着自己身体轻巧灵活地爬到了树顶，道："太子殿下，你干什么突然……"

话音未落，谢怜便捂住了他的嘴。

而实际上，也就是自己捂自己的嘴。不多时，谢怜爬上枝头，坐在树枝上，隐蔽在茂密的枝叶中，紧接着，一个跌跌撞撞的顽长黑影出现在道路尽头，定睛一看，竟是明仪。

他还是面色惨惨，俊美之中平添死气，但还勉强能走。师青玄大喜，放下手，正要出声喊他，谢怜却又举手捂住他嘴。这一次是双手，捂得死死的几乎透不过气。师青玄并非莽撞之人，当即明白谢怜定有深意，不再挣扎。眼睁睁看着明仪从下方那小路上走过去，谢怜才微微松手，从树上悄悄滑落，在密林中潜行起来。

飞奔出一阵，师青玄回头望望，低声道："太子殿下，方才你为何不让我叫住明兄？"

谢怜却没回答，身形猛地一滞。师青玄再一回头，瞳孔瞬间剧烈收缩。

方才分明已离开远去的明仪，就站在他，或者说，他们的面前。

明仪似乎扶着一棵树才支撑住了身体，皱眉道："怎么你也在这里？"

师青玄脱口道："我……"

谢怜一声不吭，把手伸到背后摇了摇，示意他千万不可暴露第三个"人"的存在。师青玄会意，明仪的眉却皱得越发厉害了："你的手，在背后干什么？藏了什么东西吗？"

师青玄忙把两手平摊给他看，道："没有啊！"

谢怜能感觉到，他的头皮正在一圈一圈地炸开，脊背也阵阵发麻，想来，虽然在师青玄心中明仪是很可靠的，但也被这样出现的他吓了一跳。

明仪一脸莫名其妙，道："我又没真的让你给我看。"

这神情虽然嫌弃，但也十分亲切了，师青玄又松了口气，半身的鸡皮疙瘩也渐渐消退。谢怜虽然心中焦急万分，但此时不敢贸然开口。明仪道："水师大人呢？"

师青玄道："你也没看到我哥吗？我也在到处找他。不是说能传送我们离开黑水岛吗，为什么太子殿下他们回去了，我们还在这里？"

谢怜听着，暗暗焦急。虽然他竭力把师青玄紧张过度时必然会出现的"哈哈哈哈哈哈"压下去了，但这么正常正经的话也不像是师青玄会说的。于是，他狂抓头发，指着明仪大声道："明兄！不是让你有空多练练吗，你是不是又手生画错了啊？"

虽然略显浮夸，但是，效果不错。明仪果然没觉察端倪，黑了脸，道："滚！有本事自己画。"

这么说着，却又走了过来。师青玄僵立未动，谢怜赶紧代替他动，上去架住了明仪，道："明兄，你的伤势如何？毒没事吧？"

明仪摇摇头，道："没事。先找到水师大人再说吧。"

师青玄点点头，二人慢慢往前走去。谢怜找不到机会警告师青玄，叫苦不迭，须臾，忽然感觉口唇微张，却是师青玄在无声开合，不禁精神一凛。细细分辨口型，他说的是："到底怎么了？"

谢怜怕被近在咫尺的明仪发现异样，微微低头，也回应道："他是假的。"

四个字口型闭合的一瞬间，谢怜便感觉手臂上起了一层细细的鸡皮疙瘩。

师青玄睁大了眼，道："假的？那他是谁？！"

谢怜无声地给出了答案。

他道："白话真仙。"

师青玄倒抽一口冷气，明仪的声音从侧上方传来："怎么了？"

师青玄把这口冷气吸到了底，再叹出来，颤声道："我害怕。"

沉默片刻，明仪道："现在害怕，为时过早。"

若是在以往，这话必然会被解读为别扭的安慰，可是，此刻听来，却透着一股说不出的阴森味道，仿佛是某种威胁。

师青玄低头，又对谢怜道："不会的。白话真仙，不会化形！"

事实上，谢怜说出口后，也觉得称为白话真仙不太恰当，应当说，太失敬了，太怠慢了。几日之前，师青玄遇到的那个白话真仙，充其量不过一个小喽啰，或是一个微不足道的分身，或者，一点没吃完的残渣罢了。于是，他又给出了第二个答案。

"黑水玄鬼。"

师青玄脚下又是一歪。明仪道："你又怎么了？"

师青玄牙齿打战，道："我想死……"

明仪冷冷地道："你想得倒美。"

又来了。同样的冰霜口吻，同样的冷酷话语，分明与往日毫无二致，却在此刻有了完全不同的解读意味。然而，这还远远没有结束。谢怜又无声地说出了第三个名字。

"贺玄。"

师青玄仿佛再也受不了了。

他心如擂鼓，谢怜也觉察到了，恰好经过一条小溪，当机立断，道："明兄，我看你还是先休息一下再找吧！"

明仪道："眼下哪还有时间休息？"

谢怜道："你是中毒，动得越狠，毒发越快。再说你不休息，我一个凡人也要休息。你先坐下，我去弄点水来喝。"

于是，他尽量平稳手脚，不泄露一丝颤抖，让明仪坐在草地上，自己则到了溪边，借着流动的溪水之声掩盖低声的说话声。师青玄掬两捧水泼了自己满面，冷静了一把，低声道："太子殿下，你在说什么？我身后这个人到底是谁？是那三个其中的某一个化形成了明兄？还是他们全都附身在明兄身上了？"

谢怜道："风师大人，冷静！不是他们，是他！现在在你身边的，只有一个人。从始至终，都是这一个人。没有任何人化形，也没有被任何人附身！"

师青玄喃喃道："可是，可是明兄他……"

谢怜道："不要叫明兄了。真正的明兄，已经死了！"

师青玄道："你怎么知道？你看到了？"

谢怜道："不光我看到了，你也看到了。真正的地师大人，就是刚才供在幽冥水府里的那一具尸骨！你当他为什么用不好地师的月牙铲？因为那根本不是他的东西！你身后的这个人，几百年前本名叫作贺玄，修炼为绝化名黑水玄鬼，吞噬白话真仙操纵那东西找上你，囚禁并且杀死了真正的地师，从很早以前就冒名顶替到了上天庭！"

话音刚落，他整个人突然一僵。

一只手，猝不及防拍上了他的肩头。

明仪的声音从身后传来："你一个人嘀嘀咕咕地在说什么？"

师青玄身体僵硬，道："我……我……我……"

谢怜想帮他说话，舌头却是不听使唤。也没办法，平日里最信赖的挚友，居然就是自己最恐惧的东西，并且一直潜伏在自己身边。眼下四野无人，不知他究竟想干什么，换了谁不害怕？

突然，明仪五指收紧，师青玄肩膀一痛，这就被他按了下去。

与此同时，溪水中竟是突然伸出一双惨白的手，抓向师青玄喉咙。

水鬼！

明仪一按，这手抓了个空，他再轰出一掌，水中传来尖叫，想是那东西被打散了。师青玄跌坐在地上，明仪把他拉起来，道："你莫不是脑子有毛病，在黑水鬼域里随便找溪水洗脸。"

师青玄方才用浸泡了水鬼尸体的溪水让自己清醒，该是略感恶心，然而他完全没心情注意这些，脸颊发梢都滴着水，湿淋淋的仿佛一只落汤鸡，失魂落魄，只是呆呆任由明仪拉起，呆呆跟着他走。

其实，细细想来，所有关于这位"明兄"的事，都透露着一股古怪。

他是地师，于是理所当然地，一路上所有的缩地千里阵法，都是他画的。而这本该是他的看家本领，却频频出现状况。

他们一行四人从菩荠观被莫名其妙传送到了博古镇，风师水师在黑水岛上的传送又出了状况。是传送之殿年久失修吗？是有别的东西作祟吗？是幕后黑手太神通广大吗？

何必想太多？最简单的答案就是，全部都是明仪动了手脚！

风师第一次被白话真仙带走，是他看丢的；失去了法力的风师，也是被他第一个发现的；一直陪伴在师青玄身侧对他的恐惧和行动了如指掌的是他；知道风师口令，可以驱使白话真仙威胁他亲手把倾酒台防护阵的门打开的也是他。

当时，他亲手劈烂风水殿招牌，却面不改色，也许是因为特立独行，又也许因为，他根本是故意而为之。

借着由头在仇人面前光明正大地劈烂仇人的招牌，仇人还得感谢他，何其嚣张大胆。

对这些细微的古怪之处，谢怜不是从未怀疑，他也亲自试探过——那三个问题。但他从来没有想过，居然能发生这么胆大包天、不可思议的事：一只鬼，常年伪装成一位神官，一直潜伏在他们中间！

黑水沉舟，一贯低调？

常年以另一个身份存在，当然低调。

  当时明仪的回答，的确没有破绽。那是因为他吞噬了白话真仙，拥有了它的能力，可以将它作为喽啰驱使，绝境鬼王，必然凌驾于其之上，当然不受那特性的限制。想说真话说真话，想说假话说假话。

  那具尸骨手脚灵巧，符合地师身份。为什么要把它供在幽冥水府里？必须的。因为那毕竟是一位神官的尸骨，如果不慎重对待，只草草葬了，绝不能善后，必然压不住棺材板，因此，只能以隆重之礼相待，供在自己殿内。

  但是，让谢怜猜到他身份的，却不仅仅是这个，而是它那一扑。

  水师问那尸骨为什么回光返照？明仪抢着回答了："只要这东西不会站起来挡我们的路，他是什么人都不重要"，可事实上，恐怕刺激到真正的明仪，根本不是这句，而是后面的四个字——"地师大人"！只因为，他才是真正的地师！

  而假冒他的人，就站在面前，并且轻描淡写地故意把他们往错误的方向上引导了。

  有时，明仪又故意反其道而行之，往正确的方向稍微拨拉那么两下，摆脱嫌疑。比如，他对花城说"你果然在上天庭埋有眼线"。可那个眼线，不就是他自己吗？所以花城才挖苦地回他"你不是早就知道了吗"，潜意为："何必装模作样？"

  不过，"眼线"一词，恐怕不准确。这二人之间，应当是协议，如，情报交换。两位绝境鬼王利益合作，岂非双赢？黑水混入了上天庭，掌握天界大小动向，花城则扎根人间，信徒遍布。除此之外，是否还有更多合作，就不得而知了。君吾派"地师"到鬼市去卧底，简直是大水冲了龙王庙，送盗入贼窝。

  明仪潜伏至今，大概只出现了两次意外。第一次，是那火龙啸天之法。

  冒名顶替者自然不会闲得没事来这么一出，谢怜更倾向于，那火龙啸天之法，是真正的明仪某次逃出去的时候释放的。

  要完全伪装成另外一个人混入上天庭，不对那个人足够了解是不行的，所以，被顶替者，必须留下活口，一点一点从他口里抠细节。包括经历、技艺、法宝的使用方式等。假明仪，应该是在真明仪刚刚历劫，还没来得及升天的时候，就掳走了他关押起来。否则，如果真明仪已经和其他神官有了接触，冒名顶替更容易被拆穿。

  那是个意外，所以花城接到消息，不得不回去帮合作伙伴善后。而恰巧谢怜也接了君吾给的任务：鬼市营救。

当时还不觉得，回想起来就会发现，那次行动是否也太顺利了？谢怜的确是从极乐坊地牢里把"地师"救出来的，但他是怎么发现极乐坊地牢的？

是因为他先看到了花城手下那个戴着咒枷的鬼面人，后来又看见这人鬼鬼祟祟在极乐坊中潜行。

咒枷这种东西，是耻辱，一般的神官被贬，应该都是想藏起来，有哪位鬼面人会直接戴在手上？为何后来他又藏了起来？除非"不小心"。另一个解释就是他故意的，为的就是吸引谢怜的注意力，让他顺理成章地发现"被囚禁"的假地师。而事实上，发出求救讯号的真明仪，应该是在这之后才被杀死。因为无法毁尸灭迹，但又不能留下肉身——那就等于留下许多线索，所以将他化成了白骨。

第二个意外，则是师青玄在被白话真仙恐吓之后，找上了谢怜帮忙。

花城明显不想让谢怜被卷入事件之中，因此，当时明仪说"来到此处，非我本意"。而后来在倾酒台，花城离开的那段时间，应该就是去和明仪碰面，质问他到底怎么回事。

这些，谢怜都没有机会对师青玄一一细说，但师青玄必然一条一条都慢慢想到了，双手一直藏在袖子下微微发颤。

二人并肩行走，谢怜则在思索，师无渡去了哪里？

第一个通过那门阵离开的就是师无渡，最后一个才是明仪，他应该不能越过师青玄对师无渡做什么，那么有三种可能：第一，师无渡被传到了别的地方；第二，有别的东西在师无渡的目的地等着他，他已经遇害了；第三，师无渡自己走了。

如果是第一、第二，没理由眼下明仪还要继续在师青玄面前演戏，一起寻找他。想到这里，忽然，谢怜听明仪道："你那枚长命锁呢？"

师青玄没反应过来，谢怜却是心一提。明仪问了好几声，师青玄才道："啊？"

明仪没好气地道："你不是说，你们那两枚长命金锁是兄弟金精打造的，主人受伤了会共鸣吗？"

师青玄什么都对明仪说，他自然清楚这宝物的用处。这意思，竟是要利用这金锁去寻找师无渡的下落！

师青玄道："可是……可是，我的伤已经好了！"

明仪冷冷地道："那还不简单？"说着，微微举手。谢怜心想："难道他想动手给风师大人来两刀？？？"正凝神戒备，谁知，明仪却是在他自己手臂的伤口上按了一下。

原本已经愈合的伤口霎时血流如注。他道："你把锁给我戴着。"

看到这里，谢怜不得不叹服了。

即便是做戏，做到这个程度，也真令人叹为观止。他完全能理解，为何师青玄会如此看重明仪这个朋友了。

若这一举动不是暗含杀机、不怀好意，这样一个人，该是多值得结交的一个朋友啊！

师青玄却犹豫着不敢动。他只要一把长命锁交出去，两枚金锁便会共鸣。师无渡觉察到，必然会主动前来寻找。明仪皱了皱眉，道："你是不是吓傻了。"

师青玄道："不是！其实，这个，这个锁，我没有告诉你吗？只有我本人戴着，才有这种效果的。"

明仪怀疑道："有这种事？"

师青玄死死攥住长命锁，用力点头："有的！"

明仪盯了他片刻，似乎放弃了这个打算，低头看了看手臂的伤口，什么也没说。谁知，正在此时，师青玄脖子上那枚长命锁震颤了起来。

师青玄脸色瞬间大变，而明仪反应极快，立刻朝长命锁对着的方向走去，道："水师大人在那边。"

金锁共鸣，说明师无渡受伤了。可他进到那门阵里的时候还是毫发无损的，眼下又会是什么让他受伤了？

谢怜能感觉到，师青玄眼下是既急着要去，又万分不想去。他们被困在黑水湖幻界内，岛上没别人，裴茗在界外苦苦伐木造棺舟等他们回去，师青玄眼下就是个凡人，师无渡再一受伤，叫天天不应，叫地地不灵，送上门来，这还怎么跑？

匆匆走了一阵，师青玄道："明……兄，我觉得其中有诈啊，最好还是不要去！"

明仪道："什么有诈？"

师青玄硬着头皮道："我哥怎么会受伤？在那边的不一定是他。"

明仪却比他有理有据得多，道："眼下是在绝境鬼王的地盘上，水师大人未必有能力自保。不管是什么，先过去看看再说。"

师青玄想不出理由不去。谢怜也想不出来，但他静观其变。随着长命锁震动增强，二人越走越近，却见师无渡躺在地上，狼狈蜷缩，捂着腹部，十分痛苦的模样。师青玄见了一惊，喊道："哥！"奔了上去，明仪也跟了上来。

谁知，师青玄一走近师无渡身边，师无渡猛地跳起，一把搂住他，疯狂大笑起来。师青玄被他抱了个满怀，惊愕万分，这才发现，这人鼻歪眼斜，哪里是师无渡，不过是个穿了师无渡的衣裳，佩了那枚金锁的疯子怪人！

他还没开口，却听一声巨响，身旁明仪突然倒地，胸口多出一个绣球大小的黑洞，鲜血满地。而树上跳下来一个白衣身影，抓了他就跑，喝道："走！"

谢怜定睛一看，这人才是师无渡！

师青玄道："哥？！"

师无渡低喝道："别说话，快跟我走！他不是好人！"

电光石火间，谢怜明白了。原来，师无渡也不是省油的灯，他一从门阵里出来，发现自己还在幽冥水府就觉察不对。他想得比谢怜简单得多，也尖锐得多，第一个就怀疑是明仪在搞鬼，先行躲起来让他找不到，潜藏在暗处看他做些什么。他大概是和师青玄传送到了不同的地方，否则他会带着师青玄一起躲起来的。发现明仪和师青玄在一起行动后，他拉了个疯怪人过来，给他穿上自己外衣，戴上金锁，再打了一掌，先吸引明仪注意力，再从旁突袭。他倒也心狠手辣，其实并无有力证据证明明仪动了多大手脚，但他一下手，却是直接冲着要命去的！

师青玄忍不住回头，这一回头，正好看见被一击打穿了心口的明仪在地上躺了一会儿，坐起身来，面无表情地低头看了看那个血淋淋的空洞，缓缓站起。

登时，谢怜感觉一阵透心凉从师青玄那边传到自己心底。即便是神官，哪有被打成这样还能行动如常的？必然只有非人之物！

兄弟二人奔出一阵，忽然，谢怜背上汗毛倒竖，喝道："当心！"将水师一拉，前方空气中传来尖锐的破风之响，寒光闪过。若不是谢怜这一拉，水师只怕已被抹了脖子。

是那些只能在水中倒影里被映出身形的隐形人！

师无渡骂了一声，翻手取出水师扇，反手一扇，七八道细长的水箭从扇面上水波里射出，环住了两人身侧，形成一个保护圈。这下，那些隐形人就奈何不了他们了。二人继续奔逃，师青玄总也忍不住回头，这一回头，毛骨悚然，道："他……跟上来了！"

171

果然，明仪就在他们身后约二十丈处，正在缓步前行。虽然看起来是"缓步"，可他每迈出一步，与前方二人的距离就瞬间拉近一大截，好像再走七八步，就能马上抓住他们衣后摆了！

师无渡没有回头，只是一扇，扇面上又射出二三十道凌厉至极的龙形水箭，分明是水所凝聚，居然发出了精钢刀片般的破空之响；再一扇，翻一倍；扇了几下，百余道水箭齐齐朝明仪飞去，从四面八方包抄而上，只要漏过一道，必然被扎个透明窟窿透心凉。然而，明仪居然徒手握住了第一道到达的水箭，拽绳子一般地一拽。水师扇，居然就这么被拽脱了手！

扇一离手，空中乱舞的水龙箭登时化作漫天细雨，坠落下来。师无渡猛地刹步，不可置信地望着自己的手。百余年来，这还是第一次有人把水师扇从他手上拽落。他心知跑不掉了，回头望去，那明仪也负手稳步朝他们走来。

他整个人似乎正在发生某种微妙的变化。每走一步，这种变化就多出一分。那张原本就雪白的脸更加苍白了，和花城一般毫无血色，眉峰更为锐利，眉眼的轮廓更为深邃，当然，也更为阴郁了。原本朴素的黑袍衣摆，悄悄在不起眼的角落里生出了细线绣成的水波暗纹，闪烁着诡秘的银光。当他走到风水二师面前时，虽然大致还是原来那张脸，却已经是完全不同的一个人了。

地师不是武神，武力不济，法力不强，但眼前这位，明显和这两点都严重不符。师无渡戒备道："你究竟是什么东西？"

明仪仿佛觉得好笑，眯眼道："你在我的地盘上，还要问我是什么东西？"

师无渡道："黑水玄鬼？"

明仪望向师青玄，师青玄却没什么反应。师无渡道："你一直是地师？还是……"未完，他也反应过来了，道，"原来如此。"

但他反应过来的，只是玄鬼一直潜伏在上天庭这一点。师无渡道："你我一向井水不犯河水，分域而治，这次来你的地盘非我所愿，何不各退一步。"

明仪道："水横天，原来也有不敢横的时候。"

师无渡生性强傲，听了此话，面上闪过一丝不快之色。虽说人在屋檐下，弟弟在身边，不得不低头，但也不愿短了气势，道："若非时机和地点都不对，师某未必就怕了你。"

明仪却又往前走了一步，森然道："师无渡，你看看我是谁？"

师无渡微微皱眉望他。地师这张脸他也见过几次，不明其意，道："你想让我说是谁？"顿了顿，以为是在暗示他不可泄露其身份，道，"你是谁都无所谓。我以我水师的名义起誓，只要不波及我兄弟二人，你要做什么，统统与我无关……"

他话音未落，明仪凉飕飕地道："水横天果真贵人多忘事。当年你翻了凡间多少人的生辰和名册，费尽千辛万苦才找到我这么独一个，怎么，没过几百年，就忘了我长什么样？"

听到这句话，师无渡的脸一点一点地扭曲了。

这种通常出现在凡人脸上的"活见鬼"的神情，是第一次出现在他脸上。师无渡一对瞳孔缩到极小，脱口道："你还活着？！"

贺玄却冷冷地道："我死了！"

他说完这句话，忽地举起一手，四指并拢，往上一抬。谢怜感到一阵剧痛向头部袭来，却是师青玄受他法场影响，晕了过去。

不知过了多久，谢怜才随着师青玄的意识一起悠悠转醒。眼睛还没睁开，便感觉有什么东西一直在他身上蹭来蹭去。

缓缓睁眼，发现竟是七八个毛茸茸、臭烘烘的头颅。一群疯怪人都围在他身边，一边觑着脸痴痴怪笑，一边伸手乱摸乱挠。谢怜还算镇定，只因为他判断出眼下并无性命之虞，而且这群怪人脏是脏了点，也不成威胁。师青玄却是大惊，当即想推开，却听到一阵哗啦啦的铁链乱响，手脚冰凉，动弹不得。抬头一看，原来，他竟是被几条木棍粗细的大铁链铐在一面斑驳的墙上，手臂高高吊起。

看地面和天花板，他应当是又回了幽冥水府。谢怜的感觉跟他一样，都是头痛欲裂，刚想说："风师大人，冷静，我教你挣脱这种镣铐的方式……"却猛地发现，他居然发不出声音了！

诧异之下，谢怜赶忙细细自查。他的法力，的确流失了一大部分，虽然他的魂魄还能留在师青玄体内，却是无法使用师青玄的身体了，甚至连开口出声提示都不行。莫非花城借来的法力已经用完了？

不可能。施展一次移魂大法需要多少法力他清清楚楚。花城借给他的法力只会更多，绝不会少。而且，他感觉法力还在不断流逝，不免蹊跷又焦急。这时，对面一个沙哑的声音道："青玄！"

师青玄眼睛是花的，凝神抬头望去，那出声喊他的竟是师无渡。

他没有被铁链锁住，但一身白衣肮脏不堪，正跪在地上，见师青玄醒来，面露欣喜之色，似乎想过来，却立即被身旁之人一脚踹倒，重新跪下。那人负手而立，神情冷峻阴沉，肤色白得人心底一寒，正是那黑水玄鬼，或者说，贺玄。

在他身后，有一座神台，四只乌黑光滑的骨灰坛，平静地立在神台上方。两把被撕毁的扇子丢在地上，正是风师扇和水师扇。

父亲、母亲、妹妹、未婚妻。

贺玄道："磕头。"

师无渡眼睛盯着师青玄，口里道："好。"

一句应了，师无渡居然真的跪在神台前，咚咚咚咚地便对着那四个骨灰坛磕了几十个响头。磕完头微微起身，贺玄却重重一脚踩在他头上，冷冷地道："我让你起来了吗。"

师无渡登时被这一脚踩得几窍流血，咬牙道："没有。"

昔日骄傲到连头也不肯低的兄长，被人一脚把脸踩到地上，虽然明知他做的事该得的报应比这再重十倍也不过分，但血浓于水，终归是不忍心，师青玄道："哥……"

闻声，贺玄森森一眼横扫过来。就算抬不起头师无渡也知道这一声坏事了，当即喝道："你闭嘴！"

思忖片刻，贺玄却把靴子从他头上挪了下来。师无渡胆战心惊，但不能起身，低声道："青玄！"

贺玄缓缓走了过来。那群疯怪人怕他得很，嗷嗷鬼叫着逃开，但仍是偷偷瞅着师青玄，仿佛在觊觎着他身上的什么东西。师青玄被锁在墙上，看着这张他本应熟悉无比的脸缓缓逼近，却觉得陌生无比。

贺玄在他面前蹲了下来，顿了顿，开口问道："白话真仙可怕吗？"

他问得平淡无波，师青玄则两眼发直，嘴唇发颤，说不出话来。

昔年的白话真仙，已是可怖至极，眼下这个吞掉了白话真仙的人，却比他少年时的噩梦还要骇人十倍百倍。而这份恐惧，是他原本早就该承受的。

师无渡道："贺玄，一人做事一人当，拿你挡灾是我的主意，这件事跟我弟弟无关。"

贺玄冷笑一声："无关？"

他目不转睛盯着师青玄，一字一句地道："你弟弟一个天赋平庸的凡夫俗子，得以飞升上天，风光无限，占的是我的命格，享的是我的神格。你告诉我，这叫与他无关？"

这一句，字字如刀，刀刀扎心，就是说给师青玄听的，饶是师青玄清楚个中来龙去脉，也不由得低下了头，只觉得这辈子都抬不起来。师无渡强作镇定，道："你……既然一直在他身边，就该清楚我没骗你，他那性子藏不住事，他真的从头到尾一点都不知道！"

贺玄厉声道："正因如此才更可恨！他凭什么什么都不知道？！"

师青玄的头更低了。

凭什么吸着别人的血、踩着别人的尸骨登了天，本人却能心安理得、毫无负担地享用这一切？

贺玄又道："当初不知道，后来也不知道？！"

师青玄抬起头，颤声道："明兄，我……"

贺玄喝道："住口！"

他脸色几近狰狞，师青玄看了一眼，打了个寒战，噤若寒蝉。贺玄猛地起身，在幽冥水府殿中走来走去，低声咆哮道："我给过你机会！"

师青玄闭上眼，握紧了拳。谢怜想起了博古镇上的那一句愤怒至极的"好。好！"以及师青玄要随裴茗去东海边时，明仪阻拦他的那一幕。

只是，每一次，师青玄还是选择帮助师无渡。

他低声道："对不起。"

贺玄定住身形，问道："你的对不起，算什么东西？"

那一排四个骨灰坛就正正摆在师青玄对面，仿佛也在嘲讽他这轻飘飘的一句道歉，令人越发痛苦，烧心烧肝，好像说什么都会被打回原形。师青玄道："我知道没用，但是我……"

贺玄漠然道："但是你什么？你知道没用，但你还是想努力表现诚意，希望感动我，希望我能放下仇恨，化解恩怨吗？"

师青玄忙道："不是！不是的！我没有这个意思！我只是……我只是，我，我真的觉得很对不起你。真的。明……贺……贺公子。我知道我跟我哥都错了，到了这一步，也没法补救，所以……"

贺玄听着，道："所以？"

此时此刻，再多的言语也是苍白无力，师青玄努力一阵，实在说不下去了。

贺玄冷冷地道："说啊，怎么不继续说了。所以你愿意以死谢罪吗？"

师青玄一怔。师无渡听不下去了，道："贺玄！罪魁祸首是我，是白话真仙，但青玄本身罪不至死，你……"

贺玄道："那我一家五口谁有罪？谁又至死了？"

师无渡一噎。贺玄继续问道："说吧。你愿意吗？"

师青玄低声道："我愿意。"

闻言，贺玄冷笑一声。因为师青玄低着头，谢怜看不到他的神情，就算看到了，恐怕也揣摩不了他的心思。

须臾，贺玄负着手走开了。那群疯怪人见他离开，又围了过来，有抱着师青玄的大腿胳膊不肯撒手，有的扯他头发，有的勾他脖子，个个眼冒绿光，仿佛要把他活活吃下肚里去一般，饶是谢怜在乞丐堆里生活过都觉得毛骨悚然，心道："这些到底是什么人？玄鬼为什么要弄这么一堆疯子在这里？"

师青玄却默默忍受着这些疯人推来搡去、拉拉扯扯，不敢发出一声。贺玄冷眼旁观一阵，道："你知道这些是什么人吗？"

几只枯瘦的爪子在师青玄脸上身上摸来摸去，他连气都不敢出，当然更没空思考这些到底是什么人，摇了摇头。贺玄道："烂命，贱命，猪狗不如的命，活活把人逼疯的命。"

谢怜心中一阵寒意爬过，隐约猜到他想干什么了。师无渡也一下子明白了，双目圆睁，道："你……"

贺玄站在师无渡和师青玄中间，冷冷地道："现在，我给你们两个选择。"

他先指师无渡，道："第一个选择。你，从这群人里挑一个，把你弟弟的命，和他交换。然后，自己滚到凡间去。"

层层血丝爬上师无渡的眼球，他肩头发起了抖。贺玄道："既然你这么喜欢给人换命，想来这一手熟练得很，不用我教。"

这一步，若不看前因，当真歹毒。师青玄原本的命格虽说不够飞升的资格，但也是极好极安乐的富贵闲人。再看看这些人，要么个个烂疮病痛缠身，要么被折磨到发疯，显然，无一不是大凶大劫大难缠身之人。若是和他们交换，师青玄岂非要沦落到和他们同样悲惨不堪的境地？这可是能把人活活逼疯的命格，从此以后必将受无穷无尽的痛苦折磨。

这一劫，师无渡显然是渡劫失败了，而白话真仙之事东窗事发，必然被贬。

被贬为凡人后，他就没办法再给师青玄换回好命了。一个被剥夺法力的普通人，和一个烂到地心的贱命人，这能怎么过下去？

师无渡喘了口气，咬牙道："第二个呢？"

贺玄继续道："第二个，你。"

这次，他盯的是师青玄。

他一字一句地道："我不动你的命。你，就在这里，把你哥的头给我割下来！"

哐当一声，他丢了一把生锈的刀在地上，师青玄盯着那把刀，睁大了眼。贺玄道："然后，永远都别出现在我面前。这样，我可以当你在这世上不存在。"

那刻入骨髓的恨意沉淀了几百年，终于到了爆发的巅峰，谁都能看到他那从眼瞳烧出来的疯狂之色，谁都能明白他绝不是说说而已。沉默片刻，师无渡哑声道："我自戕。我自戕行不行？"

贺玄道："你没资格跟我讨价还价。"

师无渡望望师青玄，喃喃道："你这是要我们的命啊……"

师青玄却没他那么绝望，忙道："哥！哥！我们，我们选第一个吧。第一个。"

一阵过后，师无渡冷静下来，道："不。我选第二个。"

师青玄蒙了，道："为什么要选第二个？咱们都活着不好吗？哥，第一个吧，第二个不行，我真不行。"

师无渡怒道："闭嘴！你不知道我？要我什么都没了，然后看你变成那种烂泥巴地里的东西，难道我就行吗？！你不如气死我！"

师青玄道："哥！算了……好死不如赖活着。再说，其实，你想想，咱们……咱们都好活了几百年了，也该……也该……"说着说着，似乎想到了这几百年的好活是怎么来的，羞愧得不敢再说。

贺玄在一旁冷冷看着他们。师无渡好容易才爬起来，抓起那把锈迹斑斑的刀，跌跌撞撞走到墙边，抓住弟弟肩膀，道："来！"又低声短促地道，"去找裴将军，求他照应你。"

那刀沉得吓人，又生满铁锈，别说杀人，杀只鸡都难。要是用这样一把刀去割谁的脑袋，割的人和被割的人必然都痛苦万分。师青玄吓得完全握不住，刀直往地上掉，道："算了，哥，算了！你不是跟我说过吗，世上人谁都是自己管自己，别人哪会照应咱们啊，从来不都是咱们自己照应自己吗？别给我拿这东西，别给我！"

177

师无渡喝道:"青玄!别这么没出息!"

随即,他苦笑道:"你哥外号水横天,你又不是不知道。这么多年来翻过的天掀过的浪,没有一千也有八百。天上地下,都是仇家。我死了倒还好说,我死了就一了百了不关你事了。我要是没死,却什么都没了,那才是生不如死。我若不是水神官,根本没法照应你,自保都不行,只怕我们兄弟没过两天就……你拿着!"

师青玄简直要吓哭了,失控地道:"不行!不行不行不行,不行!哥,我是真没办法!你别逼我,别塞给我!救命啊,救命啊,救命啊!!"

在这种时候,他居然声嘶力竭地惨叫救命起来,师无渡道:"没事了!不用怕青玄,不如换命和抽法力疼……"

贺玄耐着性子看到这里,突然一脚踢过来。猝不及防师无渡被他一脚踢出几口鲜血,在地上翻了几个滚,站不起来。师青玄吊在墙上喊道:"哥!"

贺玄森然道:"闭嘴!少在我面前表演你们令人作呕的兄弟情了,这里可没人会为你们感动!"

谁知,师无渡大口呕血,忽然翻身,一跃而起,一把掐住了师青玄的脖子。谢怜一惊,顿感窒息,血直往脸上冲。师青玄艰难地道:"哥?"

师无渡咬着齿间鲜血,道:"青玄!你现在这个样子,我放心不下!我死了你也肯定没法在世上活了,不如跟哥哥一起走吧!"

说着,手下陡然用力,师青玄眼前阵阵发黑,喉中逸出垂死的呻吟。谢怜心中大骇:"水师难道是真的要把风师掐死?!"

不多时,喉间压力突然一松,大量空气涌入,呛得师青玄连声咳嗽,好容易缓过一口气来。却是贺玄站在他们身边,生生从小臂处捏断了师无渡掐住他脖子的两只手,冷声道:"我给你第三条路了吗?"

师无渡双臂齐断,血如喷泉,却放声大笑起来。贺玄丢废弃之物一般地丢掉他那两条手臂,道:"你笑什么?"

师无渡一振那一双染血的空荡荡的广袖,道:"我笑你,以为自己稳占上风!你觉得自己隐忍多年到如今,终于报了仇,很痛快吗?"

贺玄道:"看你这苟延残喘的样子,的确痛快得很!"

师无渡道:"是吗?那我告诉你,我也痛快得很!"

他用那一双血如泉涌的断臂"抓"住贺玄的衣领,道:"因为我看到你现在这么愤怒，这么痛苦，这么恨，恨得牙都要咬碎了，但你还是救不回你的亲人，你还是只阴沟里的鬼，你再怎么跳脚也没有任何用，因为他们早就全都死了！而我，我弟弟多活了这么久，当了这几百年的神官，现在就算他没得当了，活不了了，那也是他赚了，还是我赢了！我不比你痛快吗？哈哈哈哈哈哈……"

听着听着，贺玄那张苍白的面容渐渐起了变化，仿佛冰冷的荒原上起了鬼火，忽然之间，屋子里的气流似乎都冷了许多。师青玄恐惧至极，哑着嗓子道："哥，你别说了，别说了好吗。哥，我的天啊，你在说什么，你在胡说八道些什么……"

贺玄猛地出手，掐住师无渡的脖子，道："你，分毫没有悔过之心！"

师无渡狂笑道："悔过之心？哼，笑死人了！亏你还是绝境鬼王黑水沉舟，你跟我谈悔过之心？我告诉你，没有这种东西！"

师青玄惨叫一声，师无渡昂首道："今天我得到的一切，都是我自己争来的。没有的东西，我自己争；没有的命，我就自己改！我命由我不由天！"

谢怜还是第一次听到"我命由我不由天"的这种解释，即便是头皮阵阵发麻也惊得呆了。仿佛是被师无渡这种理直气壮死不认错的气势打开了新眼界，贺玄也大笑起来。眼看着他的脸色越来越恐怖，师青玄崩溃道："哥哥，我求求你，我求求你，你别说了好吗，快住口。救命啊……"

师无渡嚣张之色不减分毫，道："青玄，哥哥先走一步，下面等着你。哈哈哈哈哈哈……"

话音未落，贺玄便把手放到他脑门上，抓住了他的头发。师青玄魂飞魄散，铁链在墙上撞得铛铛乱响，道："明兄！明兄！对不起，对不起对不起对不起对不起对不起对不起！千错万错都是我们的错，是我的错！我哥都是因为我才这样，我哥他疯了，他疯了你看到没有！我……我……你……你……"

想求饶求他发发慈悲，却求不出口，只敢用目光连连磕头。贺玄缓缓望向他，须臾，似乎想起了什么，稍稍冷静下来，止住了动作。

见状，仿佛抓住了一线希望，师青玄松了口气，眼泪终于滚落下来。然而，那泪水还没来得及坠落到地面上，就听贺玄冷酷的声音响起："你叫错人了。"

说完，他猛一抬手，生生将师无渡的脑袋从脖子上拧了下来！

"啊啊啊啊啊啊啊啊啊！！！"

师无渡头身分离，鲜血从脖子参差不齐的缺口喷出，远远溅到师青玄身上、脸上，师青玄终于受不了了，疯了一样地大叫起来。

而见一具无头尸站立不倒，十分有趣，那些疯怪人也喜得发起了疯，绕着他打起了转，赤脚丫子踩出一大圈血糊糊的脚印，边转圈，边拍手叫好："哟哟哟！死了死了！"

"死了死了！嘿嘿嘿！"

师青玄狂叫了不知多久，只叫得魂魄好像都飞了，也不知是何时才停下来的。待到谢怜随着他的意识清醒过来时，他已然在血淋淋的地面上瘫坐了许久。

而贺玄就站在他身前不远处，一手提着师无渡双目圆睁的头颅，正居高临下地看着他。

半晌，贺玄淡淡地道："你有没有什么想说的？"

师青玄目光呆滞地盯着前方神台上的一排骨灰坛，以及地上那两把支离破碎的扇子，许久，讷讷地道："我想死……"

贺玄冷然道："你想得倒美。"

紧接着，贺玄向他伸出了一只手，师青玄闭上了眼。

与此同时，谢怜的魂魄突然被拽了出来，高高抛起！

坠落下来时，一睁开眼，他正瘫软在一个红衣人怀里。花城正与他额头相抵。怪不得谢怜觉得支撑移魂大法的法力忽然急剧下跌，原来，花城竟是用这种最快捷有效的方式，把他方才借给谢怜的法力又全都收了回来，成功将谢怜的魂魄召回了身中。

见谢怜醒来，花城似要离开。情急之下，谢怜顾不得那么多，双手一抬，抓住了他的脖子，将被花城收走的法力又吸了回来。

花城显然没料到他居然会这么做，一时没留神，法力回流，被抢夺法力。这时，菩荟观的小木门吱呀作响，一条巨型青色毛毛虫般的身影从屋内爬了出来，道："是哪条狗胆子这么大！敢打扰老子睡觉，阿嚏！看老子不……"话音未落就看到了观外两个身影，登时吓得尖叫起来，"咿呀啊啊啊啊啊啊啊！"

花城微微举手，原本是要去抓谢怜的肩，听他聒噪，手势一转，把戚容"哎哟"一声打回了屋里，门又砰地关上。花城这才翻了个身，抬起脸轻出一口气，眼里黑光闪烁，道："殿下！"

谢怜来不及多说，借够了法力，呛了一下，再次道："移——移魂大法！"

谁知，这一次，他的魂魄刚被拉出来，还没抛上天，就被一道墙挡住了一般，重重弹回自己体内，弹得他"啊"了一声。睁开眼，上方还是满天星光和花城那张微显焦急的脸。谢怜坐起身来，抱着脑袋，喃喃道："过不去了。"

是师青玄死了吗？还是黑水玄鬼加强了屏障？不管是哪种，反正，他都没法再到师青玄脑子里去了。就算现在往南海那边赶，也肯定来不及了。

见他怔然，花城道："殿下，抱歉。"

谢怜望他，花城又道："但是，这事，旁人没法插手。"

谢怜摆了摆手，道："你不用道歉。其实，就算我在那里，也没法做什么。"

用移魂大法，他只能进入师青玄的身体。然而，师青玄不过凡人之躯，即便谢怜能帮他挣脱镣铐，他又如何能在黑水鬼域里，与那处的主人抗衡？连逃脱也做不到。

缓过了神，谢怜迅速重回上天庭的通灵阵，道："灵文，你们出发了吗？"

灵文道："太子殿下！方才你为什么一段时间突然就没声了？我们已经先派了一批神官到南海那边去了，奇英殿下回来了，待会儿他也会出海，但是黑水鬼域不是那么好进的，也不知道什么时候才能找到。"

谢怜哑声道："稍候，我跟你们一起出发。也许还能记得点路。不过要麻烦你派人到菩荠观这边来接我。"

灵文道："好的，他现在就来了。"

谢怜一怔，回头一看，花城居然已经不见了，而菩荠村外走来两个小神官，后面跟着一个个子高高、黑发微卷的少年，正是权一真。

谢怜对他微一欠首，算是打招呼，权一真却不懂回礼，不过谢怜也不在意。望了望四周，未见花城踪影，知道他是给自己留时间处理这件事。

二人和一批小神官出了南海，听谢怜建议，特地收集了几十具装过死人的沉甸甸的棺材，以备不时之需。船在水中飞速行了两三个时辰后，海面上飘来了诡异的东西。

许多巨型骨鱼的尸体浮在海面上，撞上了船。众神官警惕之心大起："这是要到了吗？！"

谢怜却道："不会吧，如果已经进入黑水鬼域，船肯定不能浮在水面上，还开这么快。"

可是，这些明显是前天晚上，裴将军和水师在这里战斗过的痕迹。权一真一直蹲在船舷上，维持着这个高难度的动作，这时，忽然道："前方有个黑岛，是不是那个？"

谢怜定睛一看，前方果真有个黑漆漆的岛屿。而且，远看，的确很像那座黑水岛！

谢怜微微凝眉，道："看起来真的很像。但怎么会这么容易就找到了，船也没沉？诸位请先慎重，当心是陷阱。"

刚说完，他就发现不是陷阱了。因为海滩上有个身影，正顶着太阳，用那一把斩将杀敌的宝剑来回划拉木材做棺材，一旁列着三具已完成的棺材，他手上正在做第四具。谢怜当即挥手，喊道："裴将军！是裴将军，就是这个岛没错！"

大船立即掉转方向，飞速驶去。裴茗一看援兵到了，却没有分毫欣喜，把剑往地上一插，摸了摸鼻子，郁闷道："你们早不来，晚不来，偏偏在我快做完的时候来，什么意思？"

权一真道："有人来就不错了，听说要来救你，大家都没空。"

裴茗一脸"我不跟你这小孩儿计较"，转向谢怜，问道："太子殿下这是先回去了？你们这船怎么造的，怎么能漂浮在鬼域水面上？"

谢怜道："我想不是船的问题。是黑水鬼域的诅咒已经散去了。"

裴茗一怔，随手试了试，居然一剑斩倒一大片树木，法力当真回来了，无语片刻，道："早知如此，我何必做棺材这么辛苦？"

此话不假，他这一夜当真是白费辛苦。做了四个人的棺材，三个人的都没用了。

一行神官上了岛，直奔森林中心。密林中的小鬼还没见过这般阵仗，被吓得四下逃窜，而来到林中黑水湖边，并没遇上那些隐形人。没有他人法场干扰，众人研究了一阵，终于破除幻界，湖边铁牢和幽冥水府都显出了形。

一进到幽冥水府，谢怜把那具黑衣白骨收敛好，提在手里便在殿中四下奔走起来。不多时，他便找到了那间大殿。斑驳的墙面上，两个带血的铁镣铐已经空了。一具无头尸体躺在大殿中央，血已经流干，一群疯怪人正冲那尸体上乱丢东西。众神官进来，那群疯怪人愈加兴奋。裴茗进来后，愣了好半天，才终于敢确认这是谁，震惊道："水师兄！"

谢怜道："劳烦各位在这里，还有这整座岛上找找，有没有风师大人，或是……尸体。"

然而，无论怎么寻找，岛上也没见到师青玄的踪迹。

难道黑水玄鬼带走了风师？又或者，风师已被直接杀害，尸沉大海？

虽然师无渡在最后关头发狂，惹得贺玄暴起杀人，他死了，但毕竟不是风师亲手杀的，贺玄还会给风师换命吗？

轰走了那群烦死人的疯子，裴茗出神许久，叹道："水师兄，你一生强傲，却落得如此下场，连你是否瞑目也不知道。当真是站得越高，摔得越狠。人生百态，样样都逃不过，即便人上为神，也终归不能幸免。"

权一真则没那么多感慨，嗒嗒嗒地在幽冥水府里跑来跑去，跑过来瞅了两眼，觉得很奇怪，道："他头呢？"

谢怜道："给黑水玄鬼拿走了。"

裴茗道："这鬼域主人和他什么仇什么怨？还有，青玄呢？地师呢？难道水、地、风三官全折？"

谢怜道："的确是天大的仇，天大的怨。地师大人，要看你问哪个，真的那位在我手里，假的那位，就是他把水师大人的头颅拿走的。"

"什么？！"

该说的说了，该做的做了，再回菩荠村时，已过去整整一日。谢怜步伐微显疲态。

他刚打开门，就听到戚容的鬼吼鬼叫："狗花城！狗谢怜！你们两个大半夜的，吓死鬼了！瞎了本大爷的狗眼，还不赔老子！"

一听他满口污言秽语，谢怜马上想起昨晚他抢夺花城法力的蛮横行为，差点当场摔门逃出去。花城歪在一旁椅子里，一双靴子交叠着放在桌上，一听谢怜推门进来立即放下腿，顺便给了戚容一脚把他踢晕过去，站起身来，道："哥哥。"

谢怜硬着头皮进来，没见到谷子，心想大概是花城放到村长家里去了，这下连缓冲尴尬的人也没了，道："久等……辛苦你了。"

花城笑了笑。须臾，他道："我以为，哥哥会责怪我。"

谢怜连忙摇手道："不会不会！其实，这件事，你说得没错。旁人的确……不好插手。"

想了想，他还是问道："不过三郎，依你之见，那位黑水玄鬼，会对风师大人怎么样？"

沉默片刻，花城道："我也不知道。黑水这个人，古怪得很。他一个人熬了太多年，没人能明白他心里在想什么。"

"没人能明白他心里在想什么"——谢怜忽然想起来，这句话也是上天庭许多神官对于血雨探花的常用评价。

黑水沉舟是从铜炉山中的万鬼厮杀里出来的，而血雨探花，同样也是。贺玄一个人熬了许多年，花城一人熬过的岁月，未必比他少。

使黑水沉舟成为今日之黑水沉舟的，是仇恨。那么，血雨探花呢？

使花城成为今日之花城的，又会是什么？

一瞬间，谢怜脑海中闪过许多，连连摇头把"金枝玉叶的贵人"甩掉，道："我不明白，水师偷梁换柱这件事应当做得很隐蔽，他瞒了这么多年，黑水又是如何得知的？如果不方便，你不用回答我。"

花城却道："他都换地盘跑了，假神官也不做了，有什么不方便？说来简单，黑水死的那天晚上，师无渡特地去确认过。"

谢怜道："因为只有猎物死了，白话真仙才会转而寻找下一个目标吗？"

花城道："嗯。黑水不知道那个人是谁，但他记住了那张脸。后来成鬼，天上地下的人和事知道了些，黑水才发现，那是水神官。"

难怪了。堂堂水神官，无缘无故怎会去参观一个普通人是怎么死的？谢怜道："但这样应该也不会联想到换命？"

花城道："所以，他才顶替了真地师，混进上天庭，调查这件事。"

胆子也是够大的。谢怜叹道："若非他后来杀了真正的地师，还卷入了两百多个渔民，也可担得起一句'有勇有谋'。"

花城却道："哥哥，把那些渔民卷进东海大浪的，恐怕另有其人。"

谢怜怔道："那会是谁？照常理说，这种风浪，最多应该只有不到五十人被波及。"

花城道："我猜，或许和引你去半月关的，是同一人。"

说来，似乎的确有一只手，一直在把他往各种纷乱事件的中心推。

那这个人到底有什么目的？

第十一章

题离思心躁乱墨痕

水师瞒天过海偷梁换柱，风师是冒名顶替，地师也是冒名顶替，水师身首异处风师不知所终，四件事四个晴天霹雳，一个比一个响，在上天庭和中天庭炸起了轩然大波。

虽然明仪平日里就不怎么跟人打交道，只有师青玄这种喜欢纠缠不休的自来熟跟他能混得好，但大家一想到自己的同僚居然就是传说中的绝境鬼王，冲击实在太大，以至于不知该说什么好。神武殿都没人发表意见了，就连君吾的手都好像快支不住额头了。

为了扮好地师，这么多年来，这位鬼王都勤勤恳恳，在人间聚了一大批信徒，中秋宴斗灯还能进十甲，比上天庭绝大多数神官排位都高，实在是太可怕了，不愧是绝境鬼王。搞得大家都忍不住嘀咕，就算现在告诉他们花城也在他们中间也不会有人更震惊了。

黑水玄鬼和水师无渡之间的恩怨不提，但真地师明仪死于黑水玄鬼之手，这一点却没什么疑问，因此，上天庭正式对黑水玄鬼发起了追缉令。

所谓墙倒众人推，以往，风水二师风风光光，一呼百应。师无渡哪次出现不是众星捧月，一朝横死，众星却是大气也不敢出。师青玄爱广交朋友，出手大方，这时平日里的无数"好友"也不知去哪里了。裴茗殓了水师的无头尸骨，下葬当日，冷冷清清，除了谢怜、灵文，竟没几个别的神官到场了。谢怜想到近来数日已有一批人开始烧砸风水庙了，虽然他于心不忍拦过几次，但随着时间推移，人们发现供奉的神明失灵了，只会愈演愈烈，再过十几年，人们就会把这两位曾立于上天庭巅峰之地的风水二神官忘记了，不由微感悲凉。

末了，谢怜对灵文道："风师大人……青玄的下落，还有劳您费心了。"

灵文也是面色凝肃，多日都无笑容，道："不必太子殿下多言，我也定当全力以赴。"

裴茗却道："太子殿下，与其让灵文殿在那边老牛拉破车地慢慢找，不如直接问问你那位血雨探花，能不能跟那个黑疯鬼打听下，把青玄弄到哪里去了？水师兄的头他也拿走了，他还想干什么？"

谢怜道："鬼界各自为政，又不是上天庭这样谁管谁的关系，一位绝境鬼王想做什么，还需要对另一位告知吗？"

于是，裴茗也不多说什么了。

回到菩荠观，许多村民都围在观前窃窃私语。谢怜不用问就知道怎么回事，因为菩荠观内正传来一阵鬼吼鬼叫。村长胆战心惊，拉住他道："小谢道长，你那个疯表弟，他他他，他又……"

谢怜对外的说辞是戚容是他疯了的表弟，遭嫌弃无人肯养，所以他才义务收留了，某种意义上来说并不是假话。他微笑道："又疯了是吧，没事，我出门前拴牢了，他不会出来的，大家散了吧。"

村民都道："哦。"散了。散之前，村长送了一篮子鸡蛋给谢怜，道："那个，道长，你家的小花……"

谢怜先是一蒙："小花？"终于反应过来，道，"哦，三郎是吧。"

村长道："是啊！你家小花他啊，今天又帮我们修了东西，你晚上好好犒劳一下他吧。真是的，这么好的孩子，家里人干吗骂他！"

现在花城对外的身份也是他弟弟，不过是有钱人家的孩子，跟家里经常吵架，一赌气就离家出走到他这里来玩儿。谢怜忍俊不禁，道："好的好的，一定一定。"

一打开门，戚容躺在地上一边挺尸一边嗷嗷鬼叫，一副烧心烧肝的模样，谷子正在给他捶背，道："爹，你好点没？"

谢怜道："你怎么了？吃坏肚子了？"

戚容呸道："只要你别给我做东西吃，我就是在地上舔灰也不会吃坏肚子！"

谢怜放下鸡蛋，道："那你要不要真的试试舔舔看会不会吃坏肚子？"

戚容道："呸呸呸！老子说什么来着，你又暴露了你阴暗的内心！变着法儿想折磨我！哎哟哟哟哟哟，乖儿子不错不错，换边儿捶捶。嘻嘻嘻嘻！哎，怎么回事,最近真是躁死我了,躁得跟猫要叫春似的。我是不是病了?!太子表哥!我病了!肯定是你,因为你虐待我,我才生病的!你这天杀的雪莲,又要害人性命了!"

他叫得要死,谢怜蹲下来摸摸他额头,道:"也没有发烧啊。你该不会是在装病吧。"

戚容又要骂了,谷子可怜巴巴地道:"道长,我爹没有骗你,他最近一直不舒服,今天惨叫好久了。"

谢怜摇了摇头,站起来准备找找药箱,却忽然发现功德箱里又是沉甸甸的。这功德箱是花城新做的,什么都没放,怎么会沉?打开一看,谢怜瞠目结舌,居然被一箱子明晃晃的大金条晃瞎了眼。

啪的一声,谢怜赶紧又把功德箱关上了。

水师送来的那一箱金条他不是早就送回去了吗?谁又送回来了?

谢怜转头问道:"有谁来过吗?"

戚容指着他鼻子骂道:"喂,你有没有搞错,你真当我是你养来看门的啊?你当你是绝?绝也没你这么大的脸啊,臭黑水和狗花城都不敢把我当看门的!"

哐的一声,菩荠观的门被人一脚踹开,却是花城踢门进来了。一看到他,戚容登时哑了,悄悄往一旁蠕动而去,根本不敢叫。谢怜道:"三郎,你回来啦。"

花城笑眯眯地道:"是啊。帮这村子里几户人家修了点东西。"

谢怜道:"辛苦你了。大家送了些东西要我犒劳你,今天晚上吃点好的。"

花城道:"好啊。不过,今晚哥哥要不要到我那里去?"

谢怜:"鬼市吗?"

花城:"嗯。顺便,把这个东西也带去。"他指了指戚容,"看看有没有什么法子能把他的魂拉出来。"

谢怜道:"也好。总这么拖下去也不是法子。"当然,最重要的原因是戚容太能吃了,他这菩荠观真的已经供不起了!

戚容一听大惊失色,然而抗议无效。一阵烟雾后,他被花城化成了一只青色的不倒翁,叫谷子抱在手里带去了。

鬼市还是那般热闹,走在大街上,群鬼见他又来了,纷纷嚷道:"大伯公!啊不,城主的朋友大人,您又来啦!"

"嘎！是不是想念我们这里的特色小吃了嘎！"

谢怜把那一篮子鸡蛋也带来了，当作从人间带来的土特产分了下去，许多拿到鸡蛋的鬼乐得手舞足蹈，有的决定今晚和着自己的血一起吃了，有的宣布要用这颗蛋孵出一只八丈妖兽来。花城解了术法，一阵青色的烟雾过后，戚容出现在街头，抱头防蹲，一语不发。有鬼嗅出了他身上的味道，道："咦，这不是青鬼吗？"

群鬼都围了上来，嗅了半天，乐了，道："哈哈哈哈哈，真的是青鬼，这个缺心眼又来了，哈哈哈哈哈哈哈！"

"之前没被打够吗？哈哈哈，居然还敢来！"

花城道："小的看好。大的想个办法拖出来，肉身不能坏。"

"是！城主！"

于是，几个相貌柔美的女鬼抱起了谷子，几句小调便把他哼得睡着了，其余的妖魔鬼怪则开始和戚容玩起了鬼抓人。一个大叫逃跑，一群在后面穷追不舍。花城和谢怜看了一阵便进了千灯观。

台上还是铺着笔墨纸砚。近来谢怜都心情沉重，看了这些，有意轻松下氛围，微微一笑，道："上次要你有空多练练字，你有好好听话吗？"

花城咳了一声，道："哥哥，你把犒劳我的东西都分给别人了，晚上我吃什么？"

谢怜学着他的样子，轻轻挑眉，道："不要顾左右而言他。"

花城道："练刀我可以，练字不行。哥哥不在身边指导，我一个人练，恐怕练得不对，越练越差。"

谢怜一边眉挑得更高了，道："三郎这么聪明，还有不擅长的事吗？"

花城提笔，蘸了一点墨，状似十分谦虚地道："当真。还请哥哥赐教。"

谢怜叹了口气，道："你先写写看吧。"

于是，花城认真地写了两行。谢怜看了一会儿，实在看不下去了，道："打住，打住。你……还是住手吧。"

不要糟蹋好好的笔墨纸砚了。花城道："哦。"果真打住，收了笔。谢怜摇了摇头，道："三郎，你……你不要跟人说，你的字是我教的呀。"

花城道："哥哥，我真的尽力了。"

他这话说的，似乎有点委屈。一位好好的绝境鬼王，名号报出去，三界皆闻风丧胆，此时却像个小学生一般站着，乖乖听谢怜批评。又讲了几句要领，谢怜还是如上次一般，握住了他的手，道："再来一次吧。这次要认真。"

花城道："好。"

二人都凝神作书。写了一会儿，谢怜随口问道："为何还是《离思》？"

花城也随口答道："我喜欢这诗。"

谢怜道："我也喜欢。不过，三郎还有别的喜欢的诗吗？这首写熟了，也可以写写别的。"粗略来算，这首诗几十个字，两人大约写了几十遍了，也该换一首了。花城却道："就写这首吧。"

落笔，他轻轻吹了吹墨，笑道："我若是喜欢什么，心里就再容不下别的，永远都会记着。一千遍，一万遍，多少年都不会变。这首诗便是如此。"

谢怜微微一笑，道："是吗？"

花城道："嗯。"

谢怜放开了手，轻咳一声，道："那很好。三郎是至情至性之人，挺好的……哦，你再自己练练吧。啊，对了。戚容似乎最近身体有些不适。"

花城放下纸，又提了笔，道："哪方面的不适？"

谢怜转过身，道："他似乎是说浑身上下躁得慌。可是我查看过，好像并不是那人的肉身出了问题。总归不会是因为天气不好。"

花城在他身后道："从什么时候开始的？"

谢怜道："应该就是这几天，今天尤为严重……"

话音未落，他心中忽然油然而生一种不祥的预感，正在此时，身后传来啪的轻轻一响，似乎有什么东西从半空坠落了。

谢怜猛地转身，道："三郎？！"

原先握在花城手里的那支笔坠落了下来，在雪白的纸面上画下一道凌乱的墨痕。而花城脸色微沉，仿佛有些身形不稳，一手扶在神台边缘，另一手捂住了他那只右眼。

观他神情，似乎右眼正传来阵阵剧痛，难以忍受。谢怜当即一步抢回去："你怎样了？"

花城嘴角微动，却强忍着没答话，厄命刀柄上的银色眼睛睁开，眼珠疯狂转动起来。而花城放在神台上的那只手手背青筋微起，似想掀翻那神台。谢怜举手要碰他，花城却低声喝道："别过来！"

谢怜动作一滞，花城隐忍着道："殿下，你，快离开我。我可能……"

谢怜道："你这样子叫我怎么离开？！"

花城微愠道："你再留在这里我……"

千灯观外传来一波比一波高的鬼哭狼嚎，鬼市大街上群鬼倒了一地，哭天抢地，抱头尖叫，似乎都头痛欲裂、死不如生。戚容却在前面跑得飞快，只因为他附在一个活人身上，虽然这肉身让他的法力被削弱了一层，但也作为一道屏障把针对鬼体的攻击削弱了一层，因此就他还能勉强活蹦乱跳，抓紧机会赶紧奔逃。那几个抱着谷子的女鬼跌倒在地"哎哟哎哟"叫着头痛，唱不出催眠的小曲儿了，谷子迷迷糊糊醒来，刚好看到戚容撒丫子狂奔，连忙爬起来追上去，喊道："爹！爹！等等我！"

戚容一把捞起他，道："乖儿子，你要给你老爹当口粮，真是有孝心！赶明儿个爹就把你煮了，红烧还是清蒸你自己选，哈哈哈哈哈！"

他这一跑可要祸害别人了。谢怜刚转身想出去拦，却听身后一阵巨响，原来是花城把桌上笔架墨砚都扫到了地上，似大发雷霆。万不得已，谢怜没空去管戚容了，转身回去，道："三郎……"

突然，花城猛地抓住了他，颤声道："我说谎。别离开。"

谢怜僵成一块铁板，道："三郎？你认得出我是谁吗？"

他似乎已经神志不清了，根本认不出面前的是谁，只是紧紧抓住谢怜，喃喃重复道："我说谎，别离开。"

谢怜睁大了眼，道："你……"

千灯观外传来戚容得意的长笑："嘿嘿！狗花城！让你整天看不起老子！让你整天一副了不起的样！现世报是不是！倒下了吧！"

大街上嗷嗷惨叫的群鬼都没了力气，但都容不得他对花城不敬，纷纷痛骂还击。听到这些喧哗声，花城似乎格外愤怒，抬手就要轰出去。谢怜连忙柔声道："好，好！我不离开，我不会离开你的……啊？！"

谁知，花城动作越发粗暴。谢怜慌乱中道："你……"

戚容哈哈道："太子表哥，你可小心点！狗花城现在肯定跟条疯狗似的，逮谁咬谁！老子出去帮你们宣传一下，跟狗花城有仇的和尚道士可不少，趁现在都赶紧来找他算账吧！呵呵哈哈哈……"他声音渐渐远去，谢怜心中一紧。

万一戚容真的叫来一大帮以往花城得罪过的法师道士，乘鬼之危，眼下这么个状况，鬼市群鬼如何能毫发无损？

可花城不给他思考这些的空隙。分明不是活人，没有体温，此刻的躯体却是滚烫异常，仿佛发起了高热。谢怜抓紧了他肩头红衣。

他在将法力渡过来。但花城法力太过强势，谢怜难受至极，一咬牙，用力一掌出去。

但他没法对花城真的出手，这一掌也只打在肩头，不轻不重的。花城用力攥住他手腕压下，继续发泄。

再继续下去，真的会撑不住。

这次，谢怜用了双手，拼尽全身力气推开他，落荒而逃到神台边，微喘着气。花城却双目血红地欺了过来，把他按在神台上。谢怜实在不知道该怎么办了，只好叫道："三郎！"

也许是认出了他的声音，花城盯着他的脸看了半天，似乎听进去了一点。

见他听话，没再强灌，谢怜松了口气，但感觉到花城体内法力正在暴走。

如此狂暴不堪的法力，要想让他冷静，不找一个突破口发泄怎么行？难怪他逮着自己就发泄了。

想了又想，最后，谢怜想不出其他办法，只好道："得罪了。"

于是，他双手捧住花城的脸，主动将额头抵了上去。

他缓缓引导着花城体内那股燥热的灵流来到自己体内，助其缓解痛苦和燥热。

如此煎熬大半夜，花城体内躁动终于缓缓平复下来，抓着谢怜的手臂也微微松开了一点。谢怜翻身坐起，凝望着花城闭目沉睡的脸，叹了口气。

厄命被丢在一边，眼珠还在急速乱转，谢怜拿过那弯刀，在手里摸了半天，厄命这才微微眯起了眼，仿佛终于得到满足。不多时，花城猛地翻身坐起，道："殿下？！"

谢怜迅速调整神情，回头道："你醒啦？没事了。"

花城四下望了一圈，千灯观内，满地狼藉。他脸色是难得的惊疑不定，谢怜主动从容地道："昨晚到底怎么回事？你这边所有下属都忽然头痛发热、烦躁难安，你也是，火气大得很呢。"

花城道："除此之外呢？"

谢怜道："除此之外？没了啊。"

花城紧盯着他,道:"真的没了?那我怎么平静下来的?"

谢怜有点不好意思地道:"实不相瞒,三郎你可别怨我啊,我除了这样……"他举了一下自己正在抚摸厄命的手,道,"还,喀喀,跟你打了一架。"

花城怀疑道:"打了一架?"

谢怜面不改色,真诚地望着他,道:"是啊,你看,这殿里乱成这样,就是我们打架打的。"

半晌,花城吐出一口气,一手扶住了额头。

而见他不再追问,谢怜终于放下了悬着的一颗心,暗暗松了口气。

这时,花城低声道:"开了。"

谢怜道:"什么?"

花城抬头,沉声道:"铜炉山重开了。"

这句话是什么意思,两人都再清楚不过了。谢怜睁大了眼,道:"新的鬼王……要出世了?"

谢怜回去报到时,仙京上方也是雷声轰隆隆响个不停。迈入神武殿,谢怜下意识想找个人问问,但平时风师站的位置已经没有人了。最前列的水师,最角落的地师,也都不见了。

望了一圈,这殿上居然找不到可以随意交谈的人。

君吾道:"这次叫大家来,是为什么,想必大家也知道了。"

众神官参差不齐应"是"。君吾缓缓地道:"天地为炉,众生为铜;水深火热,万劫其中。

"铜炉山,乃是一处风水险恶的天然恶地,一座不知何时便会爆发的活火山。

"每隔百年,山中蛊城打开,万鬼震动,对先代鬼王的震动尤其之大。所有渴望升至绝境的妖魔鬼怪都会赶往铜炉山。聚齐后,铜炉山就会再次封闭,厮杀正式开始。

"当杀到只剩最后一只的时候,鬼王出世。

"血雨探花和黑水沉舟,便都是铜炉山出身的绝境鬼王。二人成绝出山,黑水花了十二年,花城花了十年。"

慕情冷冷地道:"一个黑水,一个花城,已经棘手得很了,看看他们都干了些什么吧。要是再多一个,那还得了。"

谢怜忍不住道："黑水做了什么我不评价。不过，花城没做什么很过分的事吧。"

慕情看了他一眼，倒也没反驳。裴茗道："是挺棘手的。所以这次万鬼赴会，必定要阻拦下来，是吗？"

君吾道："不错。万鬼齐聚，需要几个月之久，需要尽量在他们齐聚之前拦截下来。但当务之急还不是这个。此次万鬼躁动，惹出了一波乱子，许多原本镇压在各地的妖魔鬼怪都逃跑了，这些里面有许多都是极其危险的非人之物，如那女鬼宣姬、胎灵、锦衣仙，目前它们必然正在往铜炉山那边赶，须得立即重新拿下。"

谢怜道："都跑了？那这乱子的确够大的。"

君吾道："所以近来恐怕各殿武神要多费心，彻查各自的管辖区域了。"

谢怜忍不住道："帝君，那……我呢？"

说实话，他现在也搞不清楚自己到底算是什么神。按他本业来看，应该算破烂神，但他好歹前两次都是作为武神飞升的，现在也是基本在把他当武神用。而且他也并没什么管辖范围。沉吟片刻，君吾道："仙乐，你，和奇英一道吧。奇英呢？"

的确没在神武殿上看到那少年。或许是近来上天庭接二连三出事，灵文殿忙得飞起，灵文也多了几层黑眼圈，道："奇英已经许久没来集议了，从来都联系不上。"

旁的神官有咂了咂嘴的："这小子又跑哪儿去了？"

"又没来啊？可以天天不来集议，真羡慕。"

君吾道："奇英现下不知去了哪里。我会让他去找你，然后对你们下发任务。"

谢怜颔首，道："是。"

人间已入秋，天气微凉。谢怜虽身着单衣也不觉寒冷，但回去路上刚好看到有小贩叫卖便宜旧衣，看着价格划算，便用收破烂的钱买了两件。他虽穿不上，但总会有人需要。

没到菩荠观，他远远便看到一个脸缠绷带的少年默默在观前扫地，将金黄的落叶扫作一堆。

谢怜大是奇怪，上去一看才发现是住在村尾的一个少年。这少年家中无人，以往是靠全村人救济和做点零工勉强糊口，有时谢怜看他揭不开锅也送点米或馒头过去，今天怎么到这里来了？

谢怜拿了扫帚，道："谢谢！你今天怎么到这儿来啦？要进来坐坐吃个饭吗？"

花城回了鬼市，戚容抓了谷子逃跑。前段时间觉得菩荠观很挤，现在却突然冷清了。他开口邀请，那少年自然点头。

请他进观里坐定后，谢怜提着斧头出了门。以往都是花城劈柴，轮到他自己，不知为什么总觉得劈得没有花城好。不一会儿，那少年又走了出来，似要帮忙，谢怜道："不用啦，我劈好了。对了，我到镇上收回了两件衣裳，虽然是旧衣，但挺干净的。你要不嫌弃的话，看看合不合身？"

那少年用力点头，谢怜便进门找到衣服交给他去试，自己准备做饭。

那夜，花城后来又连连追问，谢怜始终一口咬死了二人只是打了一架。铜炉山重开，花城也多了些事要应付。如果真的让新一位绝境鬼王出世了，对三界都会形成冲击。花城和黑水，虽然一个高调，一个低调，但都很有格调，都算是自持身份、自有分寸，谁知道这次会生出个什么样的东西？万一生出个戚容那样的疯子，还要和他们分地盘，那就棘手得很了。于是，谢怜借口近日多事之秋，说二人最好这段时间各自忙各自的，暂时先别见面，忙完了再约，便和和气气地告别了。

虽然显得突兀又冷淡，仿佛翻脸不认人，但谢怜实在是没办法。

他暂时没信心能藏好。

这时，他身后的少年忽然开口道："火。"

谢怜这才发现，他心不在焉，一时没留神，居然又拿起了铁锅和锅铲，把刚带回菩荠观的肉和菜又糟蹋了。锅底的火蹿了几尺高，就快烧着天花板了，谢怜连忙一掌拍熄灭。但是拍得太用力，把整个灶台都拍塌了。这么乒乒乓乓一阵，谢怜蒙了，一手拿锅，不知所措。正是吃饭的时刻，村民们都捧着大碗在门口吃得欢，被吓得又围了过来："怎么了，怎么了？！小谢道长，你屋子又炸了吗？！"

谢怜忙打开窗子，道："没事，没事！喀喀喀喀……"

村长过来看了一眼，道："哎哟，我的妈，惨成这样！小谢道长，我看你还是把小花叫回来吧！"

默然片刻，谢怜道："算了。毕竟……他又不是我家里的人。"

等他回过神来时，那少年已经帮忙收拾了满地狼藉，桌子上也多了一盘姹紫嫣红的东西，是他走神的时候胡乱装盘的。如果上次那碗东西，配取个名字叫百年好合羹，那么这次，就应该叫万紫千红小炒肉。恐怕除了花城，没第二个人能吃下这种东西了。谢怜自己都看不下去了，转身去洗锅，揉了揉眉心，道："算了，别吃了，倒掉吧。"

谁知，他洗了锅再一转身，却见那少年接过了盘子，已经默默吃下去了。谢怜一惊，连忙上来阻拦，扶住他道："你没事吧？有没有哪里不舒服？"

那少年摇了摇头。绷带把他的脸遮得严严实实，看不出他到底什么表情。连戚容和黑水吃了他做的东西后都会神志不清，这少年居然还能挺住，究竟是饿到了一定地步还是他有所进步？谢怜自己逗了逗自己，勉强笑了。

因为那少年吃了他做的东西，谢怜怕他待会儿毒性发作昏迷不醒之类的，委婉地表示想留对方下来过夜观察一晚，那少年也点了头。

菩荠观内两张席子，一人一张。谢怜睁着眼怎么也睡不着，但又不愿翻来覆去吵到另一人，挣扎许久，正想干脆起来出去透透气，却忽听窗子咔咔一响，有什么人轻轻推开了木窗，翻了进来。

谢怜背对窗子，侧卧在地上，惊了。

什么人这么想不开，居然敢来菩荠观偷东西，这不是血本无归吗？

第十二章
两分颜色大开染坊

那人动作极轻，身手极佳，若非谢怜五感灵敏过人，必然也觉察不了。他翻进来后直奔功德箱。谢怜立刻想起，之前那功德箱里塞了满满一箱子金条，这人莫非冲金条来的？可那些金条他早拿到上天庭交给灵文让她帮忙寻找主人了。再凝神细听，谢怜发现，那人居然不是在撬锁，而是在往功德箱里塞什么东西！

塞完之后，那人便收了工，似乎想翻窗出去。谢怜心想等他出去后再跟上，看他去什么地方，谁知那人路过供桌，看了一眼桌上大小盘子，似乎饿了，顺手就拿起那盆没吃完的万紫千红小炒肉扒了几口。

然后，扑通一声，昏厥倒地。

谢怜一下子翻身坐起，心道："居然省了事！"起来点灯一看，地上直挺挺躺着个面色发紫的人，赶紧救命，给他灌了几大口水，这人才悠悠转醒。醒来第一句话就是："什么东西！"

谢怜假装没听到这句，语重心长地道："奇英殿下，你胆子也太大了，什么东西都不知道就敢往口里塞。"

这少年高鼻深目，满头黑卷发，不是那西方武神权一真又是谁？

他瞪眼道："我怎知有人会在自己观里供的饭菜里下毒？"

谢怜揉了揉眉心，打开那功德箱，发现里面又被塞了满满一箱金条，道："上次那箱也是殿下你塞的？"

权一真点了点头。谢怜道："你干什么给我这种东西？"

权一真道："因为我有很多。"

其实，他不说谢怜也能猜到，多半是因为上次中秋宴，谢怜一筷子飞出去，切断了戏台的帷幕。谢怜道:"这些你拿回去吧,无功不受禄。"

权一真不说话,明显压根没在听,谢怜哭笑不得。这时,另一个少年冷冷地道:"让你拿走。"

他竟也不知何时坐起来了,谢怜回头望他,微觉奇怪,这少年往日根本没几句话,居然会有这种不甚友善的口气。不过他也没多想,回头正色道:"殿下,你来得正好。今天神武殿集议你没来,帝君给我们交付了任务,你看过卷轴吗?算了,没事,不用露出这么苦恼的表情,我知道你没看过,反正我看过。这次我们两个人一组,要负责的东西,叫作锦衣仙。"

白话仙人被叫作"仙人",是因为人们不敢直接称呼它为无赖、流氓、讨厌的鬼东西,故而勉强抬举。那锦衣仙为何称"仙"?则是因为,据说,这东西原本真的能成一位神仙。

传说几百年前有一古国须黎国,有一个青年,虽然天生痴愚,智力不如六岁孩童,但一上战场可就不是这样了,武艺高超,且大善大勇。两国交兵,本国能苟延残喘,就仗他一人当牛做马冲锋陷阵。但因他头部有疾,无亲无故,拼了命打下来的战功都被旁人占了,一贫如洗,没有人家愿意把女儿嫁给他,也很少有姑娘愿意亲近。这青年也是傻到一定境界,愣是从小到大都没跟姑娘打过交道,话都不敢多说。

不过,此人有飞升之潜质,再打几年,就该上天了,原本有没有姑娘喜欢也无所谓的,但坏就坏在,他还是喜欢上了一个女子,喜欢得要命。在他生辰那天,这女子亲手做了一件锦衣送给他。

说是一件锦衣,却怪异无比,不如说是个恐怖的口袋。这是那青年生平第一次收到喜欢的姑娘送给他的礼物,激动万分,欢喜至极,再加上天生痴笨,根本不觉得哪里古怪,迫不及待地便把"锦衣"往身上套。手没有可以穿进去的袖口,他便问他心爱的姑娘:"为什么我的手伸不出去?"

那女子笑眯眯地道:"我第一次做,不太有经验呀。不过,没有手不就伸出去了?"

于是,这青年便把自己执掌兵器的一双手砍了,这下,终于合适了。然而,还不够,他又问:"为什么我的腿伸不出去?"

那女子答:"没有腿不就伸出去了?"

于是,这青年便拜托人把他一双腿也砍掉了。最后,他问:"为什么我的头伸不出去？"

最后的结果，可想而知。

谢怜原本也以为，"锦衣仙"应该是指一个穿着锦衣的妖魔鬼怪，谁知却当真是指的一件衣裳。铜炉山重开万鬼躁乱之时，这件衣裳给人盗走了。这锦衣沾了那青年的一腔痴血，化为一件极其厉害的阴毒法宝，常年辗转于各路妖魔鬼怪之手，用它来害人。因此，绝对不要随便收不知哪里来的旧衣服，若是半夜路上遇到一个人拿着一件锦衣要送给你，也千万别接。若是穿上了这件锦衣，就会被猪油蒙了心，痴痴迷迷，任人宰割，被吸干鲜血。

当然，这是传说的故事，听来荒诞，也有可能是人们根据锦衣仙的特性附会而成。不过，这锦衣仙是一定要拦下来的，绝不能让它去了铜炉山。

"奇英？你在听吗？"

谢怜伸手在权一真面前挥了挥。权一真方才似乎出了神，这才回魂，道："哦。"

看来是没在听了。谢怜道："我们眼下当务之急，就是要找到这件锦衣了？它的原形是……"

权一真接道："一件无袖无头、麻袋一样的血淋淋的衣服。"

谢怜笑道："这不是知道吗？我还以为你没看过卷轴呢。不过，但因为这件衣服是妖邪之物，神奇至极，千变万化。世上衣裳千千万，要找到这样一件衣服，无异于大海捞针。"

权一真道："哦。那怎么办？"

谢怜道："拿到这件衣服的妖魔鬼怪，一般会化作商人，在人口密集处询问是否有人想买或者以新换旧。但那是几百年前的事了，如今要是有谁这么做，多少有点怪异，不过它们的习惯和思想方式一时半会没这么容易改变，总之先去城里，多多留意这方面的消息吧。"

这种东西，鬼比人更关注，鬼界的小道消息比人间的灵通，也就是说，直接问花城，肯定省事不少。但前不久谢怜才对他说了暂时别见面，有求于人又立刻吃回头草，未免不好看。而且锦衣仙刚被人盗走，盗窃者肯定也不会这么快就敢拿着它出来害人。权一真点头，起身，跟着他走了两步。谢怜道："对了，锦衣仙原先镇在一座神武殿里，神武殿的封印是极强的，且宫中戒备森严，高手如云，简单的万鬼躁乱恐怕没法使它自己逃掉，定然是有人瞅准了机会，趁乱盗走……"话音未落，忽听身后咚隆一声。

198

谢怜猛地回头，道："你怎么了？"

权一真竟然倒了。他仰面朝天，口吐魂烟。谢怜："你还能走吗？"

权一真四肢平摊，道："我觉得，不能了。"

无奈，谢怜只得将失去了战斗力的权一真拖到一旁，盖了张被子，正在此时，门外冷不防传来了咚咚咚的敲门声。

谢怜正要问是谁，却发现这敲门声不是在敲菩荠观的门，而是在敲隔壁家的门。

敲门声中，一个娇滴滴的女声道："有没有人在家呀？以旧换新，以旧换新。我这里有一件全新的袍子，用不上了，想换一件合眼缘的旧衣服，不知屋子主人有没有这个意愿？有没有人在家呀？"

不消他找出去，这东西居然自己找上门来了！

她挨家挨户地敲门问，然而，并没有一户人家出来给她开门。那是当然的了，谢怜平日里没破烂收的时候就在菩荠村开讲座，向所有三姑六婆七婶八姨宣讲辨别妖魔鬼怪的几百种小窍门，深更半夜的遇到这种明显不对劲的不速之客，根本不会有村民搭理。现在的人可没有古时候那么好骗了。那东西敲了一圈，始终没有人理会，终于来到了菩荠观门前。谢怜屏住呼吸，凝神等待，谁知，那东西还没敲门，就感觉出这里不是她该来的地方了，哎哟一声，脚步声似要远去，谢怜立即道："慢着！我要换。"

他上前就开了门。门外站着个少女，身形婀娜，但长发披面，严严实实遮住了脸，教人不太舒服。

她掩口笑道："这位道长，你想用什么旧衣换我的新衣？"

谢怜微笑道："那要看你的新衣是怎样的了。"

那少女伸出手，抖落一件亮晶晶的锦衣，华丽至极，不过，样式似乎有些老了，并且通体散发着一股妖异之气。

谢怜赞道："好衣，好衣！来来来，姑娘我用这件旧衣跟你换……"

这时，权一真宛如回光返照一般，弹起来就是一掌。这"少女"被他打得倒在地上，一声尖叫，长发后的脸暴露出来。那脸上居然有六对眼睛！

这女鬼实在是太弱了，马上就惨叫道："道长饶命！"

谢怜本也不想这么粗暴，未料到权一真如此直接，道："这就是锦衣仙？是你盗走的？"

女鬼忙道："不是我不是我！我哪敢闯天界偷东西呀！"

谢怜道："那你这锦衣从哪里拿到的？"

女鬼道："回……回道长的话！是……我在鬼市里面淘到的……"

还能这样？在鬼市里面淘到的？

谢怜无语片刻，又道："那卖给你这件锦衣的又是谁？"

女鬼惶恐道："我也不知道，鬼市里面做买卖，又不要查祖宗十八代！"

说得也是。要是在鬼市做买卖得查祖宗十八代，鬼市也不会有这么热闹了。一个东西留了空子，才会活起来。谢怜问不出什么东西，确定这只女鬼的确只是个懵懵懂懂的小喽啰，道："奇英，让你殿里的神官来把这女鬼收了吧。"

权一真却道："不。我殿里没有神官。"

谢怜道："一个都没有？你没点过谁的将吗？"

权一真理直气壮地道："一个都没有。"

"呃……"

原来，这西方武神竟是独来独往，从没点将过一人，连一个处理杂物的副手也没有。谢怜好歹是因为养不起，权一真这种情况，大概只能说是性情怪异了。他只好自己翻出个咸菜坛子把那女鬼收了，再捡起那件锦衣，抖开细看，不禁微微蹙眉。

邪气是挺邪气的，但怎么说？依他之见，这邪气太流于表面，就犹如依靠胭脂水粉厚厚抹了一层堆出来的，而非自内而外散发的。谢怜觉得这东西并没有传说中那么危险。

这时，权一真过来看了两眼这件衣裳，道："假的。"

谢怜奇道："怎么说？"

权一真道："这衣服是假的。真的锦衣仙，我见过，比这厉害多了。"

谢怜道："你何时见过？其实见过锦衣仙的人也不少，但都还是没法分辨，你为何如此笃定？"

权一真却不说话了。恰在此时，灵文通灵至达，声音在他耳边响起，道："太子殿下，我们这边接到消息，你菩荠观西方二十里处似乎有小鬼持锦衣仙出没，劳烦你去看看了。"

谢怜道："又有？好吧。"看了一眼权一真，不出声地通灵道，"哦，对了，还有件事，灵文，奇英见过锦衣仙吗？"

灵文道："奇英啊？他哪里是见过，他可比见过要厉害多了。"

谢怜道："这从何说起？"

灵文道："那就复杂了。不知殿下有没有听过一件事。这镇守西方的武神，原先不是奇英殿，而是引玉殿？"

谢怜想起，这段还是当初风师在极乐坊一边脱衣服一边告诉他的，不由微感辛酸，道："听过。听说，这二位殿下原本是一对师兄弟？"

原来，当年引玉未飞升时，乃是他师门的首席弟子，某次见一蛮头蛮脑的小儿流落街头，一时好心，便求师父收留。这个小儿，就是权一真了。

同门数载，引玉可以说一直对权一真照顾有加。他率先飞升，还点了权一真的将。灵文道："奇英你见过几次，差不多知道的吧，他有点儿……"

谢怜接道："不知世故？这是好事。"

灵文笑道："好不好，要分人，分情况。有的人就会觉得他太我行我素了，也不懂礼数，不给人面子。初登仙京那些年，要不是引玉殿下帮他兜着引着，早不知给多少人打死了。"

谢怜若有所思道："那两位殿下应该关系很好。"

灵文道："原先是很好的，坏就坏在，后来，奇英自己也飞升了。"

两人都是打西边飞升的，怎么办呢？于是，两人说好共同镇守西方。

师兄弟共守一方水土，听似一桩美谈佳话。然而，一山终究不能容二虎。

如果说，引玉的资质，值得上天为他降下一道天劫，一万个人里只有一个，那么，权一真的资质，就可以撑过三道天劫，一百万个人里都未必能出来一个。一开始还好，不明显，可越到后来，双方差距越大，权一真分明半点不通人情世故，既不会拉近仙僚关系，也从不费心去讨好信徒，相反，他压根就没记住过除了引玉以外任何共事神官的名字，还胆敢暴打信徒，可以说怎么出格怎么来了。然而，他的疆域就是越来越大，信徒也越来越多。与之相比，引玉一殿黯然失色，终于坐不住了。

这师兄弟二人每逢生辰都会互赠礼物。某一年，权一真生辰那日，引玉送了他一件威风凛凛的铠甲。

谢怜道："锦衣仙？"

灵文道："不错。这锦衣仙除了能吸血杀人，还有一个诡奇之处：送谁穿，谁就会对让他穿这件衣服的人言听计从。由于此前师兄弟二人一直关系不错，权一真不假思索就穿上了那身甲衣。总之……要不是最后帝君注意到不对劲，及时制住，他险些就把自己脑袋割下来当皮球拍了。当年这件事闹得极大，很是轰动，引玉以神官之尊做出这种残害同僚的事，当然马上被贬了。"

照理说，这样一来，两位神官应当是翻脸了。但谢怜想起中秋宴上奇英殿的信徒表演的那出滑稽戏，一个丑角在权一真背后使劲儿跳，演的应该就是引玉。然而当时权一真的反应是勃然大怒，继而跳下去殴打自己的信徒。谢怜道："我觉得奇英应该还是很尊敬引玉殿下的，其中是不是有什么误会？"

灵文道："这就不知道了。有没有误会，人都被贬了不知多少年了，还有谁关注呢？"

谢怜点了点头，正想告别，灵文却又道："且慢。太子殿下，还有，方才我没说完。你菩荠观东方六十里，也有持锦衣仙的不明人士出没。"

"呃……"谢怜道，"这也隔得太远了吧，怎么还有？"

灵文道："没完呢，听好了，还有，西北方四十二里，东南方十五里，北方二十二里……"

一口气报了二十七八个地点后，灵文才道："嗯，目前暂时大概就这些了。"

等她报完，谢怜已经全部都忘掉了，略感郁闷："这一次你们殿里效率还挺高的啊。不过，目前？暂时？就是说还会有……难不成鬼市那边在批发锦衣仙？"

灵文道："差不多吧。鬼市里有许多来路不明的流动卖家，经常披皮卖假货，卖完假货就换一张皮，所以一般行家不会在里面乱买东西。但不乏有鬼当是淘古董，总想着'万一捡到便宜了呢'。这次锦衣仙失窃，很多鬼界小贩都得到了小道消息，趁机行骗，随便找了件衣服就说是锦衣仙，不可思议的是，还是有很多鬼买，买了以后就会找人去试，实在给我们这边搜集消息添了不少麻烦。"

这根本就是在扰乱他们寻找真正锦衣仙的视线，四面八方一下子涌出这么多锦衣仙，谁知道到底哪个才是真的？

但是，既然任务交付给他们了，就得想办法完成。谢怜道："先从最近的开始，一个一个找吧。"

谢怜没法力，权一真不会画缩地千里，二人手下都没有副将神官，不过，好在灵文报出的离他们最近的一个出没地点只有五里，乃是一座废弃的染坊，当即拍板，匆匆趁夜出发。

谁知，谢怜刚走出菩荠观，就发现那少年跟了出来。他很是奇怪："你跟来干什么？很危险的。"

那少年却摇了摇头，赶不走。正伤脑筋，这时，前方路边忽然传来阵阵诡异的号子声："噫吁嚱，噫吁嚱！"

听到这熟悉的号子，谢怜回头望去。前方不知何时弥漫起了一阵大雾，迷雾中缓缓显出一个高大的轮廓，以及四团轮转飘飞的幽幽鬼火。权一真似乎准备动手，不管三七二十一打了再说，谢怜却按下他，道："等等！认识的。"

果不其然，四具黄金骷髅抬着一座步辇，现身于三人眼前。权一真似乎从没见过这种神奇的东西，睁大了眼，目光闪闪发亮。为首那骷髅唱道："可是仙乐国的太子殿下？"

谢怜道："是我。有什么事吗？"

黄金骷髅唱道："没事，没事，就是兄弟几个闲来无事，想请问一下，太子殿下赶夜路，需不需要咱们帮忙载一程？"

路途不远，谢怜刚想婉拒，权一真却道："好！"说完就迫不及待地爬了上去，仿佛很想坐一坐这华丽诡异的步辇。谢怜哭笑不得，上去拉他，那步辇却忽然一歪，猛地把权一真甩了下去。谢怜也歪了一下，却被人扶了一把，他脱口道："三……"回头一看，却是不知什么时候也登上来了的那少年，紧紧握住他胳膊，一双黑漆漆的眼正望着他，默默无言。

骷髅们赶紧抬起步辇，八条腿转得跟四对风火轮似的，一边稳稳地飞奔着，一边嚷道："让开让开！不要挡路，不要挡路！"

谢怜大惊："等等！车上还有一个人，他要下去的！"

可黄金骷髅车已经载着他和那少年飞驰了起来，这是一种比御剑飞行还恐怖的速度，总不能把这少年扔下去。权一真被无情地甩在地上，翻身跃起，似乎还未放弃，又准备跳上来，但骷髅们跑得太快，他总是差一步，便在后方穷追不舍，看样子是真的很想很想坐这抬步辇，过一把瘾。看他在后面追得认真，谢怜在步辇上未免于心不忍，觉得这是不是在欺负小孩，虽然知道这步辇是花城的东西，未必欢迎别的神官乘坐，但还是忍不住道："那什么……不能载三个人吗？"

骷髅们唱道："不能，不能！只能坐两个人！"

风火轮一般地跑了一路，权一真便追了一路。一到地点，黄金骷髅们放下谢怜二人，抬起步辇一溜烟跑了。

谢怜很伤脑筋地看着这少年，道："你干吗要过来呢？这下好了。"

权一真始终没坐上车，极为失望，还望着那步辇一副恋恋不舍的模样。谢怜叹了口气，一手抓住他，一手抓住这少年，对他道："算了，今晚不要离开我。不然随时有可能遇到奇怪的东西。"

那少年点点头。谢怜只好认命地带着两个人往前走，感觉自己不是来出任务，而是带孩子的。忽听前方一片哀声载道，都是从那座废弃的染坊里传出来的。他心中奇怪，不是说这染坊夜里根本无人吗？

走近一听，才知道那些声音哀号的是——

"小的再也不敢在花城主他老人家的地盘上卖假货了！"

"真的不敢了！但是，请您转告城主他老人家，这些假的锦衣仙也是我从别鬼那里批发来的！我也是受害者啊！！"

三人来到染房前。恰逢一名黑衣鬼面人从里面出来，似乎已等候多时了，对他微微欠首，道："太子殿下。"

这声音，正是下弦月使。

也就是在他的手上，谢怜看到过咒枷。他道："阁下怎么称呼？"

那鬼面人道："不敢，无名小卒罢了。"

进入那废弃的染坊，谢怜不禁一怔。只见各式各样的衣物，挂在一座座木架上：嫁衣、官袍、女儿纱、缁衣、童衣……还有十分简单粗暴的染血麻衣，仿佛生怕别人不觉得这件衣服有古怪。阴气森森，邪气重重，仿佛一个个活死人站在那里。就算不是锦衣仙，肯定也不是什么好东西。

长长的各色布料高高挂在木架子上，有的惨白，有的污脏，已经许久无人打理了。权一真蹲在黑漆漆的染缸边缘，埋头研究里面颜色诡异、散发着异味的液体，谢怜总担心他下一刻就用手指蘸一蘸然后舔舔看了，赶紧把他拖下来。见庭院里，一群妖魔鬼怪则都被一根铁链串了起来，抱头蹲地，道："这是……"

那鬼面人道："近日在鬼市贩卖锦衣仙的，以及在各地使用锦衣仙的妖魔鬼怪，全都在这里了。总计九十八件。"

居然有九十八件，而且都是在极短的时间内抓来的，这么雷厉风行，谢怜微微动容。那鬼面人又道："如果再出现新的异动，也会尽快为太子殿下擒来。"

听到这里，谢怜忍不住道："不用了。请转告三……花城主，真的不用这么麻烦。我自己也可以做到的。"结果是一样的，只是稍费一点时间和精力罢了。但他本身就是供职于上天庭的神官，即便是没几个人供奉，正经差事也就是做这些。

那鬼面人道："城主自然明白，殿下轻而易举便能做到。但正因如此，才希望您不用把精力花费在这种谁都可以做的小事上。殿下的时间和精力，应该拿来做更重要的事。"

斟酌片刻，谢怜还是道："请问，你们城主现在……？"

那少年在谢怜身边看似漫不经心地晃来晃去，那鬼面人道："城主现在很忙。"

谢怜忙道："哦。在忙啊，那很好，希望他那边一切顺利，一切顺利。"

在这群妖魔鬼怪里挨个问过，个个都一口咬定是跟戴面具的神秘人批发的，不似说谎，可鬼市这种地方，一天之内戴面具的神秘人岂非有几百个都不止？

问不出所以然，那鬼面人便拉着那根绳子，把这些嗷嗷鬼叫的鬼牵走告辞了。但是，那九十八件鬼衣却留了下来。谢怜只觉得过去专收破烂旧衣的时候也没见过这么多衣服，一件件翻来翻去，怀疑说不定没有一件是真品，对权一真道："奇英，你再来看看吧。"

权一真却挠了挠蓬松的卷发，摇了摇头，道："太多了。"

太多鬼衣了。每件衣服彼此的邪气相互影响，使人失去了判断力。

这就像一个味觉灵敏的人，虽然能分辨出梨子味的和苹果味的糖馅儿，但如果把九十八种不同水果的馅混在一起，再让他尝，这根本就失去味觉了。谢怜正在想别的办法，回头一看，却见权一真直接拿了件衣服准备往身上套，谢怜连忙阻止他，把衣服挂回去道："停停停。奇英，我们先说好：第一，不要乱吃东西。第二，不要乱穿衣服。这些都是很危险的行为。"

权一真却指向他身后，道："那像他那样呢？"

谢怜忽然闻到一阵微微的焦味，再顺着他指的方向回头一看，只见那少年不知从哪个角落找到一根火柴点燃了，正拿着它，淡定而娴熟地烧一件鬼衣的下摆。

谢怜："也……不要玩儿火？！"

那鬼衣似乎被烤得痛了，衣摆向上蜷起，疯狂扭曲，不住闪避，不像一件衣服，倒像是一条泥鳅或活鱼，这画面看起来居然还有点残忍。然而，虽然散发出焦味，面料上却并没被烧出痕迹，看来，这些鬼衣的阴气已经充裕到能使它们免受火烧之灾。

听谢怜让他不要玩儿火，那少年便随手丢了那根火柴，一只脚在地上踩熄了，又一副很乖的样子。谢怜哭笑不得，过去道："你今天怎么……"

说到这里，他脸上神情忽然凝固了。

因为他看见了，在他对面不远处，一条长长的白色布料挂在高高的木架上，被夜风微微拂动。布料上，映出了一个黑色的人影，正在缓缓走动。而这个人影，没有头。

谢怜把那少年往身后一拉，出手便是一剑，道："都当心！"

这一剑把那布料和人影斩为两截。然而，布料落地，后面竟是空无一人，方才那无头人的身影消失无踪。谢怜还没来得及上前查看，背后又是一阵微微发寒，猛地回头，瞳孔骤收。只见一个衣着华丽的女人，不知何时无声无息地站在了他身后。

不！不是女人，只是一件衣服！

方才被他斩为两截的，也是一件衣服，落在地上被布料盖住了。而四面八方，影影绰绰一堆人形摇摇晃晃地朝三人聚来。原来，不知不觉间，挂在庭院、走廊、染坊里的九十八件鬼衣，竟全都自己从架子上挣脱了下来！

谢怜愕然："好端端的，怎么突然全都这样了？"

万鬼躁动！

这恐怕，又是一次万鬼躁动！距离铜炉山开山日期越近，它对众鬼的提醒也就越是震耳欲聋。谢怜第一时间想到的是："三郎现在怎么样了？"

可形势不给他多想的时间，思绪急转，二十多件鬼衣已经贴了上来。权一真不假思索，一拳挥出。这一拳若是打在墙上、地上，那肯定是地动山摇、土石崩裂，可偏偏这千斤一拳，却是打在了几件衣服上。试想，连儿戏都知道"石头、剪刀、布"，布包锤。那轻飘飘、软绵绵的衣料，刚好就是克拳的！他拳风再重，布料给你这么软趴趴地一裹，毫发无伤，只能谢怜提剑来上。但鬼衣们的闪避极为轻巧，一掠就能拉出四五丈，而且由于自身几乎没有重量，也就几乎没有任何声息，要捕捉它们的动静，提防它们的偷袭，比提防人要困难多了。

平日里都是人挑衣服，这时候，却是衣服挑人，九十八件鬼衣，迫不及待地要找一个合它们的身、合它们眼的人。人里面，女人是最爱挑衣服的；鬼衣里面，女服则是最爱挑人的。几十条颜色款式各异的女衣长裙疯狂往谢怜身上贴，剑都逼不走，战况比一群女人看到合心意的漂亮衣服上去抢还激烈，一时之间，谢怜身边仿佛花团锦簇，被一圈女装挤在中间拉拉扯扯。权一真把几件执着地往他头上套的童装拉下来丢到一边，奇怪道："为什么这些女装都这么喜欢你？"

谢怜道："可能因为看我比较亲切？"

不过，奇怪的是，倒没有一件鬼衣去纠缠那少年。谢怜一剑拦腰斩了几件女裙，被斩断的鬼衣分为上下两截，照样行动自如，而且闪避更快更飘忽。谢怜眼角瞥到几件鬼衣鬼鬼祟祟在摸索窗子，喝道："关门别让它们出去！"

他们还能应付，但万一这些鬼衣溜出去找别人就麻烦了。然而，还是晚了。染坊的庭院是露天的，已经有一件长袍扑腾几下宽大的袖子，腾空而起，像一只巨大的蝙蝠一般飞向夜空。谢怜叫苦不迭，道："奇英！染坊里的交给你！"说完，足底一点，飞出墙去，抓住了那鬼长袍的下摆。

加了个人的重量，那长袍使劲儿扑腾袖子也飞不起来了，坠到地上还被谢怜死死抓住衣襟。但它居然狡猾得很，刺啦一下撕裂了自己的一方衣角，壮士断腕一般，急急地从谢怜手里溜掉。恰好有个路人喝完小酒回家去，迎面看到个无头怪人飞奔而来，吓得尖叫："啊啊啊啊——无头鬼！没有头的啊！"

谢怜连忙冲上来抓住那件衣服，给那人看，安抚道："不要怕，不要怕！你看！不是没有头，是全部都没有。"

那人一看，衣领里果然空空如也，什么都没有！这真是比无头鬼更恐怖，当即白眼一翻，晕了过去。谢怜连忙接住他轻轻放到地上，道："不好意思！我马上处理，马上处理。"

这一阵躁乱过去后，谢怜好容易才把飞出染坊的鬼衣们尽数抓回去，点过一轮，确定一件都没少，这才松了口气。

事已至此，谢怜道："只好，还是用奇英那个最简单粗暴的法子，咱们一件一件穿上身试了。"

他倒是愿意自己穿，但比起被他穿到锦衣仙后交给权一真应付突发状况，他更信任自己的应急能力。于是最终还是决定由他把持，盯着权一真穿。

谁知，权一真拿起一件衣服后，那少年也过分自觉地拿起了另一件。谢怜道："你不用试穿的啊！你坐在旁边看着就好了，很危险的。"

那少年却摇摇头，自顾自披上了那件斗篷。谢怜无法，想想这样时间能节省一半，而且就算有突发状况他也能应付，只得给他一张符咒保他不会被吸血，让他也加入试衣。每试一件，谢怜便发出类似"跳两下"或者"转个圈"这样简单的指令，看他们是否会遵从。

然而，九十八件都试过一轮后，二人各自都穿了四五十件，并无任何不妥反应。看来，这些鬼衣里，没有一件是锦衣仙。白忙活大半夜了。

谢怜坐在满地乱七八糟的衣服里，头痛不已地道："卖假货，果然不可取啊……"

抚额一阵，他对灵文发起了通灵："灵文，我这边收集到了一些鬼衣，虽然里面大概没有锦衣仙的真品，但都挺邪乎的，有些棘手，你那边能派个人下来收走吗？"

灵文道："好的，我立刻安排。你收了多少件？"

谢怜道："九十八件。"

灵文道："太子殿下当真能人，收到的居然比我报给你的还多。"

谢怜道："其实不是我……"

话音未落，又是一阵熟悉的背脊发寒之感，谢怜微微一怔，抬头望去。

只见前方，飘飘摇摇的数条惨白布料上，映出了一个黑色的人形剪影。

这一次，既不是无头，也不飘忽了。站在那帷幕一般的长条布料后的，的的确确是一个人。能看出来，是个高高的青年，连那散乱至极的发丝，都在人影边缘看得清清楚楚。

谢怜当即豁然站起，道："锦衣仙？！"

那剪影当然没有回应，也没有动，只是定定而立。谢怜双手一左一右按住另外两人，低声道："别动。"

不一会儿，一阵夜风吹过，那人形剪影似乎发出一声叹息，溃散一般，随风而逝。谢怜豁然起身，这时，染坊大门外忽然响起了突兀的咚咚敲门声。三人都回头望去，谢怜道："谁？"

一个男声在外道："太子殿下，是我。"

谢怜过去开了门，染坊外的是个眉目端正、儒雅清冷的男子，负手进来。

谢怜微微愕然，道："灵文，你怎么亲自来了？"

来人正是男相的灵文。他整了整袖子，道："听太子殿下你说棘手，普通神官恐怕还应付不了，就亲自过来看看好了。奇英，你怎么坐地上？怎么了，都这副神情？"

谢怜走到那布幕之前，掀开一看，果然空空如也，半晌，回头道："锦衣仙显形了。"

灵文奇道："什么？"

谢怜道："应该是它没错。是个青年，身量甚高，比我要高出两寸的样子，看骨架形态，必然是个身手了得的武人。"

灵文略微迟疑，道："太子殿下，你确定？过去这么多年里，可从没听说过锦衣仙在人前显形过。而且，您不是说这九十八件鬼衣里没有真品吗？会不会是有人装神弄鬼，作假欺瞒？"

谢怜道："恐怕不会。刚才一阵躁乱之后，为了避免鬼衣再流出去骚扰凡人，我们关了门窗，还设了阵，里面的东西出不去，外面的东西也进不来。这染坊里就我们三个人，谁能作鬼？"

二人讨论一阵，最后，灵文提议道："也许是有特殊状况呢？我看，不如先把这些鬼衣带到灵文殿，让我那边的人瞧瞧？实在不行，下次集议问问，上天庭总有行家。"

想了想，谢怜点头，道："也好，不过，这毕竟是交付给我们负责的任务，我还是想完成得彻底一点。既然锦衣仙真品就在里面，我再想办法试一试。明天还没有结果的话，再把这九十八件鬼衣转交给你好了。"毕竟，这事本来不归灵文殿管。灵文道："殿下何必客气？对了，明天送来的话，还是送一百零一件吧。"

谢怜一怔："为何多出来三件？"随即便反应过来了，"你怀疑我们身上穿的这三件衣服有问题？"

灵文道："不是没这个可能。"

谢怜举起已经磨得脱了线的道袍袖口，道："我这件袍子已经穿了四五年了，肯定没问题。那边那个少年身上那件是我新买的，但是他并没对我言听计从，所以应该也没问题。"他让这少年别干活，对方照样劈了柴；让他乖乖待在家，照样跟出了门。灵文却摇头道："我不是这个意思。殿下你有所不知，这锦衣仙邪气重得很，有它一件在这里，邪气会传到其他普通的衣物上。总之，保险起见，今天你们身上穿的衣服，还是都别再穿了，处理掉吧。"

闻言，谢怜忙把那边两个孩子身上的外套都脱下来，道："脱掉，都脱掉。那，明日我便包了衣服送到灵文殿去。"

灵文道："我派人来取吧？"

谢怜道："不必。次次都劳烦你，已经很不好意思了，还要你亲自跑一趟。你们那边太忙了，还是我来吧。"

次日，谢怜果然费力打包了一大堆衣服，一个人背着几个巨大的包袱，上了仙京。

灵文已在殿内恭候多时，今日，殿中倒是不似平时忙碌拥挤，神来神往。谢怜把几大包鬼衣解开，花花绿绿的衣裳爆开，铺了一地。灵文悠悠走来，道："可有收获？"

谢怜无奈道："惭愧，一无所获。先说声抱歉，身边没人手，难免丢三落四，昨天一大堆衣服乱七八糟的，也不知道漏没漏，我总觉得好像漏掉了一两件，但又不是很确定。"

灵文道："无碍。"低头点了一下，道，"的确是漏掉了。太子殿下，好像昨天你身边那个孩子身上穿的那件没收进来？"

谢怜右手成拳，轻轻在左手掌心里一捶，道："啊，你说得对！我记起来了，那件衣服我忘了收进来。我这就回去拿。"

灵文笑道："不急，殿下慢走。"

然而，谢怜却并没有走，反而立定于原地，神色凝重起来。灵文正准备吩咐手下神官上来收下鬼衣，转身见他还在，殿内只有两人，奇怪道："太子殿下，你还有什么事吗？"

谢怜目光复杂地看着她，道："没什么。只是，我在想，如果我把真的锦衣仙送来了，会不会我一转身，你就把它拿走藏起来了？"

灵文笑意微敛，但依然极为礼貌，道："殿下？"

谢怜平和地看着她，道："从一开始，我就有一个想法。"

灵文从容地道："什么想法？"

谢怜道："一般的妖魔鬼怪，可不敢擅闯神武殿。如果有什么人熟悉神武殿到能在那里盗取镇守的事物而不被当场抓住，恐怕，除了君吾本人，就是灵文真君你了。"

毕竟灵文殿常年往来于各殿，对别人的地盘可谓是熟悉得不能再熟悉了。

灵文莞尔，道："太子殿下这未免想当然了些吧。'谁最容易做到，谁就最值得怀疑'。照你这个思路，岂非更有可能是帝君监守自盗？"

谢怜点了点头，道："我承认。但是，开始让我觉得不对劲的，是那只'以旧换新'的女鬼。"

灵文道："那女鬼怎么了？"

谢怜道："它拿了一件假的锦衣仙，刚好就问到我门口来了，怎么会如此之巧？而且，它简直是恨不得把可疑写在脸上，好像生怕我不怀疑她有鬼似的，目的性实在是太强了。"

"哦？什么目的？"

谢怜道："她不是已经说出来了吗？'以旧换新'。她要的，就是我菩荠观里的旧衣服！"

反推一下，锦衣仙被盗，神武殿发现得很快，反应也很快，刚盗走就开始追查了，因此，盗窃者也许不敢把它留在自己手里，会先藏起来。那么，最不容易被找到的藏匿地点是哪里呢？

藏叶于林。

如果谢怜想藏起锦衣仙，就会把它变成一件极为不起眼的普通麻衣，丢到人间集市，自己远远盯着。这么一件粗糙的衣服，照常理来说，根本不会有人想买。但谢怜的生活无法用常理揣度，他自己身上都是穿了四五年的磨边道袍，手里的钱只够买这种衣服。而且，他现在对衣服的要求是保暖就好、干净就成，并不挑拣，加上他这个人就是有本事在无数件大减价的衣服里挑到最危险的那一件，于是，便喜闻乐见地用一个极低的价格，把传说中的锦衣仙买了回去。

灵文道："殿下，您这话就说得很过分了。您毕竟是武神出身，想也知道，那找上门去的女鬼马上就会被你制服。无论新衣旧衣，全都带不走的。"

谢怜道："她的确是全都带不走，但谁说她必须带走？如无意外，最后会怎么处理？"

若是谢怜以为那女鬼拿来的是真正的锦衣仙，必然会上报给灵文，然后，灵文也多半会亲自下来，像昨天那样，告诉谢怜，为保险起见，要把在场所有衣物都拿回灵文殿处理。

只可惜，当时，权一真也在场。而且，没想到他穿过一次就有了经验，居然直接笃定那锦衣是假的。如此，灵文要过来收走菩荠观里所有的衣物，就不是那么顺理成章了。

谢怜所有的消息都是灵文给的，她还能光明正大地发问，随时了解谢怜的动向。那女鬼被识破后，灵文立刻对谢怜发出了新的通灵，告诉他鬼市流出了许多假品需要处理，抛给他新的任务，让他来不及思索蹊跷之处。谢怜道："我不知道那些假货是不是从你这里流出去的，但是，消息的确是你告诉我的。这一步，大概是想把我调离菩荠观，再动手偷衣。"

谁知这件衣服被谢怜送给了那贫穷少年，而且他还跟出来了。

"不知锦衣仙突然显形，在不在你的预料之中，但对你来说，随机应变不是难事。"

这么多件鬼衣，真假不知，混乱之中，总有机会摸走真品锦衣仙；而锦衣仙显形，灵文也能亲自出现，光明正大收走在场所有人的衣物；最后怎么查证、判断有没有真品、怎么解释那道剪影，也都是灵文殿一句话的事。

听到这里，灵文比了个暂停的手势，道："太子殿下，先打住好吗？所以，你认为，昨天在场的那小孩子身上穿的那件就是锦衣仙？别忘了，他穿上之后，并没对你言听计从不是吗？这可是你自己说的。要知道，锦衣仙的威力极强，即便是遇上鬼王，也不会例外的。"

谢怜道："你也说了，'也许是有特殊状况'。至于到底是什么特殊状况，我想，你比我清楚，希望你能为我解答。"

灵文轻声道："太子殿下，您这是已经认定我是盗衣者了吗？恕我直言，这让我稍稍有些……不快。"

谢怜微微欠首，道："我道歉。"

灵文道："我接受。不过，殿下，如果您一定要坚持，也不是不可以，拿出证据，也行。毕竟，说到现在，也还是推测啊。"

谢怜缓缓地道："证据，今天之前是没有的，甚至就在我踏入灵文殿之前，也是没有的。但是，从刚才起，就有了。"

灵文道："愿闻其详。"

谢怜道："证据就是，刚才，你根本没有点过这些鬼衣的数量。"

灵文神色几乎未变，只有眉尖微微一凝。

谢怜道："我送来的鬼衣，的确少了，但不是少了一件。事实上，我只给你送来了八十八件，少了整整十件！

"凡是我觉得比较可疑的衣物，我全都扣下了没给你送来，但你根本没觉察数目有问题，却一眼就发现那件没送来——那么请问，你到底是怎么独独发现少了那一件的？"

谢怜紧盯着她，道："灵文，现在，我只需要你回答我一个非常简单的问题——昨天，那少年身上穿的那件衣服，是什么颜色？"

灵文并未立刻开口，缓缓抬起了眼帘。

那白麻衣落到地上，谢怜道："堂堂第一文神，上天庭每日里数万卷宗事无巨细都从你手里走，不至于记性如此之差。为何你连昨天那少年身上穿的那件衣服是什么颜色都不记得了？

"你不能回答，是因为你在提防我又诈你，不敢轻易答；是因为你根本就不知道是什么颜色；因为昨天，你看见他身上穿的，只是一只无头无袖的破布袋而已！"

他一字一句地道："锦衣仙之千变万化，无非是极厉害的障眼法。然而，这障眼法再厉害，对一个人都永远无效——那就是亲手做出它的人。

"无论它如何变幻无穷，在做出它的人眼里看到的，永远都是它本来的面目。方才，你一眼扫过这八十八件鬼衣，没在里面看到那个无头无袖的诡异布袋，当然能立刻判定，锦衣仙不在里面！"

原本他只打算把可疑的鬼衣都留下，再自行摸索查证，却不想灵文随口一句，给他逮住个惊天大破绽。

灵文僵立不动。谢怜道："当然，你可以不承认，但要知道是真是假，也很简单。只要我现在把那件衣服拿到神武殿去，当着帝君的面让它变换一个形态，再问你看不看得出来它变成什么样子了，就会水落石出。"

那锦衣仙之前流落人间时吸了五百多人的血，乃是一件阴气深重的邪物。如果灵文只是擅闯神武殿盗窃锦衣，还没来得及拿它出去害人，倒也不算罪大恶极不可原谅。可是，灵文是先被点将，后飞升的。锦衣仙传说流传起来的最早时间，远远晚于灵文被点将的年月。

即是说，灵文是在进入天界供职之后，以神官之身做出的锦衣仙！本该保卫凡人平安的神官，却反而诱杀凡人，这个凡人还是未来的神官！

灵文叹了口气，道："太子殿下，你真是……"

顿了顿，她道："大概，是我运气不好吧，这事偏偏摊上了你。虽然今日这灵文殿里只有我们两个人，你我也有几百年的交情了，不过，我想，如果我请求你看在多年交情的分儿上睁一只眼闭一只眼，你多半也不会答应的，接下来应该是劝我去神武殿自行请罪是吗？"

谢怜也叹。他和灵文虽然已结识数百年，一直是公事往来，虽不曾深交，但二人关系还算不错，即便是在刚刚第三次飞升，人人嘲他是个破烂仙人的时候，灵文对他也不曾有分毫怠慢，相反，颇多照顾。偏生这锦衣仙的任务摊派到了他手上，最后查了个水落石出，上报不是，不上报更不可能。

谢怜由衷地道："我也是运气不好。"

灵文抱起了手臂，摇头道："殿下，你这个人吧……有时候很聪明，有时候又很不聪明；有时候很心软，有时候又铁石心肠。"

顿了顿，她道："那件衣服，现在到底在哪里？"

谢怜道："在我手上。之后我会亲自送到神武殿去。"

灵文点了点头，似乎没话说了。谢怜又道："所以，你能告诉我，为什么那锦衣仙穿在那少年身上会不起作用吗？"

灵文道："我大概能猜到。不过，如果殿下想知道答案，可否先答应我一个请求？"

谢怜道："你说。"

灵文道："能让我看看吗？锦衣仙。"

谢怜一怔。灵文道："给我一天时间就行了。毕竟，我要是去神武殿自行请罪了，恐怕就没机会看了。别误会，我不是要动什么手脚，只是，你昨日说他显形了，我真的很吃惊……这么多年了，我还从没看到白锦显形过。"

谢怜心道，原来锦衣仙的名字叫作白锦。灵文又道："行吗？如果殿下你怕我逃跑，不如用若邪锁住我。我并非武神，逃不掉的。"

沉吟片刻，谢怜点了头，道："好。"

二人佯作无事出了灵文殿。走在仙京大街上的时候，还是照常和其他路过的神官打招呼。灵文神色如常，压根看不出来她袖中双手已经被若邪锁住了。没走多远，迎面撞上巡街归来的裴茗，二人打了招呼，站在路边寒暄，瞎扯了几句，裴茗直盯着谢怜，谢怜微微警惕，道："裴将军为何这么看着我？"

裴茗摸了摸下巴，诚恳地道："不瞒太子殿下，我现在看到你就心惊肉跳，总觉得谁站在你旁边好像就会出点什么事。所以我看到你跟灵文一起走，心跳又加快了。灵文，你最近千万当心。"

灵文哈哈道："怎么会呢？裴将军不要说笑了。"谢怜却哭笑不得。某种意义上来说，裴茗的感觉还真准。

回到菩荠观，远远便看到一个少年靠在观前一棵老树下，左手漫不经心地转着扫帚玩儿，一堆扫好的金黄落叶堆在他脚边。谢怜眯着眼看了一会儿，这才故意放重了脚步声走过去。那少年没回头，却一定觉察到了他们的存在，极其自然地改变了姿势继续扫地，转身一看，似乎才看到谢怜和灵文缓步行来。谢怜笑眯眯地道："又在扫地啦。"

那少年点了点头。见他如此，谢怜没忍住，故作长辈之态摸了摸他的头顶，表扬道："真是个好孩子。"

灵文看看他们，不予置评，谢怜领着她打开了菩荠观的门，道："就在这里……"

谁知，一打开门他们就看到一个身影蹲在功德箱前，又在鬼鬼祟祟地塞金条，谢怜忙不迭上去把他拖开，道："奇英，不要再塞了！真的够了，上次你塞的那些我还没弄出来呢，已经卡住了。"

灵文点头道："奇英殿下好。"

权一真也对她道："你好。"

菩荠观的正中央立着一个木架子，架子上挂着一件朴素的麻衣，当然，这只是谢怜眼中所见到的。灵文走上前去，凝望了它一阵，那衣裳毫无反应，她侧首道："二位殿下，我想在此单独看看，可以吗？"

谢怜道："可以。"

若邪捆住了灵文的双手，她又不是武神，基本上不会出什么乱子，谢怜还算放心，把手放在权一真肩上，道："出去吧。"

多少算是解决了一件事，谢怜心情稍稍放松下来了。刚好左邻右舍送了一圈瓜果蔬菜过来，他便拿去厨房，准备做饭。可谓是百折不挠。几天下来，权一真似乎已经把他菩荠观当成了农家乐一样的地方，上蹿下跳，时而爬树，时而偷瓜，时而摸鱼，时而捉蛙。一不留神，他就摸进厨房，偷走了一个地瓜。

谢怜摸了个空，回头就看到权一真叼着地瓜溜出去，急急如漏网之鱼，忙道："还没做好，不要吃！"

然而，就是因为没做好所以才要赶紧吃，等他做好了就没法吃了。谢怜摇了摇头，又看到那少年走了过来，便道："有空吗？可以帮我切个菜吗？"

那少年本来要去抢权一真偷走的地瓜，听谢怜发话，二话不说就过来帮忙了，抄起砧板上的菜刀，摁着白菜，一刀一刀切得认真。谢怜看了看他，转过头去，一边淘米，一边随口道："说起来，到我这菩荠观里来过的人，大家也见识过不少了吧？"

那少年道："嗯。"

谢怜道："那，我问你一个问题啊：如果让你来选，你觉得，这些人里面，哪一位是最英俊的？"

那少年闷头切菜，似乎在思索。谢怜道："说呀。照你心里的实话说就是了。"

于是，那少年答道："你。"

谢怜笑道："除我以外的呢？"

那少年道："红衣服的。"

谢怜忍笑忍得要内伤了。

他严肃地道："嗯，我也是这么觉得的。"

顿了顿，谢怜又问道："那你觉得，哪一位最厉害？"

那少年还是答："红衣服的。"

谢怜再飞速接着问："哪一位最有钱？"

"红衣服的。"

"哪一个最傻？"

"绿衣服的。"

这些问题接得如此紧密，他居然改口得十分及时，可见思维之敏捷，反应之机灵。谢怜道："嗯，这么说，你觉得我们家小花很好咯？"

不知不觉间，那少年的刀似乎快了好几倍，道："非常好。"

谢怜道："那么，有空的话，你觉得我是不是该再请他来做客呢？"

那少年道："当然。必须。"

谢怜一本正经地道："我也是这么想的。可是，他的下属说，他最近很忙，一定都在忙着做非常正经的事，我想还是不要去打扰了。"

这一句后，那少年咔咔的切菜声突然重了好几分，谢怜则扶住灶台，忍笑忍得腹筋抽搐。权一真的头忽然从窗外探了进来，咬了一口地瓜，看了两眼，对那少年道："你切得这么碎，不好吃了。"

谢怜回头一看，岂止是碎，简直是碎成渣渣了，轻咳一声，道："哎呀，真的，你的刀功太差了。"

把一大堆乱七八糟的配料都倒进了锅里，谢怜拍了拍手，决定就这样让它们煮一个时辰，出了厨房，看了看灵文，还老老实实待在观内，他便继续干活，从柴堆里翻出一块稍大的木牌，到村长家借了笔墨，坐在门口，一手拿木牌，一手执笔出神。那少年也走了过来，谢怜抬头招呼道："快来，你识字吗？可会写字？"

那少年道："会。"

谢怜道："那你的字如何？"

那少年勉强道："一般。"

谢怜道："没关系，能看清就行了，再帮我个忙吧。"

他把木牌和笔都递了过去，微笑道："我观里一直没有匾额，不如，你来写一个与我？"

在谢怜的催促下，那少年拿起了笔。那小小一支笔在他手里，仿佛重于千斤，无论如何也挥动不得。

好半晌，他似乎认输了，放下了笔、木板和绷带后，传来一个无奈的声音："哥哥，我错了。"

这声音，分明就是花城，只是比以往更为清脆，是个少年的嗓子。

谢怜抱着手臂靠在一边墙上，看他挣扎了这许久，终于投降，实在忍不住了，笑倒在地："三郎真的是好忙啊！"

之前，谢怜一直觉得许久未见，甚为想念，虽然，这个"许久"也不过几天而已。谁知，花城居然一直就藏在他身边，忽然之间，心情大好，之前顾忌过什么，全都忘了，笑得简直爬不起来。花城道："哥哥戏弄我。"

他好像很委屈。谢怜捡起笔和木板，道："真敢说，明明是三郎先戏弄我的！"

花城道："哥哥如何得知是我的？"

谢怜道："你每次都这样，一点都不好好演戏。亏我还以为真的有第二个人能吃……咯，不过，'哪一个最英俊？哪一个最厉害？哪一个最有钱？'哈哈哈哈……"

花城柔声道："哥哥，忘掉这一段吧。"

谢怜断然拒绝："不。我会永远记住的。"

花城无奈道："哥哥，虽然让你开心了我很高兴，不过，真的有这么好笑吗？"

谢怜捧腹道："当然啦。认识你之后我才重新发现，原来开心是这么简单的事，哈哈哈哈哈……"

听到这一句，花城眨了眨眼，谢怜的笑声微微一弱，也忽然觉察方才那句有些不妥，轻咳一声，强行正色，还待开口，却听木门嘎吱，灵文负手从菩荠观内走了出来，道："太子殿下。"

见灵文神色凝重，谢怜道："怎么了？锦衣……白锦有什么问题吗？"

灵文道："不。他没有任何问题。只是，我好像闻到厨房那边传来奇怪的味道，殿下是在煮什么吗？"

谢怜忙道："哦，是的，煮着呢。"

想了想，灵文还是用委婉的语气，说出了并不委婉的话，道："收了吧，殿下。不管你在煮什么，应该都快烂了。"

"啊！"

一个时辰后，夜幕降临。

菩荠观内，供桌边，花城、灵文、权一真三人围着小木桌坐了一圈。谢怜从厨房里端出一口锅，放上桌，一揭开盖，几十只玉雪可爱、圆润光滑的小丸子，乖乖窝在盘里。

权一真道："你不是用水煮的吗？为什么变成了丸子？"

谢怜介绍道："这个叫作玉洁冰清丸。"

权一真道："你不是用水煮的吗？为什么变成了丸子？"

谢怜继续介绍道："因为在揉丸子的过程中要用到刚柔并济的手劲，所以耗费了不少时间。"

权一真道："你不是用水煮的吗？为什么变成了丸子？"

谢怜："……"

由于权一真实在太坚持不懈了，谢怜便温声道："本来的确是水煮的不错，但因为火候和时间控制出了一点小问题，一锅都煮干了，我便干脆新加了一些配料，做成了丸子。"

灵文听了，由衷地赞叹道："太子殿下之奇思妙想，真是旷古绝今，在下不胜佩服。"

谢怜道："谬赞，谬赞。"

灵文道："不。至少我相信，当今世上绝不会有第二个人再创造出这样一道玉洁冰清丸了。"

谢怜递上筷子，道："好说，好说。来，各位，请了。"

灵文和权一真都右手接了筷子，然后左手不约而同把手伸向了供桌边缘的一盘冷馒头，只有花城夹了一只冰清玉洁丸，送入口中，须臾，道："挺好。"

见状，权一真睁大了眼。花城又道："口味稍淡。"

谢怜道："好，记下了。"

眼睁睁看着身边这个脸上缠满绷带的少年接连吃了五六只闪烁着泥石流光泽的丸子，评价又如此真诚，权一真似乎被说服了，想了想，还是夹了一只。

谢怜始终保持着微笑。微笑着看他吃了，微笑着看他脸色变白，微笑着看他倒地不起，最后，微笑着道："怎么了？"

花城道："可能吃得太急，噎着了。"

灵文莞尔。这时，谢怜忽听一个熟悉的声音在耳边响起："哥哥。"

这不是现在花城清脆悠然的少年声，而是以往花城的声音，他竟是在用通灵术对谢怜说话。谢怜微抬眼帘，回应道："何事？"

花城道："灵文此人冷酷狡猾。她乃上天庭第一文神，眼观六路耳听八方，手伸得也长，哥哥要提防她找帮手。"

谢怜道："裴将军？"

花城道："应当不会。如果水横天还在，她肯定会找水横天压下去，因为师无渡向来帮亲不帮理。但如果是裴茗，你只需讲明来龙去脉，他未必会选择助纣为虐。哥哥当心。"

谢怜道："好，我会小心，好在一日之期很快就过去了。"

耳中花城的声音却沉沉地道："不。哥哥，你误会了，我说的当心是另一件事。有人来了。"

第十三章
我菩荠观为之绝倒

正在此时，一阵丁零丁零的清脆铃声传入谢怜耳中。花城微微皱眉，谢怜透过窗缝，向外望去，只见一个中年道人摇着铃铛，摇摇晃晃地从菩荠村村口走来。

那道人一身道袍甚为华丽，背着百宝箱，箱子上贴满黄符，那铃铛一路走一路响，谢怜识货，识得这是个好物，若是寻常的妖魔鬼怪，听到这铃声就会头痛不已，自行退避。还没走近，又有几个高大的白眉黄袍僧人手持法杖，缓缓步行而至。

不多时，竟是陆陆续续，来了五六十人，仿佛约好了一般，看到彼此也不吃惊，重重围住了菩荠观。

这群人都不是花架子，身上挂满各色法器，手脚上都沉稳得很，显然很有几分本事。神官从信徒的供奉中汲取法力，而某些修道修佛者也能从自己信奉的神官处求得法力，这些僧人道人，说不定法力比谢怜这个神官还高，一下子来了这么多，准没好事。谢怜微微蹙眉，感觉来者不善。

花城放下碗筷，站起身来。谢怜听到他在通灵中哼了一声，道："老和尚臭道士居然追到这里来了，带累哥哥了，我去把他们引开。"

谢怜一把抓住他，道："别动。"

灵文莫名其妙道："怎么了？"

谢怜用通灵术对花城道："你别走。老实告诉我，铜炉山重开是不是对你影响很大？"

花城道："不是。"

谢怜紧盯着他绷带之后的眼睛，道："少撒谎了。你是绝境鬼王，又不需怕他们这样的凡人,为何不是直接把他们打走,而是要把他们引开?你变成这样,其实根本不是想开玩笑,是吗?"

铜炉山重开,境界越高的妖魔鬼怪受到的冲击越大。第一次万鬼躁动,花城当时有多难受,谢怜是亲眼看见了的。而且离开山之日越近,震动越大,在这样的情况下,如果是谢怜,就会选择暂时封住本尊形态,化为一个较为幼小的形态,储存法力,避免暴走,静待解封时机。

如此,虽然可以免遭躁乱之苦,却因为封住了实力,也会给人提供可乘之机。谢怜气道:"戚容这个……"

当晚戚容嚷嚷过要把和花城有仇的道士和尚都喊来,没想到不是嚷嚷而已。花城微微摇头,道:"哥哥,他们是冲我来的,我走了就行。虽然眼下这个形态不能在一招之内打死他们,但让他们滚远点却不在话下。"

谢怜却道:"你要是现在走了,以后就永远不要来见我。"

花城道:"殿下!"

花城从来都是从容不迫、滴水不漏的,以往,他帮了谢怜那么多次,这次谢怜好不容易有机会能帮到他,怎会让他独自一人离开?

谢怜沉声道:"你坐着。我来会会他们。"

权一真勉强睁开了眼,神情恍惚地道:"外面……是不是来了人?要我……打跑吗?"

他的声音都沙哑了。谢怜帮他把眼睛合上,道:"奇英,你还是躺着吧。还有,不可以乱打凡人,要扣功德的。"

谢怜贴着木门,细察外边动静。一些在外面刚刚收工、还没来得及回家吃晚饭的村民见一下子来了这么多道士和尚,很是惊奇,都道:"各位大师围在这里做什么,是找谢道长的?"

一名杀气腾腾的僧人双手合十道:"阿弥陀佛。施主,你们可知道,此地已经被妖邪之物入侵了?"

"什么!"众村民大惊,"妖邪之物?什么样的妖邪之物?!"

另一名僧人高深莫测道:"一个旷古绝今的混世魔王!"

众村民:"这、这可如何是好!"

那最早来的华衣道人道:"交给我们就好!今日我等同道中人齐聚在此,就是为了这个千载难逢的机会，拿下这个鬼物！"说完就要走上前来，却被村长一手拽回去了。那道人瞪眼道："你是谁？你想干什么？"

村长道："那个啥，各位大师啊，我是本村的村长，很感谢你们，不过，嘿嘿，我说实话啊。你们，看起来很贵的样子……"

那华衣道人道："我们此来为的是伏魔降妖，你当是为报酬吗！"说着又要冲上，众村民又把他们拦下来了。众僧道有些不快，但又不能掀人硬闯，耐着性子道："又怎么了？"

村长搓手道："不要钱的话那就太好了，感谢各位大师无私地伏魔降妖。但是……这个，本村的活，早就全都由小谢道长承包了。大师们来这里抢活干，我作为村长，不好跟小谢道长交代啊。"

群僧道面面相觑："小谢道长？"

于是，他们凑在一起商量了几句："业内有什么有名的道家大能是姓谢的吗？"

"好像没有。反正我没听过。十八流的吧？"

"没有就是不出名了，别管了。"

商量完了，那华衣道人回头道："你们说的小谢道长，可就是住在里面的这位？"

众村民道："是啊。"都喊，"小谢道长！你有同行来了！好多人啊！你在不在家？"

一名黄衣老僧双手合十道："阿弥陀佛，那位小谢道长在不在都没多大关系。但是那邪物，现在就藏在这间屋子里！"

众村民惊呆了："啥？！"

恰在此时，谢怜从容推门出来了，道："我在。各位这是所为何事？"

村民们忙道："小谢道长，这些大和尚老道士说，你的屋子里藏了……一只……鬼……"

谢怜微笑道："咦？这都被你看出来了？"

观外众人惊道："真的啊？"

"你承认得倒是爽快！"

谢怜抛出一只罐子："不错，的确有鬼！"

那华衣道人接了罐子，先是欣喜，打开一看笑容就垮了。他把那罐子抛了回去，怫然不悦："这位道友莫要装蒜，这种低等女鬼，连'恶'都算不上！你心知肚明我们在说什么。"

谢怜接了罐子，感觉这人抛来的力道不弱，果然是苦修多年，绝非水货。几名僧人对那华衣道人道："道兄，我看这道人身上妖气冲天，会不会，他就是……"

那华衣道人道："是与不是，我开天眼一看便知！"

说着，他咬破手指，在额心抹下一道竖痕，脸上就仿佛生了第三只眼。看他手法，谢怜也暗赞一声不错，靠在门上，欣赏他施法。那华衣道人瞪着眼，盯着他看了片刻，道："果然……有鬼气！好阴森的鬼气！！鬼王，你果然又换了一张皮！"

谢怜惊了。

他堂堂一个供职上天庭的神官，身上怎么会有鬼气？刚才还在想这人有点本事，怎么转眼就胡说八道？

闻言，一圈五六十个法师都如临大敌，摆出了架势。花城对谢怜通灵道："这群人真是烦死了。"

谢怜道："还好还好。你坐着就行。"

少顷，那华衣道人又疑惑道："不对啊？"

一旁僧人道："怎么不对了？"

华衣道人揉了揉额心那道血痕，仿佛在揉眼睛，道："真是奇也怪哉，我看这人吧，时而鬼气森森，时而灵光满面，时而又黯淡无神……真是奇也怪哉。"

"啥？怎么会这样。道兄你行不行啊？不行让我们来吧。"

"是啊，怎么会这么诡异？"

那华衣道人怒道："什么？我不行？我不行你行？！我天眼开道上混了这么多年，还没看走眼过几次！"

谢怜奇道："那您要不看看我身上哪里鬼气最阴最重？"

天眼开又使劲儿揉了揉额头，看了片刻，笃定地道："嘴唇！"

"没错，就是嘴唇！"

天眼开信誓旦旦这么说着，众僧道都觉得很奇怪："为什么是嘴唇？"

"哪有单单嘴唇冒鬼气的？口脂精啊？"

谢怜硬着头皮道："这位道友你误会了！其实，是因为我生活比较拮据，一物多用，比如这个罐子。"

他举起手里的陶罐，真诚地道："虽然偶尔我用它来装鬼，但是一般情况下，我用它来腌咸菜。用这个罐子腌出来的咸菜，风味独特，吃了自然会……

不信大家可以自己试试。"

众村民齐齐捂嘴："啊？谢道长，难道，你以前送给我们的那些咸菜，也是这样腌出来的？"

"那我们吃了岂不是也一嘴鬼味儿？"

平日村民们供些瓜果蔬菜，谢怜就回赠一点自己腌的咸菜，他连忙举手道："不要担心，送给大家的罐子是分开的！"

天眼开怒道："你疯了！吃这种东西你不怕减阳寿啊？废话少说，你观里还藏了人，不止一个！让开！"

这次，他生怕再被村长拦下，话音未落便向前冲去。谢怜见势不好，连忙退入屋中，抓起昏倒在地的权一真，拎着他衣领一阵狂晃，冲他耳边道："奇英！听好！我，要再喂你吃玉洁冰清丸了！"

闻言，权一真双目猝然大睁。与此同时，刚刚冲进来的天眼开一声惨叫，捂着额头又跳了出去，道："大家不要进去！有埋伏！"

众僧道果然不敢轻举妄动，围过去护住他道："天眼兄，你看到什么了？"

天眼开道："我什么都没看到，我就看到一大团瞎眼的白光！"

"哎呀，道兄不得了了，你的天眼冒烟了啊！"

天眼开一摸，果然，他额头上那道红痕变成了黑痕，悠悠冒出了一缕仿佛蜡烛被吹熄后的白烟。他大惊失色："这……这！"

灵文放下慢条斯理啃了半个的馒头，道："外面吵吵嚷嚷的，到底怎么了？"

一僧人道："天眼兄你看，观里有两小儿和一女子，外加这个道人，这四个人里到底哪个是'他'？"

天眼开使劲儿揉额头，然而，就是开不了眼。他看到的那团白光，是权一真的灵光，当一位神官觉得自己即将遭遇极大的危险和生命之挑战时，罩于体外的灵光会本能地爆高几倍。谢怜就是利用这一瞬间爆炸的刺眼强光，闪瞎了那道人的天眼。倒不是说让他几十年功力毁于一旦，只是几天之内应该都不能再开天眼了。接着谢怜一手拿起装着丸子的盘，权一真彻底清醒了，紧紧抓住谢怜的手，哑声道："我不吃。"

谢怜反握住他的手，道："不要怕，不是给你吃的！"

重重包围着菩荠观的一群法师七零八落交换了一圈眼神，参差不齐大喝一阵，一拥而上。然而，谢怜还没迎上去，他们便被一道无形的屏障弹开。上空四面八方传来一个沉沉的声音："你们这群苍蝇一样的老和尚臭道士，还缠上了瘾？居然胆敢追到这里来，活得不耐烦了！"

"花、花、花……"

"花"了好几个，最终天眼开还是慑于其威，没敢直呼其名，磕磕巴巴地道："花城主！你、你少吓唬人了。我们都知道，铜炉山要开了，你为了不受影响，封了自己的法力，眼下根本没法像以往那样嚣张！束、束、束手就擒吧……"

虽然他说到后来底气已经没了，但谢怜感觉得到，花城现在很生气了，立即冲进屋里把他托了起来，低声道："不要说了！也别浪费法力了，保存实力。都交给我就好！"

花城的躯体一开始微微僵硬，过了一会儿才似乎消了气，沉声道："好。"

谢怜感觉到花城的年纪似乎又变得更加幼小了，现在大概最多只有十二三岁小孩儿那么大，不由微微心忧。他一手带花城，一手执芳心，走出来道："你们就没想过青鬼戚容是骗你们的吗？"

谁知，众僧道闻言却是一脸怪异。天眼开疑惑道："青鬼戚容？他骗我们什么了？他为什么要骗我们？"

谢怜微微蹙眉，道："你们找来这里不是他告诉你们的？"

天眼开啐道："你当我们是什么人？还要一个'凶'来通风报信？我们会跟那种东西同流合污？"

不是戚容？那消息是怎么流出去的？

他还来不及细想，群僧道已经攻了上来，谢怜一剑荡开七八剑和五六个法杖，一僧道："阿弥陀佛，道友何以定要护着这妖孽？"

谢怜寸步不让，道："大师，不管怎么说，乘人之危不太好吧。"

天眼开道："他是鬼，又不是人！你这个小年轻，乳臭未干的要不要这么迂腐假道义？"

法杖、宝剑、宝刀一并袭来，若是用芳心，难免伤及凡人。道义上来说，凡人可以打神官，但神官不能打凡人，因为他们要包容、大度、慈悲、关爱众生，不能和凡人计较，敢打凡人就要记过扣功德，谢怜可没有权一真那么奔放阔绰，本来都没多少功德，再扣就负数了，收了剑道："若邪过来！奇英，看好灵文！"

若邪捆男人的时候就经常很委屈，捆女子的时候就是另外一副面孔，谢怜喊了两声才恋恋不舍地从灵文手上脱下。下一刻，一道白色的闪电在几十人手腕上欻欻欻抽过，手上功夫稍微不稳的就拿不住兵器了，愕然道："这是什么法器？"

"这是法器吗……我看着怎么像是个上吊用的白绫，邪气得很……"

"看不出来，这小子有两把刷子！"

未曾料到，就在谢怜和这群法师缠斗之际，灵文摇了摇头，轻理衣摆，站起身来，道："多谢太子殿下盛情款待，我先走了。"

谢怜道："灵文！一日将至，你要走去哪里？莫非你想毁诺？"

灵文道："不错。我正是要毁诺。"

她说得理直气壮，仿佛在说"我正是要替天行道"，谢怜反而无言以对，他忽然悟道："把消息流出去的不是戚容，是你。"

灵文笑道："我虽非武神，又被若邪缚住，但只用通灵术，也可以做很多事了。"

果然被花城说中了！但是，灵文又是如何得知这少年就是花城的？谢怜都没她这么快觉察！

见她负手准备堂而皇之地离开，谢怜又抽不出手来，道："奇英，不能让她走！"

虽然刚才吃下了一颗玉洁冰清丸，但权一真现在已经爬了起来，恢复了元气，何况灵文乃是文神，根本手无缚鸡之力，权一真一根手指拦下她都绰绰有余。听权一真远远道："好！"谢怜便放心地对战群道去了。不一会儿，突然一声巨响，菩荠观的屋顶被打破，一个人影冲天高高飞起。

谢怜一回头，惊了，对屋里道："奇英，不能这样打！"

武神这么被抛一抛倒没什么，武神本来就是打大的。但再怎么说灵文也是个女神官，还是个文神，权一真这么粗暴的打法，非得给活活打废了不可！

谁知，一个人影缓缓从屋内走出，道："白锦，不能这样打。"

这声音清清冷冷，分明是灵文，可在她出来的一瞬，谢怜恍惚错觉，屋里走出来的这个人不是灵文，而是一个极高的青年，煞气冲天。然而，再定睛细看，还是灵文单薄的身形。

灵文是个文神，千真万确。以往她若是在刻意隐瞒实力，也绝对瞒不过谢怜，何以突然之间能把权一真打上天去？

花城沉声道："哥哥小心，她把那衣服穿上了。"

当真！虽然表面上看，灵文仍是那一身黑衣，但身外一层腾腾的黑气正笼罩着她，使得整个儿仿佛变了一个人，杀气如狂，偏生她白皙的面容又极为冷静，形成了一种诡异的对比。谢怜试探着一剑刺去，灵文拂袖化开，恰好权一真从天上落下，砰的一声砸进地里看到这一拂，登时两眼放光，道："好！"

谢怜也两眼发光，道："好！"

方才灵文那一招，当真是漂亮极了。不，应该说，是锦衣仙帮灵文挡下的那一招！

那锦衣仙在别人身上，都是要么失了心智，要么吸干鲜血，穿在灵文身上，却是刀枪不入，还能主动攻击，瞬间叫一个文神抛飞西方武神。以往可从没听说锦衣仙有这种神奇的功效。谁能料到，这锦衣仙被她砍了头颅和四肢，居然还能为她所用？

这下，别说是菩荠村的村民了，就是一众僧道也全都惊呆了。天眼开道："好什么好？被打了还好？这观里还有没有一个正常人了？我看他们全都不是人吧！"

权一真跃跃欲试，从地里跳起便再次攻上。灵文低声道："我说了，不要多留！"

她这话是对锦衣仙说的，可身体却不听她的话，以肘格住了权一真的拳头，乒乒乓乓地拆打起来。拆打拆打，边拆边打，拳风掌气，惊得菩荠观一面老墙摇摇欲坠，那锦衣仙不愧是有飞升之潜力的，权一真居然隐隐落于下风。谢怜忍不住道："那个……劳驾，你们能不能站远一点打，站远一点！"

话音未落，一众僧道又包抄上来，四五十柄刀刀剑剑锤锤杖杖砸过来，谢怜为之色变，举手道："等等，不要啊！"

在这一声悲呼中，遭受了无数摧残依然坚挺了许久的菩荠观，终于真正地彻底地塌了。

谢怜呆滞了片刻，满心苍凉："果然，我每一座房子都挺不过半年。这下真的要求修房的捐款了……"

花城道："哥哥不必难过，房子而已，有的是。"

谢怜勉强振作，却见天眼开捂着额头跌跌撞撞堵过来，指着他道："你这个使小伎俩的小年轻，敢坏我道行！你师父是谁？你入行几年？在哪家观挂名？拜的是哪条道上的神？！"

谢怜猛地回头，眉宇间突然闪过一道凛冽之意，道："住口！你问我是谁？

我可是太子殿下。还不都给我跪下！"

这一声如晴空霹雳，当场就有人险些真的给他跪了，被同伴拉了一把才回过神来："你干什么？真跪啊？"

"奇、奇怪了，不知不觉就……"

谢怜厉声道："我，宫观庙宇，遍布各地，信徒香客，四海皆有，不知道我的名字，就是你孤陋寡闻！

"我，不拜神。

"我，就是神！"

众人听了这气势磅礴、厚颜无耻的一大段，全都惊呆了，不知不觉张大了嘴："啊？"

谢怜一通鬼扯，等的就是这一刻，手中盘子一飞，几十枚白生生的丸子挟着铁弹钢珠般的破风之响向四面八方散去，准确无误地弹入一排人惊得大张的口中，丢完抹了把汗道："请大家忘掉我刚才说的话，其实我只是一个收破烂的！"

吃进了丸子的皆脸色大变："啊！中、中招了！"

有几个身手特别利落的抬剑截住了丸子，把剑举到眼前，那丸子居然还在高速旋转，与剑刃擦出激烈的火花。众人不由悚然："这……这是什么暗器？！坚硬无比，光泽诡异，难道就是传说中的……"

谢怜道："不错！这就是传说中的玉洁冰清丸，剧毒无比，如不能在一天之内，喝足九九八十一杯清水解毒，就会在腹内爆炸！"

虽然从没听说过这个名字，但众人更怵："喂！是不是真的这么毒啊？"

"总之先喝水！反正解毒只是要喝水而已！快走啦！找水去！"

当即疾步如飞走了十几个中招的。而那边，灵文越打越猛，居然双手掐着权一真的脖子把他提了起来。虽然稳占上风，灵文的神色却不大好看，低喝道："白锦！你想杀了他吗？不用打了，赶紧走！"

恰好，谢怜还剩一颗丸子，在灵文说到"走"字时，他眼疾手快地把丸子丢进了她的口中。

一霎，灵文一对瞳孔里的光泽都消失了，仿佛被她吞下的那个东西吸走了，身上的黑气也陡然间淡了一层。

她一脸强忍呕吐的神情，望了望谢怜，嘴唇无声翕动片刻，隐忍一阵，把权一真丢到地上，抚额离开。

权一真一跃而起，逐她而去。谢怜原本也想跟上，那群僧僧道道却拦在他面前，喝道："大家坚持住，马上还有援兵赶来！"

还来？菩荠村是不能留了，先离开再说。权一真追着灵文，一会儿就跑没了影。谢怜一把将小小一只的花城护进怀里，道："抓紧我！"足底一点，越过众人，大步撤离。

花城果然依言。不知为何，这一幕让谢怜依稀有些熟悉，不过，没空给他依稀往忆，这事得立即通报上去。谢怜不假思索便发了一道通灵："灵文出事了！我……"

灵文："我知道啊。"

谢怜："打扰了……"

须臾，灵文那边率先掐断了通灵。

谢怜也是无言以对。以往他什么事都是直接联系灵文，眼下灵文自己出事了，他一时之间没反应过来，居然还是找她通报，也是哭笑不得。谢怜进了通灵阵，一边抱着花城一路狂奔，一边喝道："诸位！麻烦全庭通报一下，灵文穿着锦衣仙跑了！"

谁知，通灵阵里根本没人在听他的话。似乎出了什么大事，众位神官都在吵吵嚷嚷。谢怜听到风信喝道："殿下？你说了什么吗？这边现在很乱……"

谢怜提高了声音，道："风信！我说，灵文就是亲手做出锦衣仙的人，她穿着锦衣仙跑了，小心她！"

风信："什么？！有这种事？！"

谢怜还待细说，耳边嘈杂却忽然戛然而止，什么都听不到了。他愣了愣，道："诸位？诸位还在吗？"

喊了几声，却是无人应答。花城道："没用了。上天庭那个通灵阵是灵文建的，方才她肯定把整个阵都打散了，得重建了。"

平素谢怜联系上天庭，不是通过通灵阵，就是通过灵文，其次就是风师。其余神官的口令，他一概不知。眼下灵文和风师肯定都没指望了，阵也毁了，如何是好？

花城仿佛看出了他的担忧，道："不必担心，哥哥方才不是已经把最关键的事情说清楚了吗？上天庭的神官又不全是饭桶，君吾最近也在仙京，通知到就

229

行了。"

谢怜也是这么想的,点了点头。他一阵狂奔,翻过几个山头,已经把那群法师远远甩开,但锦衣仙和权一真却是追不上了。花城又道:"若哥哥还想追查锦衣仙之事,眼下就要抓紧追了。"

谢怜却摇了摇头,道:"那是之前,奇英已经去追灵文了,咱们眼下当然有更重要的事情。三郎。"他凝望着怀里的花城,道,"你的样子……好像又变了。"

之前花城扮的还是个十五六岁的少年,谢怜是不好抱的,就算抱起来也不好看。但现在,花城的体形又缩小了一圈,看起来最多十一二岁,谢怜已经可以单手抱起,让他坐在自己手臂上了。但幼小归幼小,花城那副镇定自若的气场却未变,道:"无碍。哥哥不必担心,开山之日将近,变换形态只是权宜之计罢了。过了这阵,原先的我就回来了。"

他一边说着,一边把自己脸上绷带解了下来。雪白的脸上一双乌黑深邃的眼睛望向谢怜,眉目间依稀能看出几缕那俊美少年的影子。分明是稚气的面容,神色却是一如既往地不慌不忙。

谢怜盯着他看,不说话。花城微微凝眉,道:"殿下,你……"

谢怜突然伸出另一只手,捏住了他的脸颊。

猝不及防,花城一边脸被他捏变了形,睁大了眼,道:"哥哥!"

谢怜笑道:"哈哈哈哈哈哈……对不起,三郎,你实在是太可爱了,我实在忍不住了,哈哈哈哈……"

花城:"……"

谢怜一边温柔地捏着他,一边温柔地道:"那,三郎,你还会继续变化吗?会不会变成五六岁?甚至变成小婴儿?"

听他仿佛很期待的口气,花城无奈道:"恐怕要叫哥哥失望了。"

谢怜松了手,莞尔道:"不会啊!三郎从来不会让我失望。有机会保护你,我真的很高兴。"

花城却低声道:"我不高兴。"

谢怜道:"为什么?"

花城声音微冷,道:"我……最恨这副样子!"

谢怜居然真的从他语气里听出了一丝恨意,不由怔住了。花城垂下了头,道:"我不想让你看到我这副没用的模样,更不想居然还要你来保护我!"

不知是不是因为花城年纪变小了，情绪似乎也有了一丝波澜。谢怜心中微动，连忙把他搂进怀里，轻轻拍着他的背，笑道："那照你这么说，我好多次一塌糊涂的样子都被你看到了，我是不是不要活啦？而且你现在又不是真的没用，只是暂时保存实力罢了。"

花城把脸埋在他肩上，闷声道："不一样的。殿下，我一定要是最强的。我要让自己比所有人都强，只有这样，我才能……"

他此刻的声音虽稚嫩，却带着一丝微微的疲倦之意。谢怜道："你本来就是最强的啊。不过，你不需要时时刻刻都这样的。就当……偶尔给我个面子，让我保护你一次吧？拜托了，好不好？"

良久，花城才从他怀里抬起头，双手放在谢怜肩膀上，望着他，认真地保证道："殿下，等我。给我一点时间，我马上就会回来的。"

谢怜笑了笑，道："好，我等你。不要急，慢慢来。"

看着他亮晶晶的黑眼睛，谢怜忽然一把抓住他，放到自己腿上，道："不过！哈哈哈，说句不要脸的，三郎方才有几句那自负气势，还真有点像我年轻的时候呢！"

花城似乎被他的举动震住了，任由他把自己举得高高的。好一会儿才习惯被他这样抱来抱去，挑了挑眉，花城道："那真是我的梦想了。"

次日，二人来到一座小镇。

谢怜牵着花城，一大一小在街上慢慢行走，状似随意地交谈。谢怜道："铜炉山重开，先代鬼王受震动影响，那那位黑水是否也会如此？"

花城一手被他牵着，一手负在背后，道："会。但我们情况不同，修炼方式也不同，应激的法门也不同。"

谢怜道："比如？他怎么应激？"

花城道："可能，冬眠。"

谢怜脑海中忽然浮现八个大字："饿了就吃，吃了就睡。"

花城道："黑水为人时，受过牢狱之灾，狱中三天一顿，哪怕给的是泔水也要吃下去，饿坏了胃，时而暴食，时而厌食。"

谢怜若有所思，道："难怪他吞起东西来那般厉害。"

其实，照贺玄这个情况，可以专注吞噬饿鬼，因为他本身有此属性，饿死鬼应该更对他胃口。但被黑水玄鬼吞掉的五百多只著名鬼怪中，水鬼却占绝大多数，想来是他记得师无渡的脸，为破其水法，有意而为之。而吞得太多，隔一段时间就需要沉眠消化。花城道："不错。顺便一提，戚容暴食人肉，就是意在模仿他。"

谢怜无言片刻，心道："吃人和吃鬼，怎么能一样？"想了想，道："那倒挂尸林，莫非意在模仿你？"

花城道："正解。因为他也想要血雨之景，但不知道我怎么做到的，于是，就简单粗暴地在天上挂了一排死人。"

到今天，谢怜已经完全能理解为什么哪里提起戚容都一言难尽了。形式做足了，品味却依旧低下。他叹了口气，心想："谷子被戚容带走了，不知会被他吃了还是会被他丢了。风师……不知是不是黑水抓走的。但愿他们都平安无事才好。"又道："你鬼市那边不要紧吗？会不会有人去找碴捣乱？"

花城道："离开之前我已封锁鬼市，放出了一些我行踪的假消息，就算有人找碴捣乱，没找到我，也不会太为难它们。但眼下必然有不少眼睛在盯着那里。"

花城不能回鬼市，谢怜也不能带他上天界，万一被神官识破就糟了，所以二人才在人间人海里漫无目的地游荡。

谢怜微微蹙眉："你放了假消息，但灵文流出了真消息。我始终想不明白，她为何能识破你。"

花城道："我不明白的是另一件事。"

谢怜道："什么？"

花城道："那臭道士天眼开，我戏耍过他几次，还算有几分本事。"

谢怜赞同道："嗯，的确如此，还是有真才实学的……"想想他又觉得这个话题有点危险，赶紧转移开。

忽然，他眼睛一亮，道："等等，三郎，看那边。"

花城道："哥哥？"

谢怜已经牵着他走进了路边一家甚为豪华阔气的大店。掌柜处的老板打量了一下这一大一小、一道一俗的奇特组合，道："这位道长是想要点什么？"

谢怜把花城举起来，微笑道："不是我，是他。"

花城在他手中歪了歪头。

一炷香后，花城从后屋走了出来。

原先那身衣服对现在的花城已经不合适了，谢怜特地给他挑了一件新的。一出来，谢怜双眼便陡然一亮。

好一个肤白若雪的小公子！

一身如枫似火的红衣，一双坠着银链子的小鹿皮靴，又俊又神气。他散着黑发，之前只是在脸颊右边编了一条极细的辫子，谢怜忍不住给他左边也编了一条，这下对称了，更显俏皮。最过分的是他的神情，睥睨生辉，气定神闲，哪里像个小孩子！这般反差，简直教人移不开眼。店里逛的姑娘们都惊呆了，围了一大圈，忍不住捂住心口，哎哟哎哟直叫。

花城慢悠悠走到谢怜身前，谢怜鼓掌道："果然三郎还是最适合红色！"

花城无奈地扯了扯左边那条小辫子，道："哥哥高兴就好。"

谢怜垂手揽着他，笑着去了店前，准备结账。花城这一身可不便宜，谢怜平日没有零用钱，也根本不会进这样的店，但他存了一小笔准备修房子的钱。现在也不想再管其他的了，先给花城买了衣服再说。正当他一枚一枚认真点着铜板的时候，花城挤到他身前，啪的一声拍了一片金叶子在掌柜面前。

谢怜："……"

老板："……"

姑娘们："……"

花城道："不用找了。哥哥，走吧。"

他拉了拉谢怜的衣角，负手率先出了店。谢怜被拉着走了好一会儿才从震惊中扯出自己："三郎，你这样，我好没面子。"

花城想了想，道："是吗？抱歉了哥哥，是我考虑不周。如此，投宿旅店时哥哥再去会钞。可以吗？"

谢怜欣然道："好啊！但是作为对我的赔礼道歉，你还是要给我捏捏。"说着就动上手了。花城自然知道他根本是在找借口想方设法捏自己的脸，除了无奈任之由之，也别无他法了。等谢怜捏够了，他才往前走，谁知走了两步又原样退了回来，撞进谢怜怀里。谢怜双手抱住他，道："怎么啦？"一抬眼，在街上人流中看到一群气势汹汹的身影，连忙抱起花城就冲回那衣店。老板道："两位还想买点什么吗？"

谢怜举手道："要的。麻烦把那件衣服拿下来给我！"

老板愕然道:"啊?那件?道长您没搞错?"

谢怜肯定地道:"对,就是那件!"

说完就自己冲上去抓了那件衣服、提着花城就冲到衣庄后方,钻进了帘子里。这家衣庄甚为大胆,思路新奇,在店里设了一个可供换衣的小隔间,来买衣服的人可以当场试穿。众人蒙然,须臾,衣庄门口路过一个华衣道人,边走边嘟囔边揉着额头,他身后跟了一大帮凶神恶煞、奇形怪状的和尚道士,边走边道:"唉,灌死我了!岂有此理,那什么玉洁冰清丸,真是人间剧毒。我才喝了二十杯,什么时候才能喝满九九八十一杯?"

谢怜远远听着哭笑不得,真没想到这些和尚道士这么实诚,让他们喝九九八十一杯,他们就真的打算喝九九八十一杯。一人还道:"阿弥陀佛,贫僧已经喝了二十五杯,不得不说,解药还是很有用的,贫僧现在的确感觉好很多了。"

"这次是我们大意了,下次再见到那邪里邪气的道人,绝不会再给他可乘之机,一定要一举把花、花、花城主拿下,替天行道!"

谢怜悄声道:"三郎,你究竟是怎么得罪他们?"

花城还没回答,已经有人帮谢怜问了:"对了,还没问,你们怎么也来抓那鬼王?可是与他有什么过节?"

于是,众人开始了批判交流大会。

"说来着实可恨!二十年前,有一个村庄,有一只猪精发了狂,把主人家的房子拱倒了,房子塌了,死了全家。那只猪逃到鬼市,我当时刚刚入行,就去拿它,却被一群鬼乱棍打出,真是奇耻大辱。他还派手下跟我说什么没理由你能吃猪的全家,猪不能报仇杀你全家。不报是你走运,报了是你活该。你们说说,世上哪有这样的歪理嘛!"

"这么巧,本派情况类似,不过是因为一只鸡精。"

"就很简单,因为本派供的神官,是他点名要打下去的,所以我们建多少观他烧多少,真是气死人了!太蛮不讲理。"

"还有还有。我师兄你们知道吧,天纵奇才,前途无量!就是有个小小的毛病,嗜女如命。十几年前,一个妓子女鬼引诱我师兄,把他活活吸成了人干,花、花、那鬼王居然包庇她。"

外边批得火热,里边花城却是一脸百无聊赖,连个嘲讽的笑容也没兴趣给。这时,天眼开道:"你那个师兄我好像听过,是不是早年借着做法事的名义,迷奸了几个有夫之妇，关了三个月被放出来的那位？"

"喀喀喀！慢着，天眼兄，这边人多，不如问问她们有没有看到吧。"

于是，众人便在衣庄门口停下了。天眼开道："各位女施主，有没有看见一个白衣服的道士，带着一个脸上缠了绷带的小孩儿，路过这里？"

众人不语，却有人眼神不由自主瞥向衣庄后屋。众僧道脸现警惕，比了个"过去看看"的手势。天眼开大步迈进来，屏息缓缓逼近那道帘子。猛地拉开，登时大叫后跃。

只见帘子后坐着一名女子，乌黑的长发挽了个松松的发髻，脖子修长白皙，环着一道一指宽的黑色项圈，以及一条极细的银链子，衣衫褪了一小半，雪白的肩头和小半个背心都袒露出来，欲落不落，教人脸红心跳。

帘子被人拉开后，那女子身形一颤，以袖掩面，一声轻唤，似乎被如此唐突鲁莽的行为吓到了。天眼开忙不迭放下帘子，道："对、对、对不住了！！！"

随天眼开跟上来的一圈和尚道士也大叫一声，道："罪过罪过！"纷纷捂住了自己双眼。趁此机会，那"女子"猛一转身，不是谢怜又是谁？花城就坐在他怀里，只是被他身形挡住了。虽然谢怜是男子，肩比寻常女子要宽，但他只拉下了一半衣裳，露得恰到好处，效果颇佳。谢怜一手搂花城，一手提裙摆，穿过捂眼大叫的群僧群道，赶紧一溜烟地跑了。衣庄老板和姑娘们都看呆了，见他逃之夭夭，老板本想伸手拦住，张了张口，低头看看那片金箔，再买两件都绰绰有余，耸了耸肩，不管了。

谢怜抱着花城一路狂奔，绝尘而去。路上行人模糊之中都只见到一"女子"抱着一小儿飞驰而过，如猎豹一般矫健迅猛，激起漫天飞尘，呛得连连咳嗽，简直难以置信。路边摊卖小吃的沾了一锅的灰，大骂起来："你有没搞错啊！"

谢怜百忙之中抽空回头高声道歉："搞错了！对不起！"这时，又听身后传来狂呼："站住！"

回头一看，竟是那群人从衣庄里冲出来了。谢怜心道："真不知这种时候在后面喊'站住'的人到底是怎么想的，想也知道被喊话的人不会站住的吧。不如凝神，憋着一口气专心加紧跑！"当下埋头奔得更快了。这么浩浩荡荡一大群人奔过，漫天尘土飞扬，这回卖小吃的连骂都骂不出来了，气得一摔锅子："还让不让人做生意了！"

追了两个时辰后，果然，边追边喊的和尚道士们喊岔了气，越跑越慢。而有着丰富逃跑经验的谢怜一声不吭,坚持到了最后,将追兵们尽数甩掉后,放下花城,站在路边呼呼喘气。花城扶住他双肩,沉声道:"别吸气太急,当心伤到。"

谢怜抬头,见花城微微凝眉,但仍是一张童稚的面容,忍不住笑出声来:"哈哈、哈哈哈哈……哎哟!"

谢怜笑得突然,肋骨一阵剧痛,捂住胸口,见花城脸色微变,又摆摆手道:"不碍事……咦,那儿是不是有家客栈?咱们进去歇歇脚吧。"

到了店前,几个伙计就笑容满面地迎了上来,道:"这位客……"

想来是想叫客官,但一看来人穿的是女装,遂改口:"这位姑……"

还未出口,谢怜牵着的花城也从黑暗中缓缓走了出来。带着孩子,那看来不是没嫁人的姑娘,又改口:"这位夫……"

"夫人"的"人"还在嘴里,谢怜的脸也被店内黄光照亮了。虽然此人身穿女装,眉目如画,但凭良心说,这张脸怎么看都比较像男子。几个伙计登时哑了,半晌,还是老老实实叫回了一开始的称呼:"这位客官,里边请。"

谢怜含笑点头。现在的他,穿任何衣服都已经非常熟练了,一点心理或生理上的不适感都没有,携了花城,泰然进店。

第十四章

铜炉开山万鬼来朝

折腾了一天，两人都累了。一大一小在屋里玩闹了一阵，谢怜把花城丢上床，却见花城忽然坐起，瞳孔微收，锐利的目光投向对面。

谢怜立即觉察不对，回头就起了一身冷汗。

只见屋子里不知何时无声无息地多了一个人影，正坐在桌边，茶都泡好了一壶，茶香飘溢。

谢怜不由毛骨悚然，挡在花城面前就道："谁？！"

那人温声道："不要怕。喝茶吗，仙乐？"

那身形和声音都是个青年，熟悉至极，谢怜这才松了口气，把方才瞎闹时散乱的头发撩到耳后，心还在怦怦狂跳，道："帝君啊……"

随后，他猛地一把翻了被子，把花城和自己的身体都埋了进去，道："您怎么下来了？"

君吾缓缓斟了三杯茶，这才起身，道："你不回来，我当然只好亲自下来看看了。"

他一边说着，一边负着手，朝这边走来，慢慢从阴影中踱出了一小部分。谢怜顺着他的白袍看上去，看到他居然戴了佩剑，心中一惊，飞速跳下床，道："帝君，我想先解释……"

谁知，花城在他身后一把掀开了被子，盘足而坐，胳膊肘随意地搁在膝上，微笑道："我看，不必了。"

谢怜拦在两人中间，道："我还是觉得，我们可以先坐下来好好谈一谈。您看这孩子，是不是很像……很像……"

君吾微笑道："像你儿子是吧。"

237

"哈、哈哈哈……"谢怜干笑了一阵,道,"您怎么知道我要说什么?"

君吾道:"我还不知道你会说什么吗?"

他终于把目光从花城身上收回,轻轻拍了拍谢怜的肩,转身回到桌边坐下。谢怜知道,这就是暂时不会追究的意思了,不由松了一口气。君吾若是对谁动了杀心,拔剑后有多可怕,他是亲眼见过的,无论如何谢怜都不希望花城有和他正面对上的机会。

可花城的目光却并未收回,依旧不善。君吾把三杯茶一一推开,道:"虽然并不是第一次见阁下了,但却是第一次距离如此之近,气氛如此之平和,不如以茶代酒,和了这局面吧。"

谢怜尽量自然地披了衣服,一边穿靴子一边道:"帝君,上天庭现在如何了?"

君吾放下茶杯,眺望窗外明月,叹道:"别提了。"

谢怜:"好。不提了。"

看来是真的很糟糕了。君吾却回过头来,正色道:"开玩笑的。不想提也得提。仙乐,你先放下你这位小朋友,随我出去片刻吧。"

谢怜刚要应答,却听身后花城悠悠地道:"你上天庭如今兵荒马乱,早已不是什么秘密,连市井乡野小鬼都知道这一回的万鬼齐聚拦不住了,兴奋得直打鸣,何必出去再说?"

花城此时形态虽少,可他的神情和气度却总是令人忘记这件事。他也下了床,迤迤然来到桌边,执杯把玩,却对喝下杯中茶水并无兴趣。片刻后,三人都坐在了桌边。君吾道:"还真是什么都瞒不住阁下。"

毕竟是君吾斟的茶,面子不能不给,谢怜还是喝了。君吾道:"各大武神早已有自己的地盘和任务要负责,自顾不暇。原本明光殿内有裴宿,可以借来一用,但他早已被流放。至于奇英,和你一样,也是个喜欢单枪匹马闯天下的狂人,我行我素,况且他现在也是行踪不明,这孩子又从不听通灵。再加上灵文殿失了主殿神官,暂时易主,其他文神舞文弄墨、风花雪月不在话下,听信传令、调配决断却不行,这几日……"

听他这么一说,这几日的上天庭,怕是快要瘫痪了。谢怜只觉惨不忍听,顿生同情,道:"我记得您当初说过,即便是拦不住了,也是有补救之法的?"

花城却道:"补救?是自杀吧。"

君吾看他一眼,叹道:"我也说过,不到万不得已,不想走到那一步。"

谢怜心中一动，道："莫非？"

君吾缓缓地道："不错。现在，唯一的补救方法，就是派一名武神，混入铜炉山群聚的万鬼之中。"

既然阻止不了厮杀的开始，那就保证厮杀到最后，一个不留！

谢怜微微蹙眉，道："我对铜炉山不是很熟，不是很明白它的规则，所以到底该怎么做？难道要把里面成千上万的妖魔鬼怪尽数杀灭？"

君吾道："那倒是不必。"

花城却道："铜炉山，我熟。哥哥，看外面。"

窗子外是一片平地，种了些草儿花儿，角落还有一只小小的花盆。花城翻上窗棂，指那花盆，道："铜炉山的中心，有一座巨大的铜炉。"

那小花盆忽然倒下，骨碌碌滚到了土地中心，自动立起。随即，以它为中心，四周原本平坦的土面一拱一拱，逐渐拱成了一片高高低低的小丘陵。

花城道："铜炉的四面八方，是环绕的群山。这一带都是铜炉山的范围，最少有七城之广。万鬼厮杀，从群山的最外沿开始，不断靠近中心的铜炉。"

他随手一挥，花草也随之舞动，如同一个个小人穿梭在群山之间。谢怜看得新奇，当真有一种巨人俯瞰苍茫大地的错觉，道："也就是说，越靠近中心这座铜炉，遇到的鬼就越强？"

花城道："是的。因为弱的杂草，在外围就全部被杀死了。"

他又是轻轻一挥手，一阵风扫过，杂草们一下子被这阵风扫荡得干干净净，光秃秃的小土包们显得很可怜。而中心的小花盆忽然透出阵阵红光，看上去果然像一只被火烧得通红的小铜炉。谢怜盯着它看，发现有一朵小小的红花和几根不起眼的杂草跳了上来，绕着花盆边缘转圈圈，仿佛几个小人儿在跳舞。那朵小红花舞得最狂。花城道："最后，最强的几只鬼可以进入铜炉。然后，铜炉便会闭合。"

那几个"小人儿"跳着跳着就掉了进去，迅速被泥土湮没。花城接着道："在接下来的七七四十九天之内，一定要有一只鬼，冲破这座铜炉。"

那小花盆一阵剧烈地颤抖，砰的一声，炸起一波飞土。

伴随着这"惊天动地"的出世，那朵红色的小花从泥土里一跃而出，举着自己的两片叶子，仿佛正在迎风呐喊，向全世界展示自己的强大。看到这里，谢怜终于忍不住"噗"的一声笑了。

可不知是不是因为太高兴了，那朵小红花在花盆边缘打了个滑，眼看着就要摔下去了，谢怜赶紧伸出双手，轻轻把它接住，捧在手心。那小红花仿佛摔得有点儿晕了，甩了甩"头"，仰起"脸"望向上方接住自己的人。谢怜擦掉头发上溅到的土渣，道："这一只，就是铜炉山孕育出的新代鬼王？"

花城点头道："正是。前面的万鬼厮杀会不断增强获胜者的实力，这个过程必不可少，如果进入铜炉的鬼实力不够，冲不破铜炉，就会被闷在里面烧成灰烬，成为别人的养分。"

他对君吾道："你的办法，无非灭绝精英，放置杂草。有鬼王潜力的并不多，只要剔除他们，剩下弱的，即便是让它们进了铜炉也冲不出去，照样不会被认可为鬼王。"

谢怜道："听起来，好像可行？"

花城抱起手臂，道："恐怕不可行。铜炉山为聚邪之地，神官的法力会在那里受到最大程度的限制，鬼类实力却会大幅上涨，一名武神如何在此对抗千妖万鬼？建议想出这个英明神武办法的人自己去。"

君吾却从容道："正有此意。"

谢怜一怔，道："帝君？"

君吾道："仙乐，我此来下凡，便是为此。我要前往铜炉山了，你回上天庭去，帮我暂代所有事务吧。"

谢怜霍然起身道："让我暂代？您别开玩笑了，不会有人服我的。"

君吾莞尔道："那这就是一次很好的让他们服你的机会。"

谢怜颇觉伤脑筋："这事太荒唐了，就像人间帝王可以御驾亲征，但您听过帝王去卧底刺杀的吗？仙京之所以能飘在天上，全是您在撑。你不在那儿了，天就真的塌了。"

君吾却道："仙乐，其实，世界上没有任何人，没了他天就会塌了的。习惯了你就会发现，没了谁都照样能过，总会有新的代替旧的。鬼王出世，若是再来一个血雨探花或是黑水沉舟，倒也没什么，但若是再出来一个白衣祸世，那便天下大乱了。"

他直视着谢怜的眼睛，道："你是亲眼看到过的，杀死一个他那样的绝，有多困难。除了我去，没有其他办法了。"

谢怜也知道，这并非君吾自负。以最弱的状态，被封闭在万鬼之中，还要准确无误地把最厉害的都挑出来一个一个干掉或收服，就算是他自己，也不敢说一定能做到。只有君吾，把握最大。但是，他一走，说不定就要十年左右，外边怎么办？上天庭怎么办？

花城却道："谁说没有其他办法？"

次日，谢怜和花城二人出发上路了。

花城牵着谢怜的手，道："哥哥，下次你看到君吾，一句话都别跟他说，掉头就跑吧。"

谢怜奇道："为何？"

花城道："我就知道，他每次找你，准没好差事。"

谢怜笑道："这怎么说？原本他派给我的，可不是件差事。"

花城却道："一样的。不管去铜炉山，还是帮他管上天庭，哪个是好差事？上天庭现在都稀巴烂了，趁早散了吧。丢这么个烂摊子给你，算怎么回事？无非在用刀自杀和用剑自杀里做选择罢了。"

谢怜忍俊不禁，笑过了，又认真地道："不过，我是真没想到，你居然会主动提出陪我一起去铜炉山。我想了很久，觉得还是得说，三郎，你千万不要勉强。"

他总觉得，花城是因为知道他心里想什么才主动提出要同去的。毕竟，谢怜真的觉得比起去管上天庭，做他并不擅长的事，还不如被关到炉子里杀个痛快。花城却道："哥哥，我都再三保证过不勉强了，你不相信我吗？"

谢怜道："那当然不是……"

花城一点头，道："那哥哥便放心吧，我自有考量。不要觉得欠了我的情。即便是完全站在我的立场，我也不介意在新鬼王出世之前就把他塞回去。"

这件事上，现有的鬼王和上天庭有着共同利益。大米就那么多，谁都想吃，现在都不够分，偶尔打打架，再多个新来的分一杯羹，谁都不乐意。而且万一这个新来的是个要死要活的，一发疯，大家谁也别想吃成。

君吾在听了花城的提议后，认真考虑了许久。如果是谢怜一个人去，恐怕不如他自己去把握大，但如果是谢怜再加上一位曾经从铜炉山亲身历练出来过的鬼王，这个组合就比他一个人去的胜算大得多了。

当然，花城也不会白去，君吾答应了他开出的条件：在下一次铜炉开山之前，整个天界都要绕着鬼市走。并且，还要全庭通报血雨探花的英勇事迹，歌功颂德整整一年……谢怜想象了一下，大概就是类似"你们这群愚蠢的神官！知道是谁拯救了你们吗！"——这样的效果。简直就是在虐待本来就对花城颇为忌惮、感情复杂的神官们，在地上踩他们的脸。

拉回思绪，他道："我还是觉得，等你躁动期过了，恢复原先的形态，我们再去好了。"

花城道："这个也不必担心。快了。"

谢怜一怔，道："啊……"

花城道："怎么？哥哥这是什么神情？"

谢怜道："那就是说，三郎要长大啦？"

花城负手道："嗯。我忍很久了，快等不及了。"

谁知，他刚说完，谢怜便一把将他托了起来，双手高高举起，笑道："那就可惜了！长大了就抱不动了，趁现在赶紧多抱抱，哈哈哈哈哈哈哈……"

去铜炉山，无法使用缩地千里，只能靠走。几十天后，二人终于彻底远离了城镇和人烟，进入了山区，一片一望无际、郁郁苍翠的森林。

越是深入森林，路边遇到的非人之类就越多，个个奇形怪状，匆匆而行。走了一阵，谢怜遇到一大群破破烂烂的妖魔鬼怪，面目狰狞，结成阵列，边走边嚷道：

"天地为炉，众生为铜！"

"水深火热，万劫其中！"

听他们呼喝，此来非但不害怕，反而十分向往。花城面色微冷，道："根本不懂这句话是什么意思，喊得倒是起劲。"

想来这些妖魔不知其中残酷，又把成绝想得太容易，满是雄心壮志，令亲历者感到不快。谢怜道："这样成群结队地来也行吗？"

花城道："这种，一般都是早就结识的，打算结伴闯山，事先约定好了会留对方一命。但什么约定都做不得数的。因为杀到最后，多杀一个多增强一份力量，少杀一个就少一份生机。而最容易下手的，当然是最亲近和信任自己的对象。"

说完，他微微蹙眉，捂住了右眼，似乎又开始头痛了。谢怜忙揽着他蹲下来，微微心忧，道："马上就要进山了，你当真不要紧？"

242

略略平复眉宇,花城道:"哥哥放心,正常。很快就会好了。你过来一点,我有话对你说。"

谢怜不明就里,果然把脸凑近了。花城双手捧住他的脸,轻轻将额头与他相抵。谢怜眨了眨眼,怔住了。等花城放开他时,谢怜道:"三郎,你……"

花城笑道:"好了。这里全都是鬼,哥哥是神官,气味在里面会很明显,如此可以稍作遮掩。"

原来,方才这样,是往谢怜身上沾了他的气息。谢怜道:"好。我们再乔装一下吧。"

其实也就是披个斗篷,原本就有不少妖魔鬼怪也喜欢戴面具或披斗篷,并不稀奇。二人简单装扮了,走一段路,前方隐隐传来嘈杂之声,不知怎么回事,谢怜道:"有什么地标一类的东西,告诉你已经进入铜炉山了吗?"

花城道:"有。但是不要相信那些东西。"

谢怜正想继续问,却听前方嘈杂声越来越大。二人出了森林,原来,一面陡峭的山壁前,黑压压的一大群妖魔鬼怪堵在一处,少说也有三四百之众。然而,这不过是此次万鬼群聚的冰山一角罢了。也许是因为还没有进入铜炉山的地界,眼下群鬼之间还算和谐。

"我们走错了?"

"不会吧,不是说无论哪条路都可以通往铜炉山的吗?"

谢怜随口问旁边一只鬼:"请问前方这是怎么了?"

那鬼喊道:"你没长眼睛不会自己看吗?被一座山挡住了,过不去。"

谢怜看了下身边这只鬼,半个脑袋都被削没了,这才是货真价实的没长眼睛。但他也不好说什么,只道:"不能绕过去吗?"

这时,几只鬼从侧面赶过来了,吐着长舌道:"这山邪门儿了!跑了我大半个时辰还见不到边!又跑了大半个时辰才回来!"

众鬼对谢怜道:"不能。"

谢怜又道:"不能爬上去或飞过去吗?"

话音刚落,天上呼地掉下一头七尺大鸟,砰地重重砸在地面上,似乎当场气绝身亡了。有鬼叫道:"天寿啦!鸟精给累死了都飞不过去!"

众鬼又对谢怜道:"不能!"

谢怜再道:"那不能……"

243

他还没说完，群鬼都冲他"嘘"，恨不得把他的口给封了："别问了！你这个乌鸦嘴！"

谢怜道："好吧。"

数百妖魔被堵在这座绕不了、翻不过、飞不越的高山峭壁之前，各种声音嗡嗡嘈杂，甚为吵闹。有的道："我懂了！这不是一座普通的山，而是入山之前的第一道考验。如果连这第一关都过不去，后面就不如散了吧。"

"等等！"

"等什么？"

一个声音疑惑道："我怎么……闻到一股很奇怪的味儿？"

"什么味儿？是不是你带来路上吃的死人肉臭了啦。"

那个声音道："不对不对。不是死人肉，是活人！不不不，也不对！有点儿像是……神仙味儿！！！"

此言一出，一石激起千层浪。群鬼嚷道："少胡说八道，怎么会有那种东西！"

"啊等等！那个……我也闻到了！"

"你们这么说的话好像我也有点儿……该不会有神官混进来了吧？！"

"不可能吧……哪个神官这么大胆，到这种地方来？"

十几句下来，四面八方都炸了锅，谢怜暗暗奇怪：方才花城分明已经帮他把人味儿掩盖掉了，怎么会还有气味？

花城握着他的手，低声道："小心，有东西在搅浑水。"

谢怜道："也可能除了我之外，真的还有其他神官混进来了。"

这时，那个最早提到有人味儿的鬼跳到一块大石上，道："各位！说不定，天界那些死神官见这回没能在路上拦住咱们，就派人到铜炉山里来坏咱们的盛事了，我建议大家戴面具的、戴斗篷的、穿得多的都先脱一下，这样的话，谁身上冒灵光就一目了然了，大家一一报上名来，不要给他们混进来的机会！我先来，我是夺命快刀魔！"

群鬼叫好，于是纷纷开始自报家门。谢怜听得直摇头。根据他的经验，一般名号取得越浮夸直白，喜欢带一些比如"绝世""千手""无敌""夺命"之类的字眼，往往越容易被他一招干掉，有时候甚至一招可以干掉三个。忽然，一旁有鬼用胳膊肘撞了一下他，道："喂，你怎么还不脱下斗篷？你是什么东西？"

这话倒不是在辱他。非人之类，称呼为"东西"也没什么不对。其实也有不少妖魔没脱斗篷面具，谢怜附近就有一个，正抱着手臂看他们，但被点名的谢怜还是第一个，见四周都望了过来，他只好自认倒霉，取下斗篷，温声道："我是一名傀儡师。"

群鬼都围了过来，道："原来如此！难怪觉得你很像人。我还是第一回看到傀儡师呢！"

谢怜微笑不语。傀儡师，是邪气非常弱的一种妖魔鬼怪。因为他们为了做好完美的傀儡会去寻找各式各样的材料试验，染上什么东西的气息都不奇怪。由于十分偏爱人皮材料，他们身上的人气都很重。傀儡师们的梦想是在神官头上拔毛给自己的傀儡做假发，有的胆大包天的真的会去试，所以，即便是沾了神官的气息也不奇怪。

有鬼问道："那你的傀儡娃娃呢？"

谢怜左右看了一下，弯腰把花城抱了起来。

群鬼纷纷惊叹："哇，好精致的娃娃啊！"

"什么材料？啧啧啧，做得还挺逼真的。"

"感觉会是个很厉害的竞争对手呢……"

"哪有很逼真，我觉得看上去有点假，皮肤也太白了吧。而且小孩子的睫毛怎么会这么长？"

虽然花城抱着双手，面无表情，但许多女鬼还是被他这副模样击中了早已不再跳动的心脏，道："要死了，好俊的娃娃！""师傅你接单子吗？我能不能在你这儿订一个一样的？价格好商量。"有的甚至情不自禁想伸手去摸。谢怜连忙把花城抱了回去，搂进怀里，群鬼嘘道："真小气！这么宝贝他，摸都不给摸一下的。"

谢怜左手把花城抱得更紧了，右手摸着他的头发道："当然了，这是我的娃娃。而且他脾气很大的，除了我以外的人不能碰他，不然他会很生气。"

花城在他怀里挑了一下眉，群鬼哈哈笑道："哎哟，他还会挑眉，怪神气的！"

这时，忽然有一个声音道："我看不是吧。"

谢怜回转头去，只见说话者正是夺命快刀魔。他道："你身上的人气未免也太重了。"

群鬼都道："傀儡师嘛……可以理解。他身上也有鬼气的。"

夺命快刀魔："不不，大家再仔细看看，这位'傀儡师'身上的鬼气，根本

245

不是由内而外的，反倒像是……从外部沾染的。"

原本是可以蒙混过关的，可一旦成为瞩目的焦点，细节便会被放大。这夺命快刀魔初出来起哄时看上去脑子不太好，跟那天眼开差不多，谢怜还以为他是个无足轻重的小角色，谁知倒不好糊弄。有鬼道："这位好像很懂的样子。所以到底有没有个准话？到底该怎么判断？你有没有办法？"

夺命快刀魔："有。有一种道具，可以判断出他到底是什么！"

他从袖中取出了一样东西。众鬼一见，登时退开了一大圈，道："妈耶！你还随身带黄符？！我看你就是那个混进来的神官吧！"

夺命快刀魔阴恻恻地道："错了！我只是来时的路上杀了几个道士，顺手收了他们的东西而已。这不过是最普通的黄符罢了，只能对付些小鬼小怪小杂碎，各位都能赶到这里来，想必这符也奈何不了你们，看好了！"

说完，他便啪的一声，把黄符贴到了自己额头上。刺啦刺啦，那黄符在他脸前烧成一缕黑烟，他的额头也留下了一个黑漆漆的焦印。那快刀魔几下擦掉那焦印，道："虽然这符奈何不了我，但还是能在我脸上留下一点儿印。这可以证明我的身份了吧？"

符纸这种东西，虽然是用来对付妖魔鬼怪的，反过来，也可以用来辨别是人非人。夺命快刀魔指谢怜道："若你当真是个傀儡师，就把这黄符贴到额头上去。看看留印不留印，自然有分晓。"

谢怜不动声色，心念飞转，却听花城沉声道："无事，哥哥。"

谢怜便知，他有把握，于是放下花城，从容上前，接了那符，往额头上一贴。只听一阵刺啦刺啦，那黄符也烧成一缕黑烟，然而黑烟散尽，谢怜的额头却是光洁依旧，没有留下一丝痕迹！

这就证明，他身上的鬼气，是从外部沾染上的！

除了那名抱着手臂的斗篷人，几百只鬼瞬间把他们围在中间，呼喝起来，眼看着许多稀奇古怪的武器就要招呼过来，却一下子都被一层无形的屏障弹开。群鬼惊愕："哟呵？道行还挺高！"

谢怜摊手道："我什么也没做。"

这时，站在他身后的花城发话了。

他负手走了上来，道："你们这群没见过世面的乡野小鬼，大惊小怪些什么？"

"嘿，你这小鬼娃娃，你就见过很大世面啦？你们究竟是何人，速速招来！"

花城道："废话，他身上当然没有。因为，我才是傀儡师！"

话音刚落，群鬼便感觉一阵阴寒至极的气流席卷而过，仿佛把整片都冻住了。他们原本便是阴寒的体质，竟也纷纷打起了哆嗦，道："怎……么……回……事？"

花城道："让你们稍微见见世面罢了。"

他收了气势，群鬼才好容易不哆嗦了。那夺命快刀魔心有余悸道："你……你是傀儡师，他也是傀儡师，那究竟谁才是？不不，他肯定不是，他到底是什么人？"

花城尚未答话，谢怜却微微一笑，道："我当然，是他的人。"

群鬼蒙了一阵，终于想明白了。

"原来——原来颠倒了吗？他是主人，你才是傀儡娃娃？！"

夺命快刀魔怀疑道："那之前你干什么说你才是傀儡师？你撒谎是何居心？"

花城微笑道："因为，我觉得有趣。"

谢怜也微笑道："是的。主人觉得有趣，就是最重要的理由。"

众女鬼震惊过后，收起了倏然探长的爪子和舌头，又开始围着谢怜打转，议论起来。但不知是什么原因，众女鬼对他评头论足时，跟方才讨论花城时完全是不同的画风，似乎奔放了许多。比如——

"原来这位小哥哥才是傀儡娃娃呀？哎呀，我比较喜欢这一款的，真的不定做吗？"

谢怜道："这个……谢谢喜欢。不过真的不卖……"

"这材料是人皮吧？看上去质地好细腻，怎么护理保养啊？"

谢怜道："是人皮。没有别的，多喝水就好。"

"哇，感觉这个娃娃可以拿来做很多事啊！嘻嘻嘻……"

谢怜一直保持着得体的笑容，眼看着真的有女鬼两眼放光要来摸他胸口了，眉尖微微抽动。花城并起二指，微微一抬，一圈纤纤玉手并枯手都被他挥开了。谢怜赶紧蹲到花城身后躲起来。众女鬼道："怎么？你也要说，这是你的娃娃，脾气不好，不喜欢别人碰吗？我看他脾气很不错呀！"

花城伸出一手，勾起谢怜的下颌，道："他脾气的确很好。但是，我脾气不好。我的东西，除了我，谁也别想碰。"

谢怜顺着他的手势，顺从地抬起脸，忍笑忍得小腹抽搐，但还是十分配合，望着花城双眼，诚挚地道："没有这回事。主人怎么会脾气不好？主人脾气最好了。"

花城也笑了，看似十分满意。二人一唱一和，正演得起劲，一旁有鬼插嘴道："我还是觉得他身上的人味儿太重了。"

众女鬼道："那你还想怎样啊？"

那鬼道："听说人皮傀儡娃娃里面的填充物不是血肉，被捅了不会流血，你让我捅他一刀试试……"话音未落，它便被一个眼刀吓得不敢出声了。

花城寒声道："谁敢碰他一下试试看。我放在心上珍爱的，是让你们随便动的吗？"

群鬼方才便被他气场震慑，眼下他直接出声威胁，更是不敢有任何轻举妄动，不知不觉中，已经给他们中心空出了一大片地。花城目光掠向一旁，道："你们与其对我的娃娃纠缠不休，不如问问，为什么那边那位到现在还不肯脱下斗篷。"

谢怜身边，一直站着一个斗篷怪客，闹了这么久，他始终没有取下斗篷，始终是抱着手臂看戏一般置身事外。而花城把他挑了出来后，这戏就看不下去了，主角变成了他自己。夺命快刀魔迈出一步，道："请这位朋友也摘下斗篷，让我们瞧瞧吧？"

那斗篷客停顿了许久，就在谢怜怀疑他是不是在伺机发难准备逃跑时，他却忽地伸出一手，干脆利落地掀了斗篷。

斗篷之下，是一张英俊然而平平无奇的脸孔。

这样一个人，丢进人群里，虽然不难看，但是很快就会被忘掉，根本记不住脸，导致群鬼见了他庐山真面目后都有些失望。可谢怜的警惕心却上来了。

花城道："一看就是一张假脸。"

这声音只有谢怜能听到，谢怜点点头。使用假皮，要领就是"平平无奇"，最好让人就算盯着这张脸看半个时辰闭上眼睛也能立刻忘掉。这斗篷客的脸就完美地符合这一要领，所以这张脸十之八九不是他的真面目。

夺命快刀魔递出一张黄符。那斗篷客接了，半点不带犹豫地便往额头上一贴，刺啦刺啦，化烟，留痕。

看来，他也是鬼非人了。

闹了一圈，群鬼都有些躁了，道："到底有没有神官混进来了啊？第一个提出来的是谁啊？可别是弄错了吧？"

夺命快刀魔举手道："第一个发现的是我，千真万确！我绝对闻到了神官的……啊！"

他说到这里，突然一声惨叫跌倒下去。谢怜一惊，抢上前去一看，他身上竟是多出了一个血洞。夺命快刀魔惊恐道："大家小心！真有神官，他想灭口！"

群鬼都被这一下惊得炸了锅，举着兵器，四下敌对，纷纷喝道："到底是谁？藏在哪儿？"

谢怜道："大家刚才可都看见了，我和我主人是一直被你们盯着的，我们什么都没做。"说着瞟了一眼那斗篷怪客。对方也微微举手，道："同。"

有鬼道："要是多有一些黄符来全部试一试，就不愁不知道是谁了……"

谢怜道："又不是道士，谁身上会带那么多黄符？"谁知，他刚说完，夺命快刀魔真的一下子掏出了厚厚几大叠黄符，道："我有！"

谢怜忍不住想看看他背后："你到底是从哪里掏出来的？"

夺命快刀魔："这不重要！"

谢怜道："不是，这很重要。一般不至于随身带这么多这么重的东西吧，可以当板砖砸死人了……你来时路上到底杀了几个道士？"

夺命快刀魔瞪眼道："二十几个吧。"

那难怪了。就算每个道士身上只带几十张黄符，加起来也有好几百张了！

话不多说，群鬼急于找出到底谁才是潜伏在他们之间的神官，迅速草草定了法子，两两一组，拿着黄符往对方额头上贴，然后观察对方额头上是否留有焦印。一些小鬼看到黄符还是有点害怕，道："真的要贴啊？会不会打散我的魂魄啊……"

"不会啦，跟刚才贴他们的符一模一样，威力很弱的，最多只留下个印子。"

"哦……"

花城微微眯眼，似乎觉察到了什么。不一会儿，四百多只鬼里，大片大片的额头上都贴了那黄符，看上去诡异又滑稽。然而，贴上之后，什么事都没发生。

群鬼面面相觑，道："怎么回事？"

"喂！快刀魔，你杀的都是些什么道士啊？这么水，符都不管用的？"

谢怜一开始便觉蹊跷，这时更是微微蹙眉，正待开口，一旁一名女鬼噘嘴道："我不贴了，撕……咦？怎么回事？为什么撕不掉？？"

几个女鬼一下子全都尖叫起来："我也是！为什么撕不掉？！"

糟了！

与此同时，花城道："哥哥，蹲一下好吗？"

谢怜照做，花城迅速捂住了他的双耳。紧接着，砰砰砰砰！一阵炸鞭炮般的轰隆巨响，响彻上空！

谢怜只觉层层剧烈的波动从四面八方传来，一阵难以言述的诡异气味弥漫开来。

那些黄符，居然全都爆炸了！

而把它们贴在头上的妖魔鬼怪，实心的脑袋被炸开了花、血肉飞溅，空心的直接被炸没了形、黑烟飘散。山壁之前，一片鬼哭狼嚎。花城放开捂住谢怜耳朵的手，看起来没有任何影响。谢怜站起身来，微感心惊。那些黄符他方才一一看过，的确都是最普通的驱鬼符，怎可能会有如此骇人的功效？

这时，漫天黑尘的空中悠悠飘落下一片碎纸，谢怜眼疾手快擒了，拿到眼前一看，登时明了，道："好狡猾。"

这是一张黄符的一角碎屑，如果没碎，根本不可能看出来，它居然有两层！

一层纸覆盖在上方，画的是最普通的符咒，还有一层符纸极薄极薄，虽然眼下已经被烧得看不出画了什么，但不消说，必定是最歹毒、最强劲的符咒。

尘烟飞扬，视物不清中，许多鬼怪还在不断发出惨叫，似乎有谁正趁机偷袭。有鬼喊道："等等！厮杀还没有开始、你们怎么就动起手来了！"

一个声音狞笑道："你们这样的蠢材，活该在第一轮就被剔掉！从来就没谁说过厮杀具体什么时候开始，反正都是对手，当然是越早干掉越好！动手之前难不成还跟你提前打一声招呼？"

"等等、等等！我退出！我们还没有进入铜炉山，我现在退出还不行吗？！"

那声音道："你以为这是什么地方，想来就来想走就走？没有进入铜炉山？你们好好看看，现在自己在哪里！"

烟尘稍稍散去了些许，群鬼能看清之后，纷纷震惊道："怎会这样？！"

不光他们，谢怜也稍稍被眼前的景象震住了。

他们来时，前方被一座绕不了、翻不过的高山堵住。然而，此刻再看，不知何时，那座高山，居然消失了。

不，不是消失，而是移到了他们身后。

原来，不知不觉间，他们早已进入铜炉山的地界内了！

谢怜忽然明白，为什么他问铜炉山有没有什么地标时，花城说有，但是不要相信它们了。因为这些"地标"，就像喜欢恶作剧的小孩儿一样，是会自己动的！

冷不防，谢怜听到一个声音在他背后冷笑道："我倒要看看，你究竟是一个傀儡娃娃呢，还是别的什么东西呢？"

夺命快刀魔！

谢怜猛地回头。可若邪还未飞出，却见寒光一闪，那快刀魔一声惨叫都没来得及发出，便被拦腰斩断！

谢怜凑上前一看，半点不虚，真是被斩成了整整齐齐的上下两半，这一下，真是死得不能再死了。他抬起头，只见动手的居然是那斗篷怪客，他正将一把长剑缓缓插入斗篷下的剑鞘中，稳步走来。

谢怜只觉这身形和步态都有些熟悉，起身问道："阁下究竟是？"

那人低低一笑，似乎正要答话，却忽地俯身。见此异状，谢怜心中警铃大作，凝神提防他偷袭，却见那人只是俯身，双手一左一右，搂住了两名女鬼的纤腰，道："两位姑娘可有事？"

谢怜："……"

那两名女鬼身姿容貌都颇为姣好，没贴那黄符，逃过一劫，但还是被近在咫尺的爆炸震晕过去。眼下被人搂进怀里款款深情地呼唤，悠悠转醒，感激道："我没事，谢……"

岂料，一声"谢谢"还没说完，两名女鬼双双脸色大变，一巴掌推开这斗篷怪客，道："滚开！"便急急忙忙爬到一边去了。那人被两巴掌呼开后也不恼，只是似乎觉得奇怪，摸了摸下巴，皱眉奇道："不应该啊？这张脸也不丑啊？"

虽然他还是没卸下伪装，谢怜却已明白他是谁了，道："裴将军，你怎么也来了？"

来人转向他，微微一笑，手往脸上一抹，露出真容，正是裴茗！

他道："自然是帝君让我来稍稍助太子殿下一臂之力。"

谢怜道："当真？那可真是不好意思，你也看到了，这儿相当危险。"

花城道："哥哥用不着不好意思，他必然没少向君吾讨好处。没准小裴将军流放不了多久就能回上天庭复职了。"

裴茗走到花城面前，蹲下来以手比了比他现在的身高，笑道："我没看错吧，这难道是血雨探花阁下吗？果真是士别三日当刮目相看，你吃什么倒着长回去了？哈……"

他才"哈"了一声，谢怜一缕甩出，抽得他险些横飞出去。裴茗险险避过，向后跃开，道："太子殿下，你是有多宝贝花城主，连个玩笑都开不得？"

谢怜正色道："你当真是裴将军？"

裴茗拍拍腰间佩剑，亮给他看，道："如假包换。"

谢怜道："如假不换，直接退货。"

花城道："哥哥，打死吧，假的。"

裴茗："喂！"

谢怜道："如果你真是裴将军，方才那黄符怎会在你额头上留下焦印？"

裴茗道："很简单，全凭这个。"说着，他抛了一个小东西给谢怜。出于戒备，谢怜不以手接，剑尖挑了，送到眼前，道："糖？"

剑尖上的，的确是一颗黑得发亮的小小糖果。裴茗又丢了一颗进嘴里，道："在鬼市买的鬼味糖球，嚼一颗就满口鬼气，由内而外，冒充非人之物的时候颇为有用。"

谢怜捻起那枚鬼味糖球，奇道："鬼市还能买到这种神奇的东西？"

裴茗吃着糖道："问你身边的花城主吧，他最清楚。鬼市什么东西都能买到，就看你有没有门道。味道不错，太子殿下也来一颗试试？"

谢怜也挺好奇鬼吃起来是什么味儿的，对花城道："如此说来，咱们来之前也应该去买点儿这种鬼味糖球的。"

花城却拿过他手中的糖球，道："哥哥想要鬼市里的什么，同我直说即可。但这个东西就别吃了。"

"为何？"

花城手上根本没用力，那糖球便尖叫一声，化为一缕黑烟。他道："鬼市里的东西都很危险。比如这种糖球，出自黑作坊，原料大多是来路不明的劣质小鬼，吃了之后，有损身体。"

裴茗不以为意："应急而已。"

花城接着道："而且味道刺鼻。神官和人闻不出来，但越是劣等的小鬼，味道越是恶臭。"

裴茗："……"

花城嘻嘻笑道："所以，你知道，为什么那两个女鬼叫你滚开了吗？"

谢怜委婉地道："裴将军，这个还是别吃了吧。"

裴茗比个手势，掏出剩下的鬼味糖球全都丢了，道："行。不过，现在才在铜炉山最外一层，进去之后肯定有更多更厉害的妖魔鬼怪，一眼就能看出你我不对劲了，那时候怎么办？"

那些女鬼对花城趋之若鹜，想来就是因为非常喜欢他的气味。花城渡给他的鬼气，必然是最上上品的，那的确没必要去买鬼味糖球。想到这里，谢怜赶紧打住了，一本正经地道："我也不知道。我只是一个傀儡娃娃。"

就是要继续演下去的意思了。裴茗道："行吧。那太子殿下可要跟紧你那脾气最好的主人了。"

谢怜假装没听到，四下环视，沉吟道："没想到一开场伤亡便如此惨重。"

原先，此地聚集了四百多只妖魔鬼怪，在方才的大乱中几乎死伤殆尽。谢怜不由想起那夜花城为他演示的一幕，当真半点不夸张，真如一阵大风吹过，杂草全都被刮飞了。剩下逃过一劫的、还没死透的，稀稀拉拉不足十几只，肢体七零八落，一片唉唉呻吟。花城站在他们面前，道："现在知道铜炉山是什么地方了吗？"

幸存的群鬼不敢作声。谢怜道："不想遇到更可怕的事情的话，别再深入了，及时抽身吧。"

群鬼正有此意，见他们没有灭口意图，赶紧搀的搀，扶的扶，有多远躲多远。

由于尚处铜炉山外围，路上都没遇到什么厉害角色，众人如此走了一天，终于深入了铜炉山的第二层。

一路走，森林渐疏，房屋残垣却逐渐成群，甚至还能辨出这是民居，这是广场，这是大街……俨然一个富足小镇，只是空无一人，诡谲凄清。谢怜道："为何在这与世隔绝之地却有这么多人烟痕迹？难道铜炉山里还能住人吗？"

花城道："能。不过，是很久以前了。铜炉山七城之广，曾是一个古国，这些房屋全都是那古国的城镇遗迹。越靠近中心的铜炉，遗迹会越来越多，也越来越繁华。"

谢怜道："原来如此。这个古国叫什么名字，三郎知道吗？"

花城道:"乌庸国。"

谢怜道:"我孤陋寡闻,似乎从没听过这个国家的名字。有多古?"

花城道:"具体不清楚,但一定比仙乐国更古。少说也有两千年了。"

谢怜环顾四周:"但看这些建筑,不像历经了千年之久。"

花城道:"那是自然,因为铜炉山在不对外开放时,就像是被封进了一个巨大的陵墓之中,与外界隔离,自然保存完好。"

裴茗道:"鬼王阁下果然是无所不知。不过,你这些情报未免也太玄奇了,可否问问来源是何处?裴某竟从来没有听过一丝半毫流传在外。"

花城没看他,道:"敢问裴将军,能在铜炉山里搜集到这种情报的,是什么样的人?"

裴茗道:"理论上来说,只要是鬼都行。但鉴于铜炉山的规则会令万鬼厮杀,要搜集到这么多有分量的情报,就要待得比较久,那么,就一定很强。"

花城道:"搜集到这些情报后,能从铜炉山里出来的,又是什么样的人?"

裴茗道:"那肯定只有阁下这样的绝境鬼王了。"

花城道:"所以,这些情报是我自己搜集的。只要我不说出去,自然不会有任何流传在外。"

他总算回了头,微微揶揄地道:"保守秘密,对上天庭的神官而言,或许比渡天劫还难;对我而言,却不是。"

这话没错。要是有类似等级的情报被哪位上天庭的神官知道了,要不了一个时辰,你就会在每一个通灵阵里都听到大家在激动地讨论它。分量如此之重的情报,花城居然能憋这么多年,没卖给别人,也没说出去炫耀,实在是很沉得住气。裴茗道:"懂了。看来,对太子殿下,花城主非但是无所不知,而且还知无不言,言无不尽。"

这时,几人忽然顿住了脚步。

前方一片尸横遍野,拦住了他们的去路。

这些尸身,有人有牲畜,千奇百怪,五花八门,还有被打散的魂魄,只残余一缕在空中飘散的黑烟和鬼火,场面凄厉至极。

谢怜道:"看来……这里刚发生了一场大战啊。"

正在此时,谢怜听到前方不远地上传来奇怪的咔咔咔声音,过去一看,有个骷髅头的上下牙关正在打战,那咔咔咔的声音便是如此传出来的。它见有人发现了自己，惊恐地道："我再也不来了，我想回去，我想回家！"

谢怜双手将它捧起，道："不要怕，我们只是路过的。你们这儿怎么了？"

那骷髅头牙关一边打战，一边道："你们、你们路过的啊？不要再往前走了，前面有个很可怕的……算上我们，他已经杀了一千多只鬼了，但他还不满足，还在不停地、不停地……"

一千多只！

这岂非就是有鬼王潜质的那种非人之类？谢怜道："你知道那是谁吗？"

骷髅头道："不、不知道。我没看清，他杀我们，都没用几下。我只隐隐约约看见，是一个年轻男人，脸色很苍白……"

干号几声后，那骷髅头眼睛里的鬼火渐渐熄灭。谢怜轻轻把它放到一边，道："前路恐怕要小心了。"

一行人继续前行。不多时，一座甚为高大的奇异建筑出现在路边。

远远一看，比其他房屋都要气派，即便坍塌了几面围墙和部分屋檐，依旧只能令人仰望。谢怜驻足道："这是什么地方？"

花城只瞟了一眼，道："乌庸人的神殿。"

裴茗道："花城主如何得知这是神殿的？"

花城道："因为上面写了。"

这建筑大门前的石梁上果真刻着一排斗大无比的文字。虽然经历岁月磨砺，还有一些奇怪的划痕，但也还算清晰。

沉默片刻，谢怜道："上面的确是写了，但是……"

但是这个文字，根本看不懂啊！

万万没想到，连这个也难不倒花城。他对谢怜道："这一行文字，大意是'太子殿下携光降世永恒照拂乌庸大地'。歌功颂德的废话罢了。"

裴茗道："花城主居然连这种失传千年的古国文字也能解读，裴某真是佩服。"

花城挑起一边眉，假笑道："我在铜炉山待过十年。一个月都能做很多事了，如果十年了连一种文字都解读不了，那还留在世上干什么，对吗？"

上天庭里的文神们也未必敢说这种话，作为一个武神，裴茗能怎么办呢？只能也假笑道："或许吧。"

谢怜轻轻吐了口气，道："乌庸国信奉的神明，也是他们的太子殿下吗？如果帝君也在这里，或许能问问他知不知道这个国家，知不知道这个人。"

花城却道："那可未见得。乌庸国在两千多年前就消失了，跟它比起来，君吾不过是个小年轻，都隔代了。"

君吾飞升于约一千五百年前，乃是一乱世名将，后自立为王，操持了几年，圆满升仙。身为坐镇千年的第一武神，他是什么出身，早就被摸得一清二楚了。而花城所说的"隔代"，则是指天界的"代"。

如今，以君吾为尊、百位神官组成的上天庭，属于一代，而比这一代更早的，又是另一代。

正如凡间的王朝更迭，天界也是会"改朝换代"的。虽然所需时间很长很长，但本质并没有什么不同，新的信徒会代替旧的信徒，新的神也会代替旧的神。

有时候，一个神的衰落，不是因为他做错什么被贬了，或是有比他更强的神官出现了，仅仅因为人们的生活和心思逐渐改变了，不再需要他了。

比如，一位掌马的神官，当今必然混得不错，因为人们出行离不开马和马车，谁不希望自己的马身强体壮、出行平安？所以，短不了他的香火。

但如果有一天，凡人们发现了某种全新的东西跑得比马更快，在这个新事物成为人们出行的首选后，掌马神官的香火必然会越来越冷清。这样如流星般一闪而过的神官，才是绝大多数。

这种衰落方式是最残忍的，因为这个过程几乎无法逆转。除非那位神官从天上跳下去，将自己打回凡人之身，换一条道路重新修炼一次，作为一个全新的神再次飞升，否则，他注定会眼睁睁地看着自己慢慢衰落直至消失。可不是谁都有这样的勇气和运气的。

前一代的诸天仙神便是这么衰落的。也有说是因为他们惹出了大乱子，混战了一场所以才全体陨落，具不可考，也不重要了。

因为，几百年后，君吾横空出世，开辟了一个新的天界神纪，并在他之后络绎不绝地起来了一大批新代的神官，填补了信徒们的空缺，逐渐形成了如今稳定的天庭。

也就是说，除非有比君吾一千五百年资历更老的神官，否则，不大可能知道，乌庸古国和他们所崇拜的神是如何悄无声息地被抹去了一切痕迹的。

一行人迈过坍塌的围墙，进入黑黢黢的大殿。没走几步，谢怜便发觉了不对劲。

他原本以为，这大殿里面黑黢黢的，是因为常年不见光，没有开窗，谁知他走到墙边，手在墙上一划，忍不住道："这是……"

花城道："黑的。"

不是光线暗淡，这座偌大的神殿，墙壁居然是全黑的！

花城道："据我所见，铜炉山内几乎所有的神殿，都是这样的。"

这幅景象甚为骇人，有什么神殿的墙壁会被涂成这种仿佛地狱一般的漆黑颜色？光是看一眼都瘆得慌，又如何能在这里虔心祭拜神明？

裴茗道："全都是这样？搁太久了腐朽的？"

谢怜道："我们方才路过别的房屋可没见黑成这样。照理说，这些屋子的年月应该都是一样的。"

他一边说着，一边继续轻轻抚摸探索这神殿墙壁。这墙壁非但黑得骇人，而且还凹凸不平，仿佛一个女人毁容后的脸庞，布满凄厉可怖的伤疤，且坚硬无比。谢怜心中一动，道："这神殿被火烧过。"

裴茗道："何以见得？"

谢怜转过身，道："这神殿的墙壁上，原先应当是画满了壁画，用的是特殊颜料，很厚的一层，大火焚烧过后会变成黑色，并且熔化一部分变形，凝固后，就是这种凹凸不平的坚硬手感。"

裴茗道："太子殿下知道的还真多，裴某也佩服一下你好了。"

谢怜道："这并不是什么值得佩服的事，只是因为我以前有许多座太子殿被烧了之后，就是这种效果。"

闻言，众人沉默了。谢怜道："还有外面那石梁上刻的赞颂语，有许多划痕，不像是普通的磨损，应该是有人拿着刀子在上面划的。"

裴茗皱眉道："为什么要这么做？"

花城冷声道："因为不承认这句话了。"

谢怜道："对。和砸匾额是一个意思。"

"所以，这座神殿，是乌庸的国民们，自己放火烧的吗？"

沉默一阵，谢怜正想开口，忽然，目光扫过一处黑壁，瞬间凝住了。

他道："各位，快来看，这墙里还留着一张脸！"

果真如此。不知道是因为没有烧尽，还是上方的颜料受热熔化后流下来覆盖住了下面的图像，使之免于遭难，谢怜指尖下，的确隐隐约约能看见小半张人脸。他开始小心翼翼地去剥除那些成形的黑色硬物，居然并不困难地便擦掉了几片黑色硬物，他愣了愣，道："这些居然可以……"

这层看似烧焦了的黑色硬物，居然可以大块剥落！

几个字间，他已经剥下了一大片，露出了一张婴儿拳头大的人脸，虽然线条极为简单，但脸上神情栩栩如生，似乎在追逐着什么，连眼神里的狂热都画了出来。那层黑色硬物似乎反而形成了一层保护膜，使得被包裹着的壁画的颜色还十分鲜艳，仿佛才刚完成不久。谢怜回头道："三郎，我们一起……"

只见花城一动没动，黑暗中，却有一片银光闪烁起来。不多时，数百只银蝶无声无息地振翅出现，停留在了黑漆漆的墙壁上。随着它们齐齐扑扇翅膀，谢怜听到了轻微的碎裂之声，仿佛被剥落了脸上的面具，黑色的墙壁裂开了无数条细小的裂缝。

然后，崩溃。

那些原本附着在墙壁上的黑色硬物都落了下来，露出了其后的真容——

一幅巨大的彩色壁画！

谢怜仰头望着这面墙壁，只觉头皮阵阵发麻。

整个画面分为明显的四层。最上面一层金光闪闪，云气缭绕，没有人。

第二层，只画了一个人物，是一名俊美的白衣少年。他周身都描绘着灿灿的金光，与最上层的光芒用的是同一种颜料。

第三层，画了四个人物。每个人的脸庞、服饰、神情、动作不尽相同，个子比第二层那个白衣少年小了一半。

第四层，也就是最低一层，则画了无数个人，比第三层的四个人又小了一半，乌压压的。每个人的脸都一模一样，神情亦然，皆充斥着狂热、崇拜、迷离。谢怜剥出来的第一张脸，就是处于这底层的一张脸。

整个画面线条优美圆熟，谢怜被它震住了好一会儿，才道："三郎，你……以前见过这个东西吗？"

花城缓缓地道："我走遍大半铜炉山，走过几乎每一座乌庸神殿，可以确定，我从没见过这个东西。"

谢怜回过神来，道："这壁画恐怕不是两千年前的东西吧。"

花城道："绝对不是。看颜色和保存完好程度，最多一百年。也许，更新。"

也就是说，这幅壁画，是后来才被画上的！

谢怜指着最上一层，道："那一层，应该是画的'天'。因为'天道'凌驾于众生万物之上。"

谢怜又指第二层，道："这一层，应该是乌庸太子。既然这座神殿拜的是乌庸太子，那么壁画的主角自然是他，所以他是画面上最大的人物，身上的光和天光颜色相同，而且，仅次于'天道'之下。"

他再指第四层，道："底层的人物最小，面目雷同，应该是乌庸国众。"

最后，指第三层，他道："但是，这四个人又是谁？无论位置还是个头，他们都处于国众之上，太子之下。说明地位也应如此。是大臣？护卫？还是……"

花城走近几步，道："哥哥，你看，他们身上也有一层灵光。"

果然，的确是有，只是，因为乌庸太子的光太强盛了，对比来看，他们身上的灵光几乎被隐没了。谢怜了悟，道："是太子飞升后，点将点上去的神官。"

也就是等同于风信和慕情的角色了。

可谢怜越看他们，越觉得哪里不对劲。花城注意到他神色，道："哥哥，怎么了？"

谢怜蹙眉，道："我总觉得，有点眼熟。"

他指着其中一张人脸，道："这个人，我好像在哪里见过。"旋即道，"不对，不是好像。是一定。我一定在哪里见过！"

可不知为何，怎么想他也想不起来。似乎这个人他虽然见过，但那已经是太久远的事，早被蒙尘封印在记忆的角落。

这壁画到底是谁留的？为什么留？它想说什么？

忽然，花城沉声道："哥哥小心，有东西来了。"

第十五章
本卖履人何不敬文

殿外，黑黢黢的密林里群鸟惊飞。谢怜也感到一股莫名的压迫，无意间去握花城的手。谁知这一握，竟发现了不妙的讯息。

花城分明是鬼，此刻他的体温却是发了高烧一般的滚烫。谢怜一怔，立即低声道："三郎，你是不是要变回来了？"

虽然花城从额头到指尖都烧得滚烫，神色却仍不变，道："快了。"

花城要变回来了，这绝对是个大好消息。但在这节骨眼上就有些不巧了，正式回归本相的前一刻必然是最要紧最不能受打扰的关头。谢怜当机立断，道："摆阵。我给你护法。"

说动手就动手，他令若邪围着花城绕了一个四丈大圈，再将芳心插在圈前，作为镇圈的"门锁"。花城在地上打坐，道："哥哥，芳心你拿着防身。"

谢怜道："不行，这阵不能大意，一定要有一件沾过人血的兵刃压阵才行……"还没说完，便觉身后被什么东西蹭了蹭，回头一看，登时哑然。只见一把小小的银色弯刀立在他身后，眨巴着银色的大眼睛，正在用刀柄蹭他，似乎在毛遂自荐。

谢怜蹲了下来，又怜惜又好笑地道："厄命！怎么你也变成这样了？"

厄命原本刀身修长，现在却缩水了一半。那只银色的眼睛原先是邪魅狭长的，现在也变得像孩童的眼睛一般，又大又圆，扑闪扑闪着，听谢怜这么说，似乎有点委屈，但还在努力把自己的刀柄往他手里送。裴茗道："这就是大名鼎鼎的弯刀厄命？"

说着似乎想伸手去摸，厄命却当场翻脸，刀刃马上威胁地对准他，幸亏裴茗手抽得快，否则肯定见血。谢怜摸摸厄命，道："你还小，不行呢，还是让芳心上吧。"

芳心岿然不动,主动献身却被干脆拒绝的厄命哭哭啼啼跳回花城身边。花城看也不看它,反手就是一掌,道:"哭什么哭。还不都是你没用。废物!"

厄命像个没人要的破烂一样倒在地上,似乎被他一掌打得昏死过去。谢怜哭笑不得,连忙把厄命捡起来放在怀里撸了两把,道:"没有没有。不要听他的,你不是废物,你很有用的!"

裴茗主动站到圈外护法,而花城和谢怜在圈内相对而坐。谢怜看着花城双眸合上,迅速入定,可还是眉头轻蹙,一缕碎发散下来,于是伸手帮他把碎发捋上去。这时,裴茗道:"太子殿下,来了!"

谢怜回头,只见一个黑衣男子如鬼魅般闪现在大殿门口。一看到他,谢怜微微睁眼:"是你?"

裴茗也道:"竟然是你!"

那年轻男子眉清目秀,冷冷清清。不是男相的灵文又是谁?

裴茗与灵文毕竟是老相识,即便知道他现在是上天庭在逃神官也不以为意,一下子就不绷着了,上去勾住他肩膀,哈哈笑道:"灵文哪,你也真是惯会装模作样的。早知是你,我们还这么戒备搞什么阵?话说一路上大杀四方的也是你?把那些妖魔鬼怪都吓坏了,真是可喜可贺,文神你是做不成了,转行来当武神也不错!"

灵文却古怪地看着他。裴茗没得到他的恭维,奇怪道:"你这么看着我干什么?"

灵文轻声道:"老裴……一个忠告——你最好马上把手拿开。"

他声音很轻,似乎怕激起什么人的怒火,而且这个人就近在咫尺。谢怜注意到,灵文穿的是一件黑衣,而他身上,此刻正散发着滔天怨气。

锦衣仙。

灵文继续轻声道:"我不是开玩笑。裴将军,你最好连说话也小心点,我现在可控制不住我的身体。我怕我会杀了你。"

裴茗也感觉不对了。他退到七步之外,嘴上却还道:"杰卿干什么这么大火气?"

灵文道:"闭嘴,让你别说了。不是我火气大,是别人火气大!"

他一边朝这边逼近,一边缓声安抚道:"白锦,那都是胡说八道的,没有的事。"然而,效果并不好,他身上的黑气更重了。灵文只得道:"老裴我没办法,那些乱七八糟的民间传说说你是我妍头，他现在是铁了心地想杀你！"

裴茗愕然道："我冤！"

话音未落，灵文的身影，已逼到了他眼前！

二人对了一掌，各自退后数丈。灵文这一掌击出，竟有雷霆万钧之势！裴茗闪身避过，惊讶道："好厉害！"

厉害自然是厉害。锦衣仙本就是未飞升的武神，又得铜炉主场之助力，再来灵文虽为文神却极为聪敏，能融会贯通举一反三，还是裴茗老相识，对他身手路数了如指掌。这四者相加，竟是招招咄咄逼人，直逼得裴茗几乎只有防守之力，叫道："你够狠！"

灵文手里的黑色火焰登时暴涨数倍，他道："你别骂我。你骂我他会更狠。"

谢怜正为花城护法，不可分心妄动，见灵文出手狠辣刁钻，好几次都惊险至极，直为裴茗捏把汗，但又不能直接对他说"你被压制了换我上"，便道："裴将军！麻烦你回来帮我给三郎护一下法，我法力不够了。我们交换！"

裴茗虽欲反击，但确实谢怜那边才是最要紧的，当下回圈，顶了谢怜的护法位。芳心在阵内，谢怜道："厄命！"

破烂一样倒在地上的弯刀厄命立即飞到谢怜手中。灵文后退两步，神色微变，看来锦衣仙对新的对手有些忌惮。谢怜不常用刀，但厄命却很顺手，他抡刀斩去，一下子扭转了颓势！

可没过上几招，裴茗却道："太子殿下，裴某不是故意在这时候捣乱，但是，你这位花城主好像出了点问题？"

谢怜一惊，回头一看，果然，花城眉宇蹙得更厉害了。他一分心，厄命自行而动，斩向灵文，谢怜道："厄命，麻烦你先撑一下！"火速回圈，一探花城额头，烫得瞬间缩回了手，道："怎么这样？！"

裴茗道："血雨探花的事，太子殿下你不要问我！"

谢怜只得和他一起护法。这边他在圈里心急如焚，外面厄命和灵文瞬息之间已交锋数十次。锦衣仙刀枪不入，火花飞溅，若是平日的弯刀厄命自然稳占上风，但现在，缩了水的厄命看上去真像个和成年人厮打的凶悍幼儿，谢怜很是担心，百忙之中抽空回望一眼，恰见厄命砍中锦衣仙肩头。灵文一下捂住肩头，脸现微微的痛楚之色，看来这一下虽没见血，却被砍得不轻。谢怜道："好厄命！"

裴茗忽然道："等等，太子殿下，我感觉你一夸它，它好像变大了？"

谢怜怀疑道："有这种事？"

裴茗道："好像是。要不然你再试试？"

反正只是夸夸它，谢怜想了想，便道："好的。厄命，听好了！你，英俊潇洒，温柔坚强，机智聪明，可爱善良。呃，总而言之，你天下第一……"

话音未落，他便住了口。裴茗则啪啪啪鼓起了掌。圈外的灵文刚修复了伤处，见状无言，迟疑着道："这……是什么邪术吗？"

半点不假！谢怜每夸一句，厄命的身形便修长一分。如果说方才像个十岁孩童，现在大概就是十四五岁的少年了！

厄命既长，刀轨更为飘忽诡异，灵文略显左支右绌，眼看着将落下风，忽然大殿外传来喧哗声，似是有一群妖魔鬼怪吆喝着高调路过。谢怜心道："不好！"

他想到什么，锦衣仙自然也能想到，早驱使着灵文如旋风般刮了出去。外面马上传来阵阵惨叫惊呼，呼声平息后，灵文又走了进来。他周身浴血，苍白的脸颊上也有一抹鲜红，道："两位，无论我接下来做什么……都不是我的本意。"

他周身邪气大盛，更胜方才。果然，锦衣仙杀了其他妖魔后，实力又增强了！

厄命一刀击上，被那层邪气弹开。它飞进圈子里，被谢怜一把接住，担忧道："你没事吧？"

他总错觉厄命到他手上后，大眼睛里似乎都染上了一层水雾。裴茗却道："没事，看我的。"说着从他手里拿过厄命。谢怜正奇怪着，忽然脸上一冰，啪的一声，裴茗居然把厄命拍到了他脸上。

刀柄部分刚好拍到他嘴上。谢怜把厄命拿开，感觉嘴都被拍麻了，纳闷道："裴将军，你这么做有什么意义吗？"

裴茗道："当然有意义，太子殿下请你低头看。"

谢怜一低头，无言以对。

厄命居然又长大了！

灵文实在忍不住了，在圈外道："这真不是什么邪术？"

谢怜道："实不相瞒，我也不确定……"

精神抖擞的厄命一跃而起，再次向锦衣仙袭去。裴茗则大发感慨，道："原来如此，我明白了。太子殿下，我想我知道怎么帮助鬼王阁下快些度过此次危

263

机了。"

"什么？"

"法力啊，借法力给他！"

谢怜蒙道："不是法力的问题吧？"

裴茗道："你不懂。一定是法力的问题，快去帮助他！"

看他如此笃定有自信，谢怜都糊涂了。可再想想方才那一拍，也是不明原理，但非常有效，谢怜忍不住又有点信服。想想借法力即便没用也不会有害，于是他对裴茗道："那，那麻烦你转过去。"

裴茗依言转过去了。谢怜对着花城双手合十，道："得罪了！"

可是，看着面前这张双目紧闭、雪白明俊的小脸，谢怜真不知该怎么借，只好摸了摸花城的额头。一旁一个声音道："太子殿下你搞错了，摸额头有什么用啊！"

谢怜险些趴到地上去，回头一看裴茗蹲在他旁边，他微愠道："裴将军……你能别看了吗？"不是让这人转头了吗！

裴茗举手道："好好好，不看了。你快点儿啊，太子殿下。"

谢怜很是无力："我已经尽力了，但看样子没用啊！"

他还没说完，殿外又是一阵喧哗："那破石头房子里有动静！走，进去看看！"

竟是新一拨妖魔再次赶到。锦衣仙本与厄命斗得不可开交，一听有肥料送货上门，当即毫不犹豫地杀了出去。这次，他用了不到三声就将门外妖魔全数解决，迤迤然第三次迈入殿中。而他一进来，右手一挥，若邪便瑟瑟发抖着收缩了一圈，从四丈见方缩成了三丈。

灵文一步步逼近，厄命毫不退让地以刀锋对准他。谢怜一下子把花城整个人护在怀里，心里叫苦：这些妖魔鬼怪一拨接一拨地路过，岂不是等于锦衣仙的养分会源源不绝？

正在此时，一只手放到了他手背上。谢怜一怔，低下头，花城竟不知何时睁开了双眼，正凝视着他，道："哥哥，撤掉若邪。"

谢怜立即道："好！"

一字落地的同时，若邪也倏地飞了回来，缠上他手腕。花城则站了起来。

这次，他又长大了一点，已经是十四五岁的模样，对这个年纪的少年来说，实在是有些高了。灵文见势不妙，看上去像想跑，奈何锦衣仙不想跑，沉身便冲了过来。迎接他的，是如天镜破碎、散落人间般的万千银蝶！

可是，被银蝶包围的不光是灵文和锦衣仙，还有谢怜和花城。

许久，谢怜睁眼，发现他竟然站在一片黑暗之中。

花城也站在他面前，而且，是本相的花城。谢怜又惊又喜，道："三郎！你恢复了？"

花城笑着，却轻轻摇头道："不，哥哥，还差一点。"

方才花城斥出银蝶反击锦衣仙，谢怜看看他，再看看四下的漆黑，明白了，道："我们现在，是在你的法术造出的幻境里？"

花城一点头，道："可以这么说，我们的确是在蝶梦里。但更确切的说法是，我们现在，在锦衣仙的心境。"

即他们进到锦衣仙的内心了。

花城示意谢怜往前走，谢怜刚想说周围都是黑的，分不清哪里是前，便见自己足尖下爬出一抹草青。

这草青飞速生长蔓延，很快便长成了漫山遍野的春色。郁郁葱葱的青草里又钻出幼芽，顶着撕裂黑暗的光长成林立的参天大树，长成一树的如云繁叶。绿的转红，红的飞落，不多时，一片枫叶飞红的世界取代了原先的黑暗。二人踩着满地碎红来到树下，谢怜奇道："在别人的心境里，你也能这样随意翻转日月、操控四季？"

弹指造物需要极高的法术造诣，即便是在幻境里也很了不得了。花城却轻描淡写道："也没什么大不了的，这里是他心境的边缘，属混沌地带，正式进去便没这么容易了。哥哥，坐？"

一棵树下静静定着一个秋千。在花城的带领下，谢怜无意识坐了上去，坐了一会儿才想起来只有他一个人坐了："你怎么不坐？"

花城又轻轻把他按了回去，微笑道："秋千当然只能一个人坐，不然谁来推呢？"

谢怜不免好笑："那你干吗做个秋千出来？不能做凉亭之类的，我们两个一起坐吗？"

花城却不答了，竟是站到他身后，真的轻轻推起来。谢怜少年时候喜欢玩儿秋千，这也不知几百年没被人这样推过了，好笑之余又生恍惚之感，靴子浅浅点过草地，道："蝶梦，蝶梦，你创这法术，必定有其意义。你的银蝶带我们到他心境里做什么？"总不至于只是带他们来观光的。花城道："哥哥，妖魔鬼怪，是因何而驱生？"

谢怜道："执念。尤其是怨念。"

花城道："那若能为其平息怨念，会如何？"

不需更多解释，谢怜便懂这个法术的设计思路了。

怨念若被平息，妖魔自然也就失去了攻击的欲望！

虽然现实中它们的怨念往往无法得到满足，但在幻境里可以。所有人在心境内反复呈现的场景，都是他们难以磨灭的记忆。若能在心境中为其平怨，得其所求，哪怕是虚妄一场，也能稍消怨气。简单说，锦衣仙怨气冲天，但要是能在他内心的小世界里哄哄他，很可能从心境里出去后他就暂时不太想打打杀杀了。

谢怜笑道："你这法术思路倒是有点趣味。"

花城却兴致缺缺地道："这法术鸡肋得很，我创着来玩儿的，都没用过几次。"

谢怜问："为什么啊？"问完就反应过来，笑道，"我糊涂了，你肯定更喜欢直接来一场血雨吧。"

以花城的性子，敢惹他的他肯定打死就是了，哪会去给人家平息怨气！

花城嘻嘻地道："哥哥知道我了。谁耐烦管他们心里想什么？现下咱们也不必动，稍候，等我法力恢复，出去给他来一场血雨就解决了。"

谢怜本也觉得这样以逸待劳也是个法子，但细想马上又觉不对，道："不行的吧？按兵不动，任这心境自然发展，岂不等于让锦衣仙再体验一次怨念滋生的经历？会激怒他的！我们还是现在就去给他平息怨……"

他抓住秋千两侧的铁链就要下来，花城却把手放到他肩上，微微用力，道："哥哥，我建议不要。"

谢怜被他阻止，很是不解："可要是我们什么都不做，就这么从你蝶梦的法术里出去的话，待会儿锦衣仙会追着你打的。"毕竟，术法的施放者是花城，锦衣仙必定会把他当作仇恨目标，暴怒攻击。花城却笑道："他追着打又如何，难道我会怕他？"

谢怜道："可就算你不怕，我们去他心境里走一遭也不碍什么事啊？三郎是……还有别的原因吗？"

身后没人答话。他回头，看着花城："不能告诉我吗？"

见他追问，花城沉吟片刻，还是说了实话。

他道："殿下，我现下法力未恢复，恐怕正式进入锦衣仙的心境后，会有意外变故。"

谢怜忙道："什么变故？会伤到你？"

花城道："怎么可能。只是如事态失控，说不定会……"

他略一思索，还是说完了："伤到你。"

有一刹那，他脸上的表情，简直像是痛恨说出这三个字的自己了。

谢怜却叹了口气，道："三郎，你这样真不应该。"

他语气很严肃，花城微微一愣。

谢怜道："虽然不知你所说的'失控'会是什么样的，可你从来没伤过我，我都相信你，难道你还不相信你自己？"

他跳下秋千，转身凝眉道："退一万步说，就算你连你自己也不信，你总该信我，就算出了什么意外变故，我也应付得来。我知道你不怕锦衣仙，可这跟让你一个人承担它的攻击，是两码事。我绝对不同意，所以——"

谢怜宣布道："我们马上就出发，去锦衣仙的心境，找寻他的怨念源头。现在，立刻！"

他这几句，完全是不假思索说的，可刚说完就惊觉怎么这样大的气势，竟然带了点昔年作为太子殿下时不容置疑的命令语气，一下子软了，根本不敢看花城，眺望远方道："呃……那我们，走吗，三郎？"

好一阵，才听身后花城道："好的哥哥，我们这就走。"

他分明语音带笑，谢怜知道他在给自己台阶下，更不好意思了，脸都要红了。

两人并肩踩着落枫走了一阵，为了让花城快忘掉方才那个发号施令的自己，谢怜努力没话找话："还有多远啊？"

花城道："不远了。"

走了几步，谢怜又自言自语道："说起来，那时刚拿到锦衣仙就被天眼开他们找上门，又撞上铜炉开山等一大堆事，我一直没来得及查灵文当初是为什么要制作锦衣仙。"

花城道："问我就好了。"

谢怜奇道："这等上天庭陈年逸事你也知道？"

原来不是他的错觉，对上天庭各大神官的黑白历史，花城是真的都有一手狠料。他一点头，果真告诉了谢怜。

原来，在灵文成为上天庭第一文神之前，坐稳这个位置的，是另一位文神，人称"敬文真君"。

敬文真君出身须黎国，比灵文资历老了大几百年，根基深厚。有一年，须黎国拜文神祭祀，祭祀过程中有一小小赛事，年轻学子以须黎国为文题作一文章，不署名，贴到国内最大的文神庙中——在当时就是敬文殿了。由众人评定选出最优一篇为魁首。

当时，恰逢敬文真君下凡游玩，一时心血来潮，化了个书生的形参了这桩赛事，一挥而就，写了洋洋洒洒一华章歌颂须黎之国威，自信一定能在众多文章里脱颖而出。试想，如果该文夺魁，再揭露高居榜首者便是敬文真君自己的分身，岂不又是流传后世的美谈一桩？

想法很好，原本是很美满的。谁知，出了一个非常尴尬的意外。

祭典结束后，榜首揭晓，夺魁者不是敬文的《须黎赋》，而是一篇策论，叫作《不须黎》。

谢怜问道："那篇《不须黎》三郎看过吗？"

花城道："找来看过。哥哥要是想看，改日给你默出个大致来。"

谢怜忙道："那倒是不必。不过，能击败当时已经飞升的敬文真君，想必是写得很好了。"

花城评价道："写得不错，但也没多神。只是当时须黎国国内形势不妙，国众怨怼颇多，见了这样一篇东西，刚好合了口味。加上《须黎赋》那种文章泛滥成灾，早看腻了，两相对比，《不须黎》自然胜出。"

谢怜微微点头，道："文无第一。这事也没什么大不了，大家口味不同罢了。"

花城道："不错。一开始，敬文也是这么想的。"

须黎国众到处寻找那《不须黎》是谁人所作，当然无人认领。谁敢认这种东西？有人贪名冒认，也很容易就露馅了。不久，因为被官兵注意到，祭典便撤下了那篇榜首。

对这场赛事，敬文真君虽不大痛快，嗤之以鼻，但过了几个月也忘记了。坏就坏在，几个月后，一个惊人的消息在上天庭的文神们之间流传开来——

须黎国文神祭典上以《不须黎》夺魁的那人到底还是给查出来了，眼下已被抓进牢里关着了。而这个人，居然是个街边卖鞋的年轻女子！

这还得了！

谢怜道："卖鞋的？"

花城道："是的。南宫杰以前在人间就是干这个的。"

难怪以往听过有人背地里喊灵文殿"破鞋殿"，不止一两次，但谢怜并不认为应该对这种东西刨根问底，所以从来不知出处为何。

本来，无论如何也没人会把《不须黎》和一个卖鞋女郎联系到一起的，但那年轻女子偶尔也帮人抄书写信、代写情诗什么的赚点运笔费，某日，被主顾发现字迹和那榜首文的极为相似，报了上去，这才被抓住。

得知此事后，敬文真君提笔一挥，立即便把这名叫作南宫杰的年轻女子点了上来。

要知道，当时的女神官原本便少，不是没有，但多半是掌花花草草、刺绣手工、歌舞才艺什么的。即便是点将，大家也都不愿意点女子做下级神官。女文神更是罕见。文神殿中的女子，清一色的都是美貌少女，而且并不是掌文的，多为砚墨铺纸的软玉温香，算不上神官。

敬文真君此举，在众文神中博得一片惜才美名，人人都道这小小女子运气实在太好，遇到了敬文真君这样慧眼识才的贵人，不但逃离了牢狱之灾，而且还攀上枝头变凤凰，俨然一段佳话。

可惜，事实却完全不是那么回事。

虽然敬文真君对外表现得似乎十分器重灵文，却从未让她做过什么文神该做的事，只是几十年如一日让她在殿里给每个人端茶、送水、擦文案，徒步几百里去取一份诗稿，逢年过节马不停蹄给其他神官送礼，还经常让她在自己殿内整理早已报废的陈年卷宗到深夜。

这导致一个很奇怪的现象发生：原先灵文身为凡人尚有空闲读书写字，哪怕是因于囹圄，起码也能面壁静思，反倒是被点将后飞了天，却整日没有一刻不在当牛做马、跪地打杂。

谢怜想了想，的确如此，他第一次飞升时灵文还在下天庭，每次见到灵文她都在打杂。就是因为她打杂特别多，而且打得异常稳妥，谢怜这才记得有这么个人的。他道："这位敬文真君，其实是想这样拖死灵文吧。"终日庸庸碌碌，却都是忙琐碎杂事，不能有任何神益。再一想，谢怜心中发寒，道："还有让灵文整理废弃卷宗到深夜,这简直可说是歹毒了。许多人只要一听'女神官''深夜'云云就会联想不堪,传言苟且,但这种传言对男神官影响却不大……这是要毁尽灵文前路啊。"

花城道:"不错。他心里想什么,哥哥你那位同僚那么精明,自然也一清二楚。"

只是,上下天庭等级森严,从属敬文殿之下,灵文苦无还手之力,故一开始取的是一个"忍"字诀,维持表面的上恭下敬,倒也勉强稳住了。

岂料,有一人粗暴至极地撕破了这平稳的假象。

谢怜道:"粗暴?谁啊?"

花城道:"上天庭行事最粗暴的,除那水横天还能有谁。"

上天庭的文神有种风气,遇上点事或节日便要开一场什么文会诗会的互相吹捧或吹捧上级。某日,也是一场这样的文会,敬文拿出了一篇文章《神武赋》。此文一出,众文神惊为天人,一时在上天庭风靡流传,敬文颇为得意。谁知,这文章被师无渡看到了。

他看也就罢了,看完了还要一边摇扇一边当着一堆神官的面肆无忌惮地说:"这文章绝对不是敬文写的。他那种狗屁不通的文神要是能写出这种东西,我也不至于过他门前都懒得去结交!"

师无渡那时风头已是很劲,乃是天界的大红人,他说这话自然瞬间传遍上天庭。立马就有好事者到处乱凑热闹,很快发现敬文殿中的下级侍神灵文也有一篇文章《武风》。此文立意行文,与《神武赋》如出一辙,只是下天庭的文神之作鲜少被品读,因此无人得知。谁先谁后,还真不好说。

说不清的事儿,那就只能看哪边人多声音大。敬文真君资历颇老,根基又深,倒向如何自不用多想。一时间,灵文陷入了很不利的境地。此时再忍就死无葬身之地了,于是,灵文也正面与之交锋了。最终,双方约定以同样的题目再各作一篇文章,评比高下。既然谁都说那篇风靡上天庭的文章是自己写的,那就再写一篇,看各自本事了。

谢怜忍不住道:"这个方式不太合理吧。有的人可能发挥不稳定,上一篇写得好,下一篇就平平无奇,这怎么算?而且文无第一,他们又要如何评判?灵文怎会答应?"

花城道:"是不合理,但也没别的办法。若不答应,立刻就会被认为是做贼心虚怯场。至于评判方式，他们要在对文当日，请上天庭所有在位文神到场评选，人头作数。"

谢怜道："这就更不合理了。敬文真君老资历，在上天庭必定广交朋友；就算不是朋友，同为仙僚大家肯定要顾及他的面子，不会为了一个还没飞升的小文神去得罪他。这评选岂有公平可言？"

花城道："所以，灵文输了呀。"

虽是毫无悬念的结果，谢怜仍是提起了心，道："这相当于是背水一战了，这场比试输了，岂非翻不了身？"

花城笑道："哥哥听故事真投入，都担心起来了。你倒是不必为你那位同僚担心，因为，灵文输了后不到一月，须黎国就灭了。国灭民乱，敬文也失去了法力来源，墙倒众人推。"

"这……"

花城慢条斯理地道："须黎国灭，据说是因为国民腐败，国主多启用无能之人为将。战场上唯一能战胜对手的，是一个青年将士。可这青年却于某日忽然惨死……"

谢怜恍然："白锦！"

如此梳理，事情便无比清晰了。灵文之所以要除掉白锦，是因为有他在一天，须黎国就在一天。而须黎国在一天，敬文就在一天。所以，她要杀的不是白锦，而是敬文！

花城道："敬文倒台后，哥哥你那位同僚有了机会潜心修行，很快便飞升，并且登上了下一代'文神第一'之位。一代新人换旧人，那场比试当日都是众口一词将灵文之作贬得一钱不值，可看今日，还有几人提？"

谢怜轻出一口气，道："人言可畏，白锦无辜。这么看来，我猜他的怨念多半就是被灵文骗杀。只要在心境中阻止灵文应该就可以了。"

花城道："也许吧。不过，哥哥，我们快进去了，待会儿无论你被安排了什么身份，都不必惊讶。"

"身份？"

花城道："为了不使心境的主人产生怀疑或不安，蝶梦会给闯入者都编一个能融于心境环境的新身份，避免中术者感觉突兀，从而设防。说不定会很奇怪，所以，我先说一声。"

271

谢怜始觉新奇，又觉危险："会有多奇怪？比如，他的嫂子之类的，这种吗？"

花城哈哈笑道："不至于这么奇怪！蝶梦给你安排新身份，首先要得到心境的主人自己的认可，觉得你的确适合这角色。除非他嫂子真是男人，否则怎么会不觉得突兀？哥哥，你害怕这个吗？"

谢怜尴尬不已。这时，前方隐隐有人声，他连忙抓住花城狂奔："到了！快走！"

不多时，谢怜就冲到了一条街上。

这条街车水马龙，颇为繁华，这心境如此真实，谢怜大感有趣，再打量自己：他仍是一身素白道服，背上背着一只小竹篓，装满药草。

看来他在锦衣仙的内心世界里被安排的身份依旧是一名云游道人，不是什么怪人。谢怜不由大大松了口气，笑着回头道："三郎！你看我是……"

可他身后没有任何人。他眨眨眼。花城不见了。

谢怜道："三郎？！"

他和花城失散了！

第十六章

锦衣梦蝶太子戏花

冷静，镇定。

谢怜迅速说服了自己：或许是因为花城在锦衣仙心境中的身份不同于他，所以一跨进来就被安排到了别处，应该很快会来找他。他也可以主动去找花城，不是什么难事，不必大惊小怪。

如此平静下来，谢怜马上开始办正事。恰好街上几个烂醉的士兵歪着走来，他连忙拦了一个问："劳驾几位，请问知不知道白将军在哪里？"

那士兵却瞪他："白将军是谁？咱们须黎国哪有什么姓白的将军？"

看来这时白锦还没当上将军。谢怜又道："那请问白锦在哪里？"

那士兵还是瞪他："白锦又是谁？"

怪事。据情报，白锦应该很早就在战场上成名了才是，军中士兵多少都该知道有这么个人。谢怜本不想这么问，但实在没办法了，只好道："那你们知不知道，有一位神勇无比的战士，令敌人闻风丧胆，只是心智有点……"

这回，不等他说完对方便哄笑着道："哦，你说他呀！你找那傻瓜，早说嘛！"

他们指给谢怜的是一座小树林，谢怜便背着小药篓去找人了。

一切都很顺利。刚到那林子，远远的他便看到一个青年坐在树上。谢怜觉得那十有八九就是白锦，不知在心境中他能不能贸然出现在锦衣仙本人面前，于是他先选了另一棵树爬上去，打算暗中观察。

这一观察，倒是颇奇。

传闻锦衣仙心智不全，可那青年看上去却是一表人才。此人最多二十岁出头，轮廓阳刚中犹带稚气，面容之英俊，竟是同类型英俊的裴茗比起来也颇有不如！而他神情之专注，目光之澄静，也无半点想象中应有的懵懂。谢怜还从未见过这样虎豹之姿、鹿羊之态的人物。

他似乎正在树上摘采什么，采下来的都放进身旁一只小竹篓。这时，林子里又来了两个人。谢怜和那青年同时低头望去，只见来的是一对少年男女。

显然，这是一对小情人幽会。

枝繁叶茂，他们竟压根没发觉这树林里早有两个人了，甚至还偎依到了白锦所在的那棵树下，两颗脑袋挨在一起说悄悄话。当然，他们自以为是悄悄话，谢怜隔着不知多少丈都听得清清楚楚，更不用说他们头顶的白锦了。

二人耳鬓厮磨一阵，那少年道："你父亲打算把那傻瓜敷衍到什么时候？"

那少女道："我怎么知道？我也烦死了。"

那少年酸溜溜地道："我看你才不烦呢。听说他在战场上神勇无敌，杀人如麻，好威风呀！杜将军有这么个好下属哄着还来不及呢，再过段时日就该给你们定亲了吧？"

那少女打他一掌啐道："说什么！人家心里想的是谁，你这个没良心的不知道？再说你以为我爹那么傻，真的会把我嫁给他呀？在狗面前放块骨头吊着罢了。想想他杀了那么多人，那么重的血气我都害怕，他怎么不死在战场上算了！"

只听了几句，谢怜就猜出来他们在说谁了。

他担心地瞅瞅那边树上，那青年却无甚反应，一动不动。底下两个少年男女还在嬉笑，忽然女孩子尖叫一声："谁！"

那少年给她吓了一跳，两人迅速分开，他道："你叫什么？"

那少女捂着头颤声道："刚才，刚才，有人，有什么东西打我！"

那少年听到"有人"也怕，四下乱看，道："有人？什么人？那我们赶快……哎哟！"

话音未落，他也捂住了头，额头鲜血长流。那青年见状，一下子跳下了树。谢怜远远看着来不及阻止，心道要糟，这场面可难看了！

果然，那两个少年男女一见方才自己说了半天坏话的人从天而降，加上私相幽会当场被抓，简直魂飞魄散。尽管白锦没骂他们，只是问："什么东西打的你？"但这俩做贼心虚哪敢多话，抱作一团飞也似的逃走，留那青年一个原地摸不着头脑。谢怜正在想要不要下去试着接触他，却听到一声清脆的笑。

白锦也听到了。他一回头，没瞧见人影，那个声音却道："这里！"

声音是从上面传来的。他抬头望去，只见一个蓝衣少年拨开枝叶，在郁郁葱葱的绿叶和斑驳的光影里，正似笑非笑地看着他。

这少年十六七岁，冷白的瓜子脸，眉目清秀。他冲树下的人丢了片叶子，道："喂，你刚才干什么出来帮他们？"

白锦怔了怔，答非所问："刚才是你打他们？"

那少年也答非所问："你不知道他们在做什么吗？"

白锦终于对上线了："他们在做什么？"

少年哂道："在欺负你啊。"

白锦道："有吗？"

少年道："没有吗？她明明不喜欢你，却和她爹一起吊着你，让你觉得她有可能和你定亲，哄你去冲锋陷阵入死出生。这不是在欺负人？"

白锦想了想，最终很诚恳地道："我觉得，她想多了。杜将军几时说过要让她和我定亲？我都没见过她几面，当然不可能为她去冲锋陷阵。"

树上那少年狂笑起来，谢怜也在抚额。

他猜白锦那位上级杜将军可能有卖力暗示过"你好好为我效力我就把女儿嫁你让你继承我衣钵"之类的，只是……白锦可能看不懂这暗示。

白锦又道："而且她不喜欢我是对的，也不算欺负人。"

少年道："怎么说？"

白锦道："我是傻瓜嘛。谁会喜欢傻瓜？"

他说得居然很认真。算起来，这时候白锦已该是须黎国战场上无往不利的战神，或说唯一的救星，可众人显然对他缺乏尊敬，普通士兵甚至不知他姓名，提起他只说"那傻瓜"，可见平日里都是这么代指嘲弄的，而他本人也完全没有一点作为大救星的自觉。

那少年笑完了，也跳下了树，道："没见过你这样理直气壮承认自己是傻瓜的。早知如此，我就不帮你了。"

他从繁枝茂叶中出来后，谢怜看得仔细，终于确定了一件事——

这少年不是别人，就是男相的灵文啊！

之所以前面无法确定，一个是换了男相，一个是改了年纪，再来，灵文在上天庭从来都是一本正经公事公办的面无表情脸，谢怜还从未见过这样的灵文，一时新奇无比。

灵文负手走过白锦身边，笑眯眯地打量他，白锦也好奇地打量他。灵文道：

"不过，今日你回去后，就要小心了。"

"小心什么？"

灵文道："小心小人。他们两个被你撞破私情，回去后害怕你捅破此事，一定会到处编造谣言，倒打你一耙。"

"有这种事？"

"嗯。"灵文笑道，"因为只有先把脏水往你身上泼，你说出来的话才不会有人信啊。"

白锦很是困惑："我干吗要说出去？他们爱干什么，又不关我的事。"

灵文道："因为如果他们遇到这种事就会说出去，所以便觉得你也一定会。我猜，最有可能的情形，就是那姑娘会和他爹说，你对她举止轻薄，意图不轨，而她抵死不从。这样就可以抢先在她父亲心里抹黑你一笔，降低你话的可信度。总之——"

他拍拍白锦比他高出一截的肩，道："我要是你，我现在就马上赶上去抓住他们两个，先下手为强。"

白锦："什么叫先下手为强？"

灵文："你想嘛，办法多得很。比如，从他们身上搜出私密信物扣下，或者让他们写认罪书画押，拿着警告他们多嘴一句就把这些东西公之于众，大家鱼死网破。只要能让他们有所忌惮，都比你什么都不做要好。"

显然，白锦从没听过这种论调，看着他半天说不出话来，最后才想起要问一件很重要的事："你是谁啊？"

灵文笑道："我姓文。是谁不重要，重要的是记住我的话，不然可是有苦头要吃的。"

白锦还在认真思索，谁知一转身这少年闪到树后就不见了，不由惊奇。而谢怜抓紧这个出场机会，决意去接触这锦衣仙，一跃而下。岂料他下了树还没说话，白锦就看见了他，居然主动迎上来，招手道："药师！"

"呃……"谢怜倒是没想到，蝶梦和锦衣仙给他身份安排得如此周到，竟是个与白锦相识的医药师。白锦把他带的小竹篓给谢怜看，道："你要的药草。我找了很多，你看看有没有找错？"

谢怜心中默念"我是药师"，尽职地翻了翻小篓子，满满一筐药草，都是止血、消肿、生肌的药材，道："没找错呢！真是辛苦你了。"

白锦把背篓一背，道："那就回去吧！"

于是，谢怜就跟着他走了。

很快，谢怜便很熟悉锦衣仙这个内心小世界是如何运转的了。

须黎国近年战火胶着，被各国围攻，皇城内外都是大大小小的军营，与民居混杂，谢怜的身份是游走于各个军营的云游道人医师。这身份很好用，他随时可以去看白锦，同时到处打听花城的消息。

可越打探消息，他就越担心。

因为，花城竟是一点儿消息都没有！

以花城的性格，应当早就主动出击找来了才是，何至于过了几天都杳无音信？

接近心境的主人意外地顺利，这大概说明锦衣仙对他的敌意并不高。可是，锦衣仙对花城呢？

谢怜完全猜不出花城会被安排一个什么身份，连要打听都无从下手！

这日，谢怜又借口到山中采药出去找花城。他刚戴上斗笠背起小竹篓，白锦便道："药师，我陪你出去吧。听说最近城里城外都有妖魔作祟，很不太平的。"

谢怜虽然不怕什么妖魔作祟，但自然不会拒绝有他相陪，道："如此便麻烦你了。"

二人结伴同行走在街上，兵荒马乱的，人人都一副随时要逃难的模样。白锦在一辆辎车后扶了一把，一路助它上了坡，忽然道："对了药师，你常在城里游走，知不知道有哪家公子是姓文的？大概这么高，十六七岁，非常聪明。"

谢怜当然知道他在问谁，心想这聪明可是要命的，道："倒是未曾听说过这样一个人。你问这个做什么？"

白锦道："我想找他帮个忙。"

谢怜奇了："找他帮忙？帮什么忙？"

这几日，谢怜有事没事就去盯白锦，关注他的怨念源头何时到来。可是，怎么看，他都觉得白锦是一个不会有怨念的人。

怨念生于欲望。可白锦这人看上去像是根本没有欲望。

他不需要钱，不贪功贪名，不记冤仇。甚至他口腹之欲也不强烈，但凡有点钱他都拿去给认识或不认识的小孩子买书买吃的。也难怪白锦被判定为有飞升潜质了，他简直比谢怜见过的九成九的神官都更像神官！

总之，白锦此人，虽然心智不比常人，却几乎从不给人添麻烦。这点连很多普通人都做不到，谢怜猜不出来他会有什么事要找灵文帮忙。

　　白锦还没答他，忽然，长街尽头传来一阵雷鸣地动般的大震。二人驻足，谢怜道："什么来了？"

　　只听马蹄狂乱，一大帮黑衣骑手簇拥着一骑黑马拥来。

　　黑马上是一个红衣骑手，风驰电掣看不清模样，但身手矫健。一阵铺天盖地的黑雾紧追着这群人，那红衣人只管自己策马直冲，黑衣骑手们则挥出刀光剑影与那些扭曲的黑气激斗。

　　还真是有妖魔作祟！谢怜一边大奇心境里居然也有如此厉害的邪祟，一边甩开小竹篓轻车熟路就是三张黄符飞上去，道："得罪！"

　　哪怕是在幻境中，他见妖气横生也是忍不住要清剿的。若邪和芳心都没能带进来，谢怜可防身的只有自己亲手绘制的符咒。白锦扔了药筐要来帮忙，谢怜却道："我一人够了，你去让这几条街的人都散了，不要聚拢！"

　　白锦依言转身疾走，留谢怜在此应付。为逼近那黑气，谢怜一连踩过数名黑衣骑士肩头，凌空翻起，又是三道符。正中煞心！

　　黑雾被他符咒击退，谢怜轻飘飘落地。他一口气还没出完，眼前忽然红影一闪。那红衣人不知何时已到他身前，一举手就摘掉了他的斗笠。

　　阳光耀目，谢怜一时被闪得睁不开眼，伸手去挡，道："你怎么……"

　　可他却没挡着，因为手腕被对方紧紧抓住了。谢怜定睛一看，睁大了眼："三郎？！"

　　那人是个十六七岁的少年，眉眼俊美得炫目，一身红枫骑马装，一道银腰封把腰身束得极细，双手戴着黑亮黑亮的鹿皮手套。不是多日不见的花城又是谁？

　　花城抓着他的手，歪了歪头，一对纯银枫叶耳坠在脸颊边微微摆动，扬眉笑道："哪里来的道士？盯着人看，这么无礼。"

　　谢怜好久不见花城，乍见正满心欢喜，谁知他开口就倒打一耙，忍不住好气又好笑，道："明明你先动手抓我的，我只是看了看，怎么就变无礼的是我了？"

　　花城挑了挑眉，还没说话，他身后的黑衣骑士们便道："你这道士胆子也是大的！你的意思，是我们公子无礼了？"

　　谢怜松了口气，道："知道啦，你分到的身份是皇城贵公子是吧？倒也适合你。好了三郎不要闹了,还有好多事呢,我们回去说……三郎?"

他试着抽手,花城却没放手。谢怜再用力一点,几乎是钳着他的那只手还是纹丝不动。

谢怜终于觉得不对劲了。

他试探着道:"三郎?"

花城笑吟吟地捉着他的手,把谢怜拉得险些一个踉跄栽到他怀里,道:"从方才起,我就很想问了:这位道长哥哥,我认识你吗?你干吗叫我叫得这样亲?"

"你……"

"三郎,三郎。"花城似乎把这两个字细细品了品,粲然一笑,道,"叫得好听。不错。"

"我……"

乱,乱,乱。

乱七八糟!!!

谢怜想起来了:花城之前说过,他法力尚未恢复,进入心境之后不知有何变数。莫非——

莫非这就是变数?

花城竟然不记得他,也不记得自己了!

谢怜真不知道眼下这个局面要怎么应付了,乱了一阵,瞥见花城另一手的斗笠,下意识伸手去抓,道:"斗笠还我!"

花城却把那斗笠往后一抛,抛到一个骑士手里,略一弯腰,顺势在谢怜膝弯上一抄,不知怎的就把谢怜一个人抄起来扛上肩头了。

谢怜的世界瞬间天翻地覆,感觉自己像只布袋一样被扛走了,震惊之下脱口道:"你干什么?放我下来!"

放是不可能的。花城扛着他就翻身上马,轻松利落,鹿皮手套握起缰绳,道:"打道,回府!"

谢怜道:"你!"

这算什么?哪怕是贵公子,可以这样当街抢人的吗??

谢怜倒是能挣,但他不知道现在花城是什么实力,要是挣得狠了会不会错手伤到花城?所以他纠结半天,最后根本不敢动,只能倒趴在他背上,郁闷道:

"你干什么啊？！"

花城："抓你。"

谢怜："就是问你凭什么抓我？"

花城揶揄道："道长哥哥不能怪我的。多事之秋，可疑之辈，不抓你抓谁？"

谢怜辩解道："我哪里可疑了？我刚刚还救了你哪。三……你放我下来行不行？这样……我很难受。"

是真的难受，最柔软的小腹卡在花城硬邦邦的肩头。花城道："好吧，那就依你。"

说完，他果然把谢怜放了下来——放在了自己马前。于是，就变成了两人共乘一骑了。谢怜还是蒙的，花城便道："这下，道长哥哥总没话说了吧？"

他坐在谢怜身后，比谢怜高，和谢怜说话时还特地低了头歪在他耳边，弄得谢怜好难为情，觉得自己像个小孩子一样坐在他怀里，道："我要下去。"

他想翻身下马的，可花城一下子就掐住了他手腕，拿起来半真半假地警告道："这位道长哥哥你真是有点过分了。是你说放你下去的，可我依了你，你又这样。你想干什么，嗯？"

花城嘴巴本来就厉害，平时的他谢怜都说不过，现在这个样子的花城谢怜在口舌上更是没有还手之力，简直目瞪口呆。趁他发呆，花城哈哈一笑，轻喝一声，黑马开蹄狂奔起来，谢怜好想崩溃："你慢点！"

花城一手催马一手环住他，道："怕什么！有我，你摔不下去！"

虽然眼下这个状态很诡异，但他这么说，谢怜又觉莫名安心。这时腰后什么东西硌着了他，谢怜伸手一摸，却是花城别在银腰封间的一根马鞭。马鞭带刺，扎得他手一缩，花城微微低头，道："别乱摸。"

他耳边银枫坠子一荡一荡，晃得人满眼星花，谢怜倒真不敢再乱动了。

浩浩荡荡带着人马杀回去，一到花城的"府邸"，谢怜惊了：这难道不是极乐坊？这里可是锦衣仙的心境，一切事物都应该按心境主人的记忆或意愿呈现，在此凭空造物难如登天，花城居然这么粗暴直接搬了一座极乐坊到这里来！

一下马，花城就把他弄大厅去了。尽头还是那张熟悉的墨玉榻，榻上铺着一张巨大无比的白老虎皮，这虎若是活的，必定是一头狰狞凶兽。谢怜还在正经思索着，花城就直接把他放到了那张老虎皮上。

谢怜正襟危坐在白虎皮上，整个人都要茫然了。花城却抱起手臂端详起了他，似乎很满意的样子，让谢怜感觉自己仿佛是什么名贵摆件。他很拘谨地瞅瞅花城，都不知道要怎么跟这样子的他说话，花城却也瘫进老虎皮里，和他坐在一起，笑眯眯地道："哥哥喜不喜欢？"

他一叫"哥哥"，恍惚平日的花城回来了，谢怜便心中一动："嗯？"

花城拍拍老虎头："喜不喜欢？"

谢怜真的不太能理解现在的花城的思路，只好跟着他走，道："虎皮吗？是很威风华丽……"

花城一下子盘腿坐起来，笑道："是我打的，厉害吗？"

谢怜道："厉害的。那个，这位公子，你放我回去好不好？"

他得一直盯着白锦，才能确保不错过任何重要场景。花城却睨着他道："你方才一直是这么叫我的吗？"

谢怜给他弄得都没办法了，改口道："三郎。三郎你放我回去好不好？"

花城换成头枕双臂的姿势，躺在他身边，道："不好。"

谢怜愣了一下。再想想为什么愣？似乎是因为，从前几乎没听过花城对他说过"不好"。他道："你为什么扣我在这里？"

花城歪头道："为什么？"

他想了想，很干脆地道："我也不知道为什么。不过，我一见你的脸，便觉好生熟悉。反正无论如何你也不能走，问为什么也没用。"

谢怜听了，心又是微微一暖，嘴上为难道："但我有很重要的事，很急的。"

花城啪啪又拍了两下老虎头，把一条腿架在另一条腿上，一脸很靠得住的样子，道："什么事？说出来我帮你解决。"

这时，窗外忽然传来什么东西的号叫。花城脸色一肃，翻身坐起，伸手护住谢怜。谢怜抬头一看，只见窗外黑气缭绕，似有万千鬼爪在窗上、门上、墙上抓挠不止。

那声音刺耳啁哳，令人直想捂耳大叫。花城现在并不记得自己是三界人皆闻风丧胆的绝境鬼王，但骨子里的东西也没法改变的，见此骇人情形，脸上却也无惧色，只哼道："扫兴。"

他想了想，用那张大虎皮把谢怜包了起来。

谢怜给他包在虎皮里，像个宝宝被包在襁褓里，啼笑皆非的同时，也觉得多少有些摸清这个花城的路数了。

怎么说呢,这个花城,好像很容易快乐,也很容易闹脾气。某些方面,更加……肆无忌惮,尽是平日的花城难得流露出来的任性呢!

他从虎皮里露出一个头,道:"外面是什么东西?"

花城随手拿了本书翻了两下,抛开,又拿了本书翻两下,道:"不用管,每天都来的东西罢了。我们做我们的。只要你待在这儿它们就伤不到你。看书吗?"

仿佛是怕他无聊,花城把那本精心挑选好的书放到谢怜手里。谢怜拿着书没看,思索片刻,便想明白这到底怎么回事了。

外面这些鬼影,都是锦衣仙对花城的防御之心。

在锦衣仙内心深处,他认为花城是危险人物,因此他的心境中会幻化出妖魔鬼怪,不断攻击花城,防止这个危险人物在自己的内心世界为所欲为,大搞破坏。

而花城,也有办法来对付这些攻击。

虽然他因未恢复状态,在蝶梦里暂时记不起自我,亦无法力,但他心神过于强大,硬是改造了锦衣仙的心境,在这里建起了一座完全属于他的地盘——"极乐坊"。

"房宇",其实是暗喻"防御"。在这座"极乐坊"里,花城依然是主宰,这里绝对安全。但他只要出门,就会被"妖魔"攻击。

难怪白锦说城中最近总有妖魔作祟了。恐怕是因为,虽然花城一出去就会被鬼影包围,但他还是不断出去……找谢怜。

虽然他不记得自己,也不记得谢怜了,却很确定一件事:要把谢怜带回"极乐坊"。因为他隐隐感觉到,只有这里是最安全的。

想到这里,再看看以为他不爱看那本书又开始到处翻自己有什么新奇小玩意儿的花城,谢怜更加下定了决心:一定要在这心境里把锦衣仙的怨念平息!

他一把掀开虎皮,花城立刻警告道:"道长哥哥!你不能离开的。"

谢怜却道:"我不是要离开。我是要把你带走。"

花城微微一怔。谢怜用最温柔的语气道:"你愿不愿意跟我走?我带你……出去玩?放心,我一定会保护好你的。"

花城哪里会不同意?他本来也不想在"极乐坊"里百无聊赖,一听谢怜说要带他出去玩,马上跃跃欲试,但旋即又蹙眉,道:"外面还有东西,你出去了不安全。"

谢怜看他这样很会关心别人的样子,心中那种想摸摸他额头的欲望又翻涌起来,憋得他好辛苦,好一会儿才道:"没关系。那些东西伤不到我,你看!"

他说着甩了一道符到窗上,那些鬼影尖叫着如浓墨溃散在水中。谢怜收回手,微笑道:"怎么样?道长哥哥是不是还不错?这下你放心了吧?"想了想,又补充道,"如果你愿意跟我走,我就天天来陪你……哇!"

花城几乎是拽着他跑出去的。那匹俊美矫健的黑马就在府前,谢怜本来还在反省自己刚才好像在诱骗小孩子,一看到它就却步了,面露难色:"还要骑马啊?"

花城带刺的马鞭在空中响亮一击,他很得意地道:"道长哥哥,你怕骑马?放心吧,有我在你后面。我也会保护好你的。"

听花城把他刚才郑重的承诺重复了一遍,谢怜直想捂耳:"你不要这样!再说谁说我是怕骑马啦!"

就是因为有花城在他后面他才不想骑的!

最终,他还是拗不过花城,两人共乘一骑。沿路风驰电掣而过,花城一路大笑,快活得要命,谢怜就惨了,街边两旁满是惊奇围观的百姓,虽说知道这些不是真人,但他还是恨不得把头埋进马鬃里!

街上没看到白锦,于是两人来到城郊。白锦在这里有一间不大不小的木屋,是他亲手搭的。他自己不住,却经常有许多流浪儿和贫苦人家的孩子在里面玩耍或留宿,他也时常来此逗留。可能比起成人,不上战场时他更愿意和小儿相处。

花城在此勒马,不等谢怜逃走就拖着他下来,道:"道长哥哥,你带我来这里干什么?有什么好玩的,好多小孩子。"

谢怜心说我又不是不会骑马,我分明骑术也不错的,为什么会变成现在这样,一边无奈道:"好多小孩子怎么了?你不喜欢吗?"

花城道:"不喜欢。"

谢怜啼笑皆非,正想着原来如此,以前倒不知花城不喜欢小孩子。花城又强调道:"小孩子很烦!"

这时,白锦腿上拖着两个哇哇大哭的小儿从木屋里出来了,看到他忙道:"药师,你回来了,快来帮我!"

见了他,花城没什么表情变化,但眉峰淡淡冷凝。对上这不速之客,白锦也困惑地皱了皱眉。看来,双方虽然都无意识,但都隐隐觉察到了对方的危险。

谢怜不着痕迹地插到他们中间，一手一个小儿，道："干吗了他们？"

白锦收回目光，挠挠头，道："打架了，磕着了。刚才我在街上回去就没看见你了，你跑哪里去了？"

谢怜一边熟练地给两个小儿检查伤口，敷药，哄人，一边笑道："我没事，让你担心了。路上遇到朋友，他招待我去他家做客了。"

白锦正想说话，却忽然眼睛一亮，冲了出去。谢怜目光追他而去，当即敛了笑容，心道："来了！"

只见前方一个蓝衣少年负着手悠悠走过，似乎正在路过。白锦大叫道："等等！"

那少年正是灵文。他一回头，白锦就扑了上去，大喜："我到处找你！你总算来了！"

灵文用一根手指慢条斯理地推开他："不要拉拉扯扯。"

白锦连忙松手。灵文看看他，笑道："如何？上次我说让你小心，可说得都对？"

白锦道："我正想跟你说这个，你真聪明，全都说对了。他们回去做的，果然跟你说的一模一样。"

灵文道："那我让你记住的那些你记住了吗？那两个是胆小的，如果你照我说的先给他们点颜色看看，他们不太会敢出去传谣的。"

白锦老老实实地道："没有。"他一个人要被当成一百个人用，他哪有空！

灵文长叹一声，道："你很笨。答案我都告诉你了，你居然不照做。"

白锦却道："那事算了吧，我有另外的事想请你帮忙。文弟，你能不能来教教我这里的小孩子？"

灵文看着他，无言，不知是因为没料到是这种事，还是因为这个称呼。白锦以为他不愿意，马上把腰间挂着的小钱袋摘下来打开给他看："我是付报酬的。这些全都给你。"

灵文往口袋里看了一眼，道："有这么多钱，你为什么不去请先生？"

白锦摇头："我请过。但他们都不好。"

具体是哪里不好，谢怜倒是能猜到。大几百年前了，这时读书人哪有那么多，白锦肯定不认识什么才子，也无法分辨谁是真才实学，谁是歪瓜裂枣。就算偶尔找来了真读过几年书的，无人有能力监督，多半来了也是敷衍了事，把大家都当傻瓜。

白锦自言自语道："小孩子没人管会变成傻瓜的。千万不能变成傻瓜。"

　　灵文道："谁说的？我就从来没人管，怎么我没变成傻瓜？"

　　白锦似乎不知道该怎么回答了，看着他。灵文又道："而且你为什么找我？我们才见过一次，我看起来像是很好很有耐心的人吗？你为什么觉得我会答应你？"

　　白锦脸都要涨红了，似乎在拼命地想还能拿出什么来请他看中的"师傅"去教书。谢怜看着都觉得他可怜。必定是因为他二人初见时，灵文提醒他提防那两个少年男女，白锦觉得这少年聪明又好心，已经寄予无限希望，加上准备了丰厚酬金，完全没做好会被冷淡拒绝的准备。如果这里不是锦衣仙的心境，如果不是他不好胡乱篡改锦衣仙记忆中的重要节点，这时他肯定要上去解围了。谁知，就在白锦手足无措的时候，灵文又叹了口气，道："人呢？"

　　白锦看他。灵文道："你总得先给我看看我要教的都是些什么人吧？"

　　最终，灵文还是被拖麻袋一样地拖去上工了。

　　该说灵文不愧为未来上天庭第一文神，哪怕是教一群毫无基础的乡野孤儿，也能深入浅出。谢怜觉得灵文最厉害的地方是能吊起这群小孩子的兴趣，兴趣来了，他们自然会抢着读书。果然，只一课下来便卓有成效。看着一群趴在桌上参差读书的小儿，白锦高兴死了，道："文弟，我从没见过你这么聪明的人！"

　　灵文一手支额，一手在纸上写下一课的内容，叹道："是你太笨了！"

　　确实可以这么说。其他小儿在学课时，白锦也抱着手臂在认真听，可是小半个时辰下来，所有学生都记住了几百个字，白锦却怎么也记不住，记了忘，忘了记，他甚至连自己名字都记不住。

　　但依谢怜看，他这更像是一种类似"受伤"的问题，就像手筋断了手指使不上力，而非单纯的脑筋痴笨。谢怜就曾见过一个同行，本是个伶俐读书人，可有次给人推得脑袋在墙角上磕了一下，伤治好以后一看字就头疼，瞪着眼睛使劲儿看，原先熟悉得很的字就是念不出来，更别提写了。最后没办法，只好去收破烂了。

　　灵文支起一腿踩在凳子上，敲敲桌子，白锦便自觉地给他磨墨，继续真心赞扬："你既聪明，人又善良。"

　　灵文哂道："不瞒你说。这辈子还没人说过我善良。"

　　里面在教书，谢怜一直坐在小木屋门口捣药，花城则在旁边百无聊赖地帮他分拣药材。他伸直两条长腿，在淡淡的日光下举起一手搭在眉间，倒真是很惬意的模样。可是见谢怜一直关注里面,他便把一截药草丢到谢怜面前。

谢怜没发现,他又把腿伸到谢怜前面,荡着银链子的靴子轻轻碰了一下谢怜的腿。

谢怜这才回过神来,道:"怎么啦?"

见他目光转回来了,花城便又开心了。谢怜歉然道:"不好意思,你是觉得无聊了吧。"

花城道:"不无聊啊。可是他们学写字有什么好看的?丑也丑死了。别看了。"

刚才里面灵文在教小儿们学写自己的名字,满地白纸乱飞,纸上墨团如污垢,的确是一个赛一个的不堪入目。谢怜心中正想你可别这么说,你写的字未必有人家的好看,便见几个年纪稍长的孩子不甚服气地偷瞅这边。不过,花城一副趾高气扬的贵公子模样,谁也不敢说什么。可灵文看了一眼这边,叫一个孩子:"铜钱。"

那孩子过去听他低语几句,拿了一张纸和一支笔就过来。谢怜笑道:"文公子这是何意?"

灵文也笑道:"这些孩子初学,我能力有限,自问教不了他们太好的。但我看这位公子,神采出众,绝非凡俗,想必笔下功夫也了得。能否请他现场挥毫,指点一二?"

那个叫铜钱的孩子也得意地学他说话,道:"请!"

纸笔都放到花城面前了,恭维话也说尽了,人都被架起来了,花城却一副很不愿意的样子。谢怜忍笑忍得难过,花城敏锐地觉察到什么,谢怜忙道:"呃,你、你不要勉强啊。不愿意就算了。我们又不是一定要写的。"

他这么一说,花城就非得证明自己不可了,他嗖的一下就抓起了笔。可这笔尖凝在纸上三寸,好像怎么都找不到落笔点。看他这样,谢怜憋得更难过了,道:"三郎啊。"

花城:"什么?"

谢怜小声:"你拿笔的姿势不对。"

花城:"……"

最后,花城气冲冲地拿着一沓白纸独自走到小树林里去写了。他不让别人看,谢怜过了一会儿去找他,发现满地都是揉成一团的写废的纸。他捡起一个想打开看看,马上被花城夺走,道:"不能看。"

谢怜笑道："怎么就不能给我看了，又没什么大不了的呀？"他又不是没看过！

见他不听，花城警告道："道长哥哥。"说着就点起了火，开始烧他写出来的东西。谢怜再捡起一个纸团，花城又去夺。谢怜举起手辩解道："我不是要看，我是帮你呀。"帮你毁尸灭迹。

花城却连给他碰一下这东西都不肯，把地上纸团一股脑全烧了。谢怜看他折腾半天，到处放火，笑也笑死了，还不敢笑出来，道："这样你总放心了吧？好了好了，快把火灭了，我们回去吧！回你家。"

如此，接下来好些日子，谢怜便维持这般，白日带花城去盯着白锦那边，晚上和花城一起回"极乐坊"。

灵文答应了白锦帮他这个忙，不要他报酬，只要求想什么时候来便什么时候来，神出鬼没的，隔个几天便来上几堂课。旁人不知是为何，谢怜却知道，是因为他只能挑在上天庭没有公务堆积的时候下来。

对他，白锦是佩服至极，不管听不听得懂记不记得住都要拿个小板凳坐在旁边认真听讲。由于灵文没要酬劳，他觉得自己占了天大的便宜，随时等候灵文的需求，虽然这需求大多都是让他不要再试图学习写字浪费纸张和墨水。

但这样的日子持续了一个月便戛然而止。某一日过后，灵文便再也没有来了。

这时，小木屋里的孩子们已粗略能自己读书写字写文章了，进步可谓一日千里，许多人哪怕读个几年也就这样了。依灵文之前所讲，到这一步，他们已经可以自行学习，且接下来该读什么书他也早已写了下来，已经不需要他再教了。可白锦不觉得不需要。

他去小木屋去得越发频繁，但无论他怎么等，都没再等到灵文。

结合之前花城告诉他的前情，谢怜猜测，此时的灵文必定已经深陷上天庭《神武赋》风波，自然没心思下来和他玩耍。

但谢怜也知道，灵文迟早要来给白锦致命一击的！

又不知过了几个月，须黎国主昭告天下，将在皇城的凌波楼上举办一场凌波文会。

所谓凌波文会，顾名思义，一得有凌波之姿，二得有以文相会。众人赴会，纷纷携美，且要在会上斗文以热氛围，若夺得魁首，可在所有赴会丽人中挑选自己最为心仪的那一位，与她独登凌波楼顶，揽月摘星。如此一来，必将扬名天下。

这晚，王公贵族、将相公子们早已携了花枝招展的女郎们来到凌波楼。

白锦也在凌波楼前等候。

他长身鹤立，个子极高，即便在场者武将云集，也是鹤立鸡群。女郎们纷纷眼前一亮，一个花枝招展的丽人道："不知这是哪位将军，怎的无人陪伴？要不要我叫我姐妹来？"

她挽的是一名大将模样的虬髯威客，谢怜依稀记得是姓丰，地位颇高，他哼了一声不回话，他身边的参将却哈哈大笑："夫人可别把姐妹往火坑里推了，这人是谁你不知道吗？他是白锦啊！"

"啊，这……"

白锦虽骁勇，但这骁勇只能令他在沙场上万夫莫敌，却不能给他落到实质好处。别人在意的东西他并不在意，于是他每次的战功都被上级和平级瓜分，所得赏赐也都分给了别人，自己几乎身无长物，再加上"心智不全"的传闻，哪里有女郎愿意亲近？所以七夕这日，旁人都是佳人在怀前呼后拥，唯有他形单影只。

女郎们颇为遗憾：分明如此仪表堂堂，却是个痴儿。可惜，可惜！

可将士们就不大高兴了。须黎国颓腐至此，皆因朝堂沙场养着一群酒肉栋梁，越是酒肉越是见不得有真本事的，他们往日总也被明目的百姓戳脊梁骨说还不如那傻子，早就有气，这时又见怀里女郎们纷纷为白锦皮相所迷，难免醋意大发，变着花样贬他。谢怜一直在附近盯牢白锦，难免听到这些杂言碎语，这时实在是听不下去了。而以白锦的耳力，他不可能听不到，于是谢怜过去道："白将军，你要不要回去算了？"

白锦摇摇头，道："我看一看，左右今天营里没事，这文会也只几个时辰。"

谢怜也知道他要一直等的，只是于心不忍才来问一声。他很清楚，白锦来这里是想看看，能不能等到灵文。因为今日，恰好也是他的生辰。

旁人生辰都是收礼，白锦的生日却是反过来。他日常打交道的人——大多是铜钱那样的小孩子，这些人他都送了一点小东西，就连谢怜也收到了一只精致的木制饭勺。虽然奇怪为什么是饭勺，但谢怜依然很开心。

一天下来，白锦怀里还揣了一只小纸包没送出去，想也知道是给谁留的。

世家公子必不会错过今日的凌波文会，这可是在天下人前扬名立万的大好机会。可问题是，灵文根本不是他所以为的人间世家公子。

白锦守在这里越久，旁人看他的目光便越戏谑嘲弄。尤其是他不吃也不喝，不谈笑风生也不迎杯敬酒，只是站在那里，越发符合传闻中的心智有障的怪人模样。谢怜想了想，道："你要看看也好的。不过，不用守在门口，你进去坐着也可以等的。"

这样好歹不那么扎眼，旁人也不会有这么大一个靶子可供谈资。白锦道："进去坐着人多，太乱，容易错过。"

谢怜笑道："我们靠门口坐不就行了？那里也是必经之地。而且我帮你一起看，两个人四只眼难道还会看漏？"

他努力说服，白锦也稍稍被他说动，谢怜便拉着他往凌波楼里走。谁知还没迈进门便被几个武士挡住质问："做什么？"

谢怜温声道："劳驾，我们是来参加文会的。"

武士粗声道："文会早就开始，你们来迟了，下回再来吧！"

方才还明明有数人长驱直入，不见人拦，这时他们要进就不准了。谢怜心知必是受人指使有意刁难，正想说话，大街上忽然一阵马蹄雷动。他侧首去看，只见一群黑衣骑士拥着一个红衣人影涌到凌波楼前。

或许是感觉到来人非同一般，凌波楼里，到场的贵人们连觥筹交错都放缓了，安静了。还是那一身红叶猎装，花城翻身下马，一对银枫耳坠荡得飞起，鹿皮手套一摘，扔到身后侍从手里，未定先笑："哥哥！"

谢怜一见他，忙道："三郎，你先冷静！"

花城却已经开始了。他扫了一眼凌波楼的匾额，换了一种笑法，道："哥哥，你这是被堵门口了？"

谢怜："不不不，没有，真的，你先冷静！"

花城已经变成冷笑了，带刺的马鞭在他手里一绷，发出尖锐危险的厉响，道："这什么劳什子文会，不就是一群人吃吃喝喝抄文章？有这么高贵？"

不等他举起马鞭指向哪里发出攻击指令，谢怜已经扑上去把他拖到一边了。由于时常被幻境鬼影攻击，导致花城对这心境里的一切也极具攻击性，几乎是一点就炸，完全不能控制自己。这么段日子下来，谢怜可算是领教了他的破坏力。

上次谢怜去军营行医被几个犯浑的士兵堵了，还没来得及做什么呢，结果花城差点把整个军营连整条街都推平了，不拦着他把这凌波楼拆了都算轻的。谢怜几乎是在哄他了："三郎，原是我们迟到不好，别气了别气了，让我们进去就好了。"

好在花城也挺好哄的，马上就平静了，道："那也是他们不好，时辰定错了。"

谢怜马上挽住他的手，道："对！是他们定错了！那我们进去吧，不要让他们错上加错。"

花城看看他的手，道："好。"

那些武士看看这楼前黑压压的架势，又想起前不久凭空消失的城中军营和半条街，哪里还敢再拦，早闪丈八尺远了。花城大摇大摆，带着谢怜和白锦大步踩进凌波楼大厅，中途有张桌子拦路，他就一脚踢开，春兰秋菊般的各路丽人的目光皆热聚于此，议论纷纷，但谁也不敢直接说什么。谢怜在临近大门处挑了张桌子坐下，心想在白锦真实的人生中，他应该是一直站在门口等了一晚上，没有人带他进来的，不由轻叹了口气。花城敏锐地道："怎么了？"

谢怜笑道："没什么。我在想凌波文会是真的已经开始了吧，楼上吵吵嚷嚷的，好像已经在斗文了，不知今年的魁首会是何人？又会挑选哪位丽人到楼顶摘星揽月？"

花城道："哥哥，你很想上凌波楼顶？"

谢怜立刻道："并没有！"千万得打住花城这个念头，否则他万一心血来潮要争这魁首就难过了。须知这凌波文会上斗文，那文章可是要手写的！

花城却点头道："哥哥若想上凌波楼顶看看，倒也不难。须黎国近代文风喜靡丽，这样的文章学会一篇就能照着模子写十篇。凌波文会各届魁首，十之八九都是这个路子。"看谢怜饶有兴趣，便给他点评起了这些魁首的各自优缺点。白锦听听他们说的，听不懂，又去看门口。门口一直再也没人进来过。

凌波楼一楼宴酒，二楼斗文。待到杀出结果，魁首便会从楼上下来，迎接众人的热烈追捧。此刻，楼上正斗文斗得如火如荼，人语轰轰声一阵接一阵，楼下众人举杯，皆道："看来今年的文会很是激烈！诸位才子这动静不小，只怕这魁首是不好当啊。"

有人道："不知今年是什么题？"

有人答："今年题好，应时！我须黎国名将如云，今年凌波文会的比试题，正是论将。取一将为题作文即可。"

须黎国眼下百将凋零，贤者不能得用，赫者尸位素餐，竟也好意思说是"名将如云"，谢怜轻轻摇头。众人却并不觉什么，互相吹捧"那必是以某将军您为题才能夺魁""不不不那还是写某将军您才能成为名篇华章流芳百世"云云。也不知是谁笑着来了一句："以哪位将军为题都不稀奇，我倒想看看，有没有以白将军为题的呢？"

此话一出，众人目光便都聚了过来，如百支长矛般扎在白锦一人身上。那丰将军不动声色递出一个眼色，一个醉醺醺参将模样的人就出来了，笑道："以他为题？那要写什么？写他有多聪明？还是写他怎么，对恩人的女儿动手动脚？"

低笑声四起，谢怜蹙眉。

但他不确定这是不是锦衣仙人生中必经的重要时刻，是以暂且按捺。观察四下，不是没有人面露不以为然之色，但碍于一些身份颇重的将士、贵人都在笑，也无人敢说一句解围的话。只有白锦平静地道："我没有。"

那人嗤道："你没有？不可能！你小子注定是没女人的了，这辈子还没沾过吧？猛地看到那么个漂亮姑娘，你忍得住？"

他自说自话地下了定论："你肯定忍不住！"

谢怜看他喷着酒气挑衅的模样，觉得此人实在可恶。他微微蹙眉，正要开口，忽听楼上传来齐齐倒吸冷气的声音。

楼下众人也纷纷诧异转头，道："怎么了？""比试完了？"

果然，楼上一个声音道："文、文斗结束。此次凌波文会的魁首、魁首到！"

众人奇怪道："怎的报话磕磕巴巴？也太不像话了！"

但下一刻，他们便知道楼上的人报话为何磕巴了。

一个身形高挑的蓝衣人款步走下楼来。

来人蓝衣如海，眉目冷冽清丽。顾盼睥睨，是一种傲视的气度，不愧为凌波文会的魁首。

只是，令人难以置信的是……这魁首……这魁首……

怎么会是一位女郎？！

最快反应过来的是那些纨绔惯了的贵公子，他们端起满面春风和满杯美酒就上前相迎。那女郎却是一手四两拨千斤，笑着拨开他们的酒杯和殷勤，径自下楼朝这边走来。人群噤声，自动给她分出一条路，就这么眼睁睁看着那女郎慢悠悠走到白锦面前。

白锦看着她这么下的楼,这么走过来,连眼睛都忘了眨。那女郎负手叹道:"白将军,以你为题的文,真难作。"

"久等。"

白锦张了张口,但没说出什么话来。

那女郎手在他面前挥了挥,打个响指,又客气地道:"请?"

白锦看着她的脸,想叫又不知该怎么叫。

他自然不知所措了。

这女郎顾盼生辉,可是,这张脸,难道不就是他等了许久的"文弟"?

他不动,那女郎摇了摇头,干脆挽了他的手臂,穿过人群,带着往楼上走去。白锦完全呆了,任由人挽着他上楼,把众人惊声都远远甩下。

见此突变,谢怜二话不说拽着花城便奔了出去。花城从来不问他想做什么,只是他做什么便帮什么。二人不走楼梯走墙壁,竟是比白锦灵文更早登临了凌波楼顶。他们在一座假山后藏了,才听到有人推门而出。

只见那女郎一路迤迤然,带着白锦来到凌波楼顶的小亭。到坐下了,白锦才反应过来,可他还不敢确信,问道:"你是……文弟?"

灵文没搭话,支起一腿,靴子踩到石凳上。

虽然谢怜从未在上天庭见过如此散漫无礼的灵文,但这是灵文在白锦面前无话可说时常做的一个动作。白锦一看眼睛就亮了,道:"真的是你!"

灵文又是一根手指把他推远,道:"你现在知道这么大声了。怎么刚才不这么大声跟人吵架?"

白锦被她撑着也是开心的,道:"刚才我哪有吵架!刚才我一直在等你,还以为你又不来了,幸好今天我来了!"

谢怜无语了,旋即又佩服起来:无论如何,他这种全然不关心旁人闲言的本事也是很了不得了。灵文也无语了,问道:"你每天脑袋里究竟在想什么?"

白锦脱口道:"想你啊。"

此句一出,暗暗旁听的谢怜忽然被噎住,心想这未免过分直白了些,无意中瞅瞅花城。这一瞅却发现花城也一直在瞅他,一下子逮到他目光,好像逮到一只什么小动物出洞了,大感新奇,低声道:"哥哥,他说他的,你羞什么?"

谢怜也不知道为什么,在花城面前就老容易有过高的廉耻心。见他还看,谢怜双手捧住他的脸强行转过去,道:"看那边!"

那边，白锦说完就涨红了脸，仿佛也觉得自己很有点问题，对他这个从来不觉得自己有问题的人来说，这可真是太难得。灵文终于撤回了那根手指，道："你做什么想我？我很好吗？"

白锦还红着脸，但仍梗着脖子把话说出来了，道："很好！你是……我见过最好的人。"

这句话绝对平平无奇，但又绝对发自内心。他从怀里掏出那个揣了一天的小纸包，双手小心翼翼推到灵文面前，道："这个，是给你的。"

灵文没接，道："什么东西？"

白锦便自己动手拆开了，道："也不是什么贵重东西。是铜钱他们，你走之后都很念着你，每个人花了很久写了一篇文章，问我什么时候能见到你，想给你看。我做成了一个册子。"

他拿出那本小册子，翻开给她，道："你看，我没有跟他们说要写什么题，但是他们全都写了你。看不懂，不过字还是很好看的。"

灵文翻了两页，评价道："惨不忍睹。"

这模样，倒是能看出日后那个疯狂用侮辱性文字批注其他文神殿送来的卷宗的灵文了。她又道："你都看不懂，怎么知道写的是我？"

白锦老老实实地道："我是看不懂文章。但是我看得懂你的名字，所以知道是在写你。"

他说的是灵文之前随便编的那个假名。灵文低头，似乎在憋笑。过好一阵，她才抬头道："干什么突然给我这个？"

白锦道："啊，哦，今天是我生辰，所以我想着要送礼物给你。"

灵文："你生辰不是应该别人送礼物给你吗？为什么反了？"

白锦又困惑了："生辰是大喜的一天，应该是欢喜的人把欢喜分给别人，这样就所有人都有喜了……反了吗？"

他这个人，自己有自己的一套道理，谢怜是早就见识了的，灵文显然也不打算和他辩驳，道："好，我懂了。既然如此，那么我今天请你帮我做一件事，你是一定会答应的了？"

犹如见敌亮剑，谢怜瞬间屏息凝神。

而白锦已经毫不犹豫地道："会！"

想了想，灵文改口道："或者这么说，你只要不做一件事就好。"

白锦坐得笔直，道："什么事？你说吧。"

灵文直视着他，上身微微向前，一字一句地道："我要你，从此不问世事，不再为须黎国出战——你做得到吗？"

谢怜暗暗松了口气，收回了一步。

还好，灵文没有上来就要求白锦去死，否则就轮到他出场阻止了。白锦没想到她提出的是这种要求，不解道："为什么？"

灵文上身回去了，笑道："怎么，不愿意了？"

白锦用力思索，半响，道："文弟，如果你提别的要求，无论什么，我都能答应你。可是，这件，能不能换一件？"

这回，轮到灵文发问了。她道："哦？为什么？"

她虽然依旧在笑，但谢怜总觉得这笑容已隐隐透出冷意。

白锦却浑然不觉，认真地对她解释："别人都在打我们，如果我不出战，大家就都要给打死了。我不能什么都不管。"

灵文啜了一点茶，仿佛是嫌它难喝，把茶泼了，道："这些人成日里这样欺辱你，你倒还挺关心他们的嘛。"

白锦挠挠头，道："这世上又不只有他们，还有很多人。总之文弟，你换一件事行不行？"

灵文缓缓地道："可是，如果我说现在有人在为难我，对我很不利，只有你退出战场，须黎国战败，我才能活下去，你还是不能帮我吗？"

白锦剑眉微蹙，起身道："谁在为难你？须黎国的贵族？"

灵文看了他一会儿，道："你站起来干什么？难不成你还想去找他们算账？"

白锦沉声道："我可以。"

他的确可以。虽说须黎国从上到下的贵族将士们都不怎么尊重他，但至少有几个明白人知道，不能少了他，万一撂担子不干了怎么办？若白锦认真追究起什么东西，也不能不给他三分薄面。

可惜。他是不会明白的。灵文所面临的困境，并非人力所能解。更不是他一人之力所能及。

唯有他退出战场，使须黎国彻底败北，敬文信徒溃散，才能解灵文燃眉之急。

而如果他不愿退出，那么唯一能改变灵文败局的事，就只有他死！

谢怜眼睁睁看着灵文换了一副笑脸，拉着他坐下，道："行了，坐下吧。要找麻烦也不急于一时。喏，这个给你。"

她推出了一只不知此前藏在哪里的小木盒。白锦好奇地道："这是什么？"

灵文笑道："你大概是真的傻瓜？今天是什么日子你不是知道吗？这是你的生辰礼啊。"

来了！

谢怜紧盯那只盒子。白锦打开了它，拿出一件衣物。

无头、无袖、无腿——果然就是那件致命的锦衣仙。

时机已到，谢怜一张符飞出，那"锦衣"顷刻便被烧为飞灰！

与此同时，四周场景、人形一阵扭曲，八方都是尖叫声。谢怜抓住花城的手，道："走！"

锦衣仙的心境，崩塌了！

一阵混沌后，谢怜再度睁眼，发现他又回到了锦衣仙的心境边缘，那片虚幻的枫林之中。

他正坐在秋千上，身体后仰，之所以没有倒在地上，是一双戴着银护腕的手扶住了他。

谢怜转过头，花城正看着他。可一对上他的目光，花城的神色竟有一丝微妙的变化。

尽管这变化如风过涟漪转瞬即逝，谢怜还是马上明白了他为什么会有这种微妙的表情。正如他马上想起了花城在心境中的许多精彩表现。

两人这样对着看了半天，最后，还是谢怜绷不住，先笑了。

"哈哈哈……"

花城竟是难得露出了一点无奈的神色："哥哥。"

谢怜简直要从秋千上笑倒下去，抓着吊绳道："好，好好好，我不笑了。我不笑了。可是，三郎，你……"

你在锦衣仙心境里的模样，真是太有趣了！

花城半真半假地又警告了一次："哥哥。"

谢怜眼泪都要流出来了，道："不笑了。这次是真的不笑了！可是，我真的不是因为嘲笑你才笑的！"

花城道："那是因为什么？"

谢怜认真地道："因为……很可爱。"可爱到谢怜不止一次想摸摸他的头，总是忍得好生痛苦。他又道："锦衣仙梦里的那个三郎很任性又很乖巧，倒真是像个十六七岁的三郎呢。"

　　花城道："我十六七岁，才不是那样子。"

　　谢怜好奇道："是吗？那……你十六七岁的时候是什么样子啊？"

　　不由得他不好奇。花城这样的人，仿佛就从来没有过跳脱懵懂的少年时刻，仿佛生就是一副无所不知、无所不能的从容。花城却没回答，只把头扭向一边，道："我早说过，我法力尚未恢复，可能会有意外出现。早知如此，就不把哥哥带进他心境里了。"

　　谢怜忙道："这怎么行！不让我进去，我们又怎能为他化解怨气？那个，我们已经在心境里阻止了灵文杀死白锦，锦衣仙的怨念应该稍微平息一点了？我们可以出去了吧。"

　　花城终于回过头来，道："照理来说，应该是这样。"

　　谢怜听出不对，道："什么叫'照理来说'？"

　　花城道："意思就是，我感觉不出他的怨念有任何减轻。"

第十七章

傲灵文笑别凌波楼

　　既是花城的感觉，必不会出错。谢怜奇怪道："难道他的怨念不是被灵文杀死？"

　　但这是不可能的。白锦生前那一段日子，谢怜一直在观察他。他的结论是：白锦此人从未对任何东西产生怨念。

　　这种状态一直持续到白锦拿到锦衣仙，即生命的最后一刻。所以如果他会有怨念，就只能是对自己的死亡。

　　思忖片刻，花城轻推了一下秋千，道："不一定。还有一种可能。"

　　谢怜望他。花城道："或许，我们看到的心境是假的。"

　　谢怜道："你的意思是，锦衣仙在骗我们？可我以为，这种幻术是不能作假的。"毕竟，操控银蝶的人，可是花城。花城道："在蝶梦中他的确骗不了我们。但，人总是会自己欺骗自己，人更易为旁人所骗。"

　　谢怜明白他的意思了："你是说，有人篡改了他的记忆？"

　　是谁做的不知道。但接下来该做什么却很明了。白锦的记忆出了问题，要想知道真正发生了什么，就只能去另一个人那里寻找答案了。花城道："嗯，下一步，我们就去哥哥那位同僚的心境里逛逛好了。"

　　谢怜跳下秋千，笑道："那你是不是又会……"还没问完，他便发现，他跳下秋千后落定的地点不是那片枫林，而是一座假山之后。

　　他们又回到了凌波楼顶。

　　熟悉的场景，熟悉的人。灵文和白锦依然对坐在那小凉亭里，而花城也在他身边，正抱着手臂，靠着假山凝神细听。只是这次，花城神色明显淡然得多，见他目光探究，报以一笑，道："哥哥做什么这样看着我？在想什么？"

谢怜"哦"了一声，道："没什么。我还以为……"他还以为，花城又会变成那副轻狂恣意的贵族公子模样呢。花城仿佛看出了他在想什么，笑道："那让哥哥失望了，现在我法力逐渐恢复，不会再出现那样的意外了。"

谢怜看着他的笑容，总觉得笑得不是那么真诚。

这时，只听灵文缓缓地道："可是，如果我说现在有人对我不利，只有你退出战场，须黎国战败，我才能活下去，你还是不能帮我吗？"

闻言，谢怜精神一振。

他们来得巧，这一段竟然刚好接上了之前的心境记忆！

白锦起身道："谁在为难你？须黎国的贵族？"

灵文："你站起来干什么？难不成你还要找他们去算账？"

白锦："我可以。"

灵文："行了，坐下吧。要找麻烦也不急于一时。"

白锦被她拉着坐下。到这里，都是一样的。可白锦坐下后，道："你真不要我去帮你找他们？"

灵文淡淡地道："不需要。"

白锦道："可是……可是，虽然不能退出战场，但我真的很想帮你做点什么。"

灵文不语。

白锦觉得她肯定有点生气了，道："对不起。但真的除了这件事，我什么都能帮你做。"

灵文道："哦？命也可以给我吗？"

白锦愣了愣，道："可以！"

他答得斩钉截铁，没人会不相信他能做到。绝对是灵文现在只要说一声他就会去死。可灵文瞟他一眼，忽然笑出了声。

只听她边笑边道："你干什么这样子？我骗你的。我要你的命干什么？你的命很值钱吗？"

灵文拍拍白锦的肩，叹息般地道："我不用你为我做什么……你这样就很好。"

白锦读不懂她的情绪，但本能地觉得不对，道："你还生气吗？"

灵文笑道："我没生气。但我现在要跟你说几件事，如果这次你又没记住，我就会生气。"

白锦道："你说。"

灵文道："第一，我不姓文，我姓南宫，真名叫南宫杰。而且我比你大多了。以后你知道该怎么叫我。"

白锦接受得飞快："南宫。名字你能写下来吗？"

灵文便手指蘸了一点茶水，在桌上写给他看。白锦巴巴地趴着看，然后抬头倾诉："它消了。"

灵文："水写的当然会消。"

白锦很可怜地看着她："能不能再写一次？"

灵文大感不耐烦，但也只好又写了一次，这次大概用了什么法术，使水痕不退，才又道："第二，如果以后，有人让你喝什么或者吃什么，你要格外小心，没见他先动你就不要动，最好他动了你也不要动，假装吃喝下去，但趁他不注意处理掉……"

白锦大感迷惑："南宫，你告诉我这些做什么啊？"

灵文："闭嘴，你这白痴，好好记就是了。以后须黎国肯定有人要坑害你，到时候你就用得上了。又如果，今后有人让你单独去一个地方，里面只有一个女人，你也要马上逃走，最好不要让人知道你来过；再如果，有人给了你一张……"

她一句句细细说来，谢怜越听越动容，道："灵文这是……"

花城道："这是把每一种旁人有可能拿来设计白锦的情形，都告诉他了。"

如果不是灵文这么细细解说，谢怜真难以想象，原来世界上有这么多种陷害人的法子，更难以想象，居然有心思如此细密之人，能把这些东西都一条条总结拆解下来。

这桩桩件件，只要白锦能记住照做，他就很难为任何人所害！

凌波楼摘星顶上，那两人就这么说了一宿的话。直到天东微明，灵文才差不多说完，看了看天，喃喃道："时候到了。"

白锦还在努力消化灵文教给他的东西，趴在石桌边已经头昏脑涨了，道："什么时候？"

谢怜低声道："是灵文和敬文约定的比试之时到了吗？"

花城道："不错。便是今日了。"

灵文自然不会对白锦解释，站起身来掸掸衣上灰尘，道："我该走了。"

白锦也马上跟着她站起来："你下次什么时候来？"

灵文道："要一段日子的。我很忙，没空来。你不要等我。"

白锦不放心地道:"我知道你很忙,铜钱他们早就学会自己读书了,不用再麻烦你了。但是为难你的人呢?你真不要我去帮你找他们?你自己怎么办?"

灵文仿佛忍无可忍地回头,看了他两眼,突然道:"傻瓜。"

白锦莫名。灵文伸出一手,在他脸上轻轻拍了两下,似轻蔑又似亲昵,笑着说话,似怜悯又似嘲讽,道:"傻瓜。管好你自己就行了。难道没你帮忙,我就过不去这个坎吗?"

"可……"

"你少自以为是。你这么笨,又不重要!"

她哼了一声,笑容消失,仿佛在告诉白锦,又仿佛在自言自语,道:"我从来是靠自己!哪怕输了这一回又怎么样?我还不信我就永世不得翻身了。"

可其实,这最后一句话,就说明她也知道的:此去只有输,不可能会赢。

哪怕她能在人间斗赢一千场凌波文会,拿下一万个魁首,但下天庭的低等神官南宫杰,对上天庭第一文神敬文真君,永远也只有必败无疑!

白锦跟着她走了两步。灵文头也不回地道:"你回去吧,别跟着我。告诉下面的人,凌波楼顶的风景你已经看过了,也就那样。"

白锦只好依言站住,道:"明明就很好!"

灵文道:"那是你没见过世面,不知道真正俯瞰人间的风景是什么样的!你这冤大头,下次生辰不要送别人礼了,叫别人送你。"

白锦大声道:"那下次你可不可以送我啊?!"

灵文的声音远远传来:"我发现你很有意思,你对别人总是送东西帮忙,对我却总是讨东西叫我帮忙。我看起来那么好说话?你做别人的冤大头,倒叫我做你的冤大头。"

白锦更大声地道:"南宫你能送我吗?!我不要很多的,我就要……就要一件衣服!一件衣服就好了!你随便缝两针也行的!"

灵文再没话了,摆摆手,人转过一片假山,便消失了。

但也只是在白锦眼里消失,谢怜和花城还是牢牢跟住了她。一甩开白锦,灵文的眉宇便微微蹙起,忧心之态并不外溢,但如水雾云翳般挥之不去。

谢怜关切地道:"灵文竟是……没对锦衣仙下杀手。那传说竟和真相差了十万八千里。可那传说的传说又是怎么来的?白锦的记忆里这段又怎的完全不同?"

花城道:"哥哥若疑惑,不如我们继续到你那位同僚的心境中一探究竟。"

说着，他伸手为谢怜拨开面前一从吊兰，道："此去多半是要前往下天庭。哥哥，小心了。"

那吊兰被撩起又垂下，谢怜和花城穿过它便来到了一座阴冷残破的大殿前。回头一看，他们身后是一片爬满爬山虎的灰墙。

在老鸦乱啼、寒风萧索中，谢怜震惊道："这里是，下天庭？下天庭哪里？天界有这种地方？"说这里是哪只鬼的老巢他还比较相信。花城道："不错，天界也有这种地方。这里是下天庭边缘的边缘，受罚的下级神官才会被发配到这里来，哥哥自然是没见过的。"

谢怜想想，道："的确无缘得见。"因为他一般都是直接被贬下凡的。

二人穿过杂草丛生的庭院，谢怜觉察二人衣物装束皆未变，奇怪道："这一回我们又是什么身份？"花城却道："用不着什么身份。哥哥你那位同僚的内心深处在下天庭找不到适合你我的角色，所以干脆没给我们安排，只消别被她看见就好。"

于是二人轻车熟路地翻墙上殿，打算透过瓦片缝隙来观察里面情形。可这大殿实在过分残破，根本用不着他们手动掀瓦，到处都是洞！谢怜只担心洞太大，底下直接看到上面有人了。

下方殿里灰扑扑的，偌大一个空间只一盏昏暗油灯。也只有灵文一人坐在一张歪脚老书案上，坐姿端正，表情平静，抄写卷宗。一人迤迤然摇扇进来，她头也没抬。谢怜看清那人模样，微微诧异。

竟然是师无渡。

师无渡旁观了一会儿，无人理他，便道："你在写什么？"

灵文仍在一笔一画写自己的。师无渡走近前看了一眼，道："你这人倒也有意思。敬文马上就要把你踢下去了，横竖在这里也待不了几天，还写这些有用吗？"

灵文淡声道："在其位谋其职。无论什么时候，做事总比哭天抢地有用。"说着她已经写完了一沓卷宗，整理好了道，"水师大人如果无事，麻烦帮我把这卷带回去，这是你水师殿的。"

师无渡看她道："你知道我是水师，还让我帮你带卷宗回去？"

灵文也看着他，客气地道："有何问题？"

师无渡道："难道你不是应该送到我殿上？"

灵文道："那就抱歉了。我被禁足，不能出这座殿。"

师无渡摇扇道："那好，从现在开始，你的禁足已经结束了。"

灵文面无表情地道："不可能。敬文真君没这般宽广的心胸。"

师无渡却道："他是没有。可是，他已经完蛋了，所以他有没有宽广的心胸都不妨碍他对你下的禁足令变成一张废纸了。"

灵文整理卷宗的手终于停下。见状，师无渡道："或者，你还需要我说得更详细一些？须黎国也完蛋了。"

灵文终于抬起头，道："须黎国完了？须黎国怎么会完了？"

师无渡反问道："须黎国从上到下烂成那样，不是早该完了？"

灵文微微愣了一会儿，道："那白锦呢？"

师无渡奇怪道："白锦？哦，你是说那个傻瓜将军吧。不错，之前须黎国的确是一直靠他吊着一口气。可他死了啊。"

灵文站了起来，道："死了？怎么死的？！"

师无渡道："自杀。"

灵文根本不相信，断然道："白锦怎么可能自杀！"

师无渡却道："我怎么会知道？我又不关心这人。我唯一知道的是，我是来恭喜你的。"

在大殿昏暗的烛光中，他展扇一笑，道："不得不说，比起《神武赋》，我更喜欢《武风》。"

灵文的疑惑与不可置信也是谢怜的疑惑和不可置信。敬文真君轰然倒台后，上天庭再没有压制灵文的大神官了，再加上师无渡有意扶持一代新的文神作为他的喉舌与刀笔，灵文重回上天庭的日子变得好过了很多。迅速安顿了一切后，她马上寻了个由头下去，到了须黎国。

谢怜和花城隐着身形随灵文来到人间。此时须黎国已被几大邻国联合长驱直入，拆得七零八落。皇城四野，战火未消。细看却又不是战火，是敬文庙被燃烧后的残火。毕竟，一个国家已被践踏，他们所供奉的神明又怎能幸免？

灵文去过那座小木屋，但那里早就什么都不剩了。最后她只能伫立在一片荒野的中心，不知等待着什么。

许久，一群狰狞的亡魂纠缠翻滚着出现在她面前。

它们似乎在追着什么东西撕咬，跟跟跄跄，蓬头散发，是一个男子凝聚成形的魂魄。谢怜定睛一看，看清了它们撕咬的对象，脱口道："怎会如此！"

这群亡魂自然是须黎国百姓死于战乱的亡魂了。可它们在撕咬的这个男子魂魄，却是白锦！

须黎国之所以能苟延残喘到现在，全靠白锦以一人之力力挽狂澜。即便终究无力回天，也不应该在他身后招致如此报答。可谢怜再一想，白锦会得到的报答正应该是这样的，再合理不过，没有谁会比他更清楚为什么了。

谢怜的手不自觉握成拳。但他不能出去驱赶那些失智的亡魂，因为灵文动手了。

那魂魄被咬得浑身是血趴在地上，不知为何，他只剩一只手了，几团弱小的孩儿一般的鬼火绕着他浮动，似乎想帮他抵挡来自其他恶灵的侵袭，但还是被痛殴得发出细细的尖叫。忽然，仿佛蔽日的乌云被驱散，恶灵们轰地散开了。

淡淡的灵光洒在他背上，而他听到一个声音从上方传来："白锦。"

听到这声音，那亡魂动了一下，慢慢抬头。

灵文在他面前蹲了下来。但他已经被流魂撕咬得神志恍惚，都认不出她了，好一会儿才眼睛一亮，道："你……"

灵文把他面前的散发拨开，温和地道："是我。"

亡魂喃喃道："南宫……你怎么来了？"

灵文道："别管这个了。白锦，你的右手呢？怎么断了？你又为什么会死了？跟我说，你是不是给人陷害了？"

白锦目光涣散地看着她。

灵文两手放在他肩上，道："我不是让你记住我告诉你的那些话吗？你是不是又没好好记？"

听到这句，白锦才吃力地凝了一点神，道："不！你的话我记住了。我全都记住了……"

灵文怒道："那是谁杀了你？！"

别说白锦了，连谢怜都没见过灵文这般怒从心起的模样。白锦的魂都差点给她喝散了，最后看着她，道："是……我。"

灵文道："你真是自杀？"

她不可置信地道："当初我让你退出战场，你不是不肯？你为什么自杀？你有什么理由自杀？"

白锦却道："南宫，你不是凡人吧。"

答非所问是他的特长。饶是如此，灵文还是给他答得一愣，道："你怎么知道？"

　　白锦柔声道："你是司文的神官，是不是？你在敬文座下的。"

　　她从未对白锦透露过有关自己身份的只言片语，虽行踪飘忽，但也不至于能给他连"敬文座下司文的神官"都猜到。灵文忍不住道："你从哪里知道的？"

　　白锦似乎松了一口气，笑道："你是啊。那就好了。现在你的难关一定渡过了吧？"

　　闻言，灵文的手一僵，旋即喝道："白锦？白锦！"

　　说完刚才那一句，白锦的双眼便浑浊起来，额上青筋暴起，不似清醒模样。灵文一手勉强压制住他，这时，旁边一个孩子的声音道："文公子！"

　　灵文侧首一看，道："铜钱？"

　　旁边站着一个十三四岁的游魂，两眼流着血泪，正是她在小木屋教过的学生之一，名字叫作铜钱的孩子。灵文再看看悬浮在四周的一圈游魂，道："你们全都死了？他又是怎么回事？为什么会变成这样？"

　　铜钱眼里的血泪流得更凶了，道："都是那些将军不好！"

　　原来，那夜凌波文会不久后，白锦的确牢记着灵文告诉他的所有防身要领，一点也没给人家抓住把柄，还躲过了好几次旁人设计的陷阱。

　　可灵文教了所有他保护自己的方法，却没教那些孩子。

　　而如灵文所料，须黎国有几个将士被敌国买通，里应外合，迫不及待要解决掉白锦这个绊脚石。凌波文会后不到一个月，他们闯进了白锦在郊外的小木屋，挟持了里面的孩子，意图逼杀白锦。

　　铜钱道："白将军回来的时候，他们早就等着了。开始说的是让白将军砍了自己的手，不然就杀了我们，白将军照做了。可他右手没了之后，他们又说，让他把另外一只也砍了！

　　"白将军就知道，怎么做那些人都不会放过我们了，他就动上手了。两边打起来，那些人都被白将军杀光了。可他们下手太狠毒！这边活着的，也只剩我了……

　　"白将军带着我去找杜将军，可是杜将军却不肯见我们。所有人都说，说丰将军德高望重怎么可能做这种事，一定是我们胡说八道，没有人相信我们！"

灵文喃喃道："然后呢？"

铜钱道："然后，然后白将军走了……"

他走着走着，突然在路边看到一座敬文殿。殿里供奉的是须黎国信徒最广的神官，敬文真君。

白锦从不拜神，但不知为何，这时鬼使神差地，他走了进去。

庙祝们在忙着拆一个小祠，嘴里说着晦气死了，赶紧把拆下来的砖瓦泥石都烧掉。白锦问："你们在干什么？为什么要把这个小祠拆掉？"

他浑身是血，还断了一条手臂，双目空冷，竟有一种前所未有的骇人气魄。庙祝们不敢拦他更不敢请他走，硬着头皮答道："也没什么。这个小祠是、是敬文真君的一个辅神。敬文真君托梦显灵，这辅神对他大不敬！从此以后，本殿再也不供这辅神了，所以拆掉。"

这小祠设在敬文殿的角落，本也沾不到多少香火。白锦低头看到一个盆里燃烧的纸片，道："那这些又是什么？"

庙祝道："这些都是这辅神为人时留下的文章。本来也没什么人看，早该烧了！"

那些写满墨字的白纸和焚烧后的灰烬飞得满天都是，白锦捉住一张，拿到眼前一看，一口血就吐了出来。

他看不懂字，但是他看得见署名的地方有一个名字。

是灵文手指蘸了茶水在石桌上写给他看了好几次的名字。

那一刻电光石火，他整个人忽然前所未有的清明。他顿悟了灵文是谁。为什么灵文飘忽无踪，为什么灵文说唯有他退出战场自己才能活下去，以及为什么灵文走的时候用那种叹息般的目光看着他。

须黎国已经烂透了，没救了，他又何必再为让这个庞然大物苟延残喘而作困兽之斗？还不如一开始就照灵文所说的，退出战场！

可是，退出战场坐视生灵涂炭，他又做不到。因此，他只能结束自己的生命。起码，还能成全灵文，助她扭转败局。

灵文闭上眼，道："是我考虑不周。"

可她再能算、手再长，也无法保证所有人永远无恙。拿任何人做人质都能用以挟持白锦。害人永远比救人容易千百倍。

这时，不远处传来"桀桀"怪叫。铜钱显然是被咬怕了，急急地道："它们又来了!"

是那些死于战乱的百姓亡魂。它们在黑气里变幻着各种奇形怪状,向这边蔓延逼近。灵文抬头看过去,冷冷地道:"它们想干什么?"

铜钱惊惧又愤怒地道:"你听它们在叫的……"

那些亡灵在歇斯底里地尖叫:"为什么抛弃我们?"

"为什么不战斗下去?"

"你凭什么放弃?!如果你能再撑久一点我就不会死了!"

"你竟敢自杀!谁允许你自杀的?你没有这种权利!"

它们叫嚣得很明白了。在这些百姓的亡魂看来,白锦自杀的行为折断了须黎国最后一根救命稻草,即便这根救命稻草就是他自己,但他也没有这种权利。愤怒怨恨之下,人们自然不肯让他入土为安。

白锦生前得不到多少尊重,死后得到的也只有疯狂的报复。

围着白锦的几个小游魂不安地聚拢,灵文道:"没事。"

她身上的灵光今非昔比,亡魂们蔓延到约六丈之外便不敢再靠近,犹犹豫豫。铜钱道:"它们还会来的,源源不断,没有停过!"

灵文若有所思,须臾,镇定地道:"没关系。"

想了很久,她把白锦平放到地上,起身打量着对面来势汹汹的怨灵们,道:"我会让它们没有理由再缠着他的。"

幻境到此,画面忽然出现一丝裂痕,旋即破碎成一只只银蝶振翅飞起。谢怜正看到关键处,道:"怎么又崩塌了?!"

花城对他伸出手,道:"因为这心境的主人警觉了,她觉得不能再给我们看下去了。"

谢怜刚想捉住他伸出的那只手,但还没碰到花城,这片荒野便溃如烟消。银蝶散尽后,他睁开眼,还站在乌庸神观里。

他身旁是裴茗,却也只有裴茗。谢怜愕然道:"三郎?!"难不成花城还没出来?

裴茗则道:"太子殿下先别叫你那位好弟弟了,应付眼前要紧!"

他说到"弟弟"时,灵文身形已到。情急之下,谢怜挺身与他对了一掌,各自退后数丈。果然!由于未能消解锦衣仙的怨念,灵文这一掌威力不减反增。谢怜和裴茗对视一眼,不约而同,拔腿狂奔。

他们一个没法力，一个受牵制，硬碰硬就是傻瓜。谢怜边跑边回头喊道："灵文你能劝劝白将军吗？！"

灵文在他们身后狂追，道："我劝过了！但他不会信我的！"

裴茗道："一定是因为你骗他，他受伤了！"

谢怜灵机一动，道："灵文！你能变回女相吗？女相杀伤力没那么强！"

灵文却道："不行！"

谢怜："为什么不行？"

灵文："他不让我变回去！"

裴茗恍然大悟："我懂了！这小子不敢贴着女人的身体！尿的！"

轰隆隆！一个屋顶从后面砸了过来，险些将谢怜和裴茗泰山压顶，灵文道："不是我扔的！谁让你骂他，他更生气了，你们两个都危险了！"谢怜无辜道："啊，不关我的事啊！我可什么都没有说，灵文你让他不要算上我好吗？"

裴茗道："算上吧，人多点好分摊！"

谁知，他刚说完，忽然脚底一飘，整个身体都浮了起来。谢怜也苦叫糟糕，原来二人各自被一张大网套住，吊在了空中。

这可真是飞来横祸，那网还是特殊材料制成的，徒手撕不开。同时，四面八方树林里蹦出许多青面獠牙的妖妖鬼鬼，少说也有一两百，个个拍手狂喜："逮住了！"

"哈哈哈，这是第几个落网的了？这陷阱真好使！"

"快看看逮住的什么，有几个人头！"

竟是一时大意落到这等三流小鬼的陷阱里了。谢怜去摸芳心，摸了个空才想起芳心还插在原地护法。而灵文已追到了网下，一众小鬼还不知来了什么东西，喜道："又来一个！"

灵文举起双手，两手掌心各托起了一团黑漆漆的鬼火。他仰头对谢怜和裴茗道："二位，我……实在是，身不由己。"

谢怜吐了口气，道："灵文，我能问下，被这团东西打中了会怎么样吗？"

灵文道："上次这么大的一团鬼火打中了奇英，他受了伤。不过还好，依旧能跑能跳。"

那看来杀伤力不大，被打中也没什么，谢怜和裴茗都松了口气，道："还好还好……"

刚说完"还好",灵文手里的两团鬼火陡然高涨了十倍,变成了两道冲天而起的熊熊大火。

谢怜:"……"

裴茗:"……"

灵文道:"但是这么大的一团,被打中之后会怎么样,我就不知道了。"

裴茗咆哮道:"等等!但是我真不是你妍头啊!"

灵文也怒道:"这种事我难道不知道吗?用得着你告诉我!所以我一进来就让你规矩点!"

一圈妖魔鬼怪都被这两团熊熊鬼火惊呆了,赶紧各抄家伙,凶神恶煞地包围了上来,叫嚣道:"好小子!胆子大得很,敢抢咱们的人头,干死他!"

可他们这样的杂兵小鬼能对锦衣仙构成什么威胁?灵文微微侧首,瞳孔中映出鬼火的磷光,看来已经准备好接收送上门来的新一波养分了。正在此时,忽有一阵狂风吹过。

呼号惨叫声中,那群小鬼瞬息之间便被刮上了天!

这阵"风"太过诡异,不消片刻,竟连惨叫也听不到了。灵文高举鬼火的手放低了些,扫视四周。谢怜向上望去,但上方都是繁枝茂叶,根本不知到底发生了什么。灵文警惕地道:"谁?"

望了一阵,谢怜忽然道:"你们没闻到吗?"

裴茗道:"什么?"

谢怜道:"花香。"

裴茗疑道:"有那种东西?"

谢怜闭上双眼,须臾,肯定地道:"有。的确是花香。"

幽幽的、诡异的、清冷的花香。不知何名,不知何处。淡极浅极,似有还无。

裴茗皱眉道:"花香没闻到,倒是闻到了……"

话还没完,他便觉有什么东西滴到了脸上,随手一抹,瞳孔微缩。

是血。

灵文手中的鬼火也被落了两滴,那火焰登时衰弱了一截,他猛地抬头。一刹那——

腥风血雨,从天而降!

裴茗吊得比谢怜高,登时便被这突如其来的血之暴雨打得鲜血淋漓,只余一双眼睛黑是黑、白是白。灵文双手的鬼火也被彻底打熄，闪身躲到树下。而谢怜感觉缚网一松，身体向下坠去。他一个凌空翻稳稳落地，不巧，那阵血雨腥风也即将降临。

来不及避了！谢怜举了袖子，正准备能挡多少是多少。可黑暗之后，他听到了一声低低的轻笑。

空气之中，忽然逸满了诡秘惑人的花香。

谢怜微微扬起脸。他没感觉到雨打人面，只觉什么轻柔至极的东西拂面而过。一伸手，接住，低头看看，那静静飘落手心的，竟然是一片小小的殷红花瓣。

他再一扬首，屏住了呼吸，只觉难以置信。

漫天血雨，竟是化为了满天纷纷扬扬的花雨！

根本不需要猜来人是谁了。谢怜收拢五指握住那片花瓣，绽出笑容，道："三郎！"

一转身，他便看到灵文无声无息地倒了下去，只有一人独立原地。那乌发红衣、浅噙轻笑的高挑少年，不是花城又是谁？

花似血落，血如花飞。那张脸一如初见的俊美灵动，双眸熠熠生辉。他缓缓将那修长的银色弯刀收入鞘中，踏着满地朱红碎珊走来，道："殿下，我回来了。"

他肩头沾了一点花红，谢怜下意识顺手帮他拂了，把手背到身后，笑道："我竟不知，你除了能带来血雨，还能降临飞花。"

花城也向他走近，随手拂了肩头的花瓣，也笑道："这个是即兴发挥，刚刚才创出的新招。原本是惯例要来一场血雨的，只是突然想到哥哥也在，若是淋着了，岂不怪我？只好悬崖勒马了。"

谢怜是没淋着，裴茗却是淋了个正着。他在空中道："劳驾两位，先放我下来行吗？"

花城摆摆手，一只银蝶飞向裴茗，谢怜则转过身，二人一齐看向靠树而坐的灵文。他肩头也栖着一只银蝶，它定在那里，使这具身体无法再恣意攻击。谢怜道："灵文，你现在感觉如何？"

灵文脸现疲倦之色，道："死不了。白锦如此狂暴，花城主却一招定夺，难怪这么多小鬼前赴后继想成为下一个绝境鬼王。"

花城却笑吟吟地道："它们前赴后继，是因为搞错了一件事：不是成为绝境鬼王便能一招绝杀，而是首先你要做到一招绝杀，才能成为绝境鬼王。况且……"他挑了挑眉，道，"它似乎不怎么想跟我打。"

闻言，谢怜暗自沉吟。说来也是，之前花城将锦衣仙直接穿上身了，它也没拿花城怎么样，还显形了。总觉得，它对花城提防之心是有的，却并无敌意。

好容易落地的裴茗走了过来，不知用什么法子把一身的血甩干净了，抹着头发道："二位，回头再聊。不先给他脱了这衣服吗？这么穿着不危险？"

谢怜道："这……不太方便吧？"再怎么说，灵文也是个女神官。裴茗却不以为意："他现在可是男相，有什么不方便的？"说着就动起手来。可他刚把手伸到灵文领口就仿佛被什么东西狠狠咬了一下，脸色大变，猛地抽回，满手是血，道："这衣服！灵文你管管他！"

灵文叹了口气，道："你自认倒霉吧。我是管不了了。"

谢怜打量他片刻，忽然道："灵文，锦衣仙那个被心爱女子所骗，断头颅、四肢的传说，是你编造的吧？"

灵文脸色微微一变。

花城道："放心，我封住了锦衣仙，他现在听不到外面说什么。"

裴茗在无人在意处抗议："你封住了它为什么我还会被咬？"

谢怜在灵文面前蹲下，道："不必担心，我们不会在白将军面前多言。可是，该看到的我们都看到了。凌波楼上，你走了。"

灵文神色变幻莫测，最后才道："早听闻花城主所创的蝶梦之法能侵人心境，不想并非传说。"

花城微扬下颔，道："客气。我喜欢把传说变成事实。"

谢怜蹲在他面前，肯定地道："那传说得以四下流传，也是你有意推波助澜的？"

灵文道："太子殿下何以如此笃定。"

谢怜道："只因为白锦是自杀，须黎国的百姓不能原谅他竟然选择这条路抛弃了他们，在死后日夜撕咬他的魂魄。为了不让这些怨灵有理由冲他发泄自己的愤怒，你必须给他编一个全新的故事。"

在这个故事里，白锦必须是从未动摇过的英雄，没有瑕疵，所以，灵文要给他的死找一个凶手。

但她又不能找真正的凶手。真正的凶手丰将军卖国掌权，权势滔天，不会让接近真相的传说流传于世，所以，只能再编一个凶手。

于是她找来找去，觉得可能最适合扮演这个角色的只有自己了。毕竟世人皆知，英雄难过美人关，豪杰易死温柔乡。稍作改编后，这个全新版本的锦衣仙传说就出来了。

沉默片刻，灵文轻出一口气，仿佛卸下千斤重担，往树上一靠，一脸无所谓地道："比起英雄主动选择了放弃，人们更愿意接受他是死于一个恶毒女人的欺骗和蛊惑。"

的确。故事里被心爱女子欺骗的锦衣仙非但未被责怪，反而收获了所有人的同情。谢怜道："那我不太明白的一点是，你为什么还要篡改白将军的记忆？为什么到现在旧国风流云散，还不告诉他真相？"

灵文却道："我没篡改过他的记忆。我也不确定他为什么会把那传说当真。"

"什么？"

灵文叹道："而且，也不是我不想告诉他真相。是他根本已经……听不进去了。"

他扯扯自己衣领口，道："这件衣服，是我后来做的。那时他魂魄损得厉害，我就做了这个想让他魂魄寄存上去养一养。"

谢怜点头道："衣服手艺，嗯，不错。白将军说过想要这个，一定也很高兴。"不过，还真是就随便缝了两针的水平……

灵文道："没想到衣服一出来我就觉得不对劲了，怨气怎么会如此之重？我不知道哪里出了问题，只好先把它锁住。但有一天它冲破了锁，我阻拦不了，险些被反噬。它自己跑出去吸血杀人，就再也没回来。此后，我一直在找，也一直能听到它作恶的消息。"

"怎会如此？"

灵文苦笑道："不知。他被百鬼撕咬，可能受那滔天怨气的影响，他已经失去神志，彻底入魔了。而那时候我编的那个故事已经传得很广了，无论活着的人还是死了的人差不多都很信了，可能他分不清真真假假，自己也相信了我编出来的故事。"

谢怜微微蹙眉。

虽然灵文这么说，但他还是觉得，白锦的记忆是有人刻意篡改的。

因为在他的心境里，凌波楼上的那段最后的记忆很清晰，有明显的嫁接和修改痕迹，并不像失智之人的记忆那样混乱。

不过，这些事现在也无法查证了。

裴茗好容易把身上的血都弄干净了，该说他很有探究精神还是怎的，他没进任何人的心境，但一路听下来竟也猜了个七七八八，道："你说你，又没干什么？这事要是想混过去的话，也不难吧。打点打点，降降级扣扣功德，也不至于变成逃犯。你担子一撂跑铜炉山来干什么？"

灵文道："你不懂就不要说话。师兄刚死，这时候上天庭要打我的人都排着队攒着劲了，我又没有我是被冤枉的证据，谁听我辩解？此时不跑更待何时？"

花城一直抱着手臂靠在树上，这时忽然道："你来铜炉山是为了让他成绝？"

灵文仿佛噎了一下，道："我本来是想让他免受亡灵困扰早日解脱，谁知反而激发了他如此强的怨念，我编出来的传说都洗不清了。我不接受这样被冤枉。成绝或许便能让他清醒过来，拼一把了。"

花城哈哈笑道："你胆子倒是大。"

裴茗道："难怪你这衣服追着我打，敢情是你的真相好啊？"

灵文无语片刻，道："你想多了。我的相好是公文。"

说到"相好"二字，谢怜忍不住多看了两眼裴茗。裴茗莫名："太子殿下你看我干什么？"

谢怜想了想，道："也没什么。"心中却道难怪。难怪什么，他本不想说出来的，花城却替他说了，嘻嘻笑道："我猜，哥哥是想说，难怪灵文对裴将军毫无兴趣了，是吧？很合理。"

说女人对他没兴趣，裴茗就不能坐视不理了："什么叫难怪？什么叫合理？？"

怕花城说出更犀利的言辞，谢怜委婉地道："因为白将军比裴将军你要更为……嗯，一表人才？"

"什么？！"

裴茗绝不相信锦衣仙比他英俊，但压根也没人理会他的抗议。银蝶定身，灵文动弹不得，三人要原路返回去，得有一个人扛着灵文，裴茗虽然不太想扛男人，但还是主动负担起了这一责任。

第十八章

本玉质哪甘作砖抛

原先那面墙壁已经和其他三面被火焚烧过后的焦黑墙壁变得一模一样了，仿佛从来没存在过什么壁画一样。

花城把手从墙上拿下，道："那壁画是术法所化，有人看过之后便会自行消散。"

谢怜道："也许留下它的人也有顾虑，不敢让它存在太久。"

一行人继续向铜炉山的下一层出发。一天后，到了一座小峡谷。

峡谷两侧都是高山峭壁。走到这里，灵文在裴茗肩头道："太子殿下，有件事我觉得应该告诉你。奇英他一路追着我来了铜炉山。"

"什么？"谢怜顿觉棘手，"他也来铜炉山了？现在在哪儿？"

灵文道："进了铜炉山后涌来太多非人之物，他追丢了。眼下我也不知他身在何处。"

裴茗道："你还记得那小子，算你有良心。你怎么不对我有良心点？看看你把我打成什么样了，我现在还得扛你！"

灵文道："我怕你再啰里吧唆，我一能动了他又要打死你。"

谢怜实在听不下去了，为了不让裴茗又激怒锦衣仙，他道："三郎，其实铜炉，到底是什么东西？莫非真的就是一口大炉子？"

进入峡谷后，花城一直在凝神观察两侧高山，闻言收回目光，笑道："当然不是。不过，哥哥问得巧。"他举手指道，"刚好，眼下能看见它了。"

众人顺着他指引的方向望去，不由自主都停住了脚步。谢怜道："那就是……铜炉？"

花城抱着手臂，道："不错。"

他漆黑的眼底,映出了极远之处的一座大山。

远在天边,高在天下,凌驾于群峰之上,呈深沉的苍蓝之色,山之巅峰被云海天风缭绕,积雪封顶,仿佛终年不化的冰原。

花城缓缓地道:"铜炉,是一座活火山,也是整个铜炉山的中心。鬼王出世之时,便是它苏醒之时。"

谢怜道:"火山爆发?"

花城道:"是。所以,绝境鬼王,都是伴随着烈焰、岩浆和毁天灭地的灾难出世的。"

想象着那令人双目发红的炙热画面,谢怜微微出神,道:"所以,历代开山厮杀,都犹如一场艰难的分娩。"

花城笑道:"哥哥这个比喻,妙得很。到了。"

众人驻足,前方峡谷中央,矗立着一座歪歪扭扭的高大宫观。不是到铜炉了,是到乌庸神观了。

这是他们遇到的第二座乌庸神观。谢怜几乎忍不住想揉揉眼睛了,疑道:"这座神观是真的吗?"

几乎所有人都在怀疑这座神观是不是真的。因为,它实在是太突兀了。

它根本不应该出现在这里。有谁见过在并不宽敞的峡谷山道里建宫观庙宇的?这是什么风水?

就算想不开,非要建在这种地方,起码也应该靠一边建,可偏偏这座神殿,大大咧咧地建在了峡谷通道的正中间,犹如一个无脑的小霸王,直接堵住了过峡谷的道路!

反常必有妖。理智的做法应该是飞檐走壁绕过去,可谢怜想看看里面有没有壁画。花城也道:"哥哥,你想看就进去看,又没什么大不了的。"

他这么一说,众人都莫名其妙安了心,一行人缓步靠近。一直走进那神殿前,都没什么异常。

大殿里果然也是烈火焚烧后的惨状。动手铲除焦黑的"保护层"后,果然露出了藏在下面的壁画。谢怜和花城一起细细研究起来。

这幅壁画的内容,是全新的。他们从最上层看起,一个白衣少年正坐在一张玉榻上,正是那乌庸太子。他双目紧闭,似乎正在打坐冥想。然而,并不安稳。

这位太子殿下眉头紧蹙,额头似乎还流下了几滴冷汗。一旁围着四个人物,脸上神情皆忧心忡忡，正是上一幅壁画里位列太子之下的四位护法神官，他们的容发服饰都和上一幅壁画一模一样。继续往下看，保护层还在缓缓脱落中，尚未除净，谢怜看到了一片乱糟糟的红色，颇觉奇怪，疑道："这一片壁画是保存得不好吗？"

这一片的线条和颜色都是模糊朦胧的，仿佛笼罩了一层轻烟，虚化了一般。可这壁画是术法所化，又怎会如真正的壁画一般保存不完好？

花城也在凝神细看，道："再等等。"

而等到保护层退尽，画面完整后，他们退了几步，并肩再看。当全图映入眼帘后，谢怜突然一阵头皮发麻。

他怔然道："这是……地狱吗？"

花城沉声道："不。是人间。"

的确是人间。因为，图中所画的，是密密麻麻的房屋、树木、人群，然而，他们全都被淹没在一片无边无际的火海和流动的岩浆里。方才谢怜看到的模糊的红色，就是火的颜色。

房屋和树木在燃烧，人们身上冒着火焰，在尖叫。那扭曲的面孔描得太过逼真，谢怜耳边仿佛能听见他们的惨号。

画面的中心，画着一座红彤彤的高山，仿佛一尊烧红了的巨炉，甚为可怖。而那些火焰和岩浆，都是从这座山的山口吐出来的。

谢怜道："这幅壁画的意思是……火山爆发，乌庸灭国？"

花城道："对。也不对。"

谢怜了然，道："这个说法不准确。因为这是……梦。"

下方这一幅人间惨剧，应该是描绘的乌庸太子的梦境。

乌庸太子和四护法天官周身都绘有金光，说明这个时候他已经飞升了。而他正在被梦魇折磨，所以梦境的内容，线条和颜色都是"虚"的，与"实"相对。

有的神官法力强盛、天赋异禀，见到一些细小的征兆后，能在梦中窥视未来，也就是会做预言梦了。不知这位太子殿下的梦境是否成真了？乌庸国是否就是这样灭亡的？

沉吟片刻，谢怜道："这幅壁画的故事是接着上一幅的，我想，当我们抵达最后的铜炉时，故事就完整了。"

灵文却看着窗外，道："诸位，有件事我得问问，你们觉不觉得奇怪？"

裴茗道："你这个状态还能注意到哪里奇怪？"

灵文道："不知是不是我记错了，但是这两面夹道的山壁，之前有这么近吗？"

众人齐齐向窗外望去。果然，方才他们进来时，外边的山壁距离窗大约还有一丈之隔，但是，此刻却逼得极近，仿佛就要贴上来了。谢怜待要过去查看，却听到了一阵喀啦喀啦、嘎吱嘎吱的怪响，仿佛土木、砖石被挤压的动静。

这下，所有人都感觉到了，道："怎么回事？"

脚下地砖在颤抖，头顶天花板也在颤抖，碎石落灰簌簌而下。裴茗道："地动了？"

话音刚落，墙壁已经被挤出了几道骇人的"褶皱"。谢怜道："不是地动！是两侧的山壁，压过来了！"

他喝道："快跑！"

不消他说，裴茗已经一脚踹塌了前方一面墙壁，众人破墙而出，向前奔去。然而，他们还是在乌庸神殿里奔行，因为这神殿甚为深长，大殿后面还有许多偏殿、小殿、道房等，众人只得一路跑一路破墙踹门。在这种时候，武神的暴力风格真是帮了大忙。可才穿过几座小殿，一块半人高的大石砸破屋顶，猛地落在谢怜脚边。

两侧山壁落下的巨石！

轰隆之声不断，更多巨石从天而降。大的如水缸，直接砸塌一整片屋顶；小的如钢弹，还好众人闪避及时。谢怜跑着闪着，忽听一旁道："哥哥，过来吗？"

回头一看，花城紧随在他身边一步之遥，稳步如飞，却姿态悠闲，不知从哪儿拿出了他那把红伞，正在伞下笑吟吟地看着他。而那些落石砰砰砸到伞面上，花城单手撑伞，连晃都不带晃一下！

谢怜立即躲到他伞底下去了，道："我来了！"

花城笑了一下，体贴地把伞向他倾斜了一点，道："这边来点。"

尽管不合时宜，谢怜还是忍不住心中微动，道："你这样累不累？要不我帮你撑伞好了……"

裴茗见他们这边如此惬意，忍不住道："这不太公平吧！花城主，能问下你还有多余的伞吗？"

花城假笑道："没有。"

在他的抗议声中，谢怜也有点不好意思了，道："这山真怪啊！"说着就想溜出去，花城却不着痕迹地拦住了他，从容地为他讲解道："哥哥可说对了，这山的确是怪，精怪的怪。铜炉山里有三座大山，分别叫作'老''病''死'，虽然和寻常的山没有两样，却可在铜炉山范围内行动自如，所以，有人把它们当作铜炉山的地标。"

难怪这座乌庸神殿建在峡谷中央这般诡异了，恐怕它本来选的落脚地点没有这么奇葩，是那两座山怪主动夹攻了过来！

上方落石狂砸，伞下却一片和谐。谢怜道："原来如此。之前我们在铜炉山最外层遇到的，就是这三座山怪之一吧。不过，'生老病死'，既然有'老''病''死'，那'生'呢？"

花城道："很遗憾，没有'生'。至少我没见过。"

谢怜道："意思是不给活路吗？可真是残酷呀！"

裴茗道："更残酷的来了。山壁还在靠拢！"

他们刚进入峡谷时，山道约有十几丈宽，越行越窄，走到那乌庸神殿门前时，道路最多十丈。而现在，山道已不足三丈，房屋和墙壁都被挤得皱巴巴的，只是因为乌庸神殿使用了石梁等坚硬的建筑材料，暂时"卡"住了两边向彼此靠拢的山壁。裴茗道："前后都不通，往上走吧！把落石都打碎！"

谢怜却道："不行！眼下还有神殿卡着，往上走，万一两个山怪在半空击个掌什么的，就直接被它们拍死了！"

说话间，两边逼近得更快了，喀啦喀啦，众人容身之处已逼近一人之长！在这样的情况下，灵文还是动弹不得，忍不住道："诸位，能不能快点采取什么措施？如果不能的话，可以放开我让我自己采取措施吗？我不想就这么被夹死，谢谢。"可他这么危险的人物，放出来只怕就是掉进豺狼窝了还踩到一条毒蛇，谁会放开！

裴茗忽然喝了一声，放下灵文，横空跃起。他双手抵住左边山壁，双足抵住右边山壁，横着卡在了两座大山之中，道："就是被夹死，我也不想被这种玩意儿夹死。我先撑住，你们赶紧想办法！"

众人都被他这一招震慑，灵文道："裴将军真勇士。"

裴茗咬牙道："客气！"

那两座山壁还在往中间靠拢，但硬生生被裴茗这根"刺"卡住了。突然，谢怜灵机一动，道："有了！既然往前往后往上都行不通，那就往下！我们挖个洞避一下！"

说完就马上用芳心在地上疯狂地刨起了坑，刨得飞沙走石泥土乱甩。花城在一旁给他打着伞遮阳，非但不干活，反而还劝道："哥哥，别挖了，坐下来歇着吧。"

众人忍不住了，都道："花城主！"

花城道："嗯？叫我干什么？"

谢怜虽着急，对他却本能地信任，道："三郎，你是不是有办法？"

花城笑道："哥哥且等着，不必你动手，一会儿就好。"

眼下都火烧屁股了，虽然众人都觉得血雨探花肯定有办法，但还是忍不住觉得屁股烫得要死，待要再叫，谢怜却忽然道："什么声音？"

在天降巨石的轰隆轰隆中，出现了另一个奇怪的声音，咔嚓咔嚓，极快极快，越来越近，而且谢怜觉得这声音有点耳熟，似乎在哪里听过。

他刚停下疯狂刨坑，脚边就突然塌陷出一个黑洞。洞中，一柄铲子扬了起来，反射着雪亮的白光。

地师的铲！

那铲子亮了个相，很快缩回洞中。花城道："迟了点，但也赶上了。走吧。"

谢怜二话不说抓起灵文和裴茗丢了进去。失了"卡刺"，两座山怪陡然运动，轧轧之声中，花城护住谢怜，道："走！"也跳进了地道之中。谢怜只觉进入了一片黑暗，随即，上方传来一声巨响。

两座大山，终于彻底贴合了！

如果现在他们还在地面上，肯定已经被碾成了肉饼。

惊魂稍定，黑暗中燃起掌心焰。谢怜先看了看此刻身处的地道，不宽不窄，整整齐齐，不愧是地师铲挖出来的通道，又看向拄着铲子的那名黑衣人。

那黑衣人也在喘气，抹了好几把冷汗。这人看上去也是个清爽青年，俊秀倒也俊秀，相貌少说也能有个七分，只是却没什么个性，想必平日里也是存在感非常稀薄的那种人。

谢怜来到他身前，那黑衣人抬头，道："太子殿下……"

不等他说完，谢怜已经一把抓住他，道："风师大人在哪里？"

黑衣人一愣，道："啊？这我就不知道了。"

谢怜道："黑水阁下，你不知道他在哪里的话又有谁知道？"

灵文却道："黑水？太子殿下，你为何认为他是黑水？脸长得不一样吧？"

谢怜回头，疑道："因为他拿着地师铲啊！而且诸位不知化形要领吗？这张脸如此没有记忆点，必然是一张假脸啊！"

头先说过化形之法，而眼下这黑衣青年的这张脸，就完美地符合一张优秀假皮的第一要领：记不住！

哪怕盯着他的脸看一个时辰，睡一觉，第二天起来也绝对能把他长什么样忘得一干二净！

半响，那黑衣青年道："对不起，太子殿下，但是，我……真的就长这样。"

花城也走了过来，轻咳一声，道："哥哥，这，当真不是黑水。"

谢怜："……"

花城道："这也的确就是他的真容。"

原来，这是一张真正的天生路人脸啊！

谢怜捂住额头，须臾双手合十，欠身道歉："对不起。"

那黑衣青年也是尴尬至极，摆手道："没事没事，早就习惯了。太子殿下，你快起来吧！"

谢怜维持着道歉鞠躬的姿势，道："你叫我名字好了，不用喊这么客气。我很早就不是太子殿下了。"

引玉看了一眼他身后的花城，忙道："这……不敢，不敢不敢。太子殿下你快起来吧！"

谢怜道："这有什么不敢的？"

灵文则道："引玉殿下，这次可多亏你了。"

听到这个称呼，谢怜这才注意到，这青年的声音有点儿熟悉，他应该听过几次，下一眼便去看这人手腕。虽然那手腕被袖子遮住了，但他也能确定了，袖底一定藏着一道黑咒枷。

裴茗也站起来，进一步确认了这黑衣青年的身份："引玉？还真是！你怎么在这里？我看你这是……"

他马上闭嘴了。

看情况，引玉这是在血雨探花手底下当差呢。虽然在君吾手底下也是当差混，在花城手底下也是当差混，但昔年神官今为鬼使，仿佛堂堂将军做了山贼还给老同僚撞上，空气中充满了尴尬的氛围。大家都不知该说什么，于是引玉只好默默转身，抄着地师铲继续挖洞。

众人一边拓路一边前行，裴茗还惦记着朋友弟弟的下落，道："既然花城主能拿到地师铲，就说明你二位还是有联系的？记得当初我问太子殿下，太子殿下还说阁下和黑水玄鬼不熟，一定不知道他的下落来着。可否麻烦知会那位玄鬼一声，要是他没杀青玄的话，请把他放回来？"

花城却道："你错了。我的确不知道黑水下落。"

"那这铲子怎么来的？"

花城道："我捡的。"

他就是理直气壮不承认了，怎么办？也没法拿他怎么办。裴茗只好嘿道："行吧。花城主手气也真是好，随手都能捡到法宝。"

灵文习惯性地道："这铲是上天庭的神官的东西，花城主是不是物归原……"还没说完灵文就反应过来，他现在不供职于上天庭，没必要帮着讨债，闭嘴了。

谢怜还在想该不该偷偷问一句，便听花城用只有他才能听到的声音道："黑水扔的。不扮地师后他就把铲子丢鬼市跑路了。进铜炉山之前，我想也许会有用，便派人去取了。"

谢怜道："原来如此，我还以为能知道风师大人下落了呢……这铲拿来应付山怪是正好，三郎真是考虑周全。"

花城叹道："不过是当年被这山怪追得够呛，长了记性罢了。"

谢怜不禁想象了一下初入铜炉山的花城作为新手一道道闯关的模样，忍俊不禁，道："那真是很努力呢！"

黑暗中又亮起几团小小的银光，是死灵蝶发出的幽幽磷光。谢怜虚托着一只小银蝶，道："这山怪到底是什么东西？为什么要攻击我们？"

花城道："难说是什么东西。我来的时候，它们已经存在很久了。不过，它们倒不是攻击我们，对于所有想进入铜炉山的人，它们都会阻拦。阻拦不了，就攻击。"

谢怜道："这倒是和我们目的一致。希望奇英不要遇上危险吧。"

引玉一直在勤勤恳恳地挖土开道，听他说到权一真，动作微滞。谢怜注意到了，扫了他一眼，想起之前他戴着面具时和权一真是见过一面的，但那时，引玉表现得仿佛完全不认识权一真。

灵文勉强抬头，道："引玉，你见过奇英吗？他来我灵文殿，让我帮忙找过你许多次。"

引玉道："是、是吗？"

灵文道："是的。你刚下去那会儿，他几乎一天来一趟，后来总也没消息，就三天来一趟，一个月来一趟，到前不久，半年也要来个一趟。他一直觉得当初锦衣仙那件事你们之间有误会，想听你解释再帮你去给别人解释，但你始终音信全无。"

引玉不说话了，只是叹了口气，挖坑更猛。灵文看出来他不想多谈，便缄口不言了，留引玉自己专心开道。不知过了多久，引玉才道："太子殿下，我们已经在地下前进了三十里，我们是继续挖还是上去？"

那地师铲在土里行进时运铲如风，就跟切豆腐似的，而且没有任何碎土堆积，走得比在地面上还快，居然一会儿就奔出了三十里。谢怜听他还捎带问了自己，略感奇怪，道："啊？你问我？你不用问我的啊。"他又不是引玉的上级，为何引玉却是问他不问花城？这是什么道理？

花城却笑眯眯地道："问谁都一样。哥哥你就回答他吧。"

谢怜想了想，道："三十里够远了。我们上去吧。"

引玉应道："是！"立即向上挖去，甚至还修出了漂亮的泥土台阶。谢怜心道："这人做副手当真不错，手脚利索，没一句废话。"

众人走了几十级台阶，忽然，裴茗道："这是什么？"

他从一旁的土壁里拔出了一根大腿骨，道："怎么会有这种东西？看这骨相，生前必然是个双腿修长的绝色佳人，埋骨于此，真是令人惋惜。"

花城道："很遗憾。腿长不假，但这是个男人的骨头。"

裴茗一听不是女人就兴趣甚缺地把那大腿骨丢了。花城又道："准确地来说，是个带有尸毒的男人骨头。"

果然，裴茗手握过骨头的地方显出了青色的尸气。灵文道："你能不能管住自己的手？能不能？"

这时，谢怜脚下踩到一个突起，蹲下去看。花城见了，道："哥哥，别动！"可谢怜动作很快，站起来时手已经托了一个骷髅，道："诸位，不好意思，我好像选错了地点……可能挖到一片乱葬岗里来了。"

裴茗提醒道："太子殿下，可能有尸毒的。"

谢怜仔细查看那骷髅，道："哦，没关系的。我中尸毒没有一千也有八百次，现在抵抗力已经非常强了。"

众人都觉得莫名滑稽，花城却似乎不是很高兴。谢怜把骷髅头端放在路边，继续往上走，忽听身后粗暴甚至是凶狠的咔咔一声，回头一看，却是花城走过去，一脚把那骷髅踩得粉碎了。

谢怜敏感地捕捉到了花城不快的情绪，想问他怎么了，但又莫名觉得他这不快似乎是自己引起的，愣是没敢问。

这时，引玉道："挖通了！"

他率先跃出去，叫道："我们出来……了？"

众人跟着出去。可一出去，皆是奇怪。

他们出来的地方，绝对不是地表。此处光线十分暗淡，方才走峡谷时还是白天，没理由这么快就天黑了。

几只死灵蝶带着幽幽的磷光飞出去，绕了一圈。众人终于看清了眼下他们所处的是什么地方。

这是一个偌大的山洞。空空旷旷，穹顶高阔，仿佛墨色的夜空。四面八方分布着无数个小山洞，通往不同方向。谢怜奇道："这是什么地方？"

到任何地方、遇任何事，花城似乎都不会奇怪，他抱着手臂看了一眼，道："我们挑的地点上方刚好压着这座山。现在是挖进山里面了。先出去吧。"

但是，这么多洞，往哪个走？

谢怜道："分头行动是大忌，宁可慢点出去，也不要分散力量。先走这条吧。"

自然无人有异议。花城和谢怜行在最前。默默走了一阵，谢怜试探着小声道："三郎？"

虽然花城脸色早已缓和如常，对他也依旧是有问必答，但谢怜总惦记着他方才那一点小小的不快。花城道："嗯？哥哥想问什么吗？"

谢怜也不知道该不该问他刚刚是不是生气了，道："没什么。"

花城想了想，道："是我考虑不周了。是不是这山道弯弯曲曲如肠子一样，哥哥走得有点晕了？要不要休息一下？"

他没有半点开玩笑的意思。后面裴茗道："我没听错吧，花城主？你把太子殿下当什么？他是个武神，你懂什么是武神吗？他会走路走晕吗？他就是把你扛在肩上绕铜炉跑一百圈他也不会晕。"灵文则在他肩头道:"老裴,闭嘴吧。"

裴茗道:"好好好,我闭嘴。太子殿下,你听到了吗?你想晕就晕,我不会说什么的。"

花城假笑道:"裴将军,你再这么多话,在这种地方可能会遇到可怕的事哦。"

他一开口,裴茗果然安静了。谢怜倒是纳闷了,裴茗那张嘴会这么安分老实?他回头一看,却愣住了,一把抓住花城:"三郎!"

花城道:"什么?"随着回头,也是一挑眉。

他们身后,居然空无一人!

就在一句之前,裴茗还在他们身后嘲讽,而现在,山洞里却空荡荡的只剩他们两人。花城立即揽住了谢怜的肩,道:"哥哥,留在我身边,别乱走。"

谢怜凝神戒备道:"山里藏着什么东西吗?"

花城道:"没有。但是,没有才可怕。"

再怎么说,也不可能一点儿动静也没有就掠光了他们身后的人。就算谢怜不相信自己的洞察力,也相信花城的。

花城道:"往回走。看看。"

二人并肩,原路返回,但没走多久便停住了脚步。

并不是他们自己想停的,而是无路可走了被迫停下的。他们来的那条路,凭空多出了一堵冷冰冰的石壁!

二人均是面不改色。谢怜道:"这是幻术还是真的?"

一只银蝶悠悠飞上前去,在那凹凸不平的石壁上碰了一下,花城道:"是真的。"

谢怜点点头,道:"那就很棘手了。"

鬼打墙,常见者有两种门道:第一种是幻象。也就是你以为这儿有一堵石壁,但其实并没有,幻觉罢了。这种很好破除,直接上去摸摸,不然就打自己一耳光,清醒点再上去摸摸。

第二种,是使人的记忆或方向感等各种感观产生错乱。这种稍厉害。比如,在一个岔路口,你以为自己选了左边,但其实你心神恍惚了,走的是右边。还有所谓的"鬼转圈",不过是个小把戏:人迈左脚和迈右脚,步距本来就有微妙的不同,非人之物会迷惑你的心神,扩大这个偏差。如此不知不觉,走下来你以为是一条直线，其实是绕了一个大圈，绕回来后就会奇怪——咦，怎么又回到了这里？！

但对他们而言，这两种都是雕虫小技。这面冷冰冰的石壁，居然是第三种：它是真实存在的。

谢怜正在考虑要不要粗暴地打穿这石壁看看后面怎么回事，便听花城道："哥哥，把手给我。"

虽然疑惑，但谢怜还是很顺从地把手递给了花城。花城双手轻轻将他的手覆在掌心。谢怜感觉他给自己戴上了什么，须臾举起手，奇道："这是？"

他左手的第三指上，多出了一道细细的红线。这一道红线绵绵地延伸了出来，和花城指间的那道红线连在了一起。

花城举起自己的手，给他看二人手上一模一样的小小蝶形红结，微笑道："绑在一起了。"

谢怜笑道："这是什么法术？"

红线隐去，花城道："这道红线不会断，哥哥让它显形它就会显形。只要缘结还在，就说明红线另一边的人安然无恙。除非人没了，否则一定可以顺着这条线找到红线另一头的人。"

谢怜道："没了是指？"

花城道："死了，或是烟消云散了。"

他又道："靠近铜炉，危险也增多了，还不知前方有什么在等着。所以，哥哥不要解开它，好吗？"

谢怜马上保证道："绝对不会！"

花城笑了一下，随即敛了笑意，道："不过，殿下，有件事我一定要说，也希望你能听一听。"

见他神色忽转肃然，谢怜道："什么事？你说。"

花城直视着他的眼睛，道："我知道，你不会死，也不怕死。但是哪怕你再强，也不要当你自己不会受伤。"

谢怜愣住了。花城又道："不会死不等于不会受伤，更不等于不会疼。看到什么奇怪的危险的东西不要乱碰，先叫我，让我来处理。"

谢怜忽然想起，之前在地下，他用手拿尸毒骷髅头后，花城的脸色一下子就变得不是很好，莫非那时，花城就是因为这个在生气？不是因为别的，只是因为他看到危险的东西，却满不在乎地拿起来了？

如果真是这样，他实在不知该说什么了。半晌，谢怜才道："好，我再也不会了。"

听他答得诚恳，花城似乎满意了，微一点头，转身往前走去。谢怜道："三郎等等！"

花城驻足回头。谢怜挤了半天，才道："你……你也是。要是看到什么危险的东西，我不碰，你也不要碰。我们谁都别碰，好吗？"

闻言，花城一边嘴角缓缓扬了起来。

忽然，二人一齐望向前方。

黑暗中，有一阵低低的呼吸之声传来。非常平稳，非常和缓。

两只死灵蝶相互嬉戏着往声音传来之处飞去，越飞越高，映亮了一双手。

这是一双男人的手，死了一般地低垂着。再往上是一个头，也是死了一般低垂着。然而，没有下半身。

是的，这个人只有一个上半身，似乎是凭空从石壁里长出来的一样。

一些人间王侯打猎时猎到了难得的猎物，就会把猎物的头砍下，用药处理使其不腐，挂在自己府邸墙上供人观瞻。眼下这幅诡异的画面就让谢怜想起了那些在墙上一字排开的老虎、鹿、狼等兽头。但这人分明还在呼吸，他还是活着的！

谢怜走近一步，道："这什么东西？"

可这一问却没有任何回应。谢怜头皮一麻，猛地回头，果然——花城不见了！

谢怜道："三郎？！"

无人应答，他定定神，马上想起花城在他手上绑的红线，举手一看：红线还在，没断。

谢怜大喜，牵着这根红线一路拉一路走，走着走着，那条线到头了。

可这根红线的另一端，居然连进了石壁里！

谢怜难以置信，又拽了两下，源源不断有更长的红线从石壁里拉出来。

难道花城在里面？

二话不说，谢怜拔出芳心就要劈墙，谁知他剑尖还没碰到石壁，眼前却是一黑。

面前这石壁仿佛突然张开了巨盆大口，一口把他整个人吞了进去！

这眼前一黑变成了持续的黑暗。四面八方都是沉甸甸的朝他压来的砂石泥土，窒息无比。而且这些砂石泥土还在不断运动，那感觉简直就像是被吞进了一只巨型妖兽的肚子里，这妖兽除了他还吃了许多乱七八糟的东西，为了消化便在腹内翻江倒海；又像是陷入了流沙，有劲儿没处使，越使劲陷得越深。谢怜想着花城说不定也在里面，不退反进，一面挥剑狂斩一面紧拽那根红线奋力深入。正在此时，前方突然探出一只手，准确地抓住了他的腕部。谢怜道："谁？！"

他一张嘴就吃了一口泥，而那只手抓着他就拉进一个怀里。

再睁开眼时，四周压迫着他的黑暗与窒息都消失了。谢怜站在一条大街上，而前方传来一阵喧哗。

谢怜哪里有空探究前面在喧哗什么，探究自己都来不及了。他一身道服，身背长剑，似乎是哪个名门正派的弟子，满脸莫名，不知为何前一刻还在石头里，下一刻就到了这里。

但这情形却很熟悉。不像是被传送到了什么地方，哪有传送还带换衣服的？更像是……进入了什么人的心境里。

谢怜抬头，只见一群道人聚在路上，似乎在围着什么人怒叫。上去一看，才发现这群道人中间蹲着个小孩儿，满头卷发，满脸是血。

寻常小儿被这阵仗围着骂早就吓哭了，但这小儿才十岁左右，居然非但不害怕，反而左看右看，握着拳头一副跃跃欲试的模样。谢怜身上所穿道服和他们样式差不多，猜想这次自己被安排的身份是心境主人的同门，便在人群后问道："各位师兄，请问这是怎么了？"

一名道人头也没回火道："怎么了？咱们好好地晨练，这臭小子又突然跳出来，石头泥巴一通狂砸，今天非得好好教训他不可！"

谢怜看看他，果然一身泥垢，心想此人瞧着也是有功在身的，怎会如此不济，给个小儿砸成这样？这时，一个少年道人拨开人群走来，道："算了，别骂了，他应该知道错了。"

谢怜轻轻"咦"了一声。

这少年道人，竟是引玉！

不过，此时他双眸明亮，清雅俊秀，没有那种被岁月打磨后的黯淡失色。引玉身后还跟着一个和他年纪相仿的高个道人，哼道："他知道错？我跟你说这臭小子脑子有病，你看他被人打了还笑呵呵的，看样子还打得不够。"

引玉道："算了吧，鉴石，他都被打成这样了，下次肯定不敢再犯了。你们看这小孩穿成这样子，一定是家里没人教。大家气也出了，都回去练功吧。"

显然，他在同门之中很有分量，虽然众人不忿，但都消了气。谢怜正在点头，忽然引玉注意到了人群后的他，双目一睁："掌门师伯？！"

谢怜："啊？"

他还没反应过来，那一圈道人齐刷刷回头，立马挺得笔直，都叫："掌门师伯！"

谢怜："啊？哦，呃……"

这心境怎么回事，怎会给他安排一个如此位高权重的身份！

谢怜酝酿了一下，微笑道："你们做什么这么紧张？我就是路过。好了，引玉方才说得很对，大家有空在这里，不如都回去练功？"

他话才刚说完，几乎所有人都冲回了道观。只剩引玉留下来对他躬身一礼："掌门师伯，我想看看这孩子。"

谢怜真诚地道："你随意。"

于是，引玉看了看那坐在地上的小孩，蹲了下来。还没说话，这小儿又抓了一把泥巴丢到他脸上。引玉一掌抄起那团泥，正色道："你还丢！你这小孩儿，为什么天天来闹事？"

那小孩跳起来，摆出一个架势，道："来打呀！"

引玉奇道："这起手式是谁教你的？"

那小孩只是嚷道："来打！"蹦蹦跳跳像只小猴子，同时不断抓起地上的泥土石块砸向"对手"，手法居然还很精准。引玉不好跟个小儿打，却被他打得边跑边道："这手法也是我们派的，你天天趴在墙头偷学吗？别打了，我说，不要打了！你真这么喜欢打架啊？！"

谁知，这一句后，那小儿忽然停了下来，搓着泥巴兮兮的双手，点头道："喜欢。"

他竟然说得很认真。谢怜和引玉都愣住了。

这小孩是谁，他再看不出来就是傻了。谢怜心中不禁叹道："奇英真是个武痴。天生的武神。"

虽然这时，旁人都觉得权一真是个脑子有病的小孩儿，谢怜却感到十分亲切。因为，对一样东西，首先要"痴"，才有可能成"神"。能理解这份痴劲儿的人，就还算有点潜力，有点意思；而不能理解，只会嘲笑"有病""傻瓜"的人，从这一刻开始就已经可以判定，在这条路上是没有希望的了。

引玉愣了愣，又笑了。不过还没笑多久，下一刻再次被一团泥巴糊到脸上，忙道："喂！我说了不要打了……听我说！要不要来我们这里学怎么打架？"

权一真也不知听懂没有，引玉一只手把他夹在胳膊底下，对谢怜道："掌门师伯，您应该也看到了。这孩子根骨不错，能否考虑一下，把他收入门下？"

谢怜不知自己是否该答应，想了想，试探着道："这个似乎应该询问掌门……师弟？"

引玉却面露难色，吞吞吐吐道："可是，您知道的，依掌门师尊的脾性，恐怕难办得很。但是，掌门师尊凡事都愿意听您……"正在此时，观内跑出一名道人，喊道："掌门师伯！掌门师尊有请！"

谢怜从容道："嗯，我来了。"

想了想，谢怜又对引玉道："你说的事，我会告知掌门师弟。"

引玉喜道："如您开口，掌门师尊必定不会反对！"

于是，谢怜迤迤然跟着引路道人进了掌门的书房。而一看到那个在紫檀美人榻上百无聊赖拨弄香灰的白衣男子时，他就发现自己的猜测完全没错。

这心境里的"掌门"，果然就是花城啊！

他一进来，花城就从美人榻上起来了。谢怜笑道："掌门师弟，你的弟子们都好怕你啊。"

花城一身白衣，黑发披散，鬓边白羽为饰，右手戴着三枚指环，垂下银链，少了几分妖冶恣意，多了几分文雅潇洒。说是位名门正派的掌门大人，有谁敢不服？他也笑道："哥哥竟然早猜到是我。"

原来，方才二人所遇到的怪事竟是一模一样。谢怜在观察那高挂在墙壁上的半身人，花城则在观察四周，提防黑暗中有东西潜伏。谁知就这一眨眼的工夫，站在他身旁的谢怜就不见了，还莫名其妙多出了一堵石壁。花城牵着红线，一路走一路找，发现红线的末端连进了墙壁里，就很干脆地进去找谢怜了。花城开玩笑道："死同穴的滋味，大概就是这样了吧。"

谢怜听了，震惊地发现自己嘴角竟然上扬了，赶紧压下来，道："果然如你所说，红线没断，真的顺着它找到你了。你真是什么都事先想到了，幸好连了这一根红线！难怪裴将军他们消失得那么突然，原来根本不是有人偷袭，而是……他们被山怪吞了。"

花城道："不错。一铲子刚好挖到山怪肚子里来了。"

他们此刻必然是在"老""病""死"三座山怪其中一座的肚子里了。当时引玉问谢怜继续挖还是出土，而谢怜欣然同意出土，绝世奇运诚不我欺。他道："这是引玉的心境？"

花城道："不错。哥哥方才看到的石头里长出来的那人就是他，被山怪吞了一半。"

谢怜好奇道："可我们为什么会进到他的心境来？"

花城道："是我施放了蝶梦。引玉在这山怪身上挖了个洞，它不太高兴，就吞了他，正消食着。这过程中他会神志渐失，需要一点刺激才能醒来。"

"刺激"可不是什么好词。通常来说，这个词都和"愤怒""痛苦"联系在一起，往往一个人最糟糕的记忆就是对他最大的刺激。谢怜道："一定要刺激才能醒来？可不可以直接炸开山怪的岩体，把他拖出去？"

花城道："那已经消化掉的那部分神志可能就拿不回来了。"即是说，人可能就废了。

谢怜伤脑筋了："没别的办法了啊……"

花城道："据我的经验，没有别的办法。"

听了这句，谢怜却忽然想起一事：之前花城说自己当年被这山怪追得够呛，那他是否也曾这样，逼自己回忆最痛苦的事来让自己保持清醒？

可说这话的花城本人却似乎没觉着有什么，反而留意的是他的反应："哥哥，你怎么了？我哪里说得让你有疑问吗？"

谢怜忙道："没事！需要我们做什么吗？"

花城道："不需要做什么。银蝶已经带他入梦，他自然会想起那些事，哥哥只消看着就好了。"

引玉想引荐权一真入门，这主意花城和谢怜自然都不会反对，当初引玉真正的掌门师尊也是如此。

心境中的日子时常跳跃，未过多久，便来到几年后。

作为整个门派中谁也得罪不得的"掌门师伯"，谢怜整日就是在观里晃来晃去。这日，他和花城晃到一座白墙黛瓦的道房。

329

引玉正伏在道房书案上奋笔疾书，旁边围了一大圈告状的同门，义愤填膺。

"引玉师兄，权一真他吃相太难看了！每次吃饭撒得到处都是，饭量还比别人大三倍，活像个饿死鬼，一个人霸占饭桶弄得别人都吃不好！"

"引玉师兄，我没法跟他一块儿住了，我要换房间，他起床气那么大，我天天都担心他一脚踢断我肋骨，惹不起惹不起！"

"引玉师兄，我不想跟他一组了，这小子从来不配合别人，只顾自己乱打一气出风头，我宁可跟最差的师弟组队，也不想跟他一道！"

引玉听得头昏脑涨，道："好好，那不如这样吧，我先调查，调查之后，我再考虑怎么处理，你们先回去吧。"

拍桌最凶的当然就是鉴石，他显然不满意这结果，道："引玉，你当初真的不该让师父把那小子收入门下的，真是麻烦进了家。你看他来了这么久，哪天不是乌烟瘴气？哪天不搞破坏！"

众人咄咄逼人，引玉道："其实这些都是小事……"

"小事？！咱们的清净都给搅没了，清修清修，不清怎么修？"

"是啊，以前怎么就没这么多事呢？"

引玉只好道："一真他也没什么恶意，就是不太懂人情世故，也不太懂怎么跟别人相处。"

鉴石道："不懂人情世故可不是免死金牌，不懂不会学吗？既然活在这满是人的世界上，就得学着怎么跟人相处。他都十几岁的人了，人家十几岁当爹的都有了！"

"我们就不说师父偏心了，这小子才来几年啊？一来什么好事儿都给他占了，最好的练功房给他了，最好的丹药也给他了，还可以不做早晚课，连经文都不用背，被师父逮到就意思意思说他两句，都不骂的！凭什么啊？！师兄你才是大弟子，要是你这样，大家也就算了，都没话说。但他算哪根葱？又没教养又没德行的，资质好了不起啊？！咱们大家伙儿哪个服他？"

众人纷纷称是，引玉听了，脸色一下子变得不是很好，握紧了笔。谢怜不免心道不妙。

挑拨离间总是百试不爽。就算你明知对方是挑拨离间，也很容易上钩。然而，出乎意料的是，思忖片刻，引玉放下笔，凝眉道："各位师弟，我觉得你们说这种话是不对的。"

众人一愣，引玉道："我说句不好听的，不管修的是什么道，资质好，真的就是了不起。何况他资质好，还肯练。要是真觉得师父偏心，咱们加把劲追上他，超过他，练功房、丹药上房这些自然也会对大家敞开。大家伙儿有空生他的气，不如勤加修炼要紧，对不对？"

他这么一说，大家都讪讪地有点没意思，但还是道："师兄是大度，不跟他计较。"

"光是这份气度就甩了他十万八千里了。"

鉴石则嘟囔道："引玉啊，你今天帮着他说话，当心日后被他恶心着！"

总之，这场告状，双方都不是很愉快。待一众同门离开后，引玉关上门，一回头忽然发现有个人蹲在窗子上，吓了一跳，道："是谁？！"

权一真耷拉着脑袋，蹲在窗棂上，引玉看清是他，道："你什么时候来的？"拉了他两下也没拉动，道，"一真啊，你要蹲换个地方蹲吧，我要关窗了。"

权一真忽然问道："师兄，我是不是很讨人厌？"

引玉干笑了一下："你听到了？"

权一真点点头，引玉只好道："也……还……好……吧……"

是个正常人都听得出这话很勉强，但权一真明显不是正常人，马上高兴了："哦！"

引玉看出他信以为真了，笑了笑，最终，道："其实也用不着在意。你又没做错什么，这样也挺好的。"

明眼人都能看出，众师兄师弟之所以处处看权一真不顺眼，不是因为他饭量大，不是因为他起床气大，也不是因为他总是不顾及他人，只顾自己出风头。

归根结底，他们真正受不了的，只有后面一段：他来得最晚，得到的却最多。

权一真点头道："我也这么觉得！"

引玉拍了拍他肩膀，道："去练功吧！这个是最要紧的。别的不要多想。"

权一真便跳下了窗。看方向果然是去练功了。而引玉关了窗，也从书案上拿起经文典籍用功起来。

谢怜赞道："三郎，你这位下属，其实心性颇佳呀。"

花城道："不差。否则留不到现在。"

谢怜道："不过，他这时倒是和后来不同，没那么……饱经沧桑？"

花城哈哈笑道："谁人不曾是少年？"

谢怜莞尔。花城又道："接下来要去上天庭了。若是暂时和我分开了，哥哥不必惊慌，我会去找你的。"

谢怜道："听上去你像是对这段记忆了如指掌？"

花城笑道："要用一个人，不把对方老底兜个底朝天可不行。是引玉交上来的。类似的东西我这里还有不少，哥哥日后如果想掏谁的底，我倒是可以找找。"

二人迈过一座大殿门槛，前一刻还在人间，下一步便踏进了天界。眨个眼，谢怜就站在了一座华丽的金殿前。

现在他对此种境况已是轻车熟路，先看看自己，仍是一身轻飘飘的白衣，只是怀抱一束雪白清丽的花枝，赤着双足，周身上下除了手腕戴了一只金丝钏，再无饰物。

很明显，这里是仙京。这大殿前神来神往，倒是热闹。谢怜还摸不清自己到底什么身份，便有小侍神上来迎接通报了："花神到——"

谢怜啼笑皆非，这回他竟是变成花神了。抬头看看，这大殿上方写着龙飞凤舞的"引玉宫"三字，匾额与宫观一般，都是崭新的，谢怜登时了悟。

看来，这是引玉的立殿礼，即他在仙京的仙府落成的大吉之日。

谢怜抬足迈过门槛，迎面过来一人，正是引玉。他满面笑容，双手施礼，道："不知花神大人驾到，有失远迎！"

谢怜还以一礼，微笑道："本就是为道贺，何须主人相迎？"

引玉身后，一左一右跟着的是权一真和鉴石。礼貌几句，谢怜便自行在这座崭新的仙府里四下参观起来。说是参观，其实还是在找花城。不多时，他走到无人在意的偏殿，便听一个声音笑着道："哥哥，你在找我？"

那声音是从帘后传来的，两根修长的手指挑起一点帘子，露出小半张俊美无俦的脸。谢怜一看他衣服没有变，就知道这次花城又没被安排新身份了，赶紧上去挡住他，道："不要被人发现！你怎么又没身份啊？"

花城笑道："引玉知道我不喜欢上天庭，在他心里，自然不敢给我在这儿找身份。被发现了也没事，我假皮多的是，拿一张来用用就是。"说着，他又打量起谢怜，若有所思道，"不过，他给哥哥安的这身倒是不错。很适合。"

谢怜想起自己一直傻乎乎地抱着一束花走来走去，恐怕花城早看在眼里了，又想起那个年少不懂事时得的上古外号"花冠武神",大感不好意思,道:"你又在取笑我。"

花城一本正经地道:"三郎怎么敢?三郎从来不敢。是真的很适合。"

谢怜不想再纠结这个,不由分说把那束花胡乱往他手里一塞,道:"你拿着!"

大概没料到他会突然塞过来,花束入怀的一刻,花城微微一怔,旋即哈哈大笑。谢怜马上顾左右而言他,想找点东西来转移话题,但一时又想不到什么。花城这时又非常体贴了,道:"哥哥,看殿门口。"

谢怜依言望去。可"殿门口"这个范围实在不小,扎堆十几个进进出出。花城又道:"猜猜哪个是黑水?"

谢怜这才想起贺玄一直潜伏在上天庭,关于仙京的讯息必然都是他卖给花城的。谢怜凝神分辨,须臾,找到一个比较符合的,道:"那个穿黑衣服的?"

花城道:"这个猜测太保守了,不对,再猜。"

谢怜又道:"那个不苟言笑的?"

花城道:"也不对。"

一连猜了好几个都不对,这时,有人报道:"风师大人到——"

只见师青玄招招摇摇地摇着风师扇,满面春风地迈了进来,把手里礼盒往旁边一抛,拱手道:"恭喜引玉宫立殿,来迟了来迟了,罚酒罚酒,哈哈哈哈!"

这下又把引玉炸出来了。风师!恐怕是目前宾客里排面最大的神官了。他迎上去道:"不曾来迟,风师大人,请!"

花城终于揭晓了谜底,道:"就是这个。"

谢怜:"风师大人是黑水?"

这可太玄奇了。花城笑道:"哥哥误会了,不是这个,是他身后那个。"

谢怜定睛一看,只见师青玄身后站着一个专门负责接各位来客礼盒的下级神官,其貌不扬,但热情洋溢、笑容满面的。师青玄得意扬扬迈进了殿,随手往后扔给他一颗小珍珠当作打赏,那神官两眼发光,双手一把接住,还连声道"谢谢大人谢谢大人",一副狗腿至极的模样。谢怜忍不住道:"这是黑水?笑容如此灿烂的黑水?"

花城道:"就是他。假笑罢了。这人在仙京起码有五十多个分身,每个身份都不同,可以同时监视八十多个上天庭神官和三百多个中天庭神官。否则,只有地师一个身份,远不够用。"

"好吧……"谢怜心中忍不住叹服黑水的演技、埋棋能力和旺盛到不知道该说什么好的精力,道,"那现在那五十多个分身呢?"

花城道:"君吾正在一个一个地拔钉子吧。"

话音刚落,外面突然传进来一个刺耳的声音:"权一真,出来!"

众神官的笑容登时敛了,不约而同向外望去。似乎有什么人想闯进来,但被拦下,仍在殿外不依不饶地嚷道:"引玉殿下!您师弟权一真在上天庭对比他身份高的神官动手,您还管不管了?"

引玉笑意消失了,压低声音问身后两人:"怎么回事?一真你又跟人家动手了?"

权一真道:"动了。"

鉴石皱眉,怒目横他,道:"又是这臭小子!"

出了这种事的时候,师青玄总是第一个开口的,他把拂尘插进后领里,道:"怎么回事?今天是人家的立殿礼,有什么事不能待会儿再说吗?"

人家的大好日子,跑这里来闹,不是没有点儿眼力见,就是纯找碴。殿外的人道:"啊哟,原来今天是您立殿的大喜之日,这个我们真不知道。但是他打我们没挑日子,我们找他算账难道还要挑日子?权一真是你们引玉宫的人,是引玉殿下亲自点上来的,不找他找谁呢?"

可以确定了:来找碴的。

师青玄皱眉道:"何必如此?"

引玉刚想回应,权一真却忽然从他身后跳了下来,道:"你们走不走?"

闹事者显然料定了他不敢在这场合反击,有恃无恐道:"不走你还想再打?这么多位仙僚可都瞅……"

谁知,权一真这人真不能用常理衡量,二话不说提起拳头就飞身出去。殿外一声惨叫,而殿中众神官全都惊呆了!

好一阵,师青玄才道:"快来人拉住他,要打死了!"

引玉也是呆了,闻声赶紧冲出去,道:"给我住手!"而那些闹事者大声道:"你们引玉宫真是太了不起了!好,好啊!师兄弟合伙欺负人!"

这一场是直闹到天色将暗,来道贺的宾客该走的早走了,劝的也早累了,总之,最后是来了个不欢而散。谢怜见引玉脸色郁郁,虽然明知这只是幻境,却也不忍置之不理,安慰了他一阵,这才随换了一张神官假皮的花城离去。

两人从没机会在仙京街头并肩而行，便多逛了一圈。谢怜尽量拿出东道主的气场，带花城看了几处他觉得仙京景致不错的地方，道："你还有什么名景想去看看的吗？"

天光云影中，花城却看了看他，摇摇头，笑道："名景，我已见过最好的了。"

谢怜点点头，道："你走遍天上地下，自然是早已见过最美的风景了。仙京美则美矣，壮也壮极，不过比起你的鬼市，还是少了些烟火人气。"

花城道："这么说，比起天界，哥哥更喜欢鬼市？"

谢怜道："是啊！"

花城粲然一笑，道："那就好！"旋即又评价道，"仙京也还行吧。只要所有神官都滚蛋，倒也不是不能看。"

"你啊……"

逛完，二人又折回到引玉殿中。以他们的身手，要想不被引玉发觉，自然易如反掌。是以两人都坐在偏殿了，主殿内的几人还一无所知。鉴石正怒气冲冲："今日好好的立殿礼，全都给这小子毁了！"

也难怪他生气。立殿礼是一位神官正式成为上天庭一分子的认可仪式。今天这事放凡间就是一个皇帝的登基大典给人搅和了，谁能不生气？

引玉道："算了。肯定是别人先惹他的。"

鉴石道："上天庭这么多人，怎么别人不惹其他人，就偏要惹他？"

引玉道："你知道的，他从来不是挨打不还手的性子。不是别人不惹其他人，是其他人能忍，他不能忍罢了。"

鉴石道："他凭什么不能忍？这是仙京，又不是人间。如果他老老实实忍着，别人有发作的机会吗？这下好了，这么多神官都看着，传出去谁管谁先动的手，谁跟你分辨谁错多谁错少？你以为他有道理？没有。只要出了事，只要动了手，你就是没道理！"

他真是火得不行，引玉好容易才把他劝去做点别的事消消气，坐回去叹了口气。一回头，一个黑影蹲在窗棂上。

引玉再次被这熟悉的一幕吓了一跳，道："你怎么又蹲这里？什么时候来的？这什么习惯？"

权一真却道："他们先骂我的。"

引玉道："一真，鉴石师兄说什么，你别往心里去。"

权一真自顾自地道："他们先骂我的。我根本不认识他们，他们说我是下级神官，莫名其妙骂我笑我，我让他们道歉，他们不肯，我就打了。只有被打的时候他们才闭嘴，不然我不会打他们的。"

早年，某些地位较高、资历较老的神官的确会排挤和霸凌下级神官。引玉无言以对，权一真道："下级神官低人一等？"

引玉道："不是的。"

不是吗？

很明显，连他自己都并不相信这一句，权一真也有所觉察。良久，他道："我不喜欢这里。"

引玉不语。权一真道："他们觉得我烦，我觉得他们更烦。以前一天有八个时辰可以练功，现在要分掉一大半去说废话和听人说废话，串门和被串门。有人莫名其妙来骂我打我，不用道歉，还不许我打他们。这根本不是什么仙境。我不喜欢这里。"

引玉道："我也不喜欢。"

权一真道："那回去吧。"

引玉忙道："那不行的。虽然我不喜欢这里，但我还是要留在这里的。"

权一真大为不解："不喜欢为什么要留在这里？"

引玉哑然失笑，没法跟他解释仙京是多少人梦寐以求的求道终极，也无法让他理解在这个年纪就能飞升上来又耗费了多少心血，只能道："你不懂。飞升真的很难。来都来了，我怎能放弃？"

权一真却不以为然，道："飞升也没有什么大不了的！不飞也罢。"

引玉有点好气又有点好笑，道："什么叫没什么大不了的！要不然你试试？"

偏殿内，谢怜喃喃道："人还是不要随便开玩笑啊。"

花城也道："不错。不到半年，权一真真的飞升的时候，他就不会觉得好笑了。"

画面一转，还是仙京，不过，呈现二人面前的是一场月下小宴。

谢怜还是抱着雪白的花束，和花城并肩而行，边走边和擦肩往来的神官们打招呼，道："这次黑水藏在哪里？"

花城道："你看看谁在吃东西。"

宴席上，各路神官都在忙着敬酒、寒暄、游戏，只有一个人，脸都快埋进面前的大海碗里了。这次贺玄竟是没藏，而是以地师的身份坐在角落里，无人注意。

引玉和鉴石就坐在"地师"旁边，都属于边缘地带。引玉喝了一杯，一旁鉴石哼道："谢天谢地，那脑子有病的小子没来！"

引玉放下酒杯，道："他都飞升这么久了，你再这么说他，给人听见了不好。"

鉴石道："本来事实就如此，我说错了吗？飞升了又怎么样？他就是再大个几百岁，脑子也照样不好使。"

正说着，附近有一批新到的神官落座，草草打了招呼，有一神官随口问引玉："这位是？"

另一神官也随口答道："这位是镇守西方的武神。"

一听这话，发问的那位神官忽然变得热情无比，起身来敬酒，道："哦！哦哦哦！久仰久仰，久仰阁下大名啊！"

引玉连忙也起身，道："何来久仰？"

那位神官道："欸，阁下不要谦虚了！真是久仰大名！早就听说西方的奇英殿下年轻有为，才飞升没几年已经深得信徒之心，今年中秋宴斗灯还进了十甲！前途无量，前途无量啊！"

闻言，引玉都不能动了，这杯酒接也不是，不接也不是，而对方还在继续热情地拉近关系，都称兄道弟起来了："说实话，我生平很少看人合眼缘，但对权老弟你可真是一见如故啊！我也在西边，日后若是老弟有什么要帮忙的，你不嫌弃只管来说一声！大家都相互照拂一下。哈哈哈……"

他笑得开怀，旁边认识引玉的也笑得开怀。而谢怜远远站着，都能感受到那铺天盖地令人窒息的尴尬。

鉴石脸都气绿了，而引玉还算沉着，虽然手抖了一下，但仍是稳住了，道："不好意思……"

忽然，有人嚷道："奇英来了！"

那边嘈杂起来，而这边这位神官惊道："咦？你不是奇英殿下吗？"

旁人这才捧腹道："你认错了老兄！你忘啦？西边的有两个武神呢！这位是权一真的师兄引玉。"

那神官忙道："哦哦哦，我认错了，不好意思，孤陋寡闻……喀喀，失陪了，我先下去了，引……引月，啊不不不，引玉殿下！日后有空再叙，中秋和乐，哈哈哈……"

他说着要下去了，却是捧着酒杯转向嚷着权一真来了的方向。那边已经围了一大群神官，都是争着和权一真打招呼的，根本看不到里面的人。看来这时权一真正是炙手可热的时候，还没像后来那么被嫌弃。人都涌向那边，导致这边几乎只剩下个贺玄还在坐着喝汤，冷冷清清。须臾，引玉道："咱们回去吧。"

二人离席，也没什么人注意。鉴石怒极，道："这群跟红顶白的，还神官呢！当初这小子刚到上天庭，一个两个嫌他嫌得要死，每天找你告状。眼下倒好，这小子飞升了，灯多了，捧他捧得跟什么似的，这就吹上了！变脸比翻书还快！"

这时，师青玄拿着一杯酒迎面走过来，引玉低声道："别说了，快走！"

鉴石闭口。师青玄奇道："引玉，你这就要回去了？奇英不是才来吗，上次听他说你俩好久没见面了，还问我你最近在干什么，你不跟他叙叙？"

引玉干笑道："不了，我有事先回去了。"

师青玄没多想，看到后面的"地师"，哈哈道："那你好好休息啊，咱们下次聚聚。明兄！我叫你不要坐这角落！走走走，到我那边去……"

谢怜和花城早就比他们先一步到了引玉殿，翻到大殿梁上，俯瞰下方。关上门，引玉见鉴石还想再说，马上道："算了吧！别说了。既然你这么讨厌他，又何必总是提他呢？"

鉴石道："这话必须得有人提醒你。他刚上来的时候，要不是你帮他兜着给他赔礼擦屁股，早被赶下去了。西边地盘就那么点大，信徒也就那么多，他一个人抢了那么多，上次那个狼妖硬生生就是给他抢去的！你看看现在，你的地盘越缩越小，还剩多少？你还怎么有立足之地？"

"正所谓'一山不容二虎'，看看现成的例子：同处南方的风信和慕情，这么多年来就斗得你死我活。引玉道："怎么算抢？他又没拿刀子逼着人家拜他，大家自愿的事。而且那个狼妖……"

他叹了口气，坦言道："那个我是真的对付不了。找我祈愿没用，自然就找他了。"

鉴石咬牙道："我是怕……你再这样下去，就给他斗得没翻身余地了！"

引玉坐到蒲团上，道："什么斗不斗的，我飞升又不是为了上来跟谁争权夺势、抢地斗气，你又何苦想不开呢？"

这时，忽然有人砰砰大力敲门，鉴石道："谁？"

门外人道："我。"

鉴石低声道："这臭小子怎么还找上门来了？"

引玉打着手势让他到后面去，上前开了门。果然，站在门口的就是权一真。他又高了不少，和谢怜认识时看着差不多了，也终于不再蹲窗子了。

引玉笑道："你没参加中秋宴吗？怎么来了？"

权一真被他引进殿来，张口就是没头没脑的一句："我生辰到了。"

"啊……啊？哦……"

原来，今日竟是权一真的生辰。而他上这儿来，竟是来讨生辰礼了。

看来往年权一真生辰，引玉都是会送礼的，今年大概因为种种尴尬没送。敏感一点儿的人吧，人家一不见面，二不送礼，就会识趣地有所觉察，无论如何也不会主动去讨，他倒好，一点儿也不觉得哪里不对劲，理直气壮就自己上门来要了。引玉干笑道："啊对，你生辰了！不过，最近殿里有点忙，所以……"

权一真听了，瞪大了眼，道："没有吗？"

引玉话到嘴边转了个弯，道："不是，没忘。你先等等。"

权一真原地坐下来，双手放在腿上，连连点头，一副十分期待的模样。引玉逃到偏殿翻箱倒柜也没找到合适的东西，只好把鉴石又叫来，道："你快帮我找找有什么东西能当礼物的！"

鉴石大惊："什么？！他还有脸上门讨礼？！"

引玉狂抓头发道："他哪里懂这些！反正就意思意思随便送点吧！这样，你去找找上次拿到的那个金刚伏魔钏子？总比没有好！"

鉴石气冲冲地下去了，引玉又回到主殿，道："稍等，在拿了！对了，你最近在干什么？"

权一真道："哦，最近打死了一只狼妖。"

引玉无言以对。他啃不下来的，权一真轻而易举就啃下来了，这就好比你苦求不得的心爱女子对你不屑一顾，却偏偏哭着喊着倒贴自己送到人家手里，人家还懒得看一眼，跟你说那女子也不过姿色平平，没什么好稀罕的。权一真讲了一阵，又突然道："刚才在中秋宴也看到你了，还想说话，没想到你这么快回来了。"

听他终于不兴致勃勃地给自己盘点最近的战况，引玉松了口气，道："哦，有点事，就先回来了。"

权一真点头道："有人跟我说了，因为认错了。"

他浑然不觉哪里不对，扬起嘴角道："太好笑了，笨成这样！"

谢怜看不下去了。

他已经不由自主抠紧了花城的衣角，道："这……这这这，简直惨不忍睹啊……"

他当然相信，权一真是真的觉得别人认错了人很好笑，也是真的完全不懂这对引玉而言是一件完全不好笑的事情！

好在在他窒息之前，鉴石终于来了。他把礼盒递给引玉，一句话不说就又进去了。引玉也得救了，把礼盒递给权一真。他一副很高兴的样子，当场就跳了起来接住盒子。引玉道："你拿回去再看吧。"

权一真点头道："好。我走了。我下个月出巡，师兄有空一起去。"

引玉已经听不下去他的话了，随口敷衍了几句好。人一走，鉴石就忍无可忍了："欺人太甚！"

引玉走进偏殿去，道："好了，知道你又要骂他出生的时候大头朝下摔了几百次了。他又不是故意的。"

鉴石哼了一声。谁知，不一会儿，引玉突然冲了出来，手里举着一只金灿灿、刻满咒文的钏子，道："鉴石！这是怎么回事？"

鉴石道："什么？"

引玉把钏子举得更高了，道："这金刚伏魔钏子怎么就在我桌上？你没送给他吗？我不是让你装礼盒了吗？"

鉴石道："没，我送了块抹布给他。"

引玉又好笑又好气，道："你何必这样。他那个人，你送块抹布他也不懂的，压根不会生气。"

鉴石却没说话了。见他神情有些怪异，引玉微微皱眉，道："你到底送的什么？不是真的抹布吧？"

鉴石看他一眼，道："好吧。我把上次你抓来的那件衣服装进去了。"

谢怜低声道："锦衣仙？！"

花城也轻声道："不错。"

引玉一下子就不觉得好笑了，道："什么？那件衣服可是能控制人心神的，要出大事的！"说着就要冲出去，鉴石却抓住他道："你急什么！那件衣服是能控制人心神，但送他衣服的人是你，别人又控制不了他。我还不信它能拿神官怎么样。况且这小子不是挺能耐的吗？这回就看看他有多大能耐啰。"

引玉气道："不行！出了事就完了！"

说完他便奔了出去，谢怜和花城自然紧跟而上。引玉先赶到奇英殿，人不在，又到处抓人问，才知道权一真已经去神武殿集议了，于是他又冲到神武殿。

可到了他也不能进去，因为他品级不够高，进去了也没法当着所有人说这件事，只好先在殿外等候。透过窗花，谢怜扫了一眼，风信、慕情、裴茗等都在殿里，权一真也在，而他身上穿的是一件颇为神气、闪亮亮的铠甲。

这可真是糟糕至极，他竟然迫不及待地就穿上了！

他倒是没什么异常，可站在殿上君吾身侧的灵文却有些异常，频频出错，君吾不得已出声道："灵文？灵文？"

灵文这才猛地回过神来，道："什么？怎么了？"

君吾笑道："你今日是怎么了？一直盯着奇英，莫非和我一样，也觉得他这身新甲不错？"

灵文道了声惭愧，不着痕迹地抹去了额头冷汗，然而握笔的手似乎还在微微颤抖。

引玉在殿外走来走去，备受煎熬。好容易熬到集议散了，权一真第一个走出来，看到他便招呼道："师兄，你怎么在这里？"

引玉第一句就是："你这铠甲……"

权一真道："很好！刚才帝君和灵文都夸它好。谢谢师兄！"

引玉强作镇定道："你听我说完，一真。我忽然想起来这件铠甲有点问题，你能不能先还给我，让我修补一下？"

如果直接下命令让权一真"脱下这件铠甲"，事后他必然会觉察自己曾被邪物控制心神，引玉只好如此委婉请求。权一真却奇怪道："有什么问题？我没觉得哪里有问题。"

要把自己送出去的礼物再讨回来也很尴尬，引玉正苦苦思索理由，权一真却又道："对了师兄，下个月我们可以一起出巡了！"

引玉抬头蒙道："什么？"

他几乎连锦衣仙的事都忘了，迟疑道："出巡没有我的名额吧。"

权一真却高兴地告诉他："有的！刚才我提了你，帝君说可以考虑。"

一刹那，谢怜几乎肉眼看到了一阵一阵的热血奔腾着直往引玉脸上冲去。

长年累月积压下来的怒气和憋屈终于在此刻被引爆了。引玉直接骂了一句，道："你有病吗？！"

权一真还是第一次看到引玉这么生气的样子，眨了眨眼，面露疑惑之色。一旁也有几个路过的神官偷瞄过来。引玉抱头道："我有说过我要去吗？！武神出巡跟我有什么关系？！我又没求你，你为什么要提我！"

武神出巡，乃是上天庭顶级的武神们才能参与的一种仪式。总之，是一桩盛事，能够增进法力、广扩信徒，但对出巡武神有硬要求，比如，宫观四千座以上，或者位列十甲。

引玉肯定是达不到这个要求的。可是达不到要求的武神如果想去，也有办法，那就是靠人提携。也就是求大神官们给条大腿抱一抱。脸皮厚的人不在乎被嚼舌根，无数小神官挤破了头都想去蹭一蹭。

但引玉明显不是一个脸皮厚的人，如果要靠人情才能把自己塞进去，他宁可不去。尤其这人情靠的还是权一真！

权一真却完全不能理解。他大概觉得这是好事，可引玉看起来实在是太生气了，他脸上第一次出现了欲言又止、不敢说话的表情，半晌才闷声道："师兄，你为什么生气？我做错什么了吗？"

谢怜简直想求他不要说话了。而引玉额头青筋暴起，已经处在崩溃边缘，抓着自己头发，道："够了！我受够了！我要疯了！我要给你逼疯了！"他指向神武殿道，"马上去撤回提议！现在，马上！"

他吼完，权一真二话不说，立即转身奔回了神武殿。引玉一愣，这才想起他还穿着那锦衣仙。这一举动不是他知道自己错了想补救，而是被那锦衣仙操控住心神了！

神武殿内没散的武神都奇怪地看着风风火火闯进来的权一真，引玉又在殿外喊道："站住！"

权一真快要奔到君吾面前时突然来了个急刹，果然站住。过了好一会儿，他才奇道："刚才我怎么了？"

君吾也皱起了眉，道："奇英别动！你过来给我看看。"

◆ 342

他肯定看出方才权一真两眼涣散，猜到他中了什么邪术。权一真抓了抓头发，莫名其妙，道："好。"就要走上前去。万不得已，引玉只好道："回来！"

他一喊出命令，权一真当即狂奔出殿，冲向引玉。也许是因为气昏了头又急得要疯，这几步都走得糟糕至极，引玉也跟着稀里糊涂跑了起来，看起来就跟畏罪潜逃一样。君吾立刻起身道："拿下！"

众武神们齐声应道："是！"

引玉几乎要绝望了，彻底乱了阵脚，吼道："快走！把衣服脱下来！"

权一真双眼发直，一边急速奔行，一边脱去铠甲。谁知半路一批青铜卫兵和下级神官们围了上来直取向他。见有人阻碍他执行命令，权一真眼露凶光，乱拳齐出，当场便把一圈青铜卫兵和下级神官们打出一圈窟窿！

"啊啊啊啊啊！"

此起彼伏的尖叫声和漫天狂飙的鲜血中，引玉已经脸色惨白地呆住了。比他脸色还惨白的，大概只有灵文了。

万万没想到，这锦衣仙如此之强，如此之邪！事态完全失控了！

前来拦截的下级神官们哪里挡得住权一真的拳头，当场毙命。见事态严重，风信、裴宿、郎千秋都跃到了权一真身前，似要攻击。引玉道："不要阻拦他！他不会再杀人的！"

只要不阻拦权一真完成命令，他的确不会伤人。但是现在谁敢信这话？若换作谢怜，这时他会立刻喊"趴下投降勿动"之类的命令，但事情发生得太快根本来不及反应，而且引玉也从没经历过这种阵仗，心慌意乱之下决策一步错步步错。正乱着，慕情突然出现在引玉身后，道："还跑？"

引玉这才发现他也在漫无目的地逃跑，赶紧刹步，辩解道："我不是……"而慕情不由分说将他反手扭住。而后面观战没有加入的裴茗远远地道："怎么他好像突然之间实力大增？"

他说的是权一真。那是自然，权一真本来就能打，锦衣仙加身起码再翻一倍。别的武神跟他单打独斗其实是以一对二，并不公平，但因不知其中奥妙，大家都不好意思合力围攻他，不然岂不丢脸？缠斗着，权一真一身是血地奔到仙京大街上，忽然看到路边的一座宫观，一头便扎了进去。众人呼道："他进引玉宫了！"

引玉下的命令是让他"走"，但是没有说要走哪儿去，于是他就随便走了。

几个武神也跟了进去，他们对权一真下手留了几分情面，权一真却不管不顾地要跟阻拦他的人拼命，如此，几位武神也怒了。风信喝道："这小子邪乎得很，先把他揍趴了再说！"

大家都早有此意，他一喊，都不矜持了，上来就一通围殴暴打。剑气掌风拳脚乱飞，引玉殿登时就塌了一半！

被慕情扭制住的引玉亲眼看到自己的宫殿在混战中轰然坍塌，苦不堪言，喊道："别打了！"

这么一喊，其他武神不会停手，权一真却听了他的命令，突然收手。这下可好，刀剑拳脚，全都砰砰砰打在他身上。又是一桩惨事！

郎千秋首先停手，道："别打了，他好像不能动了！"

风信抹了脸上血迹，道："终于消停了！"

那边慕情给引玉手里上了一道捆仙索，便放开了他。引玉呆呆望着这狼藉一片的宫殿，望了一圈，目光回落到直挺挺躺在地上的权一真身上。

权一真生命力竟是很顽强，方才被几个武神一顿痛殴，几乎打得不成人形，没躺一会儿，又突然直挺挺地坐了起来，莫名其妙地道："怎么了？"

众人都被他气个半死，齐声道："你倒大霉了！"

灵文一直紧跟着围观，好容易才提上一口气，白着一张脸，还能在通灵阵里调配人手。

权一真则依然很疑惑，一回头，看到引玉坐在地上，便爬起来，似乎想去扶他。看着这张完全一无所知的面容，背景是自己被砸得稀烂的神殿，引玉默然，脸却微微扭曲了起来。

权一真根本不知道发生了何事，道："师兄，你在干什么？"

引玉仿佛忽然失去了理智，突兀地笑了一下，然后一字一句地道："权一真，你怎么不去死呢？你去死吧行不行？！"

听到这一句，谢怜也和在场的许多神官一样，瞬间睁大了眼。而权一真得到命令，不假思索，立即执行，拿起地上一把剑，一手抓自己头发，一手把剑架上了自己喉咙。

他一动，几个武神第一反应都是他要偷袭，瞬间退开数十丈，却没料到他竟是要自戕，这时候再上去夺剑也来不及了。引玉也是一个激灵，但还是没反应过来。眼看着就要血溅当场，君吾的身形却忽然出现！

喀喀喀喀，瞬息之间，权一真的四肢都被卸掉了。

君吾又在他后颈不轻不重地砍了一下，权一真这才失去知觉，摔回地上。

至此，所有人，包括谢怜，才都松了一口气。

然而，君吾却没有。

他转过身来，面色不喜不怒，对引玉道："我想你应该有个解释。"

闻言，引玉下意识抬头道："不是我！是……"

说到这里，他又是一个激灵，仿佛这才反应过来自己刚才说了什么。

他居然当着这么多双眼睛叫权一真去死。而权一真还真的照做了！

众人都看出了端倪。慕情道："帝君，奇英刚才的反应绝对是中了邪术。他身上必定有什么东西能让他听从引玉发出的指令。就是不知是什么了。"

一旁的灵文自然清楚是什么东西，但她哪里敢多说一句，仍在现场调配人手就已经是极限了。风信道："世上有这种东西？"

这时，一人拨开人群冲了进来，正是鉴石。他显然是出去找了一圈才找回来的，还不知具体发生了什么，道："你们干什么？这是……我们引玉宫怎么回事？怎么会变成这样？谁砸的？"

君吾缓缓走到引玉身边，道："你是用什么控制他的？"

他语气虽不严厉，却自有一阵威压，令人喘不过气，这种居高临下地俯视更令人心生畏惧。谢怜不是没闯过大祸，却从没见过这样的君吾。如此看来，君吾当初对他真算是网开一面、格外仁慈了。

引玉原本就心乱如麻，这时更是无言以对。见他不答，君吾道："罢了。你不说我也知道。是那件铠甲吧。"

完了。

引玉坐在地上，重新抱住了头。四周皆是铺天盖地的人语浪潮。

"真是惊呆了我……我从没在上天庭见到过这种匪夷所思的事！"

"控制人家心神，让人家大开杀戒，还让他去死？！"

"好歹毒啊……"

人群中鉴石听到出了这么大的事，脸也白了。但他咬了咬牙，还是冲了出来，跪地道："帝君！不关我师兄的事！那件铠甲是我给权一真的！"

引玉这才稍稍回了魂。只见鉴石硬着头皮，大声道："我本来，只是想给那小子一点颜色看看，没想到……没想到闹出这么大的事……"

一旁的权一真昏迷不醒，躺在大片血泊上。鉴石道："我一直都很讨厌那小子，但师兄一直待他很客气，这个很多人都可以作证。铠甲的事他根本不知情！"

可到这一步已经迟了。当即便有人道："你是引玉宫的下级神官，你都对权一真怨恨到要动手脚害他了，可想而知，你侍奉的主神官又会好到哪里去？"

更有人嘲讽道："他不知情？他不知情怎么会叫人家'去死'啊？你可别说他只是开玩笑啊。"

如果说引玉前面的反应都是情有可原、手忙脚乱，那么，他最后的一句"去死"，真是无论如何也没法给他开脱。鉴石却是不可置信，道："什么？你们少胡说八道了，我师兄怎么会说这种话？他一直对那小子都是客客气气的，怎么会叫他去死？师兄，你没说那种话吧？你不会说的！"

可引玉却没有回答他。见他不说话，鉴石急道："其中肯定有误会！"

"天大的误会也不能想害死自己师弟吧？"

引玉和鉴石都哑口无言。于是，旁人继续议论："听说自从权一真飞升，引玉就不怎么理他了，原来是早看人家不顺眼了啊……"

"这气量实在……"

鉴石怒道："说了不关我师兄的事，就是我一个人干的！我都承认了，你们还说些什么！"

可现在已经是跳进黄河也洗不清了。在旁人眼中，这充其量只能证明引玉有一个既恶毒又忠心的下属。而且只要一句话就能堵住一切辩解："叫权一真去死的，可不是别人啊！"

几个青铜卫兵拉起引玉，引玉魂不守舍的，道："算了师弟。别说了。"

鉴石也被拉起来绑上了捆仙索。他道："之前算了就算了，这次万万不能算！算了你就完了，肯定会被贬的！"

引玉却叹道："算了。被贬就被贬吧。我待在这里……也没什么意思了。"

鉴石痛心道："你什么都没错，你就错在不该骂那最后一句！你从来都不骂他的！就这么一句，一句啊！"

引玉仿佛在一刹那就老了十几岁，眼神都变成灰蒙蒙的了。他好像自己也有点迷茫，摇了摇头，道："我也不知道为什么，我当时就是……唉，算了。"

在押送下跟跟跄跄地走了几步，鉴石突然道："凭什么啊？！"

众人都望向他。鉴石道："你又不是没他用功！你比他强一万倍、好一万倍！权一真，算什么？凭什么？！"

他恨得咬牙切齿，恨得真情实感，恨得落下泪来。可是，这世上很多事情，本来就不是用功就有用的。

也许他心里是明白的，但他就是不甘心，无论如何都咽不下这口气。

听到他喊出来，引玉也走不动了。

他把脸埋在手里，一下子瘫坐在了地上，咆哮道："够了！我说了别说了！放过我吧！"

他捂住耳朵，声嘶力竭地道："不要再一遍遍提醒我了，别说了行不行，我求求你们都不要说了！"

在他的狂声嘶吼中，蝶梦和山怪的砂石监牢一同坍塌破碎！

第十九章
将军折剑公主自刎

　　花城早早捂住了谢怜双耳，因此吞噬二人的山怪岩体被炸开时，谢怜一点儿也没受到冲击。四面八方的逼仄压力化为新鲜的空气，谢怜轻吸几口，立马去扶地上的引玉。他也醒了，只是被山怪消化了半天，无法立刻从动弹不得的境地中恢复，只能艰难地道："太子殿下，城主，我……"

　　花城道："你好了。收拾收拾，该起来了。"

　　一只银蝶飞过，落在引玉身上点了点，他果然能起身了，道："属下无能！本是看到裴将军被这怪山吞噬，想施以援手，却没想到自己也……"

　　谢怜这才发现，将这堵岩石炸开后，滚出来的不止他们，还有一人，就躺在不远处。他定睛一看："裴将军？"

　　这人翻了个身，正是裴茗。他分明一副被打得口角流血的模样，居然还算从容倜傥，道："太子殿下和鬼王阁下在这里很愉快嘛。咯咯……"

　　谢怜扶起他道："你这怎么回事？"

　　裴茗吐出一口血，道："栖在他身上的银蝶被山怪吞了，灵文跑了！"

　　谢怜了然。而裴茗之前言语之间对灵文颇为亲昵，早燃起了白锦的熊熊怒火，恨不得把他暴殴万顿，一旦脱身哪肯放下这机会，肯定往死里打！裴茗被打个半死，给山怪吞了，引玉想去救他，结果自己也被吞了，还成了山怪第一个消化的人。等消化完他，就要轮到裴茗了。

　　这时，几人忽觉地面一阵剧烈颤抖，身子也跟着东倒西歪，几乎歪得比那不倒翁还厉害，道："又怎么了？"

　　花城对引玉道："看看。"

　　引玉道："是！"

说着便抄起地师铲在旁边开了个洞。日光照射进来，引玉看了一眼就面露惊色，道："太子殿下，城主，这山怪……它在跑！"

它在跑？谢怜上前，透过那洞往外一看，不禁语塞。

它真的在跑！

山体之外，一路风景正在飞速倒退，他们仿佛正坐在一个飞速狂奔的巨人肩头，大步向前！

小山、河流、平原、树林，都被这座山怪碾压过去。呼呼狂风汹涌而入，几人的头发和衣带飞舞不止，花城道："它在载着我们朝铜炉前行。照这个跑法，两天就到了。"

如此，倒是帮他们节省了时间。也不用去追灵文了，最终他多半也是要去铜炉的。

折腾一路，几人好容易有机会坐下休息片刻。裴茗又吐了几口血，越想越气："老子真不是灵文姘头，凭什么要挨这打？"

花城道："吵死了。殿下在睡觉，没看见吗？"

谢怜果然被吵醒了，迷迷糊糊间发现自己靠在了一人肩上，花城的声音就在耳边，轻声道："哥哥醒了？"

谢怜揉了揉眼睛，道："我靠在你身上睡着了？不好意思……怎么了？"

花城神色自若地道："没事。困的话可以再睡一觉，过不久就到了。"

那山怪载着他们跑了大半天，谢怜见外边天都暗了，道："我们走了多远？"

引玉答道："已经跑出了将近八百里。"

谢怜也站起身，来到洞口边。他原本只是随便看看，谁知，一眼扫过，背上汗毛登时倒竖起来，道："那是什么？"

黑夜之中，从这座山怪之上俯瞰，下方地面上，赫然有一张巨大的人脸！

这张人脸半边哭，半边笑，仿佛一张悲喜面。谢怜忍不住倒退一步，花城在他身后接住了他。他心神微定，再一看，原来那"人脸"是由山川沟壑等组成的图案，只是栩栩如生，一眼望去，不免教人大吃一惊。

花城在他身后道："哥哥你看，乌庸河，发源于高山，是雪水融化后形成的河流。当然，现在已经彻底干涸了。到了这里，就说明离铜炉已经很近了。你想下去看看吗？"

谢怜侧首道："下面有什么好看的吗？"

花城道："河边是一座繁华的古城，城里也有一座乌庸神殿。我猜也许哥哥会想去看看有没有壁画。去吗？"

谢怜毫不犹豫地道："去！"

他迫不及待地想知道那个故事的结局。

那山怪兀自向前猛冲，浑没发觉自己掉了什么东西。引玉听从花城指令，继续乘山怪向前探路，做好接应，而其余三人飘然落在那张巨大人脸的眉心。

起身后，谢怜十分奇怪，四下望了一圈，道："三郎，古城在这里？"

花城道："在啊。"

谢怜道："可是……这里什么都没有啊？"

当真。眼前所见，是一片平坦的空地。裴茗道："'繁华的古城'在哪里？"

花城道："在你脚下。"

"什么？！"

花城把手放在弯刀刀柄上，迤迤然走了过去，道："麻烦让开。"

众人依言而行，只见他拔出弯刀厄命，以迅雷不及掩耳之势就是一刀！

大片地面轰然塌陷，露出一个凉飕飕的黑洞来。谢怜一个回头就见花城率先跳了下去，他一下子扑到洞边："三郎？"

少顷，底下传来了花城的声音，还带着空旷的回音，道："可以了，哥哥下来吧。"

谢怜松了口气，马上也跳了下去。他本想严肃一点教育花城的，谁知冷不防在黑暗里被花城接了个满怀，这场景有些熟悉，不知怎的他底气都没那么足了，道："上次不是说了，再看到这样的坑不要乱跳的吗？"

花城声音带笑："我以为我挖出来的坑就不算。"

谢怜连忙跳下他手臂，道："你挖出来的也不可以。"

话音刚落，黑暗里便亮起了几只银蝶，带着磷光闪闪的星子翩翩飞舞而去。呈现在两人面前的是一条空荡荡的长街。

在千年之前，这应该是一条繁华的街道。裴茗也跳了下来，谢怜道："这条街上的屋舍都好生高大气派。"

花城道："铜炉位于乌庸国中心皇城之处，此地距离铜炉很近，即是说两千年前距离皇城很近，自然气派，因为住这里的多是达官贵人，富足人家。"

谢怜道："这座城是被埋了？"

花城道："火山灰。"

谢怜侧首。花城道："厚达两丈的火山灰，把整座城都埋在了地下。你们现在看到的，是那些来铜炉山试炼的妖魔鬼怪挖掘出来的一部分。更多的部分，还深埋在火山灰里。"

谢怜想起那第二座神殿上的壁画，鲜艳到刺眼的红色似乎又浮现眼前。那乌庸太子梦境里的灭世之景，居然成真了！

忽听不远处裴茗的声音道："这是什么玩意儿？人？"

谢怜道："怎么了？"

裴茗进了一户人家的院子，谢怜也进去了。只见七八个"人"趴在井边，仿佛即将渴死之人垂死挣扎爬到了这里，却还是断了气。再走近一些，谢怜忍不住道："这……不是人吧？"

这些当然不是活人，但也不是尸体，更不是骷髅，而是一尊尊粗糙的灰白"石像"。可哪有人没事塑这么多造型惊悚的石像？

谢怜第一反应就想上去用手摸摸，花城看了他一眼，他立刻想起二人之前的约定，强行忍住。

这户人家大门大开，屋里地上也躺着两个人，姿势扭曲，紧紧相拥。虽然面目模糊看不清表情，但光凭动作已能感受到这两人的万分恐惧。两人中间还紧紧拥着一个东西，乍看像个包袱，再细看，谢怜恍然。

那是个婴儿。

谢怜道："外面那些是这户人家的奴仆，里面的，是主人一家三口吧。"

花城道："嗯。火山爆发后，乌庸河流动的河水变成了奔腾的岩浆，住在高地的居民没有被岩浆和烈火烧死，但也逃不了无处不在的火山灰，窒息而亡。"

铺天盖地的火山灰瞬间包裹了他们整个身体，在表面形成了一层硬壳，把人们生命结束的一瞬间保存了下来，变成了这种石像。

裴茗对研究死人模子没兴趣，出去了。谢怜则在思索："这石像内部会是什么样的？"

花城道："你想看？"

说完他便在那连成一体的石像上拍了一下，谢怜忙道："啊，这！是不是对他们的遗体不太……"然而，这一家三口已瞬间化为一堆灰白色的碎片。花城淡声道："不必有什么顾忌。人早已经死了，遗体也没有了。"

那一堆碎片里什么都没有。这些石像，居然是中空的。

也对，虽然表层的火山灰形成了坚硬的保护壳，但尸体却会腐烂消解。

曾经鲜活的终将逝去，从来未曾拥有过生命的却将长存。

谢怜站起身来，道："我们去神殿吧。"

二人并肩，沿着长街走下去。街上有许多车马遗迹，还有许多姿势各异的石像，死前那一瞬间的尖叫和挣扎都被固定在那里，他们就在这光怪陆离的人形石像中穿行。花城指给谢怜看，哪些是戏台，哪些是宴酣之乐地。谢怜好奇道："三郎，乌庸国已灭国两千年有余，又没有传人存世，你是如何习得那些文字的？"

花城道："也不算太难。哥哥可以看到，有一些乌庸文字，和现在的文字是很像的。"

谢怜道："对，'乌庸'这两个字，就和今体非常像。"

花城道："是的。所以这两个字是我最早学到的乌庸文字之一。这种词夹杂在句子里，可以推断前后的文字。然后，是那些频繁出现的字符。比如这两个。"

他指了指街边两座建筑，道："哥哥，你看这像什么地方？"

谢怜道："像是酒楼？还有招牌呢。"

花城笑道："不错。很容易能看出来是什么地方吧？所以它们的招牌上，肯定都有表示'酒楼'的词语。你看，这就又新学到一个词了。除此之外，方法还有很多。"

他一一讲来，谢怜忍不住心中惊叹：世上居然真的有人能凭一己之力，学会一样根本没人懂的东西。而且方法层出不穷，灵活至极！

乌庸神殿依然是城里最高大的建筑。一行人来到殿前，裴茗忽然道："什么声音？"

吱吱吱，吱吱吱。远远传来，远远散去，谢怜道："老鼠？"

花城道："不是一般的老鼠。没关系，不用理。"

进入殿中，墙壁上竟无焦黑的保护层，一抬头就能看见大片色泽鲜艳的壁画。不过，这一回，壁画不止一幅了，而是左、中、右，三幅。三面墙壁，各有一幅！

众人来到第一幅壁画前。只见乌庸太子坐在云端，金光璀璨。但他面色严峻，左手虚托着一团光，光晕里是一座吐着火焰的小山；右手则五指并拢，掌心向前，似乎在摆手。

下方是一座宫殿，殿里站着十几个人，衣冠配饰均华丽无比，每个人动作不同，有的张开手臂，有的披甲挽弓，有的则神情激动地指向远处。

画面细节复杂，含量极广，谢怜看了好一阵，才道："我说说我理解的这幅画的意思？

"乌庸太子左手托的这团光里有一个小小的火山爆发之景，说明他把自己的梦境告诉了下面的人。而他右手的手势，明显是一个否定的姿势，应该是在拒绝什么。"

裴茗道："拒绝什么？"

谢怜道："那就要看下面这群人的动作了。这座宫殿处在人间，富丽堂皇，应该是皇宫。这群人应该就是乌庸国的王公贵族。这个打开手臂的，看姿势，是在比'扩大'，扩大什么？这就要看他手里的东西。"

他手里拿的，是一张地图。这个裴茗可再熟悉不过了，道："扩张领土！"

谢怜道："是的。而这几个将军，一身戎装，似乎已经整装待发，要披甲上阵了。旁边还有人在给他们指引方向，你们看，他们的动作指向性很明显，好像在说'去那里，打那儿。'

"如此一来，这幅画的意思，就好理解了——综合一下就是：乌庸太子把自己的预言梦告诉了皇宫里的大臣们。火山位于乌庸国中心，一旦爆发就是灭顶之灾，一定会有重要城池消失，本国的领土不够用，那么该怎么解决呢？"

花城道："自己的地盘不够用，就去占别人的地盘。"

谢怜道："是了。所以，大臣们提议，开拓疆域，攻打邻国。但乌庸太子不同意这么做。所以，他的右手，摆出了拒绝的姿态。"

解完第一幅，众人来到第二幅壁画面前。这一幅壁画的颜色比起其他两幅要阴沉许多，也许是因为它描绘的，是战场上厮杀的情形。

下方战场，血流成河，两方士兵杀得不可开交。谢怜能分辨出哪方是乌庸国的士兵，因为他们的铠甲和上一幅壁画里的将军们是一样的。乌庸士兵们看起来凶悍至极，把敌人的头踩在脚下、尸体挑在戟上，血腥残忍，还有的士兵狞笑着把手伸向了抱成一团的小儿和妇人，足见战争之恐怖。

战场上方阴云密布，而乌云里却透出一丝白光，乌庸太子从云间探出半个身子，看到了下方的场景，神色似乎有些愤怒，伸出一手，放下许多道金光，金光所到之处的乌庸士兵，都被收了上去。

这一幅比上一幅易懂。谢怜看了一会儿便轻声道："看来，将军和大臣们并没有听从太子的劝诫，还是出征攻打邻国了。士兵杀戮太重，并且欺凌别国的老弱妇孺，太子便在战场降神，阻止了乌庸士兵的暴行。"

裴茗淡声道："令人感动。但说实话，如果一定要有一国人生灵涂炭，选保本国无可厚非。将士在前面冲锋陷阵，没在战场上被敌人砍死，说不定要先给这位太子殿下气死。裴某可不想为这样的国君征战。"

谢怜笑了几声，有点无奈地道："裴将军说的，呃，有道理。"花城则微微冷笑起来。裴茗道："那这位太子殿下打算怎么办？总不能就让自己的国民等死吧。"

谢怜道："看第三幅吧。"

众人终于来到最后一幅壁画前。这一幅壁画与前一幅的色彩形成了强烈的反差，重新变得鲜艳至极，洒满圣光。然而，谢怜看到它的第一眼便心头一震。裴茗也道："这就是乌庸太子想出的办法吗？哈，胆子也真够大的。裴某佩服。"

第三幅壁画上，底下画的是乌庸国，乌庸河蜿蜒着流过大地，太子和四位护法天神也在画面上。但这些都不是重点，整个画面最引人注目的中心，是一座桥。

一座灵光璀璨的巨桥，由乌庸太子和他的四位护法合力顶起，地上的人们正满脸笑容地向桥上拥去。

这乌庸太子，居然造出了一座通天之桥，要把人们引渡到天界去！

谢怜不禁看得呆了。裴茗道："这样也行？"

花城却道："怎么不行？"

几人看向他。花城道："点将不就是把凡人点到天上去吗？他只要把皇城附近的乌庸国众都暂时点到天上去，等火山爆发，尘埃落定后再放回去，有何不可？"

裴茗道："可点将也是要耗费法力的，他这得点多少人上去？"

点将，其实就是在用自己的法力"养"着被自己点上来的凡人，为己所用。如果没有限制，各个神官还不拼了命地往天上塞自己人？皇帝把三宫六院、满朝文武都点上来算了，将军也把自己的军队整个都点上来算了。

花城道："从留下来的遗迹判断，整个乌庸国大约十几万人口。皇城附近也就几万人。"

谢怜低声道："虽然吃力，但拼死一试，也未必行不通。"

裴茗道："就算几万人，也从没有哪个神官敢点这么多。若真如此，难说他到底是勇气可嘉呢，还是愚蠢至极。也算前无古人后无来者了。"

谢怜看着壁画上的这座桥，目不转睛。

他迫不及待想知道下面会发生什么了，但又隐隐觉得，自己好像已经知道了。

花城和谢怜打算深入古城，裴茗却是有伤在身，最终谢怜劝他先在原地休整等他们回来，二人便离开神殿，继续前行。

路上有不少屋子和杂乱物什，谢怜拣了个看着挺顺眼的罐子，花城道："干什么拣这个？"

谢怜道："这……好像是个古董啊。"他毕竟收惯了破烂，看到有人不要的东西里有不错的就犯老本行病，反应过来的时候手已经动起来想抱走了。花城哈哈笑了起来，道："哥哥要是喜欢这种东西，回头到我那里去。我也有几件，你看看有没有中意的好了。"

看他笑容，谢怜忽然觉得自己非常丢人，默默蹲下放下罐子。花城也在他旁边蹲下，柔声道："喜欢就拿走啊。"

谢怜脸都要红了，忙道："没没没，我不要了。"

花城却直接就要把那罐子拿走。谢怜忽然想起他们第一次回菩荠观那晚，花城也是什么都不说就主动帮他把那一大包破烂拎回家了，真是造孽啊，怎可让绝境鬼王给自己做这种事！他连忙夺过，道："我来就好了！"

这时，突然有个声音道："好热。"

谢怜一愣。在场只有他们两个人，这第三个声音又是从哪里冒出来的？

他下意识朝声音传来之处望去。可是，那声音，居然是从他手中的罐子里发出的！

他一低头，只见罐子里有一对极小的猩红圆点。

怎么看，这也是一双眼睛！

和这双眼睛对视的一刹那，那东西猛地朝谢怜面门窜来。谢怜眼疾手快，当场就把罐子掷飞数丈，当啷一声，千年古董在墙上碎成齑粉，藏在里面的那个东西窜入黑暗之中。谢怜没看清，只觉是一大团黑乎乎的东西，花城拦在他身前，谢怜道："那是什么？它刚说什么？"

这时，又听远远的有人咳嗽了一声。一阵如潮水般的窃窃私语声蔓延而至。四面八方，一双又一双的红点亮了起来，将二人团团围在中央。细听，他甚至分辨出了那些人的声音在说什么：

"喀喀喀……"

"好热啊……"

"烧死了我……"

"呜呜呜呜……"

"谁来救救我……"

这些声音虽小，却仿佛一只只小蚂蚁一个劲儿地往人耳朵里钻。不知为何，谢怜难受至极，他捂住耳朵，却听一个声音凄厉地道："太子殿下，太子殿下呢？！救救我，救救我啊！"

谢怜一阵毛骨悚然，瞬间错觉这声音是在呼唤自己。而花城一挥手，千百死灵蝶散开，扑向那一双双赤红发光的眼。

银蝶至处，照亮了那无数在黑暗里窃窃私语的东西。它们居然是——老鼠！

花城携了他道："走！"

谢怜愕然道："那是老鼠吗？我怎么看着更像是猫……"

当真，那些老鼠个个比小猫还大，通体鼠毛如漆黑钢针，一对小小的红眼睛在黑暗里闪着凶光，嘴里还说着人话，诡异至极。银蝶和它们厮杀起来，红光和银光交错乱闪，激烈凶残至极。谢怜道："它们吃什么长这么大的？"

花城道："自然是死人。这些都是食尸鼠。"

原来，这座城池被火山灰覆盖时，人和牛、马、羊等大型牲畜无处可避，但老鼠们却钻进了地底深处，幸免于难。

尘埃落定后，它们重新钻出来，在已经沦为地狱的城里四下奔走。然而一切都被毁了，啃坏了许多东西，许久都找不到食物。

直到有一天，它们闻到了腐臭味。

腐臭味是从那些人形石像里传出来的。有的尸体被包裹在较薄的壳里，开始腐烂，飘出了异味，流出了尸水。

于是饿红了眼的老鼠们围着石像团团转，咬破壳子，从这个洞里钻进去，啃食里面的尸体。

最微贱的东西往往最容易存活下来。人们的尸体被包裹在化石里，他们的恐惧、愤怒、不甘等强烈的情感也被包裹在里面，老鼠们吃了他们的尸体，把这些情感也一并吃了进去，开始能够口吐人言，说出他们临死前的呓语。

谢怜道："原来如此，所以它们才说'好热'。我还奇怪为什么这么说……"

谁知，花城忽然道："你说什么？"

谢怜怔道："我说什么了？"

花城盯着他，道："他们说什么了？你听见什么了？"

谢怜奇怪道："三郎你没听见吗？就是'好热''救救我'之类的。"

然而，花城还没接话，他便反应过来了。

不对！

食尸鼠们说的是乌庸人的死前呓语，理所当然的也就是乌庸语。

那么，为什么他也能听懂乌庸语？！

花城是凭自己推断学习的能力学会乌庸文字的，但他并不能把"音"和"字"对上。所以，他听不懂那些食尸怪鼠的喃喃低语。

可是，为什么从没来过铜炉山的谢怜却听懂了？

花城道："哥哥，我现在再重复一遍那些话，你听听看。"

他记忆甚佳，马上清晰地重复了一遍。谢怜紧盯着他的唇，听到了一串不快不慢、微显奇怪的发音。

这串奇异的字句声调古韵惑人，从花城口中不轻不重地吐出，音色低沉漂亮，甚是动听。凝神片刻，谢怜道："听不懂。"

这就奇怪了。食尸鼠们口吐人言他听得懂，而眼下花城的复述分明分毫无差，他却听不懂了。花城道："方才，你听到那些声音时，是瞬间听懂，自然而然理解的，对吗？"

谢怜道："对。当时我脑子里完全没有经历译换的过程。"所以才根本没有觉察到是另一种语言。

花城抱起手臂思考片刻，道："明白了。"

他道："你听懂的不是乌庸语，而是这些死者的情绪。

"即是说，很早以前，有一个人听到了这些死者的声音，然后，他用这份情绪感染了你。

"因为那个人自己就懂乌庸语，他已经做过了'理解'这一步，所以，你根本不需要懂乌庸语。这些声音一直藏在你脑子的深处，当你听到它们的那一刻，你就能直接被带到那情绪之中。"

谢怜道："可这些情绪，会是谁传给我的呢？"

花城道："两种可能。第一，你对这个人绝对信赖、毫不设防；第二，你对这个人怀有深深的畏惧之心，毫无反抗之力。哥哥，你好好想想，这些年来，你认识的人里有哪些符合这两个条件的？"

谢怜想了一阵，道："有三个。"

花城道："哪三个？"

谢怜道："第一个，便是君吾。"

他对君吾是钦佩有加，不必赘述。花城神色并不以为然，但也不作评价，道："第二个呢？"

谢怜道："第二个，不是符合前一个条件，而是符合后一个。"

花城了然，沉声道："白无相？"

谢怜点点头，道："我不瞒你。虽然在别人面前，我都没怎么说过丧气话，但其实我……"

但其实，他内心深深地恐惧着这个东西。

有段时间他差点被这东西吓疯，甚至到了听见这个名字就寒战不止的地步，可谢怜无法表露出来。因为他是对抗白无相的唯一希望，要是连他都害怕，旁人岂不更加绝望？

花城看看他，忽然揽住他的肩，道："没事了。"

谢怜愣了一下，笑了笑，道："我知道啊。"

花城道："害怕什么东西并不可耻。"

谢怜道："不可耻。只是不够勇敢罢了。"

花城却道："若无所谓畏惧，便无所谓勇敢。你不必对自己如此苛刻。"

沉默片刻，谢怜道："谢谢你。"

花城报以一笑，道："那第三个人呢？"

谢怜卡住了，道："这个人，嗯，符合前一个条件。不过，他肯定不会做这种事的。"

听到这里，花城安静了一下，才道："哦？何以见得？殿下和他很亲近吗？"

谢怜自认为算很亲近了，但他又不好意思这么说，便含混道："反正……我觉得这个人非常厉害，又非常聪明。他是我最信赖的人，比信赖君吾更甚。"

想了想，谢怜有点不好意思地道："说来惭愧，如果我犯下了什么弥天大错，或是捅了什么惊天大娄子，我第一个想到的，肯定是他……"还没说完，他就发觉花城的表情有点异样，收了话头，"三郎？"

花城这才回过神来，挑了一下眉，道："哦。没事，方才在想别的。殿下当真这么信赖这个人？"

虽然通常他挑眉是正惬意或在调笑，但这一下却挑得不太自然。谢怜在想自己是不是说错了什么，点头道："嗯……有什么问题吗？"

花城微微低头，整了整袖口的银护腕，状似漫不经心地道："没什么大问题。不过，我的个人之见。哥哥还是不要这么轻易信任旁人的好。"

听他这么说，谢怜有点没吃准他到底听没听出来自己在讲谁，但也不敢继续说了，只是"哦"了一声。

顿了一阵，他还是忍不住了，道："三郎不问这人是谁吗？"

花城道："嗯？我吗？既然哥哥这么信赖他，又坚信他与此事无关，那么就没必要问了。"

听上去不是很有兴趣的样子。谢怜又"哦"了一声，有点讪讪的。

随即，花城又道："不过，哥哥若是愿说，三郎也愿意洗耳恭听。"

他的话虽然很得体，但如果谢怜这时候顺着告诉他就有点尴尬了，仿佛追着要人家问你最信赖的人是谁似的，人家很在意吗？谢怜也分不出他是客套话还是真无所谓。

二人继续走。走了一阵，花城忽然道："不是风信吧？"

谢怜已经开始思考别的事，闻言一怔，道："啊？什么？"

花城道："哥哥说的那个人。"

怎么又扯回来了？谢怜摆手道："不是。"

花城眉尖抽了抽，道："也不是慕情吧？"

谢怜手摆得更快，道："更不可能了！三郎怎么现在突然又问起来了？"

花城微笑道："我想了想，忽然觉得这个人最为可疑。所以，为了以防万一，还是请哥哥告诉我，你最信赖的这个非常厉害、非常聪明的人是谁，可

359

以吗？"

谢怜看着他脸上的微笑，总觉得怎么看怎么假。

恰在此时，方才与食尸鼠们撕咬得血肉横飞的死灵蝶们飞了回来。经历了一场激烈的战斗，银蝶们飞得都有些低了，仿佛略带疲倦。谢怜伸出手接住了一只格外纤细的小银蝶，道："辛苦了！"

他这一伸手可好，众蝶们在空中一缓，下一刻，疯了一样地朝他身上扑来。谢怜捧着那只小银蝶，险些惊呆了。花城不轻不重地咳嗽了一声，众蝶又凝住，老老实实地往他那边飞去，落在他臂间的银护腕上，与其上雕刻着的蝴蝶银纹融为一体。

忽然，一只传讯银蝶飞到花城耳侧。花城微一蹙眉，转向谢怜，道："哥哥，你要回去看看吗？"

谢怜："怎么了？"

花城无不遗憾地道："裴茗被女鬼拖走了。"

"什么？！"

火速赶回神殿，远远的二人便听到一个女人"嘻嘻，呵呵，哈哈哈哈……"的狂笑声。

这笑声在空荡荡的地下城中空空地回荡，自然是终于见到裴茗，狂喜痛恨交加的宣姬在笑。

宣姬等裴茗等了太久太久了，光听这笑声都能想象她此时此刻是怎样一张疯狂扭曲的脸孔。裴茗大概也被她震住了，惊了好一会儿，才道："你是……"

宣姬发出森森冷笑。谁知，顿了片刻，裴茗却道："你是谁？"

宣姬恨得声音又尖又颤："你……你是在故意气我吗？你居然问我是谁？！"

谢怜流下一滴冷汗，道："裴将军他到底是故意的，还是真认不出来了？"

花城道："恐怕是后者。"

毕竟如果传说属实，那裴茗这几百年来交好过的美女少说也上千了，怎么会记得住大几百年前的老相好？上次的鬼新娘他更是直接交给小裴处理，自己压根没出面。宣姬喃喃自语道："对。你就是在气我。我可不上当。呵。想骗我说你不记得我，想骗我，呵呵。"

这怨念的语气似乎唤起了裴茗的记忆，他微微皱眉，道："你是……宣姬？

你怎么变成这个样子了？"

此时的宣姬一副披头散发的模样，双目是恶鬼的赤红之色，一身大红嫁衣下摆肮脏不堪，在地上如一条鳄鱼般缓慢而险恶地爬行，实在无法把这样的她和生前那样英姿飒爽的女将军联系起来。宣姬听他这么问就来气，道："我为什么会变成这个样子？你居然问我为什么会变成这样子！还不都是你的错，我这不都是为了你！"

眼看女鬼要发狂，谢怜一动，花城却道："哥哥别急。我看，我们不出手也没关系的。"

谢怜看着宣姬如同一条红色的壁虎一般，抓住裴茗靴子顺着他的大腿爬上去，道："真的没关系？"

宣姬喃喃道："裴郎……裴郎！"嘴上唤得如此痴恋，却十指成爪深深抓进裴茗肩头。

她两条断腿和整个身体完全扭曲了，一条猩红巨蟒一般扭曲地缠在裴茗身上，真不知是要狠狠掐死他还是要紧紧抱住他。裴茗额头青筋暴起，道："太子殿下，你和你那位……真打算坐视裴某被弄死？！"

花城送走一只栖于指间的银蝶，笑道："你着什么急？总会有人来救你的。"

谢怜心下奇怪：有人？有谁？

宣姬猛地把脸逼到裴茗眼前，怒道："我是不够美吗？你说过我很美！我是不肯把雨师国的布阵图和机密给你吗？是你自己拒绝了！我是不够爱你吗？你说不喜欢我要强，我连这双腿都可以不要！谁能比我更爱你？可你呢？这几百年来你连看我一眼都不肯！你什么时候来见过我？！"

裴茗推开她凑上来的脸，道："你这又是何必！都这么多年了，你真是一点都没有变，就是因为这样，咱们才不可能有好结果！"

宣姬十指暴长，刺进他血肉里，喝道："说！快发誓你今后永远只有我一个人，发誓你永远也不会再看别的女人一眼！"

裴茗却不是那种被威胁便口吐违心之言的男人，周身鲜血长流，却骂道："没想到裴某没死在战场上也没死在当世之绝剑下，却死在个疯女鬼手里！"

得不到自己想要的答案，宣姬被彻底激怒了，一把抓上他天灵盖。谢怜实在不能等了，把手放到背后芳心剑柄上道："三郎，我觉得这情况有点危急，你说的人赶不上的话，那就我先去救他吧！"

361

花城却悠悠地道:"赶得上。哥哥看,这不就来了?"

他话音刚落,怒极欲狂的宣姬就僵住了。

她仿佛是被什么人施了定身术,但从表情到动作,全都在微微抽搐。裴茗已经被她抓得满脸是血,浑身是洞,而那边黑暗之中,忽然传来一阵清脆的牛蹄之声。

不紧不慢,嗒嗒而行。不多时,一人骑着一头黑牛出现在众人眼前。

那骑着黑牛的人是个青衣女郎,目光澄澈,神情沉静。缓缓靠近,微微昂首,仿佛看到了很远的地方。裴茗头上的血流进眼睛里他都忘了眨眼,怔然道:"雨师国主?"

那女郎浅浅低头,看向他,神色不改,微微一笑,俯首以礼。

谢怜也惊道:"雨师国主?"

花城道:"不错。来者乃上天庭现任雨师,曾为雨师国的十六公主雨师篁,也是雨师国的最后一代国主。"

未曾有幸面见雨师,竟不知雨师是位公主!

那边,宣姬咬牙道:"你……动了什么手脚……为什么……我……动不了!"

雨师答道:"我带了雨龙剑来。"

谢怜道:"雨龙剑?"

花城道:"雨师国的镇国宝剑,为历代国主所有。被雨师炼化为法宝,对雨师国人有天然的震慑力。宣姬又是雨师国叛将,心存畏惧,做贼心虚,自然只能跪着照办。"

因此,只要雨师不允许宣姬动,她就当真不能再动!

雨师温声道:"放手吧,宣姬。"

宣姬的手开始不受控制地从裴茗头顶上拿下来,可她仍在双手痉挛着抵抗,道:"我不放手!我已经抓到他了,我不会放手的!"

雨师道:"如果你一定要抓些什么才能甘心,何不把你丢在地上的捡起,重新抓在手里。"

那镇国宝剑的威力毕竟太强,宣姬还是被迫臣服,把自己从裴茗身上撕下来跌落在地。她一身狼狈不堪地道:"你有什么资格教训我?你真以为自己是国主吗?我看你是忘了你的国主是怎么来的!我不承认,我不承认你!"

雨师合眸,微微摇头,右手拖出一只小陶罐,直接把宣姬收了进去。

谢怜走到裴茗身边，扶了一把道："裴将军没事吧？"

裴茗道："死不了……不过，太子殿下。"他怀疑道，"我说，要是刚才没人来，你们不会就真的让她弄死我吧？"

谢怜："哈哈哈，怎么会？"

雨师也已从黑牛上下来了，一手牵绳，欠首道："太子殿下。"

谢怜也欠首还礼，道："雨师国主。"

这一礼，谢怜视线无意中扫过她颈间，微微一怔，随即道："当年仙乐大旱，承蒙阁下开门借水之恩，雪中送炭，未曾当面道谢，今日终于得偿所愿。"说着又是更深一礼。雨师站着没动，等他行完礼，才慢吞吞地道："我想，若不让太子殿下行这一礼，您是不会甘休的。既然行过了，那便清了，忘了吧。"

她说话音色清平，语速和缓，显得格外从容。可她从容，裴茗却不大从容了。原来那头黑牛突然冲裴茗喷起了粗气，摇头甩尾。虽然它并不是冲花城，但谢怜也知牛看到红色就生气，想起几次惨痛经历，悄悄挡在花城面前，怕这牛看见花城的红衣更加兴奋。

那牛敌意太甚，雨师还是对它道："少安毋躁。"竟像是在对人说话。

裴茗再不说话就不像话了，于是，他摸了摸鼻子，客气地道："多谢雨师国主救助小裴之恩。"

雨师也很客气，拱手道："举手之劳。"

谢怜道："雨师大人为何会出现在此？"

原来，裴宿被流放下界后，一直在人间各地游荡，闲着也是闲着，就端了几次戚容的小窝，把戚容惹恼了，找了一大堆不知道什么货色去围堵追杀他。加之宣姬在万鬼躁动中从镇压之地逃脱，也来找他麻烦。如果裴宿有法力，这些乌合之众当然奈何不了他，但他现在凡人之身，面对百鬼围攻，终归陷入困境。正在勉力对抗之际，恰好雨师骑牛路过，出手相助，还将裴宿收留在雨师乡养伤。而雨师则追着宣姬一路来到铜炉。

裴茗听了，略有些不自在。依师青玄所言，雨师乡和明光殿之前有过嫌隙，几百年前雨师踢掉了裴茗的前一位副神。看样子，裴茗也不觉得雨师是一位心胸开阔的神官，谁知对方非但收留了小裴，还从宣姬手下救了他。

谢怜惊叹道："雨师大人竟能深入铜炉腹地而毫发无损，了不起。"

当然了不起。深入腹地结果一身血洞的武神裴茗就在旁边浑身不自在呢。雨师道："惭愧。全仗护法坐骑脚力惊人。"

此次铜炉山之行，裴茗可谓接连受挫，一路被打，形象全无，郁闷得很。然而无人关心他，只有雨师在几句交流后微微侧首，道："裴将军为何没有佩剑？"

裴茗没料到雨师会主动问自己问题，一时没想好怎么回答，半晌才道："断了。不，丢了。"但再想想，断了和丢了一样没面子，只好不说了。

雨师听了，略一思索，取下自己的佩剑，双手递给了裴茗。

她并无异样神色，言行举止都十分得体，裴茗却是神色微变，仿佛看到她递过来一条毒蛇，迟疑片刻，道："多谢。但这是雨师国镇国宝剑，交到裴某手里，恐怕不大合适。"

雨师温和地道："雨师国早已覆灭百年了。裴将军乃是武神，用剑高手，目下既是为阻拦鬼王出世，此剑在你手里，比在我手里，更能发挥作用。"

裴茗又是一阵迟疑，仍是客客气气地推拒了，道："裴某谢过雨师国主。不必了。"

见状，雨师也不再勉强。几人又闲聊几句，雨师还问过他们是否有风师的消息，谢怜才知风雨二师关系不错，师青玄经常去雨师乡吃喝玩乐，黑水事件后许久都没再去，雨师也派人出去寻过，无果，不由唏嘘。

虽然裴茗坚持不想拖后腿，但所有人都命令他必须原地休息直到恢复至少七成。一夜已经过去，太阳出来了，雨师从黑牛褡裢里取出种子，寻了片地当场播下，不多时就长出了一小片庄稼。不愧为掌农的神官，即便是在铜炉山脚下也要种地。谢怜向她讨教了一番农作心得便和花城继续在古城中游荡。

荡得累了，他本想找块石头躺一下，花城却不知从哪里变出了两张秋千床搭在两棵古树之间。两个人上去蹦了个够，蹦得谢怜脸都红了，然后才觉得哪里不好意思地躺下，躺得也十分惬意。躺了一会儿，谢怜枕着自己双手，奇怪地道："三郎，你觉得裴将军干什么不收雨师大人的佩剑？"

一个武神没了武器还不赶紧找一把，等着被人打吗？

花城也枕着双手，头侧向他道："哥哥应该注意到了，雨师大人颈间，有一道陈旧的伤口。"

谢怜想了想，道："'公主自刎'？"

花城笑道："正是。哥哥可有发现，雨师说话略慢？也是颈间陈年旧伤所致。"

◆ 364

谢怜微微起身，道："我还以为是个性所致。话说回来，既是公主，为何要自刎？宣姬那句'你忘了你怎么当上国主的吗'也教人好生在意，能是怎么当上的？"

花城也起了身，道："说来话长，长话短说。"

原来，雨师篅虽然是雨师国的皇族后裔，但，第一是女儿，第二为宫人所出，地位并不高，加上性格腼腆，不善言辞，上面的十五个哥哥姐姐，下面的弟弟妹妹，哪一个都比她受宠。

雨师国皇家道场是雨龙观，按照惯例，历代国主都要挑选一位皇室后裔送去清修，祈求风调雨顺、国泰民安，以表诚心。听似大气，实际上就是个苦差，因为雨龙观是苦修法，什么仆从细软都不许带，去了还要干活。以前都是推来推去，实在倒霉轮上了，就重金买个替身替自己去。轮到这一代，挑都不用挑，直接就定了雨师篅。

听到这里，谢怜摇了摇头。虽同为皇族，同入皇家道场修行，雨师这经历可与他大不一样。他道："难怪宣姬言语中不大看得起雨师。"

花城道："自然。宣姬虽不是公主，但出身显赫，追求者众多，在王公贵族里出尽风头，不亚于真正的公主。"

然而，现在宣姬却把自己弄成了这样，难怪受不了还能安然种地的雨师。雨师劝她放手，在她眼里只怕是高高在上的风凉话。

总之，从此，雨师就在皇家道场里以清修度日了。直到某一日，雨龙观来了几位贵客。

须黎国和雨师国并不是一下子就撕破脸皮的，之前也有些虚与委蛇，客套过场。为了维持虚假的和平，须黎国派了几位皇族、将军和文臣赴雨师国国宴，顺道参观雨师国的皇家道场。这一日，雨师篅去清理道观屋顶上的瓦片，要下来时却发现，梯子不知道被谁搬走了。

底下一群人看到一个人在上面下不来，都觉得好玩儿，连雨师国的公主皇子们都在掩口而笑，只有一个须黎国的将军笑了几声后，飞身上去，把她带了下来。

这位将军，自然就是裴茗了。

谢怜道："咦，裴将军倒是好心。"

花城笑道："哥哥，你这样很容易被骗的。裴茗可是须黎国大将，明知道须黎国马上要打雨师国了，还把雨师国七八个备受宠爱的公主都迷得死去活来、争风吃醋，这般好心，寻常人可消受不起。"

的确不厚道。谁知道你昨日还与我言笑晏晏，今日就率血骑踏平我家园。谢怜微感怜悯，道："所以，雨师国主和裴将军从前关系不错吗？"

花城却道："没关系。裴茗只见过雨师两次。"

谢怜心知，肯定是雨师国美女太多了，第二天就忘了。

这世上并非只有女人翻脸快，男人翻脸其实更快，而且更恐怖。女人翻脸可能以打几耳光为终结，而男人一旦翻脸或许投过来的就是刀。须黎国不愿再维持虚假和平后，编了个名义出师，裴茗直接率军打到了皇宫，把当时的雨师国主逼得躲进了皇宫深处，死死守着最后一道防线。但裴茗只要稍一用力，就可以像捏碎一个蜗牛壳一样，捏碎皇宫这层薄脆的保护壳。

不过，他倒是没有这么轻易就捏碎，而是在国主的命令和策士的建议下做了一件事。

须黎士兵抓来了几百个死囚，伪装成平民百姓，押到皇宫门前，要求雨师国主自己走出来磕三个响头，忏悔自己鱼肉百姓，并自裁谢罪。如此，就放过这批百姓，并不再动皇室其他成员。否则就砍了这些人的脑袋。

他只给躲在里面的皇族们三天时间，三天内，过一天杀一批；三天后，先冲进去杀光皇族，再去杀其余百姓。

此一举可谓歹毒。须黎国打雨师国，理由总结一下就是"雨师国主苛政负民天理难容，我须黎国出于仁义之心，决意路见不平主动拯救困于水深火热中的雨师国百姓"，大义凛然。

如果雨师国主不肯出来，那么，就是国主自私昏庸，根本不爱护自己的子民。尴尬的是，这位雨师国主平日里一直宣称自己"视子民如亲子"，言和行的无情对比一定会让雨师国的百姓心生怨怼，认为自己被欺骗了：你不是说视子民如亲子吗？为什么反而要所有百姓为你们皇族人牺牲？！如此，他们拥着雨师国皇族的心，也就散了。

而杀光这批"平民"后，当雨师国百姓都害怕他们下一步就要屠城之时，他们再宣布其实这些人是死囚假扮的，本来就该死，目的只是揭穿雨师国皇族自私的真面目和谎话。如此巨大的反差，瞬间就能安抚恐惧的雨师国众，使他们温顺无比，接下来雨师国纳入须黎国版图的过程会顺畅许多。因为民心早就凉了。

而如果雨师国主真出来自裁了，随便，没什么影响，他们不用自己动手杀也算省了事。何况，裴茗和须黎国将士们都认为，雨师国主绝不会出来自裁谢罪的。向平民和敌军下跪，自认有错，然后去死？做梦吧！没有一个贵族，或说平民，会愿意蒙受如此耻辱最后还保不住命。

谁知，仅仅过了一天，就在裴茗准备下令诛杀第一批"平民"的时候，雨师国主真的出来了。

宫门打开，国主佩着镇国宝剑走了出来，对着国民跪下磕了三个头，拔剑自刎，血溅宫门。

谢怜已经猜到怎么回事了，道："出来的……是雨师大人吗？"

花城道："正是。"

后来，细细审问了当时一起躲在皇宫内的宫人和其他皇族后裔，才知道，原来是这么回事——

当日，须黎国的将士们在宫外喊话，走来走去大笑不止，嚣张至极。宫内则乱成一团，哭天抢地。雨师国主自然不可能出去自裁，坐在宝座上脸色铁青。一大群平日里争宠争得头破血流的兄弟姐妹们号得涕泪齐流也没见他动后，开始一个一个小心翼翼地劝他。

各种理由，什么"这也是为国为民""即便是死也是千古流芳""如果一直这样下去，百姓就要遭殃了啊"，全都出来了。然而劝也没动，眼看着一天快要过去了，有几个儿子急了，激动之下冲父亲吼了几句。

国主这还没死呢，当即怒发冲冠，挥着杖打回去。要在平时，各位儿子孙子肯定是打不还手骂不还口的，但眼下这个节骨眼了，谁还管那些，于是，一位皇子没忍住，还了手，没承想还手力道太重，把已经六十多岁的国主打得头破血流，爬不起来了。

一众皇子公主先是吓蒙了，随后发现还有气，又放了心，开始商量着怎么把动弹不得的国主拖出去，如何完成高难度的磕头和谢罪，甚至连像操纵提线木偶那样吊着他这种荒唐的法子都讨论得热火朝天，气得年过半百的老国主险些当场中风。后来，他们又决定，还是找两个人架着老国主完成谢罪。可是，这又有了新的问题，这两个人找谁呢？这可太危险了，说不定那个裴茗一个不高兴，一箭就给射死了。你不愿意，我不愿意，都不愿意。

吵闹不休，吵闹不休。这个时候，一直没作声也没人注意的十六公主忽然对躺在地上的老国主说了一句话。

雨师篁道："请您传位于我吧。"

雨师国主看着这个从来没多看过几眼的女儿，眼角终于流下了一滴浑浊的泪水。

不过，也只有一滴。

这个国主之位，平日大家都争得头破血流，眼下却没人争了。谁上谁死。于是，半个时辰不到，雨师国历史上最简陋匆忙的传位仪式，以及最不可能成为国主的国主诞生了。

新一任雨师国主一剑割了喉咙，血如泉涌，眼看是活不成了。

裴茗也没想到事情会如此转折，喝酒间隙抽空过去一看，整个人都愣了。还能这样？策士们也大呼失策：居然还可以这样？国主的确是谢罪了，但根本不是原来那个国主！死了个无关紧要的人，既没法子搞散人心，也没法子搞死老贼。怎么也没想到居然还有临时传位这招，找了个替死鬼！

虽然须黎将士们都看不下去这荒唐至极的传位了，都主动说要不赶紧救人吧，但终归伤势太重，医官们都说救不回来了。裴茗只好遵守之前的承诺，不动宫外的百姓，也暂时不杀皇族，把这位"国主"的喉咙裹好，妥妥当当地送到雨龙观去，等着她在那里咽气，再选个好点的地方，埋进雨龙观的皇陵。

当天晚上，就在雨师篁即将咽气的最后一刻，她头顶的雨师神像发出了一声叹息。

电闪雷鸣，新一任雨师飞升了。

谢怜若有所思道："难怪裴将军看到那把剑是那个脸色了。"

这可是雨师篁自刎时用的那把镇国宝剑啊！是神器没错，但也是凶器。他叹道："不知裴将军凯旋须黎国后，余生中是否会想起此事？"

花城却道："只怕他是没空想了。因为接下来，就是'将军折剑'了。"

"啊？"

谢怜也终于知道了，"将军折剑"到底是个什么典故。

裴茗当年为人时，情场得意，沙场也得意，乃是常胜将军，数十载未尝有败绩。在动荡战乱的年代，会打仗比会干什么都重要，自然是节节高升。但是，再怎么升，最高也只是个将军了。了不起，加无数个尊荣冗长的头衔在"将军"二字前面，可永远有个人压在头顶，见了国主也得低头跪拜。

对此，他本人倒是没什么意见，可是，随着他攻破一座又一座城池，战甲上的荣光越来越耀眼，加上有心之人的煽动，使得裴茗许多老部下都蠢蠢欲动起来。他们一心谋事，趁着从雨师国凯旋，想打入须黎国皇宫，拥裴茗为王，甚至还畅想了铁骑踏平四海、一统天下的未来雄图。

不幸的是，他们找错了拥立对象。

古往今来，的确有不少帝王是以"黄袍加身"起事的，虽然事后免不了总要向天下人声明我都是被我那帮子兄弟逼的，可没几个心里真觉得这事倒霉透顶。可裴茗本人却当真是个半点称王兴趣都没有的大俗人。

他人生的乐趣就是打胜仗和撩美女，这两件事并不需要当国主才能做到。况且，当时的须黎国主虽无建树，但也无过错，换他自己上又不会做得更好，做什么找事！所以部下们兴致勃勃地跟他暗示了几次，都被裴茗四两拨千斤化开。

许多次下来，部下们反而越来越魔怔。终于有一天，一圈武人拍板决定，不管三七二十一，先起事再说。事成了，不信裴茗还能推脱！

有些人未必是真心想拥立裴茗为王，只是所有人都贪图从龙之功，又都必须借着他的名头起事，因为谁的威望都没有裴茗高。

他们打的旗号是拥立自己，裴茗当然不能假装不知道这回事，当即携了剑和人数较少的亲信士兵，冲进皇宫，打了一场。而这一仗，就是他人生的最后一仗。

谢怜道："裴将军胜了，还是败了？"

花城道："胜了。也败了。"

起事者全都死在了裴茗的剑下，其中，许多都是跟他有着十几年交情的旧部。他手中的剑，从来都是和这些人并肩作战时使用的，如今却成了手刃这些人的凶器。

而在厮杀结束、胜负分晓之时，须黎国主也顺理成章地以捉拿反贼之名，命人将周身浴血，几乎力竭不能动弹的裴茗团团围住。

分明是退敌救驾，最后，却换来了一声："格杀勿论！"

一口气听完了"公主自刎"和"将军折剑"，谢怜再去看裴茗和雨师篁，心中感慨无限。

雨师既知他们要去铜炉，又带了坐骑，便提出送他们一程，送到铜炉脚下。谢怜欣然谢过，裴茗却欲言又止。须臾，他把谢怜叫到了一边。

裴茗道："太子殿下，你应该劝劝雨师让她回去。"

谢怜道："啊？为何？"

裴茗："姑娘家的，在这种危险地方跑进跑出像什么样子？"

谢怜看着他，心想雨师又不是普通姑娘家，再说，裴茗难道忘了在这种危险地方大杀四方还把他打得满地找牙的灵文也是个姑娘家吗？这时，花城抱着手臂走过来，悠然道："好主意，不如让雨师大人把你也送回去吧？"

谢怜想了想，道："的确是个好主意。裴将军你不是有伤吗？"

裴茗一愣，居然像是有点恼了，道："说什么笑！裴某需要被她送回去？"

花城道："你为什么不自己去跟雨师说？"

裴茗淡淡地道："裴某去说，只怕雨师更要留下来了。"

谢怜好奇道："为什么？"

裴茗摇了摇头，道："太子殿下不必问。你连雨师为何来铜炉山都看不出，当然更不会明白她为何一定要留下来。"

谢怜迷惑地看看花城："雨师大人是为何来铜炉山？难道不是追着宣姬来的？"

花城笑道："没错啊。"

裴茗却道："那只是表面！其实她是为了……"

他似乎觉得极为烦恼，叹了口气，把手插进头发里，道："总之，我让你劝雨师回去，原因很复杂，其中的纠葛，你们二位不知道。"

谢怜真诚地道："不，我们全知道了……"

裴茗打断他道："你们只知道表面，不知内里！这些说出来对姑娘家不好！"

他真的无限烦恼，又喃喃道："唉，我也从未遇见过如此执着的……为什么偏偏是我？我到底、到底怎样才能不伤人心地让她放手……"

可谢怜还是很迷惑地看着他。裴茗终于失去控制，甩下一句转身就往前走："我不多说，你们去看她那只牛的人形就明白了！"

那只牛的人形？

谢怜记得之前在雨师乡似乎见过那牛的人形，当时他就觉得哪里熟悉，哪里不对劲，可当时没想起，这时再仔细回忆，突然噎住。

当然熟悉了！那牛——那牛的脸，是裴茗的脸啊？！

当真！虽然那牛的人形穿了鼻环，披头散发，肌肤晒成古铜色，肌肉也更为分明健硕，但仔细想想，他的五官，和裴茗根本一模一样！！！

为什么雨师的护法坐骑会长着裴将军的脸？护法坐骑化人形，很多时候是主人心里想着它长什么样它就会长成什么样，一般而言根本不可能撞脸撞成这样吧！

再想想裴茗方才莫名其妙的一席话，谢怜感觉终于懂了。

裴茗说雨师追着宣姬来铜炉山只是表面，为送他们而留下也是表面。他的意思是……其实雨师大人是追着他来的铜炉山？

谢怜好半晌都没说话。倒不是觉得自己发现了一个多了不得的惊天秘密，而是被裴茗这种满溢出来的自信给震慑了。他僵立原地，恰好雨师牵着那黑牛走过，向他微笑道："太子殿下，何事迷思？"

谢怜感觉现在有点无法直视那头拱着雨师手心挨挨蹭蹭的黑牛，道："雨师大人，你这坐骑，当真神奇。它，呃……是如何化成的？"

雨师慢吞吞地还未答话，花城便道："是雨师国皇家道场雨龙观一扇侧门的门环所化。对吗？"

原来，雨龙观有个小习俗，看到了门环金兽，上去摸一摸，可以增聚人气，累积善缘。信徒们纷至沓来，摸的大多是龙、虎、鹤等仙兽首，牛首一般没什么人摸，十分冷清寂寞。于是，雨师篁在雨龙观清修时，每次挑水路过那扇门，都会摸一摸那金环牛首。门环上的牛首沾了她的人气，雨师飞升后，牛就跟着一起飞了。至于其他人，一个都没被点将。

雨师颔首道："花城主博闻强识，名不虚传。"

花城笑道："这算什么？雨师国主，我有件事想问，只有你能答，不知你方不方便答？"

雨师道："承蒙花城主往日通融，请问。"

花城道："我想问，为什么你护法坐骑的人形，长这样一张脸？"

谢怜："啊？三郎！"

花城竟是完全知道他在奇怪什么，还假作自己好奇之意问出来了。听了他的话，那牛突然原地哞哞叫起来，蹦蹦跳跳，似在大发脾气。就好像一个小孩被骂长得像天底下最丑的人，又委屈又愤怒。雨师含笑挽住它的绳子，一手抚

371

着它的头道："并无不便。说来惭愧，我飞升那时，并未见过几个男子。"

原来如此！

原来答案如此简单。护法灵兽化形，主人自然都希望给它一张看起来顺眼的脸。第一头灵兽，主人不懂凭空造脸，肯定是要从见过的脸里挑一张。就像初学画画，上手必定是临摹，临摹的功夫够了，才能凭空作画。这牛是公牛，那么就要找一个雨师认识的男子的脸给它安上去。

可是雨师从出生到死，见过的男子里要么是她终日纸醉金迷的父兄，要么是尖声细气的宦官，再要么就是凶神恶煞的士兵，真要说在这短暂的一生里有哪个男子稍微顺眼一点……大概也只能勉强选"善良"的裴茗了。

况且牛首金环沾上她人气之时，须黎国还未攻打雨师国。原来根本不是裴茗所以为的"偏偏是他"，只不过是"没见过其他"……

雨师态度坦荡，果然半点其他心思也无，一边安抚着愤怒的那牛，一边慢吞吞又有点为难地道："前尘往事，皆已消散，我亦无心。倒是对裴将军颇多冒犯了，可是，这脸已经改不了了……"

说实话，谢怜看看那还在刨土的牛，心想可能这牛觉得长得像裴茗的自己被冒犯得比较多。看来它极为讨厌自己这张脸的原形，难怪那时在雨师乡门口对其百般刁难。裴茗自然不会看不出这张脸是谁的，也难怪他对雨师会有这种奇怪的误解了。

可饶是如此，想起方才裴茗那番仿佛在痛恨自己魅力般的欲言又止，再看看前方他那依旧在烦恼的身影，谢怜还是觉得一言难尽，对花城道："真相就别告诉他了吧……"

花城嘻嘻笑道："哥哥说不要就不要。"

一行人正式出发，那黑牛摇身一变，变为两三倍大，可容六人乘坐。它前蹄先落地，伏了下来，雨师上去，坐在最前。裴茗根本不想坐上去，谢怜还有点能理解他，但最后实在没办法，隔了远远一段距离坐在雨师后。最后才是谢怜和花城。

黑牛撒开四蹄奔跑起来，飞速前行，奇快奇稳。花城似乎怕他掉下去，一直在后面扶着他，沿路还会给他讲几句方才掠过的是古乌庸国的什么景。谢怜听着笑道："三郎果然无所不知，好像什么典故都难不倒你。"

花城也笑道:"哥哥还有什么想知道的?知无不言。"

裴茗在前方随口道:"太子殿下不如问问血雨探花的身世,看看他会不会答你?"

谢怜笑容立刻敛了。询问一位鬼王的身世可不太有礼貌,其私密程度在谢怜心中差不多等同于问另一个男人的身高。他怕花城心生不快,立即把话题转了,客客气气地道:"裴将军。"

裴茗:"什么?"

谢怜:"前方颠簸,小心。"

裴茗:"什么?"

话音刚落,四人座下黑牛声若洪钟地哞哞叫了一长声,裴茗便被甩了下来。他愕然道:"岂有此理?"

真是闻所未闻,见所未见!甩下去也就算了,人有失手马有失蹄的,可是,怎么不甩坐前面的也不甩坐后面的,偏偏甩了坐中间的?通常情况哪有这样的?

牛不停蹄,谢怜在前方回过头,丢下一串远远呼声:"早说了裴将军小心啊……"

一路把裴茗甩下去七八次后,四人终于乘着雨师的护法坐骑,来到了铜炉脚下。而登山入口处,便矗立着一座神观。

花城站在下面,对谢怜伸出一手。谢怜把手给他翻身下来。虽然裴茗一路上被摔了七八次,但不愧为武神,十分顽强,走路都不带瘸一下的,不去看那牛冲他危险地龇牙。

几人直奔大殿,一进去,墙壁上果然有壁画。可一眼过去,谢怜背上的汗毛便瞬间全部倒竖了起来。

这是什么东西!

这幅壁画和前面的天差地别。画面上只有一个人,然而用色黑暗,线条狂乱,人脸都扭曲无比,几乎看不出来这个人长什么样。

可这都不是最恐怖的。让谢怜毛骨悚然的是,虽然这个人的脸极度扭曲和痛苦,但还是能看出来,他的脸上,居然长着三张脸,每一张和他自己的脸一样扭曲!

人面疫!

巨大的冲击之下,谢怜满眼都被那壁画的黑色侵占了,忍不住倒退了好几步。花城马上接住了他，道："殿下，先别看了。"

但那扭曲的画面给人的冲击力太大了，人面疫在谢怜心中留下的阴影又太重，他着了魔一般盯着不放。于是，花城干脆一把将谢怜拉了过来，语气强势却不失柔和地道："好了！殿下，不要看了。"

正在此时，那黑牛突然一声大吼，在殿外地上打起了滚。雨师牢牢牵着它的绳子没松手，道："怎么了？"

那头黑牛居然发出了人声的尖叫："啊啊啊——"

而雨师听见这尖叫后，拔出雨龙，向着黑牛一剑斩下！

剑光划过，一只黑乎乎的东西被挑飞了出去，啪地溅开一团猩红的硕大血花。

食尸鼠！

方才大喊的不是那黑牛，而是趁众人不注意蹿上牛身、狠狠咬了它一口的这只食尸鼠。它虽将死，却还在尖叫："太子殿下——殿下殿下殿下！救我救我救我！"

谢怜被它尖叫得头皮发麻脑仁发疼，而花城迅速将他拦到身后，微一抬手，那食尸鼠登时被砰地炸成了一团血雾。但仍有一对小小的眼珠子粘在墙上，发出猩红的凶光。四面八方开始有越来越多的人声聚拢过来，此起彼伏——

"喀喀、喀喀……"

"早点逃了就好了……"

"我好不甘心……不要信他的鬼话就好了，我死得冤枉啊！"

"哥哥，哥哥？殿下！"

这一句格外清晰的，是花城的声音。谢怜这才回过神，道："抱歉！"

花城神色凝重，道："你又听懂它们在说什么了吗？"

谢怜点了点头。花城伸手捂住了他的双耳，道："别听了。它们不是对你说的。"

谢怜勉强道："我知道。"

可为什么这些话跟当初仙乐国的人们对他说的如此相似？为什么壁画上的故事就像是在说他的故事一样？！

成千上万只食尸鼠犹如黑色的潮水向着他们蔓延过来。眼看着即将被包围起来。裴茗严肃起来，道："你们先走！我引开……"

谁知，他还没说完，就见海量食尸鼠都尖叫着朝他冲来，错开了他，向后方奔腾而去。回头一看，它们居然是追着雨师去的!

不知何时，雨师已经重新跨上黑牛，往反方向奔去。那牛不快不慢引逗着食尸鼠们跟它走，雨师则远远地道："诸位请先走吧，我引开它们即可。"

原来她一边骑牛而行，一边沿路大把地撒米。老鼠毕竟天性爱食大米，都不知多少年没见过这般雪白肥美的粮食了，蜂拥而上。这本是裴茗要做的事，却给雨师抢了先，弄得他没事可做，他只好长叹一声，跟上去道："太子殿下、血雨探花，你们先走!"

谢怜在后面喊了几声，真的想大叫你别去，雨师不是为了你才去引开敌人的! 花城则笑道："走吧哥哥。他一路丢脸丢到雨师面前，非得找回场子不可。"

谢怜简直没法儿想象万一哪天裴茗得知真相会怎样，那将是何其毁天灭地的尴尬啊!

第二十章

万神窟万神真容见

二人穿过神殿，朝那座大山奔去。半个时辰后，终于踏上了这座铜炉。

这铜炉的山体似乎有着一种诡异的吸引力，无法飞越，只能步行攀登。一路越来越陡，也越来越寒冷。开始两人踏着一层薄薄的积雪，一个时辰后，积雪就没过了膝盖。

因大量行走，谢怜并不觉寒冷，反而热出了一层薄汗，满脸粉白，透着一点红晕。他正想对花城说话，忽然脚底一空，整个人凭空矮了两尺！

花城一直跟在他身后，似乎早有准备，顺手一拉就将他提了上来，道："哥哥小心。"

谢怜被他抱到身侧，再回头，那处竟已变成一个黑黢黢的深洞。

花城又道："这山满是坑，跟紧我慢慢走就没事。哥哥方才走太快了。"

这积雪下的山体竟是十分脆弱，到处都是大大小小的坑洞，也不知有多深。而花城居然连这些坑的分布位置都记得。

谢怜吐了口气，提议道："那，我们再靠近一些？雪山上不能大喊大叫，若是不小心遇到什么了也不好出声求救……"

话音未落，就听上方传来一声怒吼："有完没完！"

是哪位仁兄敢在这种陡峭险峻的雪山上大吼大叫？！

向上望去，只见漫山遍野满世界的白雪中，有两个小黑点正在铿铿乱斗。那两人刀锋箭风全都裹挟着灵光。一人怒道："你要找碴到什么时候？"

居然是南风和扶摇！

不及细思他们为何也会在这里，谢怜脱口欲道："闭嘴！"但他还没喊出来就咽了下去。三个人对着吼，这雪山还能绷住？

花城抱着手臂，扬眉道："他们是不知道在雪山咆哮可能引发雪崩吗？"

谢怜道："他们就这样的，火上头什么都不管了！"

他想冲上去拉开二人，可积雪封山，雪下又满是深坑，跑了两步又是脚底一空，险些掉坑里，只得收足道："不能让他们就这样打下去！"

可已经来不及了，谢怜忽然一阵没来由地心悸，猛地抬头，睁大了眼。

高耸的雪山壁上，有一大块白色的山体，颤颤巍巍地塌下了一片。

那边打得正凶的南风与扶摇也感应到了这无声的压力，双双抬头。

下一刻，那山体如千里之堤一溃千里，带着一波滔天的雪浪和呼啸，翻翻滚滚地朝着他们压了下来！

真的雪崩了！

谢怜抓了花城的手，转身就跑。但那冰冷厚重的雪浪奔腾不休，冲散了他和花城。

谢怜被冲得东倒西歪，混着白浪翻了好几个跟头，居然还能顽强挣扎。然而，崩塌的积雪量太大，冲击也太猛了，时不时没过谢怜头顶，带来阵阵突然的窒息。谢怜最后喊了一声"三郎"，终是顶不住，被冰雪的巨流吞没了。

不知过了多久，雪山终于再次平静下来。

好半晌，一片平坦的雪地里，一处积雪拱了两下，突然冲出一只手。

这只手在雪地上一阵乱摸，随即，钻出一条胳膊，然后是一个头。这头顶着满脸碎雪，一出来就深吸了一口气，连连咳嗽。

正是谢怜。费尽千辛万苦，他终于生生把自己从厚厚的积雪里挖了出来，跟把自己从坟墓里刨出来感觉差不多。他的脸和手都几乎麻木了，搓了几下，呵了几口热气，抬头，茫然四顾。

茫茫白雪里，并无那一抹夺目的红色。

但是，寻不到花城，谢怜也不能乱喊，万一再来一场雪崩那就完蛋了。

他只好站起身来，一个人在冰天雪地里走着，寻着。

说来奇怪，分明是在同一座山上，但现在他一个人走着，好像比刚才和花城一路同行时冷得多了。

他隐约觉得哪里不对劲，但想不出来究竟是哪里，迷迷糊糊地走着。不知走了多久，前方风雪之中忽然走来了一个人。白衣黑发，猎猎随风。

见到行人，谢怜心中微微一喜，迎了上去，道："你……"

他才说了一个字，那人便抬起了头。脸上，赫然是一张白森森的面具，一半笑面，一半哭脸。

谢怜仿佛被人迎面捅了一刀，大叫出来！

一叫出来他就睁开了眼，猛地坐起。一阵喘息之后，他才惊魂未定地发现，此刻，他根本就不在雪山里，而是躺在一个黑黢黢的空间里。

原来是个梦。谢怜长舒一口气，抹去额头冷汗。

摸索一阵，发现身下似乎是垫了草的石头，谢怜略定心神，托起一盏掌心焰，照亮了所在之处，第一时间道："三郎？你在吗？"

谁知，火光一亮，他立刻发现，旁边的黑暗中，居然无声无息地站着一个人。

这一惊吃得可不小，谢怜瞬间抓紧了芳心。这咫尺之处站了个人，他不可能毫无觉察！

不过，再仔细一看，那一身冷汗又消了下去。原来，这不是个活人，而是一尊石像。

而且，这并不是那些火山爆发后遇难者们遗体形成的石像，明显是一座出自人手的雕像。

托着掌心焰照了一圈，谢怜越来越确信了。

他躺的这个地方，是一座修行用的石窟。他曾在这种地方避世静心清修过，所以并不陌生。那么，石窟里供着的，就不是一尊普通的雕像，而是一尊神像了。

那神像立在一个拱门形的窟洞里，身形修长，仪态大方，姿势优美，右手按在腰间长剑的剑柄上，连飞扬的飘带和衣褶的流线都雕得精致无比。不过，有一件很诡异的事。

这尊神像的脸，被一层轻纱遮住了。

那轻纱如烟霞流动，虽然罩住了神像的脸，很怪异，但反而增加了一种神秘莫测的美感。但谢怜还从没见过什么神像是把脸遮住的，下意识伸手要取下那轻纱，忽然身后传来一个声音："哥哥。"

谢怜猛地回头，只见石窟门口不知何时出现了一个红衣身影，正是花城。

他当即把那神像的脸抛到了脑后，迎上去道："三郎！太好了，我刚才还在想你在哪里。没事吧？没受伤吧？"

花城走了进来，道："无碍。哥哥呢？"

谢怜道："我向来是没什么事的。这是什么地方？"

出去了他才发现，这一方天地，远远不止一间小小石窟这么大。外面还有一条长廊，不知通往何处。谢怜早已习惯了花城能解答一切疑问，然而，这次，花城却道："不知。多半是雪山之下。"

这可真是头一遭。花城连上山路上有几个坑该怎么走都记得清楚，却不知这是什么地方。这石窟也不小，难道他从前从来没发现过？

谢怜略感奇怪，但也没多问，把掌心焰举高了些，道："我还以为这是三郎你找的避难之所呢。我们是怎么到这里来的？"

花城也召出几只银蝶，任它们闪着磷光幽幽飞舞，道："雪崩踩空了，掉坑里了吧。"

谢怜又想起一事："我们在这里，那南风和扶摇呢？"

花城满不在乎地道："被雪埋了吧。不用管了，反正是神官，死不了。"

谢怜哭笑不得，道："虽然是死不了，但万一没人把他们刨出来，被埋个几十年也不好受。说不定他们也掉进来了？还是先在这里找找吧。"

二人沿着石窟长廊前行。走了一阵才发现，这雪下石窟的地形远比他想象的要错综复杂。它有许多条岔路，通往不同的大小石窟。

每一个石窟里，都供着一尊神像。这些神像少年有之，青年有之。姿态万千，似醉浅卧、正襟危坐、执剑起舞……服饰也是千变万化，华服、素衣、褴褛……而且水准不一，有的工艺拙劣，有的则精细到令人发指，应该不是出自同一位工匠之手，但数量之多，花样之富，堪称壮观。谢怜一路看来，忍不住阵阵惊叹，道："这里是一个万神窟啊！不知是谁选在这里造窟？定然是个虔诚无比的信徒。"

不过，所有的神像，都有一个诡异的共同点。它们都被一层轻纱遮住了脸。有的则是罩住了全身，只露裙摆或双足。谢怜实在奇怪，想取下一尊神像的轻纱来看看，花城却在他身后道："哥哥，建议不要。"

谢怜回过头来，奇道："为何？三郎不觉得这些神像有古怪吗？"

花城负手走了上来，道："正是因为古怪，所以才最好不要。这脸既然遮住了，必然有他遮住的道理。头面是人体灵气所聚之地，如果取下，让这些古怪的神像聚到了灵气，不知会发生什么。"

顿了顿，他又道："哥哥不是要找你那两个仆从？既然没找到，眼下还是不要动它们，以免多生枝节。"

这番话很有道理，万一取下面纱唤醒了这些神像什么的，那可一点儿都不好玩儿。谢怜并非手欠之人，想想还是放下了手，道："我只是有点好奇这些是什么神罢了。"

他还奇怪的一点是，以花城的性格，是不会怕多生枝节的，想看就看了呗，没想到居然会用这个理由来劝他。

花城轻描淡写地道："这里是乌庸国境，也许是乌庸太子的神像吧，并不稀奇。"

谢怜却道："恐怕不是哦。"

花城道："哦？何以见得？"

谢怜望向他，道："从我们一路追着的壁画看，乌庸国人的服饰风格特色鲜明，毕竟是两千年前的国家了，既古且粗，还有一点野，和这些神像精雕细琢的服饰风格，不大一样。所以，我觉得，这些神像恐怕和乌庸太子无关。甚至，有可能根本就不是出自乌庸人之手。"

花城笑眯眯地道："是吗？哥哥当真细心。"

谢怜也微微一笑，道："没有。只是，这些神像的风格，无论雕工，服饰，或是对衣物流线等这些细节的处理方式，都比较像后世的风格，而且是我比较熟悉的……仙乐国的风格。"

花城挑了挑眉，道："看来，哥哥在这方面造诣也是颇为深厚。"

谢怜道："哪里哪里。神像这种东西看得太多了，总会有一点心得的。"

虽然不知为何，但他直觉，从刚才起，花城似乎就有些不对劲。而说到这里，他终于觉察到了那种不对劲是什么。

那是一种隐隐的紧张。

不过，他还是没有多问，道："既然三郎觉得不看比较好，那我们还是谨慎为上。"

花城微一点头，二人继续前行。这时，又遇到一个岔路口，花城直接往左走，谢怜顿足，没跟上去，花城回头，道："怎么？"

谢怜道："三郎从没来过这石窟吧？"

花城道："自然。"

谢怜道："那为何三郎如此笃定地便选左边？"

花城道:"也不笃定,瞎走罢了。"

谢怜道:"既然没来过,怎么能瞎走呢,不是应该小心考虑选哪边吗?"

花城微笑道:"正是因为没来过,所以才要瞎走。反正对这里的形势一无所知,不如大胆碰运气。而我的运气,一贯比较好。"

虽然的确是这个道理,但其实过往每次二人一同出行,走哪边都是看谢怜的,花城主动带路,倒是不多见。谢怜点了点头,二人正要迈入左边那洞道,忽然,谢怜道:"等等——三郎,你听见没有?"

花城道:"什么?"

谢怜道:"右边,有人声。"

花城神色微变,凝神听了一阵,道:"哥哥,恐怕你听错了。并没有。"

谢怜却道:"真的有。你仔细听!"

花城又听了一阵,蹙眉道:"我真的没听到。"

他这么说,谢怜倒是怀疑起自己来,心想:"莫非又是幻觉?"

花城道:"殿下,我建议我们先出去再说。"

踌躇片刻,谢怜还是道:"不行。说不定是南风和扶摇他们,我还是过去看看好了!"

说完,他便夺路而奔,花城在他身后道:"哥哥!别乱走!"

然而,听那隐隐传来的喊叫之声,对方一定是落入了一个极其危险的境地,只怕刻不容缓,谢怜也不敢大意,飞快奔入右边那条路。越是深入,男子怒声便越清晰,真是南风和扶摇!

不知兜兜转转多久,他终于找到了声源之处,是一座大窟。这座石窟里没有神像,却有一个深坑,南风和扶摇的声音就是从坑底传来的。看来,两人都被困在坑底,爬不上来了,但他们还是精神抖擞地在底下对骂,应该暂时没有性命之忧。黑乎乎的看不清,谢怜向下喊道:"喂——你们怎么回事啊?"

坑底二人一听有人来了,立刻停止了争吵,南风的声音道:"太子殿下?是你吗?"

谢怜道:"是我。你们怎么回事,下面到底什么情况?"

大概因为刚吵了一架,扶摇现在的火气很有些旺,道:"什么情况你自己看看就知道了!"

谢怜道:"我看不清,你们能托个掌心焰吗?要不然我丢个火下去……"话音未落，下面二人齐声道："不行！千万别点火！"

不能点火，那就只能用别的方式照明了。谢怜第一反应是回头："三郎……"

然而，花城并未跟上来。他的身后，空无一人。谢怜先是微感不安，随后就是奇怪。绝不可能跟丢了啊？

自从进入这个万神窟，花城整个人都变得奇怪起来，谢怜也说不上哪里不对。他左看右看，忽然发现自己肩上栖息着一只小小的银蝶，试探着轻轻触了触它，道："你好？"

那死灵蝶被他指尖轻轻碰了一下，扑闪了一下翅膀，却没有飞走，似乎仅仅是扑闪给他看的。一路上，谢怜听花城说过，他的银蝶分了好几类，不知这一只是什么类、负责什么的，但不管什么类，照个明总是可以的，于是他道："你能帮我下去看看吗？"

那银蝶果然振翅而起，飞了下去，谢怜道："谢谢！"等它飞到坑底，淡淡的银光照亮了下方的情形，谢怜不由微微睁大了眼。

黑漆漆的坑底，白森森的一片，都是厚厚的一层丝床！

南风和扶摇两人几乎裹在丝蛹里被包成了两个茧，像被蜘蛛网粘住的猎物。谢怜不由心道幸好他做事不鲁莽，否则丢一把火下去估计瞬间就烧起来了。他道："那是蜘蛛丝吗？莫非这里是蜘蛛精的老巢？"

扶摇道："不知道！反正挣不开！"

南风道："你也先不要下来，这丝坚韧得很，粘上身就很难甩开。"

谢怜道："我不下来。"

思忖片刻，他将若邪一端系在芳心剑柄上，准备把剑吊下去试试看。谁知，若邪偷偷摸摸地探到一半，被那些蜘蛛丝觉察，迅速迎了上来，似乎要给它点颜色看看，吓得若邪直往回缩。可还是迟了一步，它被蛛丝缠上，猛地拽了下去，连带牵着它的谢怜，也被拽了下去。

万万没想到，这蜘蛛丝居然如此强势且敏锐！

谢怜一掉入坑底，那些白丝迅速扑了上来，将他五花大绑。南风大惊："殿下！"

谢怜则打起了滚，道："哈哈哈，哈哈哈……"

两人愕然。扶摇道："你别是掉下来摔坏了脑子？"

谢怜眼角飙出了泪珠，勉强道："不……不是，哈哈哈……这些丝怎么回事……干什么……好痒，不行了……哈哈哈哈……"

他一掉下来，身下丝床便很柔软地接住了他，而缠上来的蛛丝也是十分温柔缠绵，虽然是在绑他，却搔来搔去的，弄得好像在挠他的痒。谢怜蜷成一团，顽强抵抗，道："不要不要，等等！停！住手！怕了！停！！"那些白丝才将他双手缚在背后，绑住不动。南风和扶摇都看着他，半响，扶摇道："为什么这些蜘蛛丝绑我们就这么严实，绑他就这么随便？脸都不蒙。"

谢怜好容易才喘过气来，道："你们、你们的脸不也没蒙住吗？"

扶摇翻了个白眼，道："之前是蒙住了，醒了之后用牙齿撕开了，不然根本喊不出声。"

谢怜试着挣了挣，那蜘蛛丝确实坚韧无比，加上他刚才笑得太厉害，肋骨隐隐作痛，暂时使不上劲，决定先休息会儿，躺平了道："你们两个怎么会来这里啊？"末了自己道："不用回答了，'我自愿'，是吧。谢谢你们啊。不过你们刚才怎么回事啊？雪山都被你们吵崩了。"

一提到这个，两人又掐上了。扶摇冲南风道："你！别逮着谁都乱咬，那点陈芝麻烂谷子的破事揪着说到如今，有意思吗？"

南风怒道："怎么，心虚啊！因为'忘恩负义'四个字戳你肺了是吗？"

扶摇额头爬上了青筋："你有什么资格说我？但凡你当时真像你说的这样坚持到了最后，太子殿下也不会变成后来这个样子！"

两人虽然不能动弹，但已经掐得疯了。因为过于激动，他们完全没觉察自己暴露了什么，此时才稍稍反应过来。而谢怜早已经没说话了。

南风与扶摇齐刷刷转头望向谢怜那边。只见谢怜默默在丝床上打了个滚，翻了个身，给了他们一个背影，道："那个……我什么都没看到。不是，什么都没听到。"

死一般的沉默。

谢怜面对着石壁，道："你们还要继续吗？这个，关于你们刚才说的，其他不予置评，不过其实我觉得，陈年旧事的，大家就不要车轱辘了吧，先想办法出去再说吧……"

扶摇打断了他："你早就知道了？"

眼看实在是敷衍不过去了，谢怜只好道："嗯……"

扶摇不可置信地道："你什么时候发现的？你为什么会发现？"

谢怜不忍心说实话，只道："忘了。"

真正的答案，是很早很早。从与君山那会儿他就怀疑了，而到了半月关他早就确定了。

什么中天庭下来的小侍神？不存在的。"南风"和"扶摇"，只不过是风信和慕情化出来的两个分身罢了！

扶摇道："到底是怎么发现的？到底是哪里有破绽！"

谢怜实在是不忍心说实话。你们真的不知道吗？你们浑身都是破绽啊！

从那毫未用心的化名，到如出一辙的性格，真的太好猜了，他要是猜不出来两张皮下面是谁，这么多年不白活了？只是谢怜觉得也没必要戳穿。

坑底三人都是尴尬不已。扶摇，不，现在应该叫慕情了。看慕情好像一脸很想不开的样子，谢怜想了想，还是开导道："其实这个吧，也不是什么大不了的事……"他翻了个滚，滚到慕情身边，道，"慕情，慕情？你看看，能不能转过去一点？"

慕情呼出一口气，道："你想干什么？"

谢怜道："既然这些蜘蛛丝可以用牙齿咬开，我先试试看能不能把你的手松绑。"

慕情瞪他半晌，道："不用。"

谢怜道："我是真的想帮忙。"

慕情还是不动。风信骂道："我真是……都这时候了，你还要他哄你！是不是有病啊！他帮你反倒像是欠你的了！"

慕情猛地抬头道："谁要他帮忙了？谢怜！为什么你总是在这种时候出现啊？！"

谢怜微微一怔，道："在这种时候出现……不好吗？"

慕情噎住了。谢怜道："有时候就是一定得别人帮一把才能挺过去的啊。"

那只洒着淡淡银光的死灵蝶围绕着谢怜悠悠飞舞，不紧不慢。谢怜觉得这个姿势太累，滚了回去，道："你不想动也行。反正待会儿有人会来救我们的。"

慕情道："这鬼地方叫天天不应叫地地不灵的，有谁会来救？"

一句说完他便卡了。风信则直接道："血雨探花跟你一起来了？"

慕情道："他会来？"

谢怜肯定地道："他会来。"

虽然花城这一路的表现都有点奇怪，好几次他简直都要怀疑身边的是个假花城了，可直觉又告诉他那是不可能的。慕情又道："就算他会来，但他能找到这里吗？"

谢怜道："他会的。我和他之间有一道红线……"

话音未落，他就见一旁的风信和慕情的脸都抽搐了起来，仿佛耳朵里爬进了一条虫子。谢怜："你们干什么这副表情？不要误会，我说的红线不是'命运的红线'之类的那种浮夸的东西，是一个法宝啦，法宝而已。"

那二人这才停止了脸部的抽搐。风信道："哦，原来这样。"慕情则疑道："那是什么样的法宝？"

谢怜道："就是一道红线，连着我们两个，一个人可以顺着这条红线找到另一个人，只要一息尚存，红线便永远不会断……"

这时，上面传来了一个声音，道："哥哥？你在下面吗？"

一听这个声音，谢怜心中一宽，立即抬头，道："三郎！我在这里！"

又低头对坑底另外两人道："你们看，我说了他会找来的。"

看他笑眯眯的，风信和慕情的神色都十分微妙。花城没探头，但三人都能听见他无奈的声音："哥哥，我说了，别乱跑。这下怎么办呢？"

听他语气，谢怜收了喜色，道："怎么，这蜘蛛丝很棘手吗？厄命也斩不断吗？"

他似乎隐约听见花城说了声："棘手的不是这丝……"但也不确定是不是说了。少顷，花城淡声道："厄命现在状态不是很好。"

奇怪，厄命之前还挺生龙活虎的，怎么现在就状态不好了？

一旁慕情道："你不用问他了，弯刀厄命还会状态不好吗？摆明了就是不想帮忙找借口。"

谢怜道："别这么说。"倒不如说，他觉得更有可能是厄命被教训了，花城不许它出来。刚这么想，上方黑影一闪，下一刻，一个红衣身影无声无息落在了谢怜身边。谢怜忙道："你怎么也跳下来了？小心那些蛛丝！"

果然，坑底白丝汹汹袭来。花城头也不回，随手摆了摆，数百只银蝶护在他身后，结成蝶阵，与张牙舞爪的蛛丝们缠斗起来。花城扯断束缚住谢怜的白丝，左手带着他，右手抖落一把红伞，道："走！"

余下两人见他完全没有过来救人的意思，道："你们是不是忘了什么？"

谢怜还没说话，花城回头一看，道："哦，是忘了。"

385

说完，被裹在重重蛛丝中的芳心径直飞来，落入他手中。花城把剑递给谢怜，道："哥哥，你的剑。"

　　"忘了"的居然是这个，风信和慕情道："喂！"

　　花城一把将谢怜带牢，右手一甩，打开那红伞，道："哥哥，抓紧我！"那伞居然就带着他二人飞了起来。飞离地面两丈，听下面两人喊了起来，谢怜哭笑不得，道："不会忘了的！"右手抛出若邪。那白绫把坑底两个大白"茧"各自卷了几道，一起带出了坑。半空中风信又道："等等！我还有东西落下面了！一把剑！"

　　谢怜向下望去，果然，角落的白丝里隐约能看到一个剑柄，于是又让若邪探出一截，把那剑也缠了，一并带出。至此，四人终于尽数回到了地面上。

　　若邪把两个厚厚的"茧"丢到地上，立即缩回谢怜手腕上把自己盘起来，似乎被那些长得和它有点像但凶悍妖邪多了的白丝吓得不轻，瑟瑟发抖，谢怜一边安抚它，一边提着芳心把那两人身上的蛛丝切断。风信和慕情一能活动，立刻跳了起来狂扯蛛丝。谢怜把若邪带上来的那把剑递给风信，低头一看，奇道："这是……红镜？南风，你家将军把这剑修好啦？"

　　他随口说的，说完就反应过来不对了。现在风信和慕情，还是化着"南风"和"扶摇"的形，谢怜却不小心忘了他们身份已经暴露，还在下意识陪他们演戏。虽然本意是体贴，但这体贴在此刻效果并不好，那两人都是一阵迷之沉默。

　　风信藏不住神情，脸现尴尬之色，化回原形，把剑拿了过去，道："修好了。铜炉山毕竟鬼多，拿来照一照，方便一些。"

　　谢怜看了一眼旁边那个把红镜震碎的罪魁祸首，轻咳一声，道："难为你了。"毕竟都碎成渣了还能修好，真是不容易。谢怜又对花城道："三郎，方才我跑得太急，落下了你，不好意思啊。"

　　花城收了那伞，道："无事。只盼着哥哥莫要再这么跑上一回就好。"

　　谢怜莞尔，忽见慕情一眼扫过花城，目光凝结，脸色似乎有些怪异，改口道："慕情，你怎么了？"

　　他这么一问，慕情立即回过了神，看他一眼，道："没什么。没见过血雨探花这个样子，稀奇罢了。"

　　这个解释，谢怜是不大相信的。虽然这应该的确是慕情第一次见到完全体的花城，但之前他也不是没见过十六七岁的花城。花城这两种皮相差别并不大，何至于露出那样的眼神？

四人出了石窟，没走几步，风信愕然道："这什么地方？"

慕情也蒙了，道："这是怎么回事？"

他们刚才被困在蜘蛛丝坑底，并没有机会探查外界情形，因此，一出来，看到那一座接连一座的石窟、一尊不同一尊的神像，想到在这大雪山底下，居然有着如此鬼斧神工的秘境，均极为震撼。

谢怜道："这里是一个万神窟。"

慕情环顾四周，喃喃道："这个窟，不知道要耗费多少年、耗费多少心血才能建成。真是……真是……"

他仿佛已经找不到言语来形容了。谢怜能理解他。毕竟，石窟是用来修行和供神的，没有哪个神官看到这般规模庞大的万神窟还能不为之心震。

风信疑道："这石窟供的是什么神？为什么每一个都把脸遮起来了？"

谢怜道："自然是因为不想被我们这样的后来人看到。"

慕情道："那就奇怪了。那可以直接把神像的头都砸烂，为何却要这样做？真的想看的话，一层薄薄的面纱根本阻拦不了什么。"

说着，他就要去揭开最近一尊神像的面纱。谢怜还来不及出声阻止，只见寒光一闪，一弯银色的刀锋便悬在了他手指前方半寸不到之处。

突如其来的杀意使得四人之间的氛围瞬间紧张起来。风信警惕地道："这是干什么？"

虽然刀锋在前，慕情却未露分毫惧色，道："你的弯刀这不是好好的吗？何来'状态不好'？"

花城在他身后，慢条斯理地道："没人教过你，到了别人地盘上，不要乱动东西吗？"

慕情道："又不是你的地盘，你主持什么公道？"

花城淡声道："不想多生枝节罢了。毕竟这里是铜炉山，谁都不知道揭了面纱会发生什么。"

慕情道："血雨探花何等嚣张的人物，也会有害怕多生枝节的一天？"说着，手腕下移，又要去碰那神像的衣襟。弯刀厄命的刀锋也随之下移，再次针锋相对。

慕情道："这回我又不是要揭他面纱，血雨探花为何还要阻拦我？"

花城假笑道："阻止你闯祸。"

谢怜插到他们中间，道："打住，打住！人家在这里建石窟供什么神，我们也不是非看不可，此地不宜久留，先出去再说吧。"

花城盯着慕情的手，道："既然哥哥这么说。"

两人同时缓缓撒手，重新回到路上。仿佛一根绷紧的弓弦终于松了下来，谢怜也松了口气。恰好前面又是个岔路口，他问花城："这次你觉得该走哪边？"

花城看似随意地选了一条路，道："这边吧。"

风信和慕情走在他们后面，似乎又掐上了，间隙中，慕情问道："你们怎么选的？为什么走这边？"

前面二人转过头来，道："随便选的。"

风信皱眉道："这怎么能随便选？还是别瞎走吧，当心又被带进了坑。"

花城微笑道："就算进了坑，我也有办法把殿下带出来。你们可以跟，不跟可以自己走。不过说实话，我不太想再去救你们。"

"你！"

花城对别人说话就是这样的，哪怕脸上挂着的微笑再彬彬有礼，也令人感觉假得不行，笑得越假语气越能把别人气死。气得风信架上了弓，谢怜忙道："有话好说！眼下这个情况，走哪边都差不多啊！"

花城哈哈笑道："可怕，可怕。看来，我要走远点咯。"说着对谢怜挑了下眉，示意他一起，果然走远了。谢怜笑着摇了摇头，正要跟上去，慕情却突然抬手拉住了他。

谢怜奇怪地回头："慕情？"

谁知，慕情一句不答，抓了谢怜就往另一条路上奔，喝道："动手！"

前方的花城也觉察不对，回过头来。而风信已经一拳打在石壁上，哗啦啦几大块岩石落下来，堵住了路口。二人迅速上前，电光石火之间就往落石上拍了五十多张符。如此，花城和他们三人就被这堆大石隔开了。

原来，方才他们二人在后面竟不是在互掐，而是商量好了要来这一场突然袭击！谢怜愕然道："你们干什么？"

他挣开慕情想去看被他们堵在里面的花城，风信却绊了他一下，和慕情一人抓住他一条手臂，拖着就跑，边跑边道："赶紧走！那些符拖不了多久！"

慕情斥道："你居然还问干什么！他有古怪你看不出来吗？！"

谢怜道："哪里有古怪？"

慕情道："我看你是真傻了，他浑身上下写满了'古怪'这两个大字，就你瞎了看不到！"

风信吼道："别说了快跑！好像有死灵蝶追上来了！"

慕情喝道："堵上洞口！"

于是风信一路跑一路打，好几个洞口都被他打落的大石堵得严严实实。两人拖着谢怜飞速穿过九曲回肠的地下长廊，谢怜简直要被这路绕晕了，喊道："停！停！"

跑出一长段路，那两人才停下喘了口气。趁这间隙，谢怜道："不是，你们两个，到底为什么突然拉着我跑？你们是有什么发现吗？"

风信双手还撑着膝盖喘粗气，道："你让他，再跟你说一遍吧！"

慕情直起腰来，对谢怜道："那么明显你还没发现吗？珠子！那颗珠子你记得吗？"

谢怜："什么珠子？"

慕情一字一句地道："上元祭天游，悦神武者服，那对深红珊瑚珠耳坠，你丢不见了的那一颗珠子！"

谢怜好半天都想不起来，捏了捏耳垂，迷茫地道："当时我的耳坠是红珊瑚珠的吗？我有弄丢过吗？"

慕情嘴角抽了抽，怒道："你们两个当时还冤枉我，说那珠子是我偷的，这种事你怎么能不记得？"

谢怜道："毕竟都八百年了……"风信则反驳道："你少胡扯，没谁冤枉是你偷的，是你自己疑神疑鬼！"

谢怜摆摆手，道："别吵了别吵了。你们突然跟我说那珠子干什么？"

慕情道："因为那珠子找到了！花城束头发的那颗红珠，你看到了没？"

谢怜睁大了眼："你是说那是……？"

慕情斩钉截铁地道："就是！"

原来方才慕情看到花城时异样的神色是因为这个。谢怜道："为什么那颗红珊瑚珠会在他那里？你确定没记错？"

慕情打断他道："那颗珠子我找了整整一年，后来也一直在找。谁记错我都不会记错！"

谢怜双手笼袖，想了想，蹙眉道："我还是觉得你可能看错了。那颗珠子没理由在他手上啊？红珊瑚珠成色好的不都长得差不多吗？而且三郎一贯喜欢收集奇珍异宝的，他还有几千年的古董呢。"

慕情点了点头，道："行，行。你觉得我看错了是吧？好，那你看看这个。"

他就站在一尊神像身旁，一边说着，一边猛地拉下了那神像脸上的面纱，道："那你看看这是什么，这总不会看错了吧！"

面纱被拉下的一刹那，谢怜一眼扫过，双瞳骤然收缩。

那神像的面容，并没有什么畸形可怖之处。那是一个俊美少年，长眉秀目，神采飞扬。但是，谢怜看着这张脸，头皮却一下子就炸起了一层汗毛。

能不骇人吗？那张脸，就是他自己的脸啊！

面对面地看着这尊神像，简直像是照镜子一般。谢怜不禁头皮阵阵发麻，道："这……"

慕情冷然道："这样你还要说看错了吗？"

谢怜好容易才憋出来一句："这里怎么会有一尊我的神像？"

慕情却道："一尊？不止呢。你看好了。"

说着，他把另外一尊神像脸上的面纱也扯了下来。这一张脸，也赫然是谢怜的面容！

一连扯下了五六尊神像脸上的面纱，居然全都一模一样！

慕情道："这里的确是一个万神窟，但其实，这里只供了一尊神。"

都是他！

四面八方都是自己的脸，谢怜仿佛陷入了一个迷幻又诡异的梦境之中。晕头转向了半天，他忽然想起一事，道："等等，慕情。你之前没机会看这些神像的脸吧？方才你要扯下面纱，不是被他阻止了吗？"

慕情哼道："我根本用不着看这些神像的脸，就知道雕的是你了。"

谢怜道："这怎么说？"

慕情把一堆面纱揉成一团甩到一边地上，道："怎么说？因为当年你所有的衣服、配饰、起居，全都是我负责的。我给你洗，我给你补，你的每一件衣服天下都没有第二件相同的，他这些石像雕得太过细致了，什么都给雕上去了，完全一模一样，我当然一看到衣服就知道脸是谁的了！"

谢怜捂住了额头，开始回想一路花城怪异的表现。慕情道："他不让我们看这些神像，说明他很清楚这些像有什么古怪。他肯定知道这是什么地方。很有可能就是他把我们丢进那个满是蜘蛛丝的坑里的。他是真的想杀我们！"

谢怜道："可是……这些神像到底怎么回事？"

仔细看，这里的每一尊神像都栩栩如生，细节之细，简直到了令人毛骨悚然的程度，可想而知，雕刻者对神像本人的观察有多细致入微。谢怜敢说，就算是出自当年仙乐国最负盛名的工匠之手的神像，也没有到达这个地步。仿佛工匠的脑子里都是这个人，眼睛里只看得到这个人。

三人被这些长着同一张脸的神像包围在中间，风信一脸恶寒，道："说真的……瘆得慌……见鬼了，太像了。"

而且，数量还如此之多。慕情道："我怀疑这些神像是什么邪术所需的道具，先毁了再说。"他说完就要一个手刀劈下，谢怜的思绪一下被拉了回来，阻拦道："且住！"

慕情看他："你确定？这邪术说不定是针对你的。"

谢怜想了想，还是道："我觉得不会是邪术。"

风信道："你看着这些东西不害怕吗？"

慕情与谢怜对视，道："根据是什么？"

谢怜摇了摇头，道："没有根据。只是，这些神像雕得挺好挺用心的，没弄清楚之前就贸然毁去，我怕造成遗憾。"顿了顿，又道，"三郎……也许瞒了我什么，不过我想，至少不会是对我有害的事情。"

慕情简直不可思议："你是不是真被他下了什么蛊迷了心智？我看就是他把'可疑'两个字写在脸上你也会变得不识字吧。"

两人这边正说着，那边风信忽然道："小心！那蜘蛛丝又来了！"

果然，掌心焰的火光照到前方石壁，壁上附着了大片密密麻麻的白丝，三人都是心道不好，怕是又要有一场恶斗。谁知，那白丝却并不如方才坑底的凶悍，一动不动，也没攻击上来，竟是和寻常的爬山虎没什么两样。三人等了一阵，谢怜道："这些丝好像不是活的。"

风信道："不是活的那是干什么用的？"

谢怜心中有所计较，走上前确认了，道："它们好像在遮着什么东西。"

面纱下遮掩的是神像的真面目，那么石壁上，遮掩的又会是什么？

三人来到那石壁前，一同撕拉蛛网，不多时，谢怜这边露出了一片石壁。

他道:"是壁画!"

石壁上,被蛛丝重重遮住的,是大片大片的壁画。整面石壁上都密密麻麻挤满了线条、色彩和小人,分为许多小块,画风各不相同,有的粗犷,有的优美,有的精致,有的诡异。看了一阵,谢怜道:"这是他画的。"

慕情道:"他?花城?你确定?"

谢怜轻声道:"能。上面有字,字是他写的。"

他指了指墙上一个血红色的小人,旁边写了一堆乱七八糟、不知所云的扭曲文字,仿佛是神志不清或是极度痛苦时写下来发泄的。凭文字大概能猜出,这个血红小人画的就是花城自己,只是不知什么缘故,他把自己画得丑怪丑怪的。风信看了一眼,忍不住道:"这字……丑瞎了我的眼。我敢说戚容都比他写得好。"

比戚容写得还丑,那就是真的丑到无药可救了。谢怜满目眼花缭乱,根本不知从何看起,可一旦确认这是花城的手笔,好像突然发现了一笔巨大的宝藏,手指尖都有些微微地发抖。这时,慕情似乎在不远处发现了什么,道:"殿下,你过来看。"

谢怜这才回过神,道:"怎么了?"

风信和慕情已经说不出话来了,只指着墙上一幅画给他看。那幅画在整面墙壁里也算是大的一幅,正中画了一座高高的城楼,底下是人山人海,拥着一座华丽高台。线条简单,然而寥寥几笔,抓形极准。

慕情指着画面中央,颤声道:"原来……是……他吗?"

谢怜也在盯着那里。

整个画面是无色的,只有画面中的两个人物有颜色。下方有个小人,是白色的,好像周身都在发着光,向天望去,伸出双手,正要去接一个从城楼上掉下来的小人。

而那个小人,是血红血红的。

慕情喃喃地道:"是他吗?是他吗?上元祭天游那个掉下来的小孩儿?怎么会是他?居然?血雨探花?是他?"

风信狂拍他们两个,指旁边道:"后面还有!"

谢怜走过去,只见另一幅画上,是一座破落的小观,神台上供着一尊神像,周身也是白光淡淡的一层晕染,一手仗剑,另一手执了一把红伞,递向下方。

392

而下方有一个丑丑的血红小人，也用双手捧着一束小花，献给了他。

谢怜一下子觉得脑袋有点儿疼，一手按住突突跳着的太阳穴，继续往下看。

再下一幅，描绘的似乎是战场。大批大批的士兵整装待发，天空里悬着一个白色的小人，手持长剑，神威凛凛。而下方乌压压的军队里也有一个血红小人，仰头看着天上的那个人。

谢怜正看得出神，一旁风信难以置信的声音响了起来，道："这个红的，都是一个人吧？都是他？？都是花城？苍天啊……他一直跟着你啊？！"

慕情也是一脸匪夷所思，道："不仅是跟着，他还盯着。盯得很紧，很紧。哪哪儿都有他！你们看，这儿还有大街、不幽林。这是什么？与君山？我的天……那些神像该不会也是他雕的吧？！"

风信一路看下来，简直毛骨悚然了，道："这什么人啊？从八百多年前就一直盯着你？！到今天还跟着你？这也太恐怖了！他中邪了吧？！他想干什么啊？一般的信徒根本不会做到这个地步吧，他究竟想干什么？！"

谢怜已经被震蒙了。

他盯着那墙上的血红小人，还没反应过来，只觉得许多并没有遗忘，却并没有在意过的记忆纷纷杂杂、争先恐后涌入脑子里，连呼吸都快跟不上了。这时，又听那边两人大叫起来。谢怜一个激灵，道："又怎么了？"

风信和慕情都站在一片石壁前，似乎看到了什么了不得的东西。一见他要过去，风信连忙转身把他拦住推了回去，道："真该死，别看！"

谢怜："怎么了？什么东西？为什么我不能看？"

慕情也是脸色发黑，道："别看了。没什么好看的，赶紧跑！"

二人一人抓着他一条胳膊，又是一路狂奔。谢怜被他们拖着，道："你们干什么啊？我还没看完那个壁画呢？！"

风信边跑边怒声骂道："不用看了！那种东西不能看！真是该死！我从没见过这种事！这种人！"

谢怜莫名其妙："你从没见过什么？三郎怎么了？"

慕情斥道："还叫什么三郎，别叫了！跑都来不及！你以后也不要再接近他了，他不正常，他有病啊，他是个疯子！"

谢怜听不下去了，道："你们干什么这样骂他？不是我说，大家都没正常到哪里去好吗？"

风信道:"别问了!你不懂!他跟我们不一样!他疯了!他、他对你……对你……"

谢怜道:"对我怎么了?麻烦放下我,让我回去自己看行吗?"

一个要回,两个要拉,三人正僵持不下,前方忽然传来了一个森冷冷的声音:"我不是说过,到了别人的地盘上,不要乱动东西吗。"

三人俱是一僵,转头望去。只见前方倚立着一个红衣身影,花城正靠在石壁上,拦住了他们的去路,微笑道:"否则,会有什么下场,我可说不准啊。"

虽然他面上在笑,可那眼神里却没有半点笑意,反而黑沉沉的混浊不清。他抱着一条手臂,另一只手则在漫不经心地玩弄着一样小小的东西。

正是束着那一缕细细发丝的深红珊瑚珠。珊瑚婉转流光的红色,和他苍白指间的红线缘结一般夺目明艳。

那几百张符咒和重重堆积的巨石,竟然也无法阻拦下他!

风信和慕情反应都极快,风信连珠箭出,慕情一刀劈出抓了谢怜拔腿就跑。风信故技重施,一边狂击落石一边道:"他怎么会这么快就找到这里来?"

慕情道:"我怎么知道?!红线!红线!他手上还连着那根红线!!"

二人如梦初醒,齐刷刷去抓谢怜那只手。谢怜哪会让他们得手,另一只手握住了系着红线的那只,道:"不能解!"

风信道:"太子殿下,你系着这红线他就会找到,要想不被他追上来就非解开不可!"

谢怜却握着自己的手,道:"他追上来也不用怕啊。我……想去仔细问问他。"

慕情睁大了眼:"你还想问他?我看你是要被他生生吃了才知道他多厉害吧。"

谢怜道:"他本来就很厉害啊。我得回……"谁知,他忽觉背心一热,慕情道:"定住,别说话!"他整个人就僵成了一块铁板。

非但如此,连声音也发不出来了!

慕情把手从他背后抽回,对风信道:"拉走吧。这符能暂时让他消停会儿。"

谢怜方才处于亢奋和焦虑之中,竟完全没防备这一下。慕情看看他,叹道:"你真是……跟被狐狸精蒙了心一样。不是我们有意瞒你,而是他对你,对你的……实在疯癫过火,根本不是正常人!你跟我们走吧。"

慕情最后一句,并不是建议或请求,而是一个指令。方才他拍在谢怜背后的,必然是一张从命符咒。这种符能让中招者依施术者指令而行,不过一般只能实现几种简易的指令，比如，不语、随行、静止、快跑等，复杂一点的指令就难以执行了，也无法迷惑人的心智。只有锦衣仙那种大鬼怪才能做到那种地步。

两人带着谢怜又是一阵疾行，忽然被一堆乱石堵住了去路。风信一看没路了，道："这怎么有石头堵着？不能走了啊？"

慕情："这石头难道不是你打落的？问我干什么。"

风信质疑："但是是你在带路啊？你怎么带路的，这地方我们原先来过，怎么又绕回来了？"

慕情并不接受质疑："笑话，我又不认得这里的路，我怎么带路？我们刚才一路不是都在乱跑吗？"

眼看着又要吵起来，风信摆手道："算了，没空跟你废话，开挖开挖！"

花城追在他们后面，所以只能前行，不可后退，否则很有可能迎面撞上了。堵路容易开路难，两人让谢怜乖乖站在角落里，风信一顿乱拳砰砰，慕情再顶着额头青筋抄着他那把雄风赫赫的斩马刀把大石劈碎，三两把将这路给挖通了，乱石滚滚，灰泥齐飞，正要叫上谢怜过去，谁知，烟尘散尽后，对面赫然立着一个红衣身影。谢怜霎时眼睛一亮。正是花城！

他目光冷冷，负手而立，一语不发。风信当场就脱口而出："你怎么阴魂不散的！"

这可是货真价实的阴魂不散。方才他明明被甩在后面了，怎么会一下又出现在前面？不知他是何时守在这里的，居然就这么不声不响地等着他们自己把障碍挖通，送上门来，岂非阴魂不散、诡异得很？

风信和慕情瞬间后退拉出一段距离。花城没看他们，目光移向一侧，朝谢怜走了一步。风信和慕情反应过来他是冲谁来的，一下闪身拦到谢怜身前，齐声道："你不要过来！"

花城的脸色，阴沉极了。

如果换在平日，有哪个敢让血雨探花不要过去，他是根本不会把这话放在眼里的，不哈哈笑着偏要过去看看才是奇怪了，但这一次，他却仿佛当真有所忌惮不敢轻举妄动一般，顿住了脚步。

半晌，他才缓缓地道："二位这是何意？"

这语气听上去还算平静。风信却很直接地道："你用不着再装了，这里根本就是你的老巢。这些神像我们已经看到怎么回事了，还有你那些画，我们也都通通看了！"

　　花城是侧着身拦在他们面前的，闻言，负在身后的手似乎微微抽动了一下，似乎有两只手指不自然地蜷缩起来。

　　他微微垂首，淡声道："殿下，也看到了？"

　　这一声极低极低，虽然语气听似波澜不惊，却带着一点沙哑之音，明显有异。谢怜心道："没有！"

　　事实上，他并没看到多少，可是，此刻的谢怜动不了也出不了声，只能老老实实靠在角落的石壁上，仿佛躲在两人身后，不敢出来面对花城，也不想和他说话一般。风信拉开了弓，道："不错。你是什么……心思，我们一清二楚了。敬你是位鬼王，若你还有几分自重，就请你不要再靠近太子殿下。"

　　谢怜此刻的心情像是一座着火的茅草屋，浓烟滚滚。花城应该能发现他有异样的，谢怜只盼着他能出声问一问自己，发觉不对劲，可是，花城却好像完全没心思细察这些，冷冷地道："不要靠近他？你们两个，是用什么身份和资格对我说这句话的？"

　　不等他们回答，花城猛地抬起眼帘，道："你们倒提醒了我，还是先来算算你们的账吧！"

　　话音刚落，无数银蝶尖啸着向那二人袭去！

　　面对这样如疾风暴雨般的攻势，风信和慕情喝道："盾开！"

　　那蝶雨被无形的法盾挡下，在空气中溃散成闪闪的银光，又迅速凝结为新的银蝶，再次来袭，竟是无休无止。他们一面挡一面后退，花城则一步一步稳稳地逼近。他黑发被法场狂风激得斜飞乱舞，眼底满是狂怒和戾气，在亮如白昼的银蝶光照耀之下一览无遗。

　　这么单方面阻挡下去太被动了，风信和慕情对视一眼，决定主动出击，持着法盾冲了上去，各自亮出兵器。三人便在这并不宽广的石窟内斗了起来。风信对付死灵蝶，慕情则对上了花城。花城一伸手，左手化出弯刀厄命，正面迎击！

　　这还是谢怜第一次看到厄命正经打架的样子。弯刀修长，冷艳肃杀，银光夺命——果然是一把不折不扣、邪气四溢的妖刀！

　　这场战斗真是精彩极了，花城以一敌二也不落下风。谢怜看得屏息凝神。不多时，厄命刀尖一挑，带着慕情的斩马刀劈进了岩石。虽然慕情手还握着刀柄，但竟然拔不出来。他一惊，而花城已经一拳打在他下颌上，直把他整个人打得向天飞起，刀柄终于脱手。那边，风信的羽箭箭矢也被死灵蝶们锋利的银翅划断，终究是数量太多，难以应对！

胜负已成定局，角落里窸窸窣窣爬出无数白丝，重新将这两人裹成了两颗大白"茧"，越挣越缠，越缠越紧，慕情一边狂扯那丝，一边道："果然是你把我们丢进那个坑里的！"

风信道："这不是蜘蛛丝！这是……！"

谢怜也顿悟了。是茧丝！

破茧成蝶的前一步，就是化蛹，那些蜘蛛丝一样的诡异白丝根本就是花城弄出来的东西，说不定还和这些凶悍至极的死灵蝶有关！

战局已定，花城收了弯刀，嘲道："我是丢你们进去避难的。归根结底，如果不是你们在雪山上高声嘶吼引了雪崩，根本不会有机会进到这个万神窟来。不感谢我救了你们的小命吗？"

花城原本的计划，应该是等雪崩过去、雪山平静了就带谢怜出去，把风信、慕情丢在这里不管。谁知那两人咬开了茧丝大吵，引得谢怜前去发现了他们，这才引发了接下来的一系列事。不然，谢怜说不定真的就一尊神像也不看，直接跟他出去了。

而现在，却变成了最糟糕的状况，所有的秘密都被撕扯了出来，袒露在阳光之下。

谢怜心中焦急，但身体还是乖乖坐在原地。花城目光中的寒意越来越重，居高临下俯视慕情，轻声道："看来，在用刀上有天赋的是我，不是你啊。"

慕情的喉咙被几道白丝缠住，被勒得脸色忽青忽红，嘴角溢出血沫，勉强道："你！……你……？原来如此！我懂了……"

风信也咬着牙道："你……懂了什么？"

慕情道："你忘了那壁画上怎么画的吗？他就是那个……太子殿下从与君山回来后……要提携的小兵，殿下说过……他刀法不错，适合用刀……喀喀……"

风信道："这跟他仇视你有什么关系？！"

慕情却不说话了。砰的一声，花城一拳打在他脸上，笑意森然地代替他说了，道："因为，他把我赶出了军营啊。"

没想到慕情还干过这事！

风信惊了："你为什么要把他赶出军营？他得罪你了？！"

慕情满脸是血地道:"你忘了国师怎么说他的?他是……"

他没说完,花城又是狠狠一拳送上,砰的一声,几乎打歪了他的脸。而慕情吐了一口血,一字一句地道:"幸好把你撵走了,不然留你这天煞孤星在军中,祸害太子殿下吗?那可太恶心了!"

谢怜一颗心猛地一紧。慕情说到前一句,花城已经提起了拳,而说到后一句"恶心",花城的手在半空中僵住,苍白的手背青筋浮现,五指握紧了又松,松开了又握紧。

这时,慕情急中生智,大喝道:"太子殿下快跑!"

此句一出,背上印了血符的谢怜应声夺路而逃。花城立即转头,角落嗖嗖两道白丝蹿出,猛地缠住了谢怜,他没跑两步就倒了下来。

这情形,看起来仿佛是他刚才一直吓呆了,或是难以接受,或是不愿插手战局,干站了半天,眼下终于决定逃跑。可事实上,他根本就没想过要跑啊!

谢怜手足都被重重白丝紧紧缚住,躺在地上,黑发和白袖散了一地,斗笠滚落一旁。花城缓缓转过去,顿了许久,向他走去。他走了没几步,风信还是忍不住道:"花城!"

花城脚步一顿,微微侧首。

风信道:"你放过太子殿下吧,他这辈子已经够惨了……"

花城没说话,走到谢怜身边。

谢怜被他拉住,带着走了,看不到后面他们的表情了。而花城对这万神窟了如指掌,转来转去,很快也听不见他们的声音了。

谢怜被花城往石窟内部的黑暗深处带去。

二人身边的光源,就只有那一点幽幽飞舞着的银色死灵蝶。谢怜看不清花城脸上的表情,可是,他能感觉到,花城整个人都是僵硬的。

花城甚至连他的脖子和手也没有直接触碰。谢怜一直瞅着花城的脸,用力眨眼,可花城却一直避开了他的眼睛,并不与他目光交接,径自到了一间石窟,石窟里有一张石床,立刻把谢怜放了上去。他正要让谢怜躺下,忽然觉察到了什么,检查了一下谢怜的背后,道:"他们给你下咒了?"

谢怜大喜:终于被发现了!

不过,居然到现在才觉察谢怜的不对劲,也可以看出,方才花城有多措手不及了。谢怜正等着花城帮他把从命符抹掉,谁知,花城手都已经伸出去了,半途却又凝住,最终,还是收回了,将谢怜平放在石床上。

那石床上还铺着一层厚厚的柔软新草,谢怜软软地平躺在上面,一点儿也不硌,只是觉得五脏六腑都在冒烟,极为不解为何不给他解咒,正勉力挣扎,就见花城将手伸向了他腰间的衣带,解开了那系带。

好巧不巧,恰在此时,谢怜感觉背上那符的效力开始消退了,用力动了一下腿,"啊"了一声。

虽然,看起来就像是一条死鱼突然垂死挣扎蹦跶了一下,发出了抗议,并没什么威慑力,但花城还是立即一僵,瞬间收了手,道:"我不会的!"

仿佛是觉得自己口气太过,又怕吓到了谢怜,使他心生抗拒,花城又后退了几步,放缓了语气,面色阴晴不定,谨慎又隐忍,沉声道:"殿下,我不会做什么的。你……不要害怕。"

谢怜明白了。

对于解咒后会从谢怜那里得到什么样的回应,花城还是没有把握,所以,他干脆就不听回应了。

花城似乎在克制着什么冲动,再次用发誓般的语气,低低地道:"殿下,信我。"

虽然,这一句"信我",和他以往说过的比起来,不是太有底气。谢怜还是想答他,可是答不上,挣扎又怕他误会得更厉害,只得平平躺着,一动不动,老实等从命符威力过去。见他不再"抵抗",花城又走了上来,伸出手,窸窸窣窣,解开了谢怜的衣带。

谢怜心道:"三郎?"

他当然相信花城不会乘人之危,但这发展也完全不在他意料之中,不由微微睁大双眼。

虽然花城解了谢怜的衣服,却是尽量不碰到他的身躯,许久才除下了他的外衣,然后便是中衣。一只死灵蝶飞到谢怜肩头,他余光一扫,这才发觉,自己肩膀上有些紫红和皲裂,银蝶栖息过后,伤口爬上暖洋洋的感觉,似在好转。

竟是在冰天雪地里爬摸滚打后留下的冻伤。

谢怜本来没发现的,因为他对痛觉已经不太敏感了。可是,花城却比他自己更清楚他什么地方受伤了,还记着这回事,一定要给他处理伤口。

正微微出神,花城又托起了他的手臂。手足之上冻伤更多,谢怜倒是不怕

399

痛，可是，他怕痒。花城也没有看他。

谁知，正在此时，花城背后突然传来几声清脆的掌声。

花城猛地回头，谢怜也越过他，望到了石窟口。只见一个白衣人站在那里。

他不知什么时候冒出来的，很突兀地站在那里，一边鼓掌，一边叹道："太子殿下。太子殿下。每次见到你，你都在这种备受凌辱的境地。真是令人可怜，令人同情。"

这白衣人脸上戴着一张面具，半面哭，半面笑。悲喜面！

谢怜整个头皮都麻了。而花城一手拂下他背后的符咒，挡在他身前，提刀斩去！

面对弯刀厄命的妖锋，那白衣人全然不惧，以毫厘之差错开，瞬息之间闪到花城身后，手伸向谢怜，似乎想碰他的脸。银光掠过，花城再次拦在他身前，冷冷地道："把你的脏手拿开。"

那白衣人的右手被厄命斩断，可那宽大的袖子一抖，马上长出了一只新手，指成爪势，竟是直接探向花城右眼！

整个过程只在一声之间。花城也闪得极快，然而，还是给他在一侧脸颊留下一道血痕。

这是破天荒的头一遭，花城居然在速度上不能完全碾压对方，他眼神一凛，当即改变策略，召出成千上万只死灵蝶，疯狂扑向了对方。无数银蝶把那白衣人裹成了一个银光闪闪的人形蛹，可花城正要去拉谢怜，便听那些银蝶发出尖啸，炸成了万千粼粼的银粉！

见一次毁了这么多死灵蝶，谢怜便知不妙。漫天的银蝶磷光后，倏地探出了那只新生出来的手，再次挖向花城的右眼！

这次，轮到谢怜拔出芳心，一斩而下！他这一剑，直接把那白衣人劈成两半。趁此机会，花城道："殿下，走！"

谢怜也知不能缠斗，见好就收，二人一齐冲出石窟，在黑漆漆的洞道里一路飞奔，畅通无阻。谢怜边跑边道："是白无相！他真的没死！"

花城仍是从容，一面在沿路以蝶阵和茧丝设下重重阻碍，一面道："不一定是他！"

谢怜刹住脚步，抱住了头，道："不……我知道一定是他！他居然还没死，明明君吾已经杀了他。他为什么没死？他又回来了，人面疫、人面疫也……"

听他语气不对，花城也定了身形，掉头去拉他，道："殿下！别害怕。没死又如何？他当年能被弄死，现在就能再被弄死一次！我会……"

话音未落，谢怜的目光就落到了他抓着自己的手上。见状，花城话语和神色都是一凝，敛了颜色，收回了手，负在身后，转身继续往前走。谢怜却没有跟上去，道："三郎。"

花城身形一僵，顿住了脚步，却没有回头，只是应道："殿下。"

他声音听起来还算镇定。谢怜站在他身后，道："方才，发生了很多事，大家都有点手忙脚乱了。"

花城道："嗯。"

谢怜继续道："虽然现在还是很手忙脚乱，不过，我还是想趁现在先问你一个问题，请你一定要如实、认真地回答我。"

花城道："好。"

谢怜肃然道："'金枝玉叶的贵人'，究竟是谁？"

花城系着红线缘结的那只手指微不可察地抽动了两下。

沉默半晌，他才缓缓地道："殿下既已得知，又何必再问。"

谢怜点了点头，道："原来如此。没冤枉你。真的是这样。"

花城一语不发。

顿了顿，谢怜又语气平静地道："你，不想知道，我对此有什么看法吗？"

花城微微侧首，似想回头，又好像还是不敢与谢怜直视，只露出了他脸上那道鲜红的血痕，道："殿下能，别告诉我吗？"

他声音都哑了。谢怜道："抱歉。这件事，不说清楚是不行的。"

花城并不需要呼吸，但听到这句后，他还是深吸了一口气。

虽然他脸色白得极惨，但还是笑了一下，颇有风度地道："也对。也好。"

他仿佛一个等待宣判的死囚一般，闭上了眼。谁知，没闭一会儿，那双眼又猝然睁开了。

肩头上，居然轻轻放上了一只手。

谢怜也是一语不发。虽然什么也没说，但是，足够了。

良久，谢怜感觉自己安抚的人转过身来。

他听到花城讷讷的声音："殿下。你这可真是……要了我的命了。"

正在此时，二人身后的石窟深处又是一阵爆炸之声，远处有白光划破黑暗，

401

银蝶们尖啸不止。

两人齐齐抬头，谢怜松开了抓着的花城的袖子，道："我们待会再说！"

于是，二人继续前行。

谢怜心还是热的，强作镇定若无其事地道："三郎，风信和慕情怎么样了？得把他们放出来，不然被白无相撞上就糟了！"

花城状态也跟他差不多，道："殿下放心，他们死不了。这边，跟我走！"

这万神窟果然是他的地盘，哪怕一个路口岔了五六条，他也能立刻准确无误地判断出该走哪条，不一会儿就回到之前分开的地方。墙上的两个大白"茧"还在一边奋力撕咬一边对骂，一见他回来了，惊得满口白丝都忘了吐出来，道："你怎么逃出来的？"

谢怜的斗笠还落在原先那地上，他捡了一背。重重白丝放开了那两人，缩回暗处，风信和慕情堪堪落地，又见花城从谢怜身后暗处走了出来。风信正要抓住谢怜胳膊往后拉，谢怜就率先拉住了花城。风信："太子殿下？"

花城已经开始带路了："哥哥，走这边。"

那两人哪敢跟他走。风信道："殿下，你怎么还跟他在一起啊？"

慕情则道："我就说他被迷了心失了智吧？"

谢怜只是很轻柔却坚决地拉住花城，道："没时间解释了，总之都先走吧。有敌人在后面追！"

花城被他拉住，目光微微闪动，须臾，微笑道："建议你们废话少说，跟着走就是。心情好，暂时不跟你们计较。"

见状，二人皆是一脸难以置信。他们怎么也想不通，谢怜为何还能若无其事地跟一个如此恐怖的死鬼走在一起。慕情最终选择了另一个重点，问道："敌人？这万神窟是他的地盘，能有什么敌人？"

谢怜道："是白无相。"

听到这个名字，风信和慕情的脸色也都变了。随即二话不说，跟上谢怜就走。

因为，他们都再清楚不过，谢怜拿什么东西来开玩笑或骗人都有可能，唯独这个人，他绝不会如此。一行人方才还在这万神窟内斗得头破血流，眼下却一齐狂奔。风信道："白无相怎么会还在这世上？他不是被帝君杀死了吗？"

慕情道："想也知道这种东西怎会那么容易被杀死。毕竟，那可是世上第一位绝境鬼王！"正说着，他发觉不对，道，"等等，我们这好像并不是在出去的路上？"

花城却道："这当然不是出去的路，因为现在根本出不去。"

"什么？"

花城道："因为白无相现在就拦在离开这个窟的必经之路上，你们觉得你们在铜炉的状态能斗得过他就别跟我走，我一定不拦。请。"

风信望望石窟上方，道："能直接打穿窟顶出去吗？"

花城嘲道："上面就是雪山，你想再来一次雪崩吗？"

风信道："那我们现在在乱走个什么劲？"

谢怜道："只要我们乱走，他也会追上，就会离开那条出去的必经之路，其余人就能趁机出去了。"

慕情敏感地道："你的意思是要兵分两路？一路当诱饵，另一路逃出去？"

谢怜道："正是如此。白无相重新出世这件事必须通知帝君，你们出去之后，想办法把消息带到上天庭去！"

慕情打断他道："再等等！你这就已经决定好谁当诱饵谁离开了？"

谢怜摇了摇头，道："不是我决定的，而是白无相决定的。"

慕情不语。选择追击谁，还真不是由他们决定的。如果问白无相对他们中的谁最执着，毫无疑问，一定是谢怜！

风信不假思索道："我留下来和你一起对付他。"

谢怜却看了看花城，道："多谢！不过，不必。三郎会留下来。"

那两人不约而同道："他怎么能留下？他……"

花城眉峰微凛，谢怜却道："他可以。我信他。"

他语气柔和，态度却坚决无比。两人都没话说了。

一只死灵蝶从花城臂上护腕的图腾里飞出，花城道："跟着它走。"

那两人看看花城，又看看谢怜，最终，慕情丢下一句："你……小心点儿。"便转身跟着那银蝶，扎进了另一条洞道。少顷，风信也跟了过去。

四人在这个岔路口分头，谢怜刚看着他们的背影消失，远处又传来了阵阵爆裂声。剩下的二人对视一眼，花城沉声道："来了。"

谢怜道："你带我走。"

那白衣人果然直冲谢怜而来。花城在沿路不断设下死灵蝶阵，结成障碍，确保那白衣人永远和他们保持一段距离，同时监视数条不同道路的情形。每次传来爆炸之声和死灵蝶们的尖啸，他神色便凝重一分，谢怜也听得心口微微发疼。七弯八转，绕来绕去，转到一间石窟，他忍不住道："居然……损失了如此之多的银蝶。"

那些死灵蝶虽然在外面名声很不好，但在谢怜眼里，它们却都不过是些乖巧可爱的小精怪，如此前赴后继地发起自杀式攻击，只为把敌人的脚步阻挡住一刻，忍不住很心痛。花城则冷笑一声，目光似乎穿透了重重岩壁，沉声道："放心。他杀一只，我召一百只。疾风骤雨，永不却步，看看到底谁先撑不住。"

谢怜暗道："糟糕，糟糕……"

虽然花城这副神情只是不经意流露的，但他对这种带着狠劲和叛逆的自信，真是……

又过了片刻，花城放缓了步子，似乎收到了什么信号，对谢怜道："引开他了。那两个已经快出去了。"

谢怜道："好极了！我们可以慢慢想办法了。"

花城道："嗯。不急了。已经甩开他很长一段距离了，现在可以先藏在这里，思考应对之策。"

谁知，忽然之间，二人的气氛就变得有点尴尬了。

倒不是那种丢了丑的尴尬，就是莫名其妙地有点儿不好意思。原先后面的东西追得紧迫，还有风信和慕情在场，这种感觉还不明显。虽然方才是说了"待会儿再说"，但现在稍微缓过一口气，已经是"待会儿"了，却又不知道该怎么说了。

谢怜轻咳两声，感觉怎么站都不太对。想开口，又担心会不会太刻意，或太无聊，只能寄希望于花城先说话。然而，花城也是绷着一张脸，似乎在认真思考应敌之策。不过，很难说是不是真的在思考了，因为他负在背后的手，好像在微微发抖。

这时，二人路过一尊神像。万神窟内大部分神像都与真人等身，这尊手艺比较粗糙，个子也缩小了一半。谢怜经过时，随手摘了蒙在它头上的面纱，眼前一亮，道："三郎，这个也是你做的吗？"

花城一看，沉默了。半晌才道："早年的手生之作。哥哥别看了。"

这绝对是实话。因为这尊神像，真是塑得丑极了，虽然能看出来，雕像人已经竭尽全力去还原自己心目中那个完美的形象了，但手艺有限，不尽如人意，虽不能说鼻歪眼斜、歪瓜裂枣,但也能说这尊小像头身不当、笑得仿佛心智有障。

不过,尽管如此,他还是一丝不苟地完成了所有的细节。因此,谢怜能看出来,这是一尊太子悦神像,连他那对红珊瑚珠耳坠都点上了。

谢怜默默捂住嘴,转过了头。为了尽量表现得自然,他还用力揉了揉脸。花城无言以对,再次道:"殿下别看了。"说着就要把面纱重新蒙上。谢怜忙道:"你不要误会!我真的觉得它很可爱!"可是想想,花城雕的不就是他吗?夸这个玩意儿可爱,岂不是在变相地夸自己可爱?睁着眼睛说瞎话,也忒厚脸皮,还是忍不住笑出了声。见状,花城也低首垂眸,笑了起来。

如此,双双一笑,那莫名令人惴惴的氛围,就被冲淡了许多。

继续向前走去,又经过一尊卧像,横躺在一张石床上,却是全身上下都被一层轻烟般的白纱笼罩住了。谢怜十分好奇,刚想撩开覆盖在那神像身上的白纱看看,花城却一下子抓住了他的手腕,道:"殿下!"

自从进了这万神窟,花城大多数时候都喊他"殿下"了。谢怜看看他,花城又放开了紧紧抓住他的那只手,看起来还是有点儿不自在。

谢怜道:"我已经知道这是我的神像了,还是不能看吗?"

花城道:"哥哥若是想看神像,我雕得最好的一尊,哥哥还没见过,之后再给你看好了。这窟里的就都别看了。"

谢怜不解道:"为什么啊?我觉得这个万神窟里的神像,你全部都雕得很好啊,真的很好。如果看不到,我会觉得很可惜。说起来,那壁画……"

谁知,花城立即道:"我去毁掉。"

见他居然真的要动身,谢怜连忙拉住他,道:"别别别!为什么要毁掉!就因为我看了吗?好好好……我说实话吧,其实我只看到了一点点,就上元祭天游、军营那几段,很多都没看完,因为风信、慕情他们两个不让我看,所以我根本不知道你画了什么。你不要去毁掉啊!"

花城这才转过了脸,道:"当真?"

谢怜拉着他,诚挚万分地道:"当真。你不想我看,我不看就是了。"

花城似乎隐隐松了口气,微笑道:"也没什么好看的。你想看什么,直接让我画就是了。"

他这个反应,谢怜真是更好奇了。但他又不想逼花城自己毁了那些珍贵的壁画,只好强行按捺自己。走了几步,忽然皱眉,道:"他来了铜炉。"

花城道:"什么?"

他回头望向花城,道:"白无相,为什么要来铜炉山?"

花城明白他在想什么了,道:"你觉得是,也许他的力量还没完全恢复,想借铜炉重新出世。"

谢怜道:"对!甚至有没有可能,现在的他,根本不是绝?"

方才,白无相出场骇人,加上谢怜第一反应就是"打不过,跑",于是拉了花城就逃,二人并没有和他对上多久,电光石火间的仓促几招,根本无法判断现在的白无相是什么实力。

谢怜喃喃道:"也许……我可以试试。"

试试现在能不能拿下他!

花城立即道:"好。我去和他对对。"

谢怜忙道:"别别,你不要和他正面对上,我去试试就行!"

绝境鬼王之间,一般是不会轻易斗起来的,如黑水沉舟和血雨探花,常年相安无事。因为,鬼王们不像上天庭的神官,实力如何,宫观、信徒、势力范围,有心人算算便知。他们都会把真正的实力像隐藏身世一样地藏起来,对彼此的实力并没有认知,谁也不知道两个绝打起来后果会如何,所以,能保持平衡就尽量平衡。花城道:"不必担心。胜负未知。否则难道哥哥认为,我会让你单独对上他吗?"

谢怜摇了摇头,道:"不是的,三郎,我们不一样。他是不会杀我的,我保证。"

花城道:"为什么?"

迟疑片刻,谢怜还是选择了不答,只道:"你不知道这个东西究竟有多可怕……"

花城却沉声打断了他,道:"殿下!我知道。"

谢怜这才想起,花城参过仙乐军,也是亲身经历过仙乐战场,亲眼见到过那尸横遍野的惨状的。但是,花城毕竟没有像他一样,亲眼见过君吾和白无相那骇人的一战。他也不曾和白无相打过交道。

想到这里,谢怜用力摇了摇头,道:"我不是不相信你,只是我不希望你出一点点事。"

闻言,花城目光闪动,须臾,他笑道:"哥哥放心。我已经死了,没那么容易再死一次。何况,你忘了我说过的话吗?只要他没找到我的骨灰,就奈何不了我。"

经他提醒，谢怜这才想起还有这么一回事，忙道："等等！别的先不说。三郎你的……骨、骨灰藏好了吗？"

花城道："早就藏好了。"

谢怜点了点头，顿了顿，还是忍不住问道："你确定藏好了？那个地方足够安全？不会被找到？"

花城从容地道："对我来说，那是世界上最安全的地方。"

谢怜却觉得凡事无绝对，道："当真这么有把握？"

花城笑眯眯地道："如果它的藏身之处被毁了，那么，我也不必存在了。当然有把握。"

虽然谢怜很在意"不必存在"是什么意思，不过此地非安全之地，不便深入交谈这个问题，按下不提。但说到这里，谢怜真的很想问花城——他是怎么死去的？

很想知道，却又问不出口。人死后，魂魄之所以能留在世上，都是凭着执念。大多数情况下，痛苦和怨念的执念是最强的。而能成为绝境鬼王，执念更不是一般的深重。他怕问了花城会像被他戳伤疤一样不好受，而他自己也会更不好受。这八百年，花城又是如何过来的？

想到这里，谢怜脑子里忽然冒出一个可怕的想法，登时出了一背的冷汗，立即道："三郎！"

花城道："什么？"

谢怜的手指微微抽动，道："我……还有个问题想问你。"

花城道："尽管问。"

谢怜盯着他，道："这八百多年来，你，除了在仙乐国时见过我，还有什么别的时候，见过我吗？"

花城缓缓回过头来，道："很遗憾，虽然我尽力去找，从来未曾放弃过，但是，没有。"

谢怜追问道："当真？"

花城直视着他的眼睛，道："当真。哥哥为何这么问？"

谢怜不易觉察地松了口气，勉强笑道："没有，只是，这些年来，中途过得比较难看，稀里糊涂的，又很失败啊，想着若是给你看到了，恐怕不太好。"

花城哈哈道:"怎么会?"

谢怜却一点儿也没笑,道:"不是开玩笑,真的很失败。"

闻言,花城敛了笑意,正色道:"那也没关系。殿下不是自己早就说过吗?"

谢怜一愣:"我?我说过什么?"

花城悠悠地道:"对我来说,风光无限的是你,跌落尘埃的也是你。重点是'你',而不是怎样的'你'。"

他冲谢怜眨了眨眼,挑起一边眉,道:"我也是一样的。"

谢怜听得怔了好半晌,突然啪的一声,一把捂住了脸,感觉整个脑袋都烧熟了,道:"我、我有说过这样的话吗?!"

花城道:"有的!哥哥不要想抵赖。"

谢怜手臂挡着脸,道:"没、没有吧!"

花城:"哥哥想看看吗?我找给你看?"

谢怜猛地抬起脸:"你……难道?……不会吧?……三郎你……这个也能记录下来啊!"

"开玩笑,开玩笑的。"

"说实话我不太相信啊……"

"哥哥,信我。"

"我不信了!"

二人走到一处岔路口,这时,忽然风来,花城微一侧身,挡在他前面,举起一手,似乎想护住他。

风其实不大,当然也不需要挡,但花城这个动作完全是自然而然的。风走了,发丝兀自纷纷扰扰,惹人烦恼,而谢怜忽然发现,花城不看着他的时候,神情和轮廓线条是冷的。心不在焉,漠然漂亮,花城甚至都没意识到自己不假思索地动了,似乎保护他根本是一种本能。

谢怜又脱口道:"三郎!"

花城侧首看他,这才笑了一下,道:"殿下,怎么了?"

谢怜觉得,花城应该也没意识到自己笑了。

一个清晰而强烈的声音在他心中说,这个人是真的把自己当成神的。

谢怜手指暗暗抠紧手心,道:"等我们从铜炉山出去之后,我有许多话想跟你说。"

花城微一点头，道："好。我等着。"

谢怜道："风信他们出去了吗？"

花城道："已经出去了。"

谢怜道："那白无相呢？现在离我们多远？"

花城道："他在……"

一句未完，神色微变，二指轻抵右眼眉弓，须臾，道："他不见了。"

谢怜脱口道："我看看？"说着就双手握住花城的肩，微微踮了一下脚，将两人的额头相抵。

谢怜眼前飞速闪过前一刻花城看到的情形。那白衣人悠悠来到一座石窟里，无数死灵蝶扑了上去，再次将他裹成银光闪闪的人形蛹，僵持了一阵，被他震开，银光爆裂，噼里啪啦，银蝶们被震成了漫天磷光。可是，等这阵银光沉积后，他便消失了！

接下来，花城的右眼还带着他的视线扫过了无数条洞道内的情形，都没发现那个白衣的身影。谢怜微微挪开脸，道："也许我们方才的推论是真的，他的当务之急是借助铜炉再造绝身，所以先离开了。"

花城轻轻"嗯"了一声。这声音是直接贴着他的耳朵传来的，谢怜这才回过神，发现花城被他拉得微微弯腰，连忙松了手，道："得拦下他！"

二人追出万神窟，重新攀到雪山之上。刚刚冒出个头，便觉一阵地动山摇。向上望去，雪崩阵阵，比起方才有过之而无不及，似乎被大雪掩埋在下面的什么东西苏醒了，正怒吼着要抖落身上的千年积雪。谢怜道："这还上得去吗？！"

花城紧紧抓住谢怜的手，道："跟我走就可以！"

二人逆着冰雪崩塌的洪流而上。虽然艰难危险万分，但跟着花城，果然完美避开了最猛烈的雪石流和无数冰坑，冲出了一条上山的路。

终于攀到最高处，冰封山顶，厚厚的，冻了不知几层，谢怜感觉稍微走快一点儿都要打滑，花城却牵着他稳步而行，全然不惧。二人来到火山口，那山口仿佛一张向天咆哮的巨口，甚为壮观。向下望去，一片漆黑，只有最深处透出阵阵骇人的红光，时隐时现。

花城只看了一眼，便凝了神情，道："铜炉正在封闭。他已经进去了。"

谢怜按住头上斗笠，不让它被风雪吹走，道："怎么回事？不是要进去几只

409

鬼在里面开始厮杀才行吗？"

花城道："那是一般情况。但如果，铜炉认为进入者有极大潜力冲破铜炉，而那只鬼又向它提出了封山要求，也会封闭。"顿了顿，他道，"当初，我就是这么做的。"

如果让白无相冲破了这一关，后果无法想象。

而等到他破铜炉出山之后，第一个要找的，必然是谢怜！

盯着那一望无际的深渊好一会儿，谢怜缓缓地道："三郎，我……要下去，做个了断。"

花城淡声道："下吧。我陪你。"

谢怜抬头望他，花城也抬了头，与他对视，挑起一边眉，笑道："即便已经成绝，也可以再次进入铜炉的。便如同已飞升的神官再历一次天劫。无非下去杀掉一个碍事的，再冲破一次铜炉罢了。也未见得是什么难事。"

见他如此轻松，谢怜原本紧绷的心情也不由自主松开了些，微微一笑。随即，花城道："不过，有件事。"

谢怜微微侧首，花城忽然拉住他，将额头轻轻抵了上来。

风雪之中，良久，二人才慢慢分开。谢怜呆了好一会儿，终于一个激灵，醒了，摸了摸额头，睁着眼道："干、干什么突然？"

花城含笑凝视他，柔声道："我先借一点法力给殿下，以备不时之需……收下好吗？"

谢怜手还放在额头上，感觉这份馈赠太过贵重，结结巴巴地道："这、这是一点吗？好像太多了……之前的还、还没还清……"

花城道："不多。不用急。有空慢慢还，总会还清的。"

谢怜胡乱"嗯嗯嗯"了好几声，正待落荒而逃，花城又拉住了他，提醒道："殿下！你往哪里跑。方向，错了。"

谢怜这才发现自己居然往回跑了，马上走了回来，脚底还在冰上打了一下滑，赶紧按住斗笠，道："没、没有。我，我只是有点冷，想转几个圈子，热一下身……"

他把斗笠戴了背，背了又戴，最终，一把抓住了花城的手。二人并肩，看着下方那庞大的深渊。

花城口气随意地道："解决之后，再给哥哥看我雕得最满意的那座神像。"

谢怜道："好。"

说完，两人便一起跳了下去。

呼呼的狂风从耳边刮过，强劲的冲击犹如巨浪扑面。

谁知，半空中，谢怜的手忽然抓了个空。

并不是他手滑，或者被花城甩开了，而是忽然之间，握在他掌心里的那只手消失了，没有实体了。

谢怜的心一紧，道："三郎？！"

他在飞速下落，前一刻刚喊出来，下一刻那声音就在头顶十几丈外了，听来甚不真切。不知过了多久，谢怜终于稳稳落地。他立即站起，道："三郎？"

无人应答。只有空荡荡的回声告诉他，此刻正身处一个何等空旷庞大的空间。

四面八方都是漆黑一片，谢怜望向头顶。上方有一片雪白的天幕，正逐渐缩小。那便是铜炉的火山口，它正在缓缓封闭。

可是，花城到哪里去了？

谢怜托起了一盏掌心焰。但黑暗深不可测，这点火根本照不出什么来，火光都仿佛被黑暗无动于衷地吸收了。而且他一不小心没控制好法力，火焰过高，险些把头发烧着，赶紧把那火丢到一边地上。好巧不巧，那火光刚好映出了不远处一个白衣人。谢怜当即道："谁！"

那白衣人也不知在黑暗中窥伺了他多久，道："你知道我是谁。"

谢怜脱口道："三郎！"

尽管他一看到这张半哭半笑的面具就毛骨悚然，但他此刻喊人却不是被吓得，而是出于担心。自然仍旧无人应答，而那张悲喜面又离他近了几分，道："不必喊了。铜炉已经封闭，这里只有你和我，没有第三个人了。"

谢怜下意识再次望天。那一小片光明已经完全被黑暗吞噬了。

铜炉，真的封山了。

谢怜怎么也没料到，会变成现在这种状况。

他和白无相，两个人，被关进了铜炉里？

他们两个？为什么会是他们两个？！

谢怜手握芳心剑指白无相，道："这到底怎么回事？他人呢？"

白无相道："走了。"

谢怜目光微冷，道："你说清楚，什么叫走了？"

白无相悠悠地道："离开你了，死了。选一个吧。"

谢怜心头先是一寒，随即一阵暴怒，一剑斩去："你少胡说八道！"

白无相轻而易举地接住了剑锋，道："好吧，好吧。我的确是在胡说八道。不必担心，他在外面，进不来。"

谢怜只要花城没事就好，暗暗松了口气。白无相又道："他还是不要进来的好。否则待会儿他见了你的样子，会不会离开你，那就难说了。"

谢怜脸都有些扭曲了，他又是一剑，喝道："闭嘴！"

白无相从容不迫地闪过了他的每一剑，谢怜怒道："你想怎样？你究竟想怎么样？！你究竟要缠着我到什么时候？！你为什么还没死？你为什么还没死？！"

可是，就算他再狂怒，杀意再重，白无相永远像是能料到他下一剑会怎么出似的，以毫厘之差错开。谢怜出剑越多，就越明白一个残酷的事实——

赢不了！

"是的。"仿佛能看到他的内心一般，白无相道，"你赢不了。"

话音刚落，他一手刀砍在谢怜手腕上。一阵剧痛蔓延至全身，谢怜不由自主松手放开了剑，随即就被他抓住头发，狠狠一把砸进了地里！

耳边嗡嗡作响，鼻腔口腔里都是血，脑里仿佛有个小钟在震荡不止。

好一阵，谢怜才感觉到一只手把他的头从破碎的地面里提了出来，一个声音在上方道："可怜，可怜。你给这把剑取名叫芳心？"

谢怜咬住了一口鲜血，不让它呛出来："不行吗？"

白无相笑道："你根本不会取名字，听好了，这把剑本来的名字，叫作'诛心'。"

谢怜哑声道："你不要太得意了。现在我是赢不了你，但是总有人可以。就算你能从铜炉里出去，君吾未必不能再杀你一次。"

何况，还有花城！

谁知，白无相却道："谁说从铜炉里出来的会是我？"

不是他？不是他还会是谁？

白无相把他的脸提起来，与他对视，温声道："太子殿下，我想你可能误会了。这座铜炉里的确会有一个绝出去，但是，不是我。而是你。"

谢怜愕然："你说什么？我又不是……"

话音未落，他就回味过来，惊出了一身冷汗。

白无相道："正是如此，恭喜你，终于明白了我真正的目的。这不正是你最喜欢的'第三条路'吗？"

现在的铜炉里，只有一只鬼和一个神，看上去，只有两条路了。要么白无相杀了他，然后冲破铜炉；要么两个人都别想出去，一起永远关在这个铜炉里。

但是，其实，还有第三条路。

只要谢怜立即在此自杀，化身为鬼，杀死白无相，他就可以立地成绝，冲破铜炉！

谢怜好容易回过神来，道："你到底想干什么？为什么要做到这个地步？就为了让我成绝？我没你那么疯！就算你想我杀了你，我也赢不了你！如果你故意输给我，铜炉也未必会承认！"

白无相却道："是吗？你赢不了我？那可不一定。"

说着，他伸出了另一只手。就着不远处的火光，谢怜看清了，那只手上出现了一张面具，和白无相脸上的那张一模一样。

白无相道："记得这张悲喜面吗？它是你的东西。"

谢怜睁大了眼。

恐惧如虫潮，密密麻麻爬上心头。他勉强道："拿开……拿开它！"

白无相笑了起来，道："看样子，太子殿下的记性不太好啊。既然如此，我来帮你回忆一下，好吗？"

语毕，不由分说，便将那张惨白的悲喜面和无边无际的黑暗融为一体，沉沉地向谢怜脸上压去。

图书在版编目（CIP）数据

天官赐福. 中 / 墨香铜臭著. — 广州：广东旅游出版社，2023.5（2025.6 重印）
ISBN 978-7-5570-2980-7

Ⅰ.①天… Ⅱ.①墨… Ⅲ.①长篇小说—中国—当代 Ⅳ.① I247.5

中国国家版本馆 CIP 数据核字 (2023) 第 040452 号

天官赐福 . 中
TIAN GUAN CI FU. ZHONG

出 版 人：刘志松
责任编辑：梅哲坤　陈　吉　李　丽
责任技编：冼志良
责任校对：李瑞苑

广东旅游出版社出版发行
地址：广州市荔湾区沙面北街 71 号首、二层
邮编：510130
电话：020-87347732（总编室）　020-87348887（销售热线）
投稿邮箱：2026542779@qq.com
印刷：北京盛通印刷股份有限公司
（地址：北京市北京经济技术开发区经海三路 18 号）
开本：700 毫米 ×980 毫米　1/16
字数：433 千
印张：26.5
版次：2023 年 5 月第 1 版
印次：2025 年 6 月第 14 次印刷
定价：329.00 元（全三册）

【版权所有 侵权必究】

如发现图书质量问题，可联系调换。质量投诉电话：010-82069336